KB124931

올클리어 II

코 니 윌 리 스 장 편 소 설

올클리어
All Clear

II

코니 윌리스 지음 **최용준** 옮김

아작

일러두기

1. 이 책은 《All Clear》를 두 권으로 나누어 옮긴 것입니다.
2. 모든 주석은 옮긴이의 것입니다.

모든

구급차 운전사들
화재 감시원들
공습 감시원들
간호사들
구내식당 직원들
비행기 식별가들
구조대원들
수학자들
주임 사제들
성당지기들
여점원들
합창단 소녀들
사서들
상류 사회 아가씨들
노처녀들
어부들
은퇴한 선원들
하인들
피난민들
셰익스피어 전문 배우들
추리 소설 작가들

제2차 세계대전에서 승리한 그분들에게

여러분은 온갖 실수를 저지를 겁니다.
하지만 여러분이 너그럽고 진실하다면, 그리고 열성적이라면,
여러분은 세상에 해를 입힐 수가,
아니 심지어 심각한 고민거리를 안길 수조차 없습니다.

― 윈스턴 처칠

36

현재의 시간과 과거의 시간은 아마
모두 미래의 시간에 존재할 것이고,
미래의 시간은 과거의 시간에 포함되리라.

— *T. S. 엘리엇, 〈4개의 사중주〉*

크로이던, 1944년 10월

메리는 구급차 창문을 내린 뒤 머리를 내밀고 귀를 기울였다.
분명 V-1이 풋풋거리는 소리를 들은 듯했다.

"비행 폭탄?" 페어차일드가 말했다. "나는 아무 소리도 못 들
었어."

"쉿." 메리가 명령했지만, 그녀 역시 아무 소리를 들을 수 없었
다. 이번에도 오토바이 소리나 뭐 그런 걸까?

그때 거대한 폭발 충격파가 주차해 있던 구급차를 흔들었다.

"오, 맙소사." 페어차일드가 말했다. "폭탄이 거의 우리 머리 위
에 있었어." 페어차일드는 몸을 숙이고 시동을 건 뒤 구급차 종을
울렸다. "저게 구급차 지부에 떨어지지는 않았겠지?"

"응. 지부보다 이쪽에 더 가까웠어."

그랬다. 로켓은 그들이 겨우 몇 분 전에 지나온 번화가 바로 옆에 떨어져 가게들을 박살 냈다. 거리 이쪽 끝부분의 부동산 중개소는 아직 알아볼 수 있었고, 다른 쪽 끝의 영화관 차양은 삐딱하게 걸려 있었다. 잔해 여기저기에서 불이 타올랐다.

'좋아.' 메리가 생각했다. '적어도 빛이 있으니 어두워 고생하진 않겠어.' 메리는 작업복과 부츠가 아니라 치마 제복 차림인 게 못내 아쉬웠다. 그들이 이곳에 온 첫 번째 구조팀인 듯했고, 부상자들을 찾아 잔해들을 올라다녀야 했기 때문이다.

페어차일드는 잔해들에 최대한 가깝게 구조차를 댔고, 메리와 함께 차에서 내렸다. "적어도 붕대는 충분해." 페어차일드가 말했다. "나는 전화를 찾아서 지부에 전화할게."

"그래. 아마 지부에서도 폭발음을 들었을 거야." 메리가 헬멧을 쓰고 끈을 조였다. "나는 극장에 사상자가 있는지 가볼게."

"극장은 수요일에 상영을 안 해." 페어차일드가 말했다. "리드랑 지난주 수요일에 〈랜덤 하베스트〉를 보러 왔는데 문을 닫아서 알아. 그리고 여기 가게들은 이런 밤 시간이면 모두 문을 닫아. 그러니 아마도 사상자는 없을 거야." 페어차일드는 전화 부스를 찾아 달려갔고, 메리는 고무 부츠를 신은 뒤 페어차일드의 말이 옳기를 바라며 잔해 사이를 누비기 시작했다.

거리를 반쯤 갔을 때 메리는 목소리를 들은 것 같다는 생각이 들었다. 그녀는 걸음을 멈추고 귀를 기울였지만, 페어차일드가 서둘러 돌아오며 벽돌과 모르타르들을 들썩거리는 바람에 더는 아무 소리도 들을 수 없었다. "크로이던 지부에 보고했어." 페어차일드가 말했다. "다친 사람을 혹시 찾…."

"쉿. 무슨 소리를 들은 거 같아."

둘은 귀를 기울였다.

"제퍼스 씨!" 파괴된 지역 저쪽 어디에선가 남자가 외치는 소리가 들렸다.

"저쪽에서 들렸어." 페어차일드가 말하며 가리켰고, 잔해 사이로 걸어가기 시작했다.

메리는 그 뒤를 따라가며 몇 걸음마다 멈춰 주위를 살폈다. 불빛에 대해서 메리는 오해를 했다. 불빛은 주위를 간신히 밝히는 정도였지, 장애물을 보거나 대략의 윤곽 이상을 볼 수 있을 정도로 밝지는 않았다. 그리고 불꽃이 깜박거리는 바람에 가만히 있는 것들이 움직이는 것처럼 보이는 착각까지 불러일으켰다.

중간 정도 가로질렀을 때, 메리는 남자 목소리를 다시 들은 듯했다. 메리는 걸음을 멈추고 귀를 기울였고, 이윽고 외쳤다. "어디 있어요?"

"이쪽입니다." 목소리가 어찌나 희미한지 메리는 간신히 그 소리를 들었다.

"계속 말을 하세요."

"이쪽…." 남자는 말을 멈추고 발작적으로 기침했다.

이번에 메리는 그 소리를 확실하게 들었다. "페어차일드, 이쪽이야!" 메리가 외치고 벽돌과 부러진 목재들이 엉킨 잔해 속을 나아가 소리 나는 쪽으로 향했다.

기침이 멈추었다. "어디 있어요?" 메리가 다시 외쳤다.

"찾았어. 여기야!" 몇 미터 떨어진 곳에서 페어차일드가 외쳤고, 이윽고 메리가 자기 쪽으로 올라오자 페어차일드가 다시 말했다. "여기 있어."

페어차일드는 시커먼 형체를 굽어보고 있었지만, 메리가 도착하자 페어차일드는 허리를 폈다. "죽었어."

"확실해?" 메리가 말했다. 너무나 어두웠기에 페어차일드가 잘 못 안 것일 수도 있었다. 메리는 시체 옆에 쪼그리고 앉았다.

온전한 시체가 아니었다. 반 토막 시체였다. 그 남자는 둘로 나뉘어 있었다. 그건 기침을 한 게 이 남자가 아니라는 뜻이었다. "여기 어딘가에 또 다른 사람이 있어." 메리가 페어차일드에게 말했다. "너는 저쪽을 살펴봐. 나는 여기를 살펴볼게." 메리는 왔던 길을 돌아가며 외쳤다. "어디 계세요? 저희 소리가 들리시면, 뭐든 소리를 내세요." 그런 뒤 메리는 잠시 가만히 서서 귀를 기울이다 다시 앞으로 나아갔다.

메리는 깨진 창문 위로 조심스레 발을 디뎠다. 창문 옆에 검고 커다란 물체가 옆으로 쓰러져 있었다. '저게 뭐지?' 메리가 생각했다. '피아노인가?' 아니, 그건 훨씬 더 컸고, 안에는 종이가 엉켜 있었고, 주위에도 종이가 널렸다. '인쇄기구나.' 메리가 생각했다. '여기는 신문사였어.' 그리고 팔이 하나 보였다.

'제발 팔만 있는 게 아니어야 할 텐데.' 메리가 생각하며 팔 있는 곳으로 힘들게 나아갔다. '부디 나머지 몸은 인쇄기에 깔려있지 않길.'

다행히도 그렇지 않았다. 남자 한 명이 그 옆에 쓰러져 있었다. 메리가 그 남자를 보지 못했던 건 그가 신문에 덮여 있던 데다가 얼굴은 너무나 창백하고 피가 튀어 있어서(주황색 불길 때문에 검게 보였다) 처음엔 얼굴이라 인식하지 못했던 탓이었다.

'이 사람도 죽었어.' 메리가 생각하며 옆에 쪼그리고 앉았지만, 그의 가슴이 올라갔다 내려가는 게 보였다. 메리는 좀 더 몸을 숙이고 살펴보았고, 그 남자의 얼굴이 창백하게 보인 건 회벽 가루에 덮여 있기 때문이라는 사실을 깨달았다. "괜찮으세요?" 메리가 물었지만 남자는 반응을 보이지 않았다. "걱정하지 마세요. 여기서 금방 꺼내드릴게요. 페어차일드!" 메리가 어둠 속에 대고 외쳤다. "이쪽이야!"

메리는 어디에서 피가 나는지 확인하려 했다. 회중전등을 가져오지 않은 게 안타까웠다. 불그스름한 불빛 속에서는 뭐가 뭔지 제대로 보이지 않았다. 하지만 피만은 알아볼 수 있었다. 피는 남자의 코트며 그를 덮고 있는 신문 사방에 묻어 있었다. "조명이 필요해!" 메리가 외치고 신문들을 옆으로 밀치며 상처가 있는지 찾아보았다. 메리는 그의 코트를 제쳤다. 셔츠에는 피가 묻어 있지 않았다.

'다른 사람 피구나.' 메리가 생각했고, 이윽고 인쇄기를 떠올렸다. 메리는 남자의 코트에 묻은 검은색을 만진 뒤 손가락을 코에 댔다. 잉크 냄새가 났다. V-1이 터졌을 때 잉크가 남자에게 튄 게 분명했다.

하지만 이게 피가 아니라 해도, 이 사람은 다친 게 분명했다. '어쩌면 충격파 때문에 그냥 정신을 잃은 것일지도 몰라.' 메리가 희망을 품고 생각했지만, 나머지 신문들을 치우고 보니 남자의 허리 아래쪽은 벽돌과 회벽 조각들에 파묻혀 있었다. 메리는 두 손으로 잔해들을 파냈다. 남자의 왼쪽 다리는 피로 덮였고, 이번에는 인쇄기의 잉크가 아니었다. 피와 어둠 때문에 부상이 얼마나 심한지 제대로 볼 수 없었지만, 그 다리의 아래쪽 절반은 심하게 다친 듯했고, 발도 절단되었다.

메리는 주머니를 뒤져 손수건을 꺼내 남자 무릎 바로 아래를 묶었다. 그녀는 막대기를 적당한 길이로 부러뜨려 매듭에 끼웠고,

꽉 조여져 더 이상 돌릴 수 없을 때까지 임시 지혈대를 돌렸다.

"살아있어?" 페어차일드가 어둠 속에서 나타나 물으며 남자 옆에 무릎 꿇고 앉아 그의 얼굴을 살폈다.

"응." 메리가 말하며 다리에서 흐르던 피가 멈췄는지 살폈다. "회중전등 가져왔어?"

"아니. 가져올게. 얼마나 심각한 상태야?"

"의식이 없고 다리가 으깨졌어. 발은 잘렸고." 메리가 말했고, 남자가 뭐라고 중얼거렸다.

"뭐라고요?" 메리가 물으며 남자에게 몸을 숙이며 그의 입술에 귀를 가까이 가져갔다.

"그건⋯." 남자가 말했다. 그의 목소리는 거칠고 갈라져 있었다.

'회벽 가루 때문이야.' 메리가 생각했다.

"못 했어⋯." 그가 다시 눈을 감았다.

'뭘 못 했다는 거지?' "괜찮을 거예요." 메리가 말하며 그의 가슴을 토닥였다. "여기서 빼줄게요. 약속해요. 지혈대를 묶었어요." 메리가 페어차일드에게 말했다. "크로이던 지부에서는 아직 아무도 안 왔어?"

"응." 페어차일드가 말하며 자신들이 타고 온 구급차가 주차된 곳을 보았다. "좀 전에 엔진 소리를 들은 것 같았는데, 아마도 착각인 모양이야."

"그러면 우리끼리 이 사람을 구급차까지 데리고 가야만 해." 메리가 말했다. "가서 들것을 가져와." 페어차일드가 고개를 끄덕이고 사라졌다.

"회중전등도 잊지 말고!" 메리가 페어차일드 등에 대고 외쳤고, 다시 그의 다른 쪽 다리를 파내려 벽돌들과 금속 활자들을 치우기 시작했다. 활자들은 믿기지 않을 정도로 무거웠다. "걱정하지 마세요. 금방 여기서 꺼내줄게요."

그는 메리의 목소리에 움찔하는 듯했다. "안 돼." 그가 중얼거렸다. "오, 이런…, 안 돼…."

"겁먹지 마세요. 괜찮을 거예요."

"안 돼." 그는 힘없이 고개를 저었다. "정말로 미안…."

"괜찮아요." 가엾은 사람. "당신 잘못이 아니에요. 당신은 비행 폭탄에 부상당했어요." 하지만 메리의 말은 아무 효과가 없었다.

"아직 여기에 있었…." 그는 거친 목소리로 고통스러워하며 말했다. "죽는데…."

"쉿. 말하지 마세요."

"나는 내가 할 수 있을 거라고…, 여기 있으면 안 되는 건데…."

"그냥 누워 계세요. 저는 당신 다리를 살펴봐야 해요."

메리는 다시 그의 다른 쪽 다리와 발을 파냈다. 다행히 잘리지는 않았지만, 심하게 피를 흘렸고, 메리는 지혈대로 쓸 손수건이 더 이상 없었다. 그녀는 두 손으로 상처를 눌렀다. "페어차일드!" 메리가 외쳤다. "페이지! 구급함이 필요해"

"덜위치…." 남자가 중얼거렸다. 그는 메리가 자신을 어디로 데려갈지를 묻는 게 분명했다.

"우리는 당신을 노베리로 데려갈 거예요." 메리가 말했다. "그쪽이 더 빨라요. 그건 걱정하지 마세요. 우리가 알아서 할게요."

"들것을 꺼낼 수가 없어!" 페어차일드가 구급차에서 외쳤다. "끼어서 안 나와!"

"그냥 둬! 우선 구급함부터 가져와!"

"뭐라고?" 페어차일드가 외쳤다. "안 들려, 메리!"

남자는 신음과 헐떡임이 뒤섞인 소리를 냈다. "메리?" 그가 중 얼거렸다.

"네." 메리가 말했다. "저 여기 있어요." 그녀는 있는 힘껏 상처 를 눌렀다.

소용없었다. 메리의 두 손 사이로 여전히 피가 흘러나왔다. 지 혈대가 있어야 했다. "페이지!" 그녀가 외쳤다. "구급함을 가져 와! 서둘러!"

"메리." 남자가 다급하게 말했다. "가면 안 돼."

"전 안 가요. 여기 있어요." 메리가 그를 다시 안심시켰다.

그는 넥타이를 하고 있었다. 만약 넥타이를 벗길 수 있다면 지 혈대로 쓸 수 있었다. 메리는 그의 코트를 젖히고 넥타이를 풀기 시작했다.

"뭔가 잘못됐⋯." 그가 말했고, 이어서 갑자기 기침하는 바람에 나머지 말은 알아들을 수가 없었다.

매듭은 풀리지 않았다. 메리는 손톱으로 천을 긁으며 매듭을 풀려 했다.

"그러지 마⋯." 그가 괴로워하며 말했다.

"당신 넥타이를 풀어 붕대로 쓰려는 거예요. 넥타이를 지혈대 로 써서 당신 다리의 출혈을 멈추게 할 거예요." '페어차일드는 어 디에 있는 거람? 그리고 크로이던 지부의 구급차는 왜 안 오는 거지?'

마침내 매듭이 느슨해졌다. 메리는 넥타이를 재빨리 풀었다. "당신을 이곳에서 꺼내줄게요." 남자는 메리가 했던 말을 따라 하 며 중얼거렸다. "약속해요."

메리는 옷깃에서 넥타이를 잡아당겼고, 발 쪽으로 기어가기 시작했다.

　그가 메리의 손목을 잡았다. "메리." 그가 다급하게 말했고, 숨 막혀 했고, 다시 기침하기 시작했다. "가지 마…."

　"전 아무 데도 안 가요. 당신 발을 묶으려는 것뿐이에요. 당신을 떠나지 않아요. 약속해요."

　"아니." 그가 말했고, 메리의 손목을 꽉 잡았다. "가면 안 돼!"

　"안 가요." 메리가 말했다. "약속해요."

　"아니." 그가 거칠게 말했다. "가지 마. 그러면 다시…." 그리고 세상이 새하얘졌다가 다시 컴컴해졌고, 프린터 잉크와 피가 흩뿌려졌으며, 메리는 허리를 숙이며 돌진해 남자를 배수구로 밀었지만 이미 너무 늦은 뒤였다. 세상은 이미 깜깜해졌다.

37

다시 한 번 더 돌파구로, 친구들이여.

— 윌리엄 셰익스피어, 《헨리 5세》

런던, 1941년 겨울

에일린은 새 녹색 코트 차림으로 서둘러 에스컬레이터 계단을 내려오며 외쳤다. "마이크, 네 코트를 구했어!" 에일린은 남색 모자를 흔들었다. "폴리, 이 모자를 봐!"

에일린은 에스컬레이터 맨 아래에 도착했다. "이 모자는 네 코트와…." 에일린은 말을 멈췄다. "왜 그래?" 에일린은 초조한 눈으로 폴리를, 그리고 이윽고 마이크를 바라보았다. "무슨 일이 생긴 거야?"

'응.' 폴리가 쓰러질 것 같은 심정으로 생각했다.

"왜 그러는데?" 에일린이 말했다.

'이건 숨겨야 해.' 폴리가 생각했다. '우선은 그래야 해. 지금 알면 너무 실망이 클 거야. 아무 일도 없는 것처럼 보여야 해.' 하지만 배를 걷어차인 듯한 충격을 받은 뒤에 그러기란 불가능했다. 폴리는 심지어 무슨 핑계를 대야 할지조차 알 수 없었다….

"아픈 거야?" 에일린이 놀라 말했다. "백지장처럼 창백해." 마이크가 의아한 눈으로 폴리를 바라보았다.

"아니, 난 괜찮아." 폴리가 간신히 말했다. "네 걱정에 너무 심란해서 그랬어. 너무 늦게 왔잖아. 어디 있었던 거야?"

"지원국에는 코트가 하나도 없었어." 에일린이 말했다. "거기 담당자인 여자 말로는, 최근 몇 번의 공습에다 날도 춥고 기타 등등, 그래서 코트가 완전히 바닥났다는 거야. 그래서 세인트팽크러스 역 근처에 있는 곳으로 가야 했는데, 그곳에서는 돌아오는 버스를 타기가 어려웠어. 걱정시켜서 미안해."

마이크는 여전히 의심이 담긴 눈으로 폴리를 바라보았다.

"공습이 언제인지 몰라서 그래." 폴리가 말했다. "그래서 좀 긴장한 것뿐이야. 사이렌이 울렸는데 네가 안 와서…."

"정말로 미안해. 하지만 네 모자를 구했어." 에일린이 모자를 폴리에게 건넸다. "그리고 가장 중요한 건, 네 코트를 구했다는 거야, 마이크. 아쉽게도 좀 큰 거 같긴 하지만." 에일린은 말하며 마이크가 코트 입는 걸 거들었다. "하지만 너무 작은 것보다는 차라리 큰 게 낫다고 생각했어. 내 건 겨울을 나기에 충분히 따뜻하지 않지만, 밝고 희망찬 색이라 도저히 그냥 두고 올 수가 없었어. 검은색과 갈색은 지긋지긋하거든. 이건 보고만 있어도 기운이 나. 이걸 보면 봄이 떠오르지 않니, 폴리?"

'아니.'

"응, 아주 예쁘네." 폴리가 말했다.

마이크는 여전히 폴리를 주시했다.

"그리고 모자도 정말 멋지다!" 폴리가 말했다. 폴리는 모자를 써 보았고, 모자가 어울리는지 보기 위해 에일린에게 콤팩트를 펴 작은 거울을 들고 있게 했다. 그리고 거울에 비친 자신의 뺨에 어느 정도 안색이 돌아온 것을 보고 안심이 되었다. "정말 고마워. 어떻게 이런 걸 다 구했니, 에일린. 마이크, 팔 내밀어봐." 폴리는 안감을 확인하기 위해 마이크의 소매를 뒤집었다. "잘 안 되네. 코트 벗어봐. 솔기를 좀 보자."

"그건 나중에 해도 돼." 마이크가 말했다. "먼저 다 함께 논의할 게 있어."

'오, 안 돼.' 폴리가 생각했다. '마이크가 눈치챘나봐.'

하지만 비상계단에 도착했을 때, 마이크는 단지 폴리가 기억나는 공습 목록을 작성했는지만을 알고 싶어 했다. "했어." 폴리는 대화 주제가 바뀐 것에 안도하며 말했다. "아쉽게도 날짜가 좀 단속적이야. 1월에 내가 아는 건 11일 밤과 29일뿐이야."

마이크가 날짜를 받아 적었다. "런던 어디가 폭격당하는지 알아?"

"이스트 엔드는 1월 29일에 폭격당하고, 중심부는 11일 토요일이야. 리버풀 스트리트 역과 뱅크 역은 둘 다…."

"뱅크 역?" 에일린이 말을 가로챘다.

"응. 그리고 병원 몇 곳이랑. 어느 병원인지는 몰라."

"그리고 1월에 있던 다른 폭격은 모르고?"

"응. 1월이랑 2월에는 날씨가 아주 나빠서 독일 공군이 꽤 여러 날 동안 폭격을 하지 않았어." 폴리가 말했다. "그리고 어떤 날 밤에는 런던 밖을 폭격하기도 했고. 포츠머스랑 맨체스터랑 브리스틀…."

"뱅크 역에서 사람들이 죽었어?" 에일린이 물었다.

"응. 그리고 리버풀 스트리트 역에서도." 폴리가 말했다. "정확히 얼마나 많이 죽었는지는 몰라. 백 명이 넘어. 하지만 공습은 런던의 이 지역에서는 없었고, 이 역은 한 번도 폭격당하지 않았어."

폴리는 둘에게 자신이 아는 2월과 3월 공습에 대해 말했다. 버킹엄 궁전은 다시 폭격을 당했고, 런던 브리지 역의 방공호와 유명한 나이트클럽인 카페 드 패리스가 폭격을 당했다. 폴리가 4월의 폭격에 대해 말하기 시작했을 때 에일린이 말했다. "우선 역내 간이 식당부터 가면 안 될까? 난 너무 배가 고파. 코트를 구하러 다니느라 아직 밥을 못 먹었어."

"같이 가자." 폴리가 말하며 일어섰지만 마이크가 말했다. "우리는 곧 따라갈게. 나는 우선 폴리랑 할 이야기가 있어."

에일린은 고개를 끄덕이고는 철커덩거리며 계단을 내려갔다. 쾅 하고 문이 닫혔고, 폴리는 마음의 준비를 했다.

"아까 에스컬레이터에서는 왜 그런 거야?" 마이크가 물었다.

"아무것도 아니야." 폴리가 말했다. "말했잖아, 에일린이 늦어서 걱정됐다고. 공습이 시작됐는데 어디 있는지 모르니까 걱정이…."

"코트 때문이지, 그렇지?" 마이크가 말했다. "전승 기념일에 에일린이 그 코트를 입고 있었어?"

"아니. 내가 말했잖…."

마이크는 폴리의 두 팔을 잡고 그녀를 흔들었다. "거짓말하지 마. 이건 굉장히 중요한 일이야. 전승 기념일에 에일린이 그 녹색 코트를 입고 있었지?" 마이크가 폴리를 다시 흔들었다. "그렇지?"

부정해도 소용없었다. 마이크는 알았다.

"말해봐." 마이크가 손아귀에 힘을 주며 말했다. "중요한 일이야. 에일린이 그걸 입고 있었어?"

"응." 폴리가 말했고, 마이크의 손에서 힘이 풀렸다. 마치 마이크의 온몸에서 기운이 쭉 빠져버린 것만 같았다.

"에일린이 그 코트를 가지고 있지 않은 건 그 애가 다른 임무에서 그걸 구했다는 뜻일 거라고 계속해서 믿으려 애써왔어." 폴리가 말했다. "결국은 우리가 여기서 빠져나가고, 에일린은 던워디 교수님을 설득해서 나중에 전승 기념일에 가게 되는 거라고 말이야."

"여전히 그런 뜻일 수 있어." 마이크가 말했다. "그 코트는 분명히 시대에 맞아. 의상실에서 거의 비슷한 코트를 구해줬을 수도 있어. 아예 의상실이 저 코트를 가지고 있다가 준 걸 수도 있고. 아니면 네가 사람을 착각했을 수도 있어. 너도 너무 멀어서 네가 본 사람이 에일린인지 확신이 안 간다고 말했잖아. 우리가 이곳을 떠날 때 코트를 두고 떠나고 지원국이 그걸 다시 회수했다가 누군가 다른 사람에게 줬을 수도 있어."

'또는 사과수레 뒤집기에서 누군가가 발견했을 수도 있지.' 폴리가 생각하며 진짜로 그런 거라고 믿을 수 있으면 좋겠다고 생각했다.

"그리고 만약 우리가 여기에서 빠져나가지 못했기 때문에 에일린이 전승 기념일에 있던 거라면…." 마이크가 말했다. "나도 같이 있었어야 해."

'네가 죽지 않았다면 말이야.' 폴리가 생각했다.

"만약 우리에게 무슨 일이 일어났다면, 에일린은 승리를 축하하러 그곳에 가지 않았을 거야."

"그건 사실이 아니야. 그날 밤 그곳에 있던 모두는 전쟁에서 누군가를 잃었어. 그리고 너와 나는 그 한참 전에 죽었을 수도…."

"아니면 우리 모두 이곳에서 탈출하고, 에일린은 자신이 늘 원하던 임무에 다시 돌아간 것일 수도 있어. 또는 어쩌면 에일린은 우리 강하가 열린 뒤에도 돌아가지 않기로 한 것일 수도 있어. 에일린이 전승 기념일을 얼마나 보고 싶어 했는지 너도 잘 알…."

"그래서 공습과 국민 동원과 배급이 지속되는 4년 동안 여기 머물렀다고? 사람들이 깃발을 흔들며 '지배하라, 영국이여'를 부르는 단 하루를 보기 위해서?" 폴리가 말도 안 된다는 듯이 말했다. "에일린은 이곳을 싫어해. 그리고 폭탄을 무척이나 두려워해. 그 어떤 목적 때문이든, 1년 내내 V-1과 V-2가 떨어지는 이곳에 에일린이 기꺼이 남으려 할 거라고 진심으로 그렇게 생각해?"

"알았어, 알았어. 내 의견이 그럴듯하지 않다는 데 나도 동의해. 나는 다만 우리가 이곳을 떠나지 않았다는 이유 말고도 에일린이 전승 기념일에 그 코트를 입고 있을 수 있는 온갖 설명이 가능하다는 말을 하는 것뿐이야. 우리는 바솔로뮤 씨를 만나지 못했지만, 그렇다고 우리에게 다른 방법이 없는 건 아니야. 아직 세인트존스 우드 강하 지점이 있고, 던워디 교수님은 5월에 이곳에 오실 거야. 그렇지? 1942년과 1943년에 이곳에 오기로 예정된 역사학자들도 있고. 그리고 만약 우리가 그 역사학자들 가운데 아무도 만나지 못한다 해도 우리에게는 여전히 데니스 애서튼이 있어."

'데니스 애서튼.'

"네 말이 맞아." 폴리가 말했다. "미안해. 그 코트를 보고 충격을 받아 잠시 정신이 없었어." 폴리는 재빨리 계단을 내려가기 시작했다. "에일린은 우리가 왜 그러는지 이상하게 생각할 거야. 그리고 나도 배가 고파. 리케트 부인은 오늘 밤에 평소보다 더 심했어. 수프가 꼭 설거지한 물로 끓인 거 같⋯."

마이크는 폴리의 두 팔을 잡고 그녀를 돌려 자기를 마주 보게 했다. "아니, 진실을 말하기 전에는 아무 데도 못 가. 단지 코트 때문만은 아니야. 뭔가 더 있어. 그게 뭐지?"

"없어." 폴리가 말하며 변명을 늘어놓았다. "애서튼의 강하 지점이 열리지 않을까 걱정이 되는 것뿐이야. 제럴드의 것도 열리지 않았고, D-데이 사전 준비 작업 시기는 아마도 분기점일 거야. 언제 어디로 상륙하는지 히틀러가 알지 못하게 하는 게 아주 중요하잖아. 그리고⋯."

"넌 거짓말을 하고 있어." 마이크가 말했다. "너 언제 왔어?"

"언제더라⋯. 9월 14일이야. 10일에 도착했어야 했는데 편차 때문에 도착해보니⋯."

"대공습 말고. V-1 임무."

'괜찮아. 난 아직 할 수 있어.' 폴리가 생각했다. '여전히 이 상황을 빠져나갈 수 있어.' "말했잖아. V-1 공격은 6월 13일에 시작되었다고."

"내가 물은 질문의 답이 아니야."

"나는 첫 번째 로켓이 떨어진 다음에야 덜위치에 도착했어. 11일에 도착할 계획이었고, D-데이 이틀 뒤인 6월 8일에 옥스퍼드에서 덜위치로 떠났어." 폴리는 쉬지 않고 변명을 이어갔다. "하지만 거기까지 가는 데 얼마나 오래 걸렸는지 몰라. 상륙작전 때문에 일반인은 이동 자체가 거의 불가능⋯."

"그것도 내가 물은 질문의 답이 아니야. 나는 네가 언제 네트를 통과해 왔는지 물었어. 그리고 그게 6월 8일이라고 답할 생각은 하지 마." 마이크는 폴리를 바라보며 답을 기다렸고, 거짓말은 통하지 않았다. 마이크는 이미 답을 알아낸 상태였다.

폴리가 깊게 숨을 들이켰다. "12월 29일. 1943년."

마이크는 두 눈을 감았고, 폴리의 두 팔을 꽉 움켜쥐었다. 그 힘이 너무 세서 폴리는 팔이 아플 정도였다.

"그냥 덜위치에 떡하니 나타날 수는 없었어." 폴리는 마이크를 이해시키려 애쓰며 말했다. "그곳에 정식으로 배속받아야 했고, 그러려면 먼저 옥스퍼드의 지부에 한동안 있어야 했어. 데네웰 소령은 사실상 FANY의 모든 사람을 알았어. 내 경력에 대해 거짓말을 하면 절대로 통하지 않았을 거야."

"지난 몇 주 동안 네가 나한테 거짓말을 한 것처럼?" 마이크가 화를 내며 말했다. "너는 데니스 애서튼이 네 데드라인이 지난 뒤에 오는 걸 계속 알고 있었어. 설사 우리가 애서튼을 찾더라도 이미 늦은 뒤라는 걸 말이야."

"알아. 미안해. 나는 다만…."

"다만 뭐?" 마이크가 폴리를 흔들었다. "날 걱정시키지 않으려고 그랬다고?"

'응. 우리가 서로를 찾아내고 네 강하 역시 열리지 않을 거란 걸 알게 된 그날 밤 이후로 내가 얼마나 힘들었는지 몰라. 난 너까지 그런 고통을 겪게 하고 싶지 않았어. 네가 지금 같은 표정을 짓게 만들고 싶지 않았단 말이야. 내가 처음 이 상황을 알고 느꼈던 심정, 막 사형 선고를 받은 듯한 느낌을 너까지 받게 하고 싶지 않았어.'

"미안해." 폴리가 힘없이 반복해 말했다.

"또 말하지 않은 게 뭐지?" 마이크가 분통을 터뜨리며 말했다. "나에게 말하지 않은 임무가 몇 개나 더 있어? 1942년에도 여기에 있었어? 아니면 1941년 여름은? 아니면 다음 주?" 마이크는 폴리의 두 팔을 너무나 세게 움켜쥐었기에 그녀는 고통에 비명을 질렀다. "광장에서 나도 에일린과 함께 있었어?"

"아니. 말했듯이…."

"내가 그곳에 있었어? 팔이나 다리가 하나 잘렸기 때문에 내가 걱정하지 않도록 내가 그곳에 있는데도 못 봤다고 한 거 아니고?"

"아니야." 폴리가 눈물이 그렁그렁 고인 눈으로 말했다. "에일린만 봤어."

"맹세해?"

"맹세해."

"얘들아!" 에일린이 뒤에서 외쳤다. "마이크! 폴리!"

폴리가 마이크의 팔을 움켜쥐었다. "에일린에게는 말하지 마." 폴리가 속삭였다. "제발. 에일린은… 제발, 에일린에게는 말하지 마."

"무슨 일이 있었어?" 에일린이 계단을 달려 올라오며 말했다. 그녀는 샌드위치 하나와 오렌지 스쿼시 한 병을 들고 있었다. "간이 식당으로 올 거라고 했잖아."

마이크는 폴리를 보았고, 이윽고 말했다. "이야기하고 있었어."

"공습에 대해서." 폴리가 재빨리 말했다. "우리가 만든 목록에서 빈 날짜를 채우고 있었어. 트래펄가 광장이 겨울 언젠가에 공습을 당한다고 네가 말했지? 어느 달인지 알아?"

"아니." 에일린이 말하고 계단에 앉아 샌드위치 포장을 풀었다. "좀 먹어볼래?"

마이크는 대답하지 않았지만 에일린은 아무것도 알아차리지 못한 듯했다. 그녀는 알프와 비니에 관한 화제에 정신이 팔려있었다. "애들이 그날 집에 제대로 들어갔어야 할 텐데."

"걔네들은 혼자서도 잘할 수 있다고 네가 말했잖아." 폴리는 밝은 목소리를 내려 애쓰며 말했다.

"잘할 수 있어. 하지만 밤새 아무리 떼어내려 해도 딱 붙어 있더니만, 집에 데려다주겠노라고 하니까 사라졌어. 이유가 궁금해."

"세인트바트 병원에서 훔친 체온계나 청진기를 네가 발견할까 봐 두려웠던 걸 거야." 마이크가 추측했다.

에일린은 마이크가 한 말을 듣지조차 않았다. "둘 다 너무 꾀죄죄했어." 에일린은 생각에 잠겨 말했다.

폴리는 그게 알프와 비니가 블랙프라이어스 역을 제멋대로 싸돌아다니는 것과 관련이 있을 거라 생각했지만, 그 연관 관계가 어떻든 간에 에일린이 자신들이 아닌 호드빈 남매에게 정신이 팔려서 다행이라고 생각했다. 그렇지 않았다면 에일린은 마이크가 충격받은 상태라는 걸 눈치챘을 것이다.

'마이크에게 말하지 말걸.' 폴리는 마이크가 진실을 이미 추측했더라도 그걸 시인하지 말아야 했다고 생각했다. '5월이나 4월 정도에 네트를 통과했다고 거짓말을 했어야 하는데.'

하지만 마이크는 너무나도 절박해 보였고, 너무나도… 뭔가에 쫓기는 듯한 표정이었다. 그리고 공습경보가 해제된 뒤 집으로 돌아가는 길에, 마이크는 폴리를 옆으로 살짝 끌어내며 말했다. "네 데드라인 전에 네가 여기서 빠져나갈 방법을 알아낼게. 너희 둘 다 돌아갈 수 있게 할게. 약속할게."

이튿날 저녁, 폴리가 일을 마치고 나오자 마이크가 타운젠드 브라더스 백화점 밖에 서 있었다. "D-데이 준비에 대해 말해줘." 마이크가 말했다.

"준비? 하지만?"

"우리는 데니스 애서튼이 3월에 올지 안 올지 확실히 몰라. 던 워디 교수님이 애서튼의 강하 날짜를 변경했을 수도 있어."

'아니면 취소했거나.' 폴리가 생각했다. '아니면 제럴드 핍스 때처럼 강하가 열리지 않아서 올 수가 없거나.'

"또는 네가 그랬던 것처럼 애서튼도 일찍 도착해야 했을 수 있어." 마이크가 말했다. "그래서 상륙작전 준비가 시작될 때 미리 자리 잡고 있도록 말이야."

폴리는 고개를 저었다. "그럴 필요가 없을 거야. 캠프에는 수십만 명의 군인들이 도착했어. 애서튼이 끼어들어도 아무도 알아차리지 못할 거야."

"어디로 도착했는데?" 마이크가 계속 캐물었다. "준비 작업이 어디였어?"

"포츠머스, 플리머스, 사우샘프턴. 하지만 잉글랜드 남서부 절반에 걸쳐 있었어." 폴리가 말했고, 곧바로 후회했다. 애서튼을 찾는 게 어려울 거라는 식으로 말하면 안 되는 거였다. 폴리는 마이크가 데니스 애서튼을 찾는 게 가망이 없다고 생각해서 뭔가 다른 무분별한 행동, 가령 총에 맞을 위험도 아랑곳하지 않고 사격훈련소 근처에 있는 에일린의 강하 지점에 가보려 한다든가 또는 살트램-온-시로 가서 자신의 강하 지점에 설치된 대포를 날려버릴 계획을 짜는 걸 원하지 않았다.

마이크는 그런 제안을 하지 않았다. 그리고 이튿날 저녁, 마이크가 자신의 계획을 밝히긴 했지만, 그 계획은 서로 번갈아가며 폴리의 강하 지점을 다시 확인하자는 것과 신문들에 개인 광고를 추가로 싣자는 정도가 전부였다.

"하지만 이미 해봤잖아." 에일린이 말했다. "그리고 아무 답도 없었어."

"이제 실을 광고는 구조팀에게 보내는 게 아니야." 마이크가 말했다. "옥스퍼드에 보내는 거지."

"하지만 다른 역사학자를 찾지 못하는 상황에서 어떻게 미래로 메시지를 보낼 수가 있어?" 에일린이 물었다. "우리는 바솔로뮤 씨의 강하 지점이 어디인지 몰라."

"우리는 구조팀에게 했던 것과 같은 방식으로 옥스퍼드에 메시지를 보낼 거야. 네가 해줬던 말 기억 나, 폴리? 영국 정보부는 노르망디가 아닌 칼레로 상륙할 거라고 히틀러를 속이기 위해 신문에 메시지를 실었다고 했잖아."

"결혼 발표와 편집자에게 보내는 편지들?"

"그래. 그리고 BBC를 통해 베를렌 메시지랑 다른 암호 메시지들을 프랑스 레지스탕스에 보냈잖아."

"하지만 그 메시지들은 미래로 보내는 게 아니었어." 폴리가 말했다.

"맞아. 하지만 결국은 미래에 도착했어. 제2차 세계대전이 끝난 뒤 역사학자들은 당시 상황을 알기 위해 모든 신문과 라디오 방송 녹음과 전보를 조사했고, 남 포티튜드와 BBC의 메시지들을 발견했어."

"하지만 역사학자들은 1944년 신문을 조사했어." 폴리가 말했다. "왜 1941년 신문을 조사하겠어?"

"우리가 1941년에 있으니까. 우리가 어디에 있는지 찾으려 할 테니까." 마이크가 말했다. "그리고 우리는 그 장소를 알려주는 거고."

'안 될 거야.' 폴리가 생각했다. '만약 옥스퍼드에서 메시지를 찾고 있었다면 이미 우리가 구조팀에 보낸 메시지를 발견했을 거고, 구조팀이 트래펄가 광장이나 피터팬 동상 앞에서 기다렸을 거야.'

'그리고 만약 미래의 역사학자들이 메시지를 찾고 있지 않다면, 만약 어떤 역사학자가 우연히 우리 메시지를 발견하길 기대하는 거라면, 그 역사학자는 우리 메시지 내용을 이해하지 못할 거야. 우리가 '던워디 교수님, 1941년에 갇혔어요. 집으로 갈 방법이 필요해요. 폴리, 마이크, 에일린'이라고 쓴다면 모를까. 그리고 그렇게 쓴다 해도 그걸 읽은 역사학자가 그 내용을 이해한다는 보장도 없고.'

그리고 그 메시지가 2060년까지 남아있다는 가정도 필요했다. 신문사들이 모여있는 플리트 스트리트는 전쟁이 끝날 때까지 몇 번에 걸쳐 폭격을 당했고, 세인트폴 대성당을 파괴한 핀포인트 폭탄 때문에 셀 수 없이 많은 기록이 파괴되었으며, 전 세계적 전염병 때에도 마찬가지로 수많은 기록이 사라졌다. 〈이브닝 익스프레스〉의 개인 광고란 메시지가 던워디 교수에게 도착할 가능성은 병에 담은 편지가 던워디 교수에게 도착할 가능성만큼이나 작았다. 그리고 마이크 역시 그 사실을 확실히 알았다. 폴리는, 마이크가 폴리와 에일린이 '더는 방법이 없다'는 걸 알아차리지 못하도록, 둘에게 그냥 뭔가 할 거리를 주기 위해 저러는 게 아닐까 하는 의심이 들었다.

하지만 그 이유가 뭐든 간에, 마이크는 폴리가 모든 걸 털어놓았을 때 지었던, 쫓기는 듯하고 절박한 표정을 더는 짓지 않았다. 그리고 만약 "세상의 빛' 옆 남쪽 복도에서 만나자'라는 메시지를 보낸 뒤 마이크를 세인트폴 대성당에서 기다리게 하거나 하이드 파크 코너에서 기다리게 한다면, 그는 백베리나 살트램-온-시에 가서 무모한 시도를 하지 않을 것이다. 그래서 폴리는 부지런히 개인 광고들을 썼다. 'R. T. 지난 토요일에 가지 못해서 미안. 갈 수 없었어. 패딩턴 역 6번 트랙에서 2시에 만나자. M. D.' 그리고 이런 메시지도 썼다. '금반지, 옥스퍼드 스트리트에서 분실, '시간 은 끝이 없다'라고 새겨졌음. 사례함. M. 데이비스에게 연락. 켄 싱턴, 브레스포드 코트 9번지.'

금요일, 마이크는 자신이 트래펄가 광장에 에일린과 같이 있 지 않았던 게 확실한지 다시 한 번 물었다. "에일린 주위에 서 있 던 사람들도 보았어?"

"응." 폴리가 말했다. "흰색 원피스를 입은 십대 소녀 한 명이랑 수병 한 명…." 폴리가 얼굴을 찡그리며 기억을 더듬었다. "그리 고 나이 지긋한 여자 둘이랑. 왜?"

"왜냐면, 설사 너랑 내가 죽었다 할지라도, 에일린은 그곳에 혼 자 가지 않았을 테니까. 타운젠드 브라더스 백화점이나 다른 백 화점의 동료들과 그곳에 갔을 거야. 그런데 에일린이 혼자 갔다 는 건 에일린이 다른 임무를 받아 거기로 갔단 뜻이 되는 거지."

아니, 그렇지 않았다. 그래도 마이크가 그렇게 믿는다면 뭔가 무분별한 일을 할 가능성이 작아졌다.

"그 나이 지긋한 여자들은 라버넘 양이랑 히바드 양이 아니었 지?" 마이크가 물었다. "스넬그로브 양도 아니고?"

"아니었어." 폴리가 말했다. 하지만 폴리는 자신이 그 사람들을 제대로 보지 못했으며 또한 그 당시에는 그 사람들을 알게 되기 전이라 얼굴도 잘 몰랐다는 말을 하지 않았다.

11일인 토요일, 타운젠드 브라더스 백화점은 듀크 스트리트의 가스 누출 때문에 다시 소개를 했고, 위더릴 씨는 폴리를 포함해 직원 절반을 집으로 돌려보냈다. 에일린은 거기에 포함되지 않았다. 폴리는 마이크가 리어리 부인 집에 있는지 보러 갈 생각이었지만, 라버넘 양이 그녀를 붙잡고 극단이 낭독회를 할 극본들을 살펴보게 했다.

"등장인물들이 적어야 해요." 라버넘 양이 폴리에게 지시했다. "단원 일부가 없어도 문제가 안 되게요."

"지난 며칠 동안 빠져서 죄송해요." 폴리가 말했다. "오늘 밤에는 꼭 갈게요. 약속해요."

"어, 당신을 말한 게 아니었어요." 라버넘 양이 말했다. "심스 씨를 말한 거였어요. 그분은 화재 감시원에 자원했고, 라일라와 비브도 거의 안 나와요. 그 둘은 친목 댄스회에 간다고 늘 빠져요."

"그 둘이 오늘 밤에도 가는 건 아니겠죠?" 폴리가 걱정하며 말했다. 오늘 밤에는 뱅크 역과 리버풀 스트리트 역에 심한 폭격이 있었다.

"안 가길 바라요." 라버넘 양이 말했다. "우리는 《한여름 밤의 꿈》의 한 장면을 낭독하거든요. 그리고 머스터드시드와 피스블로섬 역할로 그 둘이 필요해요."

사이렌이 울릴 때까지도 마이크나 에일린은 돌아오지 않았고, 폴리가 노팅힐게이트 역으로 갔지만 그곳에도 둘은 없었다. 어젯밤 두 사람이 떠나기 전, 폴리는 둘에게 사이렌 소리를 들으면 뱅크 역이나 리버풀 스트리트 역을 통과하는 지하철을 타지 말고 방공호에 가라고 말했다. 그건 둘이 노팅힐게이트 역에 오기까지 시간이 좀 걸린다는 뜻이었다.

폴리는 비상계단에 둘이 볼 수 있게 메모를 남기고 플랫폼으로 갔다. 다행히도 라일라와 비브가 와있었고, 근무 중인 심스 씨, 그리고 도밍 씨의 말에 따르면 날씨가 너무 나빠 공습이 없을 거라며 오지 않은 리케트 부인을 뺀 나머지 사람들도 모두 있었다. "리케트 부인 생각이 맞을 것 같아요." 도밍 씨가 말했다. "눈이 올 듯하네요."

'눈이 독일 공군의 오늘 밤 공습을 막지는 못해요.' 폴리가 생각했다.

극단은 《한여름 밤의 꿈》에서 티타니아와 보톰이 나오는 장면을 읽었고, 주임 사제는 《전함 피나포어》에서 제독의 노래를 암송했으며, 폴리와 고드프리 경은 《진지함의 중요성》에서 한 장면을 읽었다. 그들은 수백 개의 폭탄이 터지며 내는 듯한 날카롭고 둔탁한 소리 때문에 있는 힘껏 큰 소리로 장면들을 읽어야 했다.

폴리는 금방이라도 에일린과 마이크가 오리라고 계속 기대했지만, 둘은 오지 않았다. 리케트 부인은 공습에 관한 자기 추측이 틀려 화난 듯한 표정으로 역에 왔다. "제가 여기 오려고 집을 나선 뒤 에일린이 집에 오지 않았나요?" 폴리가 리케트 부인에게 물었다.

"아니요. 오늘 오후 이후로 안 돌아왔어요."

"오늘 오후요?"

리케트 부인이 고개를 끄덕였다. "자기는 오늘 저녁 식사에 못 올 거라면서 이걸 당신에게 전해달라더군요."

부인은 폴리에게 봉투를 건넸다. 봉투 안에는 에일린이 끄적인 메모가 있었다. "폴리, 알프와 비니가 걱정돼. 둘은 뱅크 역에 자주 간다고 했어. 둘이 그곳에 없는 걸 확인하러 갔다 올게. 에일린."

'둘이 그곳에 없는 걸 확인하러 간다고?' 폴리가 공포에 질려 생각했다. 뱅크 역이 폭격당하는 날 밤에?

폴리는 자기 코트를 집어 들고 입기 시작했다. "어디 가는 겁니까?" 고드프리 경이 물었다.

"에일린을 찾으러요."

"지금 거의 11시예요." 라버넘 양이 말했다. "지하철은 이미 운행을 멈췄을 거예요."

"공습이 시작되었을 때 방공호로 갔을 겁니다." 주임 사제가 말했다.

'그게 문제예요.' 폴리가 생각했다. '에일린은 폭격을 당할 예정인 방공호로 갔거든요.'

하지만 에일린은 그곳이 폭격당할 것을 알았다. 에일린은 알프와 비니를 찾아 즉시 그곳을 떠났을 것이다. 아이들이 떠나는 걸 거부하지 않았다면 말이다. 아이들은 29일에도 에일린을 지연시켰다. 만약 오늘 밤에도 그렇게 해서 에일린이 역에서 떠나지 못했다면?

"친구분에게 아무 일도 없을 거라고 확신합니다." 주임 사제가 안심을 시키려 말했다.

'신부님 말이 옳아.' 폴리가 생각했다. '나는 전승 기념일에 대해 잊고 있었어. 나는 그날 녹색 코트를 입은 에일린을 보았어. 그건 에일린이 뱅크 역에서 죽을 리 없다는 뜻이야.'

하지만 마이크는 전승 기념일에 그곳에 없었다. 만약 마이크가 에일린과 함께 역에 갔다면? "데이비스 씨가 오늘 오후에 하숙집에 들렀나요?" 폴리는 리케트 부인에게 물었다. "데이비스 씨에게 이 메모를 보여주셨어요?"

리케트 부인은 화내며 정색을 했다. "절대로 그러지 않았어요.

난 심지어 오늘 데이비스 씨를 보지도 못했어요. 나는 내 집에 하숙하는 사람들의 편지를 남자 친구에게 전하는 버릇 따위는 없어요."

"아, 물론이에요." 폴리가 서둘러 말했다. "제가 그냥 걱정되어서요. 둘 다 몇 시간 전에 여기에 왔어야 하는데, 오늘 밤은 공습이 아주 심하잖아요."

"내일 아침까지는 할 수 있는 게 아무것도 없을 겁니다." 도밍 씨가 말했다.

'걱정 말고는 할 수 있는 게 없지.' 폴리가 생각하며 폭탄들이 터지는 소리에 귀를 기울였고, 뱅크 스트리트가 언제 폭격당하는지 그리고 다른 어디가 폭격당하는지 알면 좋았겠다고 생각했다. 그리고 마이크가 어디에 있는지도. 만약 에일린이 리케트 부인 집을 나서는 걸 보고 그 뒤를 쫓아간 거라면? 그리고 뱅크 역의 군중 속에서 에일린을 놓쳤고 에일린이 호드빈 남매를 데리고 다른 역으로 간 걸 알지 못했다면? 아직도 뱅크 역에서 에일린을 찾고 있다면?

'마이크가 에일린 뒤를 쫓아갔는지 아닌지도 모르잖아.' 폴리가 생각했다. '내 강하 지점을 확인하러 갔을 가능성도 아주 커. 아니면 광고를 실으러 플리트 스트리트로 갔다가 돌아올 수 없었거나.' 마이크는 어젯밤에는 기사를 써야 했기 때문에 늦게 역에 왔다. '마이크는 〈헤럴드〉의 지하실에 있고 에일린은 폭격당하지 않은 지하철 방공호에 있을 거야. 알프와 비니가 사람들 소매치기를 하지 못하도록 막으면서 말이지. 그러니 나는 여기서 잠을 좀 자두는 게 최선이야.'

하지만 폴리는 폭탄 소리 때문에 잠을 이룰 수가 없었고, 마이크나 에일린이 돌아왔는지 확인하기 위해 비상계단으로 두 번 다녀왔다.

공습경보 해제는 5시 30분에 울렸다. "하지만 친구분들은 지하철이 운행할 때까지 기다려야 합니다." 주임 사제가 말했다.

"알아요." 폴리가 말했고 첫 번째 운행하는 지하철에 사람들이 많아서 타지 못했을 경우를 대비해 30분을 더 기다려보았지만 둘은 여전히 오지 않았다.

"집으로 돌아갔고, 거기서 당신을 만나려는 걸 수도 있어요, 세바스찬 양." 라버넘 양이 자신이 쓴 담요를 접으며 말했다.

"그 생각도 했지만, 만약 제가 떠났을 때…."

"친구분들이 오면 못 만날까 그러는 거지요." 라버넘 양이 말했다. "이해해요. 당신은 이곳에 있도록 해요. 만약 오릴리 양이 집에 있으면 당신이 이곳에 있다고 말해줄게요. 그리고 내가 가는 길에 리어리 부인 집에 들러 데이비스 씨에게도 전해달라고 리어리 부인에게 말할게요."

"저는 여기에 적어도 1시간은 더 있을 거예요." 브라이트포드 부인이 아직 잠자는 아이들을 가리키며 말했다. "그러니 나가서 오릴리 양을 찾아보고 싶으면 그렇게 하세요. 당신이 돌아올 때까지 기다리라고 말할게요."

"감사합니다!" 폴리가 고마워했고, 플랫폼마다 달려가 어느 노선이 운행하지 않는지 확인한 뒤, 에일린과 마이크가 어느 쪽에서 오든 상관없이 알아볼 수 있도록 디스트릭스 선 에스컬레이터 발치에 자리를 잡은 다음 사람들 속에서 주황색 목도리와 녹색 코트를 열심히 찾았다.

북행 터널에서 에일린이 나타났다. "에일린!" 폴리가 외치며 에일린에게 달려갔다. "다행이야!" 폴리는 에일린 너머 터널을 바라보았다. "마이크랑 같이 있어?"

"마이크? 아니. 마이크는 어제 아침에 저녁 늦게까지 일해야 한다고 말했어. 여기 없어?"

"응. 하지만 센트럴 선은 운행 안 해. 철로가 손상되었어. 아마돌아올 수 없을 거야. 나는 마이크가 너를 찾아 리버풀 스트리트역이나 뱅크 역으로 갔을까 봐 걱정했어."

"알프와 비니는 뱅크 역에 없었어. 임뱅크먼트 역에 있었지. 하지만 그 아이들을 계속 그곳에 있게 하려면 내가 같이 있는 수밖에 없었어. 그 아이들에게….." 에일린은 목소리를 낮췄다. "뱅크 역과 리버풀 스트리트 역이 폭격을 당할 거라고 말할 수는 없었어. 알프와 비니가 어떤 아이들인지 너도 알잖아. 만약 이유를 설명하지 않고 그곳에 가지 말라고 하면 그 둘은 그 이유를 알아내기 위해 곧장 거기로 갔을 거야. 게다가 다른 것도 알아내야 했고."

'도대체 그 아이들은 얼마나 많은 범죄를 저지른 거야?' 폴리가 생각하며 에스컬레이터를 타고 내려오는 사람들을 바라보았다. 지금쯤이면 라버넘 양이 리어리 부인 집에 도착해 마이크에게 말했을 시간이었다. 만약 마이크가 그곳에 있다면.

"저번 아침에 호드빈 남매에게 집에 데려다주겠다고 말하자 그둘이 도망간 일을 생각해봤어." 에일린이 말했다. "그리고 내가 지도를 빌리러 갔던 날, 둘이 나를 집에 들이지 않으려 했던 일도."

점점 더 많은 사람이 에스컬레이터를 타고 내려왔다. 공습을 피해 대피했다가 겨드랑이에 침구를 끼고 이스트 엔드로 돌아가는 사람들, 새벽 근무 시간에 맞춰 출근하는 공장 노동자들이 보였지만 마이크는 여전히 보이지 않았다.

"그리고 알프와 비니는 너무나 더럽고 옷도 꾀죄죄해. 물론 걔 네 엄마가 아이들을 제대로 보살피지 않는 건 나도 알지만, 비니 는 장원에서 입었던 원피스를 여전히 입고 있고, 장원에 있을 때 도 그건 너무 작았어. 그리고…."

라버넘 양이 에스컬레이터를 타고 내려와 그들에게 다가왔다. "괜찮아요." 폴리가 라버넘 양에게 외쳤다. "찾았어요. 해주신 말 씀이 맞았어요. 제 친구는 지난밤에…."

폴리는 라버넘 양 위쪽 계단에 공습 대비대 감시원이 있는 것 을 보았다. 그리고 라버넘 양의 얼굴을 보았다. "무슨 일이죠?" 폴 리가 물었다. "무슨 일이에요?" 하지만 폴리는 이미 그 답을 알 았다.

'안 돼.' 폴리가 생각했다. '안 돼.'

"세바스찬 양이신가요?" 공습 대비대 감시원이 말했고, 폴리는 자신도 모르게 고개를 끄덕인 모양이었다. 감시원이 이렇게 말했 기 때문이다. "나쁜 소식을 전하게 되어 유감입니다. 당신 친구인 마이크 데이비스 씨가 지난밤 사망하셨습니다."

38

비올라: 여러분, 이곳은 어느 나라인가요?
선장: 일리리아입니다, 아가씨.
비올라: 일리리아에서 나는 어째야 하나?
나의 오라버니는 저승에 있는데.

— 윌리엄 셰익스피어, 《십이야》

런던, 1941년 겨울

공습에서 죽은 건 마이크만이 아니었다. 심스 씨 역시 죽었다.
공습 대비대 지부가 폭격을 당했을 때 심스 씨는 독감에 걸린 감
시원을 대신해 근무 중이었다. 넬슨이 같이 있었고, 구조팀은 개
의 낑낑거리는 소리 덕분에 심스 씨를 파낼 수 있었지만, 너무 늦
었다. 심스 씨는 과다 출혈로 이미 죽은 뒤였다.

넬슨은 앞발을 베인 게 부상의 전부였지만, 심스 씨에게는 가족
이 없어서 단원들은 넬슨의 운명이 어찌 될지 걱정을 했다. 하지
만 다음 주, 도밍 씨가 넬슨을 데리고 노팅힐게이트 역으로 왔고,
넬슨을 데리고 있기 위해 1기니를 냈다고 선언했다.

"도밍 씨는 개를 좋아하지 않아요." 라버넘 양에게 그 이야기를
들었을 때 폴리가 말했다. "그리고 리케트 부인은 하숙집에 애완

동물을 허용하지 않는 줄 알았는데요."

"말했잖아요. 도밍 씨는 이사했어요. 심스 씨가 쓰던 방으로요."

폴리는 라버넘 양에게 그 말을 들은 기억이 없었다. 또한 심스 씨가 죽었다는 말을 들은 기억도 없었다. 하지만 들은 게 분명했다. 심스 씨도 하운즈디치에 있었던 걸까 궁금해했던 기억이 났기 때문이다. 폴리는 당시의 며칠에 대한 기억이 거의 없었다. 그때는 마이크가 죽었다는 사실을 받아들이고 해야 할 일들만 하는 것도 버거웠다.

폴리는 이 시대 사람들이 잔해에서 남편과 부모와 아이들과 친구들의 시체를 발견했을 때 어떻게 용기를 잃지 않고 계속 살아갈 수 있었는지가 늘 궁금했었다. 하지만 그건 용기가 있어서가 아니었다. 처리해야 할 일이 너무나도 많다 보니, 그 일들을 다 처리했을 즈음엔 이미 시간이 너무 흘러 슬픔에 무너져내릴 수가 없었을 뿐이었다.

폴리는 소식을 전해준 감시원과 함께 공습 대비대 지부로 가서 마이크의 물건들을 수령하고 서명해야 했고, 사고 지역 담당 경관과 이야기를 해야 했고, 타운젠드 브라더스 백화점에 전화해 자신과 에일린이 출근하지 못한다고 말을 해야 했으며, 새로운 하숙생이 들어올 수 있도록 그의 방에서 소지품을 치워야 했다. "이렇게 빨리 재촉을 하고 싶지는 않았어요." 리어리 부인이 말했다. "하지만 어젯밤에 집이 폭격을 당해 갈 곳이 없는 부부가 있어서요."

"괜찮아요." 폴리가 말했다. 그리고 폴리는 혹시라도 리어리 부인이 마이크의 소지품을 정리하다가 앞으로 있을 폭격 일정 목록을 발견하고 그를 간첩으로 생각하는 걸 원하지 않았기에 곧장 짐을 정리하러 갔다.

하지만 마이크의 방에는 오해받을 만한 물건이 전혀 없었다. 옷과 슈트케이스, 수건, 면도용품, 새클턴 전기 페이퍼백 한 권이 전부였다.

폴리는 그것들을 꾸려 리케트 부인 집으로 가져왔고, 담당 편집자에게 마이크의 사고 소식을 전하러 〈데일리 익스프레스〉로 갔다. 그리고 그 내내 상실의 고통이 당장에라도 밖으로 터져 나오는 일을 막기 위해 폴리는 무감각하게 있으려 단단히 마음을 먹었다.

하지만 실은 고통이 터져 나올까 걱정할 시간이 없었다. 폴리는 마이크의 편집자가 하는 질문에 답해야 했고, 단원들의 위로와 고드프리 경의 걱정스러운 관심에 반응을 보여야 했고, 도린이 '4층 직원 일동'을 대신해 가져온 꽃다발을 꽃병에 꽂아야 했다. 그중에서도 최악은, 마이크의 죽음을 믿지 않으려 하는 에일린을 상대해야 하는 일이었다.

"이건 전부 실수예요. 다른 사람일 거예요." 감시원이 마이크의 신분증과 배급 수첩, 그리고 그가 가지고 다니던 기자 수첩을 보여주는데도 에일린은 끝내 고집을 부렸다. 감시원이 보여준 물건 중에는 그들이 존 바솔로뮤를 찾으려 했던 다음 날 아침에 폴리가 세인트바트 병원에서 마이크에게 빌려준, 히바드 양에게 선물받은 주황색 목도리도 있었다.

신분증 가장자리는 까맣게 그을렸고, 모든 물건이 물에 흠뻑 젖어 있었다. "소방 호스 때문에요." 감시원이 사과하듯이 설명했다.

"마이크가 물건들을 도둑맞았던 걸 수도 있어." 에일린이 말했다. "알프와 비니는 늘 사람들에게서 온갖 것들을 훔쳤어. 시체를 보기 전에는 믿을 수 없어."

하지만 시체는 없었고, 감시원이 조심스럽게 그 이유를 설명했다. "450킬로그램짜리 폭탄이었습니다. 그리고 소이탄들도 떨어졌고요, 아시겠지만요."

폴리는 알았다. 마이크는 산산조각이 났고, 그 조각들이 너무 작아 구조대가 거둘 수조차 없었다. 처음으로 V-1 사고 가운데 한 곳에 갔을 때 페이지 페어차일드가 했던 말이 떠올랐다. "손보다 작은 건 신경 쓰지 마."

"마이크일 리가 없어." 에일린이 계속 주장했다. "공습이 한창일 때 여기에 뭐 하러 나왔겠어? 사이렌이 울리면 방공호로 가겠노라고 우리 모두 약속했잖아."

"어쩌면 방공호까지 너무 멀어서 그곳까지 갈 만한 시간이…."

"아니야." 에일린이 말했다. "감시원에게 물어봤어. 하운즈디치는 11시에야 폭격을 받았댔어. 그리고 마이크가 하운즈디치에서 무엇을 하겠어? 마이크가 네게 그곳 이야기를 한 적 없잖아, 안 그래?"

"응. 하지만 마저리 기억나? 마저리도 자기가 조종사를 만날 거라는 말을 아무에게도 하지 않았어. 마저리가 저민 스트리트에 있다는 걸 아무도 몰랐다고."

"그리고 마저리는 죽지 않았지. 마이크도 그래."

"에일린…."

"부상을 당해 어딘가에 입원해 있거나 머리를 맞아 자기가 누군지 모르는 상태일 거야." 에일린이 주장하며 이미 관계 당국이 확인해보았음에도 불구하고 병원들을 확인해보자고 우겼고, 만약 무슨 일이 잘못되면 가 있기로 했던 옥스퍼드 서커스 역의 에스컬레이터 발치에서 고집스레 기다렸다.

"계속 이럴 수는 없어." 사흘째 밤이 지나고 폴리가 말했다. "넌 잠을 좀 자야 해."

에일린이 고개를 저었다. "그랬다가는 마이크를 놓칠 거야." 에일린이 말했다. 나흘째 밤이 지나도록 마이크가 오지 않자 다시 말했다. "아마 마이크는 구조팀을 찾았고, 구출되었을 거야. 그리고 우리를 데리러 오고 싶지만, 아직 시간이 안 나서…."

폴리는 바솔로뮤 씨가 세인트폴 대성당에 있다는 사실을 알게 된 마이크가 각자 갈라져서 그를 찾자는 의견에 얼마나 완고하게 반대했는지를 떠올리며 고개를 저었다. "마이크는 우리를 두고는 절대로 가려 하지 않았을 거야."

"달리 선택의 여지가 없었을 수도 있잖아. 새클턴처럼. 구조대를 데리고 오기 위해 우리를 두고 떠나야 했을 거야. 어쩌면 강하 지점이 하운즈디치에 있었고, 즉각 떠나지 않으면 강하 지점이 파괴될 상황이었을 거야. 그래서 마이크는 먼저 떠난 거고. 지금 마이크는 바드리와 리나와 함께 다른 강하 지점을 찾으려 애쓰고 있을 거야. 그리고 '이건 시간 여행이야.' 따위 말은 하지 마." 폴리가 아무 말도 하지 않았는데 에일린이 말했다. "구조팀이 아직 오지 않을 만한 이유가 수십 가지는 돼. 편차에 분기점에…."

'하지만 그렇지 않았을 가능성이 가장 커.' 폴리는 생각했다. '마이크는 돌아가지 않았고, 하운즈디치에는 강하 지점이 없었어.' 고성능 폭탄, 그리고 이어서 떨어진 소이탄들이 마이크가 나타나지 않는 유일한 이유였다.

"마이크는 죽을 수가 없어." 에일린이 말했다. "우리를 여기서 빠져나가게 해주겠노라고 약속했단 말이야."

'맞아. 그리고 콜린 역시 내가 곤란한 상황에 빠지면 나를 구

하러 오겠노라고 약속했지.' 폴리는 생각했다. '약속을 지킬 수 없는 때도 있는 거야.'

"어쩌면 구조팀에 대한 새로운 단서를 발견해서 구조팀을 찾으러 갔을 수도 있어." 에일린이 말했다. "마이크는 우리에게 말 안하고 맨체스터에도 갔었잖아."

하지만 그건 그의 신분증이 왜 하운즈디치에서 반쯤 불에 탄채 발견되었는지, 그리고 리어리 부인의 집에 소지품이 왜 그대로 있는지를 설명하지 못했다. 만약 마이크가 어딘가에 갔다면 면도기와 면도용 비누라도 챙겼을 것이다.

폴리는 마이크가 하운즈디치에서 뭘 했는지에 대한 단서가 그의 소지품 중에 있길 바랐지만, 한편으론 그 이유를 아는 게 두렵기도 했다. 만약 알프와 비니를 찾으러 가는 에일린을 보고 그 뒤를 쫓아간 거라면? 하운즈디치는 뱅크 역에서 그리 멀지 않았다. 또는 셋이 이곳에서 빠져나갈 수 있게 하려고 뭔가 위험한 일을 했던 거라면? 마이크는 폴리에게서 에일린의 코트 이야기를 들은 뒤로 너무나도 절박하고 심란해했다. 만약 절박한 상태에서, 누군가를 구조팀이라 착각하고 그 사람 뒤를 밟아 하운즈디치에 간 것이라면? 그래서 죽은 거라면?

'마이크에게 말하지 말아야 했어.' 폴리는 생각했다. '코트에 관해 사실대로 말하는 게 아니었는데.' 만약 마이크가 그들을 구하기 위해, 폴리의 데드라인 전에 그녀를 구하기 위해 애쓰다가 죽은 거라면, 폴리는 그 사실을 도저히 견딜 수 없을 것 같았다.

하지만 만약 마이크가 하운즈디치에서 뭘 했는지 알 수 있다면 에일린은 제정신을 차려 현실을 받아들일 수도 있을 것 같았다. 그래서 이튿날 밤, 폴리는 리케트 부인 집에 남아서 아직도 축축한 마이크의 공책을 오븐에 넣어 말린 뒤 오글오글해진 종이를 한 쪽씩 넘기며 내용을 살폈다.

어떤 쪽에는 잉크가 번지거나 씻겨 나갔다. '바이그램 암호책의 암호 같네.' 폴리는 생각했고, 흐릿해진 단어들을 살펴보며 그 내용을 해석하려 애썼다.

공책에는 여성으로만 구성된 방공포대에 관한 신문 기사용 메모, 마이크가 블레츨리 파크로 가기 전에 폴리가 말해준 이름들('앨런 튜링, 고든 웰치먼, 딜리 녹스') 그리고 신문 기사로 쓸 만한 소재 목록 같아 보이는 것들('전시의 결혼식들', '당신의 여행은 정말로 필요합니까', '겨울과 전쟁: 생존 전략들')이 적혀 있었다.

'생존 전략들.' 폴리가 생각했고, 마치 셔츠 밖으로 피가 배어 나오듯 고통이 배어 나오기 시작하는 걸 느꼈다.

공책에서 몇 장은 찢기고 없었다. '앞으로 있을 공습 목록이야.' 폴리는 생각했다.

남은 쪽들은 '우리 몫을 다하기: 가정 전선의 영웅들'이라는 제목의 기사와 이름, 주소, 시간 목록이었다. '간이 식당 직원 에드나 벨 부인, 사우스워크 커틀본 스트리트 6번지, 1월 10일, 오후 10시.' 그리고 그 아래에 '화재 감시원'이라 적혔고 '우드러프 씨'인지 '월튼 씨'인지 잘 알아볼 수 없는 이름과 함께 '1월 11일 밤 11시, 하운즈디치, H와 스토니 레인 모퉁이'라고 적혀 있었다.

마이크는 에일린을 따라갔다거나 구조팀을 찾으러 갔던 게 아니었다. 그는 〈데일리 익스프레스〉에 실을 일반인 영웅들 기사를 쓰기 위해 화재 감시원을 인터뷰하러 하운즈디치에 간 것이었다. 폴리 때문에 죽은 게 아니었다. 마이크는 그들을 구하려다가 죽은 게 아니었다.

폴리는 그 사실을 알면 위안이 될 거라 생각했지만 그렇지 않았고, 에일린과 마찬가지로 자신도 뭔가 착오가 있었기를, 뭔가 다른 설명이 있기를, 마이크가 사실은 죽은 게 아니라고 밝혀지길 바랐다는 사실을 깨달았다. 하지만 마이크는 죽었다.

그리고 만약 마이크가 죽은 것이면, 누구도 그들을 구하러 오지 않는다는 뜻이었다. 폴리는 던워디 교수가 발을 부상당한 마이크 그리고 데드라인이 있는 폴리를 이곳에 남겨두는 것은 그럴 수 있다고 어찌어찌 자신을 설득할 수 있었지만, 자기 셋 가운데 누군가가 죽는 상황을 피할 수 있음에도 던워디 교수가 그냥 두고 본다는 건 도저히 있을 수 없는 일이었다.

그 말은 던워디 교수도 어쩔 도리가 없었다는 뜻이었다. 교수는 그들을 구할 수 없었다. 그리고 편차 때문이든 아니면 그들이 역사를 바꾸었기 때문이든 아니면 옥스퍼드에 큰 사고가 났기 때문이든 그 이유는 중요하지 않았다. 마이크는 죽었다. '마이크 데이비스, 26세, 돌연사. 적의 폭격으로 사망.'

폴리는 마이크의 소지품을 가지고 리케트 부인 집으로 돌아와 그것들을 옷장 서랍에 넣은 뒤, 세인트폴 대성당 바닥에서 주워 온 반쯤 불에 그을린 '세상의 빛' 복제화를 꺼내 펼쳤고, 침대에 앉아 그 그림을 바라보았다. 이제 불에 타 사라진 문을 두드리려는 예수의 손을, 그리고 얼굴을 바라보았다. 그의 얼굴에는 아무런 표정도 없었다.

"제가 당신 친구를 위한 추도 예배를 해드릴까요, 세바스찬 양?" 금요일에 주임 사제가 물었다. "기꺼이 주관하겠습니다. 세인트비딜퍼스의 주임 사제와 이야기를 해서 심스 씨의 장례식을 그곳에서 하기로 했고, 데이비스 씨의 추도 예배 역시 그분께 말씀드려볼 수 있습니다."

하지만 에일린은 그 말을 들으려 하지 않았다. "마이크는 죽지 않았어요." 그녀는 고집했고, 폴리가 그의 공책에 기재된 내용을 보여주자 이렇게 말했다. "그 글씨는 11일이 아니야. 그건 17일이야. 아니면 7일이거나. 물 때문에 숫자들이 다 번졌잖아. 그리고 설사 11일이라 해도 그게 꼭 마이크가 약속 장소에 갔다는 뜻은 아니야."

화요일, 폴리는 심스 씨의 장례식에 갔다. 폴리는 에일린에게도 함께 가자고 설득해보았지만, 에일린은 에스컬레이터 발치를 떠나려 하지 않았다. "마이크를 놓칠 거야." 에일린은 에스컬레이터를 타고 내려오는 사람들을 희망 어린 눈길로 바라보며 말했다.

넬슨을 포함해 단원 전부가 세인트비덜퍼스 교회에 왔다. 라버넘 양과 히바드 양은 베일을 내린 검은 모자를 썼고 가장자리가 검은색인 손수건을 가지고 왔다.

고드프리 경은 성 크리스핀의 날 연설을 암송했다. "'오늘부터 세상이 끝나는 날까지 우리들을 기억하지 않고는 하루도 지나가지 않으리라. 소수인 우리, 소수이기에 행복한 우리는 모두 한 형제이다. 오늘 나와 함께 피 흘리는 자는 모두 내 형제가 될 것이기 때문이다.'"

그리고 주임 사제는 추도사에서 말했다. "심스 씨는 헨리 5세의 군인 못지않은 훌륭한 군인이었고 또한 영웅이었습니다."

'마이크도 그래요.' 폴리는 생각했다. 마이크가 무엇을 하다 죽었는지는 중요하지 않았다. 영국 공군 조종사가 적과 교전을 벌이다 죽었든 휴가 중에 죽었든 상관없는 것과 마찬가지였다. 여전히 마이크는 그들을 구하려 애쓰다 죽었다. 마이크는 그들을 만난 이후로 줄곧 그들을 이곳에서 빠져나가게 하려고 애썼다. 그리고 마이크가 실패했다는 건 중요하지 않았다. 역사는 실패한 시도로 가득했다. 테르모필레 전투, 남극 탐험 후 돌아오던 스콧의 조난, 하르툼 공방전. 마이크는 여전히 영웅이었다.

장례식 뒤, 주임 사제는 폴리에게 추도 예배에 대해 다시 물었다. "지금 언원 목사님과 이야기할 수 있습니다. 아니면 다른 교회에서 하실 수도 있고요."

'네.' 폴리는 생각했다. '세인트폴 대성당요. 웰링턴, 넬슨 경, 폴크너 함장처럼, 영웅들은 다 거기에 묻히니까요. 마이크도 그곳에 있어야 해요.' 하지만 폴리는 그건 절대로 허락되지 않을 거라는 걸 알았다.

그래도 어쨌거나 폴리는 험프리스 씨에게 물어보았고, 놀랍게도 그는 세인트마이클앤드세인트조지 기사단 예배당에서 작은 개인 예배를 주관할 수 있다고 대답했다. "데이비스 씨 일은 정말로 유감입니다." 험프리스 씨가 말했다. "이런 폭력과 죽음 속에서 하느님의 계획을 알아본다는 건 때때로 어려운 일이지요. 하지만 하느님의 도움으로 모든 것이 결국 올바르게 될 겁니다."

험프리스 씨는 폴리에게 언제 추도 예배를 하고 싶은지 물었고, 폴리는 에일린에 관해 이야기했다. "사람들은 종종 죽음을 받아들이기 어려워합니다." 그는 고개를 저으며 말했다. "갑작스러운 죽음은 특히 그렇죠. 그분이 이 상황을 이길 수 있도록 도울 가까운 분이 있나요? 어머니라든가 아버지요. 동창분은 없을까요?"

'말씀하신 그 누구도 아직 태어나지 않았어요.' 폴리가 생각했고, 에일린에게 리케트 부인 집으로 돌아가 잠을 좀 자라고 설득하기 위해 옥스퍼드 서커스 역으로 향했다. 에일린을 더는 이런 식으로 놔둘 수 없었다. 에일린은 거의 아무것도 먹지 않았으며 잠도 거의 자지 않았다. 눈 밑에는 다크 서클이 생겼으며 얼굴에는 뭔가에 쫓기는, 멍한 표정이 떠 있었다.

'마치 그때의 마이크 같아.' 폴리는 생각했다. 어떻게든 에일린을 정신 차리게 해야 했다.

하지만 에일린은 폴리의 말을 들으려 하지 않았다. '그리고 여기에는 에일린과 가까운 사람이 아무도 없어.' 폴리는 생각했지만, 곧 그게 사실이 아님을 깨달았다. 그녀는 백베리의 신부에게 편지를 썼고, 며칠이 지나도 답장이 없자 알프와 비니를 찾으러 갔다.

호드빈 남매가 위로를 해주기에 이상적인 인물이라고 하기는 어려웠지만, 에일린은 둘을 아꼈다. 에일린은 마이크가 죽은 걸 알게 되기 직전에 그 두 아이에 관해 이야기하고 있었다. 그리고 지금 중요한 것은 에일린을 자극해 현실로 돌아오게 하는 것이었고, 그런 거라면 알프와 비니가 전문가였다.

폴리는 둘이 사는 곳이 화이트채플이라는 것만 알 뿐 정확한 주소는 알지 못했고, 에일린에 따르면 둘 다 집에 있을 때가 없었다. 그러면 남은 건 지하철역뿐이었다.

폴리는 임뱅크먼트 역부터 시작했다. 에일린이 그 둘을 마지막으로 본 곳이었다. 그리고 블랙프라이어스 역과 홀본 역을 찾아보았다. 그래도 호드빈 남매를 찾을 수 없자 폴리는 지하철역들의 말썽꾸러기들을 불러세워 호드빈 남매의 행방을 묻기 시작했지만 그 역시 소용없었다. 그 아이들은 폴리가 아동 보호소에서 왔거나 학교 선생님이라고 생각해서 아무 말도 하지 않으려 들었다. 그래서 폴리는 방법을 바꿔 알프와 비니에게 메시지를 전달해달라며 2펜스를 주었고, 전달한 걸 확인하면 2펜스를 더 주겠노라고 약속했다.

이튿날 폴리가 퇴근할 때, 둘은 타운젠드 브라더스 백화점 밖에서 기다리고 있었다. 폴리가 2펜스를 주겠노라고 약속했던 말썽꾸러기도 함께였다. 폴리는 그 아이에게 돈을 주었고, 아이는 쏜살같이 사라졌다.

그 아이가 사라지자마자 비니가 말했다. "에일린 언니에게 무슨 일이 일어났나요?"

"누나가 죽었나요?" 알프가 캐물었다.

"아니. 에일린은 괜찮아."

"그런데 왜 에일린 언니가 여기 없나요?" 비니가 물었다.

"누나가 구급차를 다시 몰아야 해서 길을 찾기 위해 우리가 필요한 건가요?" 알프가 물었다.

"아니." 폴리가 당황하며 말했다. 에일린은 지금 당장에라도 직원용 문을 통해 나올 수 있었다. 폴리는 에일린이 오기 전에 아이들에게 마이크에 관해 이야기해야 했다. "에일린의 친구인 데이비스 씨에 관한 거야. 전에 너희도 세인트폴 대성당에서 만난 적이 있지."

"코트가 없던 사람요?"

"그래." 폴리가 말했고, 마이크가 셔츠만 입은 채 세인트폴 대성당 계단에 앉아 좌절하던 모습이 떠오르며 마음이 아파져 왔고, 그의 목에 주황색 목도리를 감아주던 기억이 떠올랐다. "마이크는 죽었어. 그리고⋯."

"에일린 누나가 보육원에 가는 건 아니죠?" 알프가 물었다.

"아니야, 이 바보야." 비니가 말했다. "보육원은 아이들만 가는 거야."

"데이비스 씨가 죽어서 에일린이 굉장히 슬퍼하고 있어." 폴리가 말했다. "그리고 나는 너희 둘이 에일린의 기운을 북돋워줬으면 해서…."

"폭탄 때문에 죽었나요?" 비니가 말을 끊고 끼어들었다.

"응. 그리고 에일린은…."

"어떤 폭탄이었나요?" 알프가 캐물었다. "450킬로그램짜리였나요, 아니면 낙하산 지뢰였나요?" 폴리가 대답하기도 전에 알프가 말했다. "낙하산 폭탄이 최악이에요. 그거에 걸리면 산산조각이 나요! 콰쾅!" 알프가 두 팔을 흔들었다. "그리고 온몸이 산산조각이 나요!"

'난 무슨 생각을 했던 걸까?' 폴리가 자문했다. '이 아이들은 절대로 에일린 근처에도 가면 안 돼.'

하지만 이제 이 아이들을 어떻게 여기서 쫓아낸단 말인가? 게다가 비니는 이렇게 말하고 있었다. "그래서 우리가 에일린 언니 기운을 북돋워줬으면 좋겠어요?"

"그래. 하지만 에일린은 너무 슬퍼서 아직 사람들을 볼 수가 없어. 너희들이 위문 카드를 써주면 좋겠다고 생각했어."

"우린 돈이 없어요." 알프가 말했다.

"우리가 장례식에 갈 수 있어요." 비니가 말했다. "장례식은 언제인가요?"

"아직 몰라." 폴리가 말하며 돈을 꺼내기 위해 핸드백을 뒤졌다. 에일린이 오기 전에 어서 저 아이들을 쫓아내야 했다.

"어떻게 우리가 에일린 언니에게 카드를 보내겠어요?" 비니가 말했다. "우리는 에일린 언니가 어디 사는지 몰라요."

'너희에겐 죽어도 주소를 말해주기 싫구나.' 폴리가 생각했다. "타운젠드 브라더스 백화점으로 보내면 돼."

"그리고 우리는 우표를 살 돈도 없어요." 알프가 말했다.

"아니, 이젠 있어." 폴리가 1실링을 꺼내며 말했다. "자, 받아."

알프가 돈을 낚아챘고, 다행히도 둘은 곧바로 쏜살같이 사라졌다.

하지만 이렇게까지 했는데도 아무런 소용이 없었고, 에일린은 마이크가 살아있다고 더욱더 굳건히 믿었다. "사람들은 그냥 사라지지 않아."

'아니, 그래.' 폴리는 생각했다.

"어쩌면 마이크는 자기가 그곳을 떠난 뒤에 제럴드가 왔는지 확인하러 블레츨리 파크에 다시 갔을 수도 있어. 그리고 울트라 작전이며 모든 것이 극비이기 때문에 우리에게 말할 수 없었을 거야. 그래서 죽은 것처럼 보여야 했던 거지." 그건 말도 안 됐다. "마이크는 그러고 싶지 않았지만 네 데드라인 전에 널 빼낼 유일한 방법이라 그렇게 했을 거야."

'그래서 네가 이러는 거구나.' 폴리는 생각했다. '만약 마이크가 죽은 걸 인정하면, 옥스퍼드가 마이크를 죽기 전에 구하지 못했다는 걸 인정하면, 그건 또한 나 역시 구할 수 없다는 뜻이라서 이러는 거구나.'

하지만 계속 이럴 수는 없었다. 폴리는 구드 신부에게 다시 편지를 써야 할지를 고민했지만 그럴 필요가 없었다. 폐장 직전, 성직자 옷깃을 단 남자가 폴리의 매대로 걸어왔기 때문이다. "세바스찬 양?" 그가 말했다. "저는 구드 신부입니다. 지난가을에 백베리에서 잠깐 만났었지요. 더 일찍 오지 못해 죄송합니다. 보내신 편지를 이틀 전에야 받았고, 그다음에는….”

“와주셔서 정말 고맙습니다.” 폴리가 환하게 웃으며 말했다. “신부님이 와주신 것만으로도 에일린에게 정말 큰 힘이 될 거예요.”

“오릴리 양과 데이비스 씨가 혹시….” 구드 신부가 주저하며 말을 흐렸다.

“로맨틱한 관계였냐고요? 아니요. 마이크는 우리에게 오빠 같은 존재였어요. 그래서 에일린은 마이크의 죽음에 굉장히 상심이 커요.”

폴리는 손목시계를 힐끗 보았다. 거의 폐장 시간이었고, 폴리는 에일린이 오기 전에 구드 신부에게 상황을 설명하고 싶었다. “잠시만 기다려주세요. 상사에게 가서 일찍 퇴근할 수 있는지 물어보고 올게요.” 폴리가 말하고 스넬그로브 양을 찾아다녔지만, 스넬그로브 양은 어디에도 보이지 않았다.

“매니저님은 7층에 올라갔어.” 세라가 말했고, 폐장 종이 울렸다.

폴리는 서둘러 돌아왔지만, 너무 늦었다. 에일린이 이미 와 있었다. “소식 들었습니다. 상심이 크시겠습니다, 오릴리 양.” 구드 신부가 말하고 있었다.

에일린의 몸이 뻣뻣이 굳었다.

‘아, 이런.’ 폴리는 생각했다. ‘신부님이 이야기하신다 해도 아무 소용 없겠구나.’

“더 일찍 오지 못해 미안합니다.” 구드 신부가 말했다.

에일린은 폴리를 노려보았다.

‘에일린은 내가 왜 구드 신부를 불러왔는지 알아.’ 폴리가 생각했다.

"세바스찬 양의 편지가 제 손에 들어올 때까지 시간이 좀 걸렸습니다." 신부가 말했디. "그리고 휴가를 받느라 며칠 걸렸고요."

"휴가요?" 에일린이 물었다.

"네, 아직 말씀 못 드렸는데, 육군에 종군 목사로 징집되었습니다."

에일린의 얼굴이 창백해졌다.

'아, 안 돼.' 폴리가 생각했다. '내가 일을 더 망쳐놓아 버렸어.'

"가만히 백베리에만 있을 순 없었습니다." 구드 신부가 말했다. "다른 사람들이 그토록 큰 희생을 하는 동안 설교를 하고 위원회 모임에 다니기만 할 수는 없었습니다. 에일린 양도 여기 런던에서 날마다 위험을 마주하지 않습니까. 저는 제 몫을 다해야만 한다고 느꼈습니다."

"하지만 그러시면 안 돼요." 에일린이 말하고 울음을 터뜨렸다. "신부님은 죽게 될 거예요. 마이크처럼요."

39

폭탄보단 남자 친구가 더 중요했다.

— 블레츨리 파크의 번역관

크로이던, 1944년 10월

메리는 등을 대고 반듯하게 누워 있었다.

'이곳에 도착할 때 뭔가에 미끄러져 넘어진 게 분명해.' 메리가
생각했다. '빛무리 때문에 앞이 안 보였던 거야.' 메리는 그 빛이
너무나 밝았던 기억이 났다. 그리고….

돌연 귀청이 찢어질 것처럼 요란하게 '우지끈' 하는 소리가 났
고 곧바로 그 소리가 또 들렸다. 'V-2의 이중 충격파 소리야.' 메
리는 갑자기 공황 상태에 빠지며 생각했다. '나는 너무 늦게 도착
했어.' 그리고 자신이 어디에 있는지가 기억났다. 메리와 페어차
일드는 V-2, 아니 V-1 소리를 들었고, 사상자가 있는지 확인하
기 위해 크로이던으로 돌아왔고, 페어차일드는….

'페어차일드!' 메리는 일어나 앉으려 했지만 그럴 수가 없었다.

위에서 뭔가가 메리를 짓누르고 있었다. 그래서 숨을 쉴 수가 없었고….

'오, 맙소사, 인쇄기면 안 되는데.' 메리는 생각하며 숨을 헐떡였고, 곧이어 다른 생각이 들었다. '나는 잔해에 파묻힌 거야.'

메리는 무엇이 자신을 누르고 있는지 만져보려 애썼지만 가슴 위에는 아무것도 없었으며, 목에도 무너진 들보나 벽돌 같은 게 없었다. 그렇다면 왜…?

저 멀리 어디선가 구급차 소리가 들렸다. '크로이던 구급대야.' 메리는 생각하며 소리를 좀 더 잘 들어보려고 헐떡이던 숨을 잠시 멈췄다. 그리고 그렇게 하자마자 자신이 숨을 쉴 수 있으며 고개를 들 수 있다는 사실을 깨달았다.

메리는 놀라서 잠시 숨이 막혔던 것뿐이었으며, 잔해에 파묻힌 게 아니라 잔해 위에 누워 있었다. 폭발로 인해 큰 대자로 뻗었던 것이다. 메리는 거칠게 숨을 깊이 들이마시고 비틀거리며 일어났다. 뭐에라도 좀 기대고 싶었지만 인쇄기를 비롯해 그 무엇도 보이지가 않았다. 폭발이 일어날 때 그 충격파 때문에 불길이 모두 꺼진 게 분명했다. "페어차일드!" 메리가 외쳤다. "페이지! 어딨어?"

대답이 없었다.

'죽은 거야.' 메리가 생각했다. "페이지!" 메리는 미친 듯이 외쳤다. "대답해!"

답이 없었다. 아무 소리도 들리지 않았으며, 심지어 구급차 종소리조차 들리지 않았다. 'V-2 때문에 고막이 터졌구나.' 메리가 담담하게 생각했지만 이어서 다시 생각했다. '이런 맙소사, 페이지가 불러도 난 그 소릴 들을 수가 없겠네.'

그리고 다음 순간, 페이지가 죽었다는 사실이 기억났다.

메리는 구급차 종소리를 다시 들었지만, 엉뚱하게도 종소리는 등 뒤에서 들렸다. 그래서 몸을 돌려보니 아까의 추측은 잘못된 것이었다는 걸 깨달았다. 모든 불길이 충격파에 꺼진 건 아니었다. 하나는 아직도 불타고 있었으며, 무척이나 밝았다. 그 불을 배경으로 구급차의 윤곽이 보였다.

구급차는 천천히 그 불길을 지나고 있었다. 메리는 이게 무슨 의미인지 이해하지 못했고 그래서 한참 동안 멍하니 그 구급차를 바라보기만 했다. 만약 구급차가 움직이고 있다면, 페어차일드는 죽지 않은 게 분명했고, 저 차를 운전하고 있는 것이었지만, 페어차일드가 메리를 두고 떠날 리 없고….

"페어차일드, 떠나지 마!" 메리가 외치고는 비틀거리며 앞으로 나아갔다.

"안 돼." 메리 바로 왼쪽에서 희미하게 목소리가 들렸다.

'페어차일드야.' 메리는 어둠 속을 더듬었지만 그건 페어차일드가 아니라 발이 잘린 아까 그 남자였다. 어떻게 그 사람을 잊고 있었을까? 메리는 그 남자를 돌보다가 충격파에….

"어디에…?" 남자가 물었고 목소리는 마치 우물 바닥에서 말하는 것처럼 공허하게 울렸다.

"저 여기 있어요. V-2였어요." 메리가 말했고, 그녀의 목소리 역시 공허하게 울렸다.

남자의 발은 절단되었다. 메리는 남자의 다리에 지혈대를 묶어야 했고, 이미 지혈대로 쓰려고 그에게서 넥타이를 풀어냈었다.

'아냐, 이미 다리를 넥타이로 묶었는걸.' 메리는 생각했지만, 지혈대가 제대로 묶여있는지 확인하려 몸을 숙여 살펴보니 그건 넥타이가 아니라 손수건이었다.

'하지만 넥타이를 푼 기억이 있는데.' 메리는 생각하며 혼란스러워했다. 그의 다른 쪽 다리 역시 피를 흘리는 게 분명했다. 그리고 살펴보니 피를 흘리는 건 맞았지만, 넥타이는 보이지 않았다. V-2가 폭발할 때 넥타이를 놓친 게 분명했다.

메리는 무릎을 꿇고 재킷을 벗은 뒤 그 재킷을 찢으려 애썼다. 재킷은 천이 질겨서 잘 찢어지지 않았지만, 다시 힘을 주자 안감이 찢어졌다. 그래서 메리는 안감을 길게 찢어낸 뒤 남자의 허벅지를 묶었다. 하지만 남자는 이미 상당량의 피를 흘린 뒤였다. 병원으로 데려가야만 했다. 메리는 그에게 몸을 숙였다. "당신을 구급차로 데려가야 해요." 메리가 말했다.

"가." 그가 중얼거렸다. "여기를…." 그리고 이윽고 아주 또렷하게 말했다. "떠나야 해."

"곧 돌아올게요." 메리가 말하고 어둠 속에서 시커멓게 한 뭉텅이로만 보이는 벽돌과 지붕 슬레이트 잔해들을 비틀거리며 넘어가 구급차를 찾으러 갔다.

"메리." 발치에서 뭉개진 목소리가 들렸다. "여기야."

"페어차일드!" 메리는 페어차일드에 대해 잊고 있었다. 메리는 어둠 속을 더듬어 페어차일드의 손을 찾아냈다. "괜찮아?"

"숨…을 쉴 수가 없어." 페어차일드가 메리의 손을 움켜쥐며 말했다. "숨이…."

"충격에 잠시 숨이 막힌 것뿐이야." 메리가 말했다. "숨을 뱉어 봐." 메리는 어떻게 하는지 보이기 위해 입술을 내밀고 숨을 뱉었다. 쓸데없는 짓이었다. 페어차일드는 메리를 볼 수 없었다. "숨을 뱉어. 내쉬어."

"안 돼." 페어차일드가 말했다. "내 위에 뭔가가 있어."

"그렇게 느껴지는 것뿐이야." 메리가 안심을 시켰지만, 페어차일드가 다치지 않았는지 확인하기 위해 주위를 더듬었을 때 부러진 나무가 만져졌다. 메리는 그것을 들어 올리려 했지만, 페어차일드가 비명을 질렀다.

메리는 동작을 멈췄다. "어디를 다친 거야?"

"무슨 일이 일어난 거지?" 페어차일드가 물었다. "가스 본관이 터진 거야?"

"아니, V-2였어." 메리가 말했고 나뭇조각을 옆으로 치우려 했다.

페어차일드가 다시 비명을 질렀다.

메리는 아무것도 보이지 않는 상황에서 뭔가 시도해볼 엄두가 나지 않았다. 자칫하면 상황을 더 악화시킬 수도 있었다. 구급차가 도착하길 기다려야만 했다.

하지만 구급차는 이미 이곳에 와 있었다. 메리는 구급차가 도착하는 걸 보았다. 메리는 그쪽을 돌아보았고, 불을 배경으로 구급차의 윤곽을 보았다. 운전석 문이 열리고 헬멧을 쓴 누군가가 내리고 있었다. "여기 부상자가 있어요!" 메리가 외쳤고, 운전사는 그들 쪽으로 다가오기 시작했지만 곧 불가사의하게도, 잔해를 가로질러 반대쪽으로 갔다.

"아니, 이쪽이에요!"

"구급차가 온 게 아닌 거 같아." 페어차일드가 말했다. "소리를 잘 들어봐."

메리는 귀를 기울였다. 멀리서 더 많은 구급차 종소리가 들렸다. 우드사이드나 노베리의 지부에서 오고 있는 게 분명했다. "크로이던 지부 사람들은 이미 이곳에 있어." 메리가 페어차일드에게 말했다. "하지만 우리 목소리를 들을 수가 없어. 우리가 신호를 보내야 해. 구급차에 회중전등이 있어?"

"구급함에 하나 있어."

"구급함은 어디에 있어? 구급차에 있어?"

"아니. 네가 나보고 가져오라고 했잖아. 너에게 주려고 가져오고 있었을 때…."

메리는 페어차일드에게 뭔가를 가져오라고 한 기억이 나질 않았다. 충격파 때문에 아직도 정신이 좀 멍한 게 분명했다. "어디에 있는데?"

"손에서 놓쳤나봐." 페어차일드가 말했다.

'그리고 나는 이 어둠 속에서 그걸 찾아내야만 하고.' 메리가 생각했지만 회중전등을 찾아 손을 더듬자 거의 즉시 그것을 찾을 수 있었다. 게다가 놀랍게도, 회중전등은 멀쩡했다. 스위치를 누르자 빛이 나왔다. 메리는 구급차 운전사가 볼 수 있도록 회중전등을 들고 앞뒤로 흔들었다.

"그러면 안 돼." 페어차일드가 말했다. "등화관제잖아. 독일 공군이…."

'독일 공군이 뭐? V-2로 우리를 폭격이라도 할까 봐?' 메리는 렌즈를 가렸던 테이프를 떼어냈다.

"미리 우리가… 대화를 해놓아서 다행이야. 이런 일이 있기 전에. 안 그래?" 페어차일드가 말했다.

'오, 맙소사.' "쉿. 지금은 그렇게 말을 많이 하면 안 돼." 메리는 무슨 광경이 보일까 두려워하며 페어차일드를 회중전등으로 비췄지만 부서진 지붕 슬레이트에 찔린 팔 말고 피가 나는 곳은 없어 보였다. 부서진 슬레이트와 널빤지들이 페어차일드의 가슴과

배 위로 이리저리 널려 있었지만 피는 보이지 않았고 다리나 발에는 아무것도 없었다.

'구급차를 이리로 가져와야 해.' 메리가 생각했다. '그리고….'

"갑자기 이런 일이 닥칠 수 있다고 내가 말했잖아." 페어차일드가 말했다. "만약 무슨 일이 내게 일어나면…."

"쉿, 페이지. 넌 괜찮을 거야." 메리는 나뭇조각들을 치우려 해 보았지만, 너무 엉켜 있어 그럴 수가 없었다. 메리는 두 손을 다 써야 했다. 그녀는 회중전등을 벽돌 더미에 기대어 페어차일드를 비추게 한 뒤 다시 나뭇조각들을 치웠다.

"만약 무슨 일이 일어나면…." 페어차일드가 반복해 말했다. "난 네가…, 오! 너 다쳤구나! 피가 나!"

"인쇄기 잉크야." 메리가 말하며 나뭇더미에서 페어차일드를 꺼내려 애썼다.

그건 마치 아이들 게임 같았다. 나뭇조각 하나를 조심스레 치우는 동시에 페어차일드의 팔을 찌른 슬레이트를 건드리지 않아야만 했다.

갑자기 '쉬익' 하는 소리와 함께 쿵 하는 소리가 들렸고, 주황색 화염이 구급차 윤곽 너머로 피어올랐다. "V-2가 또 떨어진 거야?" 페어차일드가 물었다.

"아니, 저건 가스 본관인 거 같아." 메리가 화염 쪽을 보며 말했다. 구급차 두 대와 소방차 한 대가 도착하는 게 보였다. "구조대가 왔어. 여기예요!" 그리고 문 여러 개를 부수는 소리와 목소리들이 들렸다. "여기 부상자가 있어요!" 메리는 일어나 회중전등을 탐조등처럼 앞뒤로 흔들었고, 다시 페어차일드 옆에 무릎 꿇고 앉았다. "구조대가 곧 여기 도착할 거야."

페어차일드는 고개를 끄덕였다. "만약 내게 무슨 일이 일어나면…."

"아무 일도…." 메리가 입을 열었지만 끔찍한 생각이 떠올랐다. '죽은 건 랭 대위가 아니었어. 페이지야. 그래서 내가 둘 사이를 방해하는데도 네트를 통과해 올 수 있었던 거야. 내 존재가 아무런 변화도 일으키지 않으니까. V-2에 의해 페이지는 죽으니까.'

'하지만 내가 둘 사이에 끼지 않았다면 페이지는 여기에 있지 않았을 거야. 페이지는 캠벌리와 바꿔 타지 않았을 거고 나랑 이야기하려고 차를 세우지도 않았을 거야.'

그리고 만약 페이지가 차를 세우지 않았다면 V-1 소리를 듣지도 못했을 것이다….

"아니, 잘 들어, 메리." 페어차일드가 말했다. "만약 내게 무슨 일이 일어나면, 난 네가 스티븐을 보살펴주었으면 해. 스티븐은…."

달려오는 발소리가 들렸고, 세인트존스 구급차 유니폼을 입은 젊은 여자 한 명이 다가와 메리 옆에 무릎을 꿇고 앉았다.

"제가 아니에요." 메리가 말했다. "다친 건 여기 제 친구예요. 팔이…."

"들것이 필요해!" 그 여자가 외쳤고, 다른 누군가가 그들에게 달려왔다.

"오, 맙소사, 이거 페어차일드야?" 새로 온 이가 말했고, 메리는 그게 캠벌리인 것을 알아보았다. "페어차일드와 더글라스야! 빨리 여기로 와!" 그리고 순식간에 리드가 구급함을 가지고 왔고, 패리시가 들것을 가지고 바로 뒤따라 왔다.

"여기서 뭐 하는 거야, 드 하빌랜드?" 리드가 메리 옆에서 몸을 숙이며 물었다. "난 네가 스트렛햄으로 간 줄 알았어."

그 말이 맞았다. 그들은 스트렛햄으로 갔어야 했다. 왜 안 갔지? 메리는 그 이유가 기억나지 않았다.

"너는 비행 폭탄이 터진 다음에 사고 현장에 가야 하는 거야, 더글러스. 터지기 전이 아니라." 캠벌리가 메리 옆에 쭈그리고 앉으며 밝은 목소리로 말했다.

"우리는 그랬어." 메리가 말했다. "V-1이 날아왔고 그다음에는…."

"농담이었어." 캠벌리가 말했다. "자, 네 관자놀이를 좀 보자."

"나는 신경 쓰지 마. 페이지의 팔이…." 메리가 말하며 패리시와 세인트존스 소속 여자가 페어차일드를 목재 더미에서 꺼내 들것에 옮기고 담요를 덮어주는 장면을 지켜보았다.

"페이지는 괜찮아?" 메리가 말했다. "팔이…."

"그건 걱정하지 마." 캠벌리가 말하며 메리의 턱을 잡고 머리를 좌우로 돌려보았다. "요오드팅크가 필요해." 캠벌리가 리드에게 말했다. "붕대도."

"그건 우리 구급차에 있어." 메리가 말했고, 캠벌리와 리드가 시선을 교환했다.

"왜 그래?" 메리가 물었다. "뭐가 잘못됐어?"

"아무것도 아니야. 네 머리를 좀 보자."

패리시와 세인트존스 소속 여자가 페어차일드를 실은 들것을 들고 잔해를 가로지르기 시작했다.

메리는 그 뒤를 따라가려 했지만, 리드가 놓아주지 않았다. "너 피가 흐르고 있어."

"이건 피가 아니야." 메리가 말했지만, 리드는 그 말을 무시하고 머리에 붕대를 감기 시작했다.

"이건 피가 아니야." 메리가 반복해 말했다. "이건 인쇄기 잉크야." 그리고 자신이 다리에 지혈대를 묶은 남자가 떠올랐다. "그 사람을 데려가야 해." 메리가 말했다.

"가만히 있어." 리드가 명령했다.

"그 남자는 피를 흘리고 있어." 메리가 일어서려 애쓰며 말했다.

"너 어디 가려고 그러는 거야?" 캠벌리가 말하며 메리를 도로 주저앉혔다. "여기 들것이 필요해!" 캠벌리가 외쳤다.

"아니야, 그 남자는 저쪽에 있어." 메리가 어두운 잔해 너머를 가리키며 말했다.

"그 사람에게는 우리가 갈게." 캠벌리가 말했다. "들것은 왜 안 오는 거야?"

"걸을 수 있겠어, 더글라스?" 리드가 물었다.

"당연히 걸을 수 있지." 메리가 말했다. "그 남자는 출혈이 심했어. 내가 다리 한쪽에 지혈대를 묶어줬지만…."

"네 팔을 내 목에 둘러." 리드가 말했다. "그래, 잘한다. 자, 가자." 리드는 메리를 데리고 천천히 잔해를 넘어가기 시작했다. 리드가 그렇게 부축해주어 참으로 다행이었다. 땅은 아주 울퉁불퉁했다. 메리는 중심을 잡기 어려웠다.

"그 사람은 저기 불 옆에 있어." 메리가 말했지만 불은 다른 곳에 나 있었다. 불은 구급차 근처의 길에서 타올랐다.

'저 불이 아니야.' 메리는 걸음을 멈추고 잔해 주위를 둘러보며 그 남자가 어디에 있는지 살펴보려 했지만, 캠벌리가 그러지 못하게 막으며 어서 가라고 계속 재촉했다. "그 남자는 발이 절단되었어." 메리가 말했다. "어서 지혈…."

"다른 사람 걱정은 그만하고 어서 여기서 빠져나가는 일에나 집중해. 넌 할 수 있어. 조금만 더 가면 돼."

"그 사람은 저쪽에 있었어." 메리가 말하며 가리켰고, FANY 두 명이 그쪽에서 뭔가를 실은 들것을 가져오는 것을 보았다.

'아, 다행이야. 그 사람을 구했구나.' 메리는 생각했고, 캠벌리가 이끄는 대로 구급차까지 마저 걸어갔다. 구급차 두 대는 이미 떠나고 있었다. 한 대는 브릭스턴에서 온 것이었다. 불길 덕에 구급차에 찍힌 글자를 읽을 수 있었다. 그리고 다른 한 대는 벨라 루고시였다. 하지만 그들의 구급차는 어디에 있는 걸까? "페이지를 병원으로 데려갈 때 새…."

"다 왔어." 캠벌리가 말하며 벨라 루고시의 뒷문을 열었다. 메리는 갑자기 무척이나 피곤해져서 문가에 앉았다.

"여기 좀 도와줘." 캠벌리가 외쳤다.

메리가 모르는 FANY 두 명이 와서 캠벌리와 함께 메리를 구급차에 태우고 침상에 눕힌 뒤 담요를 덮어주었고, 혈장액을 연결했다.

"이건 피가 아니에요." 메리가 그들에게 말했다. "그 사람은 괜찮아요?" 하지만 그들은 이미 문을 닫고 있었고, 구급차는 벌써 출발했으며, 이윽고 병원에 도착하자 그들은 메리의 침상을 내려 병원으로 들어간 뒤 메리를 침대에 옮겼다.

"뇌진탕, 쇼크, 출혈이 있습니다." 캠벌리가 간호사에게 말했다.

"이건 인쇄기 잉크예요." 메리가 말했지만 그들에 보이기 위해 두 손을 들었을 때 두 손은 검은색이 아닌 붉은색으로 덮여 있었다. 페이지의 팔은 생각보다 더 출혈이 컸던 게 분명했다.

"페어차일드 중위는 아직 도착 안 했나요?" 메리가 간호사에게 물었다. "페이지 페어차일드 중위예요."

"물어볼게요." 간호사가 말했고 병실을 가로질러 다른 간호사에게 갔다.

"내출혈이에요." 메리는 다른 간호사가 고개를 저으며 속삭이는 소리를 들었다.

'페이지가 죽었구나.' 메리가 생각했다. '그리고 그건 내 잘못이야. 내가 텔봇을 밀어 쓰러뜨리지만 않았어도 나는 랭 대위를 만나지 않았을 거고, 랭 대위는 우리 지부에 올 일이 없었을 거야.'

하지만 그건 틀린 생각이었다. 역사학자는 사건을 변경할 수 없었다. '하지만 난 분명 사건을 변경했는걸.' 메리는 생각했지만 제대로 생각을 정리할 수가 없었다. 머리가 지독히 아팠다. '페이지가 죽었잖아.'

하지만 날이 밝자마자 페어차일드가 이송되어 메리 옆 침대로 왔다. 그녀는 창백했고 의식이 없었다. 그리고 아침이 되자 캠벌리가 흙과 벽돌 먼지로 뒤덮인 채 메리의 상태가 어떤지 살피러 왔고, 페어차일드가 비장 파열로 인해 밤새 수술을 받았지만 의사 말로는 완쾌될 수 있다더라고 전했다.

"정말 다행이야." 메리가 페어차일드를 내려다보며 말했다. 페어차일드는 눈을 감고 두 손을 가슴에 포갠 채, 잠자는 숲속의 미녀처럼 잠들어 있었다. 팔에는 붕대가 감겼다.

"난 너무 죄책감이 들어." 캠벌리가 말했다. "원래 저 구급차에는 페어차일드 대신 내가 탔어야 하잖아. 이건 내 잘못이야…."

'아니, 그렇지 않아.' 메리가 생각했다. '이건 내 잘못이야.'

"V-2가 떨어졌을 때 네가 사고 현장 끝쪽에 있어서 정말 다행이야." 캠벌리가 말했다.

'나는 그 남자의 다리를 묶고 있었어.' 메리가 생각했다. "그 남자는 살아났어?" 메리가 물었고, 캠벌리가 자신을 멍하니 바라보자 다시 물었다. "우리가 구조하던 남자. 발이 잘린 남자."

"난 몰라." 캠벌리가 말했다. "우리는 그 사람을 데려오지 않았어. 간호사에게 물어볼게." 하지만 간호사는 전날 밤에 이 병원에 입원한 사람은 여자 한 명 그리고 그녀의 두 아들뿐이라고 했다.

"아마 다른 병원으로 실려 갔을 거야." 캠벌리가 말했고, 크로이던에 전화해 물어보겠노라고 약속했다.

하지만 캠벌리는 돌아오지 않았고, 탤봇이 꽃다발과 포도를 가지고 면회 시간에 찾아와 말했다. "네가 찾던 남자는 세인트프랜시스 병원에 가지 않았고 크로이던 측이 옮긴 환자는 페어차일드 뿐이었다고 캠벌리가 전해달래. 아마 다른 병원으로 간 게 분명하대. 사고 현장에 있던 시신 운송차의 운전사에게도 물었는데, 그 차는 현장에서 즉사한 사람 한 명만 옮겼대."

'몸이 두 동강 난 그 남자구나.' 메리가 생각했다. "캠벌리에게 브릭스턴에 전화해서 그곳에서 수송했는지 물어봐달라고 전해줘." 메리가 말했다. "브릭스턴에서도 구급차가 왔었어."

탤봇은 페어차일드 쪽으로 시선을 주었다. 페어차일드는 아직 정신을 차리지 못했지만, 이제는 그냥 잠자는 것처럼만 보였고 안색도 더 좋았다. 심지어 평소보다 더 어리고 아이처럼 보였다.

"랭 대위는 어쩌고?" 탤봇이 물었다. "내가 랭 대위에게 전화해 무슨 일이 있었는지 말할까?"

"내가 퇴원하기 전에는 안 돼." 메리가 말했다.

탤봇이 고개를 끄덕여 동의했다. "네 생각에는 언제 퇴원시켜 줄 거 같아?"

"오늘 오후, 아마도."

'퇴원하고 나면 그 사라진 사람을 내가 직접 찾아봐야겠어.' 메리는 생각했다. 하지만 의사는 뇌진탕의 가능성을 이유로 메리를 퇴원시키려 하지 않았고, 메리가 간호사에게 그 남자에 관해 설명하려 하자 간호사는 '쉬세요.'라고만 말했다. 하지만 누구도 그 남자를 병원으로 옮기지 않았을 가능성이 있는데, 어둠 속에서 그 사람을 못 보고 지나쳐 그가 잔해 속에 여전히 쓰러져 있을 수 있는 상황에서 쉬는 건 불가능했다.

메리는 탤봇에게 자기 핸드백을 가져다달라고 하지 않은 게 아쉬웠다. 만약 돈이 좀 있다면 브릭스턴으로 직접 전화를 해볼 수 있었기 때문이다. 메리가 전화기 근처에라도 가게 간호사가 허락해준다면 말이지만. 간호사들은 메리가 침대에서 나오는 것조차 허락하지 않았다. 페어차일드가 정신을 차리고 메리를 불렀을 때, 메리는 침대에서 나와 그녀 곁으로 두 걸음 정도 걸어갔고, 간호사들은 그 정도로도 메리가 무리한다며 꾸짖었다.

"네가 무사해서 정말 다행이야." 페어차일드는 메리의 손을 잡고 힘겹게 말했다. "난 너무 두려웠어…."

"나도." 메리가 말했다. "의사 말로는 타박상이 좀 있기는 하지만 우리 둘 다 괜찮을 거래."

'그리고 내가 전승 기념일까지 이곳에 있어서 다행이야.' 메리가 생각했다. '만약 이런 몰골로 옥스퍼드에 돌아간다면 던워디 교수님은 나를 런던 대공습에 보내려 하지 않으실 거야.'

그날 늦은 오후, 메리가 엑스레이를 찍으러 가려 할 때 캠벌리가 출동했다가 지부로 돌아가며 들렀다. "브릭스턴에 전화해봤어?" 메리가 물었다.

"응." 캠벌리가 말했다. "하지만 그쪽에서는 사고 현장에 가지 않았다더라. 브롬리에서 온 구급차 아니었을까?"

"그랬을 수도 있어." 이글거리는 불빛에서 메리가 이름을 잘못 읽었을 수도 있었다.

"혹은 그 사람이 이미 검사를 받고 퇴원한 거 아닐까?" 캠벌리가 물었지만, 병원은 몇 군데 베이고 멍이 든 것뿐인 메리마저 퇴원시키려 하지 않았다.

"아니야." 메리가 말했다. "그 사람은 아주 심하게 부상당했어. 이곳과 세인트프랜시스 병원의 시체 보관소를 확인해봤어? 어쩌면 병원으로 실려 가는 도중에 죽었고, 그래서 병원에서는 그 사람을 입원 환자로 기록하지 않았을 수도 있어."

"확인해볼게." 캠벌리가 말하더니 머뭇거리다가 물었다. "지난밤에 그 사람을 본 게 확실해? 넌 좀 심하게 뇌진탕 상태였거든. 어쩌면 혼동을 해서…."

"아니, 난 멀쩡했어. 그 사람은…."

"넌 브릭스턴이 그곳에 출동했다고도 혼동했잖아. 어쩌면 넌 다른 사고 현장에서 네가 응급 치료한 사람을…."

"아니야, 나도 봤어." 옆 침대에서 페어차일드가 말했고, 메리는 그런 그녀에게 키스라도 해주고 싶은 심정이었다. "그 사람을 응급처치하려고 구급함을 가져왔거든."

메리를 엑스레이실로 데려갈 사람이 휠체어를 가지고 왔다. "다음에 올 때 내 핸드백을 가져다줘." 메리가 캠벌리에게 말했다. "구급차에 있어."

엑스레이실로 가는 도중에 메리는 공중전화기를 찾아보았다. 전화기는 병실 바로 밖에 있었다. '좋았어.' 다행히 그들의 침대는 병실 문 바로 옆이었다. 메리는 핸드백을 받자마자 몰래 병실을 나가 크로이던에 전화해서 사고 현장을 한 번만 더 확인해달라고 부탁할 생각이었다. 하지만 메리가 돌아오자 페어차일드가 울고 있었다.

끔찍한 느낌이 메리를 휘어잡았다. "그 사람을 찾았대?" 메리가 물었다.

페어차일드는 두 뺨에 흐르는 눈물 때문에 말을 못 하고 고개만 저었다.

"왜 그래?" 메리가 물었다. '오, 맙소사, 랭 대위구나.' "무슨 일인데?"

"캠벌리가…." 페어차일드가 말하고 울음을 터뜨렸다.

"캠벌리가 왜? 그 애에게 무슨 일이 일어났어?"

"아니." 페어차일드가 흐느꼈다. "구급차."

"어떤 거? 브릭스턴에서 온 거?" 이런 맙소사, 그쪽에서 그 남자를 병원으로 이송하다가 다른 로켓에….

"아니. 우리 구급차. 캠벌리가 그러는데 우리 차가 V-2에 맞았대."

메리가 맨 처음 한 생각은 '내 핸드백이 거기에 있는데. 이제 크로이던에 전화할 돈을 어디서 구하지?'였다.

그리고서는 다음 생각이 들었다. '두 번째 폭발이랑 화재가 그거였구나.' 그건 가스 본관이 아니었다. 구급차의 연료통이 폭발한 것이었다.

'만약 내가 페이지에게 들것을 떠나 구급함을 가져오라고 하지 않았으면 페이지는 V-2가 떨어졌을 때 구급차에 있었을 거야.' 하지만 만약 그렇다면….

"우리에게 온 지 얼마 되지도 않았는데." 페어차일드가 흐느끼며 말했다. "이제 또 다른 구급차를 결코 구하지 못할 거야."

"말도 안 되는 소리." 메리가 말했다. "우리 소령님이 어떤 분이신데 그래. 만약 본부에서 구급차를 받아낼 수 있는 사람이 있다면 그건 우리 소령님뿐이야. 혹시 너 지금 돈 있니?"

"응." 페어차일드가 말하고 눈물을 닦았다. "병원에 올 때 신발도 같이 왔으면 있을 거야. 어머니는 늘 나더러 신발에 반 크라운을 넣어 다니라고 고집하셨어. 언젠간 곤란한 상황에 처해 전화를 걸어야 할 수도 있다고 말이야."

"네 어머니 말씀이 옳아." 메리는 페어차일드의 신발이 둘의 침대 사이 붙박이장에 있기를 바라며 말했다.

신발은 그곳에 있었고, 반 크라운도 있었다. 메리는 그걸 자기 베개 아래에 숨기고 다시 침대에 누웠고, 간호사가 병실을 떠나자 침대에서 빠져나와 전화 부스로 살금살금 걸어가 브릭스턴에 전화를 걸었다.

"우리는 어젯밤에 크로이던에 안 갔습니다." 브릭스턴에서 전화 받은 이가 말했다.

"하지만 제가 봤는…."

"베스날그린의 구급차를 보신 거겠죠."

'아니, 그렇지 않아.' 메리가 생각했지만, 어쨌든 그쪽에 전화해 보았다. 하지만 베스날그린 역시 크로이던에 가지 않았다고 했다.

메리는 크로이던에 전화했고, 그쪽에서 전화를 받은 FANY는 사고 현장이 신문사 사무실이 있던 곳이라며 '이미 구조대원이 그곳을 샅샅이 뒤져보았지만' 그 지역을 다시 확인해보겠다고 약속했다. 메리는 사고 현장에 다른 구급차들이 있었는지 물었고, 노

617

베리에서 온 구급차가 있다는 대답을 들었다. 하지만 노베리에서는 그런 인상착의의 사람을 실어나르지 않았으며, 다른 지부에서 온 구급차를 보지 못했다고 말했다.

"당신 쪽에서 온 것만 빼면요." 노베리 지부의 FANY가 말했다. "모를 수가 없었어요. 당신이 찾는 사람이 혹시 군인이 아닐까요? 만약 그렇다면, 오핑턴 병원으로 실려 갔을 거예요."

그는 민간인 복장을 하고 있었지만, 그래도 메리는 오핑턴 병원에 전화를 해보았고, 병원에 실려 가는 동안 죽은 게 아닌지 확인하기 위해 오핑턴 병원 그리고 세인트마크 병원의 시체 보관소들에도 전화를 해보았다.

그는 그곳에도 없었으며, 그건 다른 병원으로 실려 갔다는 뜻이었다. 신문사 사무실의 잔해 속에 여전히 누워있는 게 아니라면 말이다.

메리는 크로이던에 다시 전화했다. "당신이 말했던 곳을 찾아봤어요." 전화를 받은 FANY가 말했다. "하지만 아무도 없었어요. 무슨 이유에서인가 세인트바트 병원이나 가이스 병원으로 간 게 분명해요."

그곳들과 통화하려면 장거리 전화를 해야 했기에 메리는 지부에 돌아갈 때까지 기다려야 했다. 그리고 어쨌거나, 간호사가 찾기 전에 메리는 병실로 돌아가야 했다. 그녀는 일어나 전화 부스 문을 열었다.

복도 저쪽 끝의 수간호사 책상 앞에 랭 대위가 서 있었고, 자기 앞을 막으려는 수간호사에게 고함을 지르고 있었다. "이 층에 계시면 안 됩니다!" 수간호사가 말했다. "면회 시간은 끝났습니다."

"면회 시간 따위는 제가 알 바 아닙니다. 저는 페어차일드 중위를 꼭 만나야겠습니다."

메리는 고개를 숙이고 재빨리 공중전화 부스로 돌아가 문을 잡아당겨 닫았다. 그녀는 의자에 앉아 수화기를 귀에 댔고, 수간호사에게 쫓기며 달려가는 랭 대위가 자신을 보지 못하도록 몸을 돌려 벽 쪽을 바라보았다.

"이러시면 안 됩니다." 수간호사가 하는 말이 들렸고, 이윽고 병실 문이 양쪽으로 거칠게 열렸다가 닫히는 소리가 들렸다. 메리는 랭 대위가 쫓겨나거나 수간호사가 화난 목소리로 다른 사람들을 부르는 소리가 들리기를 기다렸지만, 아무 소리도 들리지 않았다.

메리는 조심스레 밖을 살핀 뒤 전화 부스를 살금살금 빠져나와 병실 문의 작은 유리창 안을 들여다보았다. 페어차일드는 여전히 침대에 앉아 있었고, 아주 어려 보였으며 눈부시게 환한 표정을 짓고 있었다. 랭 대위가 침대 가장자리에 앉아 있었다.

메리는 복도를 힐끗 보고는 병실 안의 소리를 듣기 위해 문을 살짝 열었다.

"네가 여기에 있다는 말을 이제서야 들었어." 랭 대위가 말하고 있었다. "크로이던의 FANY와 데이트하는 휘트라는 내 친구가 말해줬고, 난 그 말을 듣자마자 최대한 빨리 온 거야. 괜찮은 거 맞아, 페이지?"

"응." 그녀가 말했다. "메리가 다쳤다는 말도 들었어? 뇌진탕이야."

'오, 내 이야기는 하지 마.' 메리가 생각했지만 랭 대위가 말했다. "휘트가 말해줬어. V-2가 떨어졌을 때 너희가 안 죽은 게 기적이라더라."

"메리가 내 목숨을 구해줬어." 페어차일드가 충직하게 말했다. "만약 메리가 나보고 구급함을 가져오라고 부르지 않았더라면 V-2가 떨어졌을 때 나는 여전히 구급차에 있었을 거야."

"나중에 메리에게 고맙다고 말하라고 내게 상기시켜줘." 랭 대위는 페이지의 두 손을 꼭 잡고 말했다. "네가 죽었을 수도 있다는 생각이 들자…, 나는…."

메리는 문을 조용히 닫고 그대로 서서 경탄하며 그 장면을 바라보았다. 메리는 자신이 네트를 통과해 페어차일드와 랭 대위의 로맨스를 본의 아니게 방해할 수 있었던 게, 둘이 불행한 운명을 맞이하기 때문이 아닐까 무척이나 걱정했었다. 랭 대위나 페이지 또는 둘 다 폭격에 죽기 때문은 아닐까 걱정했었다. 메리는 자신이 어떻게 하든 상관없이 둘이 결국은 맺어지게 되리라는 생각은 한순간도 해보지 못했다.

메리는 자신이 사건들에 영향을 미친 것처럼 보일지라도 사실은 그럴 수 없다는 사실을 일찌감치 깨달았어야만 했다. 결국에는 모든 것이 잘될 거라는 걸 알았어야 했다.

"그리고 무작정 밀고 들어왔어요." 메리 뒤에서 어떤 여자의 목소리가 들렸다. 간호사가 복도 모퉁이를 돌아 나타났다. 만약 그들이 메리를 본다면 그녀를 침대에 다시 누이기 위해 페이지와 랭 대위가 있는 곳으로 데려갈 것이다.

메리는 전화 부스로 얼른 뛰어들어가 문을 닫으려 했지만 굳이 그럴 필요가 없었다. 수간호사와 다른 직원을 대동한 간호사는 메리의 존재를 눈치채지 못하고 병실 문을 양쪽으로 밀어젖혔다.

"걱정하지 마." 랭 대위의 목소리가 메리 귀에 들렸다. "다른 로켓들이 네 근처에 얼씬도 못 하게 할 테니까. 내가 마지막 한 대까지 모두 격추해서라도 그렇게 하겠어."

"대위님." 수간호사가 엄격하게 말했다. "여기에서 나가주셔야겠습니다."

"곧 나가겠습니다." 랭 대위가 말했다. "페이지, 무슨 일이 일어났는지 들었을 때, 나는 네가 내게 얼마나 중요한지 깨닫지 못한 내가 너무나도 바보 같다는 생각뿐이었어. 성경에 눈에서 비늘이 떨어지는 이야기 알지? 내가 바로 꼭 그 꼴이었어."

문이 닫히며 랭 대위의 이야기가 더는 들리지 않았다. 메리는 전화 부스 문을 당겨 닫았고, 간호사들이 랭 대위를 데리고 병실에서 나가길 기다렸다. 그다음에 자기 침대로 돌아갈 생각이었다. 설사 역사학자가 사건들에 영향을 끼칠 수 없다 할지라도, 페이지와 랭 대위 사이에 다시 있으면서 일을 망칠 위험을 감수할 수는 없었다. 모두를 위해 일들이 잘 풀린 상황에서는 더욱더 그럴 수 없었다.

FANY들은 모두 기뻐할 것이고, 소령은 출동 일정을 원래대로 돌릴 것이다. 리드와 그렌빌은 메리에게 더는 화를 내지 않을 것이고, FANY들은 누가 옐로우 페릴을 입어야 할지, 그리고 어떻게 해야 도널드가 메이틀랜드에게 청혼하게 만들지에 관해 다시 이야기할 것이다. 또한, 메리는 이곳에 온 목적, 즉 V-1과 V-2가 떨어지는 동안 응급 지부를 관찰하는 일로 돌아갈 수 있을 것이다.

그리고 메리가⋯, 버림받았다고 느낄 이유가 전혀 없었다. 그건 터무니없었다. 메리는 기뻐야 마땅했다. 페이지가 구급차 일로 심하게 심란해했던 것처럼, 메리의 지금 감정은 쇼크 때문에 뒤늦게 나타난 반응이 분명했다. 울 이유가 전혀 없었다. 랭 대위는 멋진 사람이었고, 입꼬리가 올라간 웃음이 마음 설레는 건 확실하지만, 결코 이루어질 수 없는 인연이었다. 그는 메리가 태어나기도 전에 죽었다.

"하지만 이 전쟁에서는 아니야." 메리가 중얼거렸고, 이윽고 9개월 동안 수천 대의 V-1과 V-2가 떨어진다는 사실을 떠올리고는 다시 중얼거렸다. "아니길 바라."

40

뎡케르크에서 무슨 일이 벌어지든,
우리는 계속해서 싸울 것입니다.

— 윈스턴 처칠, *1940년 5월 26일*

런던, 1941년 겨울

구드 신부의 휴가는 48시간밖에 되지 않았기에 그들은 이튿날 오후에 마이크의 추도 예배를 했다. 극단 사람들과 월렛 부인이 참석했다. 시어도어는 감기에 걸려 부인과 함께 오지 못하고 이웃집에 맡겼다고 했다.

리어리 부인이 왔고, 마이크의 편집자와 스넬그로브 양, 그리고 검은 정장 차림이 어색하고 행동이 뻣뻣해 보이는 남자 둘도 참석했다. 폴리는 그럴 리 없다는 생각을 하면서도 혹시나 그 둘이 구조팀이 아닐까 잠깐 희망을 품어 보았지만, 알고 보니 그 둘은 29일 밤에 마이크가 구했던 소방관들이었다. 그들은 폴리와 에일린에게, 마이크는 벽이 무너지려 할 때 자신들에게 경고를 해주고 목숨까지 구해주었다고 했다. 정작 마이크가 사고를 당했을 때는 자신들이 그곳에 없어 마이크를 구하지 못했다며 미안하다고 사과했다.

알프와 비니 역시 참석했다. 둘은 갈색으로 변해가는 백합꽃 다발을 가지고 왔고, 폴리는 둘이 그걸 누군가의 무덤에서 훔쳤을 거라고 확신했다. "언제인지 봤어요. 신문에서요." 비니는 말하며 경외심에 찬 눈으로 세인트폴 대성당을 둘러보았다.

"와, 이 교회 멋져요!" 알프가 말했다. "여기에는 멋진 물건들이 많네요."

"그래. 그리고 여기 있는 것들을 훔치려는 사람들은 곧장 나쁜 곳으로 가게 돼." 마이크가 죽고 난 뒤 처음으로 에일린이 예전의 자신 같은 목소리로 말했다.

구드 신부가 도착한 뒤로, 에일린은 에스컬레이터 발치에서 기다리는 걸 그만두었고, 추도 예배에 참석하기로 했다. 그리고 라버넘 양이 에일린에게 추도 예배에 녹색 코트를 입고 갈 수는 없다고 말하자, 에일린은 라버넘 양이 빌려준 너무 큰 검은 코트를 입었다.

'너무 고분고분해.' 폴리가 생각했다. 에일린은 여전히 조용하고 소극적이었으며, 폴리는 에일린이 부정의 단계에서 좌절의 단계로 간 게 아닐까 걱정했다. 하지만 마이크와 심스 씨가 죽고 구드 신부가 전선으로 가는 상황에서 그러지 않기란 어려웠다. 에일린이 옳았다. 구드 신부는 죽을 가능성이 아주 컸다.

폴리는 에일린이 현실을 직면하길 원했지만, 이제는 현실이 에일린을 짓이길까 두려웠다. 그래서 호드빈 남매를 돌보는 과정에서 에일린이 어느 정도 기운을 차리는 것 같자 다행이라고 생각했다. "여기 가만히 앉아서 절대로 아무 소리도 내면 안 돼." 에일린이 아이들에게 말했다.

"알아요." 알프가 상처받았다는 듯이 말했다. "추도… 아얏!" 알프가 울부짖었고, 그 소리가 대성당의 거대한 공간에 울려 퍼졌다. 험프리스 씨가 남쪽 복도에서 서둘러 그들 쪽으로 왔다.

"비니 누나가 날 찼어요!"

"교회에서는 발길질하면 안 돼." 구드 신부가 차분하게 말했다.

"봉헌한 꽃으로 서로를 때려도 안 되고." 에일린이 아이들에게서 백합을 빼앗아 구드 신부에게 건넸다.

에일린은 알프와 비니를 데리고 철창문을 통과해 예배당으로 들어갔고, 아이들에게 얌전히 앉아 있으라고 말한 뒤 폴리의 팔을 잡고 남쪽 복도로 그녀를 데려갔다. "알프와 비니가 그러는데, 네가 자기들을 찾아내서 마이크에 관해 이야기했다던데?"

"응." 폴리는 에일린이 뭔가 배신감을 느꼈을까 걱정하며 말했다. "그 아이들을 보면 네가 좀 나아…."

"그 아이들을 어디서 찾았는데? 화이트채플?"

"아니. 나는 걔네들이 어디에 사는지 몰랐어. 그래서 지하철역들을 찾아보았지."

에일린은 그 말로 뭔가 확인했다는 듯이 고개를 끄덕였다.

"곧 예배를 시작합니다." 구드 신부가 나오며 말했다.

"네. 들어갈게요." 에일린이 말했다.

둘은 예배당으로 돌아갔고, 에일린은 알프와 비니 사이에 앉아서 둘에게 조용히 하라고 말하며 기도책에서 맞는 페이지를 찾아 펼쳐 주었다. 폴리는 다시 안심되었다.

하지만 예배가 시작되자, 너무 큰 코트를 입은 아이처럼 보이는 에일린은 마치 정신이 완전히 다른 곳에 가 있는 사람처럼 다시 묘하고 얼빠진 표정으로 앉아 있었다.

'하지만 우리는 다른 곳에 가 있는 게 아니야.' 호칭 기도를 들으며 폴리는 생각했다. '우리는 여기 1941년에 있고, 마이크는 죽었어.' 폴리는 자신이 에일린과 함께 마이크의 장례식에 참석하다니, 불가능하다는 느낌이 들었다. 하지만 시체가 있든 없든 이것은 정말로 마이크의 장례식이었다. 에일린이 믿으려 하지 않는 것도 이상하지 않았다. 이건 진실일 수가 없었다.

그리고 마이크는 집에서 멀리 떨어진 이곳에서 죽었을 뿐 아니라, 자신의 본명으로 영면을 취할 수조차 없었다. 죽은 것은 네브라스카 오마하에서 온 종군 기자 마이크 데이비스이지, 영웅적 자질을 연구하러 과거에 왔다가 버려지고 조난당하고 자기 동료들을 구하려 애쓰다 죽은 마이클 데이비스가 아니었다.

폴리는 백베리에 갔던 날 들었던 설교를 기억하고는 구드 신부에게 추도문을 부탁했다. 신부는 마이크에 관해 이야기하고 됭케르크에서 보인 용기를 언급했으며, 이윽고 말했다. "우리는 이 땅에서 행한 선행이 하늘나라에서 보상받게 되기를 바라며 삽니다. 우리는 또한 이 전쟁에서 이기기를 바랍니다. 우리는 정의와 선이 승리하기를, 전쟁에서 이겼을 때 더 나은 세상이 오기를 바랍니다. 그리고 우리는 그렇게 되기 위해 노력합니다. 우리는 전시 국채를 사고 소이탄을 끄고 스타킹을 깁니다…."

'그리고 주황색 목도리들도.' 폴리가 생각했다.

"…그리고 피난 온 아이들을 자원해 맡고, 자원해서 병원에서 일하고, 구급차를 운전하고…." 여기서 알프가 에일린의 옆구리를 쿡 찌르며 싱긋 웃었다. "방공포를 운영합니다. 우리는 향토 방위군과 여성 국방군과 민방위대에 가입합니다. 하지만 우리는 우리가 모은 고철이, 군인들에게 보내는 위문편지가, 우리가 키우는 채소가 전쟁에 도움이 될지 아닐지 알지 못합니다. 우리는 믿음을 바탕으로 행동합니다.

하지만 중요한 건 우리가 행동한다는 사실입니다. 우리는 희망에만 의지하지 않습니다. 비록 희망이 우리의 보루요, 어두운 낮과 더 어두운 밤을 밝히는 빛이지만 말입니다. 우리는 희망을 품는 동시에 또한 일을 하고 싸우고 견뎌냅니다. 우리의 역할이 큰지 작은지는 문제가 되지 않습니다. 참새가 떨어지는 것처럼 작은 일도 하느님이 계획하시는 것은 그것이 불도그나 늑대만큼이나 세상에 중요하다는 것을 아시기 때문입니다. 우리 모두, 모든 사람은 '우리의 맡은 바'를 다 해야만 합니다. 우리의 행동을 통해 이 전쟁에서 이길 수 있으며, 우리의 친절함과 헌신과 용기를 통해 우리가 염원하는 더 나은 세상을 만들 수 있기 때문입니다.

하늘나라 역시 그러합니다. 우리가 염원하는 세상과는 너무나도 동떨어진 이 세상, 이 땅에서 우리는 우리의 행동으로 하늘나라를 가능케 합니다. 우리는 하늘나라를 희망하며 사는 것만이 아니라, 우리의 맡은 바를 다하여 하늘나라가 도래하게 하는 것입니다."

'마이크는 자신의 맡은 바를 다했어.' 폴리가 생각했다. '우리를 구하기 위해 자신이 할 수 있는 모든 것을 다했어. 던워디 교수님처럼. 콜린처럼.'

왜냐하면 이곳에 앉아 구드 신부를 지켜보는 동안, 폴리는 확신할 수 있었기 때문이다. 콜린이 자신을 간절히 찾아다녔다는 것을, 무엇이 잘못되었으며 어떻게 해야 그들을 구할 수 있는지 알아내려 애쓰며 옥스퍼드와 실험실을 샅샅이 조사했다는 것을 폴

627

리는 확신할 수 있었다.

폴리는, 콜린이 포기하지 않고 열릴 법한 강하 지점들을 모두 시도해보고, 시간 여행에 관한 역사 기록과 신문과 책들을 샅샅이 뒤지고, 무슨 일이 일어났는가에 관한 단서들을 찾아보며 할 수 있는 모든 행동을 하는 모습을 눈앞에 보듯 선명히 머릿속으로 그릴 수 있었다. 그리고 그들을 구해내지 못한 게 마이크의 잘못이 아니듯이, 만약 콜린이 실패했다면, 그들을 구해내기 전에 콜린이 죽었다면, 그건 콜린의 잘못이 아니었다. 그들은 노력했다. 그들은 자신이 맡은 바를 다했다.

추도 예배가 끝나자마자 험프리스 씨는 폴크너 함장 기념비를 보여주기 위해 구드 신부를 데리고 갔고, 에일린은 알프와 비니를 데리고 서둘러 예배당을 나갔으며, 폴리는 남아서 모두에게 와줘서 감사하다는 인사를 하고 그들의 위로를 들었다.

"우리는 하느님의 선함을 믿어야만 해요." 히바드 양이 폴리의 손을 토닥이며 말했다.

위번 부인 역시 손을 토닥였다. "하느님은 우리가 견딜 수 없는 시련을 주지 않으세요."

"모든 것은 하느님이 세우신 계획의 일부입니다." 주임 사제가 읊조렸다.

고드프리 경이 손에 모자를 들고 폴리에게 다가왔다.

'만약 고드프리 경이 기운을 북돋을 요량으로 '마무리를 해주시는 하느님의 힘이 있습니다'라든가 '결국에는 다 좋아질 겁니다' 같은 쾌활한 내용의 셰익스피어 인용을 한다면 나는 결코 경을 용서하지 않을 거야.' 폴리가 생각했다.

"비올라." 고드프리 경은 슬프다는 듯이 고개를 저으며 말했다.

"'비는 날마다 내리네요.'"[20]

'사랑해요.' 폴리는 눈에 눈물을 글썽거리며 생각했다.

라버넘 양이 다가왔다. "이런 시기일수록 믿음을 가져야만 해요." 그녀가 말하고는 고드프리 경을 바라보았다. "생각해봤는데, 《메리 로즈》극본을 낭송해야만 해요. 메리 로즈의 아들이 죽은 어머니를 찾는 가슴 아픈 장면이…."

라버넘 양은 극본 낭송 이야기를 계속하려 고드프리 경을 데리고 나갔고, 폴리는 에일린을 찾으러 갔다. 에일린과 호드빈 남매는 어디에도 보이지 않았지만, 폴리는 주임 사제나 위번 부인의 상투적인 말을 듣고 싶지 않았다. 그녀는 본당으로 들어가 돔 쪽으로 갔다.

에일린은 두 아이와 함께 '세상의 빛'을 바라보고 있었다. 좀 더 정확히는, 알프와 비니는 그 그림을 바라보았고, 에일린은 아까처럼 망연자실하고 얼빠진 표정으로 그 둘을 바라보고 있었다. 폴리는 구드 신부의 설교로 인해 에일린이 마이크가 죽은 슬픔을 어느 정도 극복하기를 바랐지만, 별 도움이 되지 않은 듯했다.

그리고 호드빈 남매 역시 도움이 되지 않는 게 확실했다. "왜 남자가 원피스를 입고 있어요?" 알프가 그림을 가리키며 물었다. "그리고 왜 저기 서 있는 거예요?"

"저 사람은 저 안에 사는 사람들에게 문을 열어달라고 노크를 하는 거야, 이 바보야." 비니가 말했다.

"바보는 너야." 알프가 말했다. "저기에는 아무도 살지 않아. 저 문을 봐. 저 문은 오랫동안 열리지 않았어. 저기 살던 사람들은 저 집을 나갔는데 저 사람에게 그걸 알려주지 않은 게 분명해. 아

20 셰익스피어, 《십이야》

니면 살던 사람들이 죽었거나. 아무리 문을 두드려도 아무도 나오지 않을 거야."

'에일린이 들으면 안 되는 말이네.' 폴리가 생각하며 말했다. "이제 가야 해. 사이렌이 울릴 때 거리에 있으면 안 되니까." 하지만 에일린은 그 말을 들은 것 같지 않았다. 에일린은 계속해 멍하니 알프와 비니를 바라보았다.

폴리가 다시 말해보았다. "에일린, 우리는 구드 신부님을 구해야만 해. 험프리스 씨가 구드 신부님을 데리고 폴크너 함장 기념비를 보여주러 갔고…."

"알프, 비니. 나랑 가자." 에일린이 갑자기 말하더니 둘을 데리고 이제 아무도 없는 예배당으로 갔다. 그녀가 철창문을 열었다.

"왜 여기 다시 온 거예요?" 에일린이 아이들에게 안으로 들어가라고 손짓하자 비니가 물었다.

"우리는 아무것도 훔치지 않았어요." 알프가 말했다.

'아, 이런.' 폴리가 생각했다. '이번에는 이 아이들이 뭘 훔친 거지?'

"우리는 여기에 있지조차 않았어요." 알프가 말했다. "우리는 추도 예배 내내 저 그림을 보고 있었어요."

에일린은 철창문을 닫고 빗장을 걸더니 아이들을 돌아보았다.

"우리는 아무것도 가져가지 않았어요." 비니가 말했다. "정말이에요."

에일린은 그 말을 들은 척조차 하지 않았다. "너희 어머니가 언제 돌아가셨니?" 에일린이 물었다.

'돌아가셨다고?'

"미쳤어요?" 알프가 말했다. "우리 엄마는 안 죽었어요."

"엄마는 지금 피커딜리 서커스에 있어요." 비니가 철창문을 향해 옆걸음질치며 말했다. "우리는 엄마를 데리러 가야 해요."

에일린은 아이들과 철창문 사이를 단단히 막아섰다. "너희들은 아무 데도 못 가." 에일린이 말하고 폴리를 바라보았다. "이 아이들 엄마는 지난가을 공습에서 죽었어. 그리고 애들은 계속 그걸 숨겨왔고. 방공호를 전전하며 살고 있어."

"그렇지?" 에일린이 아이들을 보며 다그쳐 물었다. "너희 어머니가 언제 돌아가셨니?"

"말했잖아요." 알프가 말했다. "엄마는 죽지…."

"세인트바트 병원에서 돌아가셨지, 그렇지?" 에일린이 말했다. "그래서 그 병원이 어디에 있는지 알았던 거지? 그리고 간호사가 너희를 알아보고 내게 자초지종을 이야기할까 봐 두려워서 병원에서 빨리 나가고 싶어 했던 거고."

"아니에요." 알프가 말했다. "누나가 세인트폴 대성당에 가야 한다고 말했잖아요. 그래서 우리는…."

"너희 어머니가 언제 돌아가셨니, 비니?"

"말했잖아요, 어머니는…." 알프가 입을 열었다.

"9월에요." 비니가 말했다.

알프가 비니를 분노의 눈길로 돌아보았다. "그걸 왜 말해? 이제 에일린 누나는 우리를 신고할 거야."

비니는 알프를 무시했다. "하지만 10월이 되어서야 알았어요." 비니가 말했다. "엄마는 이삼일씩 집에 안 들어오곤 했고, 그래서 처음에 우리는 별일 아니라고 생각했어요. 하지만 얼마 뒤 걱정이 되어 엄마를 찾아다녔고, 엄마 친구 가운데 한 명이 엄마가 술집에 있을 때 그곳에 450킬로그램짜리 폭탄이 떨어졌다고 말해줬어요."

'그리고 시체는 산산조각이 나서 알아볼 수도 없었겠지.' 폴리가 생각했다. '마이크처럼.' 그리고 친구라는 사람은 아마도 동료 창녀이거나 호드빈 부인의 손님들 가운데 한 명일 거고, 그 사람은 경찰과는 얽히고 싶지 않았을 것이다. 그래서 아이들 어머니의 죽음은 당국에 알려지지 않은 것이다.

"내가 지도를 빌리러 갔을 때 너희 어머니는 이미 죽은 뒤였지?" 에일린이 물었다. "그래서 어머니가 잔다면서 나를 집 안으로 들여보내지 않으려 했던 거고."

비니는 고개를 끄덕였다. "집주인에게도 그렇게 말했어요. 엄마는 집에 있을 때 잠을 많이 잤고, 우리에게는 배급 수첩이 있어서 괜찮았어요. 돈이 떨어져 집세를 더 낼 수 없게 되기 전까지는요."

"그리고 집주인은 배스컴 아줌마에 대해서도 알게 되었어요." 알프가 말했다.

"애들이 키우는 앵무새야." 에일린이 폴리에게 설명했다.

"그래서 우리는 집주인에게 시골에 있는 이모랑 살 거라 말했어요."

"그리고 너희는 방공호들을 전전하며 살았고." 에일린이 말했다.

"하지만 돈이 없는데 어떻게 살았니?" 폴리가 물었고, 이윽고 생각했다. '소매치기를 하고 피크닉 바구니들을 훔치며 살았겠구나.'

험프리스 씨와 구드 신부가 돌아오고 있었고, 험프리스 씨는 여전히 폴크너 함장에 관해 이야기하고 있었다.

비니가 괴로운 표정을 지었다. "신부님에게 말하지 않을 거죠?"

"아무에게도 말하지 않는다고 약속해요." 알프가 말했다. "안 그러면 우리는 보육원에 가야 한단 말이에요."

"아, 여기 계셨군요." 험프리스 씨가 말했다.

구드 신부는 철창문 앞에 서더니 빗장 걸린 문과 그들을, 에일린의 보초 서는 듯한 자세를, 아이들의 표정을 보았다. "무슨 일입니까, 오릴리 양?" 신부가 물었다.

'제발요.' 비니가 입 모양으로 말했다.

에일린이 철창문의 빗장을 열고 둘을 안으로 들어오게 했다. "알프와 비니가 방금 저에게 자기 어머니에 관해 말해줬어요." 에일린이 말했다. "아이들 어머니는 작년 가을에 돌아가셨어요. 아이들은 방공호를 전전하며 살았고요."

비니는 철저히 배신당했다는 듯한 표정을 지었다.

"그래서 어쩔 건데요?" 알프가 통곡했다. "이제 우리는 보육원에 들어가게 된다고요. 그리고 우리에게 잘해주는 사람은 에일린누나뿐이란 말이에요."

"우리는 돌봐줄 사람이 필요 없어요." 비니가 덤비듯 말했다. "나랑 알프는 알아서 잘할 수 있거든요!"

"이 아이들은 제가 맡을게요." 에일린이 말했다.

"뭐라고?" 폴리가 말했다. "넌 그럴…."

"누군가는 해야 해. 그리고 지하철역들을 전전하면서 살 수는 없잖아." 에일린이 말했다. "구드 신부님, 저를 이 아이들 보호자로 지정해주실 수 있나요?"

"네, 물론입니다. 하지만…." 구드 신부는 험프리스 씨를 돌아보았다. "혹시 괜찮으시다면 이 아이들에게 성당을 좀 구경시켜주시겠습니까? 저희는 상의할 일이…."

"물론이지요." 험프리스 씨가 말했다. "불쌍한 것들. 자, 나랑 같이 가자, 얘들아."

"괜찮을 거야." 에일린이 비니에게 말했다.

"맹세해요?"

"맹세해. 다녀와. 험프리스 씨와 같이 가."

'저 아이들은 도망칠 거야. 29일 다음 날 아침에 그랬듯이.' 폴리가 생각했지만, 아이들은 고분고분 성당지기를 따라갔다.

"가자, '세상의 빛'을 보여주마." 아이들과 복도를 걸어가며 험프리스 씨가 말했다.

"이미 봤어요." 알프가 말했다.

"오, 하지만 그 그림은 볼 때마다 뭔가 새로운 것을 볼 수 있단다." 험프리스 씨가 대답했다.

'그 말엔 전적으로 동의해요.' 폴리가 생각했다.

발소리가 멀어졌다. "정말로 그렇게 하고 싶으신 겁니까, 오릴리 양?" 구드 신부가 말했다. "어쨌든 호드빈 남매는 아주…."

"알아요." 에일린이 말했다.

"리케트 부인이 절대 허락하지 않을 거야." 폴리가 말했다. "하숙집 규칙을 너도 알잖아."

"그리고 아이들은 런던 밖에 있는 게 더 안전할 겁니다." 구드 신부가 말했다. "피난민 위원회에…."

"아니요." 에일린이 말했다. "만약 그 아이들을 피신시키면 달아날 거고, 결코 자기들 힘으로는 살아남지 못할 거예요. 알프는 불발탄을 가지고 놀고, 비니는 어린 여자아이예요. 비니에게는 방공호를 전전하며 사는 것도 벅차고…."

'그리고 비니는 자기 어머니처럼 되겠지.' 폴리가 생각했다.

"그 아이들에게는 아무도 없어." 에일린이 폴리에게 말했다. "만약 우리가 구해주지 않으면…."

"하지만 리케트 부인은 어쩌고?" 폴리가 말했다. "너도 규칙을 알잖아. 방에서 취사 금지, 애완동물이나 아이 금지. 그리고 구드 신부님의 휴가는 오늘이 마지막…"

"좀 더 시간을 받을 수 있는지 알아보겠습니다. 이건 제 교구민이 관련된 일이니까요." 구드 신부가 말했다. "그리고 상황이 상황인 만큼 아마도 제가 리케트 부인을 설득할 수 있을 겁니다."

'과연 그럴까요.' 폴리가 생각했고, 예상대로 리케트 부인은 구드 신부의 성직자 옷깃이나 주장에 아무런 감명도 받지 않았다.

"규칙을 아시잖아요." 리케트 부인은 군인처럼 가슴 앞으로 팔짱을 끼고 말했다. "아이는 안 됩니다."

"하지만 아이들 어머니가 공습으로 죽었습니다." 구드 신부가 말했다. "그리고 달리 갈 곳이 없습니다. 교회가 아이들이 쓸 침상과 침구를 제공하겠습니다."

"그리고 아이들은 아주 얌전해서 있는 줄도 모를 거예요." 에일린이 덧붙였다.

'그런 건 리케트 부인에게는 전혀 먹혀들어가지 않아.' 폴리가 생각했다. "아이들 하숙비로 돈을 추가로 더 낼게요." 폴리가 말했다. "그리고 아이들이 있으면 우유 배급을 추가로 더 받을 수 있어요."

"얼마나 더 받을 수 있죠?" 리케트 부인이 캐물었고, 엉망으로 요리해 도저히 먹을 수 없는 상태일 게 뻔한 우유 푸딩과 크림 수프 생각에 눈이 반짝였다.

"하루에 3백 밀리리터입니다." 구드 신부가 말했다.

"좋아요." 리케트 부인이 말했고, 에일린의 손에서 아이들 배급 수첩을 낚아채다시피 했다. "하지만 아이들 식사는 모레부터

예요."

'왜 안 그러겠어.' 폴리가 생각했다.

"그리고 만약 아이들이 계단에서 놀거나 소란을 피우거나…."

"안 그럴 거예요." 에일린이 진지하게 말했다. "그 아이들은 아주 얌전해요."

"너 극단에 들어와야겠어." 리케트 부인이 간 뒤 폴리가 에일린에게 말했다. "나보다 연기를 훨씬 더 잘하더라."

에일린은 폴리를 무시했다. "정말 고맙습니다, 구드 신부님." 에일린이 말했다. "신부님이 안 계셨으면 저희끼리는 해낼 수 없었을 거예요. 정말 큰 도움이 되었어요."

구드 신부는 정말로 큰 도움이 되었다. 용케 이틀을 더 받아낸 휴가 동안, 구드 신부는 알프와 비니를 위해 새 배급 수첩과 옷들을 구했을 뿐 아니라 에일린을 둘의 임시 보호자로 등록했고 아이들을 학교에도 등록했다.

"학교요?" 알프와 비니는 마치 말뚝에 묶여 화형을 당할 거라는 말을 들었다는 듯이 반응했다.

"그래." 구드 신부가 엄격하게 말했다. "그리고 만약 하루라도 학교를 빠지거나 오릴리 양이 너희들에게 시킨 일을 빼먹고 하지 않으면, 오릴리 양이 내게 편지를 쓸 거고, 그러면 나는 곧장 너희들을 보육원으로 보낼 거야."

협박으로 말을 듣게 하다니, 심지어 리케트 부인에게도 힘든 일을 그것도 호드빈 남매에게 하다니, 폴리는 그게 가당키나 한 말일까 회의심이 들었다. 하지만 험프리스 씨가 '세상의 빛'을 보여주기 위해 아이들을 데리고 갔을 때, 그리고 에일린과 폴리가 리케트 부인과 이야기해야 해서 아이들에게 노팅힐게이트 역에서 기다리라고 했을 때, 폴리는 아이들이 도망칠 거라 생각했지만 그때도 예상과 달리 둘은 그러지 않았다. 사실, 구드 신부를 배웅하러 기차역에 갔을 때 알프는 신부에게 물었다. "에일린 누나가 이제 우리 엄마가 되는 건가요?"

폴리는 구드 신부가 뭐라고 대답하는지는 듣지 못했지만, 에일린이 무척이나 쾌활해진 것을 보았기에 호드빈 남매를 들이기로 한 결정을 후회하지 않았다. 구드 신부가 에일린에게 이미 자신의 징집 소식을 전했기 때문에 더더욱 그랬다.

군목은 격렬한 전장에 배치될 때가 많았지만 그런데도 무장을 하지 않았다. 게다가 마른 몸에 나긋나긋한 태도는 군인과는 거리가 멀었다. 그리고 구드 신부처럼 전시에 제 몫을 다하기 위해 열심이던 젊고 진지한 성직자들이 북아프리카 사막과 노르망디 상륙작전에서 무수히 죽어 나갔다. 폴리는 에일린이 가까운 사람을 또 잃었을 때 과연 버텨낼 수 있을지 자신할 수 없었다.

그들 모두는 구드 신부를 배웅하기 위해 빅토리아 역으로 갔다. "당연히 우리도 신부님을 배웅해야죠." 알프가 말했다. "우리가 런던으로 오는 날 신부님이 우리를 배웅해줬으니까요. 기억나요, 신부님? 그날 우리를 배웅하러 오셨던 거요."

"기억한단다." 에일린을 바라보며 구드 신부가 말했다.

"그리고 이제 우리가 배웅하러 왔어요. 재밌지 않아요, 에일린 누나?"

"그러게." 에일린이 눈물을 참으려 눈을 깜박이며 말했다. "전부 다 고마워요, 구드 신부님."

"천만입니다." 신부가 엄숙하게 말했다. 그는 더플백을 집어 들었다. "이제 타야겠습니다. 알려드린 건 제 임시 주소이고, 어디로 배치될지 알게 되는 대로 곧장 다시 알려드리겠습니다. 알프와 비니와 관련해서 뭔가 더 도움이 필요하시면 꼭 알려주십시오. 그러면 제가 해결하겠습니다."

'그러실 수 있다면요.' 폴리가 생각했다. '전장에서 죽지 않는다면요.'

그들은 작별 인사를 했고, 구드 신부는 기차에 탔다. 알프와 비니가 "독일군들을 잔뜩 쏴버리세요!", "늙다리 히틀러를 죽여버려요!"라고 고함을 지르며 그 낭만적인 분위기를 깼다.

에일린은 더 이상 아무것도 보이지 않을 때까지 하염없이 기차가 간 자리를 바라보았다.

"뭘 기다려요?" 비니가 호기심에 차서 물었다.

"아무것도 아니야." 에일린이 말했다. "가자. 집에 가야지."

"안 돼요." 알프가 말했다. "블랙프라이어스 역에 가서 우리 물건을 가져와야 해요."

"무슨 물건?"

"알잖아요." 비니가 천진난만하게 말했다. "우리 옷이랑 물건들요."

"그리고 에일린 누나가 줬던 런던탑에 관한 책도요." 알프가 말하며 지하철 입구로 향했다. "스코틀랜드의 메리 여왕의 목을 자르는 부분이 제일 재밌었어요."

그리고 블랙프라이어스 역으로 가는 지하철을 타자, 알프는 그 내용을 상세히 설명했다. "사형집행인은 목이 잘릴 때까지 계속 내리쳤어요. 이렇게요." 알프는 그 객차의 다른 승객들도 보라고 열심히 목을 자르는 시늉을 했다. "그리고 잘린 머리를 들어 보여요. 당시에는 그렇게 했대요. 피가 뚝뚝 떨어지는 머리를 들어 보이면서 '반역을 저지른 여왕은 이 꼴이 되었습니다'라고 말했어요."

"그리고 그 머리를 런던 다리에 걸어두었어요." 비니가 말을 맺었다.

"아니, 그러지 않았어." 알프가 말했다. "메리 여왕은 가발을 쓰고 있었고, 그래서 잘린 머리를 집어 들 때 머리가 바닥으로 떨어져 침대 밑으로 굴러 들어갔고, 개가 달려와서…."

"블랙프라이어스 역에 다 왔어." 에일린이 말하며 일어나 아이들을 앞세우고 지하철에서 내렸다.

"밀지 말아요." 비니가 말했다.

"스코틀랜드의 메리 여왕의 개가 어떻게 했는지 알고 싶지 않아요?"

"알고 싶지 않아." 폴리가 말했다.

"너희들 물건들을 가져와야 한다고 했지?" 에일린이 말했다. "어디에 있니? 플랫폼에 있니?"

"언니 바보예요?" 비니가 말하며 앞장섰다. "거기에 두면 사람들이 가져가잖아요."

"터널에 있어요." 플랫폼에 도착했을 때 알프가 말했다. "여기서 기다려요." 그리고 에일린이 말리기도 전에 둘은 플랫폼 끝을 향해 쏜살같이 달려가더니 터널의 어둠 속으로 사라졌다.

"저러다가 죽고 말 거야." 에일린이 말했다.

"그런 행운이 있을 리가 없어." 폴리가 말했고, 잠시 뒤 아이들이 소지품을 한 아름 안고 돌아왔다. 모자 하나, 넝마처럼 보이는 카디건 하나, 웰링턴 부츠 한 켤레, 영화 잡지 더미였다.

알프는 자기가 가져온 것을 에일린의 팔에 쏟아 놓았다. "배스컴 아줌마를 데리러 가야 해요." 알프는 그렇게 말하더니 다시 쏜살같이 터널을 향해 달려갔다.

"배스컴 아줌마?" 폴리가 물었다. "배스컴 아줌마가 누구야?"

"아이들 앵무새." 에일린이 절망하며 말했다. "쟤들이 방공호로 들어가 살게 됐을 때 어딘가에 췄을 거라 생각했는데." 에일린은 비니를 돌아보았다. "방공호에는 동물 출입 금지 아니니?"

"맞아요." 비니가 말했다. "그래서 터널에 둔 거예요."

"공습경보 소리를 흉내 낸다는 그 앵무새는 아니겠지?" 폴리는 자기 생각이 맞을까 봐 두려워하면서 물었다.

"공습경보 해제 소리도 내요." 알프가 녹이 슨 커다란 새장을 가지고 오며 말했다. 새장에는 회색과 빨간색이 섞인 앵무새가 한 마리 있었다. "그리고 그 뒤에도 우리는 배스컴 아줌마에게 여러 가지를 더 가르쳤어요."

41

끝났다.

— 〈런던 이브닝 뉴스〉 헤드라인, 1945년 5월 7일

런던, 1945년 5월 7일

'저건 메로피야.' 트래펄가 광장에 서 있는 녹색 코트를 입은 젊은 여자를 더 잘 보기 위해 국립 미술관의 돌난간에 몸을 기대며 메리는 생각했다. '오, 잘됐어. 메로피는 전승 기념일 임무를 원했으니까.' 메리는 메로피를 향해 팔을 들어 손짓하며 큰 소리로 그녀를 부르려 했지만, 곧 마음을 바꿨다. 메리는 메로피가 이곳에서 쓰는 이름이 뭔지 몰랐다. 아마도 메로피는 아닐 것이다. 그 이름은 20세기에는 흔하지 않았다. 그리고 메리는 메로피가 위장한 신분이 뭔지도 몰랐으며 이 시대 사람과 함께 왔는지 어떤지도 알지 못했다. 영국 공군 군복을 입은 중년 남자가 메로피 왼쪽 옆에 서 있었다.

메리는 팔을 내렸지만, 페이지는 이미 그녀가 손을 흔드는 것

을 보고 난 뒤였다. "지금 리어던을 본 거야?" 페이지가 물었다.

"아니. 아는 사람을 본 줄 알았어."

"아마 맞을걸. 오늘 밤 여기에는 잉글랜드의 모든 사람이 와 있는 거 같아."

'과거와 현재의 모든 사람이.' 메리가 생각했다.

"리어던!" 페이지가 마구 손을 흔들며 외쳤다. 메리는 페이지가 보는 곳을 힐끗 보았고, 이윽고 메로피가 서 있던 곳으로 다시 시선을 돌렸지만, 메로피는 사라지고 없었다. 메리는 군중 속에서 그녀를 찾아보았다. 가로등 기둥 옆, 사자 옆, 기념비 옆. 하지만 녹색 코트의 흔적은 보이지 않았다. 아주 밝은 색이었기에 쉽게 찾을 수 있어야 했다. 그리고 메로피의 빨간 머리도.

"아, 이런, 리어던이 다시 안 보여." 페이지가 엄청난 숫자의 사람들을 훑어보며 말했다. "리어던이 어느 쪽으로 갔을까? 어디에도 안 보여. 아, 저기 있다! 그리고 탤봇도 있어." 페이지가 마구 손을 흔들기 시작했다. "탤봇! 리어던!"

"네 소리를 못 들을 거야." 메리가 말했지만, 놀랍게도 둘은 인파를 단호히 헤치고 그들이 있는 계단을 올라왔다.

"페어차일드, 더글라스, 다행이야." 리어던이 올라와 말했다. "너희들을 다시는 못 볼 줄 알았어!"

탤봇이 고개를 끄덕였다. "완전히 난리가 났네." 그녀가 들뜬 목소리로 말했다. "패리시랑 메이틀랜드 봤어? 어쩌다 보니 걔네들이랑 헤어지게 됐어. 모닥불 옆에 있었어."

그들은 모두 모닥불 쪽을 바라보았지만, 이런 인파 속에서 모닥불 옆에 누가 있는지 알아보는 건 불가능했다. "어디에도 안 보여." 탤봇이 말했다. "잠깐…, 페어차일드, 저거 네 진정한 사랑 아니니?"

"그럴 리 없어." 페이지가 말하며 탤봇이 가리킨 쪽을 바라보았다. "그이는 프랑스에 있어. 그이는…. 오, 더글라스, 봐!" 페이지가 메리의 팔을 잡았다. "스티븐이야! 스티븐! 제때 여기에 와서 이걸 보지 못할 줄 알았는데. 오, 메리! 그이가 여기에 있어서 너무 좋아!"

'나도 그래.' 메리가 생각했다. 랭 대위의 얼굴에는 페이지가 입원했을 때 지었던 긴장하고 공포 어린 표정이 더는 보이지 않았으며, 날마다 V-1의 날개를 슬쩍 건드려 추락시켜야 하던 때의 집중하면서도 피곤한 표정도 보이지 않았고, 메리는 그런 그의 모습이 좋았다. 그는 지난번에 마지막으로 봤을 때보다 훨씬 더 젊어 보였다.

'하지만 그래도 나보다 훨씬 더 나이가 많아.' 메리는 아쉬워하며 생각했다. 하지만 만약 메리가 역사학자가 아니라 FANY였다면 그건 문제가 아니었을 것이다. 그래도 메리는 랭 대위와 사귈 수 없었다. 그는 아직 인파 속에서 페이지를 발견하지 못했지만, 분명히 그녀를 찾고 있었고, 찾게 되면 그는 오로지 페이지만을 바라볼 것이다.

'하지만 그래도 마지막으로 한 번 더 랭 대위를 볼 수 있어서 기뻐.' 메리는 기뻐 외치는 사람들을 헤치고 활기차게 페이지를 찾아다니는 그의 모습을, 그의 갈색 머리를 바라보며….

"우리가 안 보이나봐!" 페이지가 외쳤다. "손을 흔들어, 메리!"

메리는 동료들과 함께 손을 흔들고 고함을 쳤다. 패리시는 귀족인 부모가 들었으면 몸서리를 쳤을 만한, 귀청이 찢어질 듯이 날카로운 휘파람을 불었고, 그게 먹혀들어갔다. 랭 대위는 고개를 돌려 페이지를 보더니 특유의 심장이 멎을 듯한, 한쪽 입꼬리가 올라가는 웃음을 지어 보이더니 그들 있는 곳으로 곧장 오기 시작했다.

"오, 다행이야." 탤봇이 말했다. "봤어…, 맙소사! 저기 소령님이야?"

탤봇은 모닥불 너머, 광장을 4분의 3쯤 가로지른 곳을 가리켰지만, 모두가 단숨에 소령을 알아보았다. 그리고 설상가상으로, 소령도 그들을 알아보았다. "이건 모두 네 잘못이야, 페어차일드." 탤봇이 말했다. "네가 랭 대위에게 손을 흔들지만 않았어도 소령님이 우리를 볼 일은 전혀 없었을 거야."

"소령님이 여기서 뭘 하는 걸까?" 리어던이 불안해하며 물었다.

"내가 소령님을 제대로 알고 있다면…." 패리시가 말했다. "곧장 우리에게 와서 모두에게 보고하라고 하실 거야."

"아니면 석고붕대를 가져오라고 에지웨어로 보내든가." 페이지가 말했다.

"뭐라고 할지 내기를 해야 할 거 같지 않아?" 리어던이 물었다.

탤봇이 소리 내 웃었다. "아, 난 너희 모두가 보고 싶을 거야."

"우리는 모두 다시 볼 거야." 페이지가 확신에 차 말했다. "내 결혼식에 너희 모두를 초대할 거야. 더글라스는 내 들러리가 될 거고. 그렇지, 메리?"

'난 할 수 없어.' 메리가 생각했다.

"옐로우 페릴을 입히지 않겠다고 약속하면." 메리가 밝게 말했다.

"전쟁이 끝나면 기쁠 줄 알았다니까." 패리시가 말했다. "내 말은, 이제 다시는 옐로우 페릴을 입지 않아도 되잖아."

"문어손을 옆에 태우고 운전하지 않아도 되고." 탤봇이 말했다.

'언제 죽을지 몰라 두려워하지 않아도 되고. 그리고 잔해에서 시체 잔해나 죽은 아이들을 파내지 않아도 되고.' 메리가 속으로 말했고, 크로이던의 부서진 신문사에서 본 남자를 떠올렸다. 메리는 퇴원한 뒤 세인트바트 병원과 가이스 병원, 그리고 60킬로미터 안쪽의 모든 구급차 출동 지부에 연락을 해보았지만 그 남자의 흔적을 찾을 수 없었다. 아마 메리가 생각했던 것만큼 심하게 부상당하지 않은 모양이었다. 하지만 그럴 리 없었다.

'그 사람이 괜찮았으면 좋겠어.' 메리가 생각했다. '그 사람이 오늘 밤 여기 와서 이 광경을 보고 있길.'

"오, 이런." 탤봇이 말했다. "소령님이 이쪽으로 오고 있어!"

"소령님이 우리를 집으로 돌려보내려는 걸까?" 리어딘이 말했다.

'아니, 나만 집으로 돌아갈 거야.' 메리가 생각했다. 소령이 여기 있으니 지부로 돌아가기 딱 좋은 때였다. 메리는 지부에 돌아가 '어머니가 아주 편찮으십니다. 가야 합니다.'라고 소령에게 메모를 남기고 강하 지점으로 가면 된다.

메리는 메이틀랜드나 수트클리프-히스나 리드를 마지막으로 한 번 더 보지 못해 아쉬워했다. 메리는 지난 한 해 동안 지부의 모든 FANY들과 놀랄 정도로 정이 들었다. 하지만 메리가 지금 겪는 일은 여기 트래펄가 광장의 모든 사람이 앞으로 며칠, 몇 주 동안 경험하게 될 일이기도 했다. 끝난 것은 전쟁만이 아니었다. 수많은 우정과 로맨스와 직장 역시 끝을 맞이할 것이다. 온갖 종류의 이별, 온갖 종류의 헤어짐이 이어지겠지.

그리고 메리는 떠나려면 지금, 밤이 깊어 지하철이 운행을 멈추기 전인 지금 떠나야 했다. 그리고 소령과 랭 대위가 이곳에 오기 전에. 랭 대위는 거의 계단 발치까지 와있었다. 메리는 마지막으로 아쉬움을 담은 눈길로 랭 대위를 보았고, 이어서 동료들을 보았다. 그들의 시선은 여전히 소령을 향했다. 소령은 조금 전 공습 대비대 감시원이 툭 씌워준 넬슨 제독 스타일의 삼각모를 그대로 머리에 쓰고 있었다.

"기회가 있을 때 도망치는 게 낫지 않을까?" 패리시가 물었다.

"아니야. 그러다 잡히면 오히려 역효과만 나." 텔봇이 말했다.

"어쩌면 소령님은 우리랑 같이 축하를 하려고 오시는 걸지도 몰라." 리어던이 말했다.

"넌 지금 소령님이 축하를 하는 것처럼 보이니?" 텔봇이 물었다.

흥겨운 분위기의 삼각모를 쓰고는 있었지만, 소령은 축하하는 사람처럼 보이지 않았다. '당신도 보고 싶을 거예요, 소령님.' 메리는 생각했고, 여전히 랭 대위를 부르며 손을 흔드는 페이지에게 몸을 숙여 뺨에 키스했다. 그러나 페이지는 알아차리지조차 못했다.

메리는 천천히 페이지에게서 멀어졌고, 몸을 돌려 재빨리 사람들을 헤치며 포치를 걸어 계단으로 갔다. 페이지가 자신이 없어진 걸 알고 찾을 경우를 대비해 올라왔을 때처럼 모자를 눌러쓰고 고개를 숙인 채 계단을 내려갔다.

메리는 자기가 없어진 걸 페이지가 깨닫더라도 자기가 랭 대위를 데리러 갔다가 인파에 휩쓸려 간 거라 생각해주길 희망했다. '인파에 휩쓸려 간 게 사실이 될 수도 있고.' 계단 앞에 도착하며 메리는 생각했다.

메리는 채링크로스 방향으로 비스듬히 광장을 가로지르기 시작했다. 반쯤 가로질렀을 때 메리는 사람들 흐름에 휩쓸렸고, 그 방향이 마침 가려고 했던 방향이라 그냥 그 흐름을 탔다. 심지어 그 흐름은 메리를 지하철역 입구까지 간편하게 데려다줄 듯했다.

'시간을 절약할 수 있겠네.' 메리가 생각했고, 손목시계를 보기 위해 광장 가장자리에서 걸음을 멈췄다.

중산모를 쓴 작은 남자는 여전히 같은 자리에 있었다. "패튼에게 만세 삼창!" 그가 외쳤지만 "만세, 만세, 만세!"라는 외침은 다가오는 콩가 춤 줄의 리듬에 묻혀 버렸다. 메리는 인파를 헤치며 지하철역으로 갔다. 아마도 이곳에 올 때보다는 지하철이 덜 붐빌 것이다. 아직 집에 돌아가려는 사람들은 보이지 않았고, 일단 지하철이 홀본 역을 지나면….

"이리 와요, 내 사랑!" 덩치 큰 상선 선원이 메리의 귀에 대고 소리쳤다. 그는 메리의 허리를 휘감고 자기 앞에 있는 콩가 춤 줄로 밀었고, 두 손은 그녀 앞에 있는 군인의 허리를 잡게 했다.

"안 돼요! 이러고 있을 시간이 없어요!" 메리가 외쳤지만 소용없었다. 선원은 메리의 허리를 단단히 잡았고, 발을 땅에 박고 움직이지 않으려는 메리를 번쩍 들어 앞쪽으로 밀었다.

메리는 가차 없이 트래펄가 광장으로 다시 옮겨졌고, 광장을 가로질러 뱀처럼 꿈틀거리며 '둥둥두둥' 소리를 내며 춤을 추는 사람들 옆으로 옮겨졌다. 그들은 국립 미술관으로 곧장 돌아가고 있었다. "이러면 안 돼요!" 메리가 말했다. "나는 지하철역에 가야 한단 말이에요. 나는….

"어이, 거기, 그 여자를 놔줘요, 젊은이." 남자의 목소리가 들렸고, 메리는 누군가가 자기 허리를 잡더니 콩가 춤 줄에서 쑥 빼내는 것을 느꼈다. 선원과 춤 줄은 메리를 지나 멀어졌다.

"고맙습니다." 메리가 말하며 자신을 구해준 사람을 돌아보았지만, 그의 얼굴을 제대로 보기도 전에(그 사람이 군인이며 성직자 옷깃을 하고 있다는 정도까지만 간신히 볼 수 있었다), 분수 옆에서 요란한 소리가 들렸다.

"가봐야겠습니다. 누가 그랬는지 알 거 같군요." 그 남자가 말하더니 군중을 뚫고 성큼성큼 걸어갔다. 아마도 다른 누군가를 구하러 가는 듯했다.

"누구신지는 모르지만, 고맙습니다." 메리가 말하고 다시 지하철역으로 출발했고, 이번에는 길 바로 옆으로 거의 광장 가장자리에 붙어서 움직였다.

중산모를 쓴 키 작은 남자는 여전히 지하철역 입구 밖에 서서 환호성을 유도하고 있었다. "다우딩[21]에게 만세 삼창!" 그가 외쳤다.

'좀 있으면 저 사람이 만세 삼창하자고 외칠 영웅 이름도 다 떨어지겠네.' 메리가 생각하며 그의 옆을 비집고 지나 입구로 들어갔다. 하지만 메리의 생각은 틀렸다. 계단을 내려갈 때 그가 외치는 소리가 들렸다. "화재 감시원들에게 만세 삼창! 공습 대비대에게 만세 삼창! 우리 모두에게 만세 삼창! 만세, 만세, 만세!"

---

[21] 제2차 세계대전 당시 영국 공군 전투기 사령부 사령관으로 제2차 세계대전의 전세를 역전시킨 영웅이다.

42

아버지, 저희는 다시는 아버지를 못 볼 거라 생각했어요.

— *J. M.* 배리 경,《훌륭한 크라이턴》

런던, 1941년 겨울

알프와 비니는 앵무새를 리케트 부인의 눈에 띄게도 하지 않았고 소리도 들리지 않게 잘했지만, 결국 2주도 채 안 되어 폴리와 에일린 일행은 리케트 부인 집에서 쫓겨났다. 배스컴 아줌마는 빨리 배우는 편이었고, 알프는 하루 만에 앵무새의 습관을 바꾸는 데 성공했다. 그래서 배스컴 아줌마는 진짜 공습 사이렌이 울릴 때를 제외하고는 사이렌 소리 흉내를 내지 않았으며, 자기 새장에 다가오는 사람에게 '히틀러는 나쁜 새끼야!'라고 외치지도 않았다.

하지만 불행히도, 앵무새는 들리는 소리는 뭐든지 재빨리 기억했다가 그 목소리 그대로 흉내 냈다. 알프와 비니가 그토록 오랫동안 어머니가 살아있는 척할 수 있었던 이유이기도 했다.

앵무새의 바로 그런 능력 때문에, 리케트 부인은 '이 쓰레기 같은 음식은 뭐야, 맛이 아주 고약하네.'라는 비니의 목소리를 들었을 때, 그게 비니가 하는 말이라고 생각했다. 그래서 리케트 부인은 나중에 에일린에게 말하길, 안에서 요리를 한다고 생각해서 자기 열쇠로 문을 따고 들어갔다고 했다. 하지만 부인이 발견한 것은 유리알처럼 눈을 반짝이는 배스컴 아줌마였다.

"걱정하지 마." 바로 그 순간 배스컴 아줌마는 알프의 목소리를 흉내 내 말했다. "그 여자 모르게 감출 수 있어. 그 늙다리 마녀는 절대 모를 거야." 그리고 폴리, 에일린, 호드빈 남매와 배스컴 부인은 바로 내쫓겼고, 이후 이틀 밤을 노팅힐게이트 역에서 지내야 했다.

폴리는 역무원에게 앵무새가 극단의 새 연극에 쓸 도구라고 했고, 고드프리 경이 그들 뒤에서 다가와 외쳤다. "맙소사! 《보물섬》을 하기로 한 건 아니겠죠?"

그리고 라버넘 양은 앵무새를 보고 말했다. "오, 《피터팬》에 딱 좋겠어요!"

"여기에 계속 있지 않을 거예요." 폴리가 말했고, 혹시 세 들어 살 빈 아파트에 대해 아는지 물었다. 아무도 몰랐고, 폴리는 고드프리 경이 빌려준 〈타임스〉에서 '세놓음'란을 살폈지만 아무 곳도 찾을 수 없었다.

"살던 사람들이 폭격으로 죽어서 빈집들이 잔뜩 있어요." 비니가 말했다.

"어떻게 들어가는지 알아요." 알프가 말했다.

"우리는 죽은 사람들 집에 무단으로 들어가지 않을 거야."

"모두가 죽지는 않았어요." 비니가 항의했다. "어떤 집들은 그냥 비어 있어요."

"우리는 어떤 집에도 무단으로 들어가지 않을 거야."

"잠깐, 그 말을 들으니 좋은 수가 떠올랐어." 에일린이 말했다. "캐롤라인 여사의 친구 한 명이 런던에 있는 집을 돌볼 사람 구하기가 어렵다고 한 적이 있어. 그리고 지금처럼 폭격이 심하면 더욱더 사람 구하기가 어려울 거야."

에일린은 '구인란'을 펼쳤다. "이거야. '입주관리인 구함.' 블룸스베리야."

이튿날, 에일린은 광고에 적혀 있던 부동산 중개인을 만나러 갔다가 매우 기뻐하며 타운젠드 브라더스 백화점으로 돌아왔다. "우리에게 아이들 둘과 앵무새 한 마리가 있다고 그 남자에게 말하니까…."

"그걸 말했어?" 폴리가 말했다.

"그랬더니, 그 남자가 '지난달에 제가 맡았던 집들 가운데 네 채가 공습을 당했습니다. 공습에 비하면 아이 둘과 앵무새 한 마리쯤은 문제도 아니죠.'라고 하더라."

'나라면 그렇게 속단하지 않을 텐데.' 폴리가 생각했다. '이 아이들은 호드빈 남매인걸.'

"밀라이트 레인에 있는 집이야." 에일린이 말했다. "안전한 주소야?"

폴리는 주소들 목록이 대공습 기간 내내 안전한지 아니면 12월까지만 안전한지 알지 못했지만, 적어도 에일린이 말한 곳은 대영박물관 근처나 베드포드 광장 안에 있지 않았다. 그리고 폴리 생각에, 블룸스베리에 있던 폭격 대부분은 가을이었다.

하지만 그래도 여전히 런던이었다. "내 생각엔 알프와 비니를

시골로 보내야 할 거 같아." 폴리가 에일린에게 말했다. "넌 런던
에 머물던 아이들 통계를 연구했잖아. 시골에 있는 게 훨씬 더 안
전하다는 걸 너도 알잖아."

"하지만 그건 네가 타운젠드 브라더스 백화점을 관둬야 한다는
뜻이잖아. 그러면 구조팀이 우리를 어떻게 찾겠어?"

'구조팀은 오지 않을 거야.' 폴리가 생각했다.

"전에 했던 것처럼, 메시지를 신문들에 실으면 돼." 폴리가 말
했다. "우리가 어디로 갔는지 알리는 거야."

"안 돼. 우리가 옥스퍼드 스트리트에 있어야 구조팀이 우리를
찾기 제일 쉬워."

"그러면 백베리로 가도 돼. 아니면 나는 여기 머물고 너와 아이
들만 가든가. 데드라인이 있는 건 나잖아. 그러니 구조팀이 오면
내가 네 행방을 알려주면 돼."

"안 돼. 그러면 우리를 찾는 게 두 배로 어려워질 뿐이야. 우리
는 갈라지지 않아. 우리는 여기에 머물 거야." 에일린이 말했고,
이튿날 폴리에게 말하길 부동산 중개업자를 만났으며 입주관리
인 일을 맡기로 했다고 했다.

"하지만 그러면 네 국민 동원 일은 어쩌고?" 폴리가 반대했다.

"내가 입주관리인 일을 구한 거랑 호드빈 남매의 보호자가 된
일에 대해 말하면 뭔가 다른 일을 맡기겠지."

폴리는 자기 생각이 틀렸기를, 그래서 에일린이 런던 밖에서
안전하게 할 수 있는 일을 맡게 되기를 바랐지만, 일은 그렇게 되
지 않았다. 에일린은 군 장교들을 위해 운전을 하는 보조 수송대
에서 일을 얻었다.

'방공포 대원들과 일하는 것보다는 안전해.' 폴리가 생각했다.

군수 공장에서 일하는 것보다도 나았다. 독일 공군들은 종종 군수 공장들을 목표로 삼았다.

폴리 일행이 들어간 집은 러셀 광장 근처였고, 그곳은 안전했다. 하지만 이웃집은 잔해로 변해 있었고, 맞은편 집은 지붕이 박살 난 상태였다. "그러니까 우리가 사는 집은 폭격을 당하지 않을 거예요." 알프가 말했다.

비니가 뭔가 안다는 듯이 고개를 끄덕였다. "폭탄은 한 번 떨어진 곳에는 다시 떨어지지 않아요."

폴리는 경험으로부터 그게 사실이 아님을 알았지만, 굳이 그 말에 반대하지 않았다. 런던에서 안전한 곳은 없었지만, 적어도 이곳은 계속 폭격을 당하는 이스트 엔드가 아니었다. 집에는 튼튼해 보이는 지하실이 있었고, 게다가 에일린과 폴리의 요리 솜씨는 리케트 부인보다 나았다. "하지만 부인이 안됐다는 생각이 들기 시작해." 일주일 뒤 에일린이 말했다. "고기 450그램과 달걀 여덟 개로 어떻게 네 명이 일주일 먹을 요리를 할 수 있겠어?"

"요리할 새를 구해줄 수 있어요." 비니가 말했다. "여기에는 비둘기들이 많이 있거든요."

"그리고 다람쥐도요." 알프가 새총을 흔들어 보이며 말했다.

'이 아이들을 나치 독일로 몰래 보내 히틀러의 정신을 흐트러뜨리지 못하는 게 정말 아쉬워.' 폴리가 생각했다. 하지만 모든 일은 폴리의 기대보다 잘 풀렸다. 아이들은 학교에 갈 것이고, 주변의 빈집들은 알프와 비니가 괴롭힐 이웃이 거의 없다는 뜻이었으며, 에일린은 훨씬 더 명랑해 보였다.

"됭케르크에 관해 생각해봤어." 에일린이 말했다. "마이크는 군인들이 누구도 자신들을 구하러 오지 않을 거고, 독일군에게 포로로 잡힐 거라는 생각에 낙담해 해변에 앉아 있었다고 했어. 그 군인들은 자신들을 구하기 위해 보트, 유람선, 어선들이 오고 있다는 사실을 몰랐어. 그리고 D-데이에 물을 헤치고 해변으로 걸어가던 군인들은 내막이 어떻게 돌아가는지 몰랐어. 가령 그 무슨 작전이더라… 그거 뭐라고 했지?"

"포티튜드."

"그래, 포티튜드." 에일린이 말했다. "아니면 프랑스 레지스탕스가 했던 일이나, 아니면 울트라 같은 거. 어쩌면 우리도 마찬가지일 거야. 우리가 몰라서 그렇지 실은 온갖 일들이 벌어지고 있을 수 있어. 던워디 교수님은 바로 지금 이 순간에도 우리를 구하기 위해 노력하고 계실 거야. 아니면 이미 여기로 오고 계실 수도 있고."

'하지만 이건 시간 여행이야.' 폴리는 자신이 아무리 설명을 해도 에일린에게 현 상황을 이해시킬 수 없다는 사실에 낙담하며 생각했다. '만약 올 거였으면 진작에 왔어야 해.'

"우리는 희망을 잃으면 안 돼." 에일린이 말했다. "됭케르크도 결국은 다 잘됐잖아."

"절대 포기하지 말아요." 알프가 뒤에서 말했고, 폴리와 에일린은 기절할 듯 놀랐다.

'아, 안 돼.' 폴리가 생각했다. '이 아이가 어디까지 들은 거지?' 하지만 뒤를 돌아보니 말한 것은 앵무새였다.

"미안." 에일린이 말했다. "알프와 비니에게 '히틀러는 나쁜 새끼야'라는 말 대신 뭔가 애국적인 말을 가르치라고 했거든."

"가벼운 입이 배를 가라앉힌다." 배스컴 아줌마가 꽥꽥거렸다.

"음, 앵무새의 저 말은 확실히 맞네." 폴리가 말했다. "아이들이 있으니 우리는 말을 조심해야 해."

"고철을 기증하세요." 앵무새가 깍깍거렸다. "승리를 위해 노력하세요. 자기 몫을 다하세요."

확실히 에일린은 알프와 비니를 돌봄으로써 자기 몫을 다하고 있었다. 훈장을 받아도 될 정도였다. 하지만 그들뿐 아니라 그들이 아는 사람들 모두가 각자 전쟁에서 조금이나마 도움이 되려 애를 썼다. 구드 신부는 전장에 군목으로 나갔고, 도밍 씨는 심스 씨를 이어 화재 감시원으로 일했으며, 도린은 타운젠드 브라더스 백화점을 관두고 공군 보조 수송대에 들어갔다.

"나는 보조 수송대원이 되어 타이거 모스를 조종할 거야." 도린은 자랑스레 말했다.

도린이 보조 수송대에 입대하고 세라 스타인버그가 국민 동원에 참여하여 공습 대비대 비행기 식별가로 일하기 위해 떠나자 4층은 일손이 엄청 부족해졌고, 스넬그로브 양은 폴리에게 타운젠드 브라더스 백화점은 그녀가 계속 백화점에서 일할 수 있도록 '일손의 심각한 부족으로 인한 국민 동원 면제'를 신청했다고 알려줬다.

에일린은 아주 좋아했다. "나는 네가 국민 동원을 위해 떠나면 구조팀이 너를 어떻게 찾을지 걱정했었어."

"나는 스넬그로브 양에게 싫다고 거절했어." 폴리가 말했다. "나는 구조대에 들어가려고 해."

"구조대에?" 에일린이 말했다. "하지만 왜?"

'왜냐하면 나에게는 데드라인이 있거든. 그냥 여기 앉아서 기다리고만 있으면 미쳐버릴 거야. 잔해 속에 파묻힌 채 아무도 구해주러 오지 않는 상황에 처했던 마저리가 계속 생각나. 그게 어떤 기분인지 나는 잘 알아. 다른 사람이 그런 상황에 처하는 걸 나는 참을 수가 없어. 그리고 만약 콜린이 이곳에 있다면, 만약 이곳에 갇힌 게 콜린이라면 개는 그렇게 할 테니까.'

폴리는 자기 생각을 에일린에게 말하지 않았다. 대신 이렇게 말했다. "만약 백화점의 면제 신청이 허가를 못 받는다면 나는 거의 확실하게 런던 밖으로 배정될 거야. 그러니 지금 신청해야 해."

"하지만 구조대라니." 에일린이 말했다. "그건 너무 위험해. 대신 구급차를 운전하면 안 돼? 넌 전에도 그 일을 했었잖아. 그렇지?"

"응. 하지만 런던 밖으로 배정되는 위험을 감수할 수는 없어. 만약 내가 알던 FANY가 있는 지부에 배정되면 인과 모순을 일으키게 돼. 그리고 구조 작업은 위험하지 않아. 우리는 폭탄이 터지고 사고가 난 다음에 그곳에 가니까. 그리고 너도 비니가 하는 말을 들었잖아. 폭탄은 한 번 떨어진 곳에 다시 떨어지지 않아."

"하지만 구조팀은 어쩌고? 구조팀이 오면 우리를 어떻게 찾지?"

"나는 스넬그로브 양에게 내가 배정받은 지부가 어딘지 알려줄 거야." 폴리가 말했다. 이튿날 아침, 폴리는 직장에 사직서를 낸 뒤 직업 배정소로 갔다. 그리고 신청 양식을 기재해 제출했고, 한참을 기다린 후에야 마침내 코안경을 쓴 엄격한 표정의 여자가 폴리를 호출했다.

"저는 센트리라고 합니다. 앉으세요." 여자가 양식에서 눈을 떼지 않고 말했다. "마지막 직장이 백화점 판매원이었군요. 계산할 줄 알겠군요. 타자할 줄 아시나요?"

만약 할 줄 안다고 대답하면 폴리는 화이트홀에 보내져 국방성의 징집 통지서를 타자하게 될 것이다. "아니요." 폴리가 말했다. "저는 구조대에 배정되었으면 합니다."

센트리 부인이 고개를 저었다. "당신은 사람을 들기에는 너무 말랐어요."

"음, 그러면 민방위대 일을 하고 싶어요."

센트리 부인은 코안경 너머로 폴리를 바라보았다. "내 임무는 당신에게 가장 어울리는 일을 배정하는 거예요. 결혼했나요?"

"아니요."

센트리 부인은 지원 양식의 '계산을 잘함'이라고 쓴 곳 아래에 '미혼'이라고 적었다. "수수께끼를 잘 푸나요?" 부인이 물었다. "글자 맞추기나 십자말풀이 같은 거 잘해요?"

'이런, 맙소사.' 폴리가 생각했다. '이 여자는 나를 블레츨리 파크로 보내려 하고 있어. 그래서 내가 결혼했는지 물은 거야. 블레츨리 파크로 갈 수는 없어. 다른 곳은 몰라도 그곳에는 절대로 가면 안 돼.'

"저는 수수께끼 푸는 것에 젬병이에요." 폴리가 말했다. "사실, 계산도요. 타운젠드 브라더스 백화점의 제 상사는 늘 제 판매장부가 틀렸다고 지적했어요. 그리고 결혼은 안 했지만 돌봐야 하는 아이들이 있어요. 사촌과 저는 전쟁고아 두 명과 같이 살아요."

"아이들이 몇 살인가요?"

'아이들이 몇 살이라고 하면 블레츨리 파크로 가는 일을 피할 수 있을까?' 폴리가 생각했다. 그녀는 아이들 나이를 거짓으로 말해볼까 생각했지만, 센트리 부인은 사실관계를 확인해볼 사람처럼 보였다. "알프는 일곱 살이고 비니는 열두 살이에요." 폴리가 말했다. "아이들 어머니는 공습 때 죽었어요."

그리고 사실을 말해서 다행이었다. 센트리 부인이 의심스러운 표정으로 폴리를 바라보고 있었기 때문이다. "당신 이름이 뭐라고 했죠?"

'아, 이런, 이 여자는 알프와 비니를 알아. 아이들이 지하철역에서 이 여자 핸드백을 훔치려 했을 거야.'

"폴리 세바스찬입니다." 폴리가 말했다.

"세바스찬." 센트리 부인이 생각에 잠겨 말했다. "아주 낯이 익어 보이는군요. 전에 우리가 만난 적이 있나요?"

마치 스티븐 랭 대위와 다시 대화하는 기분이었다. '만약 내가 FANY였을 때 나를 만난 거면 어쩌지?' 폴리는 생각했다. 폴리는 이 여자가 낯익어 보이지는 않았지만….

하지만 지금은 1944년이 아니었다. '설사 내가 이 여자를 만난 적이 있더라도, 그 일은 아직 일어나지 않았어.'

"만난 적이 있는 게 분명한데…." 센트리 부인이 말하고 있었다. "하지만 어디서 만났는지 기억이 안 나네. 크리스마스였는데…."

'크리스마스 동화극을 보러 왔던 게 아니면 좋겠는데.' 폴리는 시어도어와 옥신각신하던 일을 떠올렸다.

"크리스마스 쇼핑을 하러 타운젠드 브라더스 백화점에 왔을 때 보지 않았을까요?" 폴리는 센트리 부인이 기억을 떠올리지 못하게 하려고 물어보았다.

"아니에요. 저는 해로드 백화점에서 물건을 사요. 극장과 관련이 있는 거였는데…." 센트리 부인은 얼굴을 찡그리고 기억을 더듬었다.

폴리는 센트리 부인이 기억을 떠올리기 전에 일을 배정받아야만 했다. 만약 시어도어의 '난 집에 가기 싫어!'라고 고함치던 일을 떠올리면, 그녀는 폴리가 어머니 역으로 적당하지 않다고 결정을 내리고 블레츨리 파크로 배정할 수도 있었다. "제가 공습 대비대 지부나 방공포 대원으로 배정될 수 있으면…."

"어디서 봤는지 기억났어요. 피커딜리 서커스 지하철역에서 한 연극에서 봤군요.《크리스마스 캐럴》요. 방금 당신이 '방공포'라는 말을 했을 때 당신이 연극에서 방공포 소리 너머로 고함을 치던 게 기억났어요. 당신은 벨 역을 맡았었지요, 그렇죠?"

"네." 폴리는 말했고, 센트리 부인이 자신을 본 곳이 적어도 크리스마스 동화극 때는 아니라서 안심했다.

"당신, 정말 잘하더군요." 센트리 부인은 더 이상 엄격한 표정이 아닌, 환한 웃음을 머금은 얼굴을 하고 코안경 너머로 폴리를 바라보았다. "그 연극이 제게 얼마나 큰 의미였는지, 이루 말로 다 할 수가 없답니다. 당시 저는 전쟁이며 등등으로 다소 의기소침해 있었는데, 당신이 출연한 연극을 보고는 어린 시절의 크리스마스들이 떠올랐어요. 벽난로 주위로 가족이 다 모여 디킨스를 읽었죠. 당신 연극 덕분에, 저는 전쟁이 끝나면 우리가 다시 그렇게 크리스마스를 보낼 수 있다는 희망을 품게 되었어요. 그래서 저는 승리에 보탬이 될 수 있게 뭐든 거들자고 결심했죠. 왜 지원서에 배우라고 적지 않았어요?"

"저는 배우가 아니에요." 폴리가 말했다. "그건 아마추어 극단이었을 뿐이에요. 우리는 방공호에서 연극을 했고, 우리는…."

하지만 센트리 부인은 듣고 있지 않았다. "당신에게 딱 맞는 일이 있어요. 여기서 기다리세요." 부인은 일어서 서둘러 파일 캐비닛으로 가 종이 한 장을 꺼내더니 얼른 자리로 돌아왔다. "완벽해요. 게다가 당신은 당신 가족과 함께 런던에 머물 수도 있고요. 어디로 가면 되는지 주소를 적어줄게요." 부인이 말하고 카드에

'ENSA'라고 적었다.

ENSA는 위문공연 국민동원협회(Entertainments National Service Association)의 약자였다. 그곳은 군인들을 위해 쇼와 뮤지컬을 공연했다.

센트리 부인은 폴리에게 주소를 건넸다. "알함브라 극장으로 가서 태비트 씨에게 보고하세요. 피닉스 극장 근처 샤프츠베리 애비뉴 바로 옆이에요."

피닉스 극장은 크리스마스 동화극 공연이 있던 곳이었다.

"당신을 어디서 봤는지 기억나서 정말 기뻐요." 센트리 부인이 말했다. "만약 피커딜리 서커스 역에서 당신 공연을 보지 못했다면…."

'그랬다면 나는 극장 대신 공습 대비대 지부 주소를 받아 그곳에 가서 보고하겠죠.' 폴리가 참담한 마음으로 생각했다.

하지만 센트리 부인에게 마음을 바꿔달라고 설득하는 건 아무 의미가 없어 보였다. 그녀는 자신의 결정에 너무나도 흡족해 보였다. 폴리는 나중에 다시 와서 센트리 부인이 아닌 다른 사람과 이야기를 해야 했고, 그때까지 태비트 씨가 폴리를 필요로 하지 않기만 바라야 했다.

'내가 필요할 리가 없어.' 폴리는 생각했다. 'ENSA는 연극이 아니라 뮤지컬을 공연하는데 나는 노래도 못하고 춤도 못 춰.' 하지만 폴리가 태비트 씨를 만나 그렇게 말하자(그는 구조대원 빰치게 덩치가 크고 근육이 발달한 남자였다), 그는 대답했다. "여기 출연하는 사람 모두가 그렇습니다."

폴리가 와서 연습이 중단된 상태였고, 태비트 씨가 그렇게 말하자 코러스 걸들은 무대 위에서 허리에 손을 얹고 서서 그에게 야유를 보냈다. 그리고 코러스 걸 가운데 검은 곱슬머리 한 명이 조롱했다. "우리는 이름에 맞게 행동하려는 것뿐이에요, 이 바보 아저씨야. ENSA는 '매일 밤 끔찍한 공연(Every Night Something Awful)'이라는 뜻이니까."

태비트 씨는 그 말을 무시했다. "무대 경력이 어떻게 되지요?" 그가 폴리에게 물었다.

"없어요. 말씀드렸듯이, 착오가 있었어요. 저는 공습 대비대 지부에 배정되어야 해요."

"여기가 공습 대비대보다 훨씬 더 위험해요." 곱슬머리 코러스 걸이 말했다. "지난밤 《놀라운 안티오크》 공연 때에는 관객들이 순무를 던져댔어요."

"순무?" 다른 코러스 걸 가운데 한 명이 말했다.

"요즘 같은 때 토마토를 버리려는 사람은 없잖아." 첫 번째 코러스 걸이 설명했고, 또 다른 코러스 걸 한 명이 말했다. "뭔가 쓸 만한 걸 던져줬으면 좋겠다는 생각을 계속해. 가령 오렌지라든가."

"아니면 배급 수첩이라든가." 빨간 머리 여자가 끼어들었다.

"5분간 휴식." 태비트 씨가 날카롭게 말하자 코러스 걸들은 어슬렁거리며 무대에서 사라졌다.

"미안합니다." 태비트 씨가 폴리를 다시 보며 말했다. "뭔가 착오가 있었다고 말했나요?"

"네. 저는 공습 대비대에 배정되어야 했어요. 당신이 직업 배정소에 전화해 센트리 부인에게 저를 원하지 않는다고 말해주시면, 부인은 분명 저를 공습…"

"제가 당신을 원하지 않을 거라고 누가 그러던가요?" 태비트 씨가 말했다. "대사를 외울 수는 있겠죠? 치마를 들어보세요."

"네?"

"치마를 들어보세요. 당신 다리를 봤으면 합니다."

"하지만…."

"빡빡하게 굴지 말아요. 여기는 윈드밀 극장[22]이 아니에요. 옷을 벗으라는 말이 아니에요. 자, 올려봐요." 그는 치마를 올리라는 손짓을 했다. "다리를 보여주세요."

폴리는 치마를 무릎까지 걷어 올렸고, 이윽고 허벅지까지 올렸다. 태비트 씨는 가볍게 고개를 끄덕이고는 외쳤다. "해티!" 그리고 곱슬머리 코러스 걸이 샌드위치를 먹으며 다시 무대로 왔다. "이분을 백스테이지로 데려가서 공습 대비대 의상이 맞는지 입혀봐요. 만약 맞으면 다시 무대로 데려와요. 풍자극을 해볼 겁니다."

해티가 고개를 끄덕였다.

"따라가봐요." 그가 폴리에게 말했다. "당신은 원래 공습 대비대에 배정되었어야 한다고 했죠? 이제 그곳에 배정되었습니다."

그는 다시 해티를 돌아보더니 그녀의 손에서 샌드위치를 낚아챘다. "그리고 당신 의상도 입어보게 해요. 이런 식으로 계속 먹어댔다가는 더 이상 의상이 안 맞을 테니까."

"아, 그것참 명대사네요. 당신이 쇼에서 그걸 한번 입어보시지." 해티가 말하고 폴리를 데리고 백스테이지로 갔다.

"그리고 규칙도 알려드리고요!" 태비트 씨가 뒤에서 외쳤다.

"백스테이지에서 흡연은 안 돼요. 소방 법령이에요." 해티가 말했고, 밧줄과 평판들로 이루어진 장애물들 사이로 폴리를 데리고 갔다. "음주 금지. 동물 금지."

22 누드쇼가 특히 유명했던 런던의 극장

'리케트 부인 집이랑 똑같네.' 폴리가 생각하며, 해티를 따라 약해 보이는 철제 나선 계단을 내려갔다.

"자기 분장실에 남자 팬을 데려와도 안 돼요. 만약 자기만의 분장실이 있다면 말이지만. 물론 그런 건 없어요. 당신은 나와 리지와 코라, 이렇게 셋과 함께 여기를 써요."

해티는 문을 열고 작고 너저분하고 분장용 거울이 하나 있는 방을 보여주더니, 다시 문을 닫고 폴리를 데리고 복도를 걸어가 좀 전보다도 더 작은 방으로 데려갔다. 그곳에는 의상들이 빽빽이 들어차 있었다.

해티는 의상들을 뒤지더니 양철 헬멧과 공습 대비대 완장, 그리고 반짝이가 달린 짙푸른 파란색 수영복을 내밀었다. "자요, 이거 입어봐요."

"이게 공습 대비대 의상이에요?" 폴리가 말했다.

"네. 그리고 입을 때 조심하세요. 반짝이들을 다 내가 꿰매 달았거든요. 혹시 바느질할 줄 알아요?"

"아니요. 연기도 못해요. 태비트 씨에게 말했듯이, 착오가 있었어요. 저는 원래 공습⋯."

"대비대로 가야 했다고요. 알아요." 해티가 폴리에게 수영복을 내밀었다. "자요. 이걸 입어봐요."

폴리는 치마를 벗고 꿈틀거리며 수영복을 입었다.

"딱 맞네요." 해티가 말했다. "그리고 그런 다리면 사람들이 순무를 던질까 걱정하지 않아도 돼요. 태비트 씨는 분명 당신이 여기에 있기를 원할 거예요."

폴리의 실망이 얼굴에 드러난 게 분명했다. 해티가 이렇게 말했기 때문이다. "나는 그런 사람이 있으리라는 게 상상이 안 가지만, 만약 정말로 무대에 서는 대신 공습 대비대 감시원으로 가고 싶다면 태비트 씨가 그 의상 입은 당신을 보기 전에 직업 배정소로 돌아가는 게 좋을 거예요. 태비트 씨가 지금 당신을 보고 나면 프로그램에 당신 이름을 넣을 거고, 일단 그게 인쇄되면 당신은 절대로 빠져나가지 못해요. 지금처럼 종이가 부족한 상황에서는요. 한참 동안은 ENSA에 있어야 할걸요."

'블레츨리 파크랑 똑같네.' 폴리가 생각했다. "태비트 씨에게는 내가 당신을 집으로 보내 솔기를 고치고 대본을 외우게 했다고 말해둘게요." 대본을 건네며 해티가 말했다. "그리고 내일 3시에 연습을 하러 올 거라고 말할게요."

"고마워요." 폴리가 말했고, 의상을 벗고 얼른 원래 옷으로 갈아입었다. "얼마나 큰 도움이 되었는지, 당신은 모를 거예요." 폴리는 서둘러 무대 문을 나섰고, 센트리 부인이 없기를 기대하면서 직업 배정소로 돌아갔지만, 그녀는 여전히 그곳에 있었다. 폴리는 내일 아침 일찍 다시 그곳에 가기로 했다.

"어땠어?" 집에 돌아온 폴리에게 에일린이 물었다. "구조대에 배정되었어?"

"아니. ENSA에 배정되어 군인들에게 위문공연을 하게 되었어."

"노래하고 춤을 춘다는 거예요?" 알프가 물었다.

"응."

"어떻게 하는지는 알기나 해요?" 비니가 물었다.

"아니. 하지만 그게 문제가 되지는 않는 거 같아."

"군인들 위문공연을 하러 이집트에 가야 하는 건 아니겠지?" 에일린이 걱정스레 물었다.

"응. 여기 런던의 알함브라 극장에서 공연할 거야."

"오, 잘됐다." 에일린이 안심한 표정으로 말했고, 폴리와 단둘만 있게 되자마자 말했다. "알함브라 극장은 폭격을 당하지 않았지?"

"응." 비록 확실히 알지는 못했지만 폴리는 대답했다. 폴리는 공연 중에 폭격당한 극장이 없다는 건 알았지만, 공연 전후와 연습 중에는 어떻게 되는지 알지 못했다. 알함브라 극장은 화재에 아주 취약해 보였다.

하지만 폴리는 에일린에게 그런 말을 할 생각이 없었다. "아직 확정된 건 아니야." 폴리가 말했다. "어쩌면 그곳 대신 공습 대비대 지부에 배정될 수도 있어."

폴리는 가능성을 알아보기 위해 이튿날 아침 일찍 직업 배정소에 가보았다. 다행히도 센트리 부인은 없었다. 폴리는 가장 동정심이 많아 보이는 사람을 찾아 자기 사정을 이야기했지만, 들은 거라고는 동정심은 전혀 없는, 모든 직업이 다 중요하다는 설교뿐이었다. "아무리 하찮아 보일지라도, 전시에 국가를 위해 하는 모든 일은 다 중요합니다." 그리고 공습 대비대로 재배정되는 것은 불가능하다고 했다. "담당 지부 책임자의 인가가 없는 한은 안됩니다. 인가가 없었죠?"

'아직은요.' 폴리가 생각했고, 블룸스베리와 옥스퍼드 스트리트와 켄싱턴의 공습 대비대 지부를 모두 가보았다.

그들 모두가 지금은 정원이 찼으며, 노팅힐 지부의 감시원은 '아마도 6개월쯤 뒤에 가능하다'고 답했다.

'대공습은 4개월 뒤면 끝나는걸.' 폴리가 당황하며 생각했고, 지부장을 만나게 해달라고 요청했다.

"지부장님은 3시는 되어야 오십니다." 감시원이 말했다.

하지만 3시에 폴리는 알함브라 극장에 연습하러 가야 했고, 이

미 1시였다. 폴리는 2시간 안에 자신을 받아줄 지부를 찾아야만
했다. 하지만 지부를 모두 돌아다닐 수는 없었다. 폴리에게는 어
느 지부가 일손이 부족한지 아는 사람과 이야기를 해야 했다….

'세인트폴 대성당의 험프리스 씨가 알 거야.' 폴리는 생각했다.
험프리스 씨는 이 지역의 민방위대원을 모두 알 것이다. 어쩌면
그쪽에 폴리를 받아주게 힘써줄 수 있을지도 몰랐다.

폴리는 서둘러 지하철역으로 가서 세인트폴 대성당 역으로 가
는 지하철을 탔고, 계단을 뛰어 올라가 역을 빠져나와 대성당으
로 향했다.

그리고 주위 모습에 다시 한 번 놀랐다. 폴리는 마이크의 추도
예배 이후 이곳에 온 적이 없었다. 그동안 인부들은 패터노스터
로우와 뉴게이트와 카터 레인의 불에 그을린 건물 잔해들을 깨끗
이 치웠고, 황량하고 평평한 회색 대지 위에는 세인트폴 대성당
만이 남아있었다.

"마치 핀포인트 폭탄이 터진 것 같네." 서둘러 거리를 가며 폴
리가 중얼거렸고, 갑자기 옥스퍼드가 떠올랐다. 그곳도 이곳 같
은 걸까?

"앞을 보고 다니세요." 여자 목소리가 들렸고, 폴리는 몽상에
서 깨어나 공군 여성 보조 부대 군복을 입은 여자와 아슬아슬하
게 충돌을 면할 수 있었다.

"미안합니다." 폴리가 말하고는 서둘러 그 여자를 에둘러 언덕
을 올랐다. 폴리는 뜰을 단숨에 가로질러 계단을 올라 대성당 안
으로 들어갔다.

접수대와 남쪽 복도에는 아무도 없었다. '만약 험프리스 씨가
오늘 여기에 없으면 어쩌지?' 폴리가 생각하며 본당 쪽으로 가기

시작했지만, 험프리스 씨는 북쪽 수랑에 있었다. 그는 폴크너 함장의 기념비를 덮은 모래주머니들 앞에 서서 수병 세 명과 이야기를 하고 있었다.

"폐하의 해군이시니, 이것에 관심이 있으실 겁니다." 험프리스 씨가 말했지만 수병들은 아무런 관심도 보이지 않았다. 그들은 지루하고 초조한 듯이 보였다. "폴크너 함장은 우리 해군의 가장 훌륭한 영웅 가운데 한 명입니다. 비록 프랜시스 드레이크 경이나 넬슨 경처럼 잘 알려지지는 않았지만요. 폴크…."

"험프리스 씨." 폴리가 서둘러 다가가며 말했다. "방해해서 죄송해요. 하지만 저는…."

"세바스찬 양." 험프리스 씨가 손짓하다 돌아보며 말했다. "오시기를 바라고 있었습니다! 오늘 세인트폴 대성당에 오시다니, 운이 좋으십니다."

험프리스 씨는 수병들을 다시 돌아보았다. "신사분들, 잠시 실례하겠습니다. 저는 세바스찬 양과 이야기를 해야 합니다. 곧 돌아오겠습니다." 그는 폴리를 데리고 돔 쪽으로 갔다.

"소개해드리고 싶은 분이 있습니다." 험프리스 씨는 폴리를 성가대석 쪽으로 데려가며 말했다. "당신처럼 '세상의 빛'을 아주 좋아하는 분입니다. 그 그림을 몇 시간이고 계속 지켜보시더라고요."

"저는 오늘 좀 급해서…." 폴리가 말을 했지만 험프리스 씨는 귀담아듣지 않았다.

"아까 제가 수병들과 본당에 있을 때 보니 그분이 이쪽으로 오시더라고요." 그는 폴리를 데리고 후진으로 갔다. 제단은 여전히 수리를 위해 막혀 있었다. "아, 이런." 험프리스 씨가 사다리와 비계를 둘러 보며 말했다. "여기 안 계시네요. 분명히 보았는데…."

"험프리스 씨, 부탁드릴 게 있어요." 폴리가 말을 막았다. "제가 공습 대비대 감시원이 될 수 있게 좀 도와주세요."

"감시원요? 그건 젊은 아가씨가 할 만한 일이 아닙니다." 험프리스 씨가 여전히 이리저리 주위를 살피며 말했다. "그건 더럽고 위험한 일이고, 공습의 위험을 무릅써야 합니다. 그리고 추운 겨울에 밤새 나와 있어야 하고요. 그러다 죽을 수도 있습니다."

'뭘 하든 간에 저는 죽을 거예요.' 폴리가 생각했다.

"공습 대비대 감시원이 화재 감시원보다 더 위험하지는 않아요." 폴리가 말했지만, 험프리스 씨는 여전히 폴리에게 소개해주겠다던 사람을 찾고 있었다.

"그분이 벌써 떠나신 게 아니면 좋겠는데." 험프리스 씨가 성가대 복도를 다시 걸어가며 초조한 목소리로 말했다. "정말로 당신이 그분을 만났으면 좋겠다고 생각했거든요. 저는 그분에게 당신에 대해 모조리 다 말씀드렸답니다. 정말 멋진 신사분입니다. 그분이 '세상의 빛'을 처음 보았을 때 뭐라고 했는지 아십니까? 그분은 '그 무엇이라도 용서할 수 있는 것처럼 보이는군요.'라고 말을 했지요. 사람들이 그 그림에서 보는 것들이 정말 흥미롭지요? 그 그림을 볼 때마다 늘 다른 모습이…."

"만약 공습 대비대 감시원이 안 된다면 다른 민방위대 일이라도…."

"홉 씨입니다. 당신께 소개해 드리고 싶은 신사분 성함요. 병원에서 막 퇴원하셨죠." 험프리스 씨는 남쪽 수랑의 어두침침한 벽감들을 살폈다. "병원에서 좀 힘드셨던 모양입니다. 폭탄 충격파에 머리에 부상을 당했고, 아직도 완쾌되지 않으셨지요. 북쪽 수랑을 확인하고 오겠습니다." 그가 말했다. 하지만 홉 씨가 그곳에 있을 리 없었다. 방금 그들이 그곳에서 왔기 때문이다.

수병들도 없었다. 기회다 싶어서 도망간 게 분명했다.

"홉 씨는 폴크너 함장 기념비를 거의 '세상의 빛'만큼이나 좋아하십니다." 험프리스 씨가 말했고, 폴리는 그 말이 믿기지 않았다. 폴리는 홉 씨 역시 도망친 게 아닐까 생각했다.

"지난주, 저는 사이렌이 울린 뒤에 여기서 그분을 발견했습니다." 험프리스 씨가 혼자만의 생각에 젖은 채로 계속 말했다. "저 기둥들 가운데 하나에 기대앉아 계시더군요. 폴크너 함장의 조각상을 바라보고 계셨습니다."

'그건 불가능해.' 폴리가 생각했다. '그 조각상은 모래주머니들에 파묻혀 있는 걸.'

"그리고 제가 폴크너 함장이 배 두 척을 하나로 묶었다는 설명을 시작했을 때, 그분은 이미 그 모든 내용을 알고 계시더군요. 그분은 '밧줄로 배 두 척을 하나로 묶었지요.'라고 하시면서…."

"홉 씨는 집에 가셨을 거예요." 폴리가 말했다. "그리고 저도 가야 해요. 만약 저를 민방위대에서 일할 수 있게 해주실 분을 아시면 이름만 알려주세요. 그러면 제가 알아서…."

"하지만 그분은 집에 가셨을 리가 없습니다. 집이 없을 겁니다. 아마도 부상을 당한 그 충격파에 집도 파괴되었을 겁니다. 여기 처음 오신 이후로 밤마다 몇 번이나 여기서 뵈었거든요."

"밤에요?"

"네. 그리고 처음 오셨던 날 밤, 저는 화재 감시원 한 명에게 그분을 집까지 모셔다드리라고 했습니다. 건강이 좋지 않았고, 집에 도착하기 전에 등화관제에 걸릴 수도 있으니까요. 그래서 어디

사는지 물었지만, 그분은 '집이 존재하지 않습니다'라고 하시더 군요."

"존재하지 않아요?"

"네. 끔찍하지 않습니까? 이런 날씨에 폭격을 당하고, 갈 곳이라고는 방공호…."

"그분이 여기 날마다 온다고 하셨죠?" 폴리가 말했다. "얼마나 오래됐나요?"

"몇 주는 되었습니다." 다시 돔으로 걸어가며 험프리스 씨가 말했다. "신년이 되기 바로 전부터 오기 시작하셨습니다. 아무래도 그분을 못 만나실 것 같네요. 아쉽군요. 그분을 꼭 소개해 드리고 싶…."

"그분 용모가 어떻게 되나요?"

"용모요? 제 나이 정도, 또는 조금 더 나이가 드셨습니다. 키가 크고, 말랐고, 안경을 쓰셨고요. 교직에 계셨던 것 같습니다. 세인트폴 대성당의 역사에 대해 모든 것을 알고 계셨거든요. 하지만 뭔가로 고초를 겪으신 게 분명했습니다. 폭격에 가족이 죽은 게 아닐까 합니다. 무척이나 슬퍼 보였거든요. 당신에게 그분을 소개해드리려는 이유이기도 합니다. 당신 역시 '세상의 빛'에 흥미가 있으시니 어쩌면 그분의 기운을…."

험프리스 씨는 말을 하다가 멈췄다. "그분이 어디에 계신지 알겠습니다." 그가 말했다. "가기 전에 그걸 한 번 더 꼭 보시거든요." 험프리스 씨가 본당을 가로지르기 시작했지만, 폴리는 이미 그를 지나 남쪽 복도로 달려가며 홉 씨가 제발 그곳에 있기를 바랐다.

그는 그곳에 있었다. 그는 피곤한 듯 어깨가 구부정했고, 모자를 양손으로 쥐고 그림 앞에 서서 가시 면류관 아래 예수의 얼굴

670

을 바라보고 있었다.

"이 그림은 볼 때마다 뭔가 다른 것을 볼 수 있지요." 험프리스 씨는 그렇게 말했었고, 그 말은 진실이었다. 이번에 예수는 지루해 보이지도 두려워 보이지도 않았고, 대신 자신 앞의 두 명을 너무나도 딱해 하는 표정이었다.

폴리는 앞으로 가서 던워디 교수의 소매를 잡았다. "괜찮아요." 폴리는 말하고 울기 시작했다.

43

런던, 1941년 겨울

폴리는 '세상의 빛' 앞에 던워디 교수가 서 있는 모습을 보았지만, 잠시 그날 밤 세인트폴 대성당 밖에서 그랬던 것처럼 자신이 착각한 것이며 이 사람은 다만 던워디 교수와 닮은 사람일 뿐이라고 생각했다.

이 남자는 폴리가 아는 던워디 교수보다 훨씬 더 늙어 보였으며, 추레한 코트, 낡은 모자에는 결코 옥스퍼드의 의상실이 만들어낼 수 없는 종류의 진실성이 있었다. 그리고 너무나도 지쳐 보였다. 험프리스 씨는 이 남자가 '고초'를 겪었으며 '건강이 좋지 않다'고 말했지만, 실제로 보니 그보다 훨씬 더 심해 보였다. 그는 지치고 낙담한 듯 보였다. 절망한 듯 보였다. 던워디 교수는 살면서 그 어떤 일에도 절망한 적이 없었다.

하지만 폴리는 그를 보기 전에도 그가 던워디 교수라는 사실을 알았다. 그리고 더 나쁜 것은, 그날 밤 세인트폴 대성당 돔을 올려다볼 때 폴리가 보았던 사람이 진짜로 던워디 교수였다는 사실이었다. 그리고 던워디 교수가 이토록 절망하고 이토록… 기가 꺾여 보이는 것은 그 역시 폴리와 에일린처럼 이곳에 갇혔기 때문이었다. 던워디 교수는 구원자가 아니었다. 그는 이곳에 표류한 동료였다.

하지만 던워디 교수가 이곳에 있다는 사실은 적어도 옥스퍼드가 여전히 존재한다는 뜻이기도 했다. 그들은 역사를 바꾸거나 전쟁에서 지지 않았다. 그리고 옥스퍼드는 뭔가 큰 재난이 닥쳐 파괴된 것이 아니었다. 그곳의 모든 사람이 죽지도 않았다. 그리고 설사 던워디 교수가 표류했다 할지라도, 어쨌든 이곳에 있었고, 폴리는 그를 만나 무척이나 기뻤다.

"뵙게 되어 정말로 기뻐요…." 폴리가 입을 열었고, 던워디 교수는 고개를 돌려 그녀를 보았지만, 그의 표정에는 놀람도, 기쁨도 없었고, 그녀가 한 걸음 다가서자 그는 뒷걸음질 쳤고, 결국 '세상의 빛'에 등을 세게 부딪칠 때까지 물러섰다.

오, 맙소사. 험프리스 씨는 던워디 교수가 폭탄 충격파에 부상을 당해 입원했었다고 했다. 뇌 손상을 입은 걸까? 그래서 그날 밤에 폴리를 알아보지 못했으며 지금도 이렇게 두려워하는 걸까? 폴리를 알아보지 못하기 때문에? "던워디 교수님?" 폴리는 나지막이 말했다. 험프리스 씨가 언제든 이곳에 올 수 있었기 때문이다. "저예요…."

"폴리." 던워디 교수가 중얼거렸다. "정말로 너인 거니? 꿈이 아니고? 병원에 있을 때 때때로 그런 생각을 했었지. 이 모든 게,

옥스퍼드와 시간 여행과 너, 모든 것이 그저 꿈일 뿐이었다고 말이야."

"꿈이 아니에요." 폴리가 말했다. "그리고 저는 진짜로 이곳에 있어요. 에일린, 아니 메로피도 여기에 있어요. 교수님을 보면 개가 무척이나 좋아할 거예요. 우리가 만나다니 정말 잘됐어요!" 폴리는 앞으로 다가가 던워디 교수를 안으려 했다.

"아니." 팔을 들어 폴리를 물리치며 던워디 교수가 말했다. "잘된 게 아니야. 네가 이곳에…."

"괜찮아요. 우리는 이미 강하가 작동하지 않는다는 사실을 알아요. 마이클은…." 폴리는 제때 말을 멈췄다. 마이크가 죽었다는 사실을 알리기는 해야겠지만, 지금은 아니었다. 그 사실을 감당하기에는 던워디 교수가 너무나 약해 보였다.

"우리는 우리가 이곳에 갇힌 걸 알아요." 폴리는 그렇게만 말했지만, 던워디 교수는 고개를 젓고 있었다.

"너희들은 몰라." 던워디 교수가 격렬하게 말했다. "폴리…." 그가 입을 열었지만 차마 말을 할 수 없다는 듯이 입을 다물었다. 하지만 그들이 이곳에서 빠져나갈 수 없다는 사실보다 더 나쁜 일이 뭐가 있단 말인가? 무슨 이유로 던워디 교수가 이토록 의기소침…, '오, 맙소사.' 폴리가 생각했다. '콜린 때문이야. 콜린이 던워디 교수님과 함께 온 거야.'

콜린은 던워디 교수를 설득해 이곳에 같이 온 것이다. 아니면 지난번 콜린이 열두 살 때 그랬던 것처럼, 던워디 교수가 방심한 틈을 타 네트 아래로 뛰어든 것이다. 어느 쪽이든 간에 콜린은 던워디 교수와 함께 이곳에 있었고, 폭발 충격파에 같이 부상을 당한 것이다. 그리고 던워디 교수가 이곳에 혼자 있다는 사실은,

29일에 세인트폴 대성당에 혼자 있었다는 사실은, 오직 한 가지 의미뿐이었다.

"혹시 콜린이…?"

"오, 세상에!" 험프리스 씨가 서둘러 다가오며 말했다. "두 분이 아시는 사이입니까? 세상에 이런 멋진 우연이! 두 분이 꼭 만나야 한다는 제 생각이 맞았군요. 그럴 줄 알았습니다." 험프리스 씨는 둘을 향해 함박웃음을 지었다. "하지만 두 분이 아시는 사이인 줄은 몰랐습니다. 세바스찬 양을 어떻게 알게 되셨습니까?"

"학교에서 저를 가르치셨어요." 던워디 교수가 대답할 필요가 없도록 폴리가 말했다.

"저는 세바스찬 양에게 당신이 교직에 계셨을 거라 생각한다고 말했습니다." 험프리스 씨가 기뻐하며 말했다. "세인트폴 대성당에 대해 그토록 자세히 아시…."

"정말 제대로 짚으셨어요, 험프리스 씨." 폴리가 말했다. "우리가 만나게 해주시고, 또 이곳에 올 수 있게 해주셔서 정말 고마워요." 폴리는 험프리스 씨가 눈치채주기를 바랐지만, 그는 그렇지 못했다.

"무슨 과목을 담당하셨습니까?" 험프리스 씨가 물었다.

"역사요." 폴리가 말했다.

"그럴 줄 알았습니다! 이분이 역사에 관해 훤하다고 말씀드렸죠, 그렇죠, 세바스찬 양?" 던워디 교수가 얼굴을 찡그렸다. "그리고 제 생각이 맞았군요. 당신은 역사학자로군요."

폴리는 이 상황을 끝내야 했다. 던워디 교수를 어딘가 다른 곳으로 데려가야 했다. "험프리스 씨, 죄송하지만, 홉 선생님이 피곤하신 듯해요."

폴리는 던위디 교수의 팔을 잡았다. "방금 병원에서 퇴원하셨잖아요. 그러니 아무래도….'

폴리는 '집으로 모셔다드릴게요.'라고 말할 생각이었지만, 험프리스 씨가 너무나 빠르게 반응했다. "아, 물론이지요. 제가 생각이 얕았네요. 의자를 가져다 드리겠습니다." 그는 본당을 향해 부지런히 걸어갔다.

험프리스 씨가 엿듣지 못할 정도까지 멀어지자 폴리가 말했다. "교수님, 콜린 때문이죠? 콜린이 함께 온 거죠, 그렇죠?"

"콜린? 아니. 나는 걔를 못 오게 했어."

폴리는 안도감에 긴장이 풀려 다리가 휘청했으며, 그래서 몸을 지탱하기 위해 한 손으로 기둥을 짚었다.

"나는 너를 되도록 빨리 이곳에서 빼내고 싶었어." 던위디 교수가 말했다. "시간 편차값이 치솟게 되면서 네가 데드라인이 지나도록 이곳에 갇혀있게 될까 봐 걱정했어."

"그런데 왜 9월에 오지 않으신 거예요?"

"그러려고 했지만, 편차 때문에 12월에 도착했지."

3개월의 편차. 그건 그들의 강하가 열리지 않은 것이 결국은 편차 때문이며 대공습 처음 몇 달이 분기점이라는 뜻이었다. 그리고 이제 29일이 지났으니….

하지만 만약 그게 단순한 편차에 불과하다면 던위디 교수가 이렇게 완전히 포기한 상태일 리가 없었다. 폭탄이 그의 강하 지점을 파괴한 게 아니라면 말이다.

"강하 지점이 어딘가요?" 폴리가 물었고, 그가 북쪽 수랑에 자주 나타난다던 험프리스 씨의 말이 기억났다. "여기죠, 그렇죠? 세인트폴 대성당이죠? 그래서 날마다 오신 거죠? 강하가 열리기를 기다리신 거죠?"

던워디 교수는 고개를 저었다. "열리지 않을 거야."

"무슨 말씀이세요?"

끔찍한 생각이 폴리의 머리를 스치고 지났다. 던워디 교수는 전에도 대공습에 온 적이 있었다. 만약 그게 2월이었다면? "교수님…." 폴리가 다급하게 말했다. "전에 여기 언제 오셨어요?"

"가져왔습니다." 험프리스 씨가 접이식 목제 의자를 가져오며 말했다. 그는 의자를 펼쳐 그림 앞에 놓았다. "자, 앉으세요." 그가 던워디 교수의 팔을 잡았다.

던워디 교수는 힘겹게 의자에 앉았고, 폴리는 그가 얼마나 힘들게 움직이는지, 얼마나 허약한지를 보며 두려움에 휩싸였다. 폴리는 자신이 데드라인이 되기 전에 폭탄이나 파편에 죽을 거라 생각했었지만, 인과 모순을 일으킬 사람을 제거하는 방법은 그것 말고도 더 있었다. 부상으로 인한 합병증이나 폐렴으로도 죽을 수 있었다.

"왜 일찌감치 이 생각을 못 했을까요." 험프리스 씨가 말하고 있었다. "이곳에 의자들을 놓으면 방문객들이 앉아서 '세상의 빛'을 주의 깊게 관찰할 수 있을 겁니다." 그는 그 생각에 행복해하며 웃었다. "잠깐 보는 정도로는 이해할 수 없는 그림이거든요. 제대로 보려면 시간이 필요합니다."

"시간…." 던워디 교수가 쓸쓸하게 말했다.

'오, 맙소사.' 폴리가 생각했다. '교수님은 데드라인이 있어.'

"홉 선생님에게 당신도 '세상의 빛'을 좋아한다고 말씀드렸나요, 세바스찬 양?" 험프리스 씨가 밝은 목소리로 물었다. "바로 그 때문에 저는 두 분이 만났으면 했던 거랍니다, 홉 선생님. 복제품이라 할지라도 '세상의 빛'이 이곳 세인트폴 대성당에 있어야 한다고

677

주장한 보람이 있군요. 저는 매튜스 주임 사제님께 '어떤 방문객이 와서 이걸 보고 무슨 좋은 일이 생길 수도 있는 거 아니겠습니까?'라고 했었지요. 그리고 지금 보세요. 두 분을 만나게 했잖아요. 하느님께서는 정말로 신비로운 방식으로…."

본당 저쪽에서 목소리들이 들려왔고, 험프리스 씨는 말을 멈추고 소리가 들려온 쪽을 바라보았다. 북쪽 수랑에 있던 수병 세 명이 벽돌을 쌓아 올린 웰링턴 기념비를 보고 있었다.

"아, 잘됐군요. 저분들이 떠나지 않았네요." 험프리스 씨가 말했다. "괜찮으시면 저는 잠시 저분들과 이야기를 하겠습니다. 폴크너 함장에 관한 이야기를 해주다가 말았거든요."

험프리스 씨가 수병들을 향해 서둘러 갔다. 폴리는 던워디 교수 앞에 무릎을 꿇고 앉았다. "전에 대공습 때 언제 이곳에 오셨어요?"

"내가 열일곱 살 때였어." 던워디 교수가 말했다. "그리고 또 내가…."

"아니, 아니, 날짜요. 여기에 관찰을 하러 온 날짜들이 언제인가요?"

"5월, 10월, 11월이었어."

"그리고 그게 전부인가요?"

"아니." 던워디 교수가 말했고, 폴리는 그의 얼굴로부터 그 답이 나쁜 소식이라는 것을 알 수 있었다.

'오, 맙소사.' 폴리가 생각했다.

"9월 17일."

하지만 9월, 10월, 11월 임무는 모두 안전한 과거였다. 폴리가 덜위치 임무 때 그랬던 것처럼 5월의 공습을 관찰할 때도 더 일찍 오지 않았을까? "대규모 공습 때는 언제 오셨어요?"

"5월 1일."

"그게 전부인 거예요? 2월이나 3월, 4월에는 여기에 안 계셨어요?"

던워디 교수가 고개를 끄덕였다.

'다행이야.' 폴리는 던워디 교수가 내일 이곳에 왔었다고 말할까 두려웠다. 또는 오늘 밤. 5월도 두렵기는 마찬가지였지만, 그때까지는 3개월이 남았고, 만약 문제가 단지 편차일 뿐이라면….

"걱정하지 마세요." 폴리가 말했다. "그때까지는 우리 강하 지점 가운데 하나가 열릴 거예요. 에일린의 강하 지점이나 제 것, 아니면 햄스테드 히스에 있는 거요. 그리고 만약 왜 문제가 생겼는지 그 이유를 아신다면…. 아시는 거죠, 그렇죠?"

"그래." 던워디 교수가 멍하니 말했다. "왜 문제가 생겼는지 알아. 뭔가 다른 의미이기를 줄곧 바라왔어. 내가 12월에 도착했다는 사실을 알았을 때, 나는 괜찮을 거고, 네가 임무를 마치고 옥스퍼드에 안전하게 돌아갔을 거라 생각했지. 하지만 세인트폴 대성당에서 너를 보았을 때…."

"저도 그날 교수님을 봤어요." 폴리가 말했지만, 던워디 교수는 그 말을 못 들었다는 듯이 계속 말했다.

"그리고 다음 날 아침 너희 셋이 계단에 앉아 있는 모습을 보았을 때, 나는 그 사람 말이 맞는 게 아닐까 두려웠어."

"메로피와 마이클과 저를 보셨다고요?" 폴리가 어리둥절해하며 말했다. 던워디 교수는 왜 그들이 함께 있을 때 와서 말을 걸지 않은 걸까? 그리고 누구 말이 맞는 게 아닐까 두려웠다는 걸까?

그리고 뭐가 맞는다는 거지?

폴리가 이해하지 못하는 일들이 많이 있었지만, 지금은 질문하기 적당한 때가 아니었다. 던워디 교수는 지치고 아파 보였다. 그의 얼굴은 추위에 얼어 있었고, 몸을 떨기 시작했다. 그리고 험프리스 씨의 말에 따르면, 그는 오후 내내 이곳에 있었다. 병원에서 퇴원한 지 얼마 되지도 않았는데 이렇게 춥고 외풍이 심한 곳에 있으면 안 되었다. 던워디 교수는 전에도 크게 병을 앓은 적이 있었다. 그리고 '세상의 빛'의 등불은 비록 황금빛으로 밝게 빛났지만, 온기를 전혀 주지 못했다. 폴리는 진짜 온기가 있는 집으로 교수를 데려가야 했다.

"던워디 교수님…." 폴리가 말했다. "제 생각에 우리는 여길 나가서…."

"그리고 마이클에 대해 들었을 때, 마이클이 죽었다는 걸 알았을 때, 나는 확신했어. 폴리, 정말 미안해."

"미안해하실 거 없어요. 교수님 잘못이 아닌걸요." 폴리가 힘차게 말했다. "이렇게 추운데, 여기 있으면 안 돼요."

폴리는 던워디 교수의 두 손을 잡았다. 그의 손은 얼음장처럼 차가웠다. "집으로 모셔다드릴게요. 그리고…."

던워디 교수는 쓸쓸하게 웃으며 폴리의 말을 잘랐다. "집."

"여기 집요. 블룸스베리에 있어요. 저랑 메로피가 같이 살아요." 폴리는 말하며 던워디 교수를 집까지 무슨 수로 데려가야 할지 고민을 했다. 택시가 최고였지만, 폴리에게는 찻삯이 충분하지 않았다. 택시에 던워디 교수를 잠시 남겨둔 채 집으로 재빨리 가서 돈을 가져오는 방법도 생각해보았지만, 여기부터 택시를 타면 돈이 많이 들 것이다. 폴리가 공습 대비대 감시원으로 일하기 전까지,

그들은 돈을 아껴야 했다….

폴리는 갑자기 알함브라 극장에 3시까지 가겠노라고 해티와 한 약속이 생각났다. 던워디 교수가 여기에 나타나면서 모든 상황이 바뀌었지만, 그래도 여전히 폴리는 해티에게 자신이 그곳에서 일할 수 없다는 사실을 알려야 했다. 해티가 폴리를 위해 변명을 해주었으니 특히 더 그랬다. 그리고 집에 돌아가면 5시가 한참 넘을 것이다. 폴리는 던워디 교수를 지하철역까지 데려간 다음 그곳에서 전화를 걸어야 했다.

"가요." 폴리가 말했다. "메로피와 제가 따뜻한 차와 식사를 만들어드릴게요."

던워디 교수는 고개를 저었다. "네게 꼭 해야 할 말이 있어."

"집에 가서 이야기하셔도 돼요." 폴리는 마치 아이 다루듯 던워디 교수의 코트 단추를 채워주고 그를 부축해 일으켰다. "가야 해요. 곧 사이렌이 울릴 거고, 공습 때 밖에 있으면 안 돼요."

던워디 교수는 고개를 저었다. "공습은 오늘 밤 자정에 시작해. 와핑이 폭격을 당해."

던워디 교수는 언제 어디가 폭격을 당하는지 알았다. 다행이었다. 폴리는 그들이 사는 집이나 알프와 비니의 학교가 폭격당할까 봐 더는 걱정하지 않아도 되었다. 또는 알아볼 수 없을 정도로 미래를 바꾸었으면 어쩌나 걱정하지 않아도 되었다. 또는 전쟁에서 졌으면 어쩌나 걱정하지 않아도 되었다. '이제 내가 걱정해야 하는 건 교수님을 집까지 어떻게 모시고 가는가 하는 거야.' 폴리는 생각했다.

"그래도 가야 해요. 등화관제 사이렌이 울렸을 때 밖에 있으면 안 되니까요." 폴리가 말하며 그의 팔을 잡았지만, 그는 '세상의 빛'을 보고 있었다. "교수님….."

"절대 열리지 않을 거야." 던워디 교수가 말하고 의자에 힘없이 주저앉았다.

험프리스 씨가 옆에서 도와주면 좋았겠지만, 그는 보이지 않았다. "곧장 돌아올게요." 폴리가 던워디 교수에게 말하고 북쪽 수랑을 서둘러 가로질러 가보았지만, 성당지기는 그곳에 없었고, 또한 본당에도 없었다. 아마도 수병들을 데리고 속삭임의 회랑에 올라간 모양이었다. 폴리는 서둘러 돌아왔다.

던워디 교수가 보이지 않았다.

폴리는 남쪽 복도를 달려갔다.

그는 거의 문에 도착해 있었다. "어디 가시는 거예요?" 폴리가 물었지만, 답은 뻔했다. 던워디 교수는 폴리가 없는 사이 도망치려던 것이었다.

'교수님은 내가 생각했던 것보다 훨씬 더 편찮으셔.' 폴리가 생각했다. '아마도 병원으로 모시고 가야 할 거 같아.'

하지만 던워디 교수는 그런 폴리의 생각에 절대로 동의하지 않을 것이다. 그는 이미 육중한 문을 열고 포치로 나가고 있었다. 밖에는 비가 내렸다. 저 몸으로는 지하철역까지 짧은 거리를 걷는 건 고사하고 이런 빗속에 나와 있는 것만도 안 될 일이었다. 택시를 타야만 했다.

"여기 계세요." 폴리가 명령했다. "택시를 불러올게요." 하지만 던워디 교수는 이미 계단을 내려가기 시작했다. "비가 와요." 폴리가 그의 팔을 잡고 말리며 말했다. "포치로 돌아가세요."

"아니." 던워디 교수가 몸을 떨며 말했다. "네가 모르는 일들이 있어."

"집에 가서 이야기하셔도 돼요."

"아니, 내 이야기를 듣고 나면 넌 나를 너희 집에…."

"당연히 모시고 가고 싶어요." 폴리는 이제 진짜로 경계하며 말했다. "지금 교수님은 터무니없는 말씀을 하고 계세요. 가는 길에 이야기해주시면 돼요."

"아니, 지금 해야 해." 던워디 교수가 기침하기 시작했다.

"좋아요." 폴리가 서둘러 말했다. "하지만 이렇게 차가운 비를 맞으며 여기에 서 있을 수는 없어요. 어딘가 따뜻한 곳으로 가야 해요. 머무르시는 곳이 여기 근처인가요?"

던워디 교수는 대답하지 않았다.

'사시는 곳을 내게 가르쳐 주고 싶지 않은 거구나.' 폴리가 생각했다. '내가 자기를 찾을 수 없기를 바라는 거야.' 그건 기회가 닿으면 곧바로 폴리에게서 다시 도망칠 거라는 뜻이었다. 폴리는 던워디 교수가 기회를 잡기 전에 어딘가 따뜻한 곳으로 그를 데려가야 했다.

하지만 패터노스터 로우의 모든 곳은 29일 밤에 불에 탔다. 폴리는 화재 이후 첫 일요일에 세인트폴 대성당에서 집으로 돌아가던 길에 뉴게이트 옆에서 선술집을 본 기억이 났다. 폴리는 그 술집이 아직도 그곳에 있기를 바랐다.

술집은 그곳에 있었다. 화재와 등화관제와 궂은 날씨로 인해 그곳은 거의 망하기 직전이었다. 실내는 텅 비었다. 폴리는 이제 걷잡을 수 없이 몸을 떠는 던워디 교수를 벽난로 앞 나무 의자에 앉히고 자기 코트를 어깨에 둘러준 다음 카운터로 갔다.

"제 친구가 굉장히 심한 충격을 받았어요." 폴리는 중년의 적갈색 머리 여자 종업원에게 말했다. "친구를 혼자 둘 수 없어요. 차를 가져다주시겠어요?"

"물론이죠, 아가씨." 종업원이 말했다. "폭격 때문인 모양이죠?"

"네." 폴리가 말했고, 서둘러 벽난로로 돌아왔다. 던워디 교수는 폴리의 코트를 의자 등받이에 걸쳐 놓고 문을 향해 걸어가고 있었다.

폴리가 뒤를 쫓아가며 말했다. "차를 시켰어요." 그리고 교수를 다시 의자로 데려와 앉힌 뒤 코트를 무릎에 덮어주었다. "곧 나올 거예요."

종업원이 부엌에서 찻주전자, 찻숟가락, 잔 받침 두 개, 그리고 구부러진 손가락에서 대롱거리는 이 빠진 찻잔 두 개, 갈색 액체가 가득 든 유리잔을 가져왔다. "저희도 11월에 폭격을 당했어요." 종업원이 던워디 교수에게 말했다. "끔찍했죠. 굉장히 충격이 크셨을 거예요. 이걸 드시면 좀 나을 거예요."

종업원은 던워디 교수 앞에 유리잔을 놓았다. "브랜디예요." 그녀가 폴리에게 설명했다. "기운을 차리는 데는 이만한 게 없죠."

"고맙습니다." 폴리가 말했다. 폴리는 던워디 교수에게 차를 반 잔 정도 따른 다음 나머지 반은 브랜디로 채운 뒤 잔을 교수에게 내밀었다. "차를 좀 드시고, 그다음에 하시려던 말씀을 해주세요. 자, 드세요." 폴리가 명령하듯 단호히 말했다.

던워디 교수는 차를 마셨고, 폴리는 차를 다시 따른 뒤 더 마시라고 권했지만 그는 더 이상 차를 마시지 않았다. 그는 의자에 앉아 멍하니 불을 바라보았다. 그는 찻잔을 두 손으로 감싸고 있었지만, 찻잔에서 온기를 얻으려는 게 아니라 살기 위해 찻잔에 매달려 있는 듯이 보였다.

'교수님을 집으로 모시고 가서 침대에 뉘여야 해.' 폴리가 생각

했다. '그리고 전화로 의사를 불러야겠어.'

"던워디 교수님." 폴리가 말했다. "저에게 무슨 말씀을 하려 하시는지는 몰라도, 나중에 하셔도 돼요. 메로피가 저녁 식사를 만들어드릴 거고, 따뜻한 음식을 드시고 나면 기분이 나아지실 거예요."

반응이 없었다.

"오늘 밤에 저희와 함께 계셔도 돼요. 그리고 교수님 짐은 내일 챙기러 가요. 그리고 몸이 좋아지시면 어느 강하를 통해 돌아갈지 결정할…."

"강하는 전부 열리지 않을 거야."

"하지만 편차가 문제라면…."

"편차는 지표일 뿐이야."

"우리가 왜 여기에 영원히 갇혀있는가, 그 말씀을 하기 두려우셨던 거예요?" 폴리가 말했다.

"그래."

"마이클의 룸메이트, 찰스는요? 찰스는 싱가포르로 갔나요? 아니면 우리가 돌아올 수 없다는 사실을 미리 알고 찰스를…?"

"아니."

아니. 그건 일본이 침략했을 때 찰스는 여전히 그곳에 있을 것이라는 뜻이었다. 찰스는 다른 영국 식민지 사람들과 함께 정글의 수용소에 갇혀 말라리아나 영양실조로 죽으리라. 아니면 더 심각한 고통 속에 죽거나.

"데드라인이 있는 다른 역사학자들은요?" 폴리가 물었다.

"네가 유일해. 다른 사람들은 내가 다 취소했어. 나는 네가 1944년의 임무를 먼저 끝낸 줄을 몰랐어. 그래서 다른 사람들 임무는 취소시켰지만 네 것은 취소시키지 않은 거야."

"그리고 우리 데드라인 전에 우리가 빠져나갈 방법이 없고요?"

"그래, 없어." 던워디 교수가 말했다. 하지만 그 말을 하는 목소리에는 안도의 기색이 없었다. 그건 더 심각한 일이 있다는 뜻이었다. 그리고 만약 그게 콜린에 관한 것이 아니라면 단 한 가지 의미일 수밖에 없었다.

"우리가 여기에 갇힌 건….." 폴리가 말했다. "우리가 사건들을 변경했기 때문이죠, 그렇죠?"

던워디 교수가 고개를 끄덕였다.

즉, 마이크의 생각이 맞았다.

"어떻게 그걸 알았지?" 던워디 교수가 물었다.

"마이크, 그러니까 마이클이 됭케르크에서 군인 한 명을 구했는데, 그 군인이 다시 됭케르크로 돌아가 5백 명이 넘는 군인들을 데리고 왔어요. 마이클은 그게 분명히 뭔가를 바꾸었을 거라 생각했고, 그래서 우리는 불일치를 찾기 시작했어요."

"그래서 찾아냈니?" 던워디 교수가 물었다.

"불일치라고 확신할 만한 것은 없었어요." 폴리가 말했다. "하지만 뭔가를 한 게 마이클만이 아니었어요. 에일린, 그러니까 메로피는 '시티 오브 베나레스호'를 타고 피난을 가려던 아이 두 명을 그 배에 못 타게 막았고, 저는 백화점 여점원 한 명이 부상을 당해 하마터면 죽게 할 뻔했어요. 하지만 저희는 사건의 진행 경로를 바꾸는 게 가능한지 알지 못했어요. 저희는 편차 때문에 역사학자들이….."

던워디 교수는 고개를 저었다. "우리는 편차의 기능에 대해 잘못 알고 있었어. 그것은 우리가 연속체에 해를 입히지 못하도록

686

방어해주는 게 아니야. 편차는 우리가 이미 입힌 피해로 인한 지연 반응이야. 이미 성벽이 뚫린 성이 무너지지 않게 하려는 시도일 뿐이지."

"시간 여행에 의해서요." 폴리가 말했다.

"시간 여행에 의해서. 그리고 오랜 시간 동안 대부분의 경우, 그 방어는 성을 지탱하기에 충분해. 하지만 전부는 아니야. 동시 다발적인 공격 또는 특별한 중요한 곳에의 공격에는 버틸 수가 없어…."

'됭케르크.' 폴리가 생각했다. '그리고 스핏파이어 날개가 V-1 꼬리 날개를 슬쩍 건드려 죽고 살 사람들이 뒤바뀌었던 1944년의 가을 같은 때.'

"또는 최초의 공격에 의한 피해가 너무나 큰 경우도 그래." 던워디 교수는 말하고 있었다. "그런 경우, 편차가 아무리 커도 적이 침입해 오는 걸 막기에 충분하지 않고, 그래서 연속체가 할 수 있는 유일한 일은 감염된 지역을 고립시키고…."

'에일린의 격리처럼.'

"피해를 수리하려 시도하는 것뿐이야."

"과거로 가는 길을 차단하는 거로군요." 폴리가 말했다. "연속체가 그렇게 했다고 교수님은 생각하시는군요."

그가 고개를 끄덕였다. "그래서 너희가 이곳에 갇힌 거야."

'그리고 교수님도요.' "정말 죄송해요, 던워디 교수님."

그는 고개를 저었다. "너희들 잘못이 아니야."

"하지만 만약 교수님에게 제가 로켓 공격에 먼저 다녀왔다고 말씀드렸더라면…." 폴리가 말했다. "저는 교수님이 강하를 취소하거나 일정을 변경하실 걸 알았어요. 그 이유는 몰랐지만요. 저는 교수님이 제 강하도 취소할까 봐 걱정되었고, 그래서 보고를 하지 않았어요. 콜린에게도 저에 대해 교수님께 말하지 말라고 다짐을 받았고요."

던워디 교수는 전혀 놀라지 않은 듯이 고개만 끄덕였다. "콜린은 너를 위해서라면 뭐든지 할 아이지." 그가 말했다.

"오, 하지만 이건 모두 제 잘못이에요! 만약 제가 콜린에게 다짐을 받지 않았더라면, 제가 보고만 했더라면 교수님은 저를 보내지 않으셨을 거예요. 저를 구하러 교수님이 이곳에 오실 필요도 없었겠죠."

"아니, 너는 진상을 전부 알지 못해." 던워디 교수가 한 손을 들어 폴리의 말을 막으며 말했다. "네가 1944년으로 가기 전부터 편차의 증가가 있었어. 하지만 그 값은 크지 않았고, 그래서 나는 그게 심각하지 않다고 생각했어. 편차의 양은 종종 목적지의 환경에서 유추할 수 있는 것보다 컸고, 또 어떤 때는 그보다 훨씬 더 작았기에 나는 이시와카 박사가 내린 결론보다 더 간단한 설명이 있을 거라 생각했어. 이시와카 박사가 내게 방정식들을 보여준 뒤에도 나는 그렇게 생각했지. 나는 내 역사학자들의 임무를 취소시키고 모든 시간 여행을 취소해야 할 필요가 없다고 확신했어. 나는 자료를 충분히 모을 때까지 우선 데드라인이 있는 역사학자들의 강하를 취소하고 다른 이들의 일정을 시간순으로 하면 충분할 거라 생각했지만, 이시와카 박사의 말이 옳았어. 나는 너희 모두의 임무를 취소해야 했어."

"하지만 편차 증가가 그런 의미라는 걸 교수님은 알 수 없었…"

"이시와카 박사는 그게 정확히 무슨 의미인지 내게 알려주었지만, 나는 그 말을 믿으려 하지 않았어. 우리는 지난 40년간 사고 없이 과거에 다녀왔거든. 우리가 역사의 진행 경로를 위험에 처하게 했다는 말은 도저히 믿을 수가 없었어. 이시와카 박사의 말을 믿어야만 했는데. 만약 네 강하를 취소했더라면 마이클 데이비스는 여전히 살아있을 거고, 너와 메로피는⋯."

"메로피요?" 폴리가 놀라 말했다. "메로피에게는 데드라인이 없어요. 이게 걔 첫 번째 임무예요. 그렇죠?"

"그래." 던워디 교수가 말했고, 폴리는 그가 할 이야기가 더 있다는 사실을 알았다.

"강하가 닫힌 건 연속체가 스스로를 교정하려는 결과 때문이 아니야." 던워디 교수가 계속 말했다. "그건 손상에 대한 반사 작용이라 할 수 있어. 외상성 상해 환자가 쇼크에 빠지는 것처럼 말이야. 그리고 설사 그게 자체 교정을 시도하는 것이라 할지라도, 그게 성공한다는 보장은 없어. 피해가 너무 크거나 너무 넓게 퍼져 있어 수리가 불가능할 수도 있어."

"하지만 그건 그렇지 않아요." 폴리가 말했다. "우리는 전쟁에서 지지 않았어요. 저는 전승 기념일에 그곳에 있⋯."

"그건 마이클이 그 군인을 구하기 전이야. 그리고 너와 메로피는⋯."

"저도 알아요. 하지만 메로피도 그곳에 있었어요. 제가 봤어요. 그리고 메로피는 아직 그곳에 가지 않았고요. 메로피가 그곳에 가는 건 마이크가 하디를 구하고 우리가 이 모든 일을 다 한 다음이에요. 그러니 그런 것들은 전쟁의 결과에 영향을 끼칠 수가 없어요."

하지만 던워디 교수는 고개를 젓고 있었다. "네가 메로피를 본 시점에서는 메로피가 갈 수 있는 전승 기념일이 여전히 존재했어.

변형이 티핑포인트에 이르기 전에는 역사의 경로, 즉 과거와 현재는 변하지 않고 남아있어. 그래서 우리가 이곳에 올 수 있는 거야. 우리가 변형되지 않은 미래의 일부분임에도 불구하고 말이야. 그리고 메로피가 전승 기념일에 갈 수 있었던 것이고. 역사는 마지막 변형이 일어나 연속체가 더는 그걸 교정할 수 없게 되기 전까지는 변형되지 않은 채 남아있지만…."

"결국은 어느 순간 모든 것이 변하게 되는 거로군요."

"그래."

"하지만 교수님 말씀에 의하면…." 폴리는 얼굴을 찡그리고 생각을 정리했다. "모르겠어요. 그럼 아직 티핑포인트에 도달하지 않은 건가요? 강하는 이미 작동을 멈췄는데요."

"완전히는 아니야. 내 강하는 12월 중순까지 작동했어."

"그러면 티핑포인트는 저희가 메로피를 찾은 때부터 12월 중순 사이인가요?"

"아니. 아마 그 뒤였을 거야. 정확히 언제인지는 나도 몰라. 세인트폴 대성당 계단에서 너희를 본 날 전까지는 나도 내 강하 지점에 갈 수가 없었거든."

'우리가 29일 밤에 했던 뭔가 때문이었어.' 폴리는 생각했다. 그들은 세인트폴 대성당 계단에서 공습 대비대 감시원을 지연시켰고, 따라서 그 감시원이 누군가를 구할 시간이 없었을 수도 있었다. 그리고 시어도어가 비명을 지르며 극장을 나가는 바람에 동화극이 몇 분 정도 지연되었고, 그래서 관객 한 명이 집으로 돌아가 앤더슨 방공호에 제때 들어가지 못했을 수도 있었다. 또는 폴리가 지붕에 있는 바람에 화재 감시원들의 행동을 어떤 식으로든 방해했고 그게 나중에 치명적인 결과를 불러온 것일 수도 있었다.

또는 에일린이 폭격에 부상당한 사람들을 병원에 데려간 행동이나 마이크가 소방관들을 구한 행동 때문일 수도 있었다. 혼돈계에서는 좋은 행동이 나쁜 결과를 낳을 수 있었다. 제2차 세계대전에서 지는 것과 같은 결과를.

제2차 세계대전의 승리는 아슬아슬했다. "우리는 눈꺼풀에 매달린 듯이 간신히 버티고 있습니다." 처칠의 참모총장은 그렇게 말했다. 사건들은 칼날 끝에서 균형을 잡고 있었고, 폴리 일행이 그걸 건드려 균형을 깼다. 그래서 독일이 제2차 세계대전에서 이긴 것이다.

'오, 맙소사.' 폴리는 생각했다. '히틀러는 처칠과 왕과 왕비와 고드프리 경을 처형하고 세라 스타인버그와 레오나드와 버지니아 울프를 아우슈비츠로 보내 죽이고 도밍 씨와 험프리스 씨와 에일린의 주임 사제는 러시아 전선에서 죽게 될 거야. 그자는 인종 교배를 해서 마저리나 브라이트포드 부인과 그 딸 베스처럼 금발에 푸른 눈의 아리아인들을 만들어낼 거고, 시어도어의 어머니와 릴라와 라버넘 양은 굶겨 죽일 거야. 그리고 시어도어와 트로트를 어린 나치로 바꿔놓을 거야.'

'하지만 알프와 비니는 아니야.' 폴리는 생각했다. '콜린도. 콜린이 그 어떤 세상에서 태어난다 해도. 이 셋은 결코 그런 세상과 타협해 살지 않을 거야.'

그 아이들은 차라리 죽음을 택할 것이다. 그리고 히틀러는 기꺼이 그 아이들을 죽일 것이다.

"오, 맙소사." 폴리가 중얼거렸다. "마이크가 맞았어요. 우리는 전쟁에 졌어요. 우리가 모든 걸 망쳤어요."

"아니." 던워디 교수가 말했다. "내가 망쳤어."

44

저는 최악의 상황을 알고 그걸 직면해야 해요.

― *J. M. 배리 경, 《훌륭한 크라이턴》*

런던, 1941년 겨울

"교수님이 그러셨다니, 무슨 말씀이세요?" 폴리는 무릎에 자기 코트를 덮고 벽난로 앞에 앉은 던워디 교수를 빤히 바라보며 말했다. 그는 이제 몸을 떨지 않았지만, 여전히 뼛속까지 추워하는 표정이었다. "교수님이 전쟁을 지게 할 수는 없어요. 어떻게요? 저를 데리러 왔기 때문에요? 아니면 여기 오신 다음에 뭔가 하신 것 때문에요?"

"아니." 던워디 교수가 말했다. "나는 너와 마이클과 메로피가 태어나기도 전에 그 일을 했어. 내가 열일곱 살 때."

"하지만…."

"그건 우리가 제2차 세계대전으로 한 세 번째 강하이자 대공습으로 한 첫 번째 강하였어. 우리는 여전히 네트 좌표를 정교하게 조정하는 중이었고, 나는 내 시공간 위치를 확인하고 돌아오기만 하면 되었지. 나는 지하철역의 비상계단에 도착했고, 내가 도착한 때가 1940년 9월은 맞지만 16일이 아닌 17일이라는 사실을 알게 되었어. 나는 도착한 곳도 어쩌면 마블 아치 역일지 모른다는 생각에 겁을 먹었어." 그는 말을 멈추고 멍하니 벽난로를 바라보았다. "어쩌면 차라리 그곳에 도착하는 게 나았을지도 몰라."

"어느 역에 도착하셨는데요?" 폴리가 물었다.

"세인트폴 대성당 역." 던워디 교수가 말했다. "그리고 그걸 안 나는 대성당을 잠깐 보고 와도 괜찮을 거라 생각했지." 그는 쓸쓸하게 웃었다. "나는 소년 시절에 화재 감시원 기념비를 처음 본 뒤로 줄곧 그곳에 매료되어 있었어. 그리고 내가 도착한 시공간에서는 세인트폴 대성당이 여전히 존재했지. 그래서 그것을 보기 위해, 아주 잠깐이지만 거리로 나갔어."

던워디 교수는 두 손으로 머리를 감쌌다. "나는 제대로 앞을 보지 않으면서 걸어갔어. 아, 이거야말로 시간 여행의 전체 역사에 딱 어울리는 표현이군 그래. 그리고 나는 젊은 여자와 부딪혔어. 해군 여성 부대원이었지. 그 때문에 그 여자는 핸드백이 어깨에서 떨어졌고, 소지품이 길바닥에 쏟아졌어." 그는 마치 그 일을 보고 있는 것처럼 멍하니 앞을 응시했다. "주화들이 사방으로 흩어졌고, 립스틱은 배수구로 굴러 들어갔어. 그 여자는 꾸러미 몇 개를 가지고 있었는데, 그것들 역시 손에서 튕겨 나갔지. 길을 가던 두 명, 해군 장교와 검은 양복의 신사가 우리를 도왔지만, 물건을 모두 줍는 데는 몇 분 정도 걸렸어."

"그리고요?" 폴리가 물었다.

"그리고 사이렌이 울렸고, 그 여자와 남자 둘은 서둘러 떠났고,

나는 세인트폴 대성당 역으로 돌아와 그곳의 내 강하 지점을 통해 옥스퍼드로 돌아왔지.”

“그래서요?”

“그리고 그날 저녁 아베 마리아 레인에서 해군 여성 부대원 한 명이 죽었어.”

“죽은 여자가 교수님과 부딪힌 그 여자였나요?”

“몰라. 난 그 여자 이름을 모르니까. 심지어 내가 영향을 미친 대상이 그 여자인지조차도 난 몰라. 어쩌면 검은 양복을 입은 남자였을 수도 있어. 그날 저녁에 해군 장교가 죽었다는 기록은 없으니 그 남자는 아니라고 생각하지만, 나 때문에 그 장교가 몇 분을 허비했으니, 그로 인한 일련의 영향들로 인해 이튿날 또는 다음 주에 그 장교가 죽었을 수도 있어.”

“하지만 진짜로 교수님 때문에 누군가가 죽었는지, 또는 그 충돌로 인해 뭔가가 바뀌었는지 확실히 모르시잖아요.”

“그건 사실이야. 어쩌면 충돌 때문이 아닐 수도 있어. 나는 지하철역 이름을 알려달라며 아이들 둘에게 1실링을 주었고, 역무원과는 대화를 했어. 그리고 역에 있는 사람들을 밀며 지나갔고, 또 내 존재 때문에 사람들은 길을 에둘러 가기도 했어. 나 때문에 그 사람들 중 누군가가 중요한 순간들에 늦었을 수도 있고, 그 차이는 한참 뒤에서야 나타났을 수도 있어.”

마이크는 그가 구한 됭케르크의 사람들에 관해 같은 말을 했었다. 사건의 변경은 몇 달, 심지어 몇 년 동안 보이지 않을 수도 있다고 말이다.

“그 경우….” 던워디 교수는 말하고 있었다. “변경의 근원을 추적하는 것은 불가능할 거야.”

"하지만 교수님 말씀에 따르면, 결국 변경된 사건이 있는지 없는지 모르시는 거잖아요." 폴리가 말했다. "교수님이 뭔가를 했다는 증거는 없어요."

"아니, 있어. 그때까지는 편차가 없었어. 편차는 바로 다음 강하부터 나타나기 시작했어. 불행히도 그 강하는 트라팔가르 해전이었고, 그다음은 코번트리였기에 우리는 편차는 역사학자가 사건을 변경하지 못하게 하려고 일어나는 거라는 잘못된 결론을 내리게 되었지."

"하지만 교수님은 도착하기로 한 날보다 하루 늦게 도착했다고 하셨어요."

던워디 교수는 고개를 저었다. "내가 좌표 입력을 잘못한 거였어. 돌아가자마자 확인했지. 네트 입력이 17일이었어."

"위치 편차는 어쩌고요? 마블 아치 역으로 간 줄 아셨다고 했잖아요."

"아니. 나는 '마블 아치 역일지도 모른다'고 말했어. 당시 우리는 정확한 위치가 아닌 광역 위치만 정할 수 있었거든."

"그러면 위치 편차였을 수도 있어요."

"하지만 만약 위치 편차였다면, 그건 내가 그 해군 여성 부대원과 충돌하는 걸 막았을 거야." 던워디 교수는 폴리를 보며 쓸쓸하게 웃었다. "아니야, 나는 시간 편차를 유발했고, 그 이유를 잘못 짚었어. 그리고 우리는 계속해서 역사를 헤집고 다니면서 전쟁들과 재난들과 대성당들을 멍하니 바라보았지." 그가 쓸쓸하게 말했다. "우리가 하는 일이 무슨 결과를 불러오는지도 모른 채 말이야."

폴리는 앉아 있는 던워디 교수를 바라보았다. 험프리스 씨는 던워디 교수가 어깨에 세상의 모든 짐을 짊어진 것처럼 보인다고 말했다. '던워디 교수님은 진짜로 세상의 모든 짐을 지고 계셔.' 폴리는 생각했다.

"지난 40년 동안, 우리는 도자기 가게를 헤집고 다니는 황소들처럼 마구잡이로 역사를 헤집고 다니면서도 우리가 아무런 재난을 불러오지 않을 거라고 편한 대로 생각했지. 하지만 역사는 마침내 우리 위로 무너져 내리기 시작했어. 그리고 너희의 머리 위로."

"하지만 교수님은 알 방법이 없었어요." 폴리가 던워디 교수의 팔에 손을 뻗으며 말했다.

던워디 교수는 거칠게 폴리의 팔을 물리쳤다. "수십 가지 단서가 있었어." 그가 격렬하게 말했다. "하지만 나는 그것들을 보고 싶지 않았어. 나는 혼돈계에 아무런 변형을 가하지 않고도 우리가 섞여 들어갈 수 있다고 믿고 싶었어. 그게 불가능하다는 것을 알면서도 말이야. 우리가 거기서 숨만 쉬고 온다 해도, 우리의 존재 그 자체가 패턴을 바꾸고 그 결과를 변형할 수밖에 없다는 걸 알면서."

"만약 그게 진실이라 해도 우리 모두가 그렇게 한 거고, 과거에 갔던 모든 역사학자가 함께 비난받아야 해요." 폴리는 얼굴을 찡그렸다. "하지만 왜 몇 달 전까지 그 징후가 없었던 거죠? 왜 40년이나 걸려서야 그 징후가 나타난 건가요?"

"그건 나도 몰라. 혼돈계에서는 모든 행동이 뚜렷한 결과를 불러오는 게 아니야. 어떤 행동은 다른 사건들에 의해 약해지거나 흡수 또는 지워져버려. 티핑포인트가 되기까지 충분한 변화가 쌓이는 데 오랜 시간이 걸렸던 것일 수도 있어."

'도자기 가게의 꽃병과 도자기와 크리스털처럼.' 폴리는 생각했다. '황소가 탁자를 들이받을 때마다, 쿵쿵거리며 걸음을 디딜 때마다 그 물건들은 탁자의 가장자리로 더 가까이 다가가게 되고, 마침내 마지막의 가벼운 충돌로 탁자에서 떨어지게 되는 거야. 마이크와 에일린과 내가 바로 그런 행동을 했어. 마지막 결정적인 순간에 툭 건드린 거야. 그로 인해 연속체는 무너진 거고.'

하지만 마이크는 하디의 생명을 구하기 전에 자기 강하를 통과해 돌아가려 했었다. 그때의 강하는 왜 안 열렸던 걸까?

"왜 그게…?" 폴리는 입을 열었지만, 던워디 교수가 더는 질문에 대답할 상태가 아니라는 사실을 깨달았다. 그는 몰골이 형편없었고, 벽난로의 불 앞에 있음에도 불구하고 다시 몸을 떨기 시작했다.

"이제 집에 가야 해요." 폴리가 말했다. 그녀는 차와 브랜디값을 탁자에 올려두고 던워디 교수의 무릎에서 자기 코트를 들어입었다.

폴리는 던워디 교수의 팔을 잡고 부축해 일으켰고, 그는 저항없이 그녀가 이끄는 대로 술집에서 비에 젖은 어두운 거리로 나와 택시에 탔다. 폴리는 그가 택시에 타는 걸 돕기 위해 손을 잡았고, 그 손은 뜨거웠다. "열이 있어요. 병원으로 모시고 가는 게 나을 거 같아요. 세인트바트 병원으로 가주세요." 폴리가 운전사에게 말했다.

"안 돼." 던워디 교수가 폴리의 팔을 잡으며 말했다. "그 사람들은 아주 친절했어. 그 사람들을…. 제발 병원은 안 돼."

"알았어요. 하지만 우리가 집에 가면 전화로 의사를 부르겠어요."

'그리고 가자마자 에일린에게 던워디 교수님이 구조팀이 아니라는 사실을 알려서 괜히 헛된 희망을 품지 않게 해야 해.'

'하지만 던워디 교수님이 구조팀이야.' 폴리는 암울하게 생각했다. '교수님은 나를 구하러 왔지만 우리와 마찬가지로 곤경에 빠진 거야.'

택시가 집 앞에 도착했다. "집에 가서 돈을 가져올게요." 폴리는 운전사에게 말했다. "곧장 돌아올게요." 하지만 운전사는 고개를 저었다.

"제가 함께 이분을 부축하는 게 나을 겁니다, 아가씨." 운전사가 말했다. "아가씨 혼자서는 이분을 안으로 데려갈 수 없을 거예요." 그리고 폴리가 뭐라 말하기도 전에 운전사는 택시에서 내려 던워디 교수가 내리는 것을 도왔고, 폴리는 에일린에게 경고할 틈이 없었다.

하지만 에일린은 한순간에 상황을 파악한 듯했다. "이분을 침대에 누이는 걸 도와주시겠어요?" 에일린이 택시 운전사에게 부탁했다.

"누구예요?" 알프가 한 손에는 빵 조각을, 다른 한 손에는 숟가락을 들고 부엌에서 나타났다.

"던…." 에일린이 입을 열었다.

"홉 선생님이야." 폴리가 말했다.

"술에 취한 건가요?" 비니가 물었다.

"아니, 편찮으셔." 폴리가 말했다.

비니는 다 안다는 듯이 고개를 끄덕였다. "엄마도 그런 식으로…."

"비니, 가서 침대에 이불을 펴 줘." 에일린이 말했다.

"비니가 아니라 라푼젤이에요. 나는 이름을 라푼젤로 정했어요."

'나는 이 아이를 죽여버리게 될 거야.' 폴리가 생각했지만 에일린은 차분히 말했다. "부탁이니 가서 침대에 이불을 펴줘, 라푼젤."

비니는 늘 머리에 제대로 묶여있지 않은 머리 리본을 마치 라푼젤의 머리 타래라도 되는 듯이 뒤로 넘기며 에일린이 시킨 일을 하러 갔고, 에일린이 의사에게 전화하러 간 사이 폴리는 던워디 교수를 도와 젖은 코트와 신발을 벗겼다.

폴리는 알프와 비니가 다시 와서 귀찮은 질문을 할까 봐 두려웠지만, 둘은 문간에서 1분 정도 서서 서로 속삭이더니 사라졌다.

폴리가 방을 나와서 던워디 교수의 젖은 셔츠를 오븐 문에 걸고 주전자를 스토브에 올리는데 알프가 물었다. "저 할아버지가 무단결석 지도교사는 아닌 거죠? 역무원도 아닌 거고요?" 그 말은 둘이 던워디 교수를 어디선가 봤다는 뜻이었다. 폴리는 던워디 교수가 세인트폴 대성당으로 걸어갈 때 이 아이들이 그에게서 돈을 갈취하려 한 게 아니길 바랐다.

"아니야." 폴리가 말했다. "저분은 에일린의 옛날 학교 선생님이야."

호드빈 남매에게는 학교 선생님이라는 말이 무단결석 지도교사라는 말만큼이나 무서운 듯했다. 둘은 폴리를 따라 그의 방으로 오려고조차 하지 않았다. 하지만 의사가 도착했을 무렵, 아이들은 원래의 모습으로 돌아가 있었다.

"홍역은 아니죠?" 비니가 물었다. "우리가 격리되는 건 아닌 거죠?"

'우리는 이미 격리되어 있어.' 폴리가 생각했다.

"저 할아버지는 죽는 건가요?" 알프가 물었다.

'그래. 5월 1일 또는 그 이전에.'

"괜찮아지실 겁니다." 의사가 진심으로 말했다. "몸을 따뜻하게 하면서 쉬시면 아무 문제 없을 겁니다. 기운을 차리셔야 하니 비프스테이크와 달걀을 매일 드시게 하세요. 가루 달걀 말고 진짜 달걀로요."

"하지만 어떻게요?" 에일린이 말했다. "배급 때문에…."

"처방전을 써드리겠습니다. 그걸 가지고 배급 사무실에 가면 필요한 쿠폰을 받을 수 있을 겁니다." 의사는 에일린에게 처방전과 약이 담긴 종이 포장 하나를 주었다. "그리고 주무시기 전에 이 가루를 물에 타서 먹이세요."

"애거서 크리스티 소설과 똑같아." 의사가 간 뒤 에일린이 약 포장을 보며 말했다. "희생자는 늘 이렇게 살해당하잖아."

"누가 살해당했는데요?" 알프가 호기심을 보이며 물었다.

"아무도 아니야. 가서 공부해." 에일린이 여전히 약 종이를 살펴보며 말했다. "하지만 과연 이 가루약이 해열에 도움이 될지 모르겠네. 아스피린 말고는 소용이 없을 텐데."

'그 무엇도 소용이 없어.' 폴리는 생각했지만 약을 받으러 약국에 다녀오겠노라고 말했다. "극장에 전화를 걸어서 가지 않겠다고 해야 해. 약국에 간 김에 전화하고 올게."

"아, 네 뮤지컬 연습에 대해 깜박 잊고 있었네." 에일린이 말했다. "넌 가도 돼. 던워디 교수님은 내가 보살필게."

"너무 늦었어. 내가 그곳에 도착하면 공연은 끝났을 거야. 그리고 누군가가 아스피린을 구하러 가기도 해야 하고."

그리고 폴리는 잠시 혼자 있으면서 에일린에게 어떻게 진실을 말할지 생각할 시간이 필요했다. 폴리 스스로는 이 진실을 감당할 수 있었다. 하지만 그들이 이곳에서 빠져나가지 못할 거란 말을 전하는 순간 에일린이 지을 표정만은 도저히 마주할 자신이 없었다. 더 나쁜 것은 폴리만 데드라인이 있는 게 아니라는 점이었다. 던워디 교수 역시 데드라인이 있었다. 그리고 곧 다가왔다.

폴리는 약국에 도착하자마자 알함브라 극장에 전화했다. "운이 좋으시네요." 해티가 말했다. "캐닝 타운이 어젯밤에 폭격을 당해서 태비트 씨도 오늘 안 왔거든요. 하지만 내일은 올 거니, 당신도 오는 게 좋을 거예요. 그리고 만약 내가 당신이라면 다른 변명거리를 준비하겠어요. 태비트 씨는 방금 당신이 한 말은 절대 안 믿을 거예요." 정적이 흘렀다. "아, 가야 해요. 내 순서군요. 승리 공연 차례예요."

'하지만 승리 공연 같은 건 없을 거야.' 폴리는 등화관제의 어둠 속에서 더듬더듬 집으로 돌아오며 생각했다. '그리고 우리가 전쟁에서 지면 해티는 어떻게 될까? 그리고 코러스의 다른 여자들은?'

'그 사람들이 어떻게 될지 난 알아.' 폴리는 생각했다.

어쩌면 그렇게 되지 않을 수도 있었다. 던워디 교수는 말하길, 연속체가 붕괴할지 자체 교정을 할지 자신은 알지 못한다고 했다. 그리고 교수의 이론에는 잘 맞아들어가지 않는 부분들이 있었다. 만약 그들의 행동이 위협이 되었다면, 어떻게 연속체를 통과해 올 수 있었단 말인가? 제럴드에게 그랬던 것처럼, 연속체는 왜 애초에 그들이 오는 걸 막지 않았단 말인가?

그리고 일단 이곳에 도착한 다음에는 왜 떠나지 못하게 했단 말인가? 던워디 교수는 그게 그들이 일으킨 손상을 제한하기 위해서라고 말했지만, 만약 폴리의 강하가 열렸다면 그녀는 폭격의 충격으로 위축되어 비틀거리며 타운젠드 브라더스 백화점에 나타나지 않았을 것이고, 마저리는 저민 스트리트에 가지 않았을 것이며 간호사가 되지도 않았을 것이다. 그리고 됭케르크에서 솟아오른 연기를 보기 위해 해변에 사람들이 몰리지 않았다면 마이크는 강하 지점에 갈 수 있었을 것이고, '제인여왕호'에서 잠이 들지도 않았으며 됭케르크에 가서 하디의 생명을 구하지도 않았을 것이다. 그리고 만약 에일린의 강하가 열렸다면 그녀는 구드 신부가 호드빈 부인에게 보낸 '시티 오브 베나레스호' 편지를 막지 못했을 것이고, 29일에 구급차를 운전하며 사람들 목숨을 구하지도 않았을 것이다.

그중에서도 가장 잔인한 아이러니는, 미래가 바뀐 것이 남을 돕고 싶은 마음에서 그들이 한 행동 때문이란 점이었다. 에일린이 비니의 열을 내리기 위해 아스피린을 주고 아이들이 물에 빠져 죽는 걸 막기 위해 편지를 찢은 행동, 열네 살 먹은 조나단이 죽는 걸 참고 볼 수 없었던 마이크가 엉킨 프로펠러를 푼 일이나 무너지는 벽에서 소방관 두 명을 밀어낸 행동.

아무런 악의 없이, 뭔가 좋은 결과를 이끌어내려는 마음에서 우러나온 행동이 그런 결과를 낳았다. 연민과 친절함이 파괴의 무기가 되다니 말도 안 된다는 생각이 들었다. 오로지 그 반대만이 진실이어야 했다. 혼돈계에서는 좋은 행동이 나쁜 결과를 가져올 수도 있다. 하지만 왜…?

폴리는 돌연 자신이 그 답을 안다는 느낌이 들었다. 그 답은 손이 닿을 듯 말 듯한 바로 저 너머에 있었고, 마치 혀끝에서 맴도는 거 같았다. 폴리는 걸음을 멈추고 등화관제로 깜깜한 거리를 뚫어져라 바라보며 그 답에 마음의 손을 뻗었다. 그 답은 알프와 비니가 에일린을 방해한 것 하며 홀본 역의 방공호와 관계가 있었다….

5미터도 되지 않는 곳에서 사이렌이 울렸고, 그 소리에 폴리는 깜짝 놀랐다. 생각의 흐름이 끊겨 짜증이 났다. 그 답은 홀본 역의 방공호와 관계가 있었다…. 아니, 그건 옳지 않았다. 알프와 비니는 홀본 역이 아닌 블랙프라이어스 역에 있었다. 하지만 분명히 홀본 역과 관계가 있었다. 폴리는 확신했다. 홀본 역과 마이크가 버스를 놓친 것 그리고….

이런, 흐름을 놓치며 생각이 끊겨버렸다. 그리고 이번 공습은 사이렌이 울리고 20분 뒤에 폭격이 시작되는 종류가 아니었다. 폴리는 이미 비행기 소리를 들을 수 있었고, 되도록 빨리 던워디 교수에게 줄 아스피린을 구해야 했다.

하지만 폴리가 집에 돌아왔을 때, 던워디 교수는 잠들어 있었다. 그리고 놀랍게도, 알프는 부엌 탁자 앞에 앉아 공부하고 있었다. 알프가 역무원이나 무단결석 지도교사에게 무슨 짓을 했는지는 몰라도, 스스로도 겁을 집어먹을 만한 짓인 게 분명했다.

비니는 동화책의 이야기를 에일린에게 큰 소리로 읽어주고 있었다. "'하지만 시계 종이 열두 번 울리기 전에 떠나야 하는 걸 잊으면 안 돼.' 요정 대모가 신데렐라에게 말했습니다. '안 그러면 마법이 풀려.'"

"던…, 홉 선생님을 깨워 아스피린을 드려야 할까?" 폴리가 비니의 말을 끊고 에일린에게 물었다.

"아니. 지금은 주무시게 하는 게 최선이야."

"마법이 풀린다니, 무슨 말이죠?" 비니가 물었다. "자정이 되면 무슨 일이 일어나는데요?"

"신데렐라가 폭발한다는 데 걸겠어." 알프가 말했다. "쾅!"

"가서 자, 폴리." 에일린이 말했다. "지쳐 보여."

'지쳤어.' 폴리는 생각했다. '우리 모두 지쳤어. 그리고 자정이 다가오고 있어.'

폴리는 침대에 들었지만 도저히 잠을 이룰 수가 없었고, 밤에 던워디 교수의 기침 소리를 듣고는 조용히 일어나 물 한 잔과 아스피린을 가지고 그에게 갔다.

던워디 교수는 침대에서 일어나 앉아 있었다. "아, 잘됐네, 너로구나." 폴리가 침대 옆 등을 켜자 던워디 교수가 말했다. "네게 할 말이 있어." 그리고 그게 무엇이 되었든, 나쁜 소식일 것이다. 던워디 교수는 세인트폴 대성당 그리고 술집에서와 마찬가지로 절망에 빠진 표정이었다.

"우선 이것부터 드세요." 폴리가 말했고, 던워디 교수가 아스피린을 먹는 동안 그녀는 그의 이마를 짚어보았다. 여전히 뜨거웠다. "여전히 열이 있어요. 좀 주무세요. 무슨 이야기든 간에 내일 아침에 해주시면 돼요."

"아니." 던워디 교수가 말했다. "지금 해야 해."

"네, 알았어요." 폴리가 말하고 침대 가장자리에 앉았다.

던워디 교수는 길고 거친 숨을 들이마셨다. "연속체는 자체 교정을 하려 시도할 거야. 성공하든 실패하든 간에 말이야."

'패배한 뒤에도 군대가 용감히 싸우듯 말이지.' 폴리는 생각했다.

"그리고 우리가 피해의 원인이기 때문에…." 던워디 교수가 말했다. "그리고 미래로 가는 게 더 이상 가능하지 않기 때문에…."

"더 피해가 생기기 전에 연속체는 우리를 죽이려 들겠군요."

던워디 교수가 고개를 끄덕였다.

"교수님 생각에는 그래서 마이크, 아니 마이클이 죽은 건가요? 마이크가 사건들을 더 변경하지 못하도록 하기 위해서요?"

"그래."

"그리고 우리에게도 같은 일을 하겠군요." 폴리가 말했다. "에일린을 포함해서요."

던워디 교수가 고개를 끄덕였다.

"언제요?"

"나도 몰라. 아마도 런던 대공습이 끝나기 전이겠지. 그게 가장 좋은 기회니까. 지금부터 5월 10일 사이에는 대규모 공습들이 많아."

"하지만 교수님은 공습이 언제 어디에 있는지, 그리고 폭탄이 언제 떨어지는지를 아시니까 그런 날 밤에는 노팅힐게이트 역에 있으면 돼요. 그곳은 안전해요!" 폴리가 주장했지만, 그 말을 하면서도 그녀의 귀에는 브라이트포드 부인이 트로트에게 《잠자는 숲속의 미녀》를 읽어주는 소리가 들리는 듯했다. 피할 수 없는 일을 피하고자 왕이 왕국의 모든 물레를 부수며 헛되이 애쓰는 부분을 읽는 소리가 귀에 맴돌았다.

"우리가 할 수 있는 일이 없나요?" 폴리가 물었다.

던워디 교수는 침묵에 잠겼고, 폴리는 겁에 질려 생각했다. '교수님은 아직 할 말이 더 있는 거야. 나쁜 소식이 더 있어.' 하지만 에일린이 죽게 된다는 소식보다 더 나쁜 게 뭐가 있단 말인가?

"무슨 말씀을 하시려는 거예요?" 폴리는 물었지만, 그녀는 이미 답을 알았다. 그들의 행동은 단지 전쟁의 진행 방향에만 영향을 끼친 게 아니었다. 그들은 시어도어와 랭 대위와 페이지와 험프리스 씨에게도 영향을 끼쳤다. 에일린은 알프와 비니가 '시티 오브 베나레스호'를 타지 못하게 했고, 마이크는 됭케르크에서 하디가 죽지 않게 했다. 그런 변형들 역시 교정되어야만 했다.

그리고 얼마나 많은 사람이 더 있을까? 마저리? 데네웰 소령? 라버넘 양을 비롯한 극단 사람들? 만약 폴리가 고드프리 경과 《폭풍우》를 낭독하지 않았다면, 사람들은 극단을 꾸리지 않았을 것이다. 그 사람들은 노팅힐게이트 역으로 밤마다 가서 안전하게 있는 대신, 원래 운명대로 집에 있다가 폭격으로 죽었을 것이다.

"연속체가 우리만 죽이는 게 아닌 거군요." 공포로 목이 바짝 마르는 걸 느끼며 폴리가 말했다. "우리가 접촉했던 모든 사람을 죽이는 거로군요, 그렇죠?"

"맞아, 그럴 거야." 던워디 교수가 말했다.

45

이것들은 앞으로 일어날 일들의 그림자입니까,
아니면 일어날 수도 있는 일들의 그림자일 뿐입니까?

— 찰스 디킨스, 《크리스마스 캐럴》

런던, 1941년 겨울

던워디 교수의 말을 들은 폴리는 기나긴 몇 분 동안 그의 침대
가장자리에 가만히 앉아 있었다. 지하철역 플랫폼 또는 비상계단
에서 누워 잠 못 이루던 길고 긴 밤들 동안 폴리는 자신들이 곤경
에 처하게 된 온갖 이유와 일어날 수 있는 온갖 끔찍한 결과들을
상상했고, 또한 모든 가능성을 따져봤다고 생각했지만 이건 상상
도 할 수 없을 정도로 끔찍했다. 자신들이 죽을 뿐 아니라 자기들
에게 친구가 되어주고 도움을 주고 상냥히 대해준 사람들 모두가
죽게 될 것이다. 마저리, 구드 신부, 다프네, 라버넘 양, 고드프리
경. 폴리와 에일린이 아끼는 모든 이가.

"그렇게 되는 건가요?" 마침내 폴리가 말했다.

"정말 미안하구나." 던워디 교수가 말했고, 폴리는 간신히 고

개만 끄덕일 수 있었다. 던워디 교수, 그리고 다른 사람들 때문에 그녀의 두 눈에 눈물이 가득 고였다. 그리고 그들이 죽인 모든 사람 때문에.

죽이게 될 사람들 때문에. 폴리가 뭔가 소리를 냈는지, 던워디 교수가 그녀에게 손을 뻗으며 간청하듯 말했다. "폴리…."

폴리는 일어났고, 던워디 교수에게서 유리잔을 건네받았다. "쉬세요." 그녀가 말했고, 램프를 껐다. "'불을 끄고 다음에는 이 불을 꺼야지.'"[23]

폴리는 유리잔을 들고 어두운 부엌으로 가 탁자 위에 놓고 비니의 동화책을 덮었다. 그리고 지하실로 내려가 계단 맨 아래 칸에 앉아 어둠을 응시했다.

폴리는 마이크가 죽기 전부터, 존 바솔로뮤에게 메시지를 보내는 일에 실패하기 전부터 자신이 모든 희망을 포기했다고 생각했었다. 하지만 이제 그녀는 자신이 사실 마음 한구석에서는 희망을 품고 있었다는 사실을 깨달았다. 에일린이 말했던 것처럼, 모든 것을 설명해줄 수 있는 뭔가 마법 같은 설명이 있을 거라고 믿어왔었다. 늘 자기 앞에 존재하지만 단지 알아차리지 못한, 이 상황을 완벽히 설명해줄 뭔가가 있을 거라고 기대했었다. 하지만 이건 깔끔한 답과 행복한 결말로 끝나는 애거서 크리스티의 살인 미스터리가 아니었다. 그들에게는 행복한 결말이 없었다. 그리고 살인자는 폴리였다.

그들 모두가 살인자였다. 던워디 교수는 해군 여성 부대원을 죽였으며, 마이크는 해럴드 중령과 조나단을 죽였고, 에일린은 구드 신부가 입대한 계기가 되었고, 폴리는 마저리가 왕립 육군 간

<hr>

23 셰익스피어, 《오셀로》

708

호 부대에 입대한 데 대한 책임이 있었다.

다음은 그들 자신일까? 아니면 하디 일병이나 알프와 비니, 또는 고드프리 경일까? 아니면 센트리 부인이나 폴리가 보급품들을 받아오던 울위치와 크로이던의 FANY 대원들일까? 아니면 크리스마스 동화극에서 폴리에게 조용히 하라고 말하던 작은 남자아이일까? 연속체가 소이탄처럼 도리깨질하며 불꽃을 튀기고 녹아내리며 시공간을 뚫고 타올라, 타운젠드 브라더스 백화점이나 지하철역이나 트래펄가 광장에서 폴리나 던워디 교수나 에일린을 죽일 때 불운하게 그들 옆에 있을 낯선 이들일까?

폴리는 타운젠드 브라더스 백화점의 서적 매장에서 일하던, 파편에 맞아 죽은 에셸이 갑자기 생각났다. 폴리가 철도 안내서와 비행기 식별에 관해 이야기함으로써 그녀가 에셸을 죽였던 걸까?

폴리는 지하실에 밤새 앉아 있었고, 마침내 알프가 문을 열고 외쳤다. "폴리 누나는 여기 있어요!"

폴리는 위층으로 올라갔다. 에일린은 아침 식사를 준비하고 있었고, 비니는 식탁을 차리고 있었다. "거기서 뭐 하고 있었어요?" 알프가 물었다. "난 공습 소리 못 들었는데요."

"생각하고 있었어." 폴리가 말했다.

"생각!" 알프가 야유했다.

"조용." 에일린이 말했고, 다시 폴리에게 말했다. "걱정하지 마. 홉 선생님은 괜찮아지실 거야. 열이 내렸어."

에일린은 옷을 입으라며 아이들을 방으로 보냈다. "공습 대비대 감시원이 된 건 아니지? 아니면 구조대원이나. 어젯밤에 하도 혼란스러워 물어보는 걸 깜박했어."

'혼란.'

"아니야." 폴리가 말했다.

"오늘 다시 시도해볼 거야?" 에일린이 물었다.

'넌 이해하지 못해.' 폴리는 생각했다. '나는 구조대원이 되어 잔해에서 사람들을 꺼내고 응급치료를 하는 그런 일을 하면 절대로 안 돼.'

폴리는 크로이던에서 자신이 지혈대를 감아줬던 남자가 갑자기 떠올랐다. 당시 폴리는 그 남자가 죽었을까 봐 걱정이 되었었지만, 만약 그가 그 잔해에서 죽어야만 했다면, 그리고 그를 구한 게 상황을 악화시킨 것뿐이라면, 병원에서 좀 더 버티다 죽게 했던 것뿐이라면? 그리고 그 남자에게 지혈대를 묶어준 것이 균형을 깨뜨려 모든 게 무너져내리게 된 거라면?

아니, 그랬을 리 없었다. 그 뒤에도 강하는 여전히 열려 폴리는 옥스퍼드로 갈 수 있었고, 또한 다시 돌아가 임무를 마칠 수 있었다. 하지만 그 행동이 어느 정도 영향은 주었을 것이다. 도자기를 흔들어 탁자의 가장자리로 조금 더 이동하게는 했을 것이다.

"내 말은, 넌 밤에 밖에 있는 게 얼마나 위험한지 던워디 교수님과 함께 봤잖아." 에일린이 말하고 있었다. "감시원으로 일하는 건 너무나 위험해."

"네 말이 맞아. 난 감시원 일을 하지 않을래."

"아, 다행이다." 에일린이 두 팔로 폴리를 안으며 말했다. "얼마나 걱정했었는지 몰라! 이제 앉아서 차를 마셔. 나는 던…, 아니, 홉 선생님을 살펴보고 올게."

폴리는 순순히 에일린 말에 따랐다.

에일린은 몇 분 정도 있다가 돌아오더니 속삭였다. "교수님에게 알함브라 극장에 관해 물어봤는데, 그곳은 폭격당하지 않았대. 대공습에 폭격당한 극장은 두 곳뿐이며, 공연 중에 폭격당한 곳은 하나도 없대."

'에일린에게 말해야 해.' 폴리가 절망하며 생각했다. '하지만 지금은 아니야. 내가 견딜 수가 없어.' 그리고 알프와 비니가 부엌으로 돌아와 누가 앵무새에게 먹이를 줄 것인지를 두고 말다툼을 했다. "발 조심해, 비니!" 앵무새가 꽥꽥거렸다.

"내 이름은 비니가 아니야!" 비니가 말했다. "내 이름은 베라야. 베라 린의 베라."

알프는 음식을 입에 가득 물고 말했다. "라푼젤 아니었나?"

"라푼젤은 바보였어." 비니가 말했다. 비니는 빵조각을 앵무새에게 내밀었다. "따라 해봐. '발 조심해, 베라.'"

'아이들을 이 집에서 내보내야 해.' 폴리는 생각했다. '이 아이들의 안전을 위해서는 그 방법밖에 없어. 이 아이들은 피난을 가야 해.' 그러면서 스스로도 웃긴다는 생각을 했다.

"왜 라푼젤은 그 탑에 그냥 가만히 앉아만 있던 거야?" 비니가 말했다. "왜 자기 머리카락을 잘라서 그걸 타고 탑을 내려오지 않은 거지? 나라면 그렇게 했을 거야. 나는 그 낡은 탑에 가만히 있지 않을 거야."

탁자를 치우고 아이들이 공부한 것을 치우고 비니의 머리 리본을 다시 묶어주느라, 폴리는 에일린과 단둘이서 이야기할 기회가 없었다.

"알프, 양말 올려." 에일린이 외투를 입으며 말했다. "비니, 그만해. 폴리, 가서 홉 선생님이 드실 고기랑 달걀을 받아와 줄래?" 에일린은 의사가 써준 처방전을 폴리에게 건넸다. "그리고 국물을 만들어야 하니까 푸주한에게 국물용 뼈가 있으면 받아다 줘."

폴리는 그러겠노라고 했고, 또한 던워디 교수가 머물던 곳에 가서 소지품도 챙겨오겠다고 했다. 폴리는 옷을 입고 씻고 더는 미룰 수 없게 되자 던워디 교수를 보러 갔다. 회색 아침 햇살 속에서 그는 더욱더 허약해 보였다. 광대뼈와 관자놀이 위 피부는 거의 투명할 정도였지만, 폴리가 던워디 교수를 만난 뒤 처음으로 그는 말해줄 나쁜 소식이 더는 없는 듯했다. "좀 나아 보이시네요." 폴리가 말했다. "기분은 좀 어떠세요?"

"그건 내가 너에게 물어야 할 거 같은데." 던워디 교수가 말했다.

폴리는 쓴웃음을 지었다. "저는 아직 서 있을 수 있잖아요."

"세인트폴 대성당처럼."

바로 그랬다. 두들겨 맞고 손상된 채로, 역시 황폐해진 허허벌판에 홀로 서 있는 세인트폴 대성당처럼.

"어젯밤에 해줄 말이 더 있었어." 던워디 교수가 말했다. "전쟁에서 졌는지 확실히 몰라. 우리가 일으킨 손상을 연속체가 지우는 데 성공할 가능성도 있으니까."

"그렇대도 연속체는 그렇게 하려고 우리를 죽여야 하죠." 폴리가 말했다.

그게 다른 쪽보다는 나았다. 그리고 히틀러가 전쟁에서 이기는 것을 막기 위해 폴리가 죽는 건 수만 명의 영국 군인과 시민들이 한 일과 다를 바가 없었고, 그 사람들 역시 성공한다는 보장 없이 그렇게 했다.

하지만 적어도 그 사람들은 참호나 방공호에 자신들이 존재한다는 사실만으로 다른 사람들을 위험에 빠뜨릴까 봐 걱정할 필요는 없었다. "다른 사람들은요?" 폴리가 던워디 교수에게 물었다. "우리와 교류가 있던 이 시대 사람들은요?"

"모르겠어." 던워디 교수가 말했다. "연속체를 그토록 오래 보호해온 요소들은, 그러니까 효과들을 흡수하고 감소시키고 지우는 능력이 있는 요소들은 교정의 요소들도 될 수 있어."

'쉽게 말해, 단지 일부만 죽을 것이다.'

"만약 우리가 그 사람들과 접촉을 끊고 더는 만나지 않는다면, 그 사람들이 죽지 않을 가능성이 있을까요?" 폴리가 던워디 교수에게 물었다.

"몰라. 어쩌면." 하지만 그의 목소리에는 별 희망이 담겨 있지 않았다. "피해가 얼마나 멀리까지 퍼져나갔는지, 또 중화 작용이 필요한 변경이 이미 일어났는지는 어떻게도 알 도리가 없어."

알프와 비니는 '시티 오브 베나레스호'를 타고 가다 빠져 죽었을 운명이었나? 아니면 피커딜리 서커스 근처에서 어머니와 함께 죽을 운명이었나? 그리고 마저리는 잔해에서, 하디 일병은 됭케르크에서, 랭 대위는 헨던 비행장에서 런던으로 가던 길에 죽을 운명이었나? 아니면 호드빈 부인은 그 편지를 찢어버리고, 하디 일병은 다른 보트에 의해 구조되고, 다른 사람들도 살아남아 원래 하기로 운명지어진 일을 했을까? 알 방법이 없었다.

'하지만 만약 우리가 아직 그 사람들의 삶을 바꾸지 않았다면….' 폴리는 생각했다. '지금부터라도 우리가 그 사람들에게서 떨어져 있으면, 우리 때문에 생겨난 죽음의 원에서 그 사람들을 빼낼 수 있을지도 몰라. 우리가 리케트 부인 집에서 나와 노팅힐 게이트 역에 머물지 않아서 다행이야.' 그리고 이제 폴리가 ENSA 소속인 것은 고드프리 경의 극단을 그만둘 완벽한 변명거리였다. 폴리는 배급 쿠폰을 받았고, 달걀과 쇠고기 100그램을 받았지만, 수프용 뼈는 받지 못했다. 푸주한은 수프용 뼈가 없다고 했다.

713

폴리는 부용 큐브[24] 정도로 만족해야 했다.

폴리는 그것들을 집으로 가져와 던워디 교수에게 달걀 하나를 반숙으로 삶아주고 다시 밖으로 나갔고, 29일에 카터 레인에서 유일하게 불타지 않은 구역에 있는 음침하고 추운 던워디 교수의 숙소에 가서 물건들을 가져왔다. 원래 폴리는 험프리스 씨에게 가서 홉 선생님을 안전하게 집으로 모셔다드렸다고 말할 생각이었지만, 이제 폴리는 감히 그를 만날 엄두를 내지 못했다. 험프리스 씨는 폴리에게 늘 친절했다. 험프리스 씨를 죽게 할 수는….

폴리는 인도에서 갑자기 걸음을 멈추었다. 어젯밤 던워디 교수가 세인트바트 병원으로 가길 거부하면서 한 말이 그것이었다. 간호사들이 아주 친절했으며, 친절을 베풀려는 사람들을 죽게 할 수 없다는 뜻이었다.

폴리는 접수대의 자원봉사자에게 부탁해서 험프리스 씨에게 메시지를 남길까 고민했지만, 세인트폴 대성당과 얽히는 게 괜찮을지조차 자신이 없었다. 그렇지만 험프리스 씨가 걱정하다 던워디 교수의 행방을 찾는 것도 원하지 않았다. 폴리는 대성당 안으로 들어가는 여자에게 성당지기에게 전해달라며 간단한 내용의 쪽지를 전하는 거로 만족했다. 하지만 만약 그 짧은 순간의 만남조차 자체 교정을 필요로 한다면? 또는 폴리가 그날 오후 알함브라 극장에 가서 해티와 나눈 대화가 그렇다면?

"원하던 구조대원 일은 구했나요?" 폴리가 연습하러 나타나자 해티가 물었다.

"아니요." 폴리가 말했다.

---

24 육류, 가금류, 야채 등의 우려낸 스톡을 응축시켜 정사각형으로 자른 것으로, 녹여서 수프를 만들 수 있다.

"그러면 2막을 구조하세요. 받아요." 해티가 말하며 유니언 잭으로 장식된 수영복을 내밀었다. "기운 내요. ENSA가 구조 작업만큼 영웅적인 일은 아닐지 몰라도, 우리 덕분에 군인들이 기운을 내고 몇 시간 정도는 걱정을 잊는다고요. 노래와 춤 역시 전쟁에서 승리하는 데 도움이 돼요."

태비트 씨는 바로 그날 저녁 폴리를 마술사의 조수 역으로 쇼에 출연시켰다. 폴리는 아주 엉망으로 연기했지만, 마술사 역시 마찬가지였고 대부분이 군인인 관객의 주 관심사는 노출이 심한 폴리의 의상인 듯했다.

"젖꼭지와 반짝이 장식." 해티가 말했다. "그게 우리의 모토예요."

"나는 ENSA가 '밤마다 섹시한 무대(Every Night Sexy Acts)'의 약자인 줄 알았어." 다른 코러스 걸이 말하며 무대 옆에 선 그들을 지나갔다. 그녀의 의상은 폴리보다도 노출이 더 심했다.

"쟤는 조이스예요." 해티가 말했다. "착하지만 남자를 좀 너무 밝혀요."

공군 조종사 복장을 한 젊고 잘생긴 남자가 그들 옆을 스치고 지났다.

"그리고 쟤는 레지예요." 해티가 말했다. "역시 남자를 너무 밝혀요. 내가 ENSA를 좋아하는 이유죠. 누군가가 추근거릴까 걱정할 필요가 없으니까. 우리 사랑스러운 무대 매니저 머친스만 빼고요. 그자를 조심해요. 아주 골칫거리니까."

'나 역시 골칫거리야.' 폴리는 생각했다. '누군가 접근하면 터지는 사악한 시한폭탄처럼.'

폴리가 에일린에게 말할 용기를 내기까지는 이틀이 걸렸다. 폴리는 에일린이 자신의 데드라인에 대해 알았을 때 걱정하던 그 표정을, 또한 마이크가 죽었다는 걸 알았을 때 에스컬레이터 발치에서 꿈쩍도 안 하려던 일을 기억했다. 그래서 또 같은 일이 일어날까 봐 걱정했지만, 에일린은 거의 두려울 정도로 담담하게 폴리의 이야기를 받아들였다. "교수님을 모시고 왔을 때 상황이 나쁘게 돌아간다는 걸 알았어." 에일린이 말했다. "우리가 전쟁에서 지는 게 확실하다셔?"

"던워디 교수님은 절대적으로 확실하지는 않고, 연속체가 자체 교정을 할 가능성이 있다고 하셨지만…."

"하지만 우리가 여기서 빠져나가지는 못하는 거고."

"응." 폴리는 말했고, 환자에게 불치병 진단을 내리는 의사 같은 기분이 들었다.

"그리고 우리가 상황을 되돌릴 방법은 전혀 없는 게 확실하다시고?"

"응."

"그러면 우리는 이겨낼 수 없는 상황에 처했네."

"응."

이겨낼 수 없는 상황이자 빠져나갈 방법도 없는 상황이었다. 만약 폴리가 자살하거나 그냥 폭탄으로 인한 죽음을 받아들인다 할지라도, 그녀가 끼칠 수 있는 피해, 그녀의 영향으로 인한 변화는 계속될 수 있었다. 폴리를 잔해에서 파내려는 구조대원들이 위험에 빠질 수도 있었다. 또는 그녀 때문에 다른 사람을 파내는 게 지연되고, 그사이 그 사람은 파괴된 가스 본관의 가스 누출로 죽을 수도 있었다. 그리고 그녀의 죽음은 도린과 스넬그로브 양과 극단에 영향을 미칠 것이다.

그리고 지난번에 폴리가 잔해에 묻혔다고 생각해 그녀를 찾기 위해 온갖 노력을 다한, 그래서 사방으로 그 영향을 퍼지게 한 고드프리 경에게도.

폴리의 생각은 틀렸다. 그녀는 시한폭탄이 아니라, 해체하지 않으면 터져버릴 불발탄이었다. 만약 해체 시도를 한다면 폭발할 가능성이 더욱 커지는 폭탄이었다. 그리고 폭탄 해체반이 잘못 건드려 째깍거리기 시작하면, 그들은 감히 그것을 멈출 수 없었고, 폭탄을 안전하게 없애는 유일한 방법은 아무에게도 해를 끼치지 않고 폭파할 수 있는 바킹 습지로 가져가는 것뿐이었다.

하지만 연속체에게는 바킹 습지가 없었고, 죽는 것 외엔 폴리가 ENSA에서 나오거나 단원들 모두를 위험에 빠뜨리지 않을 방법이 없었다. 관객으로 오는 군인들과 수병들은 말할 필요도 없고.

폴리는 밤새워 뒤척이며 자신도 모르게 자신이 위험에 빠뜨렸을지도 모르는 사람들 생각을 했다. 페어차일드와 데네웰 소령, 자기 때문에 무릎을 접질린 탤봇, 타운젠드 브라더스 백화점의 세라 스타인버그와 다른 여점원들, 파젯스 백화점에서 그녀를 쫓아 계단을 올라왔던 경비원, 세인트조지 교회를 보고 충격을 받은 폴리가 비틀거릴 때 그녀를 잡아주고 인도로 부축해 앉혀준, 술 달린 분홍색 비단 쿠션을 가지고 있던 나이 지긋한 남자.

그리고 폴리뿐이 아니었다. 에일린이 만난 피난민들과 애거서 크리스티와 오핑턴 병원의 간호사, 의사, 환자들은 어떻단 말인가? 그리고 세인트바트 병원의 사람들은?

던워디 교수는 자신을 돌봐준 간호사와 의사들을 자신이 위험에 처하게 했다고 확신했다. 그는 또한 어쩌면 그들이 접촉한 모든 사람이 교정의 일부가 되지는 않을 수도 있다고 말했지만,

설사 단 몇 명일지라 해도….

　이제 폴리는 시어도어의 이웃집 아주머니의 마음을 이해할 수 있었다. 오웬스 부인은 계단 아래 벽장에 들어가 문을 닫고 있으려 했다. 그곳이 전혀 보호해줄 수 없는데도 말이다. 하지만 폴리에게는 그조차도 불가능했다. 폴리는 던워디 교수에게 반숙 달걀과 차를 줘야 했고, 폭탄의 충격파에 맞았을 때 어떤 느낌인지 교수에게 물으려는 알프와 동화에 대한 자기 의견을 말해주려는 비니를 막아야 했고, 자기 대사를 외우고 탭댄스 동작을 익혀야 했고, 의상에서 주름장식을 떼고 반짝이를 달아야 했다. 그리고 에일린의 꺼질 줄 모르는 낙천주의를 대면해야 했다.

　"난 던워디 교수님이 틀렸다고 생각해." 폴리와 대화한 다음 날, 에일린이 말했다. "사람들 목숨을 구하는 건 좋은 일이야. 그리고 어쨌든 던워디 교수님은 그 해군 여성 부대원이랑 부딪힐 의도가 없었어…."

　"길을 잃은 독일 공군도 런던 대공습을 시작할 의도가 없었지." 폴리가 말했다. "갑판에서 담뱃불을 붙인 수병도 자신이 호송하는 배가 격침되게 할 의도가 없었어. 역사는 혼돈계야. 원인과 효과가…."

　"선형적이지 않다는 건 나도 알아. 하지만 혼돈계라 할지라도, 좋은 행동과 좋은 의도, 그리고 용기와 친절함과 사랑에는 그 어떤 가치가 있어. 그렇지 않으면 역사는 현재보다 훨씬 더 나빴을 거야." 에일린이 말했다.

　에일린은 알프와 비니를 내보내길 거부했다. "지난여름에 우리가 백베리를 떠나기 전, 구드 신부님은 호드빈 남매를 맡아줄 곳을 찾아보았지만, 아무도 그 아이들을 맡으려 하지 않았어." 에일린이 말했다. "그리고 설사 맡아줄 사람을 찾는다 할지라도, 아이들은 런던으로 도망쳐 다시 자기들끼리 살아갈 거야. 그리고 불발탄을 모으고. 그 아이들을 밖으로 보내봤자 여기서 나랑 사는 것보다 더 안전하지 않아."

하지만 적어도 연속체가 그 아이들을 죽이려 하지는 않을 것이다. "하지만 아이들을 내보내면 그 아이들 목숨을 구할 수 있어." 폴리가 항의했다.

"목숨을 구하는 게 나쁜 거라며." 에일린이 말했다. "그래서 이런 상황에 빠지게 된 거라며. 만약 내가 알프와 비니를 '시티 오브 베나레스호'를 탔다가 물에 빠져 죽게 두었더라면, 구급차 안에서 피 흘리던 사람을 죽게 내버려두었다면 모든 게 괜찮았을 거라며?"

"에일린…."

"모르겠어? 만약 내가 아이들을 내보내면 그 아이들은 죽을 거고, 여기에 데리고 있어도 죽을 거야. 하지만 아이들을 내보내면 아이들은 내가 자신들을 버렸다고 생각할 거고, 그 생각만으로도 아이들은 죽도록 고통스러워할 거야. 아이들은 이미 자기들이 아는 모두에게서 버림받았어. 그런 상황을 다시 겪고는 살아남을 수가 없어. 그리고 나는 그 아이들을 돌보겠노라고 맹세했어."

'하지만 모르겠니? 넌 그럴 수가 없어.' 폴리가 생각했다.

하지만 에일린이 옳았다. 어떻게 해도 결과는 마찬가지인 상황이었고, 그러니 아이들이 어디에 있든 상관없을 것이다. 에일린은 알프의 목숨을 한 번 구했고, 비니의 목숨은 두 번 구했으며, 그건 분명히 교정 대상일 것이다. 폴리는 호드빈 남매가 스스로를 돌볼 수 있으리라는 사실로부터 위안을 얻으려 해보았다. 만약 연속체의 자체 교정, 그리고 전쟁으로부터 살아남을 사람이 있다면 그건 다름 아닌 호드빈 남매였다.

폴리는 아이들이 살아남을 수 있기를, 그리고 다른 사람들 역시 몇 명이라도 살아남을 수 있기를 간절히 바랐다. 그리고 사람들을 보호하기 위해 뭔가 할 수 있기를 절실히 원했다. 하지만 아마도 그건 '잠자는 숲속의 미녀'의 아버지가 물레를 없애려 했던 것과 마찬가지로 소용없는 짓이 될 것이다.

하지만 폴리는 어쨌든 세인트폴 대성당과 켄싱턴을 피해 다녔고 지하철 대신 버스를 탔으며, 옆에 아무도 없는 자리를 골라 앉았고 사람들과 부딪히지 않도록 앞을 주의해 보고 다녔다. 또한 옥스퍼드 스트리트를 철저히 피했고, 태비트 씨가 의상용 새틴이나 리본을 사 오라고 시키면 리젠트 스트리트나 해로드 백화점으로 갔다. 거기 가서도 '5미터 주세요.'라는 말밖에 하지 않았다.

그 정도만으로도 점원의 운명을 결정짓기 충분할 수 있지만, 적어도 폴리는 도린이나 스넬그로브 양을 위험하게 할 수도 있는 타운젠드 브라더스 백화점에는 가지 않았다. 그리고 극단이 있는 노팅힐게이트 역에도 가지 않았다. 그렇게 사람들을 피하려 애쓰는 동안만은 폴리는 그들이 접촉했던 사람들이 계속 다른 사람들과 접촉해가는 상황을 잠시 잊어버릴 수 있었다. 덜위치에서 근무할 때 그녀가 구했던 폭격의 희생자들, 백베리까지 태우고 갔던 버스 운전사, 장원의 하인들, 에일린과 폴리와 마이크와 함께 지하철을 탔던 사람들, 그리고 블레츨리에서 자전거에 피하다 넘어진 마이크를 도와준 여자들 등에 대해 잠시나마 생각하지 않을 수 있었다….

그리고 덕분에 폴리는 던워디 교수에게도 마음을 덜 쓸 수 있었다. 교수는 달걀과 에일린의 아스피린, 그리고 알프와 비니가 어디선가 구해온(에일린과 폴리는 어디서 구했는지 묻지 않는 게 낫 겠다고 생각했다) 커다란 수프용 뼈로 끓인 국물을 먹고도 차도 가 없었다.

"교수님이 걱정돼." 에일린이 말했다. "의사 말로는 머리 부상 때문은 아니래. 그건 거의 완쾌되었어. 그리고 폐렴도 아니야. 의 사는 왜 그런지 이유를 모르겠대."

'교수님이 그러는 건 우리에게 무슨 일이 생길지, 일본군이 도 착할 때 여전히 싱가포르에 있을 찰스 보우덴, 그리고 누군지는 모르지만 바스티유 폭동에 보낸 역사학자를 걱정하고 있기 때문 이야. 그리고 강하가 갑자기 열리지 않게 되었을 때 우리처럼 위 험한 시공간으로 가 있던 다른 역사학자들이 얼마나 많을까. 그 건 세상의 무게를 혼자 짊어진 느낌일 거야.'

"교수님이 회복하지 못할 거 같아." 그 어떤 일도, 그 누구도 절대 포기하지 않던 에일린은 그렇게 말했고, 그래서 어느 날 밤 무대 문밖에서 알프와 비니가 기다리고 있을 때도 폴리는 놀라 지 않았다.

"에일린 언니가 폴리 언니를 데려오라고 우리를 보냈어요."

"홉 선생님 때문이니?" 폴리가 물었다.

"홉 선생님요?" 알프가 말했다. "아니에요. 리케트 부인 하숙집 때문이에요. 어젯밤에 그곳이 폭격당했어요."

"직격탄이에요." 비니가 말했다.

"콰쾅!" 알프가 외쳤다. "우리가 그곳에서 쫓겨나서 정말 운이 좋았어요, 그렇죠?"

46

"꽃들이 아주 붉어진다. 반복한다. 꽃들이 아주 붉어진다."

— D-데이 전 프랑스 레지스탕스가
  BBC를 통해 방송한 암호 메시지

켄트, 1944년 4월

"어니스트!" 세스가 외치며 문을 열었다.

"이번에는 뭐야?" 어니스트가 말하며 '클라리온 콜의 편집자에게, 저는 운이 나쁘게도….'라는 내용을 타자했다.

세스는 어니스트의 말에 기분이 상해 보였다. "브랙넬 여사가 여기 오면 말해달라며?" 세스가 말했다. "브랙넬 여사가 와있어."

어니스트는 고개를 끄덕이고 타자를 했다. "제가 사는 곳은…."

어니스트는 타자를 중단했다. "프리즘과 그웬돌린이 만들고 있는 가짜 캠프가 어디에 있지?" 그가 물었다.

"코기셜 바로 북쪽." 세스가 말했다.

"미국 낙하산부대 기지 근처인 코기셜인데, 일요일 아침마다 빈 맥주병들과…." 그는 자판 위 허공에 손가락을 띄운 채 타자를 멈추었다. "신문에 '콘돔'이라는 단어를 쓸 수 있어?"

"아니." 세스가 말했다. "브랙넬 여사가 우릴 보재."

어니스트는 타자했다. "피임 기구들이 우리 집 앞 도로에 잔뜩 어질러져 있었습니다. 저는 캠프 사령관과 이야기를 해보았지만 소용없었습니다."

"휴게실에서 지금 보재."

"이게 마지막이야. 들어봐. 네 조언이 필요해." 어니스트는 기사를 큰 소리로 세스에게 읽어주었다.

"아, 이런 내용이면 독일이 확실히 속을 거야." 세스가 말했다. "맥주병과 쓰고 버린 콘돔만큼 그 지역에 군대가 있다는 확실한 증거가 또 어디 있겠어."

"아니, 내가 필요한 건 누가 이 편지를 썼는가야. 성난 지역 유지나 노처녀가 보낸 거로 하면 될까?"

"주임 사제." 세스가 즉시 말했다. "자, 이제 가자."

"금방 갈게." 어니스트가 약속하고 손을 흔들어 세스를 방에서 내보냈다. 그는 두 줄을 더 타자로 치고 편지에 'T. W. 링골스비 주임 사제'라고 서명한 뒤 편지 원본과 먹지본을 다른 기사들과 함께 봉투에 넣어 '14C 형식' 파일에 숨기고는 휴게실로 향했다.

어니스트가 세스 옆자리에 끼어 앉았을 때, 그웬돌린이 브랙넬 여사에게 보고하고 있었다. "오마하 캠프는 완성되었습니다." 그웬돌린이 말했다. "막사 50개, 대기 차량대, 식당, 굴뚝에서 연기가 나오게 한 캠프 부엌을 설치했지만, 얼마나 오래갈지는 잘 모르겠습니다. 그러니 이른 시간 내에 독일 정찰기가 우리 해안 경비대를 통과해 갈 수 있다면 좋겠습니다."

브랙넬 여사가 고개를 끄덕였다. "내일 오후에 되도록 조종해

두지. 기상 보고에 따르면 내일 저녁까지 날씨가 맑다니까." 그가 메모했다. "건물들 사이를 걸어 다니고 보급물자를 내리고 대형을 맞춰 훈련할 군인들이 필요해."

"그리고 그 군인들이 누구일지는 안 봐도 뻔하지." 세스가 어니스트에게 속삭였다. "아주 좋아 죽겠네. 폭우 속에서 훈련할 게 뻔해."

브랙넬 여사는 매서운 눈으로 그들을 노려보았다. "채서블과 어니스트를 뺀 나머지는 모두 내일 14시까지 오마하 기지에 보고해. 채서블, 넌 다음 주 금요일에 있을 시싱허스트 공군 비행장 리본 커팅식을 준비해."

채서블이 인상을 찡그렸다. "시싱허스트에 공군 비행장이 있습니까?"

"다음 주 금요일에는 있게 될 거야. 어니스트, 넌 도버에 다녀와."

"병원에요?" 어니스트가 경계하며 물었다.

"아니. 부두. 그곳에 정박한 보트에 꾸러미 하나를 전달해야 해."

"혼자서요?"

"그래, 혼자서 다녀와, 어니스트 중위. 꾸러미 하나 전달하는 데 몇 명이나 필요하다는 거야?"

"죄송합니다." 어니스트는 기쁨을 감추려 애쓰며 말했다. 어니스트에게는 기회였다. 마침내 기회가 온 것이다. 그는 혼자 있을 수 있었고, 이동 수단도 있었다. 마침내 그는 런던에 갈 수 있었다. 그리고 세스나 프리즘의 방해 없이 서드베리의 〈주간 쇼핑객〉과 〈클라리온 콜〉에 기사들을 전할 수 있었다. 특히 〈클라리온 콜〉에. 그곳 편집자인 제퍼스 씨는 기사를 싣기 전에 늘 내용을 꼼꼼히 읽어보며 온갖 질문을 해댔다.

두 곳 다 들르려면 시간이 좀 필요했지만, 다행히 도버는 충분히 멀어서 몇 시간 정도는 늦거나 빨리 다녀와도 의심을 사지 않을 것이다. 당장 어니스트를 보내는 게 아니라면 말이다. "언제 다녀와야 합니까?" 어니스트가 물었다.

"가능한 한 빨리. 그 보트는 하루 이틀 정도만 정박해 있을 거야. 보트가 떠나기 전에 전달해야 해."

더욱더 좋았다. 어니스트는 브랙넬 여사에게 언제까지 돌아오면 될지 물어볼까 생각해보았지만, 그랬다가는 문제가 생길 거라고 결론지었다. "네, 알겠습니다." 어니스트가 말했다.

"떠날 준비가 되면 보고해."

"네, 알겠습니다." 그리고 회의가 끝나자마자 어니스트는 채서블의 피코트를 빌리러 갔고, 또한 적당한 셔츠를 가진 사람이 있는지도 찾아보았다. 브랙넬 여사가 마음을 바꾸어 다른 사람을 대신 보내려고 하기 전에 빨리 떠나는 게 좋았다.

선원으로 보일 만한 셔츠를 가진 사람은 아무도 없었지만, 세스는 볼품없고 거무칙칙한 회색 스웨터와 캔버스로 된 스니커 신발을 내밀었다. "스웨터는 몽크리프 거고 스니커는 프리즘 거야."

프리즘은 어니스트보다 발이 작았지만, 그건 문제가 되지 않았다. 어차피 차를 운전해 갈 테니까. "좋았어. 고마워." 어니스트가 말하며 스웨터를 낚아챘다. "더플백은 없겠지?"

"있어." 세스가 말했고, 곧 무거운 캔버스 천 가방과 우산을 가져왔다. "이것도 필요할 거야."

"진짜 뱃사람들은 우산을 안 가지고 다녀." 어니스트가 말하며 갈아입을 옷가지들을 가방에 넣었다. "그리고 왜 비가 올 거라고 확신을 해? 브랙넬 여사는 날씨가 맑을 거라고 했잖아."

"또한 목초지에 황소가 없을 거라고도 했어." 세스가 우산을 내밀며 말했다. "그리고 우리가 밖에 나가야 할 때는 늘 비가 와. 석유비축기지 리본 커팅식 기억나?" 세스는 우산을 책상 위에 놓고 떠났다. 그가 떠나자마자 어니스트는 파일을 열어 '14C 형식'에서 봉투를 꺼내 더플백의 옷 아래에 넣었다.

세스가 다시 고개를 들이밀었다. "브랙넬이 보재."

'어째 일이 너무 잘 풀리더라니까.' 어니스트가 생각했지만, 브랙넬은 단지 꾸러미를 건네려고 부른 거였다. 꾸러미는 커다란 직사각형 상자로, 보기엔 무거워 보였지만 막상 들어보니 전혀 무게감이 느껴지지 않았다. 그리고 브랙넬은 편지도 한 통 건넸다. "둘 다 '마드모아젤 재닛호'의 둘리틀 선장에게 건네."

"'마드모아젤 재닛호'요?"

"프랑스 어선이야." 브랙넬은 배가 어디에 정박해 있는지를 어니스트에게 말해주었다. "자네는 어부고, 이름은 히긴스야. 콘웰 출신이고. 콘웰 악센트로 말할 수 있어?"

어니스트는 고개를 끄덕였다. "저는 악센트 전문가입니다."

브랙넬은 서류 다발을 건넸다. "이건 자네 서류야. 자네는 해군에 입대할 수 없다는 판정을 받았고, 일감을 찾고 있어. 자네는 둘리틀 선장에게, 그리고 꼭 '둘리틀 선장에게만' 이렇게 말해야 해." 그리고 브랙넬은 정확한 상류층 악센트로 큰 소리로 읽었다. "'히긴스 선원입니다, 선장님. 선원을 구하신다는 말을 피커링 제독님에게 들었습니다.' 그러면 둘리틀 선장은 이렇게 말할 거야. '피커링 제독! 그 늙다리는 어떻게 지내나?' 그러면 자네는 선장에게 꾸러미를 주는 거야."

"네, 알겠습니다." 어니스트는 직장을 구하는 선원이라면 이러지 않을까 싶은 악센트로 브랙넬 앞에서 암호를 반복해 말했다. 이윽고 그가 말했다. "오스틴을 가져갑니까, 아니면 직원 차를 가져갑니까?"

"둘 다 아니야. 자네는 걸어서 갈 거야."

'어째 일이 너무 잘 풀리더라니까.' 그는 생각했다. "여기서 도버까지 내내 걸어가라는 겁니까?"

"아니, 물론 그건 아니지. 난 자네가 히치하이크해서 갔으면 해. 그러면 가는 동안 농부들을 비롯한 지역민들과 상륙작전에 대해 논의할 수 있잖아. 그리고 또한 술집들에 들러 그곳 사람들과 상륙작전에 대해 말할 수도 있고."

하지만 원고를 신문사에 가져다주거나 런던에 갈 수는 없을 것이다.

"지역 주민들과 대화를 하면 우리 라디오 방송과 신문 기사를 통한 거짓 정보가 더 잘 통할 거야."

"말이 나왔으니 말인데…." 어니스트가 말했다. "〈클라리온 콜〉과 〈주간 쇼핑객〉 데드라인은 둘 다 내일이고, 만약 이번에 기사를 싣지 못하면 다음 주까지는 두 신문 모두 제1군집단[25]에 대한 기사가 전혀 나가지 않게 됩니다. 두 신문은 매호 미국과 캐나다 군인들에 관한 거짓 기사를 실어왔습니다. 그런데 갑자기 두 신문 모두에서 그런 기사가 사라지게 되면 독일은 눈치를 챌 겁니다. 그리고 늘 말씀하셨듯이, 이런 작전은 한 조각이라도 빠지게 되면 작전 전체가 망가지게 되고요."

"내가 무슨 말을 하는지는 나도 잘 알아." 브랙넬이 날카롭게

---

25 First United States Army Group, 제2차 세계대전에서 추축국이 D-데이 위치를 착각하게 할 목적으로 서류상 조직된 미국의 위장군

말했다. "기사들은 다 썼어?"

"네, 하지만…."

"그러면 세스가 대신 전달해줄 거야." 그리고 어니스트가 말리기도 전에, 브랙넬이 소리쳤다. "세스!"

"하지만 세스는 편집자들을 모릅니다. 세스가 도버에 가고 저는 여기에 있는 게 더 낫습니다. 제가 캠프에 가는 도중에 원고들을 전달하면…."

"안 돼. 알제논은 이 배달 임무는 자네가 해야 한다고 꼭 집어 지명했어."

'알제논이? 왜?' 어니스트가 생각했다.

"부르셨습니까?" 세스가 문가에 나타나 말했다.

"내일 아침 신문에 실을 거짓 기사들을 어니스트가 썼는데, 그것들을 자네가 배달해줘. 오스틴을 가져가." 브랙넬이 어니스트의 상처에 소금 뿌리는 말을 한 뒤 손을 흔들어 모두를 자기 사무실에서 내쫓았다.

"고마워." 세스가 복도에서 말했다.

"뭐가?"

"빗속에서 훈련받지 않게 해주려 한 거. 시도는 좋았어. 비록 실패하긴 했지만."

"내가 하는 일이 다 그렇지, 뭐." 어니스트는 말했고, 말이 생각보다 더 씁쓸하게 나왔다. 그리고 세스가 이상하다는 표정으로 바라보자 어니스트는 다시 말했다. "시도해봤자 실패만 한다고."

"신문사로 보낼 기사들은 어디 있어?"

"내가 너한테 갖다줄게." 어니스트가 말했고, 세스를 내보낼 생각으로 물었다. "혹시 청바지 있어? 내 바지는 선원이 입기에는 너무 좋은 거라서."

"황소와 마주쳤을 때 입었던 그건 어때?" 세스가 말했다. "아주 낡디낡아 보이던데?"

"그럼 되겠네." 어니스트가 말하고 다시 시도했다. "프리즘에게 내가 빌려 쓸 수 있는 털모자가 있는지 물어봐줘." 세스가 가자마자, 어니스트는 문을 닫고 더플백에서 봉투를 꺼내서 봉한 가장자리를 열었다. 그는 종이를 봉투에서 반쯤 꺼낸 뒤 세스에게 맡길 수 없는 내용의 기사들을 봉투에서 빼내기 시작했다.

"모자 찾았어?" 세스의 목소리가 복도에서 들렸다.

"응. 하지만 모양이 엉망이야." 프리즘이 말했다.

'암호를 넣은 기사에 표시라도 좀 해둘걸.' 어니스트가 생각하며 기사들을 뒤적였다. '아니면 바이그램 암호책처럼, 젖으면 녹아 없어지는 빨간 잉크로 쓰든가.'

빼내야 할 기사는 네 개였다. 네 번째는 어디에 있는 거람? 그리고 마침내 네 번째 기사를 찾아냈다. "분실, 이니셜이 새겨진 로켓…."

그는 그 기사를 낚아채 다른 세 장의 기사와 함께 더플백에 쑤셔 넣고 봉투를 다시 봉했다. 그리고 면도칼과 면도용 비누를 가방에 넣고 있는데 세스가 들어왔다. 그는 스웨터보다도 더 더럽고 넝마인 모자를 들고 있었다. "완벽해." 어니스트가 말하며 봉투를 세스에게 건넸다. 그는 모자를 써보았다. "어때?"

"딱 선원이네. 생선 냄새랑 이틀 정도 안 깎은 수염만 있으면 되겠어. 그 말인즉, 넌 면도칼이 필요 없다는 거고." 세스가 말하며 더플백에 손을 뻗었다.

어니스트는 세스 손이 닿지 못하게 더플백을 치웠다. "그건 네 생각이고." 어니스트가 말하며 더플백을 닫았다. "돌아올 때는 온갖 종류의 술집에 들러 칼레에 관해 말해야 하는데, 술집 종업원들을 겁먹게 할 생각은 없어."

"그래. 그러면 '황소와 쟁기'는 피해." 세스가 말했다. "채서블은 누가 다프네랑 있는 걸 원하지 않아."

"다프네?" 어니스트가 날카롭게 말했다.

"그 술집 종업원. 너도 알잖아. 파랗고 큰 눈에 금발에다 자그마한 예쁜 여자. 채서블은 그 여자에게 홀딱 빠져있어. 이 기사들은 어디로 전달하면 돼?"

"원본은 서드베리의 〈주간 쇼핑객〉으로 가고 먹지본은 크로이던의 〈클라리온 콜〉에 가면 돼." 어니스트가 말하며 캔버스 스니커를 신었고, 신자마자 발이 아팠다. "사무실은 중심가 바로 옆이야. 제퍼스 씨가 편집자고." 그는 신발 끈을 묶었다. "내일 오후 4시까지 전달되어야 해."

어니스트는 일어나 더플백을 어깨에 맸다. "나를 뉴웬덴까지 데려다줄 수 있을까? 그곳에서 히치하이크하기가 더 쉬워." '그리고 그곳에서는 런던행 기차가 있고, 런던에서 아침에 도버로 가는 기차를 탈 수 있지.'

"미안. 채서블이 방금 떠났어." 세스가 말했다. "그리고 오스틴은 몽크리프가 가지고 갔는데 오늘 밤에 돌아와. 자, 받아." 그는 어니스트에게 정어리 통조림 하나를 내밀었다.

"이건 왜?"

"좀 더 선원답게 보이려면 바지에 통조림 국물을 좀 흘려야 할 거 같아서."

"그건 거기 가서 할게." 어니스트는 어서 떠나고 싶어 하며 말했다. 런던으로 가는 건 불발됐지만, 운이 좋으면 호크허스트로 가는 차를 제때 얻어 타고 호크허스트에서 크로이던으로 버스를 타고 가서, 세스가 다른 기사들을 전달하기 전에 어니스트가 기사를 전달할 수 있었다. 하지만 왜 두 명이 따로 기사를 가져왔는지 제퍼스 씨에게 어떻게 설명해야 한단 말인가?

'그건 나중에 생각하자.' 어니스트가 생각했다. '버스를 탄 다음에. 그리고 차를 얻어 탄 다음에.'

하지만 너무 꽉 죄는 스니커를 신고 절룩이며 30분 동안 길을 걸었지만, 차는 한 대도 보이지 않았다. '제1군이 실제로 이곳에 없어서 아쉽네. 있었으면 금방 차를 얻어 탔을 텐데.'

마침내 그는 이웃 마을의 주임 사제를 대신하러 가는 나이 지긋한 성직자의 차를 얻어탈 수 있었다. "그분은 군목을 자원하셨습니다." 그 성직자는 창문 밖으로 몸을 내밀고 어니스트에게 말했다. "그 마을은 3킬로미터밖에 안 떨어져 있습니다. 더 멀리 가는 차를 기다리는 게 낫지 않을까요?"

어니스트는 그게 더 나을 거 같기는 했지만, 발이 너무나 아팠기에 차에 탔다. 하지만 거의 즉시, 예쁜 미국 여군이 운전하는 지프가 어디선가 나타나 쏜살같이 그들을 지나갔다. 그리고 성직자의 차에서 내린 뒤 볼품없는 농장 트럭을 거절했지만, 그 뒤로 3시간 동안은 아무 차도 지나가지 않았다.

어니스트는 그날 저녁 거의 10시가 되어서야 호크허스트에 도착했고, 곰곰이 생각해보니(그에게는 생각할 시간이 '엄청' 많았다) 그것도 나쁘지 않았다. 세스가 도착했을 때 제퍼스 씨가 세스에게 '어니스트가 크로이던에 왔었다'는 말을 안 한다는 보장이 없었고, 그러면 세스는 그 기사들에 무슨 내용이 담겼기에 그리 중요하게 다뤘는지 알고 싶어 할 것이다. 세스는 이미 어니스트가 타자하는 내용에 너무 관심이 많았다.

어니스트는 너무나도 지쳐서 선술집에 앉아 물 탄 맥주를 앞에 놓고 상륙작전에 대한 소문을 퍼트릴 기운이 없었다. 그는 간신히 물집 잡힌 발에서 스니커를 벗은 뒤 침대에 쓰러져 잤고, 덕분에 도버로 갈 기회를 놓치고 말았다. "홀록 씨를 아슬아슬하게 놓치셨네요." 술집 종업원이 아침 식사를 가져다주며 말했다. "그분은 도버까지 쭉 가실 거였는데."

'내가 하는 일이 다 그렇지.' 어니스트는 생각했고, 이튿날 닭과 돼지거름, 황소 한 마리(전에 목초지에서 마주했던 그 황소라는 확신이 들었다)를 실은 화물차를 얻어타고 도버에 조금 더 가까워졌다. 그리고 농부가 진흙길로 차를 돌린 뒤 내려주자 그는 다행이라고 생각했다. 하지만 도버까지는 아직 한참을 가야 했고, 비가 내릴 것 같았다.

예상대로 비가 내렸다. 육군 하사의 더글라스 오토바이 뒤에 타고 오후 중반쯤에 도버에 도착했을 때는 비가 장대비로 변해 퍼붓고 있었다. 세찬 바람 때문에 비는 그의 얼굴을 거세게 때려댔다.

'불쌍한 세스.' 어니스트는 생각하며 부두로 향했다. 한편 둘리틀 선장은 아직 이곳에 있을 것이다. 이런 비바람 속에 보트를 타고 바다로 나설 이는 없었다.

어니스트는 나무 상자들과 밧줄 꾸러미와 휘발유 통들 사이로 빗물에 젖어 미끄러운 부두를 걸으며 보트들의 뱃머리에 그려진 이름들을 읽었다. '용맹', '조지 왕', '용감무쌍'. '이곳에는 '메리 로즈'나 '바다요정'은 없군.' 어니스트가 생각했다. 전쟁은 모든 것을 바꾸었다. 배 이름들은 모두 군대와 관련이 있거나 애국심 넘치는 이름이었고, 갑판들엔 위장용 그물이 드리워졌다. '유니언 잭', '불굴의 의지'.

빌어먹을 '마드모아젤 재닛호'는 아마도 제일 마지막에 있을 모양이었다. 그곳에 도착했을 때면 어니스트는 흠뻑 젖어 있을 것이다. '담대함', '브리태니아'….

그리고 드디어 보였다. '마드모아젤 재닛'.

하지만 어니스트가 찾는 배가 이것일 리 없었다. 이 배의 갑판은 조개삿갓들로 뒤덮였고, 칠은 벗겨지고 있었다. 영국 첩보부를 위한 임무는커녕, 부두 밖으로 나가기도 전에 물에 가라앉을 것만 같았다. 이 배는 낡디낡은 것이 마치 전에 보았던….

"어이, 거기요." 거친 인상의 청년이 뱃머리에서 불렀다. "여기에 볼일이 있나요?" 그 청년은 저지에 데님 바지를 입었으며 엔진에서 일하다 온 게 분명했다. 청년의 얼굴과 손에는 검은 자국이 나 있었고, 기름 묻은 렌치를 마치 무기라도 되듯이 들고 있었다.

"둘리틀 선장님을 찾고 있습니다." 어니스트가 외쳤다. "이 배가 그분 건가요?"

"네." 청년은 어니스트에게 배에 오르라는 손짓을 했다. "아래쪽에 계세요. 선장님!" 아무 답이 없자 청년은 해치문을 열고 외쳤다. "둘리틀 선장님! 여기 누가 찾아요!" 그리고 청년은 다시 엔진으로 돌아갔다.

어니스트는 서둘러 판자를 건너다가 걸음을 멈추고 당황한 표정으로 니스 칠을 하지 않은 갑판을 응시했다. 이게 설마…. 그 배는 가라앉았다. 하지만 이 배와 조타 장치며 사물함, 심지어 해치문까지도 똑같았다.

'오, 맙소사.' 어니스트는 생각했다. '마드모아젤 재닛. 이름을

들었을 때 알았어야 하는데.'

"소리는 왜 지르는 거야?" 아래에서 누군가 외쳤고, 어니스트는 그 목소리를 듣자마자 그 목소리의 주인이 누구인지 알았다. 그리고 목소리의 주인이 해치에서 나타났을 때, 그가 쓴 모자며 반짝이는 두 눈, 희끗희끗한 턱수염까지, 어니스트는 한눈에 그가 누군지 알아보았다.

'살아있었군요!' 어니스트는 속으로 탄성을 질렀다.

"당신 누구야? 여기는 왜 왔는데?"

'날 알아보지 못하는군.' 어니스트는 자신이 털모자를 쓰고 얼굴에 수염을 길러 다행이라고 생각했다. "둘리틀 선장님이십니까?" 그가 물었다.

"맞아."

"저는 선원….'

"비도 오는데 아래로 가지." 선장이 말하고 어니스트에게 자기를 따라 사다리를 내려오라는 시늉을 했다.

어니스트는 둘리틀 선장을 따라 사다리를 내려갔다. 선실은 전과 똑같아 보였다. 어지러운 조리실, 회색 담요들이 쌓인 간이침대, 바닥에 10센티미터 높이로 찬 물까지. 그리고 탁자 위에서 어두침침하게 깜박거리는 허리케인 램프. 어니스트는 그 불빛이 자기 얼굴을 너무 밝게 비추지 않기를 바랐다. 만약 꾸러미를 전달하고 이곳을 재빨리 빠져나간다면….

어니스트는 마지막 두 단을 내려가 선실을 가로지르기 시작했지만, 두 걸음도 떼기 전에 중령이 그를 와락 껴안았다. "반가워!" 중령이 외치며 어니스트의 등을 두드렸다. "여기서 뭐 하는 거야, 캔자스?"

47

왕자는 오랜 세월을 헤맸고,
마침내 마녀가 라푼젤을 혼자 둔
외딴곳에 도착했습니다.

—《라푼젤》

전쟁 박물관, 런던, 1995년 5월 7일

그는 9시 15분에 박물관에 도착했다. 박물관은 10시에 열었지만, 그는 그 사람들 역시 일찍 오지 않을까, 그러면 박물관에 들어가기 전에 그들과 대화를 할 수 있지 않을까 하는 기대를 품고 일찌감치 도착했다.

하지만 문밖이나 계단에 서 있는 사람은 아무도 없었고, 탱크와 방공포와 모터보트가 전시된 뜰에도 아무도 없었다. 그는 혹시 로비가 열렸을까 하는 기대에 정문을 열려고 해보았지만, 문은 잠겨 있었고 매표대에도 아무도 없었다.

그는 뜰로 걸어가 탱크를 바라보며 그 사람들이 여기로 오기를 바랐다. 오늘은 세인트폴 대성당에서도 '런던 대공습 시기의 세인트폴 대성당' 전시회가 시작되었다. 그는 이곳 말고 그곳으로 갈지 고민했었지만, 이곳이 확률이 더 높다는 결정을 내렸다. 이곳에 참가자들이 더 많을 것이기 때문이다. 가능하면 두 군데 모두 갈 수 있기를 바라며 그는 이곳부터 일찍 오자고 마음먹었다. 하지만 아직은 아무도 보이지 않았다.

그는 어슬렁거리며 보트 쪽으로 갔다. 보트 선수에는 '백합 아가씨'라고 스텐실로 찍혀 있었다. 선미에는 기관총 피탄 자국이 인상적으로 나 있었고, 플래카드에는 '됭케르크에서 영국군과 연합군을 34만 명 이상 탈출시키는 데 동참했던 민간인 소형 선박들 가운데 하나'라고 적혀 있었다.

그는 총알 자국들을 살폈고, 누군가가 보트의 방풍창에 끼워놓은 박물관 팸플릿을 꺼내 계단으로 돌아와 앉아 내용을 읽었다. 팸플릿에는 '가장 귀중한 시간: 제2차 세계대전 50주년 기념'이라고 적혔고, 박물관의 이후 특별 이벤트와 전시회들 목록이 있었다. '영국 본토 항공전', '북아프리카 전쟁', '전쟁에서 여성의 활약', '전쟁을 승리로 이끈 비밀', '피난 아동들'. 만약 이곳이나 세인트폴 대성당에서 원하는 사람을 만나지 못한다면 그는 마지막에 기재된 '피난 아동들' 전시회에 참석해야 했다.

만약 그가 이곳에 올 수 있다면 말이다. 바드리와 리나는 '전쟁에서 여성의 활약' 전시회 시작 날 근처 그 어디에도 강하 지점을 잡을 수가 없었다. 그들은 몇 달 동안 노력을 했고, 요크셔의 비행장까지 범위를 넓혀보았지만 소용없었다. '피난 아동들' 전시회는 언제였지? 만약 곧 열린다면 그는 전시회가 시작하는 날까지 이곳에 머물 수도 있었다. 하지만 전시회는 9월이었다. 메로피가 런던으로 돌아간 뒤 그녀와 접촉한 피난 아동 또는 데네웰 장원에 있던 아이들을 아는 누군가를 만날지도 모른다는 실낱같은 희망

하나만으로 4개월을 이곳에서 보낼 수는 없었다.

피난민 위원회의 파일은 세인트폴 대성당을 날려버린 핀포인트 폭탄에 의해 같이 파괴되었으며, 그가 지역 기록을 통해 알아낸 유일한 정보는, 피난 온 아이들이 배정된 각 가정이나 집으로 실제로 가게 된 경우가 그리 많지 않다는 사실이었다. 그가 1960년에 인터뷰한 피난민 위원회 회장은 데네웰 장원에 보낸 서른 명의 아이들 가운데 오직 세 명의 이름만을 기억했고, 그나마도 그중 둘은 지독한 말썽꾸러기라 기억하고 있었다.

"알프와 비니 호드빈은 끔찍한 아이들이었습니다. 그런 아이들을 맡다니 데네웰 여사는 성자셨지요." 그녀는 그렇게 말했다. "그 아이들은 물건을 훔치고, 가축들을 괴롭히고, 다른 이들 물건을 부쉈습니다. 그리고 주의를 주는 사람을 빤히 바라보며 터무니없는 거짓말을 늘어놓았죠." 전쟁이 끝난 뒤 그 아이들과 연락을 한 적이 있느냐고 그가 묻자, 그녀는 말했다. "없어요. 다행이죠. 그 아이들이 감옥에 갔대도 전혀 놀랍지 않을 거 같아요."

그녀는 세 번째 피난 아동인 에드위나 배리(결혼 전 성은 드리스콜이었다)가 어디에 있는지 알았지만, 배리 부인은 에일린이 장원을 떠나기 전에 다른 집으로 보내졌고, 배리 부인 역시 호드빈 남매가 어떻게 됐는지 알지 못했다. 하지만 그녀는 둘이 화이트채플에서 왔다는 사실은 알았다. 그는 이후 6개월 동안 수감자 목록과 화이트채플의 주택 목록을 뒤졌다. 그는 호드빈 남매의 주소를 찾아냈지만, 남매가 살던 집은 1941년 2월에 파괴되었다. 그들의 이름은 폭격 사망자 명단에 없었지만, 런던 대공습 전체 사망자 명단에는 그들의 어머니 이름이 있었고, 그건 그 아이들 역시 죽었을 거라는 뜻이었다.

그는 아이들 피난을 다룬 전시회가 열리는 날짜를 적은 뒤 혹시 다른 유용한 전시회가 있는지 팸플릿을 꼼꼼히 살피다가 고개를 들었다.

누군가가 오고 있었다. 하지만 기다리는 사람이 아니라 관광객 한 쌍이었다. 그들은 50대였고, 차림으로 보아 미국인이었다. 둘 다 하얀 캔버스화를 신었고 목에는 커다란 카메라를 메고 있었다. 금방이라도 비가 내릴 듯한 날씨인데도 아내는 선글라스를 썼고, 남편은 투덜거리고 있었다. "아직 안 열었을 거라고 했잖아."

"너무 늦는 것보다는 차라리 좀 일찍 오는 게 나아." 아내가 말했고, 계단을 오르기 시작했다. "박물관은 열었나요?"

"만약 열었으면⋯." 남편이 투덜거렸다. "이 사람이 여기 앉아 있을 리가 없잖아."

"저는 브렌다라고 해요." 여자가 말했다. "그리고 이쪽은 제 남편인 밥이에요."

그는 일어나 그녀와 악수를 했다. "저는 캘빈 나이트입니다."

"오, 저는 영국 악센트가 정말 좋아요!"

마땅히 대답할 말이 없었다. 그래서 캘빈은 물었다. "'런던 대공습 시기의 삶' 전시회를 보러 오신 건가요?"

"아니요. 오늘 전시회가 그건가요? 우리는 무슨 전시회인지 전혀 몰랐어요. 제 남편은 제2차 세계대전에 관심이 많아서 오고 싶어 한 것뿐이에요. 우리는 이미 영국 공군 박물관이랑 처칠 전쟁 박물관을 다녀왔어요. 방금 이분이 한 말 들었어, 여보?" 여자는 저쪽에 있는 남편을 불렀다. "캘빈 씨가 그러는데, 오늘 여기에서 런던 대공습에 관한 전시회를 시작한대."

'그랬으면 좋겠군요.' 그가 생각했다. 밥과 브렌다는 그것에 대해 알지 못했고, 아직 다른 사람들은 없었다. 날짜가 틀린 건 아닐까? 편차는 없었다. 오늘은 분명히 5월 17일이었지만 그가 읽은 〈타임스〉에 실린 전시회 시작 날짜가 틀렸을 수도 있었다.

'다른 역사 기록들도 살펴보고 확인을 해둘걸.' 그가 생각하며 지금 확인할 방법이 있을지 고민했다. 아직 박물관이 닫혀 있으니….

"우리는 인디애나폴리스에서 왔어요." 브렌다가 말하고 있었다. "당신은 여기 런던에 사나요?"

만약 그렇다고 대답하면 브렌다는 여행 정보를 알려달라고 할 것이고, 그는 1995년 런던에 관한 정보가 전혀 없었다. "아니요. 저는 옥스퍼드에서 왔습니다."

스테이션 웨건 한 대가 주차장에 들어왔다. 그 차에 탄 게 누구인지는 몰라도, 전시회 시작 날짜에 관해 물어볼 수 있으리라.

"박물관은 곧 열 겁니다." 캘빈은 브렌다에게 말했다. "기다리는 동안 두 분께서 흥미를 느끼실 만한 흥미로운 전시가 뜰에 있습니다." 하지만 브렌다는 캘빈의 말을 듣고 있지 않았다.

"옥스퍼드에서 오셨어요?" 브렌다가 외쳤다. "우리는 수요일에 그곳에 갈 거예요. 거기서 가볼 만한 곳을 알려주세요."

캘빈은 주차장을 힐끗 보았다. 여자 한 명이 스테이션 웨건에서 내려 차를 돌아 트렁크를 열었지만, 그 여자는 캘빈이 찾는 여자라기에는 너무 젊었다. 그녀는 기껏해야 마흔 살 정도였으며, 비즈니스 정장에 하이힐 차림으로 트렁크에서 책과 서류를 한 아름 꺼내고 있었다. 여기서 일하는 사람이었다. 그녀는 오늘 전시회가 시작하는지 분명히 알 것이다.

"우리는 옥스퍼드 대학을 보고 싶어요." 브렌다가 말하고 있었다. "하지만 지도에서 그곳을 찾을 수가 없었어요. 그냥 칼리지들만 잔뜩 있더라고요."

캘빈은 그 칼리지들이 옥스퍼드 대학이라고 설명해주면서 베일리얼 칼리지에 가보라고 말했다. "그리고 모들린 칼리지도요." 그는 1995년의 옥스퍼드가 어땠을지 상상하려 애쓰며 말했다. "그리고 애슈몰린 박물관에도요."

"도도새가 그곳에 있나요?" 브렌다가 물었다. "도도새를 비롯해《이상한 나라의 앨리스》에 나오는 온갖 것들을 보고 싶어 죽겠어요."

"아니요. 도도새는 자연사 박물관에 있어요." 그가 말했다.

"오, 그곳은 어디에 있나요?" 브렌다가 손가방을 뒤지며 말했다. "밥!" 브렌다가 외쳤다. "여행 안내서 자기가 가지고 있어?" 하지만 밥은 방공포를 보러 뜰로 갔고, 그래서 브렌다의 말을 듣지 못했거나 무시하고 있었다. "그이가 여행 안내서를 가지고 있어요." 브렌다가 말했다. "어디에 가면 된다고 했죠? 자연 박물관요?"

"자연사 박물관요." 캘빈은 주차장을 재빨리 힐끗 보았지만, 비즈니스 정장의 여자는 여전히 차에서 물건들을 내리고 있었고, 다른 차는 보이지 않았다. 캘빈은 브렌다와 함께 계단을 내려가 뜰로 갔다.

밥은 여행 안내서를 가지고 있지 않았다. "당신이 가지고 있는 줄 알았는데."

"아니, 당신에게 줬어, 기억나? 호텔을 나서기 직전에." 브렌다가 말했지만, 손가방을 좀 더 뒤지더니 안내서를 찾아내 옥스퍼드 편을 펼쳤고, 캘빈은 브렌다에게 자연사 박물관이 어디에 있는지 알려주고 계단 쪽으로 돌아갔다. 바로 그때 비즈니스 정장의 여자가 계단을 올라가 안으로 들어갔다. 그건 문이 열려 있다는 뜻이었다. 하지만 캘빈이 문을 열려 하자 문은 여전히 잠겨 있었고, 주차장에는 여전히 차들이 들어오지 않았다. 그리고 비가 내리기 시작했다.

캘빈은 옷깃을 세우고 문가 처마 아래로 몸을 피했다. 브렌다가 안내서를 펼쳐 머리를 가린 채 서둘러 계단을 올라왔고, 그 뒤로 남편이 따라오며 말했다. "우산을 가져오자고 했잖아."

"이렇게 비가 많이 오는 것에 도무지 익숙해지지 않네요, 캘빈." 브렌다가 말했다. "방공포의 표지판을 보니 방공포는 켄싱턴 가든스에 있던 거래요. 피터팬 동상이 있는 그 켄싱턴 가든스는 아니죠?"

"아니, 그곳 맞아요." 그가 말했다.

"오, 저는 그곳에 가보고 싶어요. 저는 《피터팬》을 정말로 좋아해요." 브렌다가 말하고는 다시 안내서를 넘기기 시작했다. "그리고 배리가 어렸을 때 스코틀랜드에서 살았던 집도요."

"우리는 여기에 열흘밖에 안 있어." 밥이 말했다. "6개월이 아니라고."

"오, 알아. 그냥 보고 싶은 게 너무나도 많은 것뿐이야. 시간이 너무 없네."

'당신 말이 맞아요.' 캘빈이 문을 보며 생각했다. '시간이 너무 없어요.'

"그거, 박물관 일정인가요?" 밥이 캘빈이 든 팸플릿을 가리키며 물었다.

"네." 캘빈은 팸플릿을 밥에게 건넸고, 밥과 브렌다는 팸플릿을 열심히 읽었다.

"'런던 본토 항공전'이 흥미로워 보이네." 브렌다가 말했다. "아, 이런. 이건 7월 1일에 여네. 그때는 우리가 여기에 없을 거야. '전쟁에서 여성의 역할.'" 브렌다가 큰 소리로 읽었다. "이건 뭐에 대한 거야?"

"나도 모르지." 밥이 짜증을 내며 말했다.

"아마도 울트라와 블레츨리 파크에 관한 걸 겁니다." 캘빈이 말했다.

"울트라요?"

"나치의 암호문을 해독하는 비밀 프로젝트 이름입니다." 캘빈이 말했다.

"아." 브렌다가 남편을 돌아보았다. "제2차 세계대전에서 이긴 건 미군 덕분이라며?"

밥은 당황한 표정을 지었다.

"제2차 세계대전의 승리에는 온갖 요인들이 다 있었어." 밥이 말했다. "레이더, 원자 폭탄, 히틀러의 러시아 침공⋯."

"그리고 됭케르크 피난 작전도요." 캘빈이 말했다. "그리고 영국 본토 항공전, 런던 대공습 때 런던 시민들의 의연한 자세⋯."

브렌다가 캘빈을 보며 함박웃음을 지었다. "당신도 제 남편만큼이나 제2차 세계대전의 광팬이군요."

'팬. 제2차 세계대전의 팬이라니.' "사실, 저는 기자입니다." 그가 말했다. "저는 런던 대공습 전시회 오프닝 취재를 하러 온 겁니다."

"정말로요?" 브렌다가 말했다. "우리 딸 스테파니가 저널리즘을 가르쳐요. 당신이랑 아주 잘 어울릴 거예요. 혹시 결혼했나요?"

"브렌다." 그녀의 남편이 말했다. "이분이 결혼했는지는 우리가….”

“오, 쓸데없는 소리 하지 마.” 브렌다가 말했다. “결혼하셨어요?”

캘빈은 고개를 저었다.

“여자친구는요?”

“아직요.”

“들었지?” 브렌다는 의기양양해하며 자기 남편을 돌아보았고, 다시 캘빈을 돌아보며 말했다. “몇 살인가요? 서른?”

“브렌다! 이 청년은 우리 딸에게 아무 관심이….”

“스테파니는 스물여섯 살이에요.” 브렌다가 말했다. “딸아이는….”

“우리 탱크나 보러 가자.” 밥이 말하며 브렌다의 팔을 잡았다.

“밖에는 비가….” 브렌다가 입을 열었다.

“그쳤어.” 밥이 단호히 말했다.

“아, 알았어.” 브렌다가 말하며 계단을 내려가기 시작하다가 캘빈에게 말했다. “탱크 앞에서 우리 사진 좀 찍어줄래요?”

브렌다는 캘빈에게 카메라를 건넸고, 그는 함께 계단을 내려가 방공포와 보트 앞에 선 그들 사진을 찍었다. “백합 아가씨호.” 브렌다가 말했다. “전쟁과는 아주 거리가 먼 이름이네요, 안 그래요?”

“그 사람들은 자기들이 전쟁에 휘말리게 될지 몰랐어.” 밥이 짜증을 내며 말했다. “그렇죠, 캘빈?”

‘네.’ 캘빈이 생각했다. ‘그 사람들은 자신들이 전쟁에 휘말리게 될지 몰랐죠.’

48

우리는 어디로 가는지 알지 못했습니다.
그래서 그냥 짧은 메모들을 끄적여
우리가 지나가는 역들에 던졌습니다.

― 마틴 맥클레어 중사,
  됭케르크에서 집에 도착하던 때를 회상하며

도버, 1944년 4월

"캔자스!" 해럴드 중령이 어니스트의 귀에 대고 외치며 그를 껴
안은 다음 등을 두드렸다. "자네가 오다니, 믿을 수가 없군!" 그리
고 30초 정도 되는 시간 동안, 어니스트는 사람을 잘못 보셨다고
중령을 설득할 수 없을까 고민했다. 이틀 동안 기른 수염과 콘월
악센트로 '죄송합니다만, 다른 사람과 착각하신 것 같군요.'라고
말하며 어리둥절한 표정을 지으면 먹힐 것도 같았다.

하지만 이미 너무 늦었다. 중령은, 이 배가 '제인여왕호'라는 사
실을 어니스트가 깨달았을 때 지은 표정을 이미 본 뒤였다. 그러
면 이제 어째야 한단 말인가? 만약 중령이 브랙넬 여사에게 그의
정체를 말한다면….

그는 갑자기 브랙넬이 한 말이 떠올랐다. "알제논은 이 배달 임

744

무는 자네가 해야 한다고 꼭 집어 지명했어." '텐싱은 내가 해럴
드 중령을 아는 걸 이미 알아.' 어니스트가 생각했다. '그래서 나를
보낸 거야.' 하지만 텐싱이 어떻게 안단 말인가? 그리고 해럴드
중령은….

"여기서 뭐 하는 거야, 캔자스?" 해럴드 중령이 말하고 있었다.

"제가 여기서 뭐 하고 있느냐고요? 중령님이야말로 여기서 뭐
하고 계시는 겁니까? 저는 '제인여왕호'가 됭케르크에서 침몰한
줄 알았습니다…."

"침몰해?" 중령이 분노를 터뜨리며 으르렁댔다. "'제인여왕호'
가?"

'맙소사. 갑판의 선원이 다 듣겠군.' 어니스트는 생각했다. "우
리 대화를 남들이…." 그는 해치를 가리키며 주의를 주었다.

"자네 말이 맞아." 중령이 말하더니 물을 헤치며 해치로 성큼
성큼 걸어가 위로 손을 뻗어 뚜껑문을 닫았다. "그 무엇도, 심지
어 나치의 U-보트조차도 '제인여왕호'를 침몰시킬 수 없다는 건
자네도 잘 알잖아."

"하지만 그렇다면 무슨 일이 있었던 겁니까? 조나단은 어디에
있습니까?" 그가 말하고, 물으면서도 대답이 두려웠다. "조나단은
살아 돌아왔습니까?"

"살아 돌아왔느냐고?" 중령이 놀란 표정으로 고함쳤다. "맙소
사, 5분 전에 갑판에서 만났잖아." 중령은 해치문을 살짝 열고 외
쳤다. "조나단! 이리 내려와라!"

"네, 둘리틀 선장님." 남자의 목소리가 말했고, 아까 본 그 선원
이 여전히 렌치를 든 채 사다리를 타고 내려와 질책하듯 말했다.
"할아버지, 저를 조나단이라고 부르면 안 돼요. 제 이름은 알프레

드…." 그는 말을 하다가 어니스트를 보았고, 불편한 표정을 지었다. 렌치를 쥔 조나단의 손에 힘이 들어갔다.

'이 친구가 조나단일 리가 없어.' 어니스트는 키 크고 어깨가 떡 벌어진 선원을 보며 생각했다. '이 친구는 어른이잖아.'

"죄송합니다, 둘리틀 선장님." 조나단이 말했다. "손님이 있는 줄 몰랐습니다."

"둘리틀 선장 놀이는 집어치우고." 중령이 말했다. "이 사람이 누군지 모르겠니? 마이크 데이비스야!"

'아마 나를 기억조차 하지 못할 거야.' 어니스트는 생각했다. '4년 전이잖아.'

"알잖냐." 중령이 재빨리 덧붙였다. "캔자스!"

"오, 맙소사!" 조나단이 기뻐 외치며 악수를 하기 위해 렌치를 다른 손으로 바꿔 쥐었다. "데이비스 씨!" 조나단이 함박웃음을 지었다. "이거 정말 멋지군요!"

'멋지다'라는 표현이 딱 맞는 상황이었다. 그들은 살아있었다. 그가 엉킨 프로펠러를 풀었지만, 그들은 죽지 않았다. 특히 조나단. 중령은 됭케르크로 가면 무슨 일이 벌어질 수도 있는지 알면서도 갔지만, 조나단은 그렇지 않았다. 당시 조나단은 어린아이였다.

하지만 이제는 아니었다. "믿을 수가 없군요!" 조나단은 어니스트의 손을 마구 흔들며 말하고 있었다. "여기 오셔서 정말 기뻐요. 우리 목숨을 구해줬는데 고맙다는 말도 하지 못했잖아요. 형이 없었으면, 우리는 됭케르크 부두 바닥에 가라앉았을 거예요. 그리고 형은 프로펠러를 풀다가 거의 죽을 뻔…." 그는 말을 멈추고 바닥의 물속을, 어니스트가 선 곳을 바라보았다. "제 말은, 발에 부상도 당했고요. 절단해야 하는 줄 알았어요."

'나도 그럴 거라 생각했지.' 어니스트는 생각했다.

"형이 없었으면 우리는 절대로 살아남지 못했을 거예요." 조나단이 말했다. "아까 처음 봤을 때 알아봤어야 하는데, 하지만 형은 너무 달라 보여요!"

"내가 달라 보인다고? 남 말 하시네! 너야말로 완전히 어른이 되었잖아!"

"독일 어뢰 보트들이 꽁무니를 쫓아다니면 나이가 좀 빨리 들죠. 그런데 형은 여기 웬일이에요?"

"나도 그 질문을 네 할아버지에게 했지. 됭케르크로 두 번째 떠난 뒤에 돌아오지 못했다고 들었거든."

"맞아." 중령이 말했다. "우리는 징발됐거든."

"독일군에게 잡히면 안 되는 정보부 장교를 오스탕드에서 데려올 보트가 필요했어요." 조나단이 설명했다. "그래서 우리가 태웠던 군인들을 다른 배로 옮기고, 우리는 벨기에로 갔어요."

"그리고 우리가 그 장교를 데리고 램스게이트로 돌아왔을 때, 당국은 우리에게 정보부를 위해 일을 좀 더 해달라고 부탁하더군. 가령…."

"할아버지." 조나단이 경고하여 말했다. "그건 기밀 사항이에요. 그걸 말해도 되는지, 저는…."

"쓸데없는 소리! 캔자스에게는 말해도 돼. 그렇지, 캔자스?"

"캔자스가 아닙니다." 그가 말했다. "요즘은 어니스트 워딩입니다."

"들었냐, 조나단? 보아하니 이 친구가 우리보다 더 비밀이 많을걸. 그렇지, 캔자스?"

"네." 어니스트가 말했다. '그 대부분은 중령님에게조차 말할 수 없는 내용이고요.'

"좋아, 됭케르크 이후 우리에게 무슨 일이 있었는지 우리는 다 말했어." 중령이 말했다. "이제 지난 4년 동안 자네는 뭘 했는지 말해봐."

'저는 제 동료 역사학자 두 명을 이 세기에서 빠져나가 집으로 돌아가게 하려고 애를 썼지요.' 그는 생각했다. '저는 편집자에게 보내는 편지와 개인 광고와 장례식 공지를 쓰며 그 안에 암호를 담았어요. 아직 태어나지도 않은 사람들이 볼 수 있도록요. 그리고 상륙작전을 위한 집결지 어딘가에 있을 데니스 애서튼을 찾으려 애를 썼습니다. 폴리와 에일린이 어디에 있는지 옥스퍼드에 전달하기 위해서요. 그래야 폴리가 데드라인이 되기 전에 이곳에서 탈출할 수 있으니까요. 하지만 그 데드라인은 이미 4개월이 지났습니다.'

"배달일을 했지요." 어니스트가 말했고, 중령이 얼굴을 찡그리자 그는 웃으며 말했다. "저는 히긴스 선원입니다. 피커링 선장님이 그러는데, 선원을 고용하고 계신다면서요."

"그럴 줄 알았어." 중령이 기뻐하며 말했다. "텐싱이 자네를 고용했다고 내가 조나단에게 말했지."

"텐싱 대령이라고 말하면 안 돼요, 할아버지." 조나단이 말했다. "알제논이라고 부르게 되어 있잖아요."

"그건 독일 간첩이 근처에 있을 때나 그렇고." 중령이 어니스트를 돌아보았다. "둘리틀 선장이며 알프레드 일등 항해사며, 이런 가명은 다 쓸데없다니까. 나보고는 미리엘 캐피탕[26] 행세를 하라더군." 중령은 '미이이리에엘 캐피이이탕'이라고 힘주어 발음했

26 선장이란 뜻의 프랑스어

748

다. "하지만 그래봤자 무슨 소용이 있는데? 만약 독일군이 우리를 잡으면 놈들은 우리가 프랑스인이 아니라는 걸 알아내는 데 2분도 안 걸릴 거야. 그래서 나는, 이름 걱정을 하는 대신 우리가 잡히지 않도록 조심이나 하라고 했지." 중령은 조나단을 돌아보았다. "그리고 여기 캔자스는 그 친구 이름이 텐싱인 걸 알아. 병원에 같이 입원했었으니까. 안 그런가, 캔자스?"

"맞습니다." 어니스트는 말하면서 지금 이 상황을 이해하려 애썼다. 아까까지만 해도 어니스트는 그들이 영국 정보부를 위해 임무를 수행하던 중에 텐싱을 만났을 것이고 그때 텐싱에게 자기 얘길 했을 거로 추측했었다. 하지만 만약 자신이 병원에 있는 동안에 이미 이들이 텐싱과 아는 사이였다면….

"그 친구를 어떻게 만났나요?" 어니스트가 물었다.

"우리가 오스탕드에서 데려온 장교였어." 중령이 말했다.

"아주 심하게 부상을 당했어요." 조나단이 말했다. "척추에 총을 맞았죠."

"그리고 그 친구를 데려오며 저에 대해 말했고요?"

"당시 그 친구는 무슨 말을 들을 수 있는 상황이 아니었어." 중령이 말했다. "돌아오는 내내 의식 불명이었으니까."

"우리는 그분이 살지 못할 거라 생각했어요." 조나단이 말했다. "그리고 8개월 뒤에 돌연 그분이 거의 멀쩡한 상태로 나타나 형을 찾았어요. 형이랑 병원에 같이 있었는데, 우리가 형을 됭케르크에서 데려왔다는 말을 누군가에게서 들었다더군요. 옥스퍼드 근처 마을에서 형을 만났는데 다시 헤어졌다면서, 형이 어디 있는지 우리가 아는지, 형에 관해 이야기해줄 수 있는지 물었어요. 주로, 형이 믿을 수 있는 사람인가를 묻더군요."

"그래서 뭐라고 했는데?"

"형이 지금 어디 있는지는 모른다고 했어요." 조나단이 말했다. "하지만 살트램-온-시에 가서 물어보라고 했죠."

그 뒤는 어니스트도 다 아는 이야기였다. 텐싱과 퍼거슨이 살트램-온-시에 간 일, (자신이 구조팀 것이라 착각한) 연락처를 다프네에게 남긴 일 등이었다. 어니스트는 지금까지 그들이 어떻게 자신을 추적해 다프네에게까지 갔는지 궁금했었다. 아마 병원의 간호사 한 명이 자신을 면회 온 다프네를 기억했던 거라고 추측했었다.

"보아하니 그분이 형을 찾은 모양이네요." 조나단이 말했다.

"응, 맞아, 그랬어.' '또는 내가 텐싱을 찾았다는 게 더 맞는 말이지. 나는 구조팀을 만나리라 기대하며 다프네가 준 에지본의 주소로 갔는데, 그곳에는 텐싱이 있었지. 놀라 죽는 줄 알았어. 텐싱이 나를 간첩으로 체포할 줄 알았는데 그게 아니었어. 오히려 내게 일자리를 제안했지. 처음에는 거절했지만, 폴리의 데드라인이 데니스 애서튼이 이곳에 도착하는 날보다 2개월 전이라는 사실을 알고는 결국 받아들였고.'

"텐싱에게 또 무슨 말을 했어?" 어니스트가 물었다.

"우리가 무슨 말을 했을 거 같나?" 중령이 물었다. "자네가 더할 나위 없이 용감하고, '제인여왕호'의 엉킨 프로펠러를 풀어 우리와 군인들 목숨을 구했다고 했지. 비록 자네가 양키이기는 하지만, 그래도 자네를 고용하지 않으면 엄청난 멍청이라고 말해줬지."

에지본에서 그날 텐싱은 이렇게 말했다. "아주 엄청난 추천을 받았어." 그래서 어니스트는 텐싱이 하디와 이야기를 했을 거라 생각했지만, 알고 보니 그를 추천한 건 중령과 조나단이었다.

이 둘이 아니었다면, 텐싱은 블레츨리에서 어니스트를 놓친 뒤 다시 찾지 못했을 것이다. 어니스트에게 일자리를 제안하지도 않았을 것이고, 그러면 그는 애서튼을 찾아 폴리와 에일린이 어디 있는지 말할 가능성도 잡지 못했을 것이다. 남 포티튜드에서 일하지도 않았을 것이다. 그리고 만약 중령과 조나단이 텐싱을 구하지 않았다면, 과연 남 포티튜드는 존재할 수 있었을까? 그리고 어니스트가 엉킨 프로펠러를 풀지 않았다면, 그들은 텐싱을 구할 수 없었을 것이다.

"텐싱 대령이 형을 고용했나요?" 조나단은 열네 살 때와 마찬가지로 흥분해 말했고, 어니스트는 갑자기 콜린 템플러가 떠올랐다. "형은 간첩이 된 거예요?"

"아쉽게도, 그렇게 멋진 일은 아니야." 어니스트가 말했다. "물건을 배달하지 않을 때는 대부분의 시간을 책상에서 보내. 물건 배달 이야기가 나와서 하는 말인데, 가져온 물건을 주고 곧 돌아가야 해."

어니스트는 더플백에 손을 뻗었지만, 중령이 그를 말렸다. "그렇게 그냥 가면 안 되지. 마지막으로 본 뒤 자네에게 무슨 일이 있었는지 우리에게 말도 하지 않고 그냥 갈 수는 없어."

'저는 기억 상실증에 걸린 척했고, 앨런 튜링을 거의 죽일 뻔했고, 무너지는 벽에 깔려 의식을 잃었고, 죽은 척했고, 왕비님을 만났지요.'

"이야기하자면 깁니다." 어니스트가 말했다.

"우린 시간 많아." 중령이 그에게 의자를 끌어당겨주며 말했다. "앉아. 이런 강풍 속에 나갈 수는 없어. 커피를 좀 줄까? 아니면 스튜?"

어니스트는 중령의 스튜가 어떤 건지 떠올렸다. "커피 주십시오." 그는 앉았다. 어차피 그에게도 알아내야 할 일들이 있었다.

중령은 철벅거리며 커피포트 쪽으로 갔다. "조나단, 전승 기념일을 위해 남겨둔 브랜디 좀 가져오렴." 중령이 말했다. 그는 탁자 위의 열린 통조림들과 해도들 사이에서 머그를 하나 찾아내 커피를 따라 어니스트에게 건넸다.

그 머그는 어니스트가 '제인여왕호'에 있었을 때 이후로 한 번도 씻지 않은 것처럼 보였다. 어니스트는 조심스레 커피를 마셨다. '차라리 스튜를 달라고 할걸.' 그가 생각했다.

"가져왔어요." 조나단이 브랜디를 가져와 말했다.

"정말로 그걸 열 생각이십니까?" 어니스트가 말했다. "전쟁이 끝나지 않았는데 그걸 열면 불운을 부르는 거 아닐까요?"

"이미 이긴 거나 다름없어." 중령이 말했다. "아니면 앞으로 몇 달 안에 이길 거고. 안 그런가, 캔자스?"

그리고 여기는 어니스트가 유언비어를 퍼뜨릴 수 있는 완벽한 장소였으며, 상륙작전은 아무리 일러도 7월 20일 이후이며 제1군 집단과 패튼 장군과 칼레를 언급할 완벽한 기회였다. 만약 이들이 독일군에게 잡혀 취조를 받는다면 영국 정보부의 거짓 정보가 진짜라고 독일이 믿게 하는 데 일조할 것이다.

하지만 어니스트가 이들의 생명을 구한 것과 마찬가지로, 이들은 어니스트의 생명을 구했다. 어니스트는 이들에게 진실을 빚졌으며, 그는 자신이 진짜로 누구인지 밝힐 수 없었기 때문에, 적어도 이 일에 대한 진실은 말할 수 있었다. "맞습니다." 어니스트는 말했다. "단지 7월 중순일 거라고 독일군이 믿게 할 필요가 있을 뿐입니다."

중령이 고개를 끄덕였다. "그래야 롬멜이 탱크사단을 데려오지 않을 테니까. 그리고 같은 이유로 칼레에서 작전이 있을 거라고 롬멜이 생각하게 해야 하지." 그리고 어니스트의 놀란 표정을 본 중령이 덧붙여 말했다. "지난 2주 동안 우리는 작전이 칼레에서 벌어질 거라고 놈들이 믿게 하려고 그 지역 부두의 어뢰들을 제거했어. 놈들이 속아 넘어가겠지, 캔자스?"

"만약 그렇지 않으면, 우리는 이 전쟁에서 이길 수 없습니다."

"그렇다면 속아 넘어가게 해야지. 자네 머그를 내밀어." 중령은 어니스트의 커피에 브랜디를 약간 넣었고, 조나단의 커피에도 그렇게 한 다음, 자신은 머그 가득 브랜디를 따른 뒤 의자에 앉았다. "아, 이제…." 중령이 말했다. "자네에게 무슨 일이 있었는지 모두 말해봐."

"중령님부터 먼저 말씀해주십시오." 어니스트가 말하고 의자에 등을 기댄 채, 커피를 홀짝이며(심지어 브랜디조차 커피 맛을 낫게 할 수 없었다) 중령과 조나단의 모험담을 들었다. 그들은 유대인 피난민들과 해협 건너편에서 격추당한 조종사들을 잉글랜드로 몰래 실어 날랐고, 프랑스 레지스탕스들에게 물자와 암호 메시지를 전달했다.

그리고 어니스트는 그들이 한 행동들, 정확히는 자신이 엉킨 프로펠러를 풀고 보트가 스투카에 폭격당하지 않도록 한 행동들이 사건들을 변경했다는 사실을 걱정해야 한다는 걸 알았다. 그는 하디 일병 이후 그런 일이 일어날까 봐 줄곧 걱정해왔다. 하지만 이상하게도, 지금은 걱정되지 않았다.

어니스트는 자신 때문에 중령과 조나단이 죽었다고 생각했었지만, 그 둘은 죽지 않았다. 그건 그가 걱정했던 다른 일들 역시 사실이 아닐 수도 있다는 뜻이었다. 어쩌면 폴리의 데드라인 이전에 그가 데니스 애서튼을 발견해 폴리와 에일린을 돌려보낼 수 없었던 것 역시 사실이 아닐 수도 있었다. 어쩌면 그날 밤 그가 됭케르크에서 한 어떤 행동이, 하디의 생명을 구한 일이나 뱃전으로 개를 끌어올렸던 일 같은 뭔가가 전쟁을 패배로 이끄는 게 아닐 수도 있었다. 중령과 조나단이 살아남았다는 건, 모든 일이 가능하다는 뜻이었다.

아니, 어쩌면 그건 자신이 살인자가 아니라는 안도감에 불과할 수도 있었다. 또는 브랜디 때문일 수도 있었다.

"지난 넉 달 동안 우리는 노르망디 해안의 지도 작성을 도왔어." 중령은 담담하게 말했다.

'해안 지도 작성이라니, 맙소사. 그건 엄청나게 위험한 건데.' 그리고 만약 이들이 잡혔다면, 지난 몇 달 동안 남 포티튜드에서 해왔던 모든 작업은 허사가 됐을 것이다.

"자네 차례야." 중령이 말하고 있었다. "어떻게 지냈어? 병원에 얼마나 오래 있었지?"

"거의 넉 달이었습니다." 어니스트가 말했다. "저는 중령님에게 연락하려 했습니다. 그래서 중령님이 죽었다고 생각하게 됐고요. 중령님에게 편지를 보낸 뒤에 다프네가⋯."

"'왕관과 닻'의 그 다프네?"

"네. 다프네가 병원으로 와서 중령님과 조나단이 됭케르크에서 돌아오지 않았다고 말했습니다. 둘이 살아있다고 마을에 연락했나요?"

조나단은 고개를 저었다.

"네 어머니에게도?"

"네. 텐싱 대령을 데려온 뒤, 우리는 곧장 독일군의 침공에 대비한 어뢰 설치 임무를 수행하러 갔고, 우리가 돌아왔을 때는 이미 사람들은 우리가 죽었다고 생각했어요."

"언제라도 그럴 수 있는 상황이기도 했고." 중령이 말했다. "그리고 우리가 정보부 임무를 하기 시작했을 때, 모든 것이 비밀이어야 했어. 게다가 정보부가 우리에게 맡긴 일들을 생각해보면, 우리는 어쨌든 죽은 것과 다름없었어. 그냥 사람들 생각보다 조금 더 늦게 죽을 뿐인 거니까. 그리고 만약 조나단의 엄마가 우리가 살아있는 걸 알면 조나단이 이 일을 하는 걸 절대 허락하지 않았을 거야."

조나단은 고개를 끄덕였다. "그래서 모두가 우릴 죽었다고 생각하는 게 더 나아 보였어요. 형이 충격을 많이 받았겠네요."

"아니야." 어니스트는 자신이 폴리와 에일린에게 어떻게 했는지를 떠올리며 대답했다. "그런 일이 필요한 경우도 있다는 걸 알아."

중령이 고개를 끄덕였다. "그렇게 해서 이 전쟁에서의 승패를 가르는 걸 도울 수만 있다면…."

'또는 폴리와 에일린을 이곳에서 빠져나가게 하는 걸 도울 수만 있다면.'

"희생할 가치가 있지. 안 그래?"

'그렇지요.' 어니스트는 생각했다. '희생할 가치가 있지요. 그리고 말이 나와서 말인데….'

"저는 가야 합니다." 어니스트가 말했다.

"가? 이런 날씨에? 미쳤어? 저 소리를 들어봐." 중령은 담배 파이프로 천장을 가리켰다. "비가 억수로 쏟아지고 있어. 이런 날씨에 나가면 죽는다고. 안 돼, 여기 있어. 저기 침상에서 자면 돼.”

유혹적인 제안이었다.

‘하지만 지난번에 그렇게 했을 때, 눈 떠보니 됭케르크를 향해 해협을 절반이나 건넌 상태였지.’

“죄송합니다. 다른 곳에 전달할 물건이 있어서요.” 어니스트는 말하고 일어났다. 그는 첨벙거리며 더플백이 있는 곳으로 가 꾸러미와 편지를 꺼내 중령에게 건넸다.

“이게 뭐지? 폭탄?” 중령이 물었지만, 꾸러미를 풀어보니 가늘고 긴 은박지였다.

특정 지역에 배들이 아주 많이 있다고 레이더를 속이기 위한 전파방해용 금속조각이었다.

“여기에 적힌 바에 따르면…” 중령이 편지를 읽었다. “상륙작전이 임박했다는 메시지를 듣게 되면 우리더러 칼레에 가서 보트 뒤쪽으로 이 물건을 던지라는군.”

그건 해안 지도 제작보다 더 위험할 것이다. “행운을 빕니다.” 어니스트가 진심을 담아 말했다. 그는 거의 마른 코트를 입고 더플백을 어깨에 멨다. “안녕히 계십시오, 중령님.”

“중령이 아니야. 함장이 됐으니 대령이지.” 그가 자랑스레 말했다.

“할아버지는 임관되셨어요.” 조나단이 설명했다.

“축하드립니다, 대령님.” 어니스트가 말하고 경례를 했다. 중령이 함박웃음을 지었다. “두 사람 모두, 행운을 빕니다.”

“우리는 행운이 필요 없어.” 중령이 말했다. “고마워, 우리에게는 ‘제인여왕호’가 있고, 이 보트는 우리를 실망시키지 않을 거야. 우리는 다 괜찮을 거야. 내 말 믿어도 돼.”

"그렇길 바랍니다." 어니스트는 말하고, 조나단과 악수를 한 뒤 사다리를 올라 갑판으로 갔다.

그리고 엄청난 허리케인 속으로 들어섰다. 그는 몸을 반으로 접다시피 하고 힘겹게 발을 내디뎌 보트에서 내려 부두를 따라 돌아갔고, 제발 바람에 날려 바다에 빠지지 않기를 빌었다. 그때, 뒤에서 조나단이 부르는 소리가 들렸다. "히긴스 선원!" 그는 생각했다. '만약 나를 데려가려고 온 거라면, 따라가야겠어.'

하지만 조나단은 그에게 뭔가를 전하려는 것이었다. 방수천에 싸 노끈으로 묶은 납작한 꾸러미였다. "이걸 텐싱에게 줘야 하는 거야?" 어니스트가 진짜 이름을 말하며 외쳤다. 이런 돌풍 속에서는 누군가가 엿듣는 게 불가능했기 때문이다.

조나단은 고개를 흔들었고, 그 때문에 머리에서 빗방울들이 흩날렸다. "제 어머니에게 드리는 거예요." 그가 외쳤다. "우리가 다시 돌아오지 못할 경우를 대비해서요. 무슨 일이 있었는지 어머니도 아셔야 하니까요."

"상륙작전 다음에?" 어니스트가 외쳤다.

"아니요!" 조나단 역시 외쳤다. "전쟁이 끝난 다음에요. 그때는 이런 비밀들이 밝혀져도 괜찮을 거예요."

'맞아.' 어니스트는 생각했다. '그때는 괜찮아.'

"알았어. 보낼게." 어니스트는 약속하고 꾸러미를 셔츠 안쪽에 쑤셔 넣었고, 조나단이 배로 돌아가는 모습을 보며 생각했다. '나도 전해달라고 세스에게 편지를 부탁해볼까.'

하지만 그 편지에 뭐라고 쓴단 말인가? '에일린에게. 사실 나는 그날 밤 하운즈디치에서 죽지 않았어. 나는 뱅크 역이 폭격당할 때까지 기다렸다가 민방위대가 도착하기 전에 사건 현장으로 가서 내 서류와 목도리가 발견되게 그곳에 놓아두었어. 네가 읽는 애거스 크리스티의 추리 소설에 나오는 살인자처럼 말이야. 네가 그토록 고생해서 구해 준 코트를 태워서 미안해…'

'나는 편지를 쓸 시간이 없어.' 어니스트는 생각했다. '나는 기차역에 가야 해.'

어니스트는 비바람을 뚫고 나아가며 역을 찾았다. 그는 자기 강하 지점으로 가기 위해 9월에 처음으로 도버에 왔을 때의 경험을 통해 역이 어디에 있는지 알았고, 이제는 절룩이면서도 당시보다 훨씬 더 빨리 걸을 수 있었다. 하지만 역에 도착했을 때, 그는 너무나도 추워서 꽁꽁 언 손에 입김을 불어 감각을 되찾은 다음에야 공중전화를 걸 주화를 꺼낼 수 있었다. 그는 교환수에게 포츠머스에 있는 영국 육군 본부에 연결해달라고 했다.

어니스트는 한 달 넘게 런던의 육군 본부를 여러 번 방문했고, 온갖 핑계를 대며 남서부 잉글랜드 전역에 있는 영국군 캠프에 전화를 걸어 데니스 애서튼의 행방을 파악하려 애썼다. 그런데도 여전히 목록의 절반밖에 연락하지 못한 상태였다. 그리고 만약 애서튼이 어휘-억양 임플란트를 하고 미군 GI 역할로 이곳에 왔다면, 어니스트가 그를 찾아내려면 천운이 필요했다. 지금 잉글랜드에는 미군이 80만 명도 넘게 와 있었기 때문이다.

교환수는 어니스트를 사우샘프턴으로 연결했고, 그의 통화는 남은 오후 내내 그리고 쭉 밤까지 사무실에서 사무실로, 이 사람에서 저 사람으로 넘어갔으며, 결국 사우샘프턴이나 엑서터, 플리머스에는 데니스 애서튼이 없다는 사실을 알게 되었고, 주저하는 여군으로부터 웨이머스의 경리 담당자 전화번호를 간신히 알아냈다. 오래전 이식한 미국 악센트를 이용한 덕분이었다. 그의 임플란트는 기능을 잃은 지 오래였지만, 미국 악센트를 하도 오랫동안 써서 이젠 완전히 그의 일부가 되어 있었다.

여군과 통화를 끝냈을 무렵, 어니스트는 기침을 하고 있었다. 역에서 밤을 보낼 수는 없었다. 너무 추웠고, 표 판매원이 의심스러운 눈으로 그를 보기 시작했다. 이런 날씨에 더구나 밤이었기에 히치하이크를 기대할 수는 없었고, 부두 근처의 여관으로 갈 수도 없었다. 그랬다가는 술집에서 중령과 조나단을 만날 위험이 있었다. 그리고 한기를 몰아내기 위해서는 뭔가 따뜻한, 그리고 알코올이 들어간 것이 필요했다.

'아프면 안 돼.' 어니스트는 생각했다. '애서튼을 찾을 수 있는 시간이 한 달 반밖에 남지 않았어. 그리고 아직 난 상륙작전에 관한 유언비어도 퍼뜨리지 않았어.' 그래서 그는 절룩이며 마을 가장자리에 있는, 주민들을 상대로 하는 술집으로 가서 뜨거운 토디[27]를 주문했다. 그리고 술집에 들어오는 모든 사람에게 유언비어를 퍼뜨릴 준비를 했다. 7월 18일 칼레에서 큰 작전이 벌어질 거라는 말을 장교 두 명에게서 들었다는 내용이었다.

하지만 술집으로 들어오는 이는 아무도 없었다. 술집에는 전시의 이 시점에서 굉장히 귀한 에일 맥주와 위스키가 있었는데도 그랬다. 날씨가 너무 궂어 억센 선원들마저 밖으로 나가길 싫어하는 것이었다. 어니스트는 그날 저녁 뜨거운 토디를 한 잔, 또 한 잔 마신 뒤 머릿속으로 편지를 작성했다.

'에일린에게. 우리가 헤어져서는 안 된다고 내가 말한 건 알지만, 데니스 애서튼은 폴리의 데드라인 전에 오지 않을 것이고, 나는 이 방법이 애서튼에게 메시지를 보낼 수 있는 유일한 방법이라

27 브랜디에 뜨거운 물과 설탕을 넣은 음료

고 생각했어. 내가 새클턴에 관해 했던 말을 떠올려봐. 새클턴은 자기 동료들을 남겨두고 구조를 요청하러 갔어. 만약 그렇게 하지 않았다면 그 사람들이 어디에 있는지 아무도 몰랐을 거고, 그러면 모두가 죽었을 거야. 그리고 새클턴은 섬을 발견했고 도와줄 사람들을 데리고 돌아와 동료를 구했어. 하지만 내가 해준 이야기엔 빠진 부분들이 있었어. 새클턴이 섬에 도착했을 때 그곳은 사람들이 살지 않는 쪽이었고, 그래서 도움을 얻기 위해 산들을 넘어야 했지. 같은 일이 내게도 일어났어….'

그리고 두 잔을 더 마시고는 다음 편지를 작성했다.

'폴리에게. 맨체스터에서 돌아왔을 때 나는 네게 거짓말을 했어. 살트램-온-시로 나를 찾아온 사람은 포드햄이 아니었어. 텐싱이었어. 텐싱은 블레츨리 파크에서부터 나를 추적해온 거였지만, 네 생각은 틀렸어. 텐싱은 나를 울트라 작전에 고용하려던 게 아니었어. 나를 특수 대응 부대에 고용하고 싶어 했지. 그리고 나는 그곳에 가면 데니스 애서튼을 찾을 수 있을 거라 생각했어. 하지만 결국….'

하지만 그는 폴리에게 편지를 쓸 수 없었다. 폴리의 데드라인은 이미 지났으며, 따라서 그녀는 죽었을 것이기 때문이다. 폴리는 12월에 죽었다.

어니스트는 그날 밤에도 취해서 덜위치에 있는 폴리에게 전화로 경고하려 했지만, 그녀는 D-데이가 된 뒤에야 그곳에 도착한다는 사실을 깨닫고 전화를 끊었다. 그리고 그가 뭐 하는지 세스가 물었을 때, 그는 말했다. "그 여자는 아직 여기 없어. 죽었어."

그리고 만약 오늘 밤 그가 토디를 더 마시면 그는 아마도 모든 이야기를 바텐더에게 털어놓거나, 그보다 더 나쁘게는 이 모든 편지를 실제로 쓸 것이고, 그것이야말로 소용없는 짓이었다. 편지는 덜위치에 있는 폴리에게 절대로 전달되지 못할 것이다. 왜냐하면 '전달되지 않았기' 때문이다. 그리고 만약 에일린이 아직 이곳에 있어 그녀에게 편지를 보낼 수 있다 할지라도, 애서튼을 찾고 메시지를 전달하려던 그의 계획은 실패했고 폴리는 죽은 뒤였다. 그렇다면 에일린은 어니스트가 살아있으며 그들을 버리고 떠났지만 아무런 성과도 이루지 못했다는 사실을 모르는 편이 차라리 더 나았다. 조나단의 경우와는 달랐다. 조나단의 어머니는 적어도 아들과 할아버지가 영웅으로 죽었다는 사실에 위안을 얻을 수 있었다.

어니스트는 비틀거리며 일어나 머그를 내려놓고(중령이 건넨 머그보다 훨씬 더 깨끗했다), 비틀비틀 자러 갈 준비를 했지만, 그가 계단을 올라가기 전 돼지치기 농부가 사방에 물을 털어대며 들어와 "쓸데없이 비바람이 쳐."라고 말하고는(어니스트는 그 말에 진심으로 동감했다) 맥주를 주문했다.

"어서 줘." 농부가 말했다. "호크허스트까지 돼지 새끼들을 싣고 가야 해."

어니스트는 즉시 차를 태워달라고 부탁했고, 그의 트럭에 올라탔다. 다행히도 농부는 상륙작전이 어디에 있을 것 같냐고 묻더니 대답을 기다리지도 않고는 말했다. "내 말 믿어. 칼레일 거야." 그러고는 트럭을 타고 가는 내내 자신이 어떻게 그 결론에 도달했는지를 구구절절이 늘어놓았다.

어니스트는 한마디도 할 필요가 없었다. 그 역시 참으로 다행이었다. 왜냐하면 그가 카듀 캐슬에 돌아오자마자 채서블이 이렇게 말했기 때문이다. "오, 잘됐네, 도착했군. 그런데 이 지독한 냄새는 뭐야?"

"돼지."

"바다로 갔던 거 아니었어? 됐어, 맘 쓰지 마. 면도하고 목욕을 해. 특히 목욕을. 그리고 이걸 입어." 채서블은 턱시도와 너무 작은 브랙넬의 신발을 어니스트에게 던져주며 10분 안에 준비를 마치라고 말하고는, 그와 세스를 데리고 다른 환영회에 데려갔다. 이번에는 몽고메리 장군 환영식이었다.

"단지 몽고메리 장군이 아닐 뿐이야." 그들이 직원 차에 탔을 때 세스가 말했다.

"몽고메리 장군이 아니라니, 무슨 말이야?" 어니스트가 백미러를 보며 넥타이를 매려 애쓰며 말했다.

"대역이야." 세스가 말했다. "배우라고."

'어이쿠 맙소사. 갈수록 태산이군.' "고드프리 킹스맨 경은 아니겠지?"

"그럴 리가 없지." 세스가 말했다. "그 사람은 죽었어. 폭격에."

"아니, 네가 생각하는 사람은 레슬리 하워드야." 채서블이 말했다.

"아니, 그렇지 않아. 고드프리 경은 군인 위문공연을 마치고 돌아오다가…."

"그리고 지금 말한 사람은 제인 프로맨이고." 채서블이 말했다. "고드프리 킹스맨 경이 어떻게 생겼지? 이 배우가 누구든 간에, 몽고메리 장군을 빼닮은 사람일 거야."

그러면 고드프리 경은 제외였다. 배우들은 분장과 가발을 통해 경이로운 일을 할 수 있지만, 키는 어쩔 수 없었다. 몽고메리 장군은 고드프리 경보다 20센티미터는 족히 작았다.

그리고 세스 말이 옳았다. 환영회에 온 몽고메리 장군의 대역 배우는 높은 광대뼈며 굵은 콧수염, 오만한 매너까지 진짜 몽고메리 장군과 똑같아 보였다. "몽고메리 장군이 아닌 게 확실해?" 어니스트 일행이 패튼 장군의 부관과 사관들이라며 장군에게 소개된 뒤 채서블이 속삭였다. "장군이랑 말투가 똑같은데."

"확실해." 세스는 말했다. "그리고 저 친구가 자기 역을 잘하는지 확인하는 게 네 임무야. 몽고메리 장군은 전혀 술을 안 마시지만 저 친구는 그렇지 않아. 그러니 저 친구가 레모네이드 말고 다른 건 절대로 마시지 못하게 잘 지켜봐. 그리고 이건 저 친구가 제대로 해낼 수 있는지 보기 위한, 문자 그대로 예행연습이야."

"만약 제대로 해내면?" 어니스트는 물으며 멋들어진 차림새의 장군이 손님들과 잡담 나누는 모습을 지켜보았다. 그는 자기 역에 완벽히 빠져있는 듯했다.

"그러면 저 친구는 지브롤터로 파견되어, 작전이 지중해를 통해 전개될 거라고 독일군을 속이는 임무를 수행할 거야. 그리고 만약 독일군이 그걸 믿지 않으면 작전이 7월이 되어야 있을 거라고 속일 거야."

'그리고 나는 저 친구와 동행을 하면서 저 친구가 술을 마시지 않는지 지켜보는 임무를 맡겠지.' 어니스트는 자신의 불운을 탓하며 생각했다. 몽고메리 장군의 대역이 상륙작전 군 집결지로 가고 장군 자신은 지브롤터로 가면 왜 안 된단 말인가?

장군의 대역과 동행하게 되리라는 어니스트의 생각은 맞았지만, 아직 떠날 시간이 정해지지 않았다. 그래서 어니스트는 다음 주 내내 축음기가 비행기 엔진 소리를 내는 동안 비를 맞으며 가짜 활주로를 따라 헤드라이트를 켜고 자동차를 몰았다. 그 일이 끝날 즈음에는 도버에서 걸린 감기가 제대로 된 독감이 되었으며, 어니스트는 자신이 항바이러스제를 고마워한 적이 한 번도 없다는 사실을 깨닫게 되었다. 화장지도.

한편, 그는 지브롤터에 가지 않아도 되었고, 의사는 일주일 동안 안정을 취하라는 처방을 내렸다. 그 시간 동안 그는 침대에서 타자기를 무릎에 올려놓고 밀린 기사들과 암호 메시지들을 거의 다 쓸 수 있었다.

'판매, 온실용 포인세티아, 히비스커스, 진주 히아신스 꺾꽂이 순. 하버 하우스의 E. O. 라일리에게 연락 요망.' 그리고 리케트 부인의 주소를 썼고, '노팅힐게이트 지하철역에서 황금 모노그램이 들어간 콤팩트를 분실함. '세바스찬이 폴리에게'라고 새겨져 있음.'이라고도 썼다. 또한 '타운젠드 극단'의 에일린 힐, 메리 노팅이 공연한《폭풍우》의 리뷰를 쓰며 다음처럼 적었다. '연극 시작부인 난파선 장면은 아주 잘 되었으나 결론 부분은 다소 미진하다. 시간이 지나며 개선되리라 희망한다.'

그리고 그가 침대에서 일어나도 된다는 허락을 받은 다음 날, 브랙넬 여사는 그와 채서블을 '황소와 쟁기'로 보내 상륙작전 유언비어를 흘리게 했다. 채서블이 관심을 보이던 종업원과 희희낙락거리는 동안 어니스트는 토튼의 경리 담당자와 통화를 할 기회를 잡았다. 하지만 그곳 또는 인근 항구인 풀의 급료 지급 명단에는 데니스 애서튼이라는 이름이 없었고, 시간은 계속해 흘러만 갔다.

심지어 어니스트가 생각했던 것보다 더 빠르게 흘렀다. 그가 술집에서 대화를 나눴던 조종사가 말했다. "그게 언제든 간에, 곧 있을 겁니다. 지금부터 3주 뒤면 모든 집결지를 봉쇄할 거고, 그 누구도 그곳에 들어가거나 나오지 못할 겁니다. 심지어 초소도요."

"그건 작전이 6월에 있을 거라고 독일을 속이기 위한 겁니다." 어니스트가 조종사에게 말했다. "공격이 있겠지만, 그건 독일의 주의를 끌기 위한 속임수일 뿐입니다. 진짜 상륙작전은 7월 중순이 되어야 있을 거예요." 하지만 어니스트는 생각했다. '만약 다음 주까지 애서튼을 찾지 못하면, 오스틴을 훔쳐 타고 월트셔로 가서 찾아봐야겠어.'

하지만 그럴 필요가 없었다. 이튿날 아침, 세스가 문에 몸을 기대고 안을 들여다보며 자기와 어니스트에게 이송 심부름 명령이 내려왔다고 했다.

"난 못 가." 어니스트가 말했다. "난 내일 오후 4시까지 이 기사들을 써서 〈클라리온 콜〉에 보내야 하는데 아직 시작조차 못한 상태야."

"이번에는 무슨 중요한 뉴스인데?" 세스가 어니스트의 어깨너머로 몸을 기울이고는 그가 타자하는 것을 읽으려 했지만, 다행히도 이번 것은 어니스트의 사적인 메시지가 아니었다. "또 가든 파티에 관한 기사야?"

어니스트는 고개를 저었다. "친교 댄스." 그가 읽었다. "베즈버리의 환영 클럽은 새로 도착한 미군 장병들을 위해 친교 댄스를 주최…."

"우리는 장교야." 세스가 말했다. "그리고 우리는 브랙넬의 롤스를 운전할 거야. 걸어가는 게 아니라고. 진흙도 없을 거야. 황소도."

"안 돼. 말했듯이, 마감할 게 있다니까. 채서블이랑 같이 가면 안 돼?"

"안 돼. 채서블은 다프네와 데이트 가서 저녁 식사를 한대."

"그걸 내일 저녁으로 미루면 안 된대? 아니면 모레 저녁이나?"

"데이트가 바로 모레 저녁이야. 그리고 채서블은 우리가 그 시간까지 돌아오지 못할까 봐 걱정해. 우리가 몽고메리 장군을 만나러 사보이 호텔에 갔을 때 이미 한 번 약속을 취소해야 했거든."

'모레 저녁이라고?' "우리가 가는 곳이 어딘데?"

"나도 정확히는 몰라." 세스가 말했다. "브래넬 여사가 내게 지도를 주었어. 그리고 포츠머스에 관한 뭔가를 말했어."

그곳은 바로 상륙작전을 준비하는 중심부이자 애서튼이 있는 곳이었다. "좋아. 우린 민간인 행세를 하는 거야?"

세스는 고개를 저었다. "육군 장교." 즉 뭔지는 모르지만 이송을 위해서 육군 캠프에 가야 한다는 뜻이었고, 또한 데니스 애서튼이 어디에 배치되었는지 물어도 이상해 보이지 않는다는 뜻이었다. 그는 심지어 사병을 시켜 기록을 살펴보고 애서튼을 찾아오라고 명령을 내릴 수도 있었다. 세스를 떼어놔야 하겠지만 이틀의 여정 동안 기회는 많을 것이고, 만약 내일 아침에야 떠난다면 가는 길에 〈클라리온 콜〉에 기사를 전달할 수도 있을 것이다. "언제 이송을 시작해야 하는데?"

"내일 아침 9시. 간다는 소리지?"

"응." 어니스트는 말했고, 세스가 떠나자마자 타자를 했다. '음악은 제48군악대가 연주할 것이다.' 그리고 타자기에서 종이를 뽑고 새 종이를 끼우고 타자를 했다. '어퍼 노팅의 제임스 타운젠드 부부는 딸 폴리가 제21비행사단 장교인 콜린 템플러와 약혼을 했다고 발표했다. 콜린 템플러 공군 장교는 현재 켄트에 배치되어 있다. 둘은 6월 말에 결혼 예정이다.'

세스가 문을 열고 안으로 몸을 들이밀었다. 그는 장교용 군복 차림이었다. "왜 아직 준비를 안 했어?"

"내일 아침에 가는 줄 알았는데?"

"아니." 세스가 말했다. "브랙넬 여사는 우리가 지금 가길 원해." 그건 말이 안 됐다. 포츠머스는 몇 시간 거리밖에 안 되었기 때문이다. 하지만 어니스트는 반대하지 않았다. 일찍 갈수록 좋았다. 그리고 만약 가는 길에 밤이 되어 어딘가에 묵어야 한다면 애서튼에 관해 물어볼 기회가 더욱더 많을 것이다.

"20분만 줘." 어니스트가 말했다.

"10분. 우리 지도가 어디에 있는지 혹시 알아?"

"브랙넬이 네게 줬다고 아까 네가 말하지 않았어?"

"아니, 이 지역 지도."

"프리즘이 가지고 있었을 거야." 어니스트는 거짓말을 했고, 세스가 지도를 가지러 가자마자, 그는 책상 위 더미에서 지도를 꺼내 주머니에 쑤셔 넣은 뒤 식당으로 달려가 식기류 보관용 서랍에 지도를 숨겼다. 그리고 서둘러 방으로 가서 면도칼과 비누를 가방에 넣었고, 세스가 "프리즘 다음으로 네가 가지고 있지 않은 거 확실해?"라는 질문에 대답한 뒤, 가방과 장교용 군복을 가지고 사무실로 돌아왔다. 그리고 장교용 군복을 입은 다음, 다시 미친 듯이 타자를 하기 시작했다.

그리고 어렵사리 메시지 하나를 더 완성했다. '지난주 세바스찬 학교에서 열린 전시 저축 우표 콘테스트에서 메리 P. 크래들 학생이 우승했다. 열네 살인 메리는 친구들에게 폴리라는 이름으로 불리며, 심부름하여 번 돈으로 우표를 샀다. 교장인 던워디 타운젠드는 '우리 모두 메리처럼 전시 협력을 잘할 수 있기를 바랍니다'라고 말했다.' 그리고 세스가 지도를 가지고 다시 나타나더니 "내가 이걸 어디서 찾았는지 넌 정말 상상도 못 할걸."이라고 말하고는 왜 아직도 준비를 마치지 않았냐며 어서 준비하라고 재촉했다.

어니스트는 기사들을 봉투에 집어넣고 봉한 다음 세스가 이미 롤스 시동을 걸어놓고 기다리는 곳으로 서둘러 갔다. 세스는 어니스트가 차 문을 닫기도 전에 차를 출발했다. "우리는 이 기사들을 〈클라리온 콜〉 사무실에 전달해야 해." 어니스트가 세스에게 봉투를 보여주며 말했다.

"그건 돌아오는 길에 해도 해."

"하지만 크로이던은 가는 길에 있잖아."

세스는 고개를 저었다. "우리는 그레이브샌드로 올라갔다가 도버로 내려와서 포크스톤에 먼저 가야 해."

"뭐라고?" 만약 세스가 포츠머스에 관해 거짓말을 한 거라면, 어니스트는 그를 죽여버릴 것이다. "왜?"

"우리는 지나는 모든 길과 마을 이름을 적어야 해."

"왜? 브래넬이 직접 지도를 보고 적어도 되지 않아?"

"그래도 되지. 하지만 큰 건물이나 산 같은 표지물은 지도에 안 나오잖아. 그리고 거리도 정확해야 해. 전쟁 전에 독일 수녀부가 휴일에 하이킹하며 켄트를 지났을 경우에 대비해야 하거든."

"독일 수녀부…? 대체 뭘 이송하러 가는 거야?"

"독일군 전쟁 포로." 세스가 말했다. "우리는 포로수용소에서 그자를 태우고 런던으로 가야 해. 그자는 아프고, 적십자가 주선해서 그자를 독일로 보내기로 했어. 하지만 우선 우리는 그자를 태우고 켄트의 집결소를 관통해 도버로 갈 거야. 그래서 우리 상류작전 준비를 직접 볼 수 있게 하는 거지."

"고무 탱크랑 나무 비행기 몇 대, 하수관을 연결해 만든 정유소를? 그런 것들은 6천 킬로미터 상공의 정찰기를 속이려고 만든 거지, 가까이서 사람이 직접…."

"아니, 우리는 진짜를 보여줄 거야." 세스가 말했다. "군함, 비행기, 모든 걸. 하지만 그자는 자신이 켄트에 있다고 생각하게 될 거야. 그래서 우리는 오늘 오후에 그레이브샌드로 가야 하는 거야. 우리는 가짜 경로를 따라갈 거고, 그래서 독일군 대령은 우리가 어디에 있는지에 대해 우리가 하는 말을 우연히 엿듣게 되는 거지."

영리한 계획이었다. 잉글랜드 전역의 이정표를 치운 상황에서 독일군 대령은 자신의 위치를 세스와 어니스트가 나누는 대화를 통해서만 알 수 있었다. 만약 그들이 그가 켄트에 있다고 확신시킬 수 있다면, 그가 고향으로 돌아가 독일 수뇌부에게 이야기할 테고, 독일은 연합군이 칼레를 통해 공격해올 거라고 믿을 것이다.

하지만 그건 애서튼을 찾으려는 어니스트의 계획이 어긋났다는 뜻이었다. 대령이 엿듣는 상황에서 데니스 애서튼의 행방을 군인에게 물어볼 수는 없을 것이다. 그는 대령과 세스에게서 벗어나야 했다.

"우리가 이틀 동안 출장이라고 했잖아." 어니스트가 말했다. "밤에는 어디서 묵어? 군 막사? 아니면 포츠머스?"

"둘 다 아니야. 우리는 그자를 곧장 런던으로 데려갈 거야."

"하지만 채서블의 데이트 약속 시간 전까지 우리가 돌아오지 못할 거라며?"

"그건 채서블이 한 말이지. 채서블은 뭔가 잘못되어서 우리가 비밀을 누설할 거라고 확신하더라고." 세스가 말했다. "아니, 우리는 아무 곳에도 멈추지 않아. 화장실에 가야 하는 경우만 빼고. 그리고 우리는 대령에게서 단 한시도 눈을 떼지 않을 거야. 브랙넬 여사는 우리 둘 다 그자와 꼭 붙어 있기를 원해."

49

다시 평화가 찾아오고(알다시피, 그렇게 될 겁니다) 다시 사방이 밝아지면, 우리는 지금 이 시절을 회고하며 가장 암울했던 때에도 우리를 격려하고 사랑해줬던 것들을 고마운 마음으로 추억할 것입니다.

— 신문 광고, 1941년

전쟁 박물관, 런던, 1995년 5월 7일

10시 5분 전이 되었지만, 캘빈이 기다리던 그룹은 아직도 박물관에 도착하지 않았다. 비가 억수같이 쏟아졌다. 미국인 부부는 캘빈을 자기 딸과 엮어주려던 시도를 포기하고는 "우린 어딘가 마른 곳에 가서 맛있는 커피를 마시려 해요. 그런 곳이 이 나라에 있다면 말이지만요, 캘빈."이라고 말하며 박물관을 떠났다. 그건 다행이었지만, 다른 방문객은 여전히 아무도 보이지 않았다.

'만약 그 사람들 모두 세인트폴 대성당의 전시회에 갔으면 어쩐다?' 캘빈은 생각했다. '또는 오늘이 맞는 날짜가 아니라면? 만약 전시회가 내일 시작한다면? 아니면 어제 시작했다면?'

10시 1분 전이 되자 나이 지긋한 박물관 경비원이 나타나 문을 열었고, 캘빈에게 안으로 들어와 로비에서 기다리라고 했다. "오늘이 '런던 대공습에서의 삶' 전시회 첫날이지요? 그렇죠?" 그는 경비원에게 물었다.

"네, 맞습니다."

"그리고 오늘은 전쟁과 관련된 일을 했던 시민들이 무료로 입장할 수 있는 날이고요?"

"네. 맞습니다." 경비원은 마치 캘빈 자신이 그런 생존자 가운데 한 명이라 주장하며 무료입장을 하려 한다는 듯이 경계하는 표정으로 말했다. "입장권은 저쪽에서 사시면 됩니다." 경비원은 아직 아무도 없는 표 판매대 쪽을 뻣뻣이 고갯짓으로 가리켰다. "박물관 입장과 상시 전시는 무료입니다. 박물관은 곧 문을 엽니다. 기념품 가게는 열었으니 그곳에 가셔도 됩니다." 경비원은 표 판매대 바로 너머에 있는 곳을 가리키며 말했다.

"고맙습니다. 저는 그냥 로비나 둘러보겠습니다." 캘빈이 말하며 스핏파이어와 V-1과 V-2 로켓이 걸려 있는 높은 천장을 가리켰다. 경비원이 가자마자, 그는 누가 오는지 보기 위해 창으로 돌아갔다.

아무도 보이지 않았다. 캘빈은 '앞으로 있을 강연과 전시 일정' 포스터를 읽었다. "6월 18일 — 수적 열세: 영국 본토 항공전, 6월 29일 — 제2차 세계대전의 알려지지 않은 영웅들. 미국 악단 지휘자인 글렌 밀러부터 암호해독 천재인 딜리 녹스와 셰익스피어 전문 배우인 고드프리 킹스맨까지, 전쟁에서의 승리를 위해 자신의 목숨을 바쳤던 민간인들에 대한 슬라이드 상영."

주차장은 여전히 거의 텅 비어 있었다. 캘빈은 표 판매대 뒷벽의 시계를 보았다. 10시 10분이었다. '모두 세인트폴 대성당으로 간 거야.' 그는 생각했고, 이곳에서 더 기다리지 말고 그곳으로 가야 하나 고민을 했지만, 지하철로 그곳까지 가려면 적어도 30분은 걸릴 테고, 그 과정에서 두 곳 모두 그 사람들을 놓칠 수도 있었다. 그는 10분 더 기다려보기로 했다.

10시 15분에 캘빈이 기다리던 사람들 모두가 한꺼번에 도착했다. 커다란 밴 두 대가 주차하더니 나이 지긋한 여자들 스무 명 정도를 쏟아냈다. 처음엔 거리가 너무 멀어서 캘빈은 여자들의 얼굴을 제대로 볼 수 없었고, 그다음엔 여자들이 계단으로 이동하기 전에 우산을 펼치고 그 아래로 몸을 숙였기 때문에 여자들이 계단을 거의 다 오를 때까지 역시 얼굴을 볼 수 없었다.

만약 저 사람들 가운데 한 명이 메로피라면? 캘빈은 지금 이 순간까지 그 가능성을 생각해보지 못했다. 그는 이제까지 폴리를 알 만한 사람을 찾는 일, 그녀가 리케트 부인 집을 떠난 뒤에 어디로 갔는지 단서를 알 만한 사람을 찾는 일에만 몰두해왔다. 만약 폴리가 리케트 부인 집을 떠났다면 말이다. 만약 폴리와 메로피가 그날 저녁 부인 집의 다른 사람들처럼 죽지 않았다면.

하지만 둘의 이름은 사망자 명단에 없었고, 설사 명단에 있다 할지라도 둘이 꼭 죽었다는 뜻일 필요는 없었다.

'둘은 그날 아침에 리케트 부인 집에 없었어.' 캘빈은 한때 하숙집이었던 커다란 구멍 앞에 섰던 날 이후로 날마다 생각했다. '둘은 방공호에 안전하게 있었고, 하숙집이 폭격을 당하자 다른 하숙집을 구해 이사했어. 또는 만약 폴리가 구급차 대원이 되었다면, 그래서 지부 막사에서 지냈다면 오늘 이곳에 온 저 여자들 가운데 한 명이 폴리의 행방을 알 거야.'

한때 리케트 부인의 집이었던 목재와 회벽 더미를 보고 캘빈에게 처음으로 든 감정은 1941년에 머물며 그들을 찾아야겠다는 충동이었다. 아니, 가장 먼저 든 생각은 맨손으로 잔해를 파헤쳐 폴리를 찾아내야겠다는 것이었다. 하지만 폭탄이 그곳을 파괴한 건 며칠 또는 심지어 몇 주 전일 수도 있었고, 그가 그들을 찾아 이곳에 머무는 날은 그가 다시는 올 수 없는 날이 될 것이다. 그리고 그 며칠 안에 그는 폴리를 구출해야 했다. 그렇게 하지 않으면 폴리는 죽을 것이기 때문이다.

그리고 노팅힐게이트와 램프덴 로드와 옥스퍼드 스트리트에 있던 경험에서, 캘빈은 같은 시공간 위치에 있는 것만으로는 충분하지 않다는 사실을 알았다. 폴리를 구하려면 그녀가 정확히 어디에 있는지를 알아야만 했다.

'그리고 이 여자들 가운데 한 명이 내게 그걸 알려줄 거야. 이 사람들은 폴리와 같은 구급차 대원이었거나 또는 같은 방공호에 있었거나 같은 아파트에 있었을 거야.'

하지만 만약 메로피가 저 문을 열고 박물관으로 들어온다면? 만약 그가 폴리와 메로피를 구하지 못했고, 그래서 50년이 지난 지금도 이곳에 있다면?

'만약 그랬다 할지라도, 메로피가 이런 곳에 올 리가 없어.' 캘빈은 생각했다. '메로피는 전쟁이라면 절대로 회상하고 싶어 하지 않을 테니까.' 하지만 그는 들어오는 여자들 한 명 한 명의 얼굴을 자세히 보기 위해 문 옆에 가 섰고, 그들이 계단 꼭대기에 도착해 걸음을 멈추고 우산을 접어 물을 털어내자 그는 마음을 굳게 먹었다. 마침내 그들의 얼굴을 처음으로 볼 수 있었다.

처음 들어오는 사람들은 모두가 날씨에 관해 이야기했다. "하필 오늘 같은 날 이렇게 비가 온담!" 한 명이 말하자 다른 사람이 대답했다. "하지만 내 장미들에게는 단비야. 불쌍한 것들. 완전히 타들어갔었다니까."

캘빈은 이 사람들이 과연 전시회를 보러 온 것일까 의심이 들기 시작했다. 그들은 칠팔십 대로 나잇대는 맞았다. 그리고 원피스를 입고 모자를 쓴 것이 모두 특별한 행사를 위한 차림이었다. 한 명은 꽃밭을 통째로 얹은 듯한 거대한 모자를 쓰고 있었다. 그리고 아주 나이가 들고 아주 허약해 보이는 한 명은 하얀 장갑을 꼈다.

하지만 이들은 제2차 세계대전 기념 모임이 아니라 정원 파티에 가는 듯이 보였다. 그리고 이 사람들이라면 소이탄을 끄고 잔해에서 시체를 파내고 방공포를 발사하는 건 고사하고, 차를 따르는 것보다 덜 우아한 일을 하는 것조차 상상도 되지 않았다.

'이 사람들이 아니야.' 캘빈은 생각했다. '내가 만나려던 사람들은 모두 세인트폴 대성당으로 갔어. 그리고 이 사람들은 상류 여성 사교회 월례 모임에 온 거야.' 그가 몸을 돌려 떠나려는데 허약해 보이는 노파가 하얀 장갑 낀 손으로 V-1을 가리키며 말했다. "오, 맙소사, 저걸 봐! 두들버그야. 저게 피커딜리를 따라 나를 내내 쫓아왔었어."

"폭약이 들어 있지는 않았으면 좋겠네." 그녀와 같이 온 여자가 말했고, 이윽고 비명을 질렀다. "휘트로!" 그리고 엄격해 보이는 여자를 두 팔로 껴안았다. "나야! 브리짓 플래니건. 우리 같은 공군 여성 보조 부대에 있었잖아."

"플래니건! 오, 세상에. 어떻게 이런 일이!" 그리고 엄격해 보이는 여자는 함박웃음을 지었다.

결국, 이 여자들은 그가 찾던 사람들이 맞았다. 하지만 다른 밴이 한 대 더 도착했고, 이제 사람들은 우산과 비옷에서 물을 털어내고 흥분해 이야기하며 로비로 한꺼번에 쏟아져 들어왔다. 그래서 캘빈은 사람들을 제대로 살필 수가 없었다. 그는 문 옆에 서서 사람들이 모두 안으로 들어올 때까지 기다렸다가 이윽고 시끄러운 로비를 돌며 들어올 때 제대로 보지 못한 사람들 얼굴을 살펴보았다. 사람들은 로비 여기저기에서 서로를 부르고 기쁨의 환성을 지르며 인사하느라 바빴기에, 그가 사람들을 헤치며 에일린을 찾아 자신들의 얼굴을 살피는 것도 아랑곳하지 않았다.

캘빈은 사람들을 따라 함께 이동하며 그들이 나누는 대화를 엿들었다.

"아니, 안타깝게도 걔는 올 수 없었어. 류머티즘 때문에…."

"너 그때 결혼한 그 미국인이랑 아직도 같이 살아? 그 사람 이름이 뭐였더라? 잭?"

"잭? 맙소사, 아니. 난 그 사람이랑 헤어지고 두 번 더 결혼을…."

"아니, 넌 끔찍한 운전사였어. 네가 친 그 불쌍한 미국인 제독 기억나?"

"그 사람은 제독이 아니라 겨우 중령이었어! 그리고 그런 식으로 반대쪽을 보고 길을 가면 안 되는 거였지. 만약 미국인들이 운전을 좌측통행으로 제대로 하기만 했어도 길을 건널 때면 어느 쪽을 살펴야 하는지 알 거라고…."

"여러분!" 덩치가 크고 철회색 머리에 혈색이 좋은 여자가 로비에서 박물관으로 이어지는 문 앞에서 외쳤다. "여러분!" 그 여자는 황금색 별 스티커들이 있는 종이 한 장과 이름표들을 들고 있었다. "여러분! 주목해주세요!" 그녀가 외쳤지만 소용없었다. 여자들은 옛친구들과 낯익은 얼굴들을 찾아보느라 정신이 없었다.

'나랑 똑같군.' 캘빈은 생각하며 이름표 뭉치를 든 여자를 지나, 아직 그가 제대로 살펴보지 못한 여자 넷이 모여있는 모퉁이로 갔다. 그 여자들은 사진들을 돌려보고 있었다. 아마 아들딸 또는 손자 손녀의 사진들인 듯했다. 그는 공책을 꺼내 V-1과 스핏파이어에 대한 내용을 적는 척하며 여자들의 얼굴을 살펴보았다.

'제발 메로피가 여기 없기를.' 그는 기도했다.

그 여자들은 사진들을 보느라 하나로 모여 고개를 숙이고 있었고, 다시 고개를 들어 캘빈이 얼굴들을 볼 수 있을 때까지는 잠시 시간이 걸렸다.

메로피는 여기에 없었다. 그건 캘빈이 적어도 아직은 실패하지 않았고, 1941년 3월 이후 폴리의 행방을 그에게 알려줄 사람을 찾을 시간이 아직 있으며, 폴리와 메로피를 찾아 돌아갈 수 있다는 뜻이었다. 그리고 이곳이 바로 그 사람을 찾을 수 있는 장소였다. 이 여자들은 모두가 전쟁과 관련된 일을 했고, 대부분은 대공습 기간 동안 런던에 있었을 것이다. 그들 가운데 누군가는 폴리를 알 수밖에 없었다.

캘빈은 자신이 지켜보던 그룹부터 시작했다. 그들은 사진 보는 걸 마치고 전쟁에 관해 이야기하고 있었다.

캘빈은 그들이 무슨 말을 하는지 엿듣기 위해 더 가까이 다가갔고, 어떻게 하면 대화에 슬쩍 끼어들 수 있을지 방법을 궁리했다. "우리가 비긴힐에 춤추러 갔던 때 기억해?" 사진을 사람들에게 보여주던 여자가 옆에 있는 여자에게 묻고 있었다. "그리고 그 공군 조종사, 그 사람 이름이 뭐였더라?"

"보이드 대위. 기억하고말고. 그 사람은 자기 비행기를 보러 가자고 내게 계속 졸라댔거든." 그녀가 말했다. 하지만 그녀에게 누군가가 어딘가로 같이 가자고 졸라대는 건 상상이 안 갔다. 그 여자는 뚱뚱했고 창백했으며, 얼굴은 철도 지도처럼 주름이 자글자글했다. "나는 '정숙한 여자는 방금 만난 남자하고 밤에 단둘이서만 나가지 않아요.'라고 말했어. 그랬더니 그 사람은 지금 전쟁이 벌어지고 있으니 우리는 내일 당장에라도 죽을지 모른다면서…."

"참신하기도 해라." 옆에 있는 여자가 말했다.

"내가 가장 좋아했던 작업 멘트는 '그건 애국을 위한 당신의 의무입니다.'였어." 세 번째 여자가 말했고, 다른 여자들이 고개를 끄덕였다. "'그게 당신이 자기 몫을 하는 거라 생각하십시오.'"

'왠지 지금은 끼어들기 좋은 때가 아닌 거 같군.' 그는 생각했고, 스핏파이어를 열심히 살폈다.

"그래서 그 남자랑 같이 나갔어?" 여자들 가운데 한 명이 묻고 있었다.

첫 번째 여자는 기분이 상한 듯한 표정을 지었다. "아니, 나는 그따위 구닥다리 작업 멘트에 넘어가지 않는다고 말했어. 그리고 그 사람과 어디로든 같이 갈 의향이 없다고 했지. 그리고 내가 거절해서 다행이었어. 얼마 안 있어서 그 사람 비행기가 직격탄을 맞았거든. 완전히 가루가 되었어. 그 비행기가 어디에 있었는지조차 알아볼 수가 없을 지경이었어. 아무 흔적도 없이 사라졌어.

"내가 그 사람 목숨을 구한 셈이지." 그 여자가 말했다. "나는 그 사람에게 그렇게 말했어. '당신은 제가 정숙한 여자인 걸 고마워해야 해요. 만약 그렇지 않았다면 우리 둘 다 죽었을 거예요.'라고 말했지."

"그랬더니 그 사람이 고마워했어?" 두 번째 여자가 비꼬듯 말했다.

"나는 흔적도 없이 사라진 여자 한 명을 알아." 그 옆에 있는 여자가 말했다.

'저도 압니다.' 캘빈은 생각했다. 그리고 단지 엿듣기만 해서는 이 여자들이 폴리를 아는지 알아낼 수 없는 게 확실했다. 그는 공책을 손에 들고 그 여자들에게 다가갔다. "그 여자 이름이 뭐였지?" 여자가 말하고 있었다. "S로 시작했는데. 너도 알잖아, 로우리. 고성능 폭탄에 맞은 사람. 흔적도 없이…."

"방해해서 죄송합니다, 여러분." 그가 말했다. "저는 캘빈 나이트라고 합니다. 전시회 오프닝에 관한 기사를 쓰러 왔는데 혹시 여러분을 인터뷰할 수 있을까 해서요. 여러분 모두는 제2차 세계대전 때 전쟁 관련 일을 하셨죠? 그렇죠? 모두 런던에 계셨나요?"

"얘는 런던에 있었어요." 레이스 옷깃을 하고 머리가 허연 여자가 흔적도 없이 사라진 여자 이야기를 한 사람을 가리키며 말했다. "그리고 여기 둘은…." 여자는 마르고 주름이 많은 노파와 사진들을 든 여자를 가리켰다. "WAAC였어요."

"육군 여군 지원단(Women's Auxiliary Army Corps)을 말하는 거예요." 주름 많은 노파가 말했다. "우리는 무선 통신사였어요."

"그리고 이쪽 분께서는 뭘 하셨나요?" 캘빈은 레이스 옷깃을 한 여자에게 물었다.

"그게…." 보조개 웃음을 지으며 그녀가 말했다. "몇 년 전까지만 해도 말해줄 수 없던 일을 했지요. 나는 정보부에 있었어요."

"쟤는 간첩이었어요." 주름 많은 노파가 말했다. "하지만 나는 더 가슴 뛰는 일을 했지요. 나는 시체 보관소 밴을 운전했어요."

"런던 대공습 동안에요?"

"아니요. 나는 여기 이 친구들보다 어렸어요. 런던 대공습 때

나는 서리에서 아직 학교에 다녔죠. 1944년 7월이 되어서야 합류했어요."

그건 너무 늦은 때였다. 그때쯤이면 폴리는 이미 크로이던 근처에서 구급차를 운전했을 것이다. 그리고 데드라인도 이미 지난 뒤일 것이다. "두 분은 대공습 때 런던에 계셨나요?" 캘빈은 WAAC였다는 여자들에게 물었다.

"아니요, 우리는 백샷 파크에 주둔했어요." 첫 번째 여자가 말했고, 두 번째 여자는 캘빈에게 사진을 한 장 내밀었다. 아까 그가 그녀의 손자 손녀일 거라 생각했던 사진이었다. 하지만 그렇지 않았다. 그건 군복을 입은 예쁘고 날씬한 여자 둘이 찍힌 흑백 사진이었다. 한 명은 금발이고 한 명은 흑발로, 탱크에 앉아 웃는 모습이었다. "내가 금발이에요." 그녀가 말했다. "그리고 이건 루이스이고요." 그녀는 사진에서 자기 옆에 앉은 곱슬머리 여자를 가리키더니 이윽고 자기 친구를 가리켰다.

"이게 부인이세요?" 캘빈은 사진을 응시하며 말했다. 그의 앞에 선 시들고 뚱뚱하고 늙은 여자는 사진 속에서 활짝 웃는 활기찬 여자와 닮은 곳이 하나도 없어 보였다.

"맞아요." 루이스가 옆으로 돌아와 사진을 보며 말했다. "당시 나는 흑발이었죠."

비록 캘빈은 메로피를 8년 동안 못 보았으며 지금은 훨씬 더 늙었겠지만 그래도 보면 알아볼 수 있을 거라고 이제까지 생각해왔지만, 이 사진을 보고 나니….

사진 속의 곱슬머리 여자와 그 앞에 선 늙은 여자는 전혀 닮지 않았다. 시간이 너무나도 많이 흐른 것이다.

'시간이 너무 흘렀어.' 메로피는 지금 여기 이 로비에, 어쩌면 몇 걸음 떨어진 곳에 있을 수도 있지만, 캘빈은 알아보지 못할 것이다. 그리고 만약 메로피가 그를 알아보면 과연 그에게 와서 "어디 있었던 거야? 왜 오지 않았어?"라고 말을 할까?

캘빈은 여전히 멍하니 사진을 응시했다. "괜찮아요?" 루이스가 물었다.

"우리가 거의 변하지 않아서 놀랐나봐." 그녀의 친구가 말했고, 모든 여자가 온화하게 웃었다.

"그 말이 맞습니다. 모두 전혀 변하지 않으셨네요." 캘빈이 정신을 수습하고 말했다. 그는 사진을 돌려주고 네 명의 이름을 물었다. "그래야 기사에 인용할 수 있으니까요."

다행히도, 네 명 중에 메로피 또는 가명으로 썼던 에일린 오릴리라는 이름은 없었다. 하지만 여기에 있는 모든 여자에게 이름을 물을 수는 없었다. 캘빈은 이름표들을 들고 있던 여자를 떠올리고 그 여자가 이름표를 나눠줬는지 확인하기 위해 그녀를 찾아다녔지만, 찾을 수가 없었다.

아니, 찾았다. 그 여자는 저쪽의 표 판매대 옆에서 그가 아까 주차장에서 보았던 여자와 대화 중이었다. 그녀는 아마도 마이크를 쓸 수 있을지 묻고 있을 것이다.

그녀에게는 마이크가 필요했다. 소음은 점점 커졌고, 여자 몇 명은 상대의 말을 듣기 위해 두 손을 모아 귀에 댔다. 하지만 그들 가운데 공습 대비대 완장을 한 사람에게, 혹시 대공습 기간에 런던에 있었는지 캘빈이 묻자 그녀는 말했다. "뭐라고요? 잘 안 들려요. 난 그쪽 귀가 안 들려요."

그리고 다른 사람도 마찬가지였다. 캘빈이 '대공습 기간에 런던에 계셨나요?'라고 외치자 그녀는 '대홍수? 무슨 홍수요?'라고 말했다.

캘빈은 잠시 더 그 여자에게 고함을 치고서야 그녀의 결혼 전 이름을 알아낼 수 있었다. 바이올렛 럼포드였다. 그리고 사람들 사이를 더 다니며 대화를 엿듣고, 이름들을 훔쳐보려 했지만, 상당수 사람은 서로를 '화부', 'B-1', '폭스트롯'처럼 별명으로 불렀고, 나머지 사람들은 성을 불렀다.

이름표를 가지고 있던 여자는 마이크를 구하는 것을 포기했고 또한 사람들을 주목시키는 것도 포기했는지, 사람들 사이를 다니며 이름표를 나눠주고 있었다. '좋았어.'

캘빈은 그녀를 향해 다가갔다. "이름표에 이름을 적고 모퉁이에 황금색 별 스티커를 붙이세요." 그녀는 말하며 여자들에게 이름표와 펜을 건넸다. "그리고 저 문으로 들어가세요."

'하지만 내가 이름을 확인할 시간을 준 다음에 그렇게 해주세요.' 캘빈은 생각했다.

"어떤 이름을 써야 하나요?" 분홍색 깃털 모자를 쓴 여자가 물었다. "지금 이름을 쓰나요. 아니면 전쟁 때 이름을 쓰나요?"

"둘 다요." 주최자가 말했다. "그리고 이름 아래에는 어디 소속으로 일했는지를 쓰세요."

'고마워요.' 캘빈은 생각했고, 그녀를 따라가며 사람들이 이름표에 적는 이름들을 읽었다. 폴린, 데보라, 진. 네터튼, 헐리, 요크. 에일린도, 오릴리도 없었다. 하지만 이름표를 나눠주는 여자가 모든 사람에게 같은 지시 사항을 내린 게 아닌 게 분명했다. 몇 명은 이름을 하나만 적었고, 소속을 적은 이는 몇 명밖에 되지 않았다. 공습 대비대, 공군 여성 보조 부대, 여성 의용대.

그들은 로비를 빠져나가 박물관으로 들어가기 시작했다. 캘빈은 표를 사야 했지만, 아직 이름표를 하지 않은 여자들이 몇 명 남아 있었다. 월터스, 레딩….

세 번째 여자는 중풍 때문에 떨리는 손으로 이름을 썼고, 이름표를 핀으로 가슴에 달았을 때, 캘빈은 그 이름의 첫 글자가 O라는 것만 알 수 있었고 나머지는 읽을 수 없었다. 캘빈은 그들이 박물관 안으로 들어갔을 때 그녀에게 가서 이름을 알아내야만 했다.

네 번째 여자는 체구가 아주 작고 마치 당장에라도 허리가 뚝 부러질 듯 보였으며 아직 이름을 다 쓰지는 못했지만, 캘빈은 그 여자가 메로피일 리 없다고 생각했다. 메로피는 키가 더 컸다. 하지만 그는 메로피가 떠난 뒤 키가 자랐고, 사람들은 늙으면 키가 준다는 게 생각났다. "우리가 어디 소속이었는지도 써야 한다고 했어?" 그 여자가 물었다.

"응." 월터스라는 여자, 그리고 이름을 알아볼 수 없게 적었던 여자가 한목소리로 대답하고 소리 내 웃었다. 이름을 알아볼 수 없게 썼던 여자가 말했다. "월터스? 너 맞아?"

월터스가 그 여자를 보고 입을 떡 벌렸다. "오, 세상에!" 그녀가 외쳤다. "믿을 수가 없어!" 월터스는 그녀를 두 팔로 안았다. "게데스!"

게데스. 좋았어. 그녀 이름의 첫 글자는 O가 아니라 G였다.

"우리는 이스트레이에 함께 주둔했어." 게데스가 레딩에게 말했다. "우리는 ATA 소속이었어."

"공군 보조 수송대(Air Transport Auxiliary)를 말하는 거야." 월터스가 설명했다. "우리는 공군이 쓸 새 비행기들을 비행장으로 실어 날랐어." 그리고 만약 이들이 이스트레이에 주둔했다면 그들은 런던 근처에 있지 않았으며, 따라서 폴리를 알지 못한다는

783

뜻이었다.

"전쟁 때 넌 뭐했어?" 월터스가 레딩에게 묻고 있었다.

"아쉽게도 그리 낭만적이지는 않아." 그녀가 말했다. "나는 농업 여성이었어. 슈롭셔에서 돼지거름을 뒤적이며 전시를 보냈지."

그러면 레딩도 제외였다. 이로써 남은 건 마침내 이름을 다 쓰고 이름표를 가슴에 단 작은 여자뿐이었다. 이름표에는 '도널드 대븐포트 부인'이라고 적혔고, 그 아래에는 '신시아 캠벌리 중위'라고 적혀 있었다.

캘빈은 참고 있는 줄도 몰랐던 숨을 내뱉었다. 메로피는 이곳에 없었다.

다행이었다. 하지만 캘빈은 여전히 폴리가 어디에 있었는지 알지 못했고, 알 만한 사람을 찾지도 못했다. 그리고 대공습 기간에 런던에 있었는지를 밝히지 않은 캠벌리는 이미 다른 사람들이 있는 곳으로 가고 있었다. 그는 캠벌리의 뒤를 쫓다가 자신이 표를 사지 않았다는 사실을 기억하고는 매표소로 달려갔지만, 표를 사서 돌아왔을 때 그 사람들은 사라지고 없었다.

문 바로 안쪽에는 환한 붉은색 이정표가 여러 전시회를 화살표로 가리켰다. '북대서양 전투', '홀로코스트', '대공습의 삶'. 캘빈은 마지막 화살표를 따라 복도를 걸어갔고 모래주머니들을 쌓아 놓은 출입구에 도착했다. 모래주머니들 앞에는 물이 담긴 양동이가 있었고, 양동이 안에는 휴대용 손 펌프가 있었다. 문 위에는 '지금이 그들의 가장 화려한 시기이다. 윈스턴 처칠'이라고 적혀 있었고, 그가 문을 통과해 들어가자 공습 사이렌이 울리기 시작했다.

캘빈은 흑백 사진 액자들이 걸린 짧은 복도에 있었다. 불에 탄 교회, 런던 상공에 줄지어 있는 방공 기구들, 폭격당한 집들이 있는 거리, 연기와 화염의 바닷속에 떠 있는 세인트폴 대성당의 돔 사진 등이었다. 복도 끝에는 또 다른 출입구가 있었고, 그 문에는 두꺼운 검은 커튼이 걸려 있었다. 그 너머 어디선가, 비행기들의 윙윙거리는 소리와 폭탄이 터지는 소리가 들렸다. 그는 커튼을 지나갔다.

그리고 완벽한 암흑으로 들어섰다. "등화관제 중이므로 어둠에 유의하십시오." 녹음된 목소리가 말했다. 캘빈은 어둠 속을 응시하며 캠벌리를 찾았다. 캠벌리는 보이지 않았지만, 눈이 차차 적응함에 따라 검은 선들이 가로질러 쳐진 둥글고 하얀빛 두 개가 보였다. 자동차 전조등이 분명했다. 그리고 바닥에는 전조등 불빛에 희미하게 밝혀진 흰 줄이 난 길이 또 다른 커튼 쳐진 문으로 이어졌다. 그리고 그 문을 들어서자 캠벌리가 있었다. 캘빈은 캠벌리에게 다가가기 시작했다.

"코너?" 캘빈의 뒤에서 어떤 여자가 부르는 소리가 들렸다. 그는 돌아보았지만, 이곳에서 자기 이름이 코너가 아니라는 사실을 기억했고, 동작을 멈추고는 무의식적인 자기 행동이 어둠 속에 가려 안 보였기를 바랐다. '나치가 영국 간첩을 이런 식으로 잡았지.' 캘빈은 생각했다. '갑자기 본명을 부르는 방식으로 말이야.'

캘빈은 계속 캠벌리를 따라갔다.

"코너?" 여자의 목소리가 다시 들렸고, 캘빈은 누군가 자기 팔을 잡는 걸 느꼈다. "너일 거 같더라니까. 정말 멋진 우연이야! 여기서 뭐 하는 거니?"

50

보이는 것이라고는 성의 탑 꼭대기들뿐이었고,
그나마도 아주 멀리서만 보였습니다.

—《잠자는 숲속의 미녀》

웨일스, 1944년 5월

포로수용소는 포츠머스 근처에 있지 않았다. 그곳은 글로스터
셔에 있었고, 어니스트와 세스는 그곳에 가기 위해 밤새 운전을
해야 했다. 그들은 두 번 길을 잃었다. 한 번은 등화관제 때문에
아무것도 볼 수 없어서였고, 두 번째는 이정표가 없기 때문이었
다. "사실, 잘된 일이기도 해." 지도를 보려 애쓰며 세스가 말했다.
"만약 이정표가 있었다면 우리 속임수는 애초에 망했을 테니까."
'대령을 찾지 못해도 속임수는 똑같이 망해.' 어니스트가 짜증
을 내며 생각했다. 살트램-온-시의 그 끝없이 길었던 날 이후로
이렇게 피곤한 날은 처음이었다. 만약 '제인여왕호'가 있었다면 그
는 기꺼이 선실에 들어가 잤겠지만, 근처 어디에도 바다는 없었
다. 아니, 그 무엇도 없었다. "우리가 어디에 있는지 알겠어?" 어

니스트는 세스에게 물었다.

"아니, 지도를 봐서는…, 이런 젠장, 엉뚱한 지도였잖아." 세스가 다른 지도를 펼치고 살피더니 이윽고 길을 바라보았다. "마지막 교차로로 돌아가." 세스는 말했고, 어니스트가 차를 돌리자 덧붙였다. "좋은 생각이 났어. 난 우리가 길을 잃어야 한다고 생각해."

"우리는 이미 길을 잃었어."

"아니, 내 말은 폰 슈프레히트 대령을 태운 다음에 말이야. 우리가 어디에 있는지 모르는 척하는 거야."

"길을 잃은 척할 필요도 없을걸." 교차로에 도착했을 때 어니스트가 말했다. "어느 길로 들어서야 하는데?"

세스는 어니스트의 말을 못 들은 척했다. "네가 '우리가 어디에 있지?'라고 하면 나는 '여기, 캔터베리야.'라고 말을 하고, 너는 '지도를 줘봐.'라고 하는 거야. 그리고 우리 둘은 지도를 들어서 대령이 지도를 볼 수 있게 해. 그러고는 현재 위치를 두고 논쟁을 벌이는 거지. 사람들은 논쟁할 때면 하지 말아야 할 말까지 하는 법이고, 그때 정보를 흘리는 게 내가 뜬금없이 '여기는 캔터베리야.'하는 것보다 훨씬 믿음직하게 들릴 거야. 어떻게 생각해?"

"내 생각에, 지금 네가 해줘야 할 말은 우리가 어느 길로 들어가야 하는가인 것 같은데."

"왼쪽 길. 아, 그리고 대령이 들으면 안 되는 뭔가를 말해야 할 경우를 대비해 암호를 정해야 해. 가령 내가 '펑크가 난 거 같지 않아?'라고 말하는 거지. 그러면 너는 차를 멈추고, 우리는 차에서 내려 대화를 하는 거야."

"안 돼. 펑크 같은 건 대령도 알아차릴 수 있다고. '엔진 노킹 소리가 났어.'라고 말하는 건 어때?"

"그래, 그게 좋겠다. 그러면 엔진 덮개를 열어야 하고, 그러면 대령이 우리 입술을 읽지 못할 테니까. 만약 내가 엔진 노킹 소리를 들었다고 하면 넌 차를 세우는 거야. 아니, 지금 말고. 왜 차를 세우는 기야?"

"왜냐하면 왼쪽 길은 틀린 게 분명하니까." 어니스트가 말하며 도로를 가리켰다. 도로는 양들이 가득한 목초지 중간에서 끝나 있었다.

"아, 미안." 세스가 말하고 지도를 다시 살폈다. "교차로로 다시 돌아가서 오른쪽 길로 들어가."

"너 우리가 어디에 있는지 모르는 거지?" 어니스트가 차를 후진하며 물었다.

"응." 세스가 밝은 목소리로 인정했다. "하지만 날이 밝고 있어. 그러니 길을 찾기가 쉬워질 거야."

이런 식으로 웨일스를 몇 시간이고 헤맬 줄 미리 알았더라면, 어니스트는 군 캠프에 가는 길에 〈클라리온 콜〉에 먼저 들러 기사들을 전달하고 가겠노라고 고집을 부렸을 것이다. 그래봤자 겨우 30분 돌아가는 것에 불과했고, 그랬다면 이 빌어먹을 여행에서 적어도 뭔가 결실을 얻었을 것이다. 아무래도 데니스 애서튼이 어디에 있는지 물을 기회는 결코 없을 듯했다. 심지어 포로수용소가 어디에 있는지 물어볼 사람조차 없었다.

"이제 어느 길로 가야 하는데?" 어니스트가 물었다.

"왼쪽…. 아니, 오른쪽…." 세스가 자신 없이 말했다. "아니, 곧장 직진해." 그가 가리켰다. 저게 포로수용소야."

어니스트는 게이트로 차를 몰고 갔다. "우리 신분이 뭐라고 했지?"

세스는 서류들을 확인했다. "나는 월커슨 중위이고, 넌 애보트 중위야."

"우리는 애보트 중위와 월커슨 중위이고, 폰 슈프레히트 대령을 데리러 왔어." 어니스트가 보초에게 말했다. 보초는 그들의 서류를 힐끗 보고 돌려주고는 포로수용소 소장실 쪽을 향해 손을 흔들었다.

"두 분이 오셨다고 중령님께 알리겠습니다." 하사가 말했다. "여기서 기다리십시오." 그는 소장실로 사라졌다.

1시간이 지났지만 둘은 여전히 기다리고 있었다. "왜 이리 오래 걸리는 거야?" 세스가 불안한 목소리로 물었다. 그는 일어나 창으로 가 밖을 살폈다. "날씨가 맑으면 어쩌지?"

"일기예보에서는 온종일 구름이 끼고 오후에는 비가 온다고 했어." 어니스트는 말하고 대령을 데리고 가야 할 길을 살펴보았다. 길은 상륙작전 집결지의 중앙을 똑바로 통과했다. 그리고 데니스 애서튼이 저기 어디에 있을 것이다. 만약 찾을 수만 있다면.

"일기예보가 틀리면 어쩌지? 도버의 가짜 정유소 개관식에 가는 날도 일기예보가 틀렸잖아. 그날 날씨가 갤 거라고 했지만 우리는 거의 물에 빠져 죽는 줄 알았어. 만약 오늘 날이 개면 대령은 태양의 방향을 보고 우리가 어느 방향으로 가는지 알 거고, 우리가 뭐라 하든 소용이 없을 거야."

"개지 않아. 걱정 그만해." 어니스트는 여전히 애서튼에 관해 생각하며 대답했다. 차에 독일군 포로가 있는 상황에서 어떻게 해야 애서튼을 찾을 수 있을까? 혹여 세스를 만족하게 할 만한 평계를 생각해낸다 할지라도 그가 묻는 사람은 진짜 위치를 언급할 것이고, 그는 이 임무를 망칠 위험을 무릅쓸 수는 없었다.

어니스트는 역사학자가 사건들에 영향을 끼칠 수 있는지를 알았으면 좋겠다는 생각을 벌써 수천 번째 하고 있었다. 그리고 남포티튜드의 기만 작전이 성공했는지도 알고 싶었다. 독일은 폰 슈프레히트 대령의 말을 믿었을까? 아니, 물어보기는 했을까? 그리고 독일군은 가짜 사진 작전들과 치밀하게 작성된 〈클라리온 콜〉과 〈주간 쇼핑객〉과 〈위클리 배너〉의 기사들 내용을 믿었을까? 믿었다면 어느 것을? 원래는 어니스트가 어제 〈클라리온 콜〉에 전달해야 했던 그 기사를?

"확실히 날이 맑아지고 있어." 세스가 말했다. "하늘 일부가 파란 걸 분명히 봤어. 만약 그자가 탈출하려 들면 어쩌지?"

"누구?"

"포로. 만약 그자가 도망치려 하면 어쩌지? 아니면 우리를 죽이려 들면? 그자는 위험한⋯."

"그자는 아파." 어니스트가 말하며 인상을 찡그리고 지도를 살폈다. "그래서 본국 송환을 하는 거고. 만약 위험한 존재라면 우리를 보냈을 리가 없잖아."

"만약의 경우에 말이야. 농부의 황소 기억나?"

"그자는 수갑을 찰 거야. 폰 슈프레히트 대령이야, 황소가 아니라고. 이리 와서 우리가 운전해 갈 길을 알려줘."

세스는 지도를 따라 경로를 짚어줬다. "우리는 윈체스터를 통과해. 우리는 그곳이 캔터베리라고 말할 거야. 그런 뒤엔 대령이 상륙작전 군대를 볼 수 있도록 남쪽으로 포츠머스를 향해 갈 거고, 그다음⋯."

"우리는 윈체스터를 통과해 갈 수 없어." 어니스트가 말했다. "그곳의 성은 캔터베리의 성하고는 전혀 닮지 않았어. 우회해 가야 해." 세스가 고개를 끄덕였고, 다른 지도에 메모했다. "그리고 솔즈베리도 확실히 피해 가는 게 좋을 거야. 대령은 첨탑을 알아볼 거야."

"그건 몇 킬로미터 밖에서도 보이지." 세스가 좌절하며 말했다. "경로를 완전히 다시 잡아야겠군."

'좋았어.' 어니스트는 생각했다. '그러면 네가 경로를 짜느라 바빠서 아까처럼 내내 창밖만 보지 못할 테니까.'

어니스트는 세스 때문에 덩달아 초조해지고 있었다. 왜 이리 오래 걸리는 걸까? 지금까지 허비한 시간이면 독일군 전체를 본국으로 송환시키고도 남았을 듯했다.

세스는 새로운 경로를 계산한 다음 어니스트를 위해 적어주었고, 다시 하늘을 확인하기 위해 창으로 갔다. "만약 미국인들이 새로운 이정표들을 세웠으면 어쩌지? 만약 대령이 자기가 어디에 있는지를 알게 되면…."

"그러지 못할 거야. 그러니 걱정 그만해. 그리고 말도 그만하고. 대령을 데려오기 전에 난 이 경로를 외워야 해." 어니스트가 말했다.

덕분에 세스는 5분 동안 침묵을 지켰지만, 이윽고 다시 말했다. "서류 몇 장에 서명하는 데 왜 이리 오래 걸리는 거야? 설마 우리 신분을 확인하고 있는 건 아니겠지? 만약 알제논이 포로수용소 소장에게 작전 설명을 안 했고, 수용소에서 우리 신분이 가짜인 걸 알게 되어 우리를 간첩이라고 여기면 어쩌지?"

"우리 간첩 맞아."

"내 말이 무슨 뜻인지 알잖아."

"우리를 간첩이라 생각하지 않을 거야. 그리고 날씨는 맑아지지 않아. 그러니 안달복달 그만해. 영화에서 못 봤어? 간첩들은 언제나 냉철함을 유지해야 한단 말이야."

"하지만 만약…." 문이 열리더니 상사가 다시 들어왔고, 그 뒤를 따라 수용소 소장과 경비병 둘, 그리고 그 둘 사이로 독일 장교 군복을 입은 포로가 들어왔다.

어니스트의 생각은 틀렸다. 포로는 수갑을 하고 있지 않았다. 하지만 그럴 필요가 없었다. 그는 경비병들 팔에 힘겹게 몸을 의지했고, 얼굴이 납빛이었다. "어서 오게, 중위들." 소장이 어니스트와 세스 쪽으로 고개를 끄덕이며 말했고, 이윽고 포로를 돌아보았다. "폰 슈프레히트 대령, 당신은 스위스 적십자가 만든 프로그램에 따라 본국으로 송환됩니다. 이 둘은 당신을 런던으로 데려갈 것이며, 그곳에서 당신은 배를 타고 브레머하펜으로 갈 겁니다."

폰 슈프레히트 대령은 소장의 말을 전혀 이해하는 것 같지 않았다. 만약 텐싱이 틀렸으며, 대령이 영어를 말할 수 없다면? 하지만 소장이 "내 말 알아들었습니까, 대령?" 하고 물었을 때 대령은 희미한 독일 악센트로 "아주 잘 알아들었습니다."라고 말했다. 그는 말을 하며 몸을 바로 세웠지만, 경비병들이 거의 그를 들다시피 부축해 차로 데려가야만 했다. 대령은 배로 바다를 건너는 건 고사하고 차를 타고 가는 것조차 버거울 듯했다. 그리고 세스 역시 같은 생각을 하는 듯했다.

"가는 길에 대령이 죽으면 어쩌지?" 경비병들이 대령을 뒷좌석에 앉힐 때, 세스가 속삭였다.

세스와 어니스트는 차에 탔다. 어니스트는 차 시동을 걸었고, 대령이 보이도록 백미러를 조정했다. 대령은 뒷좌석에 몸을 기댔고, 눈을 감고 있었다.

'가는 내내 저런 상태라면 우리 계획은 무용지물이 될 텐데.' 어니스트는 차를 남쪽으로 몰아 스윈던으로 향했고, 가끔 백미러로 대령의 상태를 확인했다. 그는 여전히 두 눈을 감고 있었다. 어니스트는 마을로 들어서며 갑자기 초조해졌다. 만약 이곳에 스윈던이라는 이정표가 단 하나만 있어도….

하지만 미국인들이 이정표를 세웠으면 어쩌나 하는 세스의 걱정은 기우였고, 전쟁 초기에 이정표들을 없애는 임무를 맡은 게 민방위대인지 아니면 다른 누구인지는 모르겠지만, 그들은 확실하게 일 처리를 해두었다. 기차역에는 아무 이름도 없었고, 심지어 중심가를 가리키는 화살표마저도 없었다.

"여기가 브레드 맞지?" 세스가 지도를 보며 물었다. 어니스트가 고개를 끄덕이자 그는 말했다. "다음 모퉁이에서 북쪽으로 가면 혼스 크로스가 나오고, 거기서 벡클리로 연결된 옥스니 로드를 타."

"쉿. 대령이 들으면 어쩌려고 그래?" 어니스트가 미리 약속한 대로 속삭였다.

"걱정하지 마. 대령은 잠들었어." 세스가 뒤를 힐끗 살피고 말했다. "노운슬리에서 잠시 쉬었다 갈 수는 없겠지?"

"거기는 왜?"

"그곳에 내가 아는 여자가 있거든. 해군 여성 부대원이야. 베티라고, 패튼 장군의 운전사야."

"패튼 장군의 본부는 에식스에 있잖아. 첼름스퍼드에."

"맞아. 하지만 베티는 노운슬리에 숙소가 있고, 그 집주인은 아주 이해심이 많기까지 해. 어떻게 생각해?"

"안 돼." 어니스트가 말했다. "우리는 노운슬리에서 멈출 수 없어. 도버에서도. 이 포로를 데리고 곧장 런던으로 가서 국방성에 넘기는 게 우리 임무라는 걸 너도 잘 알잖…."

"쉿." 세스가 말하며 뒷좌석을 엄지손가락으로 가리켰다. "깨어 있어."

어니스트는 어깨너머로 뒷좌석을 힐끗 보고는 대령을 불렀다. "폰 슈프레히트 대령님, 거기서 불편하지는 않으십니까?"

"괜찮네. 고마워." 대령이 말했다.

"뭔가 필요하시면, 말씀만 하시면 됩니다. 우리는 대령님을 잘 돌봐드리라는 지시를 받았습니다."

"차를 드시겠습니까?" 세스가 보온병을 들어 보였다.

"고맙지만 됐어."

"담배는요?"

"됐어." 대령은 간결히 말했지만, 적어도 그는 깨어 있었고, 그들이 보여주려 했던 것들, 즉 텐트와 군용 차량과 장비로 가득한 들판을 보고 있었다. 어니스트는 이정표 없이도 원래 짜둔 경로를 제대로 갈 수 있을지 걱정했었지만, 그들이 어느 길을 택하는가는 문제가 되지 않을 것이다. 그들이 지나가는 모든 길은, 심지어 좁은 시골길마저도 군용 간이 건물들이 서 있거나 지프들이 빽빽하게 주차되어 있거나 이동용 방공포들이 있었다. 목초지 한 곳에는 어니스트와 세스가 만들었던 것과 똑같이 생긴 탱크 궤도 자국이 이리저리 나 있었다. 다만 목초지 저 끝 숲 아래 반쯤 숨겨진 탱크들은 고무풍선이 아니었다. 그것들은 진짜였다. 그리고 그 너머 멀리 거대한 피라미드처럼 쌓아 놓은 기름통들과 탄약통들도 진짜였다.

하지만 어니스트가 백미러를 힐끗 보았을 때, 대령은 다시 눈을 감고 있었다. 이렇게 안락한 차를 가져오면 안 되는 거였다.

"폰 슈프레히트 대령님." 어니스트가 말했다. "거기 춥지 않으십니까? 깔개를 드릴까요?"

"아니." 그는 눈을 뜨지 않고 말했다.

"5월치고는 좀 춥군요." 어니스트가 말했지만 대령이 대답하지 않자 세스가 물었다. "독일도 이런 날씨가 있습니까?" 여전히 답이 없었다.

"독일 어느 지역에서 오셨습니까?" 어니스트가 물었지만 대령은 코를 골기 시작했다.

'당신은 잠들면 안 돼.' 어니스트는 생각했다. '우리가 이러는 건다 당신 때문이라고.' 그는 커다란 진흙 구덩이를 지났지만, 차가 덜컹거려도 대령은 잠에서 깨지 않았다. 차를 멈추면 깨겠지만, 그들이 지나는 모든 들판은 진형 훈련을 하고, 체조를 하고, 보급품을 싣고, 식당 텐트 밖에서 줄을 선 군인들로 가득했다. 차를 멈추면 그 군인들 가운데 한 명이 분명 차로 와서 방향을 알려주겠노라고 할 것이다. 그래서 어니스트는 계속 차를 모는 수밖에 없었다. 대령이 보기로 되어 있는 모든 것들을 그냥 지나치면서.

앞쪽에 마을이 보였다. '좋았어. 만약 저기에 주유소가 있다면, 멈춰서 주유를 해야겠어.' 어니스트는 생각했지만, 마을의 유일한 도로에는 주유소가 없었고, 바로 앞쪽으로는 (이런, 맙소사!) 이정표가 있었다. 이정표를 읽을 수 있을 정도로 가깝지는 않았지만 글자들이 보였고, 화살표가 반대방향을 가리키는 것도 보였다. 그리고 차를 돌릴 만한 옆길도 없었다.

어니스트는 백미러를 힐끗 보며 제발 대령이 아직 잠들어 있기를 바랐다. 그는 잠들어 있지 않았다. 그리고 얼마 지나지 않아 대령은 이정표를 볼 것이다. "저것 봐." 어니스트가 도로의 맞은편을 가리키며 말했다. "낙하산병이야!"

"어디?" 세스가 말했다. 세스는 어니스트 쪽으로 몸을 기울이며 밖을 살폈고, 대령도 그 시선을 좇았다.

"저기." 어니스트가 아무것도 없는 곳을 가리키며 말했다. "내가 듣기로는, 우리가 상륙작전을 펼치기 전날 밤에 미국인들이 낙하산병 2만 명을 파드칼레로 보낼 계획이래." 그리고 세스와 대령이 하늘을 멍하니 바라보는 동안, 어니스트는 쏜살같이 이정표를 지났다.

하지만 어니스트는 사실 공황 상태에 빠질 필요가 없었다. 이정표 하나는 화살표 옆에 '베를린'이라 적혀 있었고, 다음 이정표는 '멋진 USA'라고 적혀 있었다.

어니스트는 대령이 이정표를 봤길 바라기까지 했지만, 뒤를 힐끗 보았을 때 대령은 다시 눈을 감고 있었다.

어니스트는 1킬로미터를 더 간 다음 비행기가 가득한 비행장 맞은편에서 급정지했다. "이 길이 아닌 거 같아." 그가 말했다. "우리는 이 비행기들을 아까 지났어."

"아니, 저것들은 허리케인이야." 세스가 말했다. "아까 것들은 템페스트였어."

"아니, 템페스트가 아니었어. 아까 마지막 교차로에서 왼쪽으로 방향을 틀었어야 해." 세스가 여전히 눈치를 못 채자 어니스트가 말했다. "우리는 길을 잃었어."

"아." 세스가 드디어 깨닫고 대답했다. "아니, 이게 맞는 길이야." 세스는 지도를 펼쳤다. "봐, 여기가 우리가 있는 곳이야. 우리는 뉴처치를 통해 왔고 저쪽이 호킹이야."

"지도 좀 줘 봐, 내가 봐볼게." 어니스트가 말하며 세스에게서 지도를 낚아챘고, 대령도 볼 수 있게끔 지도를 들었다. "우리가 어디에 있다고?"

"여기. 뉴처치 바로 북쪽." 세스가 가리키며 말했다. "봐, 여기가 그레이브센드, 우리가 대령을 태운 곳이야. 우리는 벡클리를 가로질러 왔고 그다음에는 옥스니 로드를 탔어."

어니스트는 백미러를 몰래 훔쳐보았다. 대령은 세스가 지도에서 그들이 지나온 길을 짚어나가는 모습을 유심히 보고 있었다.

"그리고 이게 우리가 지금 있는 길이야. 이 길을 따라가면 도버를 가고, 거기에서 올드 켄트 로드를 따라 런던으로 갈 거야."

"네 말이 맞아." 어니스트가 말하며 차 시동을 걸고 기어봉을 잡아당겼다. 기어가 갈리는 소리가 났다. 그는 기어봉을 앞뒤로 움직이며 기어를 바꾸려 했고, 마침내 후진 기어가 들어갔다. 그는 차를 다시 도로에 올린 뒤 운전을 해 더 많은 막사와 창고들을 지났고, 몇 개나 지났는지 헤아리다 까먹을 정도로 많은 비행장을 지났다. 비행장들에는 P-51과 DC-3들이 날개 끝끼리 바짝 붙을 정도로 빽빽이 주차되어 있었다.

"세상에, 저것 좀 봐." 세스가 경탄한 듯 말했고, 어니스트는 그게 단지 대령이 들으라고 한 말인지 아닌지 가늠이 안 갔다. 어니스트는 D-데이 상륙작전의 규모가 대단했다는 사실을 알고 있었지만, 그 준비 작업의 규모는 인간이 상상할 수 있는 한계 너머였다. 수만 대의 비행기와 탱크와 트럭과 엄청난 장비들이었다.

그들이 차를 몰고 가는 동안 대령은 점점 더 안색이 잿빛이 되어갔고, 가짜 탱크에 바람이 빠지듯 몸도 축 늘어졌다.

'이런 병력에 대항해 이길 수 없다는 걸 아는 거야.' 어니스트는 생각했다. 그는 이 또한 계획 일부였는지, 상륙작전이 칼레에서 벌어질 거라고 폰 슈프레히트를 속이는 것뿐 아니라 연합군 병력의 압도적 우세를 보여 독일의 저항이 소용없다는 걸 인식시키는 것도 이번 여행의 목표였는지가 궁금했다. 만약 그렇다면, 그 계획은 성공하고 있었다. 대령은 1킬로미터씩 지날 때마다 점점 더 희망이 꺾여 보였다.

하지만 끝없이 이어지는 막사들, 들판에서 대규모로 훈련하거나 트럭들에 미어터지게 타고 그들을 지나는 군인들에게 영향을 받은 건 대령만이 아니었다. '이렇게 막사들과 군인들이 많으니 나는 절대로 애서튼을 찾지 못할 거야.' 어니스트는 생각했다. 그는 이미 군인으로 가득한 들판을 50개는 지났고, 앞으로도 임시 캠프를 수백 개는 지나야 할 것이다. 애서튼은 그 가운데 어디에든 있을 수 있었다. 어니스트가 앞으로 5주, 아니 3주 안에 애서튼을 찾아낼 방법은 없었다. 지금 당장 세스와 대령을 차에서 내쫓고 6월 5일까지 모든 육군 본부에 접촉해 애서튼에 관해 묻기 시작한다 해도 가망이 없었다.

"내가 만난 친구 말로는 잉글랜드 이곳에 백만 명이 있다더라." 세스가 말했다. "그 말이 맞는 거 같아?"

'아니.' 어니스트는 씁쓸하게 생각했다. '2백만 명이야.'

"내 말은, 그렇게 사람이 많으면 그 무게로 켄트가 무너져내릴걸. 어쩌면 방공 기구들이 그래서 있는지도 몰라." 세스가 말하며 앞쪽 하늘에 보이는 수백 개의 은빛 얼룩들을 가리켰다. "잉글랜드가 가라앉지 않도록 붙들고 있으려고." 세스가 씩 웃었다. "곧 도버에 도착할 거야." 세스는 지도를 보며 말했다.

포츠머스라는 뜻이었다. 그건 비록 그들이 늦게 출발했지만 일정대로 움직이고 있다는 의미였다. 적어도 뭔가는 제대로 되고 있었다. 이런 식이라면 3시에는 런던에 도착하고, 아마도 〈클라리온 콜〉 데드라인 전에 제퍼스 씨에게 기사들을 전달할 수 있을 것이다.

너무 이른 기대였다. 5백 미터 정도 갔을 때 그들은 아주 느리게 움직이는 트럭들로 구성된 수송대를 만났다. 어니스트 일행은 캔버스 천으로 뒤덮은 4륜 구동차 뒤에 있었기에 주위를 볼 수 없었고, 그 4륜 구동차는 속력을 늦추더니 거의 기어가는 수준이 되었다. "왜 저러는지 알아?" 어니스트가 세스에게 물었다.

"아니." 세스가 말하고는 창을 내리고 몸을 밖으로 내밀었다. "우리는 마을로 진입하고 있어. 버마쉬인 듯해." 앞의 괴물은 교회와 술집 사이에서 멈추었고, 양쪽 어디로도 지나갈 만한 공간이 없었다.

세스는 다시 몸을 내밀었고, 이윽고 내려 트럭으로 다가갔다. "상황이 안 좋아 보여." 세스는 돌아와 차에 타며 말했다. "시선이 닿는 끝까지 차량과 탱크와 대포들이 있어. 그리고 곧 움직일 기미도 안 보이고. 화물차 엔진 덮개 위에 앉아서 차를 마시고 샌드위치를 먹고 있는 사람들도 있어."

"온 길로 돌아가야 해." 어니스트가 말했다. 세스는 고개를 끄덕이더니 지도에 손을 뻗었다. 어니스트는 클러치를 넣고 후진 기어를 넣으려 했다. 갈리는 소리가 나며 기어가 들어가지 않았다.

앞차에서 뭔가 움직임이 보여 어니스트는 고개를 들고 앞을 힐끗 보았다. 미국 헌병이 그들 쪽으로 다가오고 있었다.

'맙소사.' 헌병은 그들이 어디에 가는지를 물을 것이다. 어니스트는 기어봉을 이리저리 움직이며 후진 기어를 넣으려 애썼지만,

기어는 들어가지 않았다. "세스." 어니스트가 재빨리 거울을 보며 말했다. 대령이 다시 잠들어 있기를 바랐다. 하지만 대령은 잠에서 깨어 흥미로운 눈으로 상황을 지켜보았다.

"세스, 대령님이 한기가 들기 전에 창문을 올려." 어니스트가 말했다. "세스!"

"응?" 지도에 얼굴을 박은 채로 세스가 말했다.

헌병은 차에 거의 다 와 있었다. 어니스트는 기어봉을 잡아당기며 어느 단이든 상관없이 기어를 넣으려 애썼다. "제발 그 창문 좀 올려, 세스!"

"뭐?" 세스가 말하고 마침내 고개를 들었지만, 이미 너무 늦은 뒤였다. 헌병은 창문에 다 와 있었다. 세스는 공황 상태에 빠진 표정으로 어니스트를 보았다. "여기에 군인이…."

"나도 봤어." 어니스트가 험악하게 대꾸하고는 절박한 심정을 담아 마지막으로 기어봉을 잡아당겼다. 후진 기어가 들어갔고, 어니스트는 클러치를 놓았다. 그리고 엔진이 꺼졌다.

헌병이 몸을 숙였다. "이 길로는 지나가실 수 없습니다. 저 앞쪽에 군대와 장비들이 가득합니다. 오셨던 길로 돌아가셔야 합니다."

"알았어." 어니스트가 말하고 차 시동을 걸었다. "미안."

"어디로 가시던 길이었습니까?"

'포츠머스라고는 말하지 마.' 어니스트가 세스에게 마음속으로 명령했다. '도버라고도 하지 말고.' "번베리." 세스가 말했다.

"방해가 안 되도록 곧바로 이곳을 떠나도록 하겠네." 어니스트가 말했고, 차에 기어를 넣었다. 그는 의자 등받이에 팔을 대고 뒤를 보았고, 픽업트럭이 뒤에 와 선 것을 알아차렸다.

"번베리라고 하셨습니까?" 헌병이 반복해 말했다. "반베리 말씀이십니까?"

그곳은 블레츨리 파크와 가까운 곳이었다. 어니스트가 세스를 가로질러 몸을 기울였다. "우리 뒤에 차가 와서 막혔어. 뒤차에 길을 터달라고 해줄 수 있겠나?"

헌병은 고개를 끄덕였지만, 픽업트럭 운전사는 이미 알아서 길을 비키더니 어니스트 옆쪽으로 차를 몰고 와 한 뼘 간격을 두고 차를 세웠다.

'좋았어.' 어니스트는 생각했고, 후진하기 시작했다. 하지만 그 순간 해군 여성 부대원이 운전하는 지프 한 대가 와서 두 차 뒤에 멈춰 섰다.

"번베리는 브랙넬 근처야." 세스는 다시 창문으로 몸을 숙인 헌병에게 말하고 있었다. "어퍼 텐싱 서쪽이지."

"어퍼 텐싱요? 그곳이 혹시 포…."

"로우어 텐싱 근처야." 세스가 절박한 목소리로 말했다.

곧 재난이 닥칠 것이다. 어니스트는 어떻게든 헌병을 차에서 떼어내 대령이 들을 수 없는 곳으로 데려가 자기들 임무를 설명해야 했다. 어니스트는 서류를 움켜쥐고 차 문을 열었지만, 문은 픽업트럭에 막혀 한 뼘 정도 열리는 게 고작이었고, 그가 좁은 공간을 비집고 나가 차의 반대쪽까지 갈 동안이면 헌병은 뭔가 치명적인 말을 할 것이고, 그는 제때 그것을 막을 수 없을 것이다.

헌병이 이미 말하고 있었다. "전혀 들어본 적이 없는 지명입니다. 혹시 그곳들이 포…."

"우리는 애서튼 대위님을 찾고 있어." 어니스트가 세스 너머로 몸을 기울이며 끼어들었다. "애서튼 대위님 찾는 걸 도와줄 수 있나?" 세스는 안도한 표정으로 어니스트를 보았고, 어니스트는 헌병이 그런 세스의 표정을 보지 못했기를 바랐다.

헌병은 보지 못했다. 그는 헬멧을 뒤로 밀고 머리를 긁적였다. "애서튼 대위님요?"

"그래. 우리 앞에 있다는 말을 들었어. 대위님에게 가서…."

"왜 길이 막힌 거지?" 지프를 몰던 해군 여성 부대원이 캐물으며 헌병에게 다가왔다. "왜 막힌 거야?"

"이 길로 가실 수 없습니다." 헌병이 그녀에게 말했고, 어니스트는 그 틈을 타 문을 열고 좁은 틈으로 간신히 나올 수 있었다. 그는 나오며 서류들을 가지고 나왔고, 재빨리 차를 돌아가 조수석 쪽의 헌병에게 갔다. 헌병은 해군 여성 부대원에게 지프를 돌려야 한다고 말하고 있었다. "사단 전체가 임시 캠프로 이동 중입니다." 헌병이 말하고 있었다. "통과해 갈 방법이 없습니다."

해군 여성 부대원은 짜증 난 듯했다. "하지만 나는 꼭 포…."

"난 지금 당장 애서튼 대위님을 만나 대화를 해야 해." 어니스트가 딱딱거렸다. "나를 야전 전화기로 안내해. 지금. 당장."

"네, 알겠습니다." 헌병이 말했다.

"잠깐!" 해군 여성 부대원이 말했다. "그러면 나는…."

"그리고 그 지프를 이동해요, 중위!" 어니스트가 해군 여성 부대원에게 명령했다.

"이쪽입니다." 헌병이 말하고 어니스트를 데리고 화물차를 지났다. "애서튼 대위님께 지금 당장 모시고 가겠습니다."

'그 말이 진실이면 얼마나 좋을까.' 어니스트는 생각하며 헌병을 따라갔다. 헌병을 시켜 야전 전화기로 애서튼의 위치를 알아내게 하고 싶은 마음이 굴뚝 같았지만, 군인 수백 명에 둘러싸인 상황에서는 감히 그럴 수 없었다. 지금 당장에라도 누군가가 불쑥 '포츠머스'라는 단어를 내뱉을 수 있었다. 만약 폰 슈프레히트가 히틀러에게 가서 연합군이 잉글랜드 남서쪽에 집결하고 있다는 말을 하게 되면, 데니스 애서튼을 찾는 건 아무 의미가 없었다. 어니스트는 폰 슈프레히트를 어서 이곳에서 빼내야 했다. 한시가 급했다.

그리하여, 대령이 들을 수 없는 거리에 도달하자(세스는 아직도 그 빌어먹을 차창을 올리지 않았다), 어니스트는 곧바로 헌병 앞으로 가서 낮은 목소리로 말했다. "우리는 영국 정보부의 특별 임무를 수행 중이다. 우리는 무슨 일이 있어도 14시까지 포츠머스에 도착해야만 해." 그리고 그는 주머니에서 서류를 꺼내 '최우선'과 '특급 기밀'이라 찍힌 스탬프가 잘 보이도록 헌병 앞에서 흔들었다. "상륙작전에 관한 임무야."

헌병의 두 눈이 휘둥그레졌다. "네, 알겠습니다." 그가 말하며 앞쪽의 정체된 차량들을 바라보았다. "저 차량들을 이동시켜 이 차가 지나갈 수 있도록 하겠습니다⋯."

어니스트는 고개를 저었다. "그럴 시간이 없어. 우리 뒤를 막고 있는 저 차들만 치워줘."

"네, 알겠습니다." 헌병은 차로 돌아가기 시작했다.

해군 여성 부대원이 단호한 표정으로 그들에게 오고 있었다.

"차를 치우셨습니까?" 헌병이 다그쳐 물었다.

"아니. 자네는 이해 못 해. 나는 중요한 일로 포츠머스에 가야 한다고."

어니스트는 잽싸게 자기 차를 힐끗 보았다. 세스는 마침내 창문을 올린 상태였다. 다행히도.

"나는 중요한 배달이 있어." 해군 여성 부대원이 말하고 있었다.

헌병은 그녀를 무시했다. "아직도 애서튼 대위님을 찾아오길 원하십니까?"

어니스트는 고개를 저었다. "그럴 시간이 없어."

"애서튼?" 해군 여성 부대원이 말했다. "애서튼 '소령님'을 말하는 건가요?"

어니스트는 그녀를 빤히 바라보았다.

"아닙니다." 헌병이 말했다. "중위님은 애서튼 '대위님'을 찾고 계….

어니스트가 말을 잘랐다. "데니스 애서튼 소령인가요?" 그가 물었다.

"맞아요." 그녀가 말했다.

'맙소사.' "애서튼 소령님이 어디에 있는지 아십니까?"

"네. 포딩브리지의 임시 막사에 계십니다."

"여기서 그곳이 얼마나 멀지요?" 어니스트가 다그쳐 물었다.

"50킬로미터 떨어져 있습니다." 그녀가 말했고, 헌병이 덧붙였다. "솔즈베리 바로 외곽입니다."

즉 오늘 그곳에 갈 수는 없다는 의미였지만, 상관없었다. 그는 이제 캠프 이름을 알았다. 만약 애서튼이 며칠 안에 지금 사단처럼 임시 캠프로 이동하지만 않는다면 문제없었다.

해군 여성 부대원은 숄더백을 뒤지고 있었다. "그분 전화번호가 있습니다." 그녀가 말하더니 전화번호 적은 것을 꺼내 어니스트에게 내밀었다.

드디어 해낸 것이다. 3년 동안 계획을 짜고 수색을 한 끝에, 마침내 연락처를 얻어낸 것이다. '이렇게 쉬울 리가 없어.' 어니스트

는 생각했다. '마지막 순간에 뭔가 잘못될 거야.'

하지만 그렇지 않았다. 해군 여성 부대원은 웃으며 손을 흔들고 지프를 이동했고, 어니스트는 차에 타 말했다. "사단 전체가 임시 캠프로 이동 중이야. 패튼 장군의 명령이야. 헌병 말이, 우리는 에일쉠까지 돌아가서 도버로 가는 다른 길을 타야 한대." 헌병은 그가 차를 돌릴 때까지 차량통제를 해주었다. 그리고 윈체스터 로드는 텅 비었을 뿐 아니라 B-17과 플라잉 포트리스들이 줄지어 있었다.

"멋진 생각이었어." 엔진에서 노킹 소리가 들린다는 핑계로 차를 세웠을 때 세스가 말했다. "난 아까 거기에서 이제 끝장이구나 생각했는데 네 덕분에 잘 해결되었어. 애서튼이라는 사람이 그곳에 있는지는 어떻게 알았어?"

"몰랐어." 세스는 대령이 듣지 못하도록 목소리를 낮춰 말했다. "운이 좋았던 거야. 편집자에게 보내는 편지들 가운데 하나에 있던 이름을 쓴 거야."

"그러면 정말로 운이 좋았네. 그리고 아까 그 폭격기들을 지난 것도 운이 좋았고. 대령 얼굴을 봤어? 완전히 풀이 죽어 있더라. 완전히 속아 넘어갔어."

"여기와 런던 사이에서 아무 일도 일어나지 않는다면 그렇지." 어니스트가 냉담하게 말했다. "우리는 아직도 포츠머스를 지나야…"

"도버를 말하는 거겠지." 세스가 정정했다.

"도버를 지나야 해. 그리고 다음에 길이 막혔을 때는 이렇게 운이 좋지 않을 거야. 그리고 런던까지 가는 여정도 남았고. 만약 대령이 세인트폴 대성당이 엉뚱한 방향에 있는 것을 본다면…"

"네 말이 맞는 거 같아." 세스가 동의했다. "재난은 언제나 이젠 안전하다 생각하는 순간에 일어나니까."

세스 말이 맞았다. 둘이 차로 돌아오자마자 구름이 갈라지면서 파란 하늘이 보이기 시작했다. 어니스트는 가속페달을 밟으며 해안에는 좀 더 구름이 끼었기를 바랐다.

해안에는 구름이 끼어 있었다. 포츠머스에 도달했을 무렵엔 길에 안개 조각이 흐르기 시작했다.

'그렇다고 안개가 너무 끼진 말아야 할 텐데.' 어니스트는 생각했다. '그랬다가는 대령이 배를 볼 수 없어.' 하지만 배들은 확실히 보였다. 병력 수송선과 구축함과 전함들이 시선이 미치는 끝까지 정박해 있었다. 사실 안개는 해안 주변을 가리는 역할로 도움이 되었고, 그래서 세스가 '도버의 백악 절벽이 어느 쪽이지?'라고 물었을 때 어니스트는 보이지 않는 해안을 가리키며 '저쪽이야.'라고 말할 수 있었다.

세스는 '도버의 백악 절벽 너머에는 파랑새들이 있으리.'를 노래했고, 이윽고 말했다. "네 생각에는 언제일 거 같아? 우리 그…." 세스는 대령을 힐끗 돌아보았고, 대령은 즉시 눈을 감았다. 세스는 목소리를 낮추어 말했다. "그 있잖아. 그거."

"일러야 7월 중순일 거야." 어니스트가 말했다. 안개는 옅어지는 듯했다. 어니스트는 곧바로 부두를 떠나 내륙으로 들어가기 시작했다. 색이 희고 말고 할 것도 없이 여기엔 아예 절벽 자체가 없다는 것을 대령에게 들킬 순 없었기 때문이다. "그 전에는 날씨가 좋지 않을 거야. 그리고 미군이 아직 다 도착하지도 않았고."

세스가 말했다. "내 남동생이 에식스의 제2사단에 있는데, 8월이 될 거라더군. 하지만…." 세스는 '잠자는' 대령을 몰래 힐끗거린 뒤 말했다. "독일을 속이기 위해 그 전에 어딘가를 공격할 수도 있대. 여기서 방향을 바꿔." 세스는 지도를 보며 말했다. "그리고 다음 거리에서 다시 우회전하면 킹스턴으로 가는 길이 나올 거야." 그러면 그들은 포츠머스를 안전하게 빠져나와 런던으로 가는 길에 접어들 것이다.

"너는 너무 자신만만해하지 말라고 했지만, 나는 괜찮다고 생각해." 그들이 서류를 보여주기 위해 부대 집결지 경계에서 멈췄을 때, 세스가 기뻐하며 말했다. "우리는 어려운 일들을 드디어 다 해냈다고."

'맞아.' 어니스트는 생각했다. '나도 해냈어.' 도저히 실현 불가능해 보였지만, 어니스트는 애서튼이 어디에 있는지 찾아냈고, 시간도 한 달이나 남은 상태였다. 그리고 설사 그때까지 어니스트가 애서튼에게 갈 수 없다 할지라도, 전화해서 폴리와 에일린이 어디에 있는지 말할 수 있었다.

'하지만 가능한 한 빨리 해야 해.' 어니스트는 해슬러미어를 통과하며 생각했다. '애서튼의 강하 지점이 집결지 바깥에 있다거나 에일린의 경우처럼 일주일에 한 번 열릴 가능성이 있으니까.' 하지만 어떻게? 지부에서 전화할 수는 없었다. 만약 어니스트가 허가받지 않은 통화를 하는 걸 세스나 프리즘이 본다면….

'전화기를 찾아야 해.' 어니스트는 생각했다. '오늘 밤은 너무 늦어서 〈클라리온 콜〉 사무실이 문을 닫기 때문에 제퍼스 씨에게 원고를 전달할 수 없다고 세스에게 말하고, 내일 나 혼자서 기사를 전달할 방법을 찾아야 해.'

'하지만 그건 기사들이 일러야 다다음 주에 실린다는 뜻인데.' 어니스트는 생각했지만, 그건 이제 문제가 아니라는 사실을 깨달았다.

'이제 더는 메시지를 보낼 필요가 없어.' 어니스트는 기뻐하며 생각했다. '애서튼을 찾았잖아! 이제 내가 할 일은 폰 슈프레히트가 자신이 속았다는 사실을 눈치 못 채게 런던으로 데려가 국방성에 넘기기만 하면 돼.'

그리고 그것마저도 쉬울 듯했다. 잠든 척했던 대령은 진짜로 잠이 들었고, 세스 역시 차 문에 기대 입을 벌리고 잠이 들었다. 어니스트는 그 틈을 타 속력을 높여 킹스턴과 길드포드를 지났고, 진짜로 도버에서 출발해 런던에 들어올 때처럼 방향을 잡으려고 런던 남쪽 가장자리를 가로질러 갔다. 그렇게 하면 대령이 세인트폴 대성당을 보고 그 위치가 다르다고 생각해 작전 전체를 망칠 염려가 없었다.

어니스트가 북쪽으로 방향을 돌려 올드 켄트 로드로 들어섰을 때, 둘은 여전히 자고 있었다. '이제는 다 됐어.' 어니스트는 생각했다. '이제 내가 할 일은 대령을 관계자에게 넘기고….'

세스가 깨어났다. "우리가 어디에 있지?" 그는 졸린 목소리로 물었고, 이윽고 말했다. "엔진 노킹 소리를 들은 거 같아."

'이런, 맙소사. 이번에는 또 뭐야?' 어니스트는 대령을 힐끗 보았지만, 그는 여전히 잠든 듯했고, 가슴이 움직이는 거로 보아 죽은 것도 아니었다.

"저 앞에 주유소가 있어." 세스가 가리키며 말했다.

어니스트는 그 앞에 차를 몰고 가 정차를 했고, 둘은 차에서 내렸다. "뭐가 문제인데?" 엔진 덮개를 올리자마자 어니스트가 속삭였다.

"아무것도. 지도를 봐야 해서. 우리가 있는 곳이 어디야?"

"올드 켄트 로드야. 지도는 왜? 이 길로 쭉 가면 바로 화이트홀과 국방성이야."

"우리는 대령을 국방성으로 데려가지 않아." 세스가 말했다. "먼저 공식 만찬이 있어. 패튼 장군이랑. 우리 계획의 화룡점정이지." 그리고 잠시 후 그는 덧붙여 말했다. "아, 잘됐네. 언론에 발표할 내용을 내가 전달하러 갈 때도 지금 이 길을 그대로 가면 되겠네. 봐." 세스는 어니스트에게 지도를 보여주었다. "이 길을 따라 홀본 비아덕트로 간 다음 베이스워터 로드를 타고 켄싱턴으로 가서…."

'켄싱턴? 맙소사.' "만찬이 어디에서 있는데?"

"켄싱턴 궁전. 켄싱턴 가든스 서쪽 끝이야. 노팅힐게이트 역 바로 전."

51

내 차례가 될 때까지 그저 기다리고,
기다리고 또 기다렸다….

— *D-데이 전에 임시 막사에 있었던 종군 기자*

런던, 1941년 봄

그날 밤, 리케트 부인의 집에 머물렀던 다른 하숙생 두 명도 리
케트 부인과 함께 죽었다. 220킬로그램짜리 고성능 폭탄은 새벽
3시가 되기 몇 분 전에 그곳에 떨어졌다. 폭격은 그날 저녁 일찍
꽤 심했고(폴리가 아는 대로였다. 폴리는 ENSA 저녁 공연을 하며 폭
탄 소리 때문에 고함을 쳐대야만 했다), 시간이 흐르며 잦아들었다.
자정 무렵 독일은 그날 밤 폭격을 마친 듯 보였고, 2시 30분이 되
었을 때 리케트 부인은 집에 가서 자기 침대에서 자겠노라고 선
언했지만, 그러지 못했다. 그녀는 날아온 유리 파편을 맞고 자기
집 문간에서 죽었다.

다행히도, 라버넘 양과 히바드 양은 리케트 부인과 함께 가지
않았다. 둘은《신데렐라를 위한 키스》와《친애하는 브루투스》가

운데 어느 것을 낭독할지를 두고 도밍 씨 그리고 극단의 다른 단원들과 토론을 하고 있었다.

폴리는 리케트 부인보다는 그들과 훨씬 더 많은 시간을 보냈다. 하지만 그런데도 손상되고 불안정한 연속체는 리케트 부인을 죽였다. 그러니 극단 단원들이나 마저리 또는 험프리스 씨가 죽게 될 가능성은 얼마나 크단 말인가? 그리고 폴리가 날마다 만나고 그녀에게 이런저런 요령과 사정을 친절한 태도로 열심히 알려주는 해티를 비롯해 다른 ENSA 단원들은?

'당신들은 나랑 그 어떤 관계도 맺고 싶지 않을 거예요.' 폴리는 그 사람들에게 비명을 지르고 싶었다. '연속체는 계속해서 헛되이 자체 교정을 하려 들 거고, 다음번에는 나와 당신들 모두의 차례예요.'

하지만 그 사람들을 피할 수가 없었다. 모든 단원은 날마다 오후에는 무대에 모여서, 저녁에는 붐비는 무대 옆에서 연습했고, ENSA의 여자들은 분장실 하나를 다 같이 공유했다.

폴리는 할 수 있는 최선을 다했다. 폴리는 일찍 와서 먼저 분장을 마쳤고, 공연이 끝나고 함께 술이나 식사를 같이하자는 제안을 모두 거절했으며, 무대 뒤에서는 거의 늘 '코를 책에 처박고' 있었다. 레스터 광장의 방공호 도서 대여실에서 빌려온 책이었다(그녀를 무척이나 친절하게 대해준 연한 적갈색 머리 사서가 있는 홀본 역에는 가지 않았다).

빌려온 책은 애거서 크리스티의 추리 소설이었다. "결말이 어떤지 절대로 짐작하지 못할 거야." 해티가 말했고, 그 말대로였다. 폴리는 페이지들을 멍하니 보면서 전쟁의 패배와 던워디 교수의 데드라인과 자신 때문에 죽게 될 죄 없는 사람들에 관해 생각

했다. 스티븐 랭 대위의 날개 건드리기 때문에 방향이 바뀐 V-1
에 맞아 죽은 사람들, 폴리의 굼뜬 포장 속도 때문에 방공호에 늦
게 간 손님들, 폴리에게 데이트 신청을 하기 위해 극장 문 근처
를 서성거리다가 실패하고 밤늦게 몰래 캠프로 돌아가다가 상관
에게 걸려 북아프리카나 북대서양으로 보내진 군인들(그들 상당
수는 콜린 또래였다).

하지만 군인들을 위해선 폴리와 데이트하는 것보다 캠프로의
귀환이 늦는 게 더 안전했으며, 폴리는 자신이 월등히 더 많이 접
촉할 수밖에 없는 배우들이 훨씬 더 걱정되었다. ENSA는 2주마
다 새로운 공연을 올렸고, 그래서 그들은 늘 예행연습을 했다.

폴리가 도착했을 때 그들은 'ENSA, 푸딩을 휘젓다'를 연습하
는 중이었다. 그다음 주에는 'ENSA, 크래커를 터뜨리다'를 무대
에 올렸고, 2주 뒤에는 'ENSA, 승리를 향해 도약하다'를 무대에
올렸다. 하지만 폴리 눈엔 다 그게 그거 같았다. 공연들은 모두가
애국심을 고취하는 노래들과 코러스 라인과 코미디언과 전쟁 관
련 소극들로 구성되었다.

폴리는 번개 같은 속도로 아주 짧은 치마들을 갈아입어가며 방
공포 발사원, 껌을 씹는 미 여군, 군수 공장에서 일하는 상류 사
교계 아가씨(티아라를 쓰고 야회복을 입고 스패너를 들었다), 그리고
기차역에서 작별 인사를 하는 여자 역을 했다.

"하지만 나는 떠나는걸요." 영국 해외 파견군 군복을 입은 레
지가 폴리에게 팔을 두르려 시도하며 말했다. "짧게라도 키스해
주면 안 되나요?"

폴리는 수줍어하며 고개를 저었고, 그는 악수하자며 손을 내
밀었다. 폴리는 그 손을 보았고, 이윽고 관객들을 보았으며(관객

들은 '으, 해 줘라, 키스해!'라고 외치고는 요란하게 키스하는 소리를 냈다), 마침내 그의 손을 잡고 몸을 돌려 안기며 깊고 뜨거운 키스를 했다.

"우와!" 그는 깜짝 놀라 폴리를 바라보며 말했다. "작별 키스를 안 해주겠다고 말할 줄 알았어요."

"그럴 생각이었어요. 하지만 전시에는 우리 모두 할 수 있는 건 뭐든 다 해야 한다는 처칠 수상의 말이 생각났어요."

"그래서 키스를 한 거예요?"

"아니요." 폴리는 다정하게 눈을 깜빡이며 말했다. "하지만 기차역에서 제가 할 수 있는 건 이게 전부예요."

또한, 폴리는 공습 사이렌이 울리면 아주 짧은 치마를 입고 무대에 올라가 관객들을 등지고 서서 등을 굽혀 치마가 올라가며 안에 입은 새틴 블루머가 드러나게 하는 역도 맡았다. 블루머에는 빨간 플란넬로 '공습 중'이라는 글씨가 수 놓여 있었다.

그 장면은 아주 유명해졌고, 그래서 폴리가 ENSA에 합류한 지 5주가 지났을 때, 태비트 씨는 폴리의 사진(허리를 굽힌 모습이 아니라, 웃으면서 양손을 허리에 댄 자세였다)과 함께 '아델레이드 공습'이라는 설명을 달아 로비 입구의 게시판에 붙였다. 하지만 태비트 씨는 얼마 후 우울한 표정으로, ENSA 책임자가 4월 3째 주부터 폴리를 공군 비행장 순회공연에 합류시키고 싶어 한다고 말했다.

"돈이 더 될 겁니다." 태비트 씨가 말했다. "그리고 프로그램 제일 처음에 이름이 올라갈 거예요." 그리고 그 일을 맡으면 폴리는 에일린과 알프와 비니에게서 떨어져 있을 수 있었다. 폴리는 아직도 그 셋이 살아남을 수 있으리라 기대했다.

하지만 폴리에게 어떤 해도 입힌 적 없는 해터 역시 이미 그 순회공연에 참여하기로 동의했다. 폴리가 합류하면 둘은 방을 함께 쓰고, 붐비는 버스를 몇 시간이나 함께 타야 했다. 그래서 폴리는 그 제안을 거절했다.

"오, 잘됐군요." 태비트 씨가 말했고, 이튿날 저녁에는 폴리에게 아델레이드 공습 의상을 입고 커튼 앞에 나오게 했다. "공식 발표를 하겠습니다." 태비트 씨가 말했다. "만약 독일 공군이 오늘 밤에 공격하면, '공습 중'이라는 공지가 나올 겁니다."

휘파람과 박수 소리가 쏟아졌다.

"반복해서 말합니다. 만약 독일 공군이 오늘 밤에 공격을 해오면, 혹시라도 독일 공군이 오늘 밤에 공격을…."

환호성과 박수가 쏟아졌고, 객석 두 번째 줄에서 길고 낮게 '우와' 하는 소리가 났고, 이어서 다른 사람들이 그 소리에 합류하며 공습경보를 알리는, 높아졌다가 낮아졌다 하는 사이렌 소리를 흉내 냈으며, 마침내는 모든 관객이 함께 그 소리를 냈다.

태비트 씨는 귀에 손을 댔다. "이런, 지금 저거 공습경보 소리 아닙니까?" 그가 말했고, 폴리는 앞으로 걸어 나와(환호성, 휘파람, 응원 소리), 커튼 쪽으로 얼굴을 돌리고, 허리를 숙였다.

태비트 씨는 무척이나 기뻐했고, 그 장면을 쇼의 정규 프로그램에 포함하기로 했다. 그 주가 끝났을 때 폴리는 쇼 한 번에 여섯 번씩 그 장면을 했으며, 수취인란에 '내가 제일 좋아하는 사이렌에게'라고 적힌 꽃다발과 사탕 상자들을 받았다.

'난 유명해지면 안 되는데.' 폴리는 절망에 빠져 생각했고, 그 역을 해티에게 넘겨달라고 태비트 씨에게 부탁했지만 거절당했다. "당신 때문에 관객이 몰리는걸요." 그가 말했다.

'정말 미안해요.' 폴리는 군인들의 열렬한 얼굴을 바라보며 생각했다. 하지만 적어도 여기서는 알프나 비니, 타운젠드 브라더스 백화점의 직원들이나 고드프리 경 또는 극단 단원들을 위험에 빠뜨릴 염려가 없었다.

이튿날 저녁 중간 휴식 시간에, 무대 매니저인 머친스가 분장실로 고개를 들이밀었다.

"노크하라고 했잖아요!" 코라가 격분해 말했고, 해티는 수건을 움켜쥐며 몸 앞을 가렸다.

머친스는 열린 문을 노크했다. "당신을 만나려고 찾아온 사람이 있어요, 아델레이드." 그가 말했다. "신사예요."

"백스테이지에 남자 출입 금지라던 말은 어떻게 된 거죠?" 코라가 따졌다.

머친스는 어깨를 으쓱했다. "그건 태비트 씨에게 물어봐요. 태비트 씨는 나보고 여기에 들러 당신이 단정한 차림인지를 보고, 만약 그러면 그분을 이곳으로 데려오라고 했어요." 그는 폴리를 가리키며 말했다. "어때요?"

"좋아요." 폴리는 금박 입힌 신발의 뻣뻣한 스트랩을 여미는 것을 포기하고 실내용 가운을 입었다. "누구인가요?"

"한 번도 본 적이 없는 사람이에요. 아주 나이 든 분이던데요." 그는 다른 여자들을 돌아보았다. "태비트 씨가 다른 사람들은 자리를 비워달라고…."

"자리를 비워요?" 코라가 말했다. "뭐, 난 좋아요! 그러면 어디로 가 있으면 되나요?"

"그건 말하지 않았어요. 그냥 이곳을 나가 아델레이드가 사적인 이야기를 할 수 있게 하라고만 했어요."

'이런, 맙소사.' 폴리는 생각했다. '무슨 일이 생긴 거야. 그리고

던워디 교수님이 그 이야기를 하러 여기에 온 거야….'

하지만 손님은 고드프리 경이었다. "아, 비올라." 분장실로 들어오며 고드프리 경이 말했다. "'그리하여 축축하고 더러운 땅에 잠든 아가씨를 발견하였구나.'"[28]

'경은 여기에 저를 찾아오시면 안 돼요.' 폴리가 겁을 먹고 생각했다.

"고드프리 경, 여기는 어쩐 일이세요?" 폴리가 말했고, 복도에서 흥분해 속삭이는 소리가 들려왔다.

"고드프리 킹스맨 경?"

"그렇다니까!"

"설마 그 고드프리 경? 배우?"

폴리는 단원들이 고드프리 경을 에워싸고 이곳에 머물면서 쇼를 보라고 권하는 걸 원하지 않았다. 폴리는 고드프리 경을 재빨리 분장실 안으로 더 끌어당긴 뒤 문을 닫고 의자로 문을 막았다.

"모자와 코트를 주세요." 폴리가 말하고 그것들을 받아 칸막이에 걸쳤다. "앉으세요. 여기는 어쩐 일이세요?"

"당신을 찾아다녔습니다." 고드프리 경이 말했다. "생각처럼 쉽지 않은 일이더군요. 타운젠드 브라더스 백화점의 전 고용주는 당신이 런던을 떠났다고 생각했고, 극단의 그 누구도 몇 주째 당신 소식을 들은 이가 없었습니다. 그리고 거기에 더해서, 당신의 무대 이름은, 아뿔싸, 비올라도 메리 아가씨도 아니었습니다. 다행히도, 밖에 당신 사진이 전시되어 있더군요."

'태비트 씨가 내 사진을 찍는다고 했을 때 내 얼굴 말고 블루머가 나오게 했어야 하는데 가만히 둬서 이 사단을 만들었네.'

28 셰익스피어, 《한여름 밤의 꿈》

"라버넘 양은, 당신이 공습 대비대 감시원이 되었다고 들었다 했습니다." 고드프리 경이 말하고 있었다. "그래서 저는 상당수의 공습 대비대 지부들을 찾아다녔고, 세인트존스의 지부들과 사고 현장들과…."

'사고 현장들?'

"오, 그러지 마셨어야 해요." 폴리는 놀라서 그를 바라보며 말했다. 심지어 그녀는 사라져서도 고드프리 경을 위험에 빠지게 했다.

"하지만 저는 당신이 필요합니다. 그리고 위대한 탐정을 다시 연기할 좋은 기회였습니다. 오랫동안 맡지 않았던 역이지요. 저는 조사를 통해 직업 배정소의 센트리 부인을 만나러 갔는데, 아뿔싸, 그분은 제가 가기 전주에 유지 소이탄에 돌아가셨습니다. 그리고 그곳에 있는 당신 파일에는 당신이 배정된 극장 이름이 나와 있지 않았습니다. 하지만 제가 말했듯이, 저는 당신의 사진을 통해 당신을 찾아냈고, 어젯밤 공연을 통해 당신이 맞다는 걸 확인했습니다. 아주 인상적인 연기더군요."

"셰익스피어가 아닌 건 저도 알아요."

"하지만 배리 역시 아니고, 그게 가산점이 되지요. 또한 어떤 부분은 아주 즐거웠습니다. 저는 당신의 공습경보가 꽤 맘에 들었고, 보아하니 저만 그런 게 아닌 듯하더군요. 저는 공연이 끝나고 무대 출입구에서 당신을 만나고 싶었지만, 제가 도저히 대적이 안 될 게 뻔한 팬들이 그곳에 있었고, 그래서 저는 기다렸다가 좀 더 직접적으로 접근하기로 마음먹었습니다."

고드프리 경은 폴리를 보며 웃었고, 그녀는 자신이 얼마나 그를 그리워했는지, ENSA와 공연에 대해 얼마나 그에게 말하고 싶었는지를 깨달았다.

하지만 폴리는 그럴 수 없었다. 심지어 고드프리 경과 여기에 앉아서 이야기하는 것조차도 해서는 안 되었다. "여기 오신 이유가 있으세요, 고드프리 경?" 폴리가 간결하게 물었다. "죄송하지만, 제가 시간이 없어요. 옷을 갈아입어야….."

"물론이지요. 본론으로 바로 들어가도록 하지요. 위번 부인과 제가 현재 극을 하나 준비하고 있는데 당신의 도움을 얻고 싶어서 여기에 온 겁니다."

"위번 부인요?"

"그렇습니다. 당신도 기억하시겠지만, 위번 부인은 세인트조지 교회를 다시 짓고 대공습 때 부모를 잃은 이스트 엔드의 아이들, 그러니까 부인의 표현을 빌리자면, '우리의 가엾고 슬프고, 의지할 데 없는 전쟁고아들'을 돕겠다고 굳게 마음을 먹었습니다. 그리고 두 가지 목적을 한꺼번에 이룰 자선 행사를 계획했습니다. 그래서 연극을….."

"오, 이런." 폴리가 말했다. "바라건대, 《피터팬》은 아니겠죠?"

"더 나쁩니다. 동화극입니다."

폴리는 웃음을 참을 수가 없었다. "하지만 동화극은 대개 크리스마스 시즌에 하잖아요?"

"그렇습니다. 제가 위번 부인을 설득하기 위해 몇 번이나 그 말을 했지만, 부인은 아주 무시무시한 분입니다. 마치 맥베스 부인과….."

"율리우스 시저를 섞은 거 같나요?"

"독일 탱크를 섞은 존재 같습니다." 고드프리 경이 음울한 목소리로 말했다. "그분에게 저항하는 건 불가능합니다. 위번 부인이 우리 군 지휘를 하지 않아 유감입니다. 그랬다면 벌써 히틀러를 무찔렀을 텐데요. 어쨌든 저는 《잠자는 숲속의 미녀》에서 나쁜 요정을 맡을 수밖에 없었습니다. 그래서 제가 여기에 온 겁니다. 저는 당신이 우리 동화극에 참여했으면 합니다. 다른 분들은 이미 참여하기로 동의했습니다. 주임 사제님과 브라이트포드 부인은 잠자는 숲속의 미녀의 부모 역을 할 거고 라버넘 양은 착한 요정, 넬슨은 착한 요정의 개 역할을 할 겁니다. 저는 당신이 주연을 했으면 합니다."

"잠자는 숲속의 미녀를요?"

"맙소사, 아니지요! 잠자는 숲속의 미녀가 하는 일이라고는 3막 내내 누워 있으면서 누군가가 구해주기를 기다리는 게 전부입니다. 베개라도 그런 역은 할 수 있습니다. 우리가 이야기하는 지금도 위번 부인은 하나를 알아보고 있습니다."

"베개를요?"

고드프리 경이 웃었다. "아니요. 영화배우 말입니다. 아마도 마들렌 캐럴이나 비비안 리겠죠. 저는 당신이 남자 주연을 했으면 좋겠습니다."

"남자 주연요?"

고드프리 경이 고개를 끄덕였다. "잠자는 숲속의 미녀를 구하는 왕자입니다. 동화극의 남자 주인공은 늘 여자가 맡습니다. 그리고 왕자는 그 연극에서 가장 중요한 역입니다. 트럼펫 소리와 보라색 연기가 번번이 등장하는 제 역을 빼면 말입니다. 당신은 칼을 휘두르고 깃털 달린 모자를 쓰고, 옷도 아델레이드 공습 때보다 훨씬 더 많이 입을 겁니다. 하겠노라고 말하세요."

"하지만 저 아니라도 할 수 있는 사람들은 많잖아요. 라일라라든가…."

"라일라는 공군 여성 보조 부대에 입대했습니다."

"아, 그러면 브라이트포드 부인요. 아니면 비비안 리나요. 비비안 리라면 베개보다는 왕자 역을 더 맡고 싶어 할 거라 생각해요."

"저는 비비안 리를 원하지 않습니다. 제 마음은 이미 당신으로 굳어졌습니다. 다음 달에 위번 부인을 상대하는 일이 그나마 참을 만해지려면 꼭 당신이 있어야 합니다. 그리고 당신은 무대에 서기 위해 태어났습니다. 남자 옷을 입은 비올라[29]. 그보다 더 어울리는 게 어디에 있겠습니까?"

'없지요.' 폴리는 생각했다. 다시 고드프리 경과 함께 시간을 보내고 극단과 연극을 하게 된다면 천국이 따로 없을 것이다. 하지만 너무 위험했다. 심지어 그와 여기에 있는 것마저도….

"저는 할 수 없어요." 폴리가 말했다. "ENSA…."

"4주 정도 자리를 비우는 건 순순히 들어줄 겁니다. 당신 배역을 대신할 사람을 제가 기꺼이 주선하겠습니다. 열광적인 관객을 위해서라면 자기 블루머를 보여줄 기회를 놓치지 않으려는 여배우들을 저는 많이 압니다." 고드프리 경이 말했다. "사실, 대상이 누구든 기회만 원하는 사람들이죠."

그리고 고드프리 경은 태비트 씨를 설득해 계획대로 할 수 있을 게 분명했다. 태비트 씨가 고드프리 경을 무대 뒤편으로 가게 허락한 게 그 증거였다.

"만약 당신이 거절한다면, 앞으로 뻔하게 펼쳐질 이 피할 수 없는 재난을 막을 수 있는 사람이 아무도 없습니다." 그가 말했다.

---

29 셰익스피어의 희곡 《십이야》에서 세바스찬과 비올라는 쌍둥이 남매이며, 비올라는 남자 옷을 입고 시종으로 변장한다.

"하겠노라고 말해주십시오. 그러면 당신은 제 생명을 구하는 겁니다."

'아니요.' 폴리가 씁쓸하게 생각했다. '그랬다가는 제가 경의 사망 진단서에 서명하는 꼴이 될 거예요. 그리고 저는 어떻게든 경이 자체 교정의 대상이 되는 일을 막고 싶어요.'

"죄송해요, 고드프리 경. 저는 할 수 없어요."

"ENSA의 책임자는 제 오랜 친구입니다. 우리는 《헨리 5세》에서 함께 연기했죠. 그 친구가 동화극 연습과 공연 기간 동안 당신을 국민 동원 의무에서 면제시켜줄 거라고 저는 확신합니다."

폴리는 절망에 빠져 고드프리 경을 쳐다보았다. 그는 거절을 받아들일 의향이 없었다. 그는 내일 그리고 다음 날 저녁에 다시 올 것이다. 위번 부인을 보내 폴리를 설득할 것이다. 아니면 더 나쁘게도, 라버넘 양이나 트로트를 보내 그들 모두를 위험에 노출시킬 것이다. '그리고 저는 그런 일이 일어나게 할 수 없어요. 제 찻값을 다른 사람들이 치르는 모습을 볼 수는 없어요. 특히 경은 안 돼요. 경이 없었더라면 저는 살아남지 못했을 거예요.'

폴리는 자신이 어떻게 해야 하는지 알았다. 고드프리 경을 돌려보내고 다시는 돌아오지 않게 할 방법은 단 하나뿐이었다. "쇼 때문이 아니에요." 폴리가 말했다. "그게… 이 말씀은 정말 드리고 싶지 않았어요. 말을 했다가 혹시라도 경이…. 하지만 저는 만나는 젊은이가 있어요. 우리는 진지하게 만나고 있고, 그래서…."

"젊은이." 고드프리 경이 천천히 말했다. "정확히 얼마나 젊습니까?"

"경보다 훨씬…." 폴리는 말을 멈추고, 마치 그 말이 얼마나 잔인하게 들리는지 이제야 깨달았다는 듯이 입술을 깨물었다가 다시 서둘러 말을 내뱉었다. "겨우 몇 주 전에 만났어요. 여기에서요. 그리고 그이의 연대가 언제든 파병될 수 있어서 저희에게는 시간이 별로 없어요."

그리고 적어도 그 부분은 진실이었다. 이제 남은 시간이 거의 없었다. "이해하시죠, 네? 경도 사랑을 하신 적이 있잖아요, 그렇죠?"

"네." 고드프리 경이 조용히 말했다. "그런 적이 있습니다."

경은 그곳에 잠시 앉아 속마음을 알 수 없는 표정으로 폴리를 바라보았다. '해냈어.' 폴리는 생각했다. '고드프리 경의 마음을 내게서 영원히 멀어지게 하는 데 성공했어.'

'그리고 경의 마음에 잔인하게 상처를 줬어. 정말 죄송해요, 고드프리 경. 하지만 이건 경을 위해서예요.'

"죄송해요." 폴리는 아무렇지도 않다는 듯이 말했다. "이제 곧 저는 가야 해서요." 폴리는 몸을 숙이고 신발의 금박 스트랩을 여미려 애쓰기 시작했다. "저는 의상을 갈아입어야 해요."

"아, 물론이지요." 고드프리 경이 말했다. "이해합니다. 쇼에 늦으면 안 되지요." 그는 폴리가 뻣뻣한 스트랩을 버클에 끼우느라 끙끙거리는 모습을 잠시 지켜보더니 일어나 아주 조심스레 칸막이에서 코트를 내려 들고 몸을 돌렸다.

'저는 경을 다시는 보지 못하겠네요.' 폴리는 신발에 눈을 고정하고 생각했다.

"안녕히 가세요." 폴리가 그대로 고개를 숙인 채 말했다.

고드프리 경은 의자를 옆으로 치우고 손을 문 손잡이에 올리고 잠시 서 있더니 이윽고 몸을 돌려 폴리를 바라보았다. "제가 당신은 배우로서 엉망이라고 말한 적이 있던가요, 비올라?"

폴리의 심장이 쿵쾅거리기 시작했다. "아까는 저보고 무대에 서기 위해 태어났다고 하셨잖아요." 폴리가 고개를 들고 말했다.

"그랬지요." 고드프리 경이 말했다. "하지만 당신이 연기를 할 수 있기 때문이 아니었습니다. 당신의 연기는 트로트마저도 납득시킬 수 없습니다. 또는 넬슨마저도요."

"어, 그러면 제가 경의 제안을 거절하길 잘했네요, 안 그런가요?" 폴리가 화난 목소리로 말했다. "다행히도, ENSA 관객들은 그렇게 까다롭지가 않답니다." 폴리는 기차역 의상을 가지러 고드프리 경을 지났다. "이제 실례하겠습니다…."

"실례일 것은 아무것도 없습니다." 그가 말했다. "아마도 필요 없이 잔인하게 제 나이에 대해 언급하신 것을 빼면요. 하지만 그것 역시 저를 떠나 보내기 위한 시도였지요…."

'그리고 저는 실패했네요.' 폴리가 낙심하며 생각했다.

"그 때문에 당신은 극단적인 방법을 선택했겠지요. 당신은 정말로 무대를 위해 태어났습니다." 고드프리 경이 말했다. "하지만 시치미를 떼고 거짓을 말하는 능력 때문이 아닙니다. 정반대입니다. 당신이 느끼는 모든 것이 얼굴에 나타나기 때문입니다. 당신의 생각, 당신의 희망…." 그는 폴리를 뚫어져라 바라보았다. "당신의 공포. 그것은 드문 재능입니다. 엘렌 테리에게 그 재능이 있었고, 세라 베른하르트도 아주 가끔 그런 재능을 보였습니다. 하지만 그것이 축복이기만 한 것은 아닙니다. 거짓말을 하는 것이 불가능하니까요. 당신이 지난 15분 동안 저에게 그토록 거짓말하려 애썼지만, 너무나도 티가 났듯이 말입니다. 또한 당신이 뭔가 어려움에 처한 것 역시 너무나도 티가 납니다…."

"말도 안 돼요." 폴리가 말했다. "말씀드렸듯이, 저는 젊은 남자를 만나고 있어요. 우리는 서로 사랑해요⋯."

고드프리 경은 고개를 저었다. "제 제안을 거절하는 이유가 무엇이든 간에, 그 이유가 무대 밖에서 만났다는 어떤 새파란 풋내기 때문이 아닌 건 확실합니다. 또한 당신이 그 어려움을 혼자서 감내해야 한다고 생각하는 것도 확실합니다. 그렇지 않으면 왜 친구들로부터 숨으려 들겠습니까?"

고드프리 경은 대답해보라는 듯이 고개를 살짝 옆으로 기울였다. "어쩌면 그렇게 하는 게 맞는지도 모르겠습니다. 일리리아[30]는 위험한 장소입니다. 하지만 침묵이 늘 최선의 방어는 아닙니다." 그는 폴리를 계속 바라보았다. "제가 도울 수 없다고 확신하십니까?"

'누구도 도울 수 없어요.' 폴리는 생각했다. '그리고 저는 여기서 대화를 하는 것만으로도 경을 위험에 빠뜨리고 있어요. 제발 가주세요. 만약 저를 사랑하신다면, 제발요⋯.'

"2분 남았어." 레지가 문 안으로 고개를 들이밀고 말했고, 폴리는 평생 누군가가 이렇게 반가웠던 적이 없었다.

"갈게요." 폴리가 외쳤다. "만나서 정말로 반가웠어요, 고드프리 경. 하지만 보시다시피, 저는 이제 무대에⋯."

"잘 알았습니다. 우리 둘 다 당신이 쓴 각본대로 연기하도록 하지요. 당신은 젊은 연인을 만났고, 그래서 바보같이 당신을 사모하는 늙은이를 상대할 시간이 없는 겁니다. 그리고 저는 상심하여 물러나 남자 주연을 할 다른 누군가를 찾는 겁니다. 아마도 라버넘 양이 타이츠가 잘 어울릴 겁니다."

"여기까지 오셨는데 헛걸음하시게 해 죄송해요." 폴리가 옷걸

30 《십이야》에서 비올라가 탄 배가 난파한 곳이다.

이에 걸린 의상을 내리며 말했다.

"아, 헛걸음이 아니었습니다." 그가 말했다. "많은 걸 알게 되었습니다. 그리고 우리 동화극을 할 극장을 찾았습니다. 어젯밤에 샤프츠베리를 따라 이곳에 오는 동안 피닉스 극장이 비었다는 사실을 알게 되었습니다. 그곳 주인과 저는 오랜 친구이고 우리는 《리어왕》을 함께 했었지요. 그래서 그 친구에게 말해 그곳에서 《잠자는 숲속의 미녀》를 공연하기로 했습니다. 만약 당신 마음이 바뀌시면…."

"안 바꿀 거예요."

"만약 당신 마음이 바뀌시면." 고드프리 경은 단호히 다시 말했다. "저는 오늘 밤과 내일 그곳에 있을 겁니다. 저는 무대 뒤쪽에 있으면서 어떤 세트가 가능한지를 살피고, 또한 다가올 재난을 미연에 방지해보도록 노력할 겁니다. 그러니, 만약 당신의 젊은 연인이 못된 망나니라는 게 밝혀지면, 그리고 당신 마음이 바뀌시면…."

"그런 경우에는 경에게 말씀드릴게요." 폴리는 가벼운 목소리로 말하며 칸막이 뒤로 들어갔다. "이제 저는 정말로 옷을 갈아입어야 해요. 안녕히 가세요." 폴리는 가운을 벗어 칸막이 위로 아무렇게나 걸쳤다. "모두에게 안부 전해주세요. 꼭요."

"알겠습니다." 고드프리 경이 말했고, 잠시 뒤 덧붙여 말했다. "나의 아가씨."

그리고 폴리가 칸막이 뒤에 있어서 고드프리 경이 폴리의 얼굴을 볼 수 없어 다행이었다. 그것은 메리 아가씨가 크라이턴과 함께 하는 마지막 장면에서 나오는 대사였기 때문이다. 폴리는 메리 아가씨가 했듯이 고드프리 경에게 충동적으로 손을 내밀며

"저는 절대로 당신을 포기하지 않을 거예요."라고 말하지 않기 위해 의상을 가슴에 꼭 끌어안아야만 했다.

폴리는 간신히 침을 삼켰다. "모두에게 행운을 빈다고 전해주세요." 폴리가 가벼운 목소리로 말했다.

아무런 대답도 없었고, 1분쯤 지나 칸막이 밖을 살폈을 때 고드프리 경은 가고 없었다. 영원히. 왜냐하면《훌륭한 크라이턴》의 마지막 장면은 전부 그에 관한 내용이기 때문이었다. 연인들이 영원히 헤어지는 내용. 그리고 폴리가 원한 것도 그것이었다. 그렇지 않은가? 폴리가 원하는….

동료들이 한꺼번에 분장실로 들어와 의상을 집고, 털썩 주저앉아 화장을 고쳤다. "네가 무대 밖에서 기다리는 사람들과 데이트를 안 하는 것도 이상할 게 없네." 코라가 말했다. "영리한 아이야. 훨씬 멋진 사람에게 눈독을 들이고 있었구나? 그렇지?"

폴리는 대답하지 않았다. 그녀는 의상을 입고 해티가 여미개를 잠글 수 있도록 몸을 돌렸다.

"내가 이해할 수 없는 건, 네가 왜 ENSA에서 이러고 있느냐는 거야." 해티가 말했다. "그분은 너에게 진짜 쇼 배역을 줄 수 있잖아."

레지가 다시 고개를 들이밀었다. "커튼."

폴리는 고드프리 경 생각을 잠시 접어둘 수 있게 할 일이 있다는 사실에 기뻐하며 서둘러 무대로 올라갔다. 그녀가 무대에서 내려왔을 때, 태비트 씨는 아델레이드 공습 의상으로 갈아입으라고 했다.

"하지만 방공 기구 촌극은 어쩌고요?"

"그건 코라가 할 수 있어요." 태비트 씨가 말했다. "오늘 밤 공습은 지독할 거 같은 예감이 듭니다."

태비트 씨 생각이 옳았다. 폴리가 블루머를 제대로 입기도 전에 사이렌이 울렸고, 공습은 지독했다. 거의 모든 폭탄이 고성능 폭탄이었다. 병원 촌극을 위해 간호사 의상으로 갈아입던 폴리는 폭탄이 하나하나 터질 때마다 가슴이 철렁했다. 만약 폴리가 고드프리 경을 충분히 일찍 보낸 게 아니라면?

'고드프리 경과 아예 이야기를 하지 말걸.' 폴리가 생각했다. '그분 면전에서 문을 닫았어야 했어.'

태비트 씨가 문을 두드리더니 안을 들여다보았다. "폭탄들 때문에 관객들이 불안해하고 있어요. 당신이 공습경보 장면을 다시 해줬으면 해요." 그리고 폴리를 무대로 보내 블루머를 다시 보여주게 했다.

"이거 맘에 안 드는데." 폴리가 무대에서 내려오는데 해티가 초조한 목소리로 말했다. "마지막 건 바로 옆에서 터진 듯한 소리가 났어."

"거리 두 개 건너에서 터졌어요." 레지가 장군 군복을 입으며 말했다. "샤프츠베리요."

"그걸 당신이 어떻게 알아요?" 해티가 캐물었다.

"밖에서 담배를 피우고 있었는데, 공습 대비대 감시원이 말해줬어요. 피닉스 극장이 폭격을 당했대요."

52

우리는 최대한 오랫동안 혼신의 힘을 기울여
연합군이 파데칼레 지역을 공격할 예정인 척해야 하고,
이 부분의 중요성은 아무리 강조해도 지나치지 않습니다.

— 드와이트 D. 아이젠하워 장군, 1944년 6월

런던, 1944년 5월

어니스트는 세워둔 엔진 덮개 저쪽의 세스를 멍하니 응시했다.
"폰 슈프레히트 대령을 데리고 켄싱턴 궁전에 간다고?"

"응." 세스는 말하더니 차 안에서 여전히 잠든 대령을 바라보았
다. "뭐가 문젠데, 어니스트?"

'켄싱턴 궁전은 노팅힐게이트 역에서 거리 두 개밖에 떨어지지
않았고, 그게 문제인 거야. 리케트 부인 집에서 거리 몇 개밖에 안
떨어진 곳이라고.'

"대령을 데리고 그곳에 가기 전에 대령이 죽을 거라 생각하는
건 아니겠지?" 세스가 걱정스레 물었다.

"그건 아냐." 어니스트가 정신을 수습하며 말했다. "나는 우리
임무가 끝난 줄 알았어. 그게 다야. 대령이랑 조금이라도 더 가면

그만큼 대령이 우리 작전을 눈치챌 가능성이 커지니까."

"우리가 입을 닫고 있으면 괜찮아." 세스는 말했다. "이젠 대령이 어딜 봐도 문제 될 것이 전혀 없어. 우리가 동쪽에서 런던에 접근하는 것처럼 보이도록, 대령이 자는 동안 차를 그쪽으로 이동하다니 정말 멋진 생각이었어. 그리고 켄싱턴 궁전은 그리 멀지 않아."

"그곳이 정확히 어디야? 지도를 보여줘." 어니스트는 말하며 세스 말처럼 그곳이 노팅힐게이트 역에서 가깝지 않기를 바랐지만, 지도를 보니 가까웠다. 하지만 궁전으로 곧장 가는 길이 있었다. 어니스트는 지하철역을 지날 필요가 없었고, 패튼 장군 같은 고위 인사가 있으니 궁전 근처에는 민간인 출입을 통제할 것이다.

그리고 상륙작전 전까지 공습은 없었고, 따라서 에일린은 지하철 방공호로 가지 않을 것이다. 노팅힐이든 켄싱턴이든 간에 에일린과 마주칠 확률은 아주 낮았다. '대공습 때는 에일린과 폴리를 몇 주나 찾아다녔지만 결국 찾지 못했잖아.'

'그랬지. 그런데 블레츨리에서는 도착하고 10분도 되지 않아 앨런 튜링과 충돌했어.' 그리고 지금은 에일린이 일을 마치고 집으로 돌아갈 만한 시각이었다.

하지만 에일린은 이제 옥스퍼드 스트리트에서 일하지 않을 것이다. 국민 동원법이 발효된 뒤, 에일린은 뭔가 전쟁 관련 일에 배정되었을 것이다. 어쩌면 이제는 런던에 없을 수도 있었다.

'그리고 만약 내가 그 둘을 구하지 못했다면, 구하지 못한 거야. 그리고 내가 에일린을 보든 보지 못하든, 그건 에일린이 여기에 있는지 없는지를 바꿔놓지 못해. 또한 내가 애서튼에게 연락할 수 있을지 없을지도 바꿔놓지 못하고. 그건 이미 일어난 일이야.'

하지만 어니스트는 애서튼과 연락을 하기 '일보 직전'인 지금에 와서 에일린이 버스에서 내리는 모습 또는 녹색 코트를 입고 거리를 걷는 모습을 봄으로써 모든 일을 망칠까 봐 걱정되었고, 마침내 길 저편에서 궁전이 보이자 큰 안도감을 느끼며 게이트 앞에 정차했다.

경비병은 그들의 서류를 살펴보고 말했다. "저 관용차량 뒤로 가시면 됩니다." 경비원은 궁전까지 길게 줄지어 선 차들의 맨 뒤 차를 가리켰다.

"우리가 태우고 온 손님은 아파. 저렇게 멀리까지 걸을 수 없을 거야." 어니스트가 말했다. "문앞까지 모시고 가야 해."

그들의 서류를 다시 확인하고 뒷좌석의 대령을 살펴본 경비병은 그들에게 문앞까지 가라고 손을 흔들었지만, 어니스트는 이미 주차된 직원 차량과 롤스 로이스들을 지나 그곳까지 차를 몰고 갈 수 있을지 자신이 없었다. 그건 마치 바늘귀를 꿰는 것과 같았다. '이러다가 처칠 수상이나 패튼 장군이 갑자기 내 앞에 나타나고 내가 차로 그 사람을 칠 수도 있어.' 하지만 그들은 안전하게 궁전에 도착했다.

어니스트는 차를 계단 앞에 세우고, 차에서 내려 대령이 내리는 것을 돕기 위해 뒤쪽으로 갔다. 세스 역시 도와야 했다. 어니스트는 대령을 일으켰고, 세스는 슈트케이스를 내리고 차 문을 닫았다.

"너무 불편을 끼쳐 미안하군." 대령이 어니스트에게 말했고, 갑자기 날카로운 연민이 그의 가슴을 찔러왔다.

'당신 때문에 독일은 전쟁에서 질 거야.' 그는 생각했다. '그리고 그걸 알지조차 못하지.'

"죄송합니다만, 이곳에 주차하시면 안 됩니다." 군복 차림의 경비병이 서둘러 다가오며 말했다. "차를 빼셔야 합니다."

"대령님을 안으로 모셔다드리고 바로 빼겠어." 어니스트가 말했다.

"이분은 폰 슈프레히트 대령님이야." 세스가 서류를 내밀며 말했다. "막 도버에서 모시고 오는 길이지. 모어랜드 장군에게 직접 모셔가라는 명령을 받았어." 하지만 경비병은 고개를 저었다.

"죄송합니다. 차를 여기에 대시면 안 됩니다."

"음, 그렇다면 내가 안으로 들어가서 윌커슨 중위를 도울 사람을 데려올 때까지만 기다려줘." 어니스트가 말했다. "대령님은 부축 없이는 저 계단을 올라갈 수 없어."

"그러실 수 없습니다. 대위님의 명령입니다. 지금 차를 이동하셔야 합니다."

"대위님과 이야기를 하고 싶어⋯." 어니스트가 말을 했지만 세스가 고개를 저었다.

"여기 서서 입씨름할 시간이 없어." 세스가 말했다. "대령님은 내가 부축할게." 세스는 대령의 팔을 어깨에 걸쳤다. "넌 가서 주차해, 애보트 중위."

"하지만⋯." 어니스트는 입을 열었지만, 세스는 계단 꼭대기를 향해 고개를 끄덕였다. 그곳에는 군인 두 명이 세스를 돕기 위해 서둘러 내려오고 있었다. '잘됐어.' "어디에 주차하면 되지?" 어니스트가 경비병에게 물었다.

"이 길 끝에 하시면 됩니다." 경비병이 말하며 가리켰지만, 그 좁은 길 끝 역시 차들로 가득했고, FANY와 보조 수송대 군복을 입은 젊은 여자들이 차에서 운전대를 잡고 자신들이 데려온 장군들을 기다리고 있었다.

아, 맙소사. 만약 저 운전사 가운데 한 명이 에일린이라면? 에일린은 국민 동원 신청을 통해 운전사 역을 얻으려 한다는 말을 한 적이 있었다. 그는 백미러를 힐끗 보았다. 관용차량 두 대가 그의 뒤로 들어왔다. 맙소사. 이곳은 켄싱턴의 거리보다 더 위험했다.

어니스트는 모자챙을 이마 깊숙이 내리고 겁이 날 정도로 빠르게 길 끝으로 차를 몰고 갔다. 그곳에는 다른 경비병이 서 있었다. 그가 차로 다가왔다. "여기에 주차하시면 안 됩니다."

"나도 알아. 윌커슨 중위에게 애보트 중위가 주차하려고 모퉁이를 돌아갔다고 말해줘." 그리고 어니스트는 차를 몰아 켄싱턴으로 가서 켄싱턴 가든스 가장자리를 따라 돌아갔다. 폴리가 데드라인이 있다고 그에게 말해줬던 곳이었다.

'폴리.' 폴리 역시 운전사 가운데 한 명일 수 있었다. 단지 폴리라는 이름이 아닐 것이다. 메리 켄트라는 가명을 쓸 것이고, 지금 옥스퍼드의 구급차 지부에 있으면서 덜위치로 전보되길 기다리고 있을 것이다. 하지만 어니스트는 그가 만났던 FANY들을 통해, 그들이 종종 운전사 임무를 맡기도 한다는 사실을 알았고, 오늘은 잉글랜드의 모든 장교가 이곳에 모인 듯했다. 만약 폴리도 이곳에 있다면?

'그럴 리 없어.' 어니스트는 생각했다. '만약 폴리가 여기에 있었다면, 나는 폴리가 탄 차창을 두드려 경고할 수 있었을 거고, 내가 경고를 하면 폴리는 옥스퍼드에 돌아가 무슨 일이 있었는지 던워디 교수님께 말을 할 것이고, 그러면 교수님은 우리를 절대로 보내지 않았을 거야. 바솔로뮤 씨 때와 똑같아.'

'내가 집중해야 하는 건 애서튼을 찾는 일이야.' 어니스트는 생각했다. '그리고 저기에 전화 부스가 있어. 그리고 세스는 지금 여기 없고.' 그리고 브랙넬 여사는 그들이 대령을 데리고 가는 중에 뭔가 잘못돼 전화해야 할 경우를 대비해 지갑에 돈을 두둑이 넣어주었다. 그는 인도 가장자리로 차를 몰고 갔고, 글러브 박스에서 지갑을 꺼내 차에서 내렸다. 그는 전화 부스로 가서 교환수를 연결했고, 해군 여성 부대원이 준 전화번호를 알려주었다. "잠시만 기다리십시오." 교환수가 말했다.

'연결돼라, 제발 연결돼라.' 어니스트가 속으로 되풀이해 말했다.

"번호가 준비되었습니다." 교환수가 말했다.

"고맙습니다. 여보세요, 애서튼 소령님이십니까?" 어니스트가 말했다.

너무 성급했다. 상대는 여전히 교환수였다. "번호가 준비되었습니다." 교환수가 반복해 말했다. "연결하겠습니다."

어니스트는 기다리며 생각했다. '지금 당장에라도 내가 어디로 사라졌는지 궁금해하며 세스가 저 모퉁이를 돌아 나타날지도 몰라.' "연결되었습니다." 교환수가 말했고, 다음 순간 미국인 여자의 목소리가 말했다. "애서튼 소령 사무실입니다."

'다행이야.' "여보세요?" 목소리에서 흥분을 감추려 애쓰며 어니스트가 말했다. "애서튼 소령님과 통화하고 싶습니다."

"죄송합니다만, 소령님은 지금 자리에 안 계십니다."

'어째 잘 풀리더라니.' "언제 돌아오십니까? 급한 일입니다."

"모르겠습니다. 돌아오시는 대로 연락드리라고 전해드릴까요? 연락드릴 전화번호를 남겨주시겠습니까?"

"아니요." 어니스트가 말했다. "저는 지금 이동 중입니다. 오늘 밤에 돌아오십니까?"

"네. 나중에 다시 거시겠습니까?"

'아니요. 저는 지금 당장 애서튼과 통화를 해야 한다고요.'

"네." 어니스트가 말했다 "그리고 제가 전화했다고 전해주십시오. 저는 마이클 데…"

"난 절대로 안 그랬어." 남자아이의 목소리가 들리기에 어니스트는 고개를 번쩍 들어 그쪽을 보았다. 남자아이와 여자아이 한 명이 거리를 따라 전화 부스 쪽으로 다가오고 있었다. 남자아이는 아홉 내지 열 살 정도 되어 보였고, 여자아이는 그보다 나이가 많아 보였다. 둘은 큰 소리로 말다툼하고 있었다.

"그랬어." 소녀가 말했다.

"난 훔치지 않았어." 남자아이가 말했다. "아줌마가 준 거란 말이야."

'이런, 맙소사.' 어니스트는 생각했다. '알프랑 비니 남매잖아.'

둘은 말다툼하느라 바빠서 아직 어니스트를 보지 못했다. 그는 이곳을 빠져나가야만 했다. 그는 전화를 끊고 전화 부스에서 나와 재빨리 차로 돌아갔다. 그는 세스가 좌석에 두고 간 지도를 낚아채 그것으로 얼굴을 가렸다.

"내가 봤다고." 비니가 말했다.

'이런, 맙소사.'

"그렇지 않아." 알프가 말했다. 둘은 어니스트에 관해 말하는 게 아니었다. 둘은 뭔지 모르지만, 여하튼 알프가 훔친 물건에 관해 이야기하고 있었다. 하지만 안심하기에는 일렀다. 둘이 이스트엔드에서 이렇게 멀리 떨어진 여기에 있는 이유는 오직 하나뿐이었다. 둘은 에일린을 보러 가는 길이거나 에일린을 보고 집으로 돌아가는 길인 것이다. 그건 에일린이 아직 이곳에 있다는 뜻이었다. 그리고 만약 어니스트가 이곳을 빠져나가지 않는다면 알프와 비니는 그를 볼 것이고, 에일린에게 그가 살아있으며 그들을 버리고 도망쳤다고 말할 것이다.

어니스트는 시동을 걸기 위해 차 키에 손을 댔지만, 아이들은 이미 차 근처에 와 있었다. 둘은 시동 걸리는 소리를 듣고 어니스트를 볼 것이다. 아이들이 지나가기까지 기다려야 했다.

"이를 거야." 비니가 말했다.

"안 그러는 게 좋을걸!" 알프가 말하더니 이윽고 말했다. "봐!"

'오, 맙소사.' 둘은 어니스트가 탄 차로 곧장 달려오고 있었다. 어니스트는 자신이 애보트 중위이고, 마이크 데이비스가 누구인지 알지 못한다고 아이들을 설득해야만 했다. 하지만 호드빈 남매에게 뭔가를 관철하는 데 성공한 사람이 과연 존재했던가?

아이들은 차를 지나 곧장 거리로 달려갔다. 어니스트는 지도 너머로 조심스레 훔쳐보았다. 관용차량 한 대가 다가오더니 멈췄다. 아이들은 차창으로 달려갔다.

오, 맙소사. 에일린이 운전사일 거라던 어니스트의 생각은 옳았다.

"엄마는 어디 있어요?" 알프가 물었다. "우리더러 여기서 만나자고 했어요."

'엄마?'

"너희 어머니는 늦으실 거야." 여자의 목소리(에일린이 아니었다)가 말했다. 어니스트는 창을 통해 아이들을 볼 수 있을 정도까지만 의자 위로 몸을 끌어올린 뒤, 아이들이 차창에 몸을 숙이고

835

보조 수송대 모자에 군복을 입은 금발 여자와 이야기하는 모습을 지켜보았다. 그리고 치솟던 아드레날린이 누그러들면서 어니스트는 지금까지 보지 못했던 점들을 마침내 알아차리기 시작했다. 아이들은 교복을 입고 책가방을 가지고 있었으며, 아이들 머리는, 아니 적어도 여자아이의 머리는 깔끔하게 빗질되어 있었다. 둘은 외모며 목소리가 호드빈 남매와 흡사했지만, 알프와 비니치고는 너무나 잘 보살핌을 받는 듯이 보였다.

"너희 어머니는 회의 때문에 베이츠 장군을 태우고 차트웰로 가야 했어." 금발 여자가 말했고, 에일린이 해준 호드빈 부인 얘기를 생각해보면 아이들 어머니가 장군은 고사하고 누군가를 태우고 어딘가에 간다는 것 자체가 상상이 안 갔다. "내게 너희 둘을 데리고 저녁 식사를 하게 하랬어."

"라이언스 코너 하우스에 가도 돼요?" 남자아이가 물었다.

"하는 거 봐서." 금발 여자가 말했다. "그리고 너희 어머니가 너희 숙제했는지도 확인하라셨어."

"우리는 숙제 없어요." 남자아이가 말했다. "학교에서 다 했어요." 남자아이는 여자아이를 돌아보았다. "그렇지?"

"바보 같은 소리 하지 마." 여자아이가 말했다. "쟤는 철자 숙제가 있고 저는 수학 숙제가 있어요. 하지만 제 역사 숙제는 다 했어요." 여자아이는 책가방에서 종이를 꺼내 금발 여자에게 보여주었다.

그가 그날 아침 세인트폴 대성당에서 보았던 알프와 비니는 평생 단 한 번도 숙제하지 않을 아이들이었다. 또한 자진해서 학교에 갈 아이들도 아니었다.

이건 그 아이들이 아니었다. 어니스트가 이 아이들을 호드빈 남매라고 성급하게 결론지었던 건 그가 에일린을 생각하고 있었기 때문이었다. 그리고 젠장, 어니스트는 데니스 애서튼에게 걸었던 전화를 괜히 끊은 것이다. 어니스트는 누군진 몰라도 여하튼 그 아이들이 차분하게 차를 타고 떠나는 모습을 지켜보았다. 그는 아이들이 탄 차가 완전히 떠나면 전화를 다시 걸어 아까 그 여자에게 갑자기 전화가 끊겼다고 말할 생각이었다. 어쩌면 방해를 받은 게 좋은 결과로 이어질 수도 있었다. 지금쯤이면 애서튼이 돌아왔을 수도 있고, 그러면 메시지를 남기는 대신 직접 통화를 할 수도 있겠지.

아이들이 탄 차가 모퉁이를 돌아 사라졌다. 어니스트는 차에서 내려 전화 부스로 걸어가기 시작했다. 그리고 그곳에서는 세스가 손을 흔들며 총총걸음으로 그를 향해 다가오고 있었다. "주차하려고 이쪽으로 왔다고 하더라." 어니스트에게 다가오며 세스가 말했다.

"대령을 넘겼어?"

"응." 세스가 말했다. "이제 브랙넬 여사에게 보고만 하면 집에 가도 돼."

'그게 사실이면 얼마나 좋을까.' 어니스트는 생각하며 브랙넬에게 전화하기 위해 전화 부스로 들어가는 세스를 지켜보았다. 애서튼에게 어떻게 전화를 한담? 어쩌면 며칠 동안 전화 걸 기회가 없을 수도 있었고, 남은 시간은 점점 줄어들었다.

"운이 없네." 세스가 부스에서 나오며 말했다. "연결이 안 돼."

"돌아가는 길에 다시 걸면 돼." 어니스트는 말했다. '그리고 다음번에는 내가 전화를 걸겠다고 해봐야겠어.' "대령을 안전하게 넘겼으니 이제 한두 시간 정도 차이는 문제가 안 돼." 어니스트는 차에 탔다.

"맞아." 세스는 말했다. "하지만 아슬아슬했어."

"아슬아슬해? 무슨 말이야?"

"대령을 넘긴 뒤에 나오려고 하는데, 바로 그 흉악한 늙은이와 마주쳤지 뭐야."

"패튼 장군?"

"내 말이." 세스가 말했다. "장군은 나를 똑바로 응시했는데, 나를 어디서 만났는지 기억하려 애쓰는 게 분명했어. 장군이 나를 환영회에서 만난 걸 떠올리고 그 우렁찬 목소리로 '홀트!'라고 말할까 봐 정말 조마조마했어. 하지만 다행히도 바로 그때 부관이 와서 장군을 데려갔고, 나는 대령이 아무것도 눈치채지 못하는 상황에서 빠져나올 수 있었어."

"그리고 패튼 장군은 네가 대령과 있는 걸 못 봤고?"

"응. 장군은 나를 어디서 만났는지 기억하지 못하는 게 분명해. 하지만 여기를 일찍 떠나는 게 더 안전할 거 같은 느낌이 들어." 세스가 말했다.

"내 생각도 그래." 어니스트는 차의 시동을 걸고 인도 옆에서 벗어났다.

"게다가, 배고파 죽겠어." 세스가 말했다. "우회전. 램프덴 로드에 괜찮은 데를…, 어디로 가는 거야? 방향이 틀려."

"알아." 어니스트가 말하며 글로스터 로드를 질주했다. "갑자기 생각난 게 있거든. 만약 서두르면 〈클라리온 콜〉이 닫기 전에 크로이던에 가서 내 기사들을 넘길 수 있어."

"크로이던?" 세스가 외쳤다. "거기는 한참 가야 하잖아. 배고파 죽겠다니까!"

"거기에 가면 멋진 선술집이 있어. 셰퍼드 파이가 끝내줘." 어니스트는 그 술집에 발을 들여놓은 적이 한 번도 없었지만, 그렇게 말했다. "그리고 종업원이 아주 예뻐.' '그리고 〈클라리온 콜〉에서 조금 떨어진 거리에 전화 부스가 있으니 네가 술집에 있는 동안 나는 애서튼에게 전화를 할 수 있어.'

"〈클라리온 콜〉의 데드라인은 4시라고 하지 않았어?"

"맞아. 하지만 편집자는 종종 늦게까지 있고, 만약 조판을 다하지 않았으면 내 원고를 넣어달라고 설득할 수 있을 거야."

어니스트는 크롬웰 로드를 질주해 남쪽으로 방향을 틀었다.

"브랙넬 여사는 어쩌고?" 세스가 물었다. "아직 보고를 안 했어."

"크로이던에 가서 해도 돼. 식사한 뒤에. 지금 전화하면 곧장 돌아오라고 할 거고, 그러면 넌 정말로 굶어 죽을 거야."

"좋아." 세스는 말했다. "하지만 브랙넬이 성질을 부리면 이건 모두 네 생각이었다고 말을 해야 해."

"그럴게. 고마워. 이번 데드라인을 놓치지 않는 게 중요하거든."

세스는 고개를 끄덕이더니 이윽고 잠시 뒤 말했다. "넌 정말로 독일 수뇌부가 '크로이던의 피시앤칩스 포장지'나 뭐 그런 걸 읽는다고 생각하는 거야?"

"〈클라리온 콜〉이야." 어니스트는 말했다. "모르지. 하지만 독일이 우리 무선 메시지를 듣는다거나 마분지로 만든 캠프와 고무 탱크 사진을 공중에서 찍는지 아닌지도 우리는 몰라. 또는 폰 슈프레히트 대령이 우리 연극을 진짜로 믿었는지 어떤지도. 또는 설사 대령이 그걸 믿었다 해도 독일 수뇌부에 그걸 말할지 어떨지 우리는 몰라. 독일 측이 그 말을 믿을지 어떨지도 그렇고."

세스는 고개를 끄덕였다. "그 불쌍한 친구는 베를린에 가기 전에 죽을 수도 있어." 세스는 한숨을 쉬었다. "그게 이런 일의 단점이 지. 우리는 우리가 하는 일들이 과연 효과가 있는지 전혀 알 수가 없어."

'그리고 모르는 게 아마도 나을 거야.' 어니스트는 생각하며 속력을 높여 풀햄을 통과했다.

"전쟁이 끝나면 알게 될까? 어떻게 생각해?" 세스가 물었다. "효과가 있었는지 아닌지 말이야."

"만약 효과가 없다면 우리는 그렇게 오래 기다릴 필요가 없을 거야. 다음 달이면 알게 될 테니까. 만약 독일 육군 전부가 노르망디에서 우리를 기다리고 있다면, 효과가 없었다는 증거지."

"맞아." 세스가 말했고, 잠시 뒤 덧붙였다. "역사가 말해줄 거야. 우리가 한 일이 역사책에 나올 거 같아? 폰 슈프레히트며 우리가 그 황소와 만난 것 하며 네가 〈범프킨 위클리 배너〉의 편집자에게 보낸 편지들 같은 거."

'만약 애서튼과 연락이 안 닿는다면, 편집자에게 보내는 편지들이 효과가 있어야 해.' 어니스트는 생각하며 크로이던으로 차를 몰았다. 그는 세스가 전화 부스를 보지 못하도록 극장에서 번화가 옆길로 빠져 〈클라리온 콜〉 사무실을 지나쳤다.

제퍼스 씨의 자전거가 사무실 밖에 있었다. 어니스트가 아까 세스에게 한 말, 즉 〈클라리온 콜〉이 닫기 전에 크로이던에 올 수 있다던 말은 거짓말이었다. 그는 사무실이 이렇게 늦게까지 열려 있으리라고는 기대하지 않았다. 하지만 인쇄기에 또 종이가 걸린 게 분명했다. 그건 그가 어쩌면 진짜로 기사를 이번 주 신문에 실을 가능성이 있다는 뜻이었다.

"우선 너부터 선술집에 내려줄게." 어니스트는 술집 앞에 차를 세우며 세스에게 말했다. "그리고 나는 내 기사들을 전해주고 올게. 시간이 좀 걸릴 거야. 제퍼스 씨는 이야기하는 걸 좋아하거든. 내 것도 주문해줘." 어니스트는 말하고 차를 몰아 전화 부스로 갔다.

교환수는 즉시 전화를 연결해줬고, 아까 통화했던 젊은 여자가 전화를 받았다. "저는 데이비스 중위입니다." 어니스트는 말했다. "던워디 장군님의 부관입니다. 아까 오후에 전화를 드렸는데 그만 연결이 끊겼습니다."

"아, 맞아요." 그녀가 말했다.

"애서튼 소령님과 통화를 해야 합니다."

"아, 이런. 돌아오셨다가 다시 나가셨어요."

'젠장.'

"응급 상황인가요? 저는 그분 간호사입니다. 만약 응급 상황이면 애서튼 의사 선생님께 연락해볼게요."

애서튼 의사. 그는 의사였다. 그건 데니스 애서튼이 아니라는 뜻이었다. 역사학자는 온갖 위장을 하지만 의학용 잠재교육 과정은 없었다. 심지어 폴리가 구급차를 몰았던 것조차 특이한 경우였고, 그녀는 응급치료 과정을 배운 게 전부였다. 그것도 여기서 배웠다. 2월에 온 애서튼이 여기에서 의학 학위를 받을 수는 없었다.

"중위님?" 여자가 말했다. "들리세요?"

"네. 아무래도 다른 애서튼 소령님에게 전화한 거 같습니다. 저는 데니스 애서튼 소령님과 통화를 하려는 겁니다."

"네, 중위님. 데니스 애서튼 소령님 맞습니다."

"키가 크고 검은 곱슬머리에 20대 중반입니까?"

"아, 아닙니다, 중위님. 애서튼 소령님은 50살이고 거의 머리가 벗어졌어요. 찾으시는 애서튼 소령님도 육군 외과의이신가요?"

'아니요.' 어니스트가 낙담하며 생각했다. '내가 찾는 이는 역사학자이고, 여기선 진짜 이름을 쓰고 있지 않아요.' 던워디 교수는 상륙작전 집결지와 관련된 모든 사람의 이름을 확인하도록 조사실에 시켰을 것이다. 군인 둘이 이름이 똑같으면 당연히 사람들 눈길을 끌 것이고, 역사학자들은 남들 눈에 띄지 않고 잘 섞여들어야 했다.

'데니스 애서튼이 여기서 가명을 쓴다면, 나는 결코 그 친구를 찾지 못할 거야.' 어니스트는 생각했다. 그는 이 일이 성공하기 어렵다는 사실을 이미 알고 있었지만, 그래도 그 사실은 여전히 배를 한 대 얻어맞은 것처럼 큰 충격으로 다가왔다. 그는 전화를 끊고 그곳에 멍하니 서 있었다.

'제퍼스 씨에게 기사를 전달해야 해.' 어니스트는 생각했다. '이제 내 기사들을 〈클라리온 콜〉에 싣는 일이 더욱더 중요해졌어.' 하지만 그는 계속 그곳에 서서 멍하니 전화기만 바라보았다.

세스가 전화 부스를 두드렸다.

아, 이런. 어니스트는 방금 폴리와 에일린의 구출을 망쳤을 뿐 아니라 세스에게 들키기까지 했다. 세스는 어니스트가 누구에게 전화했는지, 왜 기사를 전달해야 한다고 거짓말을 했는지 캐물을 것이다. 세스는 브랙넬 여사에게 보고할 테고, 브랙넬은 텐싱에게 보고할 것이고, 그들은 남 포티튜드를 취소할 것이다. 독일 간첩이 특수 대응 부대에 잠입했을 가능성을 무시할 수 없기 때문이다. 그리고 아이젠하워는 상륙작전을 연기하고 새로운 작전을 짜려 할 것이다. 그리고 연합군은 전쟁에 질 것이다.

세스는 여전히 유리창을 두드리고 있었다. 어니스트가 문을 열었다. "아, 잘됐네." 세스가 말했다. "브랙넬에게 전화하는 걸 잊지 않았구나. 너에게 말할 생각이었는데 그만 까먹어서 널 쫓아온 거야. 종업원이 예쁘다는 네 말이 맞아. 아주 예쁘더라. 브랙넬이 뭐래? 연결됐어?"

"아니." 어니스트는 말했다. "통화 연결이 안 됐어."

53

저는 이 일을 끝까지 당신과 함께 할 것이고,
만약 이 일이 실패하면, 우리는 같이 망하는 겁니다.

— 윈스턴 처칠이 드와이트 D. 아이젠하워에게, D-데이 전에

런던, 1941년 봄

폴리는 알함브라 극장을 뛰어나와 불길로 환한 거리를 지나 샤
프츠베리로, 짙은 안개 속으로 들어갔다.

아니, 안개가 아니었다. 폭발로 인한 먼지였다. 황과 화약 냄새
가 났고, 앞이 전혀 보이지 않았다. '이래선 결코 피닉스 극장을 찾
을 수 없어.' 폴리는 생각했지만, 앞이라고 느껴지는 곳으로 가는
동안 먼지는 옅어졌고, 피닉스 극장의 표지판이 보였다. 레지가
잘못 안 것이 분명했다. 극장은 아직 그곳에 서 있었다.

하지만 극장 앞 거리에는 줄이 쳐졌다. 그리고 폴리가 가까
이 가보니 극장 정면의 절반 정도가 사라져 로비와 황금색 카펫
을 깐 계단이 드러난 게 보였다. 하얀 헬멧을 쓴 경관이 사고 현
장을 뜻하는 파란 조명 옆에 서서 클립보드를 살피고 있었다. 폴

리는 줄 아래로 몸을 숙이고 현장 안으로 들어가 그에게 달려갔다. "경관님….."

"여기는 사고 현장입니다." 그가 무뚝뚝하게 말했다. "민간인은 들어오시면 안 됩니다."

"하지만 저는 찾는….."

그가 말을 잘랐다. "극장 안에는 아무도 없었습니다. 이곳에서 떠나주셨으면 합니다. 감시원!" 그는 공습 대비대 감시원에게 신호를 보냈다. "이 아가씨를 모시고….."

"하지만 안에 사람이 있었어요." 폴리가 말했다. "고드프리….."

"머독 경관님!" 다른 감시원이 거리 저쪽에서 외쳤다. "어서요!" 그리고 사고 지역 담당 경관이 서둘러 그쪽으로 갔다.

폴리는 경관을 따라갔지만, 폴리를 내쫓기 위해 경관이 부른 감시원도 따라왔다. 폴리는 자신이 설명하기도 전에 감시원이 자신을 내쫓을까 봐 두려웠다. 그리고 설사 그가 설명을 듣는다 해도, 이미 그들에게는 할 일이 산적한 게 분명해 보였다.

폴리는 쏜살같이 거리를 가로질러 한때 극장 정면이었던 목재와 회벽 더미를 기어올라 로비로 들어갔다. 로비는 거의 아무런 피해도 입지 않았다. 소리만 요란했지 폭탄 자체는 45킬로그램짜리에 불과했던 게 분명했다. 폴리는 극장 안으로 들어가는 문을 열려고 애썼지만 문은 잠겨 있었다.

중이층으로 통하는 문은 잠기지 않았다. 폴리는 그 문을 통해 안으로 들어갔다.

안은 난장판이었다. 발코니와 박스석은 아래층에 줄지어 놓인 빨간 플러시천 의자들 위로 무너져 내렸고, 의자들은 충격파에 날아가 다른 의자들 위에 쌓여 있었다. 하지만 벽들은 여전히 서 있었고, 천장도 한쪽에 커다랗고 깔쭉깔쭉한 구멍이 하나 나 있는 것을 제외하면 여전했다. 그 구멍을 통해 불길에 물든 하늘이 극장 이쪽 면을 분홍빛 도는 주황색으로 비추고 있었다. 극장 전면부와 무대는 그림자 속에 잠겼다.

"고드프리 경! 여기 계세요?" 폴리가 외치며 투각 기법의 금속 지지대들과 내용물이 드러난 쿠션들과 발코니에서 쪼개져 나온 마호가니의 바다를 조심스레 가로질러 가기 시작했다. 의자들 중 어떤 줄은 아직도 온전하게 남았고, 붉은 플러시 천 좌대 부분에는 공연 프로그램 안내지들이 그대로 놓여 있었다. 하지만 이 의자들도 불안정하긴 마찬가지여서, 하이힐 때문에 더더욱 균형을 잡기 힘들던 폴리가 지나가며 등받이를 잡자 의자들은 당장에라도 넘어갈 듯 흔들거렸다.

'이런 상황에서 하이힐은 진짜 아닌데.' 폴리는 극장의 박스석 가운데 하나였던 굴곡진 패널 위를 조심스레 걸으며 생각했다.

고드프리 경은 무대 뒤에서 세트들을 살펴볼 거라고 했다. 폴리는 뒤집힌 의자들 너머를 보며 각광[31]이나 커튼 또는 무너진 무대 작업 통로처럼 무대가 어디인지 가늠할 만한 게 있는지 살폈다. 하지만 뒤엉킨 의자들 너머로는 커다란 담요처럼 보이는 것을 제외하고는 아무것도 없었다. 마치 구조대가 잔해를 가리기 위해 방수천으로 현장을 덮어 놓은 것처럼 보였다.

'마치 시체를 덮어 놓은 거 같아.' 폴리는 생각했고, 방수천처럼 보이는 게 뭔지 깨달았다. 그건 석면 방화 커튼이었다. 그게 뒤로 무너지며 무대 전체를 덮은 것이다. '적어도 저건 불에 타지는 않아.' 폴리는 생각했다. 하지만 만약 고드프리 경이 저 아래 있다면

---

31 연기자의 발 아래쪽에서 위쪽을 향하여 투사되는 조명

폴리는 저걸 들고 그를 꺼낼 방법이 없었다. 알함브라 극장에 있는 방화 커튼은 엄청나게 무거웠다.

폴리는 커튼이 덮인 무대로 가며 "고드프리 경! 어디 계세요?"라고 외쳤고, 마치 징검다리를 건너듯 의자들을 조심스레 밟고 나아갔다. 폴리는 동화극을 보던 여자 가정 교사가 아이들에게 "아니, 안 돼. 의자에서 그렇게 서면 안 돼! 천이 찢어지잖아."라고 말하는 걸 들은 기억이 났다. 하지만 그 생각을 하는 중에도 금박 하이힐이 플러시 천을 뚫고 들어갔고, 폴리는 발목이 비틀거리며 옆으로 쓰러졌다.

폴리는 당장에라도 쓰러질 것 같은 의자 등받이를 붙들고 중심을 잡으며 발을 빼내려 해보았다. 구두의 굽이 뭔가에 끼어서 빠지지 않았다. 의자 스프링이었다. 폴리는 발을 위로 세게 당겨보았지만, 굽은 낀 채로 꿈쩍도 하지 않았다.

"뭐 이따위가 속을 썩인담." 폴리가 말하며 굽이 어디에 끼었는지 살펴보기 위해 의자 천을 좀 더 찢으려 했지만, 천은 보기보다 튼튼했다. 폴리는 구두를 벗어야만 했다. 그녀는 구두에서 발을 빼내려 했지만 소용없었다. 폴리는 구두 스트랩을 풀기 위해 몸을 굽혔다. 버클이 어찌나 뻣뻣한지 스트랩이 버클에서 빠지질 않았다. 그래서 폴리는 몸을 더 숙이고 스트랩을 풀려 애썼다.

그때 발코니 쪽에서 희미한 소리가 들렸다. "고드프리 경?" 폴리가 외쳤고, 그 외침에 대답하는 듯한 신음 소리를 들은 듯했다. "제가 가요!" 폴리가 말했다. "제 구두가…." 폴리는 금박 스트랩 끝부분을 거칠게 잡아당겼다. 스트랩이 끊어지며 손에 딸려 나왔고, 폴리는 구두에서 발을 빼낸 다음 다시 의자 속으로 손을 넣어 구두를 잡고 의자에서 빼내려 이리저리 비틀어보았다. 하지만 구두는 빠지지 않았다.

"잠깐만요. 제가 가요!" 폴리가 외치며 구두를 놔두고 소리가 들린 곳으로 재빨리 기어 올라가기 시작했다. "고드프리 경?"

"여기입니다." 대답하는 남자의 목소리가 너무나도 희미해서, 폴리는 그게 고드프리 경의 목소리인지 아닌지 분간할 수가 없었다.

"다치셨어요?" 폴리가 목소리가 들리는 쪽으로 움직이며 말했다. "제가 찾을 수 있게 계속 말을 하세요!"

"'저는 당당히 서서 칼을 움켜쥐었습니다. 버크람 천 옷을 입은 악당 네 명이 제게 돌진했지요.'"[32] 고드프리 경이 확실했다. 달리 누가 이런 상황에서 셰익스피어를 인용한단 말인가?

그는 네 줄 뒤, 뒤엉킨 의자들 아래 깔려있었다. 폴리는 의자들 사이로 나온 그의 팔을 볼 수 있었다. "고드프리 경." 폴리가 쪼그려 앉으며 말했지만, 의자 밑은 너무 어두워 그의 모습이 보이지 않았다. "고드프리 경이세요?"

"네. 보시다시피, 재난을 피하려던 제 시도는 성공하지 못했습니다."

"여기에서 뭘 하시는 거예요? 무대 뒤에 계시는 줄 알았어요." 폴리는 고드프리 경이 살아있다는 안도감에 재잘거렸다. "구두가 의자에 걸리지 않았더라면 전 결코 경의 목소리를 듣지 못했을 거예요." 그리고 그 말을 하는 순간 어떤 기억이 폴리의 머릿속을 스치고 지나갔다. 에일린이 파젯스 백화점에서 했던 말이었다. "만약 마저리가 너에게 내가 어디에 있는지 말해주지 않았더라면…" 그리고 또 이런 말도 했다. "만약 알프와 비니 때문에 시간을 쓰

32 셰익스피어, 《헨리 4세》

지 않았더라면, 나는 바솔로뮤 씨를 만났을 거야."

폴리는 갑자기 이게 중요하다는 느낌이 들어 말을 멈추었다. 이건 뭔가의 중요한 열쇠였다. 만약 폴리가….

"폭탄 터지는 소리를 들었습니다." 고드프리 경이 말했다. "그래서 당신을 찾으러 나가려던 길이었습니다."

'그리고 만약 경이 그러지 않았더라면….' 폴리는 생각했고, 이 상황에 중요한 뭔가가 있다는 느낌이 또다시 들었다. '경은 석면 방화 커튼이 무너졌을 때 그 아래에 깔리셨을 거예요.'

"저는 당신이 어떻게 되었을까 걱정을…." 고드프리 경이 말을 시작했다.

"걱정하지 마세요. 모든 게 괜찮을 거예요. 움직일 수 있으세요?"

"아니요. 다리가 뭔가에 깔렸습니다. '세상은 무대로다'[33]. 지금 이 순간에는 그게 제 위에 있는 듯합니다."

"다리가 느껴지세요? 다리를 다치셨어요?"

"아니요."

다행이었다. "다른 데 다치신 곳은 없고요?"

"없습니다." 잠시 정적이 흘렀다. "'이런 노인에게 그렇게 많은 피가 있으리라고 누가 생각을 했겠는가?'"[34]

'오, 맙소사.'

"금방 꺼내드릴게요." 폴리는 고개를 들고 외쳤다. "여기 부상자가 있어요! 들것이 필요해요!" 폴리는 일어나 고드프리 경 위의 의자들을 잡아당기기 시작했다. 의자열은 부서져 있었다. 다행이

---

33 셰익스피어, 《좋으실 대로》
34 셰익스피어, 《맥베스》

었다. 만약 하나로 연결되어 있었다면, 폴리는 절대로 그걸 옮길 수 없었을 것이다.

고드프리 경이 뭔가 중얼거렸다. "왜 그러세요?" 폴리가 무슨 말인지 듣기 위해 몸을 숙이며 물었다.

"절 그냥 두십시오." 그가 말했다. "가서 비올라를 찾으십시오. 비올라는 알함브라 극장에 있습니다. 폭탄들이…."

"저 여기 있어요, 고드프리 경. 저예요, 폴리…, 비올라예요."

"아닙니다." 그가 말했다. "'무덤 속 나를 깨우지 말라. 그대 축복받은 영혼이여.'"

'고드프리 경은 그냥 《리어왕》을 인용하는 것뿐이야.' 폴리는 생각하면서도 심장이 터질 것만 같았다. '아무 의미도 없어.'

"움직이려 하지 마세요." 폴리가 문 쪽을 돌아보며 말했다. "도와줄 사람들이 오고 있어요." 하지만 그렇지 않았다. 사고 현장 담당 경관이나 구조원들은 흔적도 보이지 않았다.

'내 말을 듣지 못한 거야.' 폴리는 생각했고, 두 손을 모아 입에 댔다. "여기에 부상자가 있어요! 들것하고 잭이 필요해요! 서둘러요!" 폴리는 다시 의자들을 치웠고, 이윽고 발코니 조각 하나를 치우려 했다.

오, 맙소사, 발코니 조각은 너무나도 무거워 들어 올릴 수가 없었다. 폴리는 두 손으로 한쪽 끝을 잡고 힘껏 밀었고, 폴리의 발 아래 30센티미터 깊이의 좁은 구멍에 고드프리 경이 누워있는 게 보였다. 고드프리 경은 뒤집힌 의자 등받이들에 걸쳐 누워있었고, 다리는 발코니 조각에 깔렸는데, 얼핏 보아도 폴리가 움직이기에는 너무 무거워 보였다.

"'그 아이가 살아있구나….'" 폴리에게 미소 지으며 고드프리 경이 말했다. "'만약 그렇다면, 이건 내가 그동안 느꼈던 그 모든 슬픔을 보상받을 기회이지.'"[35]

폴리는 눈물을 삼켰다. "어디를 다치셨어요?" 그녀는 물었지만, 이미 어디인지 알았다. 고드프리 경의 셔츠 상단부가 붉게 물들어 있었다.

폴리는 구멍 가장자리에 엎드려 상처 부위에 손을 뻗었다. 고드프리 경은 움찔도 하지 않았지만, 그녀의 손이 축축하게 젖었다. 폴리는 그의 셔츠를 찢었다. 상처는 폭이 3센티미터 정도이고 심장보다 위에 있었지만 심하게 피가 났고, 지혈대를 감을 방법이 없었다. 그리고 도와달라고 사람을 부르러 갈 시간도 없었다. 폴리가 잔해를 넘어 극장 앞쪽에 갔을 즈음이면, 고드프리 경은 과다 출혈로 사망할 것이다. 그녀는 지금 출혈을 멈춰야 했다.

'직접 압박.' 폴리는 상처 부위의 셔츠를 찢어내고 손바닥으로 상처를 눌렀고, 주위를 둘러보며 뭔가 더 나은 게 없는지 찾았다. 고드프리 경의 코트가 있었지만, 그 코트는 경의 몸 아래 비틀린 채 깔려있었기에 빼낼 수가 없었다. 의자의 천도 쓸만하겠지만, 아까 발을 빼려 애쓸 때 이미 그 천이 잘 안 찢긴다는 사실을 알았다.

'만약 직업 배정소의 그 여자가 날 구조원이 되게만 해줬어도….' 폴리는 생각했다. '지금 내게 구급함과 붕대가 있었을 텐데.'

폴리는 무릎을 꿇고 일어나 치마를 찢어냈다. "도와주세요! 여기 부상자가 있어요!" 그녀는 외치고 치마를 접었지만, 지혈대로 쓰기에는 너무 얇았다.

'ENSA의 의상은 옷도 아니야.' 그녀는 생각했고, 웃옷과 블루

35 셰익스피어, 《리어왕》

머를 벗어 치마와 함께 접어 두꺼운 사각형 모양으로 만들었다. 그녀는 수영복만 입은 채 다시 납작 엎드려 접은 천을 상처 부위에 대고 손바닥으로 있는 힘껏 눌렀다.

고드프리 경이 얼굴을 찌푸렸다. "마침내 동화극을 하기로 결정했다고 말할 생각으로 온 겁니까?" 그가 물었다.

"쉿." 폴리가 말했다. "지금은 아무 말 하시면 안 돼요."

"터무니없는 소리. 지금이 아니면 제가 언제 제 사망 장면을 연기한단 말입니까?"

폴리의 가슴이 철렁 내려앉았다. "경은 죽는 게 아니에요." 폴리가 단호히 말했다. "그냥 경상일 뿐이에요."

"당신은 늘 연기가 엉망이었습니다, 비올라." 고드프리 경은 목재를 베고 누운 채로 머리를 설레설레 저었다. "이건 제가 상상했던 작별과는 너무나도 다르군요. 저는 늘 무대 위에서 죽고 싶었습니다. 배리의 연극 2막 도중에 죽기를 바랐습니다. 그러면 3막은 하지 않아도 되니까요."

고드프리 경은 언제나 폴리를 웃게 할 수 있었다. 심지어 이런 잔해 속에서, 과출혈로 죽어가는 와중에도, 그리고 구조대가 올 기미가 안 보이는 상황에서도.

'왜 이렇게들 안 오는 거야?' 폴리는 생각했다. '구조팀만큼이나 엉망이야.'

압박을 하고 있는데도 피가 스며 나왔다. 폴리는 충분히 압력을 주지 못하고 있었다. 폴리는 앞으로 좀 더 다가가 자세를 잘 잡으려 애쓰며 있는 힘껏 상처를 눌렀다.

"어느 연설을 들으시겠습니까?" 고드프리 경이 물었다. "햄릿? '마무리를 해주시는 하느님의 힘이 있습니다.'"

'아니, 하느님이 그러는 게 아니야. 나 때문이야. 하지만 내가 돕는다면 고드프리 경은 죽지 않을 거야.' 폴리는 생각하며 온 힘을 다해 상처를 눌렀다. 연속체는 다른 방식으로 교정을 해야 할 것이다.

폴리는 고개를 들고 다시 큰 소리로 도움을 요청했고, 고드프리 경에게 예전에 배운, 1층 객석 제일 끝까지 들릴 만큼 큰 소리로 발성하는 법을 기억해내 그렇게 외치려고 애썼다. "여기요! 도와주세요!" 그리고 그에 대답이라도 하듯이, 멀리서 비행기 소리가 들렸다.

"비행기들이 다시 돌아오는군요." 고드프리 경이 천장을 쳐다보며 말했다. "당신은 어서 방공호로 가셔야⋯."

"경 없이 혼자 가지는 않을 거예요."

"가야 합니다, 비올라. 저 때문에 당신이 죽는다면, 당신의 젊은 연인은 절대 저를 용서하지 않을 겁니다."

'나의 젊은 연인.' "아까 극장에서 저는 거짓말을 했어요." 폴리가 말했다. "젊은 연인 같은 건 없어요."

"당연히 있습니다. 제가 당신과 함께할 실낱같은 희망마저도 없었던 건 그 사람 때문이었습니다." 고드프리 경이 말했고, 1분쯤 뒤 다시 말했다. "그 사람이 죽었나요?"

"죽은 게 분명해요. 그렇지 않으면 지금 여기에 있어야 하니까요."

"아마도 아직 오고 있을 겁니다." 고드프리 경이 나지막이 말했다. "그러니 당신은 가야만 합니다, 미란다. '도망쳐, 폴리언스, 도망쳐.'"[36]

36 셰익스피어, 《맥베스》

853

폴리는 고개를 저었다. "'지금 안 오면 장차 올 터. 평소의 준비가 제일이니.'"[37]

"셰익스피어!" 고드프리 경이 경멸하듯 말했다. "저는 그 음유시인을 인용하는 배우들을 언제나 혐오했습니다. '가라, 가거라, 천한 시종이여.'[38] 저 때문에 당신이 죽게 할 수는 없습니다."

"경께서는 잘못 아셨어요." 폴리가 씁쓸하게 말했다. "이건 제 잘못이에요. 경이 이렇게 된 건 저 때문이에요."

"어째서 그렇다는 건지 저는 알 수가 없군요. 지난 1시간 동안 당신이 ENSA의 공습경보 임무를 포기하고 독일 공군에 입대한 게 아니라면요. 저는 이게 저 때문이라고 생각합니다. 동화극에 참여해달라고 당신을 찾아가면 안 되는 거였습니다." 고드프리 경이 말했고, 이윽고 혼잣말하듯이 웅얼거렸다. "그린버그에게 좋다고 말했어야 하는데. 브리스틀로 갔어야 할 것을."

고드프리 경은 고통에 눈을 감았다. "'좋은 의도를 가지고도 최악의 상황을 초래한 이가 우리가 처음은 아닐 터.'"[39]

"맞아요. 우리가 처음은 아니에요." 폴리가 말했다. "우리 누구도 남에게 해를 끼칠 생각 따윈 없었어요."

하지만 고드프리 경은 폴리의 말을 듣고 있지 않았다. "저게 뭐죠?" 그는 마치 무슨 소리를 들으려 한다는 듯이 고개를 살짝 움직이며 물었다. "무슨 소리를 들은 것 같습니다."

"비행기들이 멀어지는 듯해요." 폴리가 말했지만, 고드프리 경은 여전히 주의하는 표정으로 고개를 저었다. 폴리는 고개를 들

---

37 셰익스피어, 《햄릿》
38 셰익스피어, 《베로나의 두 신사》
39 셰익스피어, 《리어왕》

고 혹시 구급차 종소리나 목소리가 들리지 않는지 귀 기울였다.

폭격기들의 웅웅거리는 소리는 멀어져 갔지만, 여전히 도움의 소리는 들리지 않고 잔해 조각 하나가 삐걱거리는 소리만 났다. 그리고 가스가 새며 희미하게 나는 쉿쉿 소리와….

어째서 폴리는 자신이 시공 연속체 전체와 대적해 이길 가능성이 있다고 생각했던 걸까? 왜 자신이 고드프리 경의 목숨을 구할 수 있다고 믿었을까? 어째서 자체 교정을 하려는 역사의 맹목적인 시도를 멈출 수 있다고 믿었을까?

'정말로 미안해요, 고드프리 경.' 폴리는 생각했다. '정말로 미안해, 콜린.' 그리고 폴리가 울음을 터뜨린 게 분명했다. 뜨거운 눈물이 그녀의 손등으로 떨어져 압박 천으로, 그리고 이미 흠뻑 젖은 고드프리 경의 가슴으로 튀었기 때문이다.

"'얘, 왜 울고 있니?'"[40] 고드프리 경이 말했고, 다른 때라면 경이 가장 경멸하는 극본의 인용에 폴리는 웃음을 터뜨렸겠지만, 지금은 아니었다. 지금은 아니었다.

"왜냐하면, 저는 경의 목숨을…." 폴리의 목소리가 갈라졌다. "구할 수가 없기 때문이에요."

"뭐라고?" 경이 말했고, 그의 목소리는 예전처럼 다시 기운이 넘쳤다. "'거짓말을 하는구나! 그대는 이제까지 나를 죽음의 아가리에서 세 번째로 끄집어냈도다. 그리고 그 무거운 빚을 갚기 위해 이제 나는 그대의 목숨을 구하리라.'"

폴리는 이제 고드프리 경이 어느 극본을 인용하는지 더는 알지 못했지만, 그건 상관없었다. '경은 그럴 수 없어요.' 폴리는 생각했다. '우리는 둘 다 끝났어요.' 그리고 세인트폴 대성당의 돔 중간

---

40 제임스 M. 배리, 《피터팬》

으로 떨어지는 소이탄을 쳐다보던 남자가 했던 말이 생각났다. "이제는 끝장났어요."

하지만 끝장나지 않았다. 화재 감시원들이 대성당을 구했다. 그리고 비록 고드프리 경과 폴리가 끝장난 것처럼 보일지라도, 폴리는 28개의 소이탄을 끌 필요가 없었고, 밤마다 계속해서 끌 필요도 없었다. 폴리는 그저 도와줄 사람들이 올 때까지 고드프리 경이 죽지 않고 의식을 유지하게만 하면 되었다.

"우리는 절대로 포기하지 않을 거예요." 폴리는 중얼거렸다. "절대 항복하지 않아요." 그리고 구멍 위로 몸을 숙이고 가스를 멈출 방법이 없을지 살펴보았다.

가스 새는 소리는 왼쪽에서 더 크게 났다. 폴리는 '언제든 방독면을 가지고 다니십시오'라는 정부 지시를 따르지 않은 걸 아쉬워하며 고드프리 경에게 고개를 오른쪽으로 돌리고 숨을 얕게 쉬라고 말했고, 가스가 어디서 나오는지를 찾으려 애썼다. 가스는 의자 두 개 사이 좁은 틈에서 나오고 있었다. 만약 뭔가로 그 틈을 막을 수만 있다면….

폴리에게 남은 의상이라고는 수영복뿐이었다. 그걸로는 틈을 막기 충분하지 않을 것이고, 어쨌거나 한 손만 쓸 수 있는 상태에서 꿈틀거려 수영복을 벗을 수 있을 것 같지도 않았다. 뭔가를 가지러 갈 수도 없었다. 고드프리 경은 다시 피를 흘리고 있었다. 폴리는 어떻게든 가스가 흘러나오는 틈을 막아야 했다. 그것도 고드프리 경이 의식을 잃기 전에 빨리.

아직 고드프리 경이 의식을 잃지 않았다면 말이다. "고드프리 경?"

"왜 그러십니까?" 그의 목소리는 이미 흐릿하고 활기가 없었다.

'경에게 계속 말을 시켜야 해.' 폴리는 생각했다.

"고드프리 경, 저에게 어떤 연설을 원하는지 물으셨죠. 우리가 처음 만난 밤에 함께 연기했던 걸 해주세요. 프로스페로의 연설요. '이제 우리의 잔치는 끝났다.'"[41] 폴리가 첫 부분을 알려주었다.

"'아이야, 이제 우리의 잔치는 끝났다.'" 그가 말했다.

"저는 아직도 그게 듣고 싶어요. '내 너에게 말한 대로, 이 배우들은 모두….'"

"'내 너에게 말한 대로….'" 고드프리 경이 말했다. "'이 배우들은 모두 요정들이었고….'"

'좋았어. 이러면 잠깐은 고드프리 경이 정신이 잃지 않을 거야.' 폴리는 생각했고, 틈을 막을 만한 것이 없는지 주위를 둘러보았다. 의자 쿠션 속이면 될 듯했지만, 손이 닿는 곳의 의자들은 모두 쿠션이 멀쩡했고 공연 프로그램까지 아직 올려진 채였다.

공연 프로그램. 폴리는 오른손으로는 고드프리 경의 가슴을 꽉 누른 상태로 조심스레 몸을 뒤로 조금씩 움직인 뒤 왼손을 뻗어 뒤쪽과 주위의 공연 프로그램들을 잡았다.

그것들은 팸플릿이 아니었다. 그냥 낱장이었다. '종이가 아주 부족한 상태지.' 그녀는 생각했고, 종이들을 뭉쳐 한 장씩 틈에 밀어 넣었다. 이제 폴리는 가스 냄새를 맡을 수 있었다.

"'이제 얇은 공기 속으로 녹아버렸다.'" 고드프리 경이 말했다. "마치….'" 그의 목소리가 흐릿해져갔다.

"'그리고 기초 없는….'" 폴리가 알려주며 이번에는 앞쪽으로 팔을 뻗었다.

"'그리고 기초 없는 이 허깨비 건물처럼….'" 고드프리 경이 말

41 셰익스피어, 《폭풍우》

857

했다. "'구름 높이 솟은 탑들, 호화로운 궁정들….'"

폴리의 손가락 끝에 뭔가 넓적한 게 닿았다. 나무나 회벽 조각이었다. 폴리는 좀 더 앞으로 몸을 기울이며 근육이 아파져 올 때까지 팔을 뻗어보았지만, 간신히 만져지는 성도 이상으로는 더 뻗을 수가 없었다.

'당연히 될 리가 없지.' 폴리는 다른 각도로 시도해보며 생각했다. '이건 자체 교정인걸.'

폴리는 손 아래서 뭔가가 움직이는 걸 느꼈다. 투각 기법으로 제작된 의자 지지대가 부러진 조각이었다. 조각은 너무 작아서, 설령 투각이 아니라 안이 채워져 있다 할지라도 틈을 막을 수 없었다. 하지만 그걸로 나무토막을 끌어올 수 있을 정도의 크기는 되었다.

폴리는 마치 포크를 쓰듯이 그 조각으로 나무토막을 어색하게 찔렀고, 마침내 움켜쥘 수 있는 지점까지 나무토막을 끌고 왔다. 그녀는 나무를 움켜쥐기 위해 의자 지지대 조각을 내려놓았지만, 이윽고 더 좋은 방법이 생각나서 의자 지지대 조각을 고드프리 경의 가슴에 올려놓고 나무토막을 집었다.

"'그리고 이제는 사라져버린 저 환영처럼….'" 고드프리 경이 중얼거렸다. "'희미한 흔적조차 남지 않게 된다.'"

폴리는 나무토막을 가스가 새어 나오는 공간에 빡빡하게 밀어 넣었다. 딱 맞지는 않았지만, 가스 대부분을 막을 수 있을 것이다.

'제발 그렇게 되길.' 폴리는 생각했다. 폴리가 좀 더 단단히 나무를 박아 넣으려고 몸을 숙이자 가스 냄새가 났다. 그건 그들이 이곳을 빠져나가야 한다는 뜻이었다.

하지만 적어도 약간의 시간은 벌었다. 폴리는 구멍 옆 공간을 다시 더듬었다. 다른 의자 지지대나 아니면 금속의 뭔가를 찾기 위해서였다.

파이프 조각이 잔해를 뚫고 삐죽 나와 있었다. '가스관인가?' 폴리는 궁금했다. 그녀는 고드프리 경의 가슴에서 투각 지지대를 집었다.

고드프리 경은 여전히 프로스페로의 연설을 암송하고 있었다. "'우리는 꿈과 같은 존재이므로….' 고드프리 경이 말했다. "'우리의 자잘한 인생은 잠으로 둘러싸여 있다.'"

폴리는 골조 지지대로 있는 힘껏 파이프를 두들기기 시작했다. 금속은 귀에 거슬리는 소리를 냈고, 다시 돌아오는 듯한 비행기들의 윙윙거림 속에서도 요란한 소리를 냈다. 폴리는 파이프를 치는 사이사이로 "도와줘요!" 또는 "여기예요!"라고 외쳤다.

"누군가가 이 소리를 분명히 들었을 거예요." 그녀는 말하고 자신이 여전히 압박천을 충분히 세게 누르고 있는지 확인하기 위해 잠시 말을 멈췄다. "그렇게 생각하지 않으세요, 고드프리 경?"

그는 대답하지 않았다.

"고드프리 경!" 그녀가 다급히 말했다.

"기운을 내십시오, 나의 아가씨, 청컨대…." 그의 목소리가 흐려지더니 침묵에 잠겼다.

"고드프리 경!" 폴리가 외치며 그가 계속 말을 하게 하려고 뭐든 떠오르는 대로 마구 내뱉기 시작했다. "경은 제가 경의 목숨을 구한 것에 대해 인용을 하셨잖아요. 그게 무슨 연극에 나오는 거였죠?"

"공습경보가 해제되면 말해드리지요." 그가 힘없이 말했다.

"아니요! 지금요. 어느 연극이었죠?" 폴리는 고드프리 경의 어깨를 흔들고 싶었지만, 압박천에서 감히 손을 뗄 수가 없었다. "배리 거였나요?"

"배리라고요? 그건 《십이야》였습니다. 문을 두드리는 소리가 들리고 당신이 그곳에…. 난파당해서…. 편지…." 그의 목소리가 옅어져갔다.

"무슨 편지요?" 그건 편지가 아니었고, 고드프리 경은 횡설수설하고 있었지만, 그래도 폴리는 그에게 계속 말을 시켜야 했다. "누가 보낸 편지였나요, 고드프리 경?"

"옛 친구…. 우리는 젊었을 때 《한여름 밤의 꿈》을 함께 공연했습니다…."

"오베론의 연설을 해주세요." 폴리가 고드프리 경을 재촉했다. "'나는 야생 백리향이 바람에 날리고, 앵초꽃과 고개를 까닥이는 오랑캐꽃이….'" 하지만 그는 폴리의 말을 듣지 못했다는 듯이 계속 말했다.

"그 친구는 편지를 보냈습니다…. 저에게 순회공연의 주연을 맡아달라고요." 그는 잠시 뒤 힘없는 목소리로 느릿느릿 말했다. "바스…. 브리스틀…. 하지만 당신이 왔고…."

"그리고 경은 가지 않으셨죠."

"아름다운 비올라를 떠나요?" 그가 중얼거렸고, 이윽고 간신히 들리는 목소리로 말했다. "당신은 당신의 모든 대사를 알았습니다…."

그리고 폴리는 깨달았다. 심지어 지금 이렇게 고드프리 경을 구멍에서 파내고 출혈을 멈추게 하려 애를 쓰는 와중에도, 폴리는 이 모든 것이 자신들이 입힌 손상을 수정하려는 연속체의 시도 때문이 아니라, 고드프리 경의 말처럼 그녀가 아닌 독일군이 그 원인이기를 은밀히 바라고 있었다. 하지만 원래 고드프리 경은 순회공연에 합류했어야 했다. 런던을 떠났어야 했다. 고드프리 경은 폴리 때문에 머문 것이다.

"정말 죄송해요." 폴리는 말했다.

가스 냄새는 점점 진해졌다. 폴리는 공연 프로그램이든 신문이든 뭔가를 찾아 가스가 새는 틈을 막아야 했다. 홀본 역의 도서 대여실에 뭔가가 있었다. 아니, 그곳은 너무 멀었다.

"죽었습니다…." 고드프리 경이 저 멀리에서 말했다. 그녀의 의자는 1층 객석 제일 끝에 있는 게 분명했다. 하지만 그럴 리 없었다. 왜냐하면 고드프리 경이 "비올라! 깨어나십시오! 우리 구조대가 오는 소리가 들립니다."라고 말하고 있었기 때문이다.

"'이건 나이팅게일이에요.'" 폴리가 중얼거렸다. "'우리 둘은 새장 속 새처럼 함께 노래할….'"[42]

"'아닙니다.'" 고드프리 경이 격노한 목소리로 말했다. "종달새입니다. 구조대가 오고 있습니다…."

"너무 늦었어요." 폴리는 말했고, 여전히 한 손으로는 압박천을 단단히 누른 채 머리를 잔해 위에 누이고 잠에 빠져들었다. "너무 늦었어요."

[42] 셰익스피어, 《리어왕》

54

전시를 돌아보면, 시간은 그 기간을 측정할 도구로는 부적절하며
심지어 변덕스럽기까지 하다는 느낌을 금할 수 없다.

— 윈스턴 처칠, *1944년 11월 9일*

전쟁 박물관, 런던, 1995년 5월 7일

"여기서 뭐 하는 거야, 코너?" 그 여자가 말했다. 등화관제 전
시관의 칠흑 같은 어둠 속이라 여자의 윤곽밖에 보이지 않았지만,
그녀는 캘빈이 이곳에 도착했을 때 차에서 내려 짐을 내려 박물
관으로 가져가던 40대 여자가 분명했다. 하지만 그녀는 메로피라
고 하기에는 너무 젊었다.

'그리고 메로피라면 나를 코너라고 부르지 않을 거야.' 캘빈은
생각했다. '그러니 이 여자는 나를 다른 누군가와 헷갈린 게 분명
해.' "죄송하지만 아마도 저를…." 그는 말을 시작했지만, 그 여자
는 아랑곳하지 않고 계속 말했다.

"네가 전시회에 들어오는 걸 봤어. 그리고 '저건 코너 크로스가
분명해.'라고 생각했지."

'이런, 맙소사. 앤이잖아.' 캘빈이 생각했다. "죄송합니다만, 아마도 저를 다른 누군가와 착각하신 것 같습니다." 그는 단호히 말했고, 실내가 어두워 다행이라고 생각했다. "저는 말씀하신…."

"날 기억 못 하는구나, 그렇지?" 그녀가 말했다. "앤 페리 기억 안 나? 오래전에 국립 도서관에서 만났잖아. 우리 둘 다 제2차 세계대전 때의 영국 정보부에 관해 연구하고 있었어. 당시 서류들의 기밀이 다 해제가 된 직후인 1976년이었어. 너는 격추당한 조종사들을 구한 사람에 관해 찾고 있었어. 그 사람 이름이 기억이 안 나네. 중령이었는데…."

'해럴드 중령.'

"그리고 나는 상륙작전이 칼레를 통해 있을 거라고 히틀러를 속이기 위해 정보부에서 신문에 낸 가짜 기사들을 연구하고 있었어." 앤이 말했다.

'그리고 당신은 1944년 5월 〈크로이던 클라리온 콜〉에 실린 공지를 보여주었지.' 그는 생각했다. '어퍼 노팅의 제임스 타운젠드 부부는 딸 폴리가 제21비행사단 장교인 콜린 템플러와 약혼을 했다고 발표했다. 콜린 템플러 공군 장교는 현재 켄트에 배치되어 있다. 둘은 6월 말에 결혼 예정이다.'라는 내용이었지.'

'당신 덕분에 나는 마이클 데이비스를 찾을 수 있었어.' 캘빈은 생각했다. '그리고 역시 당신 덕분에 나는 폴리와 일을 했던 누군가를 찾기 위해 이곳에 온 거고.'

하지만 그렇게 말할 수는 없었다. "저는…." 캘빈은 말을 시작했지만, 앤은 여전히 말을 하고 있었다.

"이 전시회는 내가 기획했어." 캘빈과 팔짱을 끼며 앤이 말했다. "마지막으로 뭔가 빠진 건 없는지 확인하러 오늘 아침에 온 건데,

오길 정말 잘했네. 네 덕분에 제2차 세계대전의 역사를 전공하기로 했다고 이제 말해줄 수 있게 됐잖아." 앤은 계속 말하며 캘빈을 데리고 하얀 화살표를 따라 출구용 커튼이 있는 곳으로 갔다. "나는 너에게 푹 빠져있었는데, 너는 전혀 눈치를 채지 못했어."

'아니, 알고 있었어.'

"난 네가 이미 여자 친구가 있는 게 분명하다고 확신했어…."

'있었어.'

"또는 뭔가 비극적인 비밀이 있거나." 여자는 커튼을 옆으로 제쳤다. 그러자 둘이 서 있는 실내로 빛이 쏟아져 들어오며 등화관제용 가리개를 한 전조등이 있는, 잘린 버스 엔진 덮개가 드러났다. 그리고 앤의 모습도.

19년이 흘렀어도 앤은 여전히 예뻤지만, 그 말 역시 할 수 없었다.

"그리고 나는 네 비밀이 뭔지 밝혀내기로 단단히 결심했어…." 앤은 캘빈을 보며 웃다가 갑자기 멈추더니 깜짝 놀라 그의 팔에서 손을 빼냈다. "이런, 정말 미안해요." 앤이 얼굴을 붉히며 말했다. "다른 사람이랑 착각했어요. 완전히 바보처럼 굴었네요."

"괜찮습니다." 캘빈이 말했다. "저도 이런 적이 있는걸요."

"당신이 그 사람하고 똑 닮았을 뿐 아니라…." 앤이 말을 하다가 어리둥절해 하며 인상을 찡그리고 캘빈을 바라보았다. "정말로 코너 크로스가 아닌가요? 아니, 물론 아니겠죠. 19년 전에 당신은, 여섯 살이었으려나요?"

"여덟 살이었습니다." 캘빈이 말했다. 하지만 그건 19년 전이 아니었다. 그건 5년 전이었고, 둘 다 스물두 살이었다. 그는 손을 내밀었다. "캘빈 나이트라고 합니다. 저는 〈타임아웃〉 기자입니다.

전시회 기사를 쓰러 왔습니다."

"안녕하세요, 나이트 씨." 앤이 다시 얼굴을 붉히며 말했다. "혹시 당신이랑 똑같이 생긴, 나이가 훨씬 더 많은 형이 있지는 않나요? 아니면 삼촌이라든가?"

"아니요. 죄송합니다."

"아니면 당신 초상화를 어딘가에 숨겨놓았나요? 도리언 그레이처럼요?"

"아니요. 당신이 이 등화관제 전시회를 기획하셨다고요?" 캘빈이 주제를 바꾸려고 물었다.

"네. 사실, 대공습 전시회 전부를 계획했어요." 그리고 캘빈은 앤이 안내를 해주겠다고 말할까 봐 걱정되었지만, 그녀는 말했다. "안내를 해드리고 싶지만, 대영 박물관의 회의에 참석해야 해요. 8월에 거기서 첩보전 전시회를 준비하는데, 아마 당신도 흥미가 있을 거예요. 남 포티튜드와 기만 작전에 관한…." 앤은 말을 멈추고 다시 당황한 표정을 지었다. "아니, 관심이 없겠네요. 정말 미안해요. 당신이 코너가 아니라는 사실을 계속 잊어버리네요. 당신은 정말로 그 사람하고 똑같이 생겼어요."

"아주 흥미로운 전시회일 거라고 확신합니다. 꼭 가도록 하겠습니다." 캘빈은 거짓말을 했다. 앤과 다시 마주칠 위험을 감수할 수는 없었다. 앤은 아주 똑똑한 여자였다. 아마 두 번 속이는 건 불가능할 것이다.

"정말 상냥하시군요." 앤이 말했다. "제 바보 같은 행동 때문에 대공습 전시회에 관한 당신의 평가가 나빠지지 않았으면 좋겠네요."

"걱정하지 마세요."

"다행이네요. 다시 한 번, 미안해요." 앤은 사과를 하고 그가 뭐라 말하기 전에 서둘러 떠났다. 차라리 잘된 일이었다. 하지만 캘빈은 그전까지 5년이나 찾아다녔던 실마리를 앤이 찾아준 데 대해 어떻게든 감사를 표할 방법이 없는 것이 실로 아쉬웠다. 그리고 캘빈이 (바라건대) 다음 단서를 찾을 수 있도록 이 전시회를 열어준 것에 대해서도.

어떻게든 그에 대해 감사를 표해야 했다. 하지만 캘빈은 어둠 속에 그대로 몇 분 정도 가만히 서서 멍하니 허공을 보며 옛일을 떠올렸다. 과거에 그는 몇 달이고 열람실에 처박혀 마이클 데이비스와 메로피의 행방에 관한 단서와, 폴리가 죽지 않았다는 증거를 찾고 있었다. 앤은 그와 대화를 했고, 그의 연구에 관해 물었고, 히터가 고장 난 속에서도 불편한 마이크로필름 판독기와 씨름해야 하는 그를 동정했다. 앤은 그에게 샌드위치와 마실 차를 몰래 가져다줬으며, 위로를 해주었다. 그가 9월 10일 고성능 폭탄에 죽은 신원미상의 남자에 대한 공지를 발견한 뒤에는 특히 그랬다. 그날은 던워디 교수가 강하해 도착하려던 날이었다.

그날 캘빈은 굉장한 충격을 받았고, 열람실에 앉아 마이크로필름을 멍하니 응시하던 그를 본 앤은 같이 나가 저녁 식사를 하고 '독한 음료'나 한잔하자고 고집을 부렸다. 그리고 그가 술집 화장실에서 토했을 때 머리를 잡아주었다. '당신이 없었으면 난 그 일을 할 수 없었을 거야.' 그는 앤의 뒷모습을 보며 마음속으로 외쳤다.

'그리고 난 아직 그 일을 마치지 못했어.' 캘빈은 생각했다. '난 아직 폴리를 찾지 못했고, 폴리를 아는 사람도 찾지 못했어. 그리고 벌써 10시 30분이야.' 그리고 지금쯤이면 신시아 캠벌리와 다른 사람들은 아마도 이미 반 정도 둘러보았을 것이다.

그는 서둘러 다음 방으로 갔다. 벽들을 따라 모래주머니들이 쌓였고, 문 하나에는 방공호 심볼이 있었다. 그 옆에는 공습 대비대 헬멧을 쓰고 작업복을 입고 휴대용 손 펌프를 든 마네킹이 하나 서 있었다. 닫힌 문 안쪽에서 뭉개진 사이렌 소리와 폭탄 소리가 들려왔다. 방의 다른 벽 세 면에는 진열장들이 줄지었다. 캠벌리는 배급 수첩들과 전시용 조리법으로 가득한 진열장을 보고 있었다. "저 끔찍한 가루 달걀 기억나?" 캠벌리는 꽃무늬 모자를 쓴 여자에게 묻고 있었다.

"그럼. 그리고 스팸이랑. 나는 그때 이후로 통조림이라면 눈길도 안 줘."

캘빈은 전시물을 보는 척하며 사람들을 살폈다. "저건 뭔가요?" 그가 곰팡이 슬어 보이는 회색 빵 덩어리를 가리키며 물었다.

"울튼 경의 국립 밀빵이에요." 캠벌리가 인상을 쓰며 말했다. "잿가루 맛이 나지요. 내 생각이지만, 아마도 저 빵 조리법에는 히틀러가 관여했을 거예요."

"그 말을 인용해도 될까요?" 캘빈은 공책을 꺼내며 물었다. 그는 자신을 소개했고, 이윽고 사람들에게 전시회에 관한 인상과 전쟁 때 무슨 일을 했는지 물었다.

"난 구급차를 몰았어요." 캠벌리가 말했다.

이 여자가 운전대 너머를 볼 수 있을 정도로 키가 컸다는 건 상상하기 어려웠다. "대공습 때요?" 캘빈이 물었다.

"아니요. V-로켓 공격 때요. 나는 덜위치에서 근무했어요."

덜위치. 그곳은 크로이던 근처였고, 그건 이 여자가 폴리를 알수도 있다는 뜻이었다. 하지만 그건 소용없었다. 그는 폴리를 더 나중에, 아니 더 이른 시기인 대공습으로 간 다음에 그녀를 아는 사람을 찾아야 했다. "이쪽 분도 구급차를 운전하셨나요?" 그는 꽃밭 모자에게 물었다. 그 여자의 이름표에는 '마가렛 포티스'라고 적혀 있었다.

"아니, 아쉽게도 그렇게 멋진 일은 아니었어요. 나는 대공습 동안 샌드위치를 자르고 차를 따랐죠. 나는 지하철 방공호 가운데 한 곳의 여성 의용대 간이 식당에서 일했어요." 마가렛이 말했다. "여기에 그곳을 복제한 게 있을 거예요." 그녀는 주위를 대충 둘러보았다.

"어느 역이었나요?" 너무 알고 싶어 하는 티를 내지 않으려 애쓰며 캘빈이 물었다. 만약 폴리가 방공호로 쓰던 역이라면, 그녀가 폴리를 알 가능성도 있었다.

"마블 아치 역요." 마가렛이 말했다.

마블 아치 역은 폭격을 당했고, 그러니 소용없었다.

"대공습에 관심이 있나요?" 캠벌리가 물었다.

"네, 제 할머니가 대공습 때 런던에 계셨거든요." '날 용서해 줘, 폴리.' 그는 생각했다. "그리고 할머니를 아는 분을 만나고 싶었어요."

"할머니가 뭘 하셨나요?"

"몰라요. 할머니는 제가 태어나기 전에 돌아가셨어요. 대공습 초기에는 타운젠드 브라더스 백화점에서 일하셨고, 그 이후에는 전쟁 관련 일을 하셨다는 것을 알고, 삼촌 말로는 아마도 구급차를 운전하셨을 수도 있대요."

"아, 그럼 탤봇이 알지도 몰라요."

"탤봇요?"

"네. 탤봇, 그러니까, 베논 부인요. 전쟁 동안 우리는 서로를 성으로 부르는 버릇이 있었어요. 그리고 우리는 아직도 그렇게 해요. 비록 우리 대부분은 결혼해서 성이 바뀌었지만요. 베논 부인은 나와 같이 덜위치에 있었어요. 그러다가 베논 부인은 대공습 동안에 이스트 엔드에서 구급차를 운전했죠."

만약 폴리가 로켓 공격 동안 베논 부인, 즉 탤봇을 알았다면 대공습 동안에는 그녀를 피해 다니려 했겠지만, 그래도 캘빈은 캠벌리와 함께 탤봇을 찾으러 갔다. 혹시라도 연락할 수 있는 다른 구급차 운전사를 알 경우를 대비해서였다.

탤봇은 캠벌리보다 덩치가 세 배는 되는 무시무시한 여자였고, 헤드폰으로 BBC 녹음을 듣고 있었다. 캠벌리는 그녀의 등을 툭툭 쳐서 돌아보게 했다. "이쪽은 나이트 씨야. 나이트 씨는 자기 할머니를 아는 사람을 찾고 있어. 구급차 운전사였대."

"이름이 뭐였나요?" 탤봇이 물었다.

"폴리요. 폴리 세바스찬."

"세바스찬…." 탤봇이 고개를 저으며 말했다. "아니요. FANY에서 그런 이름인 사람은 기억이 안 나요. 하지만 누구에게 물어봐야 할지 알아요. 범생이. 램버트 부인요." 그녀가 설명했다. "램버트 부인은 우리 모임의 역사학자인데, 대공습 때 일한 사람을 전부 알아요."

"어느 분이신가요?"

"안 보이네요." 탤봇이 실내를 둘러보며 말했다. "중간 키에, 흰머리고 좀 뚱뚱해요." 캘빈이 오늘 아침에 만난 여자의 4분의 3이 해당했다. "여기 어딘가에 있는 건 아는데. 아마 브라운이 알 거예요."

탤봇은 캘빈을 끌고 안경 너머로 낙하산 지뢰를 살펴보는 흰 머리 여인에게 갔다. "브라운, 우리 범생이가 어디 있는지 알아?"

"범생이는 여기에 없어. 오늘 아침 시티에서 할 일이 있다고 했어. 뭔지는 모르지만, 그걸 끝내는 대로 곧장 온다고 했어."

"아, 이런." 탤봇이 말했다. "이 젊은 분이 자기 할머니를 아는 사람을 찾고 있어."

"아, 전쟁 때 할머니가 어떤 일을 하셨나요?" 브라운이 물었고, 캘빈은 처음부터 전부 다 다시 설명해야 했다.

"구급차 운전사이셨나요?" 캘빈이 브라운에게 물었다.

"아니요. 공습 대비대 소속 비행기 식별가였어요. 그래서 나는 런던에 대공습 초기의 두 달밖에 안 있었어요. 할머니가 타운젠드 브라더스 백화점에서 일했다고 했죠? 퍼지도 그곳에서 일했어요. 저기 녹색 원피스를 입은 사람이에요." 브라운은 옷 배급 수첩 진열장을 바라보는 마르고 새처럼 생긴 여자를 가리켰다.

하지만 퍼지(이름표에는 폴린 레인스포드라고 적혀 있었다)는 타운젠드 브라더스 백화점이 아닌 파젯스 백화점에서 일했다고 했다. "그곳이 폭격을 당하기 전까지는요." 그녀는 담담하게 말했다. "그곳이 폭격을 당했을 때 나는 군대에서 일하는 게 좋겠다고 결심했고, 그래서 해군 여성 부대에 자원했어요."

"타운젠드 브라더스 백화점에서 일한 사람을 혹시 아시나요?" 캘빈이 물었다.

"아니요. 하지만 누구에게 물어봐야 하는지를 알아요. 램버트 부인이죠. 우리 모임의 역사학자예요."

"하지만 그분은 여기에 안 계시다고 들었어요."

"맞아요." 퍼지가 말했다. "하지만 오고 있어요. 사실 이미 왔을 줄 알았었는데 아직이더라고요. 램버트 부인이 오는 대로 내가 알려줄게요. 그동안 다른 사람들에게 물어보도록 해요. 해처!" 퍼지는 트위드 차림에 진주 장신구를 한 우아한 노인을 불렀다. "너 대공습 동안에 런던에 있었지?"

"아니, 블레츨리 파크였어." 그녀가 다가오며 말했다. "하지만 역사학자들이 표현하는 것처럼 낭만 넘치는 장소가 전혀 아니었어. 대부분은 지겨운 일이었어. 수천, 수만 개의 조합을 분류하면서 딱 맞아들어가는 하나를 찾는 일이었지."

'지난 8년 동안의 내 삶 같았군.' 캘빈은 생각했다. 그는 좌표를 계산하고 또 계산하고, 단서를 찾고, 열릴 강하 지점을 찾으려 애를 썼다.

"대공습 동안 런던에 있던 사람을 혹시 알아?" 퍼지가 해처에게 묻고 있었다.

"응." 해처는 전쟁 포스터 진열장을 바라보는 여자 두 명을 가리켰다. "요크와 체더스가 있었어."

하지만 요크도 체더스(이름표에는 바바라 처드윅이라고 적혀 있었다)도 폴리 세바스찬을 기억하지 못했고, 둘이 안내해준 다른 사람들 역시 알지 못했다.

"우리 극단에 폴리라는 사람이 있었어요." '코라 홀랜드'라는 이름표를 단 덩치 큰 여자가 말했다.

"군단에요?" 캘빈이 물었다. "육군 여성 보조 부대에 계셨나요?"

"아니, 군단이 아니라, '극단'요." 코라가 또박또박 말했다. "우리는 함께 ENSA 쇼를 했어요. 둘 다 코러스 걸이었죠." 캘빈이 놀라는 표정을 감추지 못한 게 분명했다. 코라가 노기를 띠고 말했기 때문이다. "믿기 어려워할 수도 있다는 건 알지만, 당시에 나는 몸매가 좋았어요. 찾는 사람 성이 뭐라고 했죠?"

"세바스찬요."

"세바스찬." 코라가 되풀이해 말했다. "아니, 그런 이름은 기억이 안 나요. 하지만 그렇다고 실망할 필요는 없어요. 성을 아예 들은 적이 없을 수도 있으니까요. 태비트 씨는 우리를 모두 예명으로 불렀거든요. 폴리의 예명은 '아델레이드 공습'이었어요. 만약 그 친구 이름이 폴리가 '맞다면요'. 페기였을 수도 있거든요."

'음, 폴리가 코러스 걸이었을 리는 절대 없어.' 하지만 그래도 확인을 안 할 수는 없었다. "그 폴리라는 분이 어떻게 되었는지 아시나요?"

"아니요." 코라가 사과하듯 말했다. "전시에는 사람들과 연락이 끊기기 너무나도 쉽잖아요."

'그렇지요.'

"공군 비행장과 육군 캠프들을 돌며 공연하는 그룹에 배정되었다고 들었던 거 같아요."

그렇다면 절대로 폴리는 아니었다. 그리고 데너히 양과 함께 방공 기구 승무원으로 일했다는 폴리 역시 아니었다. 하지만 데너히 양은 자신이 아는 폴리의 성이 세바스찬이 확실하다고 말했다. "그 친구는 1940년 8월에 죽었어요." 데너히 양이 말했다.

11시 30분이 되었을 무렵, 캘빈은 귀가 너무 어두워 그의 말을 전혀 이해하지 못하는 백발의 부인 한 명을 빼고는 모두와 이야기를 했다. 그리고 램버트 부인은 여전히 오지 않았다. 하지만 그는 세인트폴 대성당의 전시회에도 가야 했기 때문에 더 기다리고 있을 수 없었다.

캘빈은 램버트 부인의 주소와 전화번호를 묻기 위해 퍼지를 찾았지만, 그녀는 사라지고 없었다. 그는 등화관제 전시실로 가 커튼을 옆으로 제치고 안을 들여다보았고, 지하철 방공호를 본뜬 곳도 찾아보았다.

퍼지는 그곳에 없었지만, 탤봇은 그곳에서 터널 벽에 붙은 '거동이 수상한 자를 보면 신고하십시오' 포스터를 보고 있었다. "램버트를 찾았나요?" 탤봇이 물었다. "당신 할머니가 대공습 때 뭘 했는지 램버트가 알던가요?"

"아니요." 캘빈이 말했다. "그분은 아직 이곳에 오지 않으셨고, 아쉽지만 저는 이만 떠나야 합니다. 그래서 혹시 당신이….”

"아직 안 왔어요? 왜 늦는지 모르겠네." 탤봇이 말하고는 그를 끌고 너무 귀가 먹어 이야기를 나누지 못한 그 여자를 찾으러 갔다.

"럼포드…." 탤봇이 말했다. "범생이가 여기 오기 전에 뭘 해야 하는지 너에게 말했어?"

"뭐라고?" 럼포드가 귀에 손을 모아 대고 말했다.

"내 말은…." 탤봇이 소리쳤다. "범생이, 그러니까 램버트 부인이 여기 오기 전에 뭘 해야 하는지 너에게 말했냐고! 램버트 부인!"

"랜턴?"

"아니. 램버트. 램버트가 여기 오기 전에 어디를 먼저 가려 했는지 알아?"

럼포드는 주위를 쓱 둘러 보았다. "아직 안 왔어?"

"응. 그리고 이 젊은이가 범생이와 이야기를 나누고 싶어 해. 범생이가 어디에 갔는지 알아?"

"응." 럼포드가 말했다. "세인트폴 대성당."

세인트폴 대성당. 여기서 그녀를 기다리느라 시간을 허비하지만 않았어도 캘빈은 이미 그 성당에 가 있었을 것이다.

"세인트폴 대성당?" 탤봇이 말했다. "걔가 왜 그곳에 갔는데?"

"뭐라고?" 럼포드는 다시 손을 모아 귀에 댔다.

"내 말은, 왜 걔가…. 아, 잘됐네요. 저기 있네요." 탤봇이 말하며 전시실 반대편을 가리켰다. 그곳에는 통통하고 상냥해 보이는 여자가 핸드백을 뒤지고 있었다. "범생아!" 탤봇이 외쳤고, 그녀가 고개를 들지 않자 다시 외쳤다. "램버트! 여기야. 에일린!"

55

우리가 나타날 때 왜 사람들이 손을 흔드는지 알아?
우리가 모두 끝내주는 영웅이라 그래.

— 됭케르크에서 퇴각한 뒤 잉글랜드에 도착해
눈물을 흘리던 레슬리 중사

켄트, 1944년 6월

"1944년 6월 28일." 어니스트는 타자했다. "편집자님께, 저는
포크스톤 근처 셸린지에 삽니다. 그리고 우리 작은 마을은 언제나
매력 넘치고 평온했습니다. 그런데 지난 2주 동안, 그 평온함은
계속되는 군부대 이동으로 인해 파괴되었습니다. 저는 이제 먼지
때문에 빨래를 실내에 널어야만 하며, 제 고양이인 폴리 플린더
스는 두 번이나 차에 치일 뻔했습니다. 이게 얼마나 계속될까요?
데이비스 대위님과 이야기를 했을 때는 군부대 이동은 적어도…."
어니스트는 타자를 멈추고 상륙작전에 맞추려면 날짜를 언제
로 써야 할지를 생각했다. 노르망디에 상륙한 직후[43]에 그들은
가짜 상륙작전의 날짜로 7월 1일을 논의했었다. 하지만 그건 실

---

[43] 실제 노르망디 상륙작전은 6월 6일에 시작되어 7월까지 계속되었다.

제 D-데이에서 최대 닷새가 더 지날 때까지도 기만 작전이 먹혀들길 바랄 때의 이야기였다. 지금은 이미 D-데이에서 22일이 지났고, 독일군이 기만 작전을 알아차렸다는 증거는 여전히 없었다.

"놈들은 곧 알아차릴 거야." 전날 밤, 식당에서 세스는 정나미 떨어진다는 목소리로 말했다. "프랑스에는 연합군이 50만 명이 넘게 있어. 독일군은 연합군이 그곳에서 무엇을 하고 있다고 생각하는 거지? 꽃이라도 줍는 줄 아나?"

"네가 짜증이 나는 건 내기에서 졌기 때문이잖아." 프리즘이 말했다.

어니스트 역시 내기에 졌다. '상륙작전 이후 시기를 공부하지 않은 게 너무 아쉬워.' 그는 생각했다. '50파운드를 딸 수 있었는데.' 어니스트는 개인적으로는 연합군이 노르망디 해안을 공격하는 순간에 기만 작전이 끝날 거라고 믿었지만 그래도 6월 18일, 즉 D+12일에 걸었다. 하지만 어니스트는 6월 마지막 주가 되어서도 여전히 가짜 결혼 발표와 편집자에게 보내는 짜증 섞인 편지를 타자하고 있었다.

어니스트는 채서블을 찾아갔지만, 그는 사무실에 없었고 프리즘 역시 채서블이 어디에 있는지 알지 못했다.

"그웬돌린은 아마 알 거야." 프리즘이 말했고, 어니스트는 그웬돌린을 찾아 차고로 갔다.

그웬돌린은 관용차 아래에 있었다. 어니스트는 차 아래로 몸을 숙이고 물었다. "채서블이 어디에 있는지 알아?"

"채서블은 무선 메시지를 보내러 스테이션 X에 갔어." 그웬돌린이 말했다.

'제길.' "혹시…." 어니스트가 입을 열었지만, 말을 멈추고 위를 바라보며 귀를 기울였다. 희미하게 '풋풋풋' 하는 소리가 동쪽에서 났다. 오토바이가 다가오는 소리와 비슷했다.

"이상하네." 그웬돌린이 차 밑에서 미끄러져 나오며 말했다. "사이렌 소리는 못 들었는데."

"더는 신경을 안 쓰나 보지."

그웬돌린이 고개를 끄덕였다. "아니면 지쳐버렸거나."

'가능해.' 어니스트는 생각하며 점점 크게 들리는 '풋풋풋' 소리에 귀를 기울였다. V-1 공격이 시작되고 2주일이 되었고, 사이렌은 적어도 5백 번은 울렸다.

"좀 전에 뭘 물으려 한 거야?" 그웬돌린이 물었다.

"내가 물으려던 건⋯." 어니스트는 V-1 소리 때문에 목소리를 높였다. "우리가 프랑스에 상륙하려는 날이 언제인지 아느냐는 거였어."

그웬돌린은 로켓이 머리 위를 안전하게 지나 요란하게 북동쪽으로 향할 때까지 기다렸다가 외쳤다. "프랑스에 상륙하려는 날? 이미 했잖아!"

"아주 재밌네." 어니스트가 외쳤다. "진짜 말고. 우리가 지난 5개월 동안 해왔던 걸 말하는 거야!" 어니스트가 외치고 있는데 갑자기 V-1 엔진 소리가 더는 들리지 않고 조용해졌다.

그웬돌린은 손을 들어 어니스트에게 기다리라고 신호를 했다. 잠깐 정적이 흐르고 이윽고 북서쪽에서 나지막이 폭발음이 들렸다.

"저게 오늘 여덟 번째 비행 폭탄이야." 그웬돌린이 말했다. "지금쯤이면 히틀러가 새 장난감에 질릴 때도 됐는데." 그웬돌린은 다시 차 밑으로 미끄러져 들어갔다.

"우리가 칼레에 상륙하는 게 언제인지 아직 말 안 해줬어."

"7월 15일로 결정한 거로 알지만, 확실하지 않아. 세스가 알 거야."

하지만 세스는 어니스트를 사무실까지 따라와 그가 타자하는 것을 서서 지켜볼 것이다.

"언제든 간에, 빠르면 빠를수록 좋겠어." 그웬돌린이 차 아래에서 말했다. "이 빌어먹을 곳에서 어서 나가고 싶어."

독일이 기만 작전을 눈치채자마자 이 빌어먹을 곳에서 모두가 나갈 것이다.

'그러고 나면?' 어니스트는 생각했다. 무슨 임무에 배정될까? 프랑스에 파견되는 일만은 피해야 했다. 어니스트는 D-데이가 지난 뒤엔 기만전술 부대가 프랑스에서 작전을 펼친다는 사실을 지난주에야 알았다. 도버에서 장교 한 명이 오더니 그들의 가짜 탱크를 전부 징발해갔다. 그들은 프랑스에서 독일군을 헛갈리게 하려고 가짜 탱크사단을 만들 계획을 짜는 게 분명했고, 그 장교는 가짜 탱크사단을 운용할 사람들을 남 포티튜드에서 차출할 것이라 했다. "우리는 다루기 어려운 이 빌어먹을 고무풍선들을 다룬 경험이 있는 사람들이 필요합니다." 장교는 그렇게 말했고, 그건 이 지부의 누구든 차출될 가능성이 있다는 뜻이었다.

바라건대, 어니스트는 발이 불편해 파견되지 않을 수도 있었지만, 그것만 믿고 있을 수는 없었다. 장교는 어니스트에게 고무 탱크 경험이 얼마나 있는지 물었고, 세스가 그에게 황소 이야기를 전부 해주었다.

어니스트는 D-데이 이후 또 어떤 기만 작전들이 있었는지 알지 못하는 게 아쉬웠다. 그랬다면 어떤 걸 피하고 어떤 걸 하겠다고 자원할 수 있는지 알 수 있었을 것이다. 그는 잉글랜드에 남아 있을 수 있는 임무가 필요했고, 또한 그 임무는 역사학자들의 흥미를 끌 만한 메시지를 보낼 수 있는 종류여야 했다. 이제 D-데이가 지나고 데니스 애서튼이 옥스퍼드로 돌아간 지금은 그것만이 유일한 희망이었다.

또한, 신원조회가 필요하지 않은 임무여야 했고, 중간에 들킬 일이 없는 곳이어야 했다.

지난주에는 아슬아슬했다. 어니스트가 메시지 하나를 타자하고 있을 때 세스가 들어왔고, 그가 종이를 타자기에서 빼기 전에 세스는 그의 어깨너머로 내용을 읽기 시작했다. "있잖아, 폴리라는 이름은 이미 쓰지 않았어?" 세스가 물었다. "흔한 이름이기는 하지만 독일군의 의심을 불러일으킬 만한 일을 하지 않는 게 좋아."

'또는 너나.' 어니스트는 생각했다. '또는 텐싱이나.' 그래서 그는 고분고분히 이름에 X 표시를 하고 그 위에 '엘리스'라고 타자했다.

아마도 가장 안전한 방법은 상이군인으로 제대하고 신문사에 취직하는 것일 것이다. 하지만 뭘 하든 간에, 이곳을 폐쇄하고 그가 다른 곳으로 배정되기 전에 서둘러 결정해야 했다. 일단 임무 배정이 되고 나면 그걸 바꾸는 건 거의 불가능했다.

그리고 그사이, 어니스트는 기사를 마치고 그 기사에 '폴리'라는 이름이 다시 들어간 것을 세스가 보고 의심하기 전에 치워야 했다. 그는 사무실로 돌아가 문장을 바꿨다. '데이비스 대위님과 이야기를 했을 때는 군부대 이동은 적어도 한 달은 더 걸린다고 했습니다. 셀린지가 도버로 가는 길에 위치한다는 사실은 저도 알지만, 제1군 전체가 제 문 앞을 퍼레이드하며 지나가야만 하는 겁니까? 어찌할 바 모르는 유페미아 힐 양 보냄. 로즈 게이트 코티지…'

"타자를 멈추는 게 좋을 거야." 세스가 문가에서 말했다. "볼 장 다 봤어."

어니스트는 놀라 그를 바라보았다. 세스는 팔짱을 끼고 문설주에 비스듬히 기대 있었다. "뭐라고?"

"'볼 장 다 봤다'고 했어. 미국 은어야. 들켰다고. 히틀러가 마침내 제1군이 없다는 사실을 알아냈어. 그리고 2차 상륙작전 역시 없다는 사실도."

어니스트는 쿵쾅거리는 심장이 진정될 때까지 잠시 기다렸다. "히틀러가 기만 작전을 알아차린 거야?"

"응. 그럴 때도 됐지. 난 이러다가 혹시 몽고메리 장군이 베를린으로 진격하고 나서야 히틀러가 자기가 속아왔다는 걸 깨닫는 건 아닐까 하는 생각이 들기 시작했거든."

'몽고메리 장군이 아니고 러시아군이야.' 어니스트는 생각했다. '그리고 히틀러는 그곳에 있지 않을 거야. 그때면 히틀러는 이미 자기 벙커에서 자살한 뒤일 테니까.' "히틀러가 알아냈다고 누가 그랬어?"

"그런 사람 없어." 세스가 말했다. "나는 정보부 소속이야. 잊었어? 단서들에서 연역했지"

"무슨 단서들?"

"첫째, 알제논이 이곳에 있다. 둘째, 브랙널 여사가 식당에서 전체 회의를 소집했다."

세스가 옳았다. 볼 장 다 본 듯했다. 여러 면에서 그랬다. '새로운 임무를 맡는 일에 대해 더 일찍 브랙넬과 이야기를 해야 했는데.' 그는 생각했다. 아니 어쩌면 아직도 시간이 있을지 몰랐다. "회의가 언제인데?"

"지금." 세스는 말했지만 떠날 기미를 보이지 않았다.

그리고 어니스트 역시, 타자기에 폴리라는 이름이 찍힌 종이를 놔둔 채 떠날 수는 없었다. "가자." 타자기 위에 커버를 덮고 일어나며 어니스트가 말했다. "넌 가서 그웬돌린에게 말해줘야 해. 그웬돌린은 차고의 관용차 아래에 있어."

"아, 그렇지." 세스가 말하고 떠났다. 어니스트는 커버를 재빨리 벗기고 편지를 타자기에서 빼내 파일 캐비닛 안에 숨겼다. 막 문을 나서려는데 세스가 돌아왔다.

"그웬돌린은 차고에 없어." 세스가 말했다. "이미 회의에 갔나 봐."

진짜였다. 그리고 채서블을 제외한 모두가 와 있었다. 브랙넬 여사는 군복을 제대로 차려입고(또 다른 나쁜 징조였다) 말하고 있었다. "알제논 대령님이 너희에게 하실 말씀이 있다."

"고마워." 텐싱이 일어서며 말했다. "우선, 지난 몇 달간 여러분들의 노고에 감사한다. 그리고 여러분의 노고가 멋진 성과를 이루었다는 사실을 알려주고 싶다. 상륙작전의 시간과 장소를 속이려는 우리의 노력은 기대를 훌쩍 뛰어넘는 성공을 거두었다. 노르망디 상륙작전의 소식을 들은 뒤에도 독일 수뇌부는 계속 그 작전이 양동 작전이며, 주 작전은 여전히 파드칼레를 통해 있다고 믿었다."

텐싱은 과거형으로 말하고 있었다. 세스 말이 맞았다. 볼 장다 본 것이다.

"그 믿음의 결과로⋯." 텐싱이 계속 말했다. "적군은 상당수의 군대와 탱크를 그 작전에 대비해 배치했다. 만약 그 병력을 노르망디에 배치했다면 완전히 다른 결과가 나왔을 정도로 큰 병력이다. 남 포티튜드의 작업은 상륙작전의 결과에 결정적이었으며, 그런 성과를 거둔 데 대해 여러분을 축하하는 바이다."

사람들이 박수를 치며 환호를 지르기 시작했다. "우리가 해냈어!" 세스가 외쳤다. "우리가 놈들을 이겼어."

"맞아." 프리즘이 비꼬아 말했다. "혼자서 싹 다 무찔렀지. 구축함이며 전투기며 낙하산부대며 지상군은 이 승리에 아무런 기여도 하지 못했고."

"프리즘 중위가 좋은 지적을 했다." 텐싱이 말했다. "상륙작전은 모두가 노력한 결과이고, 여러분 말고도 수많은 사람이 이번 작전의 성공에 기여했다. 하지만 그 사람들은 훈장을 받을 것이고, 여러 연설에 언급되고 칭찬을 받을 것이다. 신문에도 실릴 것이다." 텐싱은 어니스트를 향해 가볍게 고개를 끄덕였다. "여러분은 그렇지 않다. 아쉽게도, 이 작전에서 여러분이 한 부분은 비밀로 남겨져야 한다. 나의 감사 그리고 일이 잘됐다는 사실이 여러분이 얻을 수 있는 보답의 전부이다. 그리고⋯." 텐싱은 극적으로 말을 멈추었다. "여러분의 업적을 건배하기 위한 스카치 한 병이 있다!" 텐싱이 병을 들어 보였고, 더 많은 박수와 환호성이 나왔다.

"그거 가짜 스카치 아니겠죠?" 세스가 의심을 담아 물었다.

"고무풍선 병이야." 프리즘이 말했다.

"아니, 이건 유리다." 텐싱이 말하며 손가락으로 병을 툭툭 쳤다. "진품이라고 확신한다. 레이블에는 '셰퍼튼 영화 스튜디오에서 숙성'이라고 적혀 있다."

모두가 소리 내 웃었다. "지금 열 수 있습니까?" 그웬돌린이 외쳤다.

"아직은 아니다." 텐싱이 말했다.

"본론이 나오는군." 세스가 어니스트에게 속삭였다.

"나는 우리 기만 작전에 속아 독일이 두 번째 상륙작전이 있을거라 여겼다고 말했다." 텐싱이 계속 말했다. "그건 정확한 표현이 아니다. 독일 수뇌부는 아직도 그렇게 믿고 있으며, 우리는 가능한 한 오랫동안 기만 작전을 계속해야 한다."

"내 생각이 틀렸네." 세스가 속삭였다. "볼 장 다 본 게 아니야."

"그러한 연유로, 여러분은 현재의 기만과 거짓 정보 작전을 계속 수행할 것이다. 덧붙여, 여러분은 파데칼레의 레지스탕스 지하조직에 보내는 무선 메시지 횟수를 늘리고, 현재 극비리에 프랑스로 가는 중인 제3군의 위치에 관한 거짓 정보를 흘릴 것이다. 그 뒤로 여러분의 작업은 패튼 장군이 제3군의 지휘를 맡을 때까지, 제3군과 패튼 장군의 부대가 프랑스에 있다는 사실을 숨기는 것이다."

"오, 맙소사." 몽크리프가 중얼거렸다.

"별 박힌 군복을 으스대고 선동적인 말을 하는 그자랑 일을 한다고?" 세스가 속삭였다. "농담일 거야."

"하지만…." 텐싱이 세스를 노려보며 말했다. "패튼 장군의 존재가 발각될 경우를 대비해, 우리는 칼레를 공격할 준비를 하는 육군 총사령관이 왜 프랑스에 있는지 이유를 준비해야만 한다. 우리는 패튼 장군이 논란을 불러일으키는 언급을 해서 오마 브래들리 장군 밑에서 일개 부대를 지휘하는 위치로 강등되었다는 이야기를 준비했다."

"제1군 지휘는 누가 맡았습니까?" 그웬돌린이 물었다.

"레슬리 맥네어 장군이다." 텐싱이 말했다. "우리는 맥네어 장군이 통솔을 맡으며, 독일 수뇌부가 제15기갑사단을 노르망디에 보내면 공격한다는 이야기를 준비했다. 그렇게 하면 상륙작전 날짜를 정할 필요가 없다."

'유페미아 힐이 편집자에게 보내는 편지에 날짜를 적지 않기를 잘했군.' 어니스트는 생각했다.

"난 브랙넬 여사에게 원고를 주었다." 텐싱이 말했다. "여러분의 임무는 무선, 발송, 필요하다면 이중간첩, 사진, 신문 기사들을 통해 보조 자료들을 내는 것이다."

'좋아.' 어니스트는 안도하며 생각했다. '그렇다면 나는 계속해서 메시지를 보낼 수 있다는 뜻이네.' 그리고 역사학자들은 거짓 포티튜드 이야기보다 패튼 장군을 언급하는 기사들을 찾아볼 가능성이 더 컸다.

"하지만 좀 서둘러 해야 한다." 텐싱이 말했다. "패튼 장군이 떠나기 전에 모든 게 준비되어야 해."

"그게 언제입니까?" 몽크리프가 물었다.

"7월 6일." 텐싱은 앓는 소리들을 무시했다. "몽크리프, 나는 떠나기 전에 자네에게서 호송 작전들 보고를 받고 싶어. 그리고 다시 한 번 진심으로 작전의 성공을 축하한다. 다음 작전 역시 이번 작전처럼 성공하기를 빌자. 이상." 텐싱이 일어섰다. "세스, 어니스트. 5분 뒤에 브랙넬의 사무실에서 만나지."

그리고 텐싱은 그곳을 떠났다.

"너희 둘이 할 거 같네." 프리즘이 속삭였고, 세스는 걱정스러운 표정으로 고개를 끄덕였다.

"설마 아무도 돌아오지 못하는 그 비밀 임무들 가운데 하나에 우리가 보내지는 건 아니겠지?" 세스가 걱정스레 어니스트에게 물었다. "어떻게 생각해?"

'난 어서 텐싱을 만나고 싶을 뿐이야.' 어니스트는 생각했다.

둘은 브랙넬의 사무실로 갔다. 텐싱은 브랙넬의 책상 뒤에 앉아 있었다. "보자고 하셨죠, 대령님?" 세스가 말했다.

"그래." 텐싱이 말했다. "문을 닫아."

'이런, 젠장, 뭔가 큰일이로군. 우리는 독일로 가나봐. 아니면 버마나.'

세스는 문을 닫았다. 텐싱은 브랙넬의 의자로 뻣뻣하게 걸어가 앉았다. "그렇게 군법 회의에 회부될 사람 같은 표정 짓지 마." 텐싱이 말하더니 웃었다. "둘을 부른 건 축하해주기 위해서야."

"뭘 말입니까?" 세스가 의심스러운 목소리로 물었다.

"노르망디 상륙작전의 성공을. 방금 소식을 들었거든. 정확히 어디를 통해서인지는 밝힐 수 없지만…."

'울트라.' 어니스트는 생각했다.

"여하튼, 독일 수뇌부가 롬멜 장군의 탱크 부대를 노르망디로 보내지 않은 결정적 이유는 본국으로 송환한 고위급 독일 장교가 도버 지역에서 상당수의 군대와 장비들을 목격했기 때문이야."

"그럼 어니스트가 편집자들에게 쓴 편지는 소용이 없었던 겁니까?" 세스가 실망한 목소리로 말했다. "우리가 바람을 넣은 고무 탱크는요? 여기 어니스트는 목숨과 팔다리를 걸고 그 탱크에 바람을 넣었습니다."

"그 탱크들과 편집자에게 보내는 편지들 역시 효과가 있었을 거라고 믿어 의심치 않아." 텐싱이 자조하는 목소리로 말했다. "하지만 설사 그것들이 효과가 없었다 할지라도, 우리는 여전히 그걸 해야 했어. 안타깝지만, 정보부 일이란 게 그런 식이야. 적어도 한 가지는 먹혀 들어가리라는 희망 아래 온갖 일들을 하는 거지."

'비긴힐과 블레츨리 파크와 맨체스터에 갔던 것처럼.' 어니스트는 생각했다. '그리고 개인 광고란에 구조팀에게 보내는 메시지를 싣는 것처럼.'

"어느 방법이 성공하고 어느 방법이 실패할지 아는 경우는 드물어."

진실이었다. 어니스트는 (만약 전달된다면 말이지만) 어느 메시지가 전달될지, 또는 폴리가 제때 구해졌을지 절대 알지 못할 것이다.

"불공평하지만 사실이야." 텐싱이 말했다. "이번 경우에는 운이 좋아서 결과를 알게 되었어. 물론 전모를 다 아는 건 아니고 아마도 결코 다 알지 못할 거야. 그건 우리가 죽고 오랜 뒤에 역사학자들이 밝혀내겠지."

"T. W. 링골스비 목사와 콘돔에 대해 역사학자들이 뭘 알아낼지 궁금하군요." 세스가 말했다. "그 자체로 챕터 하나를 차지할 정도의 평가를 받을까요?"

'그러길 바라.' 어니스트가 생각했다.

"각주와 함께." 세스가 말했다. "그리고…."

"내가 말했듯이." 텐싱이 말을 가로막았다. "우리가 제대로 아는 건, 결정적인 시간 동안 자네 둘 덕분에 롬멜과 제15기갑사단이 파데칼레에 묶여있게 되었다는 거야. 자네들은 셀 수 없이 많

886

은 목숨을 구했어. D-데이의 원래 예상 사망자는 3만 명이었어. 실제 사망자는 1만 명이었고. 그리고 롬멜의 탱크들이 칼레에 묶여있는 하루하루 더 많은 목숨을 구했어."

어니스트와 세스는 2만 명 이상의 목숨을 구했다. 그리고 하디가 519명을 구했다고 말했을 때 어니스트는 걱정했었다.

"축하해." 텐싱이 말하며 일어나 책상을 돌아와 둘과 악수를 했다. "자네들이 한 일의 중요성은 아무리 강조해도 지나치지 않아. 우리에게는 16개 사단뿐이었어. 만약 히틀러가 그 탱크들을 이동했다면, 우리는 21개 사단과 대적했어야만 했어. 내 개인적 의견으로는, 자네 둘 덕에 전쟁에서 이긴 거나 마찬가지야."

'전쟁에 지지 않았어. 이겼어.' 어니스트는 엉킨 프로펠러를 푼 날 이후로, 하디의 생명을 구한 날 이후로, 자신이 어찌어찌 역사의 진행 방향을 원래로 되돌릴 수 없을 정도로 바꿔버린 게 아닐까, 전쟁의 결과를 바꾼 게 아닐까, 그래서 히틀러가 전쟁에서 승리한 건 아닐까 날마다 두려워했다. 그리고 이제….

"그러면 이제 우리가 집으로 가서 영예롭게 지낼 수 있는 겁니까?" 세스가 씩 웃으며 말했다.

"안됐지만 아직은 아니야." 텐싱이 말했다.

'아, 이런. 드디어 시작이군.' 어니스트는 생각했다.

"나는 브랙넬에게 패튼 장군에 관한 신문 기사 작성은 다른 사람에게 맡기라고 했어, 어니스트." 텐싱이 말했다. "자네 둘에게는 다른 임무가 있어."

아, 이런. 둘은 '버마'로 파견되는 것이다.

텐싱은 책상에 몸을 숙이고 두 손을 깍지꼈다. "독일은 간첩들, 그러니까 우리의 이중간첩들에게 접촉해서 V-1 폭격의 시간과 장소들을 보고하라는 명령을 내렸어."

"왜요?" 세스가 물었다. "이미 아는 거 아니었습니까? V-1은 원격조종되는 줄 알았는데요."

텐싱은 고개를 저었다. "독일은 자신들이 V-1을 어디로 보내려 했는지는 알지만 실제로 어디에 떨어졌는지는 몰라. 가령 독일이 목표물로 타워 브리지를 정하고 로켓을 거기로 겨냥하는 거지. 알다시피 타워 브리지는 독일이 아직 명중시키지 못했지만. 어쨌든 그러면 로켓 안에는 기계 장치가 있는데, 그건 미리 정해진 수만큼 회전을 한 다음 연료 공급 장치를 차단해. 그 시점에서 엔진이 꺼지고 로켓은 수직으로 떨어지는 거야. 하지만 로켓들이 목표물에 도달할지 어떨지는 기계 장치를 정확히 설정했는가 아닌가에 달렸어."

"놈들은 로켓들이 목표에 도착했는지 아닌지 알기 위해 사건 현장의 시간과 장소들이 필요한 거로군요. 그를 통해 로켓 코스를 수정할 수 있도록요." 어니스트가 말했다.

"맞아." 텐싱이 말했다. "그리고 그 때문에 우리 상황이 좀 복잡해졌어. 만약 우리 간첩들의 신뢰성을 보호하기 위해 정확한 정보를 제공한다면, 우리는 적을 돕는 결과가 돼. 특히나 치명적인 형태의 이적행위이지. 이런 상황은 확실히 용납할 수가 없어. 반면, 만약 우리가 적에게 가짜 정보를 줬는데 그게 독일 비행 정찰기의 정보와 맞지 않으면…."

"우리 측 이중간첩들의 정체가 탄로 나겠지요." 세스가 말했다.

텐싱이 고개를 끄덕였다. "그리고 우리의 향후 기만 작전들이 위태로워지지. 그것 역시 용납할 수 없어."

"그렇다면 우리는 V-1이 실제로는 떨어지지 않은 곳에 떨어졌다고 독일이 믿도록 속여야겠군요." 세스가 말했다. "어떻게 하면 되죠? 폭탄이 떨어진 가짜 장소들을 만드는 건가요?" 어니스트는 풍선으로 만든 잔해가 갑자기 눈에 선했다. 그는 간신히 웃음을 참았다.

"그 방법도 고려해봤어." 텐싱이 말했다. "북아프리카에서는 이미 있는 잔해를 다른 곳으로 옮기는 방법이 효과를 봤어. 하지만 우리 과학자 한 명이 더 나은 방법을 생각해냈어."

텐싱은 남동부 잉글랜드 지도를 책상에 펼쳤다. 지도에는 붉은 점이 많이 표시되어 있었고, 어니스트는 그게 V-1 폭격 현장이라고 추측했다. "우리 정보원이 알려준 정보에 따르면, 페네뮌데에서 로켓 테스트들을 했는데 V-1이 목표물에 못 미쳐 떨어지는 경향이 있었다고 해. 그리고 지도에서 보듯, 그 문제는 계속되었고, 상당수 폭탄이 여기에 떨어졌어." 텐싱은 런던 남동부를 가리켰다. "런던 중심부에 못 미친 거지."

"독일은 그걸 해결하고 싶은 거죠." 어니스트가 말했다. "그래서 정보를 얻으려는 거고요."

"맞아. 하지만 우리는 독일의 궤도 조정을 방해해서 V-1이 계속 목표물에 못 미쳐 떨어지게 해야 해."

"그래서 목표물보다 일찍 떨어진 폭탄하고 목표물을 맞힌 폭탄을 바꿔치기하자는 거군요." 어니스트가 말했다.

"바로 그거야."

"뭐라고요?" 세스가 어리둥절한 표정으로 말했다. "어떻게 폭탄을 바꾼다는 겁니까?"

"폭탄 A가 밤 9시에 스테프니에 떨어졌다고 생각해봐." 어니스트가 설명했다. "폭탄 B는 새벽 2시 30분에 햄스테드 히스에 떨어졌고. 우리 첩자는 독일에 폭탄 A가 2시 30분에 떨어졌다고 말하는 거야."

"햄스테드에." 텐싱이 말했다. "그러면 독일은 폭탄이 목표를 지나서 떨어졌다고 생각해서 궤도를 짧게 조정하겠지."

"그러면 다음 폭탄은 더 일찍 떨어지고요." 세스가 상황을 이해하고 말했다. "하지만 더 일찍 떨어진 폭탄이 아무런 피해도 입히지 않는다는 걸 어떻게 장담할 수 있습니까?"

"불행히도 그럴 수 없어. 하지만 우리는 로켓이 숲이나 벌판에 떨어질 가능성을 높일 수는 있지."

"또는 목초지에 떨어질 수도 있겠군요." 세스가 말했다. "어니스트, 이건 너를 그렇게 골치 아프게 했던 그 황소를 없앨 기회야."

텐싱은 세스의 말을 못 들었다는 듯이 계속 말했다. "그리고 런던 중심부보다 사람들이 덜 있는 곳으로 폭탄을 보낼 가능성을 높일 수 있어."

'우리가 수천수만 명의 목숨을 구했다고 그렇게 강조했던 게 바로 이 때문이었군.' 어니스트는 생각했다. '이제 우리가 사람들을 죽이기 시작할 테니까 말이야.'

"이 방법을 쓰면 우리는 이중간첩들을 위험에 처하지 않게 하면서 가짜 정보를 넘길 수 있어." 텐싱이 말했다. "그리고 사망자 수를 현저하게 줄일 수 있지."

'그리고 이 방법을 쓰지 않았더라면 죽지 않았을 사람들을 죽이게 되고.' 어니스트는 생각했다. "그러면 저희가 할 일은 뭡니까?" 세스가 물었다. "어느 폭탄끼리 바꾸면 되는지 조사하는 겁니까?"

"아니. 나는 자네 둘이 단서 보강을 해주었으면 해." 텐싱이 말했고, 어니스트에게 잔해 더미 사진을 하나 건넸다. 뒤엉킨 벽돌과 목재 더미를 보고 원래 이게 무엇이었는지 추측하기란 불가능했다.

"이건 화요일 오후 4시 32분에 폭파된 플리트 스트리트의 사진이야. 하지만 우리는 독일에 이게 핀츨리라고 알릴 거야. 심각하게 파괴된 탓에 그렇게 바꿔 말하는 건 상대적으로 쉽지. 우리는 신문사에 우리 허가 없이는 로켓 공격에 관한 그 어떤 정보나 사진도 싣지 말라고 했어."

"신문에 실리는 사망자 명단은 어떻게 합니까?" 어니스트가 말했다. "사망자들의 주소로부터 장소를 알 수 있지 않습니까?"

"그 문제에 관해 생각해봤어." 텐싱이 말했다. "자네들은 사고들에 맞는 가짜 사망 공지를 써야 할 거야. 그리고 우리는 신문사들에 사망 공지를 며칠 늦춰 싣고 또한 죽은 사람들 이름만 실으라고 요청해뒀어. 한 가족 내에서 여러 명이 죽었을 경우, 우리는 그 명단을 각각 다른 날에 실으라고 했어. 그리고 자네들은 이를 뒷받침할 가짜 기사들을 쓰는 거야."

"끔찍한 작업이네요." 어니스트가 씁쓸해하며 말했다.

"맞아." 텐싱이 말했다. "나는 사진과 함께 실릴 제목과 기사를 비롯해 자네들이 만들어낼 수 있는 건 뭐든지 필요해. 목격자 증언, 개인 광고, 편집자에게 보내는 편지 등, 자네들이 이미 해왔던 그런 것들. 물론 장소를 직접 언급하면 안 돼. 우리는 독일이 그건 스스로 알아내길 원해. 그러면 우리 이중간첩이 그걸 확인해줄 거야."

"언제부터 시작합니까?" 세스가 물었다.

"지금 당장." 텐싱이 말하더니 서류 가방에서 흑백 사진 뭉치를 꺼내 세스에게 건넸다. "여기서 주요 지형지물이나 간판이 있는지 확인하고 그런 것들은 제거해야 해."

텐싱은 어니스트에게 두 번째 뭉치를 건넸다. 사진마다 진짜 시간과 장소 그리고 가짜 정보가 담긴 메모가 클립으로 끼워져 있었다. "런던의 일간지들에 실을 기본 뼈대야." 텐싱이 말했다. "그리고 지역 신문들과도 연계해야 해. 그곳이 폭격당할 때 다른 지역 주민 누군가가 피폭지의 누군가를 방문하는 식으로. 어떻게 하는지는 잘 알 거야, 어니스트."

그는 어떻게 하는지 정확히 알았고, 더 바랄 나위 없는 임무였다. 버마로 보내질까 걱정하지 않아도 되었을 뿐 아니라, 기사에 자기 자신의 암호 메시지를 넣을 수도 있을 것이다.

"세스, 자네는 런던 일간지들을 맡아줘." 텐싱이 말했다. "어니스트, 자네는 마을 신문들을 맡아. 채서블도 이 일을 할 거야." 텐싱이 서류 가방을 닫았다. "난 떠나기 전에 채서블과 이야기를 하고 싶어."

"제가 가서 채서블을 데려오겠습니다." 세스가 말하고 밖으로 나갔다.

"문을 닫아." 텐싱이 어니스트에게 말했고, 어니스트가 문을 닫자 텐싱이 덧붙여 말했다. "정말로 끔찍한 임무지. 그래서 널 고른 거야. 난 널 믿거든."

"이 계획에 대해 윗사람들은 뭐라고 해?" 어니스트가 물었다.

"그 사람들은 아직 몰라. 기만전술에 관한 논의는 2주 뒤 회의에서 해."

"만약 윗사람들이 이 계획을 승인하지 않으면?" 어니스트는 텐싱을 유심히 살피며 물었다.

"그러면 뭔가 다른 방법을 생각해내야겠지." 텐싱이 말했다. "하지만 난 그 사람들이 그렇게 무책임하게 굴 거라 생각하지 않아. 수백, 어쩌면 수천 명의 목숨을 위태롭게 하게 되니까. 너무나도 많은 사람의 목숨이 달려있어서, 만약 윗선에서 이 계획을 추진하지 않기로 결정했다고 하면 나는 내게 그 이야기를 전한 사람이 뭔가 내용을 잘못 전달했다고 결론지을 수밖에 없어."

달리 말해, 텐싱은 명령을 무시하고 독일을 계속 속일 것이고, 만약 그러다 발각되면 명령을 잘못 이해했노라고 주장할 거라는 뜻이었다. 넬슨 제독이 코펜하겐 해전에서 그리했듯이. 텐싱은 자신의 경력이 망쳐질 위험을 무릅쓰고 있었다. 그리고 미래도. 그는 군법 회의에 처해지거나 또는 명령 불복종 죄로 처벌받을 테지만, 그런데도 어쨌든 그렇게 할 것이다. 사람들을 살리기 위해서.

'나는 진주만의 하웰 포지 군목을 관찰하지 못했어.' 어니스트는 생각했다. '세계무역센터의 소방관들도. 하지만 나는 시간 여행의 목적을 이루었어. 나는 영웅들을 관찰했어.' 텐싱만이 아니라 중령과 조나단. 그 다루기 어려운 풍선 탱크와 성난 황소들과 씨름하던 세스와 프리즘과 채서블. 끈질기게 암호를 해독한 튜링과 딜리 녹스.

그리고 불타는 거리를 누비며 구급차를 운전하고 호드빈 남매들을 견딘 에일린. 그리고 확실하게 다가오는 죽음의 위협을 날마다 감당해야 한 폴리.

'만약 옥스퍼드로 돌아갈 수 있다면, 전 지구적 전염병 시기나 벌지 전투로 갈 필요는 없겠어.' 어니스트는 생각했다. '영웅들에 관한 자료는 이미 여기서 충분히 수집했으니까.'

"그럼, 그 말은 작전 수행 여부를 결정하는 회의에 너는 참석

안 한다는 뜻이네?" 어니스트가 물었다.

"물론 참석할 거야." 텐싱이 분개한 듯 몸을 바로 세웠다. "물론, 내 등이 방해를 하지 않는다면. 내 예전의 부상, 너도 알잖아." 그는 씩 웃음을 지었다. "한쪽 눈이 멀어서 못 봤다는 식으로 핑계 댈 수 있는 사람이 넬슨 경만은 아니거든."[44]

세스가 문을 열고 들어왔다. "채서블이 방금 텐터든에서 전화했습니다. 오스틴이 다시 고장 났답니다."

'보나 마나 '황소와 쟁기' 바로 앞에서겠지.' 어니스트는 생각했다. '거기 다프네에게 맘이 있으니까.'

"그러면 자네 둘은 어서 가서 채서블을 데려와야겠군." 텐싱이 말했다. 그는 서류 가방을 들고 문으로 갔다. "그 사진들은 내일까지 일간 신문사들에 보내야 하고, 지방 신문들에는 다음 마감일 전에 전달해." 텐싱이 문을 열었다.

"잠깐만요." 세스가 말했다. "막 뭔가가 떠올랐습니다. 이 로켓들, 설마 우리 머리 위로 떨어지게 하지는 않겠죠?"

텐싱이 고개를 저었다. "여긴 너무 동쪽이야. 만약 이 작전이 제대로 된다면 상당수의 폭탄은 베스날 그린, 크로이던, 덜위치에 떨어질 거야."

---

[44] 애꾸눈인 넬슨 경은 코펜하겐 전투에서 상관의 퇴각 명령 신호기를 보고도 "한쪽 눈이 멀어 안 보인다."고 말하며 계속 밀어붙였다.

56

한때는 시간이 연합군의 편이라고 생각했는데,
알고 보니 히틀러의 부하였다.

— 몰리 팬터-다운스, *1940년 6월 15일*

전쟁 박물관, 런던, 1995년 5월 7일

"저기 있네요, 나이트 씨." 탤봇이 말했다. "에일린!" 탤봇은 막 대공습 전시회장에 들어온, 실내 반대편에 있는 여자에게 손을 흔들어 보였다.

그 여자는 흰 머리, 중키, 다소 뚱뚱한 몸매로 탤봇이 설명한 그대로였다. "램버트! 이쪽이야!" 탤봇이 외쳤고, 이윽고 캘빈을 돌아보며 활짝 웃었다. "곧 여기에 올 거라고 내가 말했잖아요, 나이트 씨."

"저분 성함이 에일린인가요?" 캘빈은 자신이 잘못 들었기를 바라며 물었다.

"네, 에일린! 범생아!" 탤봇이 다시 손을 흔들며 외쳤다. 램버트 부인은 고개를 들지 않았다. 그녀는 계속 핸드백을 뒤졌고, 아마도 다른 손에 든 이름표에 이름을 쓸 펜을 찾는 듯했다.

'제2차 세계대전 때 에일린이라는 이름을 가진 사람은 많았어.' 캘빈은 불안에 쿵쾅거리는 심장을 달래며 생각했다. '그래서 메로피가 그 이름을 고른 거야. 아주 흔한 이름이니까.' 그리고 이 에일린은 그가 8년 전 옥스퍼드에서 보았던, 날씬하고 예쁘고 녹색 눈에 빨간 머리이던 여자와는 전혀 달라 보였다.

하지만 메로피는 그 이후 55살을 더 먹었으며, 사진 속의 검은 곱슬머리 육군 여성 보조 부대원 역시 캘빈과 대화하던 나이 든 여자와 전혀 닮은 점이 없었다. 이윽고 램버트 부인은 이름표에 이름을 쓰기 위해 진열장 위로 몸을 숙였고, 흰 머리 안에 희미한 붉은 기운이 아직도 남아있는 게 보였다.

이제 램버트 부인은 이름표를 달기 위해 애를 썼다. 그리고 마침내 그 이름표를 달았을 때 거기에 '에일린 오릴리'라고 적혀 있으면 어찌한단 말인가?

"램버트 부인은 전쟁 때 어떤 일을 하셨나요?" 캘빈이 탤봇에게 물었다. '해군 여성 부대원이었다고 말해주세요. 아니면 코러스 걸이나요.' 그가 기도했다.

"범생이는 구급차를 운전했어요." 탤봇이 말했다. "아, 이런. 아직도 우리를 못 봤네요. 이리 오세요." 그리고 탤봇은 캘빈을 데리고 실내를 가로질러 램버트 부인에게 갔다. 그녀는 탤봇만큼 늙어 보이지는 않았지만, 그건 통통하기 때문인 게 분명했으며, 또한 메로피는 폴리보다 어렸다. 피난 간 아이들은 메로피가 맡은 첫 번째 임무였다. 그리고 만약 이 여자가 메로피라면, 그 임무가 메로피에겐 유일한 임무가 됐을 것이다.

"에일린." 탤봇이 말했다. "널 만나고 싶어 하는 사람이 있어."

에일린은 마침내 이름표를 달았지만, 소용없었다. 이름표에는 단지 '에일린 램버트'와 '제2차 세계대전 여성 동지회'라고만 적혀 있었다. 그리고 그녀가 고개를 들었을 때 두 눈은 연한 녹청색이었고. 따라서 젊었을 때는 눈 색깔이 녹색일 수도 아닐 수도 있었다.

"미안해요." 탤봇이 말하고 있었다. "당신 이름을 잊어버렸어요. 성함이…."

"나이트입니다. 캘빈 나이트. 만나서 반갑습니다, 램버트 부인." 그가 말했고, 램버트 부인과 악수를 하며 유심히 그녀를 살펴보았다. "저는 옥스퍼드에서 왔습니다." 그가 덧붙여 말했고, 그녀가 뭔가 알아차린 듯하다는 느낌을 받았다. 오, 맙소사. 이 여자는 메로피가 맞았다.

"나이트 씨는 자기 할머니를 알 만한 사람을 찾고 있어." 탤봇이 말했다. "어디 있던 거야, 범생아? 브라운 말로는 뭔가 심부름을 다녀와야 했다던데?"

"응. 세인트폴 대성당에. 내 남동생에게 다녀와달라고 부탁했지만, 걔가 갈 수가 없었어. 오늘 아침에 올드 베일리[45]에 갇혀서 내가 가야만 했어."

남동생. 이 여자에게는 남동생이 있었다. 그러니 그가 찾는 에일린이 아니었다. 배를 한 대 맞은 듯한 느낌과 함께 안도감이 몰려왔다.

"그리고 차도 엄청 막혔어." 램버트 부인이 말하고 있었다.

탤봇이 고개를 끄덕였다. "세인트바트 병원 주변에 뭔가 조치를 취해야만 해. 거긴 정말 끔찍해."

[45] 런던 중앙 형사 법원

897

퍼지가 나타났다. "아, 드디어 만났군요. 다행이에요. 램버트가 당신 할머니를 안다고 하던가요?" 퍼지가 그에게 물었다.

"아직 안 물어봤습니다."

"이 젊은이 할머니가 대공습 때 런던에 있었대." 탤봇이 에일린에게 설명했다. "이름이 폴리…, 성이 뭐라고 했죠, 나이트 씨?"

"세바스찬요. 폴리 세바스찬." 두 여인은 기대에 찬 눈으로 에일린 램버트를 바라보았지만, 그녀는 이미 고개를 젓고 있었다.

"아니요. 우리 모임에는 그런 이름을 가진 사람이 없어요." 램버트가 말했다. "폴리가 메리의 애칭인가요?"[46]

"네."

"우리 구급차 지부에 메리라는 사람이 있었어요." 탤봇이 말했다. "하지만 걔 성은 켄트였어요."

램버트 부인은 탤봇의 말을 무시했다. "당신 할머니의 처녀 때 성이 뭐였나요, 나이트 씨?"

"세바스찬입니다. 결혼하고는 오릴리라는 성을 썼어요." 그는 만약의 경우를 대비해 말해 보았지만, 램버트 부인은 아무 반응도 보이지 않았다.

"아니요, 미안해요." 그녀가 말했다. "메리 오릴리라는 사람도 없어요. 여기 박물관 기록 보관실을 조사해보았나요?"

'네.' 그가 생각했다. '그리고 대영 박물관 것도요. 그리고 공문서관도요. 그리고 〈타임스〉와 〈데일리 헤럴드〉와 〈익스프레스〉 보관소도요.'

"그거 좋은 생각이네요." 캘빈이 말했다. "오늘은 시간이 없어서 안 되지만, 꼭 다시 오겠습니다. 도와주셔서 고맙습니다. 그러

---

46 폴리는 그 자체로도 이름으로 쓰이지만 메리나 도로시의 애칭으로도 쓰인다.

고 부인도요, 베논 부인." 그는 탤봇에게 말했다. "그리고 부인도
요." 캘빈은 각자와 차례로 악수했다. "이제 전시회를 못 보게 방
해하지 않겠습니다."

"네. 아, 에일린, 너 '대공습 속의 아름다움' 전시를 꼭 봐야 해."
탤봇이 말했다. "미군 PX에서 나온 나일론 스타킹이랑 석회가루
로 만든 끔찍한 얼굴 파우더가 있어. 그리고 옛날에 켄트가 나를
배수구로 밀었을 때 잃어버린 것과 똑같은 립스틱도 있어. 심지
어 내가 잃어버린 그 립스틱일지도 몰라. 나는 그 립스틱을 절대
로 잊지 못할 거야. '진홍빛 애무'라는 이름이었지." 탤봇과 퍼지는
램버트 부인을 끌고 갔고, 캘빈은 환호성과 불꽃놀이 영상까지 완
비된 전승 기념일 진열관을 통과해 출구로 향했다.

이미 11시였지만, 서두르면 정오까지는 세인트폴 대성당에 도
착해 대성당 카페에서 점심 식사 중일 방문객 몇 명 정도와 얘기
해볼 수도 있을 것이다. 그는 재빨리 출구를 향해 걸어갔다.

"나이트 씨!" 누군가 뒤에서 불렀다. 캘빈은 걸음을 멈추고 뒤
를 돌아보았다. 램버트 부인이 그를 쫓아 복도를 열심히 걸어오
고 있었다. 그는 걸음을 멈춘 채 램버트 부인이 다가오기를 기다
렸다. "아, 잘됐네요." 그녀가 헐떡였다. "아직 여기 있었군요. 가
버린 건 아닐까 걱정했어요." 램버트 부인은 캘빈이 서 있는 곳으
로 서둘러 왔다.

"왜 그러세요?" 캘빈이 말했다. "뭔가 기억나셨나요?"

램버트 부인은 고개를 저었고, 가슴에 손을 얹고 숨을 골랐다.

"괜찮으세요?" 캘빈이 물었다. "물이라도 가져다드릴까요? 같
이 카페에 가셔도 되고요."

"아니요. 곧 모두 점심을 하러 올 거예요. 조금 전에는 미안해

요. 탤봇과 퍼지가 있어서 아무 말도 할 수가 없었어요." 부인은 그의 팔을 잡고 기념품 가게를 지나 중앙홀로 가더니 주위를 둘러보았다. 이야기할 만한 곳이 있는지 찾는 듯했다. "당신이 도착하자마자 당신을 만나고 싶었지만, 당신이 어디에 있을지 확신할 수 없었어요. 오늘은 세인트폴 대성당에서도 전시회가 시작되고, 그래서 당신이 그곳에 갈 가능성이 더 크다고 난 생각했죠."

오, 이런. 이 여자는 '에일린'이었다. 그리고 에일린은 폴리가 죽고 혼자 살아남느라 신분을 꾸며내야 했고, 남동생 이야기 역시 꾸며낸 것이었다. 에일린은 전쟁 동안 그리고 전쟁이 끝난 이후에도 쭉 혼자서 모든 일을 감당해야 했다. '그런데도 여기에 서서 이렇게 웃고 있다니.' 그는 생각했다. '내가 자신에게, 모두에게 무슨 짓을 했는지 알면서도 이러는 걸까?'

'에일린일 리 없어.' 캘빈은 생각했다. '에일린이 아니야. 이 여자는 뭔가 다른 것에 관해 이야기하는 거야. 자신이 만나기로 되어 있는 기자나 뭐 그런….'

"그리고 대성당 전체에 전시관이 있었어요. 지하실이며 수랑이며, 그래서 당신이 그곳에 없다는 걸 확인할 때까지 한참 걸렸고, 다시 여기까지 운전해 오느라고 1시간이 걸렸고…." 램버트 부인은 말을 멈추더니 얼굴을 찡그리며 그를 보았다. "콜린 맞지요, 그렇죠?"

그리고 모든 의심이 사라졌다. 에일린이 맞았다.

"아, 이런. 큰 실수를 한 거 같네요." 앤이 그랬던 것처럼 램버트 부인이 말했다. "나는 당신이…."

"실수하지 않으셨어요." 그가 멍하니 말했다. "콜린 맞습니다."

"콜린 템플러?"

그가 고개를 끄덕였다.

"아, 다행이네요." 에일린이 말했다. "다른 사람과 착각한 건 아닐까 봐 잠깐 걱정했어요. 당신을 본 뒤 굉장히 오랜 시간이 지났으니까요." 그녀는 기념품 가게를 힐끗 보았다. 잡담을 나누는 여자 셋이 꾸러미들이 가득 든 가방들을 들고 그곳에서 나와 이쪽으로 오고 있었다. "따라오세요. 이야기를 나눌 수 있는 조용한 곳이 어디 있을 거예요." 에일린은 대공습 전시실로 다시 그를 데려가더니 '공습 방공호'라는 표시가 있는 문으로 갔다.

에일린은 문을 열고 재빨리 안을 둘러보고는 콜린을 문 안으로 밀어 넣었다. 문 안은 지하철 플랫폼의 복제였다. 굴곡진 타일 벽들을 따라 마네킹들이 앉았고, 바닥에도 담요를 두른 마네킹들이 누워 있었다.

에일린은 문을 닫았다. "딱 좋네요." 에일린은 뭉개진 폭탄 소리 속에서 말했다. 그녀는 벤치에 앉더니 자기 옆자리를 손으로 톡톡 쳤다.

콜린은 벤치에 앉았다.

"자, 그럼." 에일린이 말하고 콜린을 보며 활짝 웃었다.

'어떻게 이럴 수가 있지?' 콜린이 생각했다. '내가 실패한 걸 알면서도?' "에일린." 콜린은 힘없이 말했다. "메로피, 정말로 미안해요…."

에일린은 놀란 표정으로 콜린을 바라보았다. "오, 콜린. 미안해요. 내가 당신을 알아봤기 때문에 당신도 나를 알아봤을 거로 생각했어요. 하지만 당신은 아직 나를 만나지 않았다는 사실을 깜박했네요."

'아직 만나지 않았다고?'

"그리고 설사 당신이 나를 만났다 할지라도, 그건 50년도 더 전의 일이죠. 제대로 말을 해줬어야 하는데." 또다시 폭발과 빨간 불이 번쩍였다. "난 에일린이 아니에요. 내 말은, 에일린이기는 하지만 에일린 오릴리는 아니라는 거예요."

콜린의 가슴 속에서 희망이 널뛰었다. 이 사람이 에일린이 아니라면, 콜린에게는 아직 그들을 구할 기회가 있다는 뜻이었다. 그리고 만약 이 에일린이 그들이 어디에 있는지 안다면….

"이야기를 처음부터 해야 했는데." 그녀가 말했다. "나는 비니 호드빈이에요. 내 남동생인 알프와 나는 피난민이었죠. 우리는 장원에 보내졌고, 거기서 메…에일린이 하녀로 일했어요."

알프와 비니, 너무나도 끔찍한 말썽꾸러기들이라 모두가 기억했던 아이들. 그리고 올드 베일리에 '갇혔다'는 거로 보아, 알프는 여전히 말썽꾼인 듯했다. 그건 알프가 체포되었다거나 또는 더 나쁜 상황에 처했다는 말을 돌려 한 걸까?

하지만 이건 말이 안 됐다. 비니는 전쟁 때 어린아이였다. "하지만 아까 그분들은 당신이 구급차를 운전했다고 했는데요." 콜린이 말했다.

"했어요. V-1과 V-2 공격 때요."

"하지만 당신은 그때 겨우…."

"열다섯 살이었죠." 비니가 말했다. "나이를 속였어요."

그리고 그건 콜린이 호드빈 남매에 관해 들은 내용과 아주 잘 어울렸다. 그리고 이제 비니를 좀 더 자세히 살펴보니 분명히 다른 여자들보다 더 젊었다. "하지만 당신은 이름이 에일린이라고 말했어요…."

"맞아요. 비니는 진짜 이름이 아니에요. 그건 성인 호드빈을 줄인 거예요. 나는 실제로는 이름이 없었고, 에일린은 나에게 원하는 이름을 아무거나 고를 수 있다고 했죠. 그래서 그 이름을 고른 거예요. 그리고 전쟁이 끝나고, 엄마, 그러니까 에일린과 아빠가 합법적으로 우리를 입양했어요. 그때 그 이름으로 서류를 작성했어요."

'전쟁이 끝나고. 오, 맙소사.' "에일린을 엄마라고 했나요?"

"미안해요. 당신이 아직 이 중 어느 것도 모른다는 사실을 계속 깜박하네요. 우리는 공습 초기에 런던으로 돌아갔고, 그 뒤 에일린이 우리를 맡아서 키웠어요. 우리의 친어머니는 죽었고 우리는 지하철에서 살았는데, 에일린이 우리를 발견하고는⋯."

캘빈은 듣고 있지 않았다. 에일린이 호드빈 남매를 키웠다. 캘빈은 그들을 구하지 못했다. 그래서 비니가 여기에 있는 것이다. 에일린은 비니를 보내 캘빈이 실패했으며, 그가 자신을 구하러 오기를 55년이나 기다렸다고 말하게 시킨 것이다. 55년이나 헛되이. "에일린은 날 보고 싶어 하지 않는 거군요, 그렇죠?" 캘빈이 물었다. "그럴 만도 하죠. 이해해요."

"아니, 당신은 무슨 말인지 못 알아들었어요." 비니가 말했다. 비니는 숨을 깊이 들이마셨다. "엄마는 8년 전에 돌아가셨어요."

57

만약 공연 중에 공습경보가 울리면,
무대에서 관객들에게 알려드릴 겁니다.

— 극장 프로그램에 있는 공지, 1940년

켄트, 1944년 10월

"던워디, 제임스." 어니스트가 타자했다. "급사. 노팅힐의 자택.
V-2 로켓 공격으로 인한 부상이 원인임."

세스가 문에 기댔다. "채서블 봤어?"

"아니." 어니스트가 타자하며 말했다. "옥스퍼드 출신인 던워디
씨의…, 식당 확인해봤어?"

"아니, 확인해봐야겠네." 세스가 말하더니, 놀랍게도 떠났다.
어니스트는 다시 타자했다. "유가족으로는 딸 세바스찬 던워디
와 에일린 워드…."

"안녕." 채서블이 말하며 사진 몇 장을 들고 들어왔다. "지금 타
자하는 거, 햄스테드 교회용 설명이야?"

"아니. 그건 여깄어." 어니스트가 자료를 채서블에게 넘겼다.

"시간을 확인해보겠어? 네 손글씨를 알아볼 수가 없었어." 그리고 채서블이 내용을 읽는 동안, 어니스트는 서둘러 타자를 했다. "장례식은 카들의 세인트메리-앳-더-게이트에서 10월 20일 10시에 있을 예정이다." 그는 종이를 타자기에서 빼서 책상에 엎어놨다. "시간 맞아?"

"아니." 채서블이 말했다. "오후 2시 19분이 아니라 3시 19분이어야 해." 그는 어니스트에게 원고를 돌려주었고, 어니스트는 원고를 타자기에 감아 끼우고 시간에 X표를 한 뒤 그 위에 3시 19분이라고 다시 찍었다.

"진짜로는 어디에 떨어진 거야?"

"채링크로스 로드." 채서블이 말했고, 어니스트에게 사진 몇장을 건넸다. "이게 지난주 사건들이야. 하지만 우리가 쓸 수 있는 건 없어 보여. 교회 하나랑 쇼핑가 하나뿐이고, 둘 다 완전히 파괴됐어. 알아볼 수 있는 게 아무것도 없어. V-2는 성능이 너무 좋아."

어니스트는 사진들을 훑어보았다. "이건 뭐야?" 그는 파괴된 학교 사진을 들어 보였다. 사진 속에는 교복을 입은 학생 여남은 명이 즐거운 표정으로 잔해를 올라가고 있었다.

채서블이 고개를 저었다. "그 사진은 이미 〈데일리 익스프레스〉에 실렸어."

"사진을 쓸지 말지는 우리가 먼저 보고 결정해주는 거로 알았는데."

"맞아. 하지만 그 기자는 그 얘기를 못 들었고, 그래서 실려버렸어." 채서블은 사진들을 뒤지더니 뒤엉킨 목재 사진을 어니스트에게 건넸다. "이거 어때?" 그는 한쪽이 부서진 간판을 가리키며 말했다.

어니스트는 눈을 가늘게 뜨고 작은 글씨들을 읽었다. "치과인가?" 그가 추측했다.

"구강외과 전문의." 채서블이 말했다. "아니, '구강외…'가 더 맞는 말이지. 소소하지만, 어쩌면 구체적으로 개인의 이야기를 지어낼 수 있지 않을까 해서. '치통의 극단적 치료법'이나 뭐 그런 식으로. 누군가가 이 치과에 가고 있는데 V-2가 떨어졌고, 그 충격파에 아팠던 이가 빠졌다는 이야기."

어니스트는 고개를 끄덕였다. "이게 어디에 있는 거로 해야 하는데?"

"브릭스턴." 채서블이 말했다. "진짜는 월워스의 거리에 있는 거지만, 마을 회관을 잘라낼 수 있었어. 폭탄이 떨어진 건…." 채서블은 목록을 살폈다. "11일 오전 4시 05분이고."

"4시 05분? 그건 안 돼. 그 시간에는 치과가 문을 안 열어. 설사 응급 치근관 치료라 할지라도 안 돼."

"아, 그러네." 채서블이 말하고는 사진을 돌려받았다. "또 뭐가 있는지 알아볼게." 하지만 그는 떠나지 않았다.

"아까 세스가 널 찾으러 왔어. 급한 일이라고 하던데." 어니스트가 말했고, 마침내 채서블이 떠났다. 덕분에 어니스트는 다시 타자하는 일로 돌아갈 수 있었다. D-데이 이후, 그는 자신의 메시지를 쓸 시간이 점점 더 부족해졌다. 이제 몽크리프와 그웬돌린은 프랑스에 있었고, 세스는 괴롭힐 만한 사람이 달리 없었기에 늘 그에게 찾아와 책상 가장자리에 앉아 시간을 보냈다. 그리고 세스가 없을 때면 채서블이 와서 다프네에 관해 이야기하거나 그의 어깨너머로 원고를 읽곤 했다. 그건 어니스트가 자투리 시간을 이용해 메시지를 써야 한다는 뜻이었다.

그리고 이제 어니스트가 작성하는 거짓 정보 기사에 폴리와 에일린의 이름과 정보를 담을 기회가 줄어들었다. 장소가 가짜여야만 하며 채서블과 세스가 신문사에 그 기사들을 전달하는 일이 잦았기 때문이다. 그런데도 어니스트는 최선을 다해 온갖 공지문과 편집자에게 보내는 편지, 개인 일화들을 작성했고, 자신이 직접 신문사에 V-1과 V-2 사진과 사진의 설명문을 전달하러 갈 일이 생길 때마다 개인적 메시지들도 슬그머니 함께 가져갔다.

"크리스마스까지는 아직 두 달이 남았다." 그가 타자했다. "하지만 노팅엄에서는 두 여인이 벌써 크리스마스 준비에 한창 열을 올리고 있다. 집에서 만든 크리스마스 크래커를 통해 군복을 입은 우리 용감한 젊은이들에게 대림절의 기쁨을 보내려는 것이다. 카들 힐의 메리 오릴리 양과 에일린 세바스찬 양은…."

"세스를 찾을 수가 없어." 채서블이 돌아와 말했다.

"식당에 가봐." 어니스트가 제안했다.

하지만 이미 너무 늦은 뒤였다. "여기 있구나, 채서블." 세스가 말하며 문가에 나타났다. "사방으로 널 찾아다녔어. 다프네가 너랑 데이트하지 않겠노라고 말했던 거 기억해?"

"잊으려 애쓰는 중이었는데." 채서블이 우울한 목소리로 말했다.

"어, 그럴 필요 없어. 좋은 소식이 있어. 나는 오늘 오후에 다프네를 데리고 고다즈 그린에서 열리는 추수 감사 바자회에 갈 거야. 잠깐!" 세스는 두 주먹을 들어 올린 채서블에게서 물러나며 자신을 보호하기 위해 두 손을 들어 올렸다. "이야기를 끝까지 들어."

"말해봐." 채서블이 우울한 목소리로 말했다. "그게 어째서 좋은 소식이라는 거야?"

"왜냐하면 다프네는 자기 친구인 진을 데리고 올 거고, 나는 진을 위해 내 친구를 데려올 거라고 했거든. 기다려!" 세스는 책상 뒤로 도망쳤다.

어니스트는 타자기 위에 팔을 드리워 종이를 가렸다.

"모르겠어?" 세스가 말했다. "나는 진을 데리고 차 파는 텐트로 가 있을 테니 그동안 너는 코코넛 열매 떨어뜨리기 경기에서 네 능력으로 다프네에게 깊은 감명을 주는 거야. 네가 우리를 발견할 때 즈음이면, 나는 나의 치명적인 매력으로 진을 꼬셨을 거고, 너는 너의 치명적인 매력으로 다프네를 꼬신 뒤겠지. 그렇게 우린 서로 짝을 바꾸는 거야. 우리는 10시에 출발해." 그는 문을 나가기 시작했다.

"잠깐." 채서블이 말했다. "추수 감사 바자회를 하기에는 좀 늦지 않았어? 그리고 왜 수요일에 그걸 해?"

"부인회 건물이 V-2 폭격을 받는 바람에 바자회를 연기할 수밖에 없었어." 세스가 말했다. 그는 다시 문을 나가다 몸을 돌려 방 안을 들여다보았다. "아, 하마터면 잊을 뻔했네." 그가 채서블에게 말했다. "브랙넬 여사가 널 좀 보재."

"무슨 일로? 설마 오스틴에 대해 안 건 아니겠지?"

"아니길 바라." 세스가 말했다. "죽어버리면 넌 내게 아무 쓸모가 없거든." 그리고 둘은 마침내 사무실을 나갔다.

브랙넬 여사가 뭘 원하는지는 모르지만, 어니스트는 바라건대 그 일이 30분은 걸렸으면 했다. 세스는 브랙넬 여사가 왜 그러는지 궁금해 문밖에서 귀를 기울일 것이고, 어니스트는 기사를 끝낼 시간을 얻을 수 있을 것이다. "크리스마스 크래커는 마분지 원통과 타운젠드 브라더스 백화점이 기부한 포장지로 만들었으며, 얇은 종이로 만든 왕관이 들어 있다. '빵!' 하는 소리가 나는 전통적인 크래커를 만들지 않은 이유에 대해, 친구들 사이에서 폴리라는 이름으로 알려진 오릴리 양은 '아니요. 우리 군인들은 오랫동안 '빵' 하는 소리를 충분히 들었어요. 그러니 명절에는 평화롭고 조용히 지낼 수 있어야 해요.'라고 말했다."

'군인들은 조용한 명절을 보내지 못할 거야. 크리스마스 주간에는 벌지 전투가 있을 거니까. 그 역시 내가 관찰할 수 없는 사건이지.' 어니스트는 진주만 공격을 떠올리며 생각했다. 당시 그는 가로챈 암호문을 해독하며 시간을 보냈다. 그리고 벌지 전투 때 그는 후방의 크리스마스에 관한 기사들을 타자하고, V-1과 V-2를 무고한 시민들 머리 위로 보낼 것이다.

"크리스마스 크래커에는 또한⋯." 그가 타자했다. "사탕 그리고 '제때 한 번 꿰매는 것이 나중에 아홉 번 꿰매는 수고를 덜어준다'와 '구하라, 그러면 구할 것이오'처럼 손으로 쓴 문구도 넣을 예정이다."

채서블이 쿵쿵거리며 들어왔다. "젠장. 그럴 줄 알았어." 그가 짜증 내며 말했다.

세스가 문 안으로 고개를 내밀었다. "무슨 일인데?"

'젠장.' 어니스트는 타자를 멈추고 생각했다. 이런 식이라면 크리스마스가 다 가도록 기사를 마치지 못할 것이다.

"크리클우드의 세인트안셀름에서 보일러가 터졌어." 채서블이 화를 내며 말했다.

"크리클우드?" 어니스트가 얼굴을 찡그리며 말했다. "여자들을 데리고 고다즈 그린에 간다더니."

"이제는 아니야. 난 여자들을 데리고 어디에도 안 가. 종탑은 아직 서 있는 모양이야."

"뭐라고?"

"노르만 양식 종탑이야. 유명한 거고. 브랙넬은 사진, 설명, 그리고 그에 맞는 기사를 작성해서 저녁 판 마감 시간 전에 모든 런던 신문사로 보내래."

아, 어니스트는 무슨 말인지 그제야 이해했다. 보일러 폭발로 인한 피해 현장은 V-2 공격으로 인한 것처럼 보였고, 그 유명한 노르만 양식의 탑은 여행 안내서에 있을 것이니 독일 첩보국은 그 교회의 모습을 알아볼 가능성이 있는 정도가 아니라, 확실히 알아볼 것이다. 그리고 그곳은 런던 북서쪽으로, 그들은 독일에 V-1과 V-2가 그곳에 떨어진다고 속이려 애써왔다.

"이건 불공평해." 채서블이 풀이 죽어 말했다. "이러다가는 다프네와 잘될 기회가 영영 없을 거야."

"네 말이 맞아." 세스가 말했다. "넌 여자들을 데리고 고다즈 그린으로 가. 내가 크리클우드로 갈게."

"아니, 내가 갈게." 어니스트가 말했다. 그리고 돌아오는 길에 마을 주간지들에 기사들을 전달할 생각이었다.

"그래줄래?"

"그래. 하지만 가기 전에, 그 탑과 엮을 V-2 시간을 알아다줘. 그리고 세인트안셀름까지 가는 길을 알아야 해. 아, 그리고 〈헤럴드〉에 전화해서 우리가 허락하기 전에는 세인트안셀름에 관해 아무것도 싣지 말라고 해줘."

"알았어." 채서블이 말하고 서둘러 나갔다.

"고마워, 친구." 세스가 말했다. "나중에 신세 갚을게."

"세인트안셀름까지 가는 길을 알아와. 그러면 신세 갚은 거로

칠게." 어니스트가 말했다.

세스는 고개를 끄덕이고 사무실을 나갔다. 어니스트에게는 몇 분밖에 없었다. "크래커를 목적지까지 무사히 보내는 일은 콜린 T. 워스 병참장교가 맡을 것이고…." 그는 타자했다. "운 좋은 수백 명의 군인은 행복한 크리스마스를 맞을 것이다. 이는 수상이 우리 모두에게 요청한 대로 '자기 몫을 한' 유능한 두 여인 덕분이다."

어니스트는 타자기에서 종이를 빼내고 장례식 공지 역시 챙겨 둘 다 재킷 안쪽에 넣고 다시 책상 뒤에 앉아 빈 종이와 먹지 세 장을 타자기에 끼운 다음 대문자로 '독일의 끔찍한 로켓이 유서 깊은 교회를 파괴하다'라고 타자했다.

"로켓은 지난 수요일에 블룸스베리에 떨어졌어." 채서블이 들어오며 말했다. 그는 재킷으로 갈아입고 타이를 맸다. "오후 7시 20분에."

수요일 저녁. 완벽했다. 수요일 밤에는 성가대 연습이 있었다. "사상자는 있어?"

"응. 네 명. 모두 사망했어. 하지만 10시 56분, 같은 장소에 두 번째 V-1이 떨어졌기 때문에 그건 문제가 안 돼."

'죽은 네 명을 제외한다면.' 어니스트는 생각했다. 그리고 이 사진으로 인해 독일이 로켓의 궤도를 수정했을 때 덜위치나 베스날 그린에서 죽게 될 사람들을 제외한다면.

세스가 들어왔다. "세인트안셀름까지 가는 길을 알아왔어." 그는 어니스트에게 손으로 그린 지도를 건넸다.

"좋아." 어니스트는 말했다. "〈헤럴드〉에 전화했어, 채서블?"

"응. 우리에게서 연락이 있을 때까지 기사를 싣지 않겠노라고 편집자가 말했어."

"가자." 세스가 말했다. "바자회는 정오에 시작해."

"가." 채서블이 말했다. "이 은혜, 절대로 안 잊을 게, 어니스트."

"별거 아냐. 가서 우유병을 쓰러뜨리고 다프네의 마음을 얻기나 해." 어니스트가 말하며 손을 흔들어 채서블을 쫓아냈다.

그는 세인트안셀름 기사들을 썼고, 먹지본과 카메라, 그리고 필름 몇 통을 챙겨 크리클우드로 떠났다.

그곳에 도착하자, 어니스트는 브랙넬 여사가 왜 그리 세인트안셀름에 관해 흥분했는지 한 눈에 알 수 있었다. 독특한 모양의 노르만 양식 탑만 멀쩡한 게 아니라 '세인트안셀름, 크리클우드'라고 쓰인 단철 아치도 멀쩡했으며, 그리고 그 너머의 잔해는 V-2로 인한 잔해와 똑같아 보였다.

"나도 처음에는 그렇게 생각했지." 수다스러운 성당지기가 말했다. "원래 V-2는 사전에 경고음이 없으니까. 〈미러〉에서 나온 기자도 처음에는 나처럼 생각했어. 하지만 그 기자가 사진을 찍는 동안, 나는 비도 오지 않았는데 돌들이 젖어 있다는 사실을 깨달았고, 그래서 나는 보일러일 거라 생각했어. 그리고 진짜로 그렇더라고."

"〈데일리 미러〉에서 기자가 왔었다고요?" 어니스트가 물었다. "그 기자가 기사를 실을 거라고 하던가요?"

성당지기가 고개를 끄덕였다. "내일 아침. 신기한 일이지. 대공습이랑 지난해까지 생채기 하나 없이 멀쩡했는데, 고장 난 보일러 때문에 이렇게 되다니." 성당지기는 슬프게 고개를 저었다.

"기자가 이름을 알려주던가요?" 어니스트가 물었다.

"응. 하지만 지금은 기억이 안 나. 밀러였던 거 같은데. 아니면 매슈스거나."

"다른 곳 기자도 이곳에 왔었나요?"

"지역 신문에서만. 아, 〈데일리 익스프레스〉에서도 왔어. 하지
만 보일러 때문이라고 알려주자 그곳 기자는 흥미를 잃더라고. 심
지어 사진도 안 찍어 갔어."

어니스트는 사제관에 있는 전화를 쓸 수 있는지 물었고, 브랙
넬 여사에게 전화했다. "나는 일간지들에 기사가 안 실리게 막아
볼게." 브랙넬이 말했다. "아니면 적어도 사진들만이라도. 자네는
지역 신문을 막아. 그리고 다시 내게 전화를 해. 〈미러〉와 〈익스
프레스〉만 왔던 게 확실해?"

"네." 어니스트가 말했고, 전화를 끊은 뒤 성당지기에게 다시
물어보니 그곳에 온 기자는 둘뿐이었다고 거듭 주장했다. 어니스
트는 성당지기에게 다른 신문사에서 찾아오면 전화하라고 말하
고 브랙넬 여사의 전화번호를 주었다. "그리고 만약 다른 기자가
나타나면 절대로 그 어떤 사진도 찍지 못하게 하세요." 어니스트
가 말한 뒤, 지역 신문 편집자를 찾아가며 제발 그 사람이 질문을
많이 하지 않기를 바랐다.

헛된 희망이었다. "하지만 전쟁과 아무런 관계가 없는 기사를
내보내는 게 어떻게 적에게 정보를 준다는 건지, 이해할 수가 없
군요." 편집자가 말했다. "이건 폭탄이 아니라 보일러가 터진 겁
니다."

"그렇죠." 어니스트가 말했다. "하지만 뭐든 파괴된 것에 관한
정확한 정보가 넘어가면 적은 그것을 선전 선동에 이용할 수 있
습니다."

"하지만 당신은 이게 V-2에 의해 파괴되었다고 썼잖아요." 편

집장이 얼굴을 찡그리며 말했다. "독일은 자기들 로켓이 어디에 떨어지는지도 모릅니까?"

'만약 내가 이 기사를 내리지 못하면 알게 될 겁니다.' 어니스트는 생각했다.

"그리고 교회가 V-2에 의해 파괴됐다고 쓰면 놈들의 선전 선동만 도와주는 꼴 아닌가요?"

"아닙니다. 왜냐하면 우리는 그런 주장이 나오면 반박을 할 테니까요." 어니스트는 설명했고, 그 말에 편집자는 만족한 듯했다. 일을 확실히 처리하기 위해, 어니스트는 자신이 조판하겠노라고 제안했고, 1면이 인쇄되는 것을 지켜보았다. 덕분에 엄청난 시간이 걸렸다. 그곳의 인쇄기는 〈클라리온 콜〉의 인쇄기보다도 더 자주 고장이 나는 경향이 있었다. 어니스트는 2시가 지나서야 보고를 할 수 있었다.

"나는 신문사들을 위협해야만 했어." 브랙넬 여사가 말했다. "하지만 어찌어찌 결국은 〈미러〉와 〈익스프레스〉의 기사를 죽일 수 있었어. 하지만 아직 새 기사를 넘기지 못했어. 그러니 자네가 어서 플리트 스트리트에 가서 기사를 주고 와줘."

플리트 스트리트? 그곳에 가면 오늘 하루가 다 갈 것이다. "그냥 전화로 하면 안 될까요? 오늘 지역 일간지들에도 사진들을 전달하려고 했는데요."

"안 돼. 〈미러〉와 〈익스프레스〉로 가서 제대로 하는지 직접 살펴봐. 엉망이 되는 건 원치 않아. 한 곳에서만 기사가 잘못 나가도 전체 계획이 망가진다고."

또는 그들의 작전을 모리슨 내무성 장관이 알아차리고 중단 명령을 내릴 수도 있었고, 그러면 어니스트는 더 이상 지역 신문들

에 거짓 기사를 실을 명분을 잃게 될 것이다. 그리고 〈미러〉 또는
〈익스프레스〉의 편집자가 기사를 보류하는 데는 동의했지만, 기
자에게 말하는 것을 잊을 가능성도 있었다. 또는 조판공에게. 그
건 어니스트가 플리트 스트리트로 가능한 한 빨리 가야 할 거란
뜻이었다. 어니스트는 그 두 곳이 크리클우드의 신문사의 경우처
럼 어렵지 않기를 바랐다.

어렵지 않았다. 〈미러〉는 3면을 비워두고 있었고, 〈익스프레
스〉는 기사를 이튿날 아침 판으로 미룬 상태였다. 두 곳 모두 어
니스트가 교정쇄를 확인하게 해주었고, 인쇄공은 그에게 지역 주
간지들에 쓸 사진판을 주었으며, 기사를 쓴 프리랜서 이름도 알
려주었다.

어니스트는 세인트폴 대성당 근처의 한 술집까지 그 사람을 찾
아가 그 글과 사진을 다른 누군가에게 팔지 않았는지 확인을 했
다. 다행히도 그는 팔지 않았지만, 어니스트가 술집을 나설 때 말
하길, 자신이 세인트안셀름에 도착할 때 〈데일리 그래픽〉의 기
자가 떠나는 걸 봤다고 했고, 그래서 어니스트는 그 사람도 만나
야 했으며, 확실히 해두기 위해 남은 신문사들을 모두 가봐야만
했다.

마침내 모든 신문사에 실릴 기사는 어니스트가 쓴 기사 하나
로 통일되었지만, 그때는 9시가 되어서 지역 신문사들에 가기에
는 너무 늦은 시간이었고, 단 하나 가능성이 있는 곳은 〈클라리온
콜〉뿐이었다. 만약 제퍼스 씨의 인쇄기가 또 고장이 났다면, 그는
자정까지 신문을 인쇄할 것이다.

만약 어니스트가 그때까지 그곳에 갈 수 있다면 말이다. 밖은
칠흑처럼 어둡고 안개가 끼어 있었다. 어니스트는 설설 기다시피

가야 했고, 크로이던에 도착했을 때 〈클라리온 콜〉의 사무실 문은 잠겨 있었다. 하지만 제퍼스 씨의 자전거가 그곳에 있었다. 어니스트는 테이프를 붙인 유리창이 덜컹거릴 정도로 세게 문을 두드렸다. "제퍼스 씨!" 어니스트는 인쇄기가 작동하지 않기를 바라며 외쳤다. 만약 인쇄기가 작동 중이면 제퍼스 씨는 그의 목소리를 결코 들을 수 없었다. "들여보내주세요!"

"문 닫았어!" 제퍼스 씨가 문 뒤에서 외쳤다. "내일 아침에 와."

"접니다. 어니스트 워딩요!" 그가 외쳤다.

"누군지는 나도 알아! 이 밤에 또 누가 오겠어?" 그는 문을 열었다. "뭐가 그리 급해서 아침까지 못 기다린다는 거야? 히틀러가 항복이라도 했어?"

"아직 아닙니다." 어니스트가 말하며 제퍼스 씨에게 기사들을 건넸다.

제퍼스 씨는 기사를 받지 않았다. "너무 늦었어. 이미 1면을 찍는 중이야."

"1면에 들어갈 필요 없습니다." 어니스트가 말했다. "이것만이라도 넣어주세요." 어니스트는 세인트안셀름 기사를 건넸다. 다른 기사들은 다음 주에 넣어야 할 듯했다.

제퍼스 씨가 어니스트에게서 기사를 받아들었다. "원고에 '사진 첨부'라고 되어 있어." 그가 말하며 고개를 저었다. "사진판을 준비할 시간이 없어."

"준비할 필요 없습니다. 여기 제가 준비해왔어요." 어니스트가 판을 들어 보였다. "기사 내용만 넣으면 됩니다. 그건 제가 할게요." 어니스트가 말했고, 제퍼스 씨가 반대하기 전에 재킷을 벗어 신문 용지 두루마리 위에 던지고 활자판을 잡았다.

"좋아, 원하는 대로 해." 제퍼스 씨가 손잡이를 쳤다. 인쇄기가 작동하기 시작했다. "하지만 만약 1면을 끝낼 때까지 식자하지 못하면 그 기사는 다음 주로 넘어가는 거야!" 인쇄기의 으르렁거리는 소리 속에서 제퍼스 씨가 외쳤다.

어니스트는 필요한 활자와 식자틀을 찾아 제 위치에 밀어 넣으며 식자를 시작했다. 일은 어니스트가 계획했던 것보다도 더 잘 풀릴 듯했다. 하단의 개인 광고는 이미 식자가 되어 교정까지 마친 상태였다. 만약 그가 사진의 설명부를 충분히 빠르게 배열할 수만 있다면, 저 개인 광고를 빼고 대신 그의 메시지로 넣을 수 있다. 제퍼스 씨는 전혀 알지 못할 것이다.

'만약.' 인쇄기는 일정한 속도로 페이지를 내뱉고 있었고, 종이가 걸릴 듯한 기미는 보이지 않았다. 왜 하필 하고많은 밤 중에 오늘 밤만 저 인쇄기가 멀쩡한 걸까? 그리고 왜 '고풍스러운 역사적 건물'과 같은 문구를 쓰는 것이 좋은 방법이라고 생각했던 걸까?

「역」은 어디에 있는 거지?' 그는 다 된 식자틀을 배치하고 빈 식자틀을 잡았다.

어니스트는 덜거덕 소리를 들었다. '좋아. 인쇄기가 드디어 제 버릇을 보이는군. 그런데 「물」은 어디에 있는 거야?'

덜거덕 소리가 점점 더 커지고 요란해졌다. 마치 기어 사이에 렌치가 꼈을 때 나는 소리 같았다. "끄세요!" 어니스트가 외쳤다. 하지만 1분만 지나면 일부러 끌 필요도 없을 것이다. 인쇄기는 요란한 소리와 함께 분해될 것이니 말이다.

"뭐라고?" 제퍼스 씨가 손을 모아 귀에 갖다 대며 말했다.

"인쇄기의 뭔가가 이상하다고요!" 어니스트가 손가락으로 인쇄기를 찌르며 말했다. "저 덜거덕거리는 소리요. 그…."

갑자기 소음이 뚝 그쳤다. "덜거덕거리는 소리?" 제퍼스 씨가 매끄럽게 작동하는 인쇄기 소리 너머로 외쳤다. "아무 소리도 안 들려!"

'소리가 그쳤으니까.' 어니스트는 생각했다. 그리고 생각했다. '만약 저게 두들…?'

하지만 생각을 끝까지 할 시간도, 제퍼스 씨에게 외칠 시간도, 도망칠 시간도 없었다. 시간이 없었다.

58

짧은 우리 인생은 잠 속에 둘려 있소.

— 윌리엄 셰익스피어, 《폭풍우》

런던, 1941년 봄

누군가가 폴리를 부르고 있었다. '공습경보가 해제된 거야.' 폴리는 생각했지만, 그녀를 부른 이는 고드프리 경이었다. "정신 차리십시오." 그가 단호히 말했다. "제 목소리 들리십니까, 아가씨?"

폴리는 머리가 아팠다. '연습 도중에 존 모양이네. 고드프리 경이 불같이 화를 내겠어.' 그리고 다시 생각했다. '고드프리 경일 리가 없어. 경은 늘 나를 비올라라고 부르는걸.' 그리고 그들이 어디에 있는지가 기억났다.

그들은 여전히 폭격 맞은 극장에 있었고, 폴리는 고드프리 경 위에 누워, 온몸으로 경을 누르고 있었다. "죄송해요, 고드프리 경." 폴리가 말했다. "정신을 잃었을 때 경 위로 쓰러진 모양이에요."

그는 대답하지 않았다.

"고드프리 경, 정신 차리세요." 폴리가 말하며 고드프리 경 위에서 내려오려 했지만, 움직인 것만으로도 두통이 더욱 심해졌다.

"움직이려 하지 마세요, 아가씨. 우리가 가고 있습니다." 위쪽 어딘가에서 누군가가 말했다. "조심하세요. 가스 냄새가 나네요."

"고드프리 경." 폴리가 말했지만, 그는 반응이 없었다.

폴리는 자신이 고드프리 경을 구할 수 없음을, 그리고 구조대가 너무 늦게 올 거라는 사실을 알았어야만 했다. "오, 고드프리 경, 정말 죄송해요." 폴리는 중얼거리며 그의 어깨에 머리를 기댔다.

"아가씨!" 좀 전의 목소리가 긴급하게 말했다. "갇힌 겁니까?"

'네.' 폴리는 생각했고, 이윽고 손들이 내려오더니 폴리를 고드프리 경에게서 들어 올렸다.

"아니, 그러면 안 돼요. 이분은 출혈이 있어요." 폴리가 항의했지만, 그들은 이미 폴리를 구멍에서 끌어내 앉혔고, 이제 고드프리 경의 다리에서 극장 의자들을 들어 올리고 있었다. 그들은 기둥 아래에 잭을 놓고 구멍 안으로 들어가 고드프리 경을 굽어보았다.

"폭탄이 터졌을 때 극장에 다른 사람이 또 있었나요, 아가씨?" 폴리를 구멍에서 꺼낸 사람이 물었다.

"모르겠어요. 저는 그때 여기에 없었어요. 극장이 폭격당한 걸 알고 고드프리 경을 찾으러 이곳에 왔다가 신발 굽이 끼었어요." 폴리는 설명하려 애썼다. "그리고 굽을 빼내려 하는데 고드프리 경의 목소리를 들었고…."

"굽이 낀 것도 이상할 게 없지요. 이건 사고 현장에 신고 다니기에 적당한 신발이 아닙니다." 그는 폴리의 금박 구두를 내려다보았고, 다시 신을 신지 않은 발을 보았고, 이윽고 입다 만 듯한 그녀의 의상을 바라보았다.

"저는 압박천을 만들기 위해 치마를 벗어야 했어요." 폴리가 설명을 시작했지만, 그는 듣고 있지 않았다.

"이 여자분은 부상을 당했어." 그가 누군가에게 외쳤고, 아래를 내려다본 폴리는 자신의 수영복과 두 손이 피로 덮인 것을 깨달았다.

"이건 제 피가 아니에요. 이건 페이지 거예요." 폴리가 말했고, 비록 너무 늦어서 고드프리 경은 이미 죽었을 테지만, 그래도 폴리는 그들에게 말했다. "고드프리 경은 가슴에 부상을 입었어요. 직접 압박을 가해야 해요."

"우리가 알아서 하겠습니다. 걱정하지 마세요." 그 남자는 폴리의 두 손을 살피며 말했다. "당신은 다치지 않은 게 확실해요?"

'내 손에 피가 묻었어.' 폴리는 생각했고, 그가 폴리의 두 손을 뒤집으며 상처가 없는지 살피는 모습을 멍하니 바라보았다. '맥베스 부인처럼.' "'이런, 이 두 손은 영영 깨끗해지지 않는다는 건가?'"[47] 폴리가 중얼거렸다.

"아가씨…."

"당신은 이해하지 못해요. 제가 그분을 죽였어요. 제가 사건들을 변경…."

"이 여자분은 쇼크에 빠졌어." 그가 누군가에게 말했다.

"아니에요." 폴리가 말했다. 쇼크가 아니었다. 쇼크는, 잔해만 남은 세인트조지 교회를 보고 뭔가 끔찍한 일이 일어났다는 사실을 깨달았던 때라든가, 또는 자신을 구하러 올 이가 아무도 없

47 셰익스피어, 《맥베스》

다는 사실을 알게 되었을 때처럼, 의외의 사건이 일어났을 때 오는 것이다. 이건 달랐다. 폴리는 이렇게 되리라는 걸 처음부터 알고 있었다.

"들것을 가져와!" 그가 외쳤다.

'소용없어요. 당신은 나 역시 구할 수 없어요.' 폴리는 생각했다. 그리고 왜 자신은 가스에 질식해 죽지 않았는지 궁금했다. '그러면 더는 내가 피해를 줄 일도 없을 텐데. 더는 나 때문에 사람들이 죽는 일도 없을 텐데.'

"당신을 구급차까지 데려가야 합니다." 그가 말했다. "걸을 수 있겠습니까?"

"네." 폴리는 말하며 생각했다. '들것이 없는 게 분명해. 데네웰 소령이 모두 빌려 갔기 때문이야.'

"다행이군요." 그가 말하고 손을 폴리의 겨드랑이에 넣고 그녀가 일어나는 걸 도왔다. "갑시다."

하지만 막상 걸으려 하자 폴리는 다시 휘청이며 그에게 쓰러졌다.

그가 폴리의 팔을 잡았다. "다리를 다쳤나요?"

"아니요. 구두 때문이에요." 폴리가 말했다. "저는 괜찮아요." 하지만 다시 걸으려 하자 머리가 빙빙 돌았고, 하마터면 고꾸라질 뻔했다. "머리가…."

"가스를 좀 마셔서 그렇습니다, 아가씨. 그래서 어지러운 겁니다." 그가 말하며 뒤집힌 극장 의자에 천천히 폴리를 앉혔다. "잠시 숨을 돌리세요…. 그렇게요."

그는 고개를 들더니 폴리 너머로, 구멍 주위에 모여있는 사람들을 향해 외쳤다. "여기 잠시만 앉아 계세요, 성함이 어떻게 되세요?"

"메리예요." 폴리가 말했지만, 그건 옳지 않았다. 지금은 V-1 시기가 아닌 대공습 시기였다. "비올라요."

"비올라, 잘 들으세요. 저는 헌터입니다. 여기 잠시만 앉아계시면 제가 가서 산소통을 가져올게요. 그게 있으면 숨쉬기가 한결 편해지실 거예요. 잠시 기다리고 계실 수 있겠죠?"

폴리는 고개를 끄덕였다.

"곧 돌아오겠습니다." 헌터가 말하고는, 들것을 들고 잔해를 가로질러 오는 두 명에게로 갔다. 헌터는 그들에게 뭔가를 말하고 들것을 건네받았고, 그들은 다시 잡석더미를 올라 돌아가기 시작했다. 그는 들것을 가지고 구멍으로 갔다. 그곳에선 다른 사람들이 부서진 발코니 벽을 들어내고 있었다.

'이제 고드프리 경의 시체를 치울 수 있겠네.' 폴리는 그 사람들을 지켜보며 생각했다. '가스가 잠길 때까지 기다려야 해.'

"혈장액을 가져다줘." 누군가가 구멍에서 외쳤고, 작업하던 사람 가운데 한 명이 마치 사슴처럼 껑충거리며 뒤엉킨 잔해를 가로질러 뛰어갔다.

'왜 저렇게 서두르는 거지?' 폴리가 어리둥절해 하며 생각했다. '고드프리 경은 이미 죽었는데.'

폴리는 절룩이며 구멍으로 다가갔다. 사람들이 고드프리 경을 들어 올려 들것에 싣고 있었다. 고드프리 경의 가슴에는 붕대가 감겨 있었고, 상처에는 하얀 거즈 패드가 붙었다. 손목에도 붕대가 감겼고, 팔에 꽂힌 튜브 끝에는 혈장액이 가득 든 유리병이 있고, 남자 한 명이 그 유리병을 들고 있었다.

"조심해. 흔들지 마." 사람들이 들것을 들자, 병을 든 남자가 말했다. "흔들리면 다시 출혈이 있을 거야."

'고드프리 경은 죽지 않았어.' 폴리가 놀라 생각했다.

하지만 그렇다고 해서 폴리가 그의 목숨을 구했다는 뜻은 아니었다. 폴리는 단지 그의 죽음을 연기했을 뿐이었다. 그는 병원으로 가는 도중에 죽을 수도 있었다. 또는 들것에 실려 잔해를 가로질러 구급차로 가는 도중에 죽을 수도 있었다. "정말로 죄송해요." 폴리가 말했고, 사람들이 그녀를 바라보았다.

"저 사람이 왜 아직 여기에 있는 거야?" 혈장액을 든 남자가 말했다. "저 사람도 치료를 받아야 한다고."

헌터가 서둘러 폴리에게 다가왔다. "비올라, 이제 당신을 구급차로 데려가겠습니다." 그가 말했다. "제 목에 팔을 두르세요."

"조심해." 둘이 잔해를 가로지르기 시작하자 들것을 든 사람 가운데 한 명이 경고했다. "만약 불꽃이라도 일으키면 우리 모두 산산조각이 날 거야."

"가야 합니다, 비올라." 헌터가 서둘러 말했다. "지금 당장에라도 극장이 폭발할 수 있습니다."

물론, 가스 때문이었다. '들것을 옮기는 누군가의 부츠 밑창 징이 의자의 쇠다리에 긁히면 가스가 폭발해 불덩이가 우리 모두를 집어삼킬 거야. 나를 구하려고 계속 머무른 헌터를 포함해서.'

폴리는 헌터에게서 떨어져야 했다. 어쩌면 극장이 폭발할 때 그가 폴리나 들것 근처에 있지 않는다면, 죽지 않고 다치는 정도로 그칠 수도 있었다. "저는 괜찮아요. 저 혼자 걸을 수 있어요." 폴리가 말하며 헌터에게서 얼른 몸을 뗐고, 뒤엉킨 의자들을 가로질러 한쪽 발에만 신발을 신은 상태로 가능한 한 빨리 걸어갔다.

"조심하세요, 천천히 가세요!" 헌터가 뒤에서 외쳤다. "그러다 넘어집니다."

폴리는 의자열을 가로질러 마호가니 난간을 넘어갔다. 들것을 든 사람들은 극장을 절반쯤 가로질러 갔고, 혈장액 병은 등불처럼 치켜 올라가 있었다.

폴리는 한때 벽이었던, '희극과 비극의 가면들'이 그려진 곳을 밟았다. 그녀는 헌터를 힐끗 돌아보았다. 그는 겨우 몇 걸음 뒤에 있었다.

'저리 가요.' 폴리가 당황해 생각했고, 절룩이며 '비극'을 가로질렀고, 다시 '희극'을 가로질렀다. '내 곁에 있으면 누구든 죽어요.' 그리고 한쪽 발에만 신은 구두가 발목까지 회벽에 박혔다. 그녀는 넘어져 바닥을 짚으며 무릎을 꿇었다.

"무슨 일이에요?" 헌터가 물었고, 폴리가 다가오지 말라고 경고하기도 전에, 그는 폴리 옆에 앉아 그녀를 일으키려 부축했다. "다치셨어요?"

"아니요, 제 발이⋯."

"여기, 좀 도와줘!" 헌터가 들것을 든 사람들에게 외쳤다. "여기 여자분이⋯."

"아니에요." 폴리가 말했다. "저는 여기 두고 가서 지렛대를 가져오세요." 하지만 그는 이미 폴리 옆에 한쪽 무릎을 꿇고 그녀의 발목을 잡아당기고 있었다.

"구두가 끼었습니다." 헌터가 말했다. "구두를 벗을 수 있나요?"

'아니요.' 폴리는 생각하며 들것을 돌아보았다. 구조대원들은 극장이 허물어져 뚫린 곳에 거의 도착해 있었다. 가스는 지금 당장에라도 폭발할 수 있었다. 헌터는 설사 지금 폴리를 두고 떠난

다 해도 여기를 빠져나갈 시간이 없을 것이다.

"정말로 미안해요." 폴리가 말했다.

헌터는 폴리가 구두에 관해 이야기한다고 생각한 게 분명했다. 왜냐하면 그가 "상관없습니다. 우리는 당신을 여기서 구할 겁니다. 구두랑 전부 다요."라고 말했기 때문이다. 그는 깔쭉깔쭉한 회벽에 손을 넣고 폴리의 발 주위를 더듬었다. "아까 제가 하이힐을 신고 사고 현장을 오가면 안 된다고 말씀드렸죠. 하지만 지금 상황을 볼 때, 하이힐을 신어서 그분을 구했으니 다행이었습니다."

'아니, 그렇지 않아요.' 폴리는 씁쓸하게 생각했다. '당신들 모두가 저 때문에 죽을 거예요.' 폴리는 고드프리 경 그리고 들것을 옮기는 사람들을 마지막으로 돌아보았다. 하지만 아무도 보이지 않았다.

"어디 갔지?" 폴리는 말했고, 사람들이 외치는 소리, 거칠게 문이 닫히는 소리, 엔진 시동 걸리는 소리가 들렸다.

'구급차야.' 폴리는 생각했다. '고드프리 경을 병원으로 옮기고 있어.'

구급차가 종을 울리며 요란하게 멀어졌다. 그건 고드프리 경이 아직 살아있다는 뜻이었다. 그리고 구조대원들 역시 살아있었다. 극장은 폭발하지 않았다.

"안전하게들 빠져나갔어." 폴리는 믿기 어려워하며 중얼거렸다.

헌터가 폴리의 발을 빼내려 애쓰다가 잠깐 고개를 들었다. "잘됐습니다. 그분은 병원에 가서 상처를 꿰매면 괜찮아질 겁니다. 자부심을 가지셔도 좋습니다. 당신이 그분의 목숨을 구했어요."

'마이크가 하디의 목숨을 구한 것처럼.' 폴리는 생각했다. '그리고 에일린이 '시티 오브 베나레스호'에 타려던 알프와 비니를 구

해낸 것처럼.'

"옷으로 가스가 새는 구멍을 막은 건 현명했습니다." 헌터가 말하고 있었다. "만약 당신이 그분을 발견하지 못했거나 제대로 대처를 하지 못했더라면, 그분은 사망하셨을 겁니다."

'그건 진실이야.' 폴리는 생각했다. 만약 구두 굽이 잔해에 박혀 그걸 빼내려 폴리가 몸을 굽히지 않았더라면, 고드프리 경의 목소리를 들을 수 없었을 것이다. 그리고 만약 폴리가 이 하이힐을 신지 않았더라면, 굽이 박히지 않았을 것이다.

"말굽 하나가 부족해…." 폴리가 중얼거렸고, 갑자기 마이크가 이렇게 말하는 환상을 보았다. "만약 내가 제시간에 도착했더라면, 버스를 놓치지 않았을 거고, 살트램-온-시에 갇히지도 않았을 거고, 중령의 보트에서 잠이 들지도 않았을 거고…."

'그리고 만약 내가 공습 대비대 감시원에 자원하려고 직업 배정소에 가지 않았다면, 나는 ENSA에 배정되지 않았을 거고, 알함브라 극장에서 공연을 하지 않았을 거고….'

"발을 앞뒤로 움직여보세요." 헌터가 말했다. "그렇게요." 그는 팔을 더 깊게 밀어 넣었다. "계속 움직이세요. 거의 빼냈습니다."

폴리는 멍하니 고개를 끄덕이며 생각했다. '만약 센트리 부인이 《크리스마스 캐럴》에서 나를 보지 않았더라면, 나는 ENSA에 배정되지 않았을 거야.'

하지만 만약 연속체가 자체 교정을 시도하고 있다면, 왜 연속체는 폴리를 여기 오지 못하게 막지 않은 걸까? 마이크가 도버에 가려던 것을 막고, 29일 밤에 폴리와 에일린과 마이크가 존 바솔로뮤를 만나려던 것은 막았는데 말이다.

'그날 밤, 마이크는 무너지는 벽에서 소방관 두 명을 밀어냈어.'

갑자기 폴리는 생각했다. '그리고 에일린 역시 다른 사람의 목숨을 구했어. 구급차에 실린 남자를.' 그리고 비니가 운전을 했다. 폐렴에 걸렸을 때 에일린의 간호를 받은 비니가.

만약 마이크가 일으킨 손상을 고치기 위해 과거가 스스로를 봉했다면, 왜 그 과거는 에일린이 폭탄에 부상당한 사람의 생명을 구하는 걸 막지 않은 걸까? 29일 밤에 160명이 죽었다. 그날 마이크와 에일린과 폴리를 죽이는 건 어렵지 않았다. 또는 존 바솔로뮤를 발견해 옥스퍼드로 돌아가게 하는 것 역시 어려운 일이 아니었다.

만약 그들이 돌아갔더라면, 여기에 있으면서 일을 더욱 복잡하게 만들지 않았을 것이다. 폴리는 고드프리 경을 구하지 못했을 것이고, 에일린은 구급차에 실린 사람을 구하지 못했을 것이다. 그리고 에일린은 존 바솔로뮤를 보았다. 그의 뒤를 쫓아가기까지 했다.

하지만 알프와 비니가 나타나 에일린이 존 바솔로뮤를 만나지 못하게 방해했다. 에일린 덕분에 '시티 오브 베나레스호'를 타지 않은 알프와 비니가.

"됐습니다." 헌터가 말했고, 폴리의 구두 굽과 발이 갑자기 자유로워졌다.

폴리는 하마터면 넘어질 뻔했다. "괜찮으십니까?" 헌터가 부축하며 말했다.

"네." 폴리가 말하며 몸을 곧게 세우고 부서진 회벽에서 발을 뺐다. 헌터 때문에 생각의 흐름이 끊긴 게 짜증이 났다. 무슨 생각을 하고 있었더라…? 알프와 비니. 둘은 에일린이 존 바솔로뮤를 만나지 못하게 방해했다….

"발목을 다치셨나요?"

"아니요." 폴리는 헌터가 더 말을 하지 못하도록 잔해를 다시 가로지르기 시작했다. 끊어지기 쉬운 생각의 흐름을 방해받지 않기 위해서였다. 만약 알프와 비니가 방해하지 않았더라면, 에일린은 존 바솔로뮤를 만났을 거고….

'둘은 에일린이 임무 마지막 날에 옥스퍼드로 돌아가는 것도 방해했어.' 폴리는 생각했다. '홍역에 걸려서.' 만약 알프가 아프지 않았더라면, 에일린은 격리로 갇히지 않았을 것이고, 둘을 데리고 런던으로 오지 않았을 것이고, 호드빈 부인에게 편지가 전달되는 것도 막지 않았을 것이다. 그리고 만약 네트가 마이크를 원래의 날짜로 보냈더라면, 그는 도버로 가는 버스를 탔을 것이고, 됭케르크에 가지 않았을 것이고, 하디를 구하게 되지도 않았을 것이다.

'그리고 만약 네트가 나를 저녁 6시가 아닌 아침 6시에 보냈더라면, 나는 공습에 갇혀 세인트조지 교회에 가지 않았을 거야. 그리고 고드프리 경을 만나지 않았을 테고.'

하지만 편차는 역사학자들이 사건을 변경하지 못하게 막으려고 있는 거였다. 편차의 원래 기능은….

"방향이 잘못됐습니다." 헌터가 폴리의 팔을 잡으며 말했다.

"네?"

"그쪽으로 가면 안 됩니다. 그곳은 막혔습니다. 이쪽입니다." 헌터가 말하며 폴리를 이끌고 쓰러진 기둥을 넘어가고 부서진 계단을 내려갔다. "이쪽입니다. 몇 걸음만 더 가면 됩니다."

"뭐라고 하셨죠?" 폴리가 자기 팔을 잡은 헌터의 손을 당겨 그를 세우려 애쓰며 말했다.

"'몇 걸음만 더 가면 됩니다'라고 말했습니다. 거의 다 왔어요."

"아니, 그 전에요." 폴리가 말했다. "방금…." 하지만 그들은 이제 계단을 다 내려와 극장을 나왔고, 헌터는 폴리를 FANY 둘에게 인도했다.

"병원으로 데려가야 해요." 헌터가 말했다. "내상의 가능성이 있고, 가스에 노출되었어요. 중독으로 살짝 정신적 혼돈 증상을 보입니다."

"이쪽으로!" 거리 건너편에서 헬멧을 쓴 남자가 외쳤고, 헌터는 그를 향해 가기 시작했다.

"잠깐요!" 폴리가 헌터 뒤에서 외쳤다.

폴리는 거의 깨닫기 직전까지 갔었다. 폴리 자신이 고드프리 경의 목숨을 구했다고 헌터에게 들은 이후로 내내 알 듯 말 듯 하던 무언가를 깨닫기 직전이었었다. "저분과 이야기를 해야 해요." 폴리는 FANY 둘에게 말했지만, 그는 이미 떠났고, 폴리는 벌써 담요에 감싸여 구급차 뒤쪽에 실리고 있었다. "저분에게 물어볼 말이…."

"당신이 구한 분은 이미 병원으로 가셨어요. 그분과는 병원에서 이야기할 수 있어요." FANY가 말하며 폴리의 입과 코에 마스크를 씌웠다. "깊게 숨을 들이마시세요."

"아니요." 폴리가 마스크를 거세게 밀쳐내며 말했다. "고드프리 경 말고요. 헌터라고, 저를 극장에서 꺼내준 사람요." 하지만 문이 이미 닫혔고, 구급차는 이미 출발하고 있었다. "운전하는 분, 차를 돌려야 해요. 헌터가 극장에서 저를 데리고 나왔을 때 무슨 말인가를 했어요. 그게 무슨 말인지 물어봐야만 해요!"

"혼돈 증상입니다." 구급차 요원이 운전사에게 외쳤다. "가스

중독 때문이에요."

'아니, 그렇지 않아요.' 폴리는 생각했다. '그건 단서였다고요.'

헌터는… 뭔가를 말했고, 그 말을 들은 순간 폴리는 다른 누군가에게서 같은 말을 들은 적이 있다는 느낌이 들었고… 한순간 모든 게 말이 되는 듯했다. 즉 알프와 비니가 에일린을 방해한 것이나, 마이크가 엉킨 프로펠러를 푼 것이나, 홍역과 편차와 《크리스마스 캐럴》 모두가. 만약 그게 뭔지 폴리가 기억해낼 수만 있다면….

헌터는 말했었다. "그쪽으로 가면 안 됩니다. 그곳은 막혔습니다." 그들의 강하가 막힌 것처럼. 폴리의 강하 지점은 폭격을 당했고, 마이크의 것에는 대포가 세워졌고, 에일린의 것에는 철조망이 둘리고 사격장이 되어, 그 어느 강하 지점에도 접근할 수 없었다. 알프와 비니가 에일린을 막은 것처럼, 세인트조지 교회가 파괴되던 날, 노팅힐게이트 역을 나가 강하 지점으로 가려던 폴리를 역무원이 역을 나가지 못하게 막은 것처럼.

'그건 그날 밤과 관련이 있어.' 폴리는 생각했다. '역무원은 나를 나가지 못하게 했고, 그래서 나는 홀본 역으로 갔고….'

"이건 아프지 않을 겁니다." 구급차 요원은 산소마스크를 폴리의 입과 코에 대고 계속 누른 채 말했다. "그냥 산소일 뿐입니다. 머리가 맑아질 겁니다."

'나는 머리가 맑아지는 걸 원하지 않아요.' 폴리는 생각했다. 헌터가 말한 것을 기억해낼 때까지, 그게 뭔지 알아낼 때까지. 마이크의 십자말풀이처럼, 그것은 수수께끼였다. 그것은 홀본 역과 마이크의 버스와 ENSA와 폴리의 구두와 관련이 있었다.

아니, 폴리의 구두가 아니라, 말이 잃어버린 편자와 관련이 있었다. "'말 한 마리가 부족해….'"

구급차가 덜컹거리며 멈췄고, 사람들이 뒷문을 열었고 폴리를 병원 안으로 데려가 접수대의 여자를 지나갔다.

'세인트바트 병원에서 에일린이 그날 밤 봤다던 애거서 크리스티랑 비슷하네.' 폴리는 생각했고, 한순간 그녀는 다시 깨달음에 도달할 뻔했다. 그것은 애거서 크리스티와 관련이 있었다. 그리고 그날 밤, 폴리는 홀본 역에 갔다. 사이렌이 일찍 울렸고, 역무원은 폴리가 강하 지점에 가지 못하게 막았고, 그래서 낙하산 폭탄이 터졌을 때 그녀는 역에 있었고, 세인트조지 교회의 모두가 죽었을 거라고 여겨 비틀거리며 타운젠드 브라더스 백화점에 갔고, 마저리가 그 모습을 보고 만나던 공군 조종사와 도망을 치기로 결심하고….

"그 옷을 벗겨드릴게요." 간호사가 말했고, 그들은 폴리의 피 묻은 수영복을 벗기고 환자복을 입히고 침대에 눕혔으며, 질문 공세를 퍼부었다. 그래서 폴리는 정신을 집중할 수가 없었다. 폴리는 자기 이름이 비올라가 아니라 세바스찬이고, 윈드밀 극장의 코러스 걸이 아니며 다친 곳이 없노라고 계속해 설명해야 했다.

"이건 제 피가 아니에요." 폴리가 계속 주장했다. "이건 고드프리 경의 피예요."

폴리는 고드프리 경에 관해 거의 잊고 있었다. 헌터가 한 말이 무엇이었는지 떠올리는 데 정신이 팔려 잠시 깜박하고 있었지만, 만약 고드프리 경이 병원으로 오던 길에 죽었다면, 헌터의 말이 뭐였는지는 더 이상 중요하지 않았다. 만약 폴리가 그의 목숨을 구하지 못했다면….

"그분이 여기 있나요?" 폴리가 물었다. "그분은 괜찮으세요?"

"사람을 보내 알아볼게요." 간호사가 약속하며 폴리의 맥박을 쟀고, 담요를 덮어줬다. "이게 잠자는 데 도움이 될 거예요."

"전 자고 싶지 않아요." 폴리가 말했지만, 이미 너무 늦었다. 바늘이 이미 폴리의 팔을 뚫고 들어왔다.

"마저리…." 폴리는 중얼거렸고, 생각의 흐름을 잃지 않으려 애썼다. 마저리는 공군 조종사와 도망치기로 결심했고, 그래서 저민 스트리트에 갔다가 폭격을 만났고, 그래서….

하지만 진정제는 이미 효과를 보이고 있었고, 그녀의 생각은 안개 조각처럼 흩어져 더는 연결되지 않았다. 그녀는 마저리가 어땠는지 기억이 나지 않았다…. 아니, 마저리가 아니었다. 애거서 크리스티였다. 그리고 홍역과 말과 그날 밤의 홀본 역이. 그곳에는 앉을 곳이 없었다. 그래서 에스컬레이터가 멈추길 기다리며 간이 식당 앞에 줄을 서 있었고, 알프와 비니가 옆으로 뛰어갔고 어떤 여자의 피크닉 바구니를 훔쳤다. 에일린이 세인트폴 대성당으로 가지 못하게 막은 알프와 비니가…. 아니, 에일린이 아니라 던워디 교수였다. 알프와 비니는 던워디 교수가 세인트폴 대성당에 가지 못하게 막았고, 던워디 교수는 앨런 튜링과 부딪혔다. 아니, 앨런 튜링과 부딪힌 건 마이크였다. 던워디 교수는 탤봇과 충돌을 했고, 그녀의 립스틱은 거리를 굴러갔고, 고드프리 경은….

폴리가 그의 이름을 외친 게 분명했다. 왜냐하면 간호사가 서둘러 왔기 때문이다. "그분은 편히 쉬고 계세요. 이제 주무세요."

'전 잘 수 없어요.' 폴리가 녹초가 되어 생각했다. '나는 그곳에 있어야 해.' "만약 당신이 아니라면 이 재난을 막을 수 있는 사람이 아무도 없습니다." 헌터는 그렇게 말했다. 아니, 그건 고드프리 경이 위번 부인과 동화극에 관해 한 말이다. 헌터는 "당신이 어떻게 해야 하는지 알아서 다행입니다."라고 했다.

'나는 그걸 옥스퍼드에서 배웠어.' 폴리는 생각했다. '그래서 구급차 운전사로 일하면서 V-1과 V-2를 관찰할 수 있도록. 하지만 소령은 존 바솔로뮤를 찾아오라며 우릴 크로이던으로 보냈어. 아니, 크로이던이 아니라, 세인트폴 대성당이야. 하지만 거리는 불발탄 때문에 줄이 쳐졌고, 나는 몰래 줄을 넘어 언덕을 올라갔지만, 막다른 골목이었어. 방향이 잘못됐어….'

방향이 잘못됐다. 헌터가 한 말은 그것이었다.

"방향이 잘못된 거였어." 폴리가 중얼거렸고, 홀번 역의 연한 적갈색 머리 사서가 애거서 크리스티의 페이퍼백을 한 권 들고 이렇게 말하는 모습이 머릿속에 떠올랐다. "저는 누가 살인자인지 안다고 확신했지만, 결말부에 가까워지면 모든 상황을 잘못된 방향에서 보고 있었으며 뭔가 다른 것이 진행되고 있다는 사실을 깨닫게 되지요."

아니, 사서가 아니라 에일린이 옥스퍼드에서 그날 그렇게 말했다. 아니, 그것 역시 아니었다. 하지만 상관없었다. 왜냐하면 이제 폴리는 알았기 때문이다. 부서진 극장을 가로지르는 내내 떠올리려 했던 생각이 무엇인지 이제는 알았다. 그리고 탤봇과 마저리와 세인트폴 대성당과 홍역과 금박 구두의 뻣뻣한 여미개 모두가 들어맞았다. 그 모든 것이 이치에 닿았고, 폴리는 그 생각을 잊지 않고 꼭 붙들고 있는 게 아주 중요하다는 사실을 알았지만, 그건 불가능했다. 진정제는 이미 안개처럼 모든 것을 가리고 있었다.

"《잠자는 숲속의 미녀》의 주문처럼." 폴리는 말하려 애썼지만, 그럴 수가 없었다. 그녀는 이미 잠들어 있었다.

59

우리가 이 상황을 헤치고 살아날 방법은 절대 없다.

— 루 바버 항법 담당 중위, 467 폭격 부대

크로이던, 1944년 10월

"우리는 죽지 않았어요." 어니스트는 제퍼스 씨에게 말하려 애썼다. "V-1이 우리를 죽이지 못했어요." 하지만 연기 속에서 편집자를 찾을 수가 없었다. 사방에서 연기가 시커멓게 피어올랐다.

"'아리조나호'를 맞힌 게 분명해.' 그는 콜록거리며 '뉴올리언스호' 갑판 너머를 보려 애썼다.

하지만 그럴 리가 없었다. '나는 진주만에 간 적이 없어.' 어니스트는 생각했다. '턴워디 교수님이 내 임무 순서를 바꿨어. 아, 맙소사. 나는 아직 됭케르크에 있어. 내 발…'

하지만 그것도 아니었다. 그는 쓰러져 있었기 때문이다. 보트에는 쓰러져 있을 공간이 없었다. 그는 서 있어야만 했고, 해협을 건너 돌아오는 내내 난간에 떠밀려 있었다. 그리고 됭케르크라고 하기에는 연기가 너무 짙었다.

어니스트는 아무것도 볼 수 없었다. 완전히 캄캄했다. 그는 선실 안에 있는 게 분명했다. 연기 사이로 화염이 보였고, 소방차 종소리가 들렸다. '소방차는 사고 현장으로 가고 있는 거야.' 어니스트는 생각했고 V-1을 떠올렸다. '인쇄기가 부서지지 않았으면 좋겠는데. 나는 세인트안셀름 사진을 인쇄해야 하는데. 그리고 이 사건 사진도 찍어야 하고.'

어니스트는 주위를 둘러보며 신문사 간판이 아직 그곳에 있는지 찾아보았다. 만약 있다면, 세스는 '크로이던'이라는 단어를 잘라내고, 크리클우드의 〈클라리온 콜〉에서 일어난 일이라고 주장할 수 있었다. 하지만 화재의 불빛은 너무 어두워 그의 뒤쪽 몇 걸음 정도를 비추는 게 전부였고, 이정표도 없었으며 주황빛 도는 먼지에 뒤덮인 벽돌과 부러진 목재들이 전부였다. 그건 연기가 아니었다. 그건 회벽 가루였다. 그래서 그토록 숨이 막히고 기침이 멈추지 않았던 것이다. 어니스트는 몇 번이나 숨을 고르고서야 간신히 말을 할 수 있었다. "제퍼스 씨! 간판을 비춰 볼 회중전등이 필요합니다!"

제퍼스 씨는 대답하지 않았다. '소방차 종소리 때문에 내 목소리를 듣지 못하는 거야.' 어니스트는 생각했다. 소방차 종소리는 아주 요란히 울리다가 이윽고 멈췄고, 문들이 거칠게 닫히는 소리, 그리고 목소리들이 들렸다.

아마도 소방관들에게는 회중전등이 있으리라. "여보세요!" 어니스트가 소방관들을 향해 외치다가 말을 멈추고 기침을 했다. "회중전등 있어요?"

하지만 그 사람들은 어니스트의 목소리를 듣지 못한 모양이었다. 그가 있는 곳의 반대쪽으로 걸어갔기 때문이다. "아니, 이쪽이에요!" 그는 외쳤다. 실수였다. 그러다 엄청난 회벽 가루를 들이마시고 숨이 막혔기 때문이다.

"누군가 기침하는 소리를 들은 거 같아." 여자 한 명이 말했고, 그들이 다가오며 나무가 부러지는 소리와 흙이 미끄러지는 소리가 들렸다. "어디 있어요?"

"여기요." 그가 말했다. "제퍼스 씨, 괜찮아요. 누군가가 오고 있어요."

"어디 있어요? 계속 말을 하세요." 잠시 뒤 두 번째 여자가 외쳤지만, 그는 그 말에 대답하지 않았다. 그는 여자의 목소리에 귀를 기울이고 있었다. 왠지 귀에 익은 목소리였다.

"찾았어. 여기야!" 첫 번째 여자가 멀리 떨어진 듯한 곳에서 외쳤다. 어니스트는 뭔가를 쑤석거리는 소리를 들었고, 이윽고 "여기 있어!"라고 하는 목소리가 들렸다. 어니스트는 그 여자의 목소리 톤에서 그녀가 찾은 사람은 죽었다는 것을 알 수 있었다.

'하지만 나는 아니야.' 어니스트는 생각했다. '우리는 V-1의 공격에도 살아남았어…'

"여기 어딘가에 또 다른 사람이 있어." 두 번째 목소리가 말했고, 또 뭔가를 말했지만, 어니스트는 그 말을 알아들을 수 없었다. 좀 더 쑤석거리는 소리가 났다. "여기 있어!" 그 여자가 더 가까운 곳에서 말했다. 이윽고 그 여자가 어니스트를 굽어보며 말했다. "괜찮으세요?"

어니스트는 그 여자를 쳐다보았지만, 화재의 불빛이 밝지 않아 얼굴을 제대로 볼 수가 없었다. 보이는 거라고는 헬멧 아래로 얼핏 보이는 금발이 전부였다. "걱정하지 마세요." 여자가 말했다.

"여기서 금방 꺼내드릴게요. 페어차일드!" 여자는 날카롭게 외쳤다. "이쪽이야!" 그리고 그녀는 어니스트의 다리 쪽으로 가 벽돌과 나뭇조각들을 치우기 시작했다. "조명이 필요해!"

페어차일드라고 불린 여자가 도착했다. "살아있어?" 페어차일드는 어니스트 옆에서 허리를 굽히며 물었고, 화재의 불빛이 더 밝아진 게 분명했다. 어니스트는 '그 여자'의 얼굴을 뚜렷이 볼 수 있었다. 그녀는 아주 젊었다. "얼마나 심각한 상태야?"

"발이⋯."

"그건 V-1 때문이 아니에요." 어니스트가 말했다. "그건 됭케르크에서 그렇게 된 거예요." 하지만 그들은 어니스트의 말을 귀담아듣지 않았다.

"내가 지혈대를 묶어줬어. 가서 구급함을 가져와." 첫 번째 여자가 페어차일드에게 말했다. "그리고 들것도. 크로이던에서는 아직 아무도 안 왔어?" 그 여자가 물었고, 그 목소리는 폴리의 목소리와 똑 닮게 들렸다.

"아직 안 왔어." 페어차일드가 말했다. "우리가 이 사람을 옮겨도 되는 거 맞아?"

"만약 안 그러면 이 사람은 과다출혈로 죽을 거야." 폴리 같은 목소리의 여자가 말했고, 어니스트는 페어차일드가 잔해를 가로질러 뛰어가는 소리를 들었다. "크로이던에 전화해. 우드사이드에도." 그 여자가 페어차일드 뒤에 대고 외쳤다. "도움이 필요하다고 말해."

'폴리일 리가 없어.' 그녀가 어니스트를 빼내려는 동안 그가 생각했다. '데드라인은 이미 지났어.'

"걱정하지 마세요. 금방 여기서 꺼내줄게요." 그 여자가 말하며 아주 가까워질 때까지 몸을 굽혔고, 덕분에 그는 화재의 불빛 속에서 그 얼굴을 볼 수 있었다. 그리고 그건 '폴리'였다. 어니스트는 어디에서든 폴리를 알아볼 수 있었다.

'안 돼, 오, 이런, 안 돼.' 폴리는 여전히 여기에 있었고, 이제는 너무 늦은 상태였다. 폴리의 데드라인은 이미 지났다. 어니스트는 폴리를 구하지 못한 것이다. "정말 미안해." 그가 쉰 목소리로 말했다.

"당신 잘못이 아니에요." 폴리가 말했다.

하지만 그건 어니스트의 잘못이었다. 어니스트는 데니스 애서튼을 찾지 못했고, 그의 메시지 중 그 어느 것도 옥스퍼드에 닿지 못했다. 만약 메시지가 닿았다면, 폴리가 여기에 있을 리 없었다. "정말로 미안해." 먼지에 숨이 막히면서도 어니스트는 절망에 빠져 말했다. 그가 했던 그 모든 일들, 개인 광고며 결혼 공고, 편집자에게 보내는 편지들 그 모든 일이 소용없었다. 그가 보낸 메시지는 도착하지 못했다. 누구도 오지 않았다. 폴리는 데드라인이 되었는데도 여전히 이곳에 있는 것이다.

"난 만약 내가 떠나면 내가 너와 에일린을 이곳에서 빼낼 수 있을 거라 생각했어." 어니스트는 폴리를 쳐다보며 말했지만, 불이 다 꺼진 모양이었다. 폴리의 얼굴을 볼 수가 없었다. 하지만 그는 폴리가 아직 이곳에 있는 걸 알았다. 어니스트는 폴리가 벽돌과 나무들을 그의 가슴에서 밀쳐내고 그의 팔을 빼내기 위해 애쓰는 소리를 들을 수 있었다.

"네가 여기에 있으리라고는…."

"말하지 마세요." 어니스트의 다른 쪽 팔을 빼내기 위해 그의 위를 타고 넘어가며 폴리가 말했다.

"넌 여기 있으면 안 돼." 어니스트는 말을 하려 애썼다. "너는 덜위치에 있어야 해."

하지만 그가 입 밖으로 내뱉은 단어는 '덜위치'뿐인 게 분명했다. 왜냐하면 폴리가 "우리는 당신을 노베리로 데려갈 거예요. 그쪽이 더 빨라요. 그건 걱정하지 마세요. 우리가 알아서 할게요." 라고 했기 때문이다.

어니스트는 폴리가 마치 뭔가를 들은 것처럼 갑자기 고개를 드는 소리를 들었고, 이윽고 페어차일드가 멀리서 외치는 소리가 들렸다. "들것을 꺼낼 수가 없어! 끼어서 안 나와!"

"그냥 둬! 우선 구급함부터 가져와." 폴리가 외쳤다.

하지만 페어차일드는 그 말을 못 들은 게 분명했다. 이렇게 외쳤기 때문이다. "뭐라고? 안 들려, 메리!"

'메리?' "메리?" 어니스트가 말했다.

"네." 폴리는 말했고, 너무 작은 소리로 말해 간신히 그 목소리를 들을 수 있었음에도 깊은 안도감이 어니스트의 가슴에 밀려들었다. 폴리는 이곳에서 데드라인을 넘긴 게 아니었다. 지금 그의 앞에 있는 여자는 폴리가 아니라 메리였고, 이건 그녀의 로켓 관찰 임무였으며, 어니스트는 아직 너무 늦은 게 아니었다. 그 모든 일이 아직 일어나지 않았다. 폴리는 대공습 시기로 가지조차 않았으며, 아직 그녀를 구할 시간이, 이미 그녀를 구했을 시간이 있었다. 그리고 어니스트는 안도감에 흐느낀 게 분명했으며, 또한 눈물이 뺨을 타고 내려 입으로 들어간 게 분명했다. 목구멍 앞쪽의 혀가 축축해지는 걸 느꼈기 때문이다.

"페어차일드!" 폴리가 말했다. "구급함을 가져와! 서둘러!"

어니스트는 폴리에게 강하 지점이 열리지 않을 거라고 말해줘야 했다. 경고해야 했다. "넌 가면 안 돼! 네트에 뭔가 문제가 있어. 강하는 열리지 않을 거야. 가지 마!"

하지만 폴리는 그 말을 이해하지 못했다. "난 가야 해요." 폴리가 말했다. "잠깐 다녀올게요." 그리고 어니스트를 떠나기 시작했다.

"안 돼!" 어니스트가 외치며 폴리의 손목을 잡았다. "가면 안돼! 그곳에 갇힐 거야!"

"당신이 여기에 갇힌 상태로 두고 떠나지 않을게요. 약속해요."

"안 돼! 넌 내가 무슨 말을 하는지 이해하지 못해! 넌 대공습으로 가면 안 돼!" 어니스트는 외쳤지만 그 말이 입 밖으로 나오지 않았고, 입으로 들어온 눈물과 먼지가 섞여 진흙이 되어 그의 숨을 막았다. "네 강하, 그건 열리지 않아…." 그리고 갑자기 요란한 소음이 들렸고, 너무나도 강력한 충격파가 몰아치며 둘을 쓰러뜨렸다.

아니, 그렇지 않았다. 어니스트는 이미 쓰러져 있었다. '아리조나호'야.' 그는 생각했다. '아리조나호'는 탄약고에 직격탄을 맞고 그 충격으로 뒤집혔어.'

폴리는 일어서 어니스트에게 달려왔다. "안 돼!" 그가 외치려 했다. "엎드려! 제로 전투기가 다시 오고 있어!"

폴리는 그 말을 듣지 않고 여전히 달려오고 있었다. "갑판에 엎드려!" 어니스트가 외쳤지만 이미 늦은 뒤였다. 제로 전투기는 이미 폴리에게 기총소사를 했다. 폴리가 어니스트 위로 쓰러졌다.

"어디를 맞았어?" 어니스트가 폴리가 죽었을까 봐 두려워하며 물었지만, 그녀는 총에 맞지 않았다. 그녀는 일어나 무릎을 꿇고 그의 옷깃을 더듬었다.

"V-2였어요." 폴리가 말했지만, 그럴 리 없었다. 어니스트가 공작해서, 독일은 궤도를 짧게 했고, 따라서 로켓들은 크로이던에 떨어질 것이다.

"난 가야 해요." 폴리가 어니스트를 굽어보며 말했다. 아니, 그 말을 한 건 어니스트였나? 알 수 없었다.

"나는 가야 해." 그는 자신이 그 말을 하지 않았을 경우를 대비해 다시 말했다. "네 데드라인 전에 너를 이곳에서 빼낼 수 있는 유일한 방법이야." 하지만 폴리는 듣고 있지 않았다. 그녀는 일어나 갑판을 가로질러 달려가고 있었다.

그리고 그게 제로 전투기라던 생각은 틀렸다. 그것은 스투카였다. 그것은 폭탄들을 투하해 '그래프톤호'를 침몰시켰다. 그리고 '제인여왕호'가 그를 남겨둔 채 방파제에서 떠나고 있었다. "가지 마!" 그가 외쳤다. "독일군이 당장에라도 이곳에 올 수 있어."

그리고, 기적같이, 폴리가 돌아와 다시 어니스트를 굽어보았다. 그리고 그는 뭔가를 말해줘야만 했다. 다만 그게 뭔지 기억이 나지 않았다. 뭔가 중요한 내용이었다. "에일린에게 파젯스 백화점이 폭격을 당한다고 말해." 어니스트는 말했지만, 말하려던 것은 그게 아니었다.

그럼 뭐였지? 어니스트는 기침 때문에 생각할 수가 없었다. "에일린에게 계단을 쓰라고 말해줘." 멈춰버린 승강기를 떠올리며 어니스트가 말했고, 드디어 무슨 말을 해야 하는지 기억이 났다. 그는 폴리에게 대공습 시기로 가지 말라고 경고를 해야 했다.

"거기 가면 갇혀." 어니스트가 다시 말했다. "넌 그곳에서 빠져나올 수 없어!" 하지만 그가 말하는 상대는 폴리가 아니라 헬멧을 쓴 군인이었다.

'아, 이런, 독일군이야. 나는 제때 됭케르크에서 빠져나오지 못한 거야.'

독일군은 어니스트의 얼굴에 회중전등 빛을 비췄고, 그 때문에 그는 움찔했다. '독일군은 나를 포로로 잡았고, 심문하고 있어. 만약 독일군이 남 포티튜드에 관해 알아내면, 우리가 노르망디로 상륙할 거라는 사실을 알게 돼.'

하지만 그건 영국 군인이었다. "얼마나 심하게 다쳤나요?" 그 군인이 어니스트를 굽어보며 말하고 있었고, 헬멧은 공습 대비대의 양철 모자였다. "이름이 뭔가요?"

'이 사람은 내가 세스라고 생각해.' 어니스트는 생각했다. '세스가 여기에 없어서 다행이야.' 그리고 어니스트는 공습 대비대 감시원에게 세스는 채서블과 임무를 바꾸었고, 자신은 세스와 임무를 바꾸었음에 대해, 추수 감사절 바자회와 다프네와 '왕관과 닻'에 대해 말하려 애썼다.

아니, 그건 옳지 않았다. 그건 다른 다프네였다. 그곳에 없었다. 그 다프네는 맨체스터에 있었고, 결혼을 했고….

감시원이 그를 흔들고 있었다. "데이비스?" 감시원은 어니스트의 얼굴에서 횟가루를 닦아내며 물었다. "마이클?"

'네.' 그는 생각했다. 하지만 그는 확신할 수 없었다. 자기 진짜 이름을 들어본 지가 너무나도 오래되었으며, 그는 죽은 척한 뒤로 너무나도 많은 이름을 사용해왔기….

감시원은 그를 흔들며 다급하게 말하고 있었다. "내 말 들려요, 데이비스? 마이클?"

"네."

"오, 다행이에요, 마이클. 내 말 잘 들어요. 나는 당신을 옥스퍼드로 데려가려고 왔어요. 나는 콜린 템플러예요."

하지만 그럴 리 없었다. 콜린은 어린아이에 불과했다. "당신은 어른인데." 어니스트가 중얼거렸다.

"오랫동안 당신을 찾아다녔어요."

"내 메시지를 받았구나." 어니스트는 말하고 안도감에 속이 울렁거렸다. 구조팀이 이곳에 왔고, 폴리에게 대공습에 가지 말라고 말할 수 있었다. 그리고 또한….

"찰스를 구해야 해." 어니스트는 팔꿈치를 받치고 일어나려 애쓰며 말했다. "찰스는 싱가포르에 있어. 일본군이 그곳에 오기 전에 찰스를 구해야 해…."

"이미 구했어요." 콜린이 말했다. "찰스는 안전해요. 찰스는 실험실에서 당신을 기다리고 있어요. 일어날 수 있겠어요?"

어니스트는 고개를 저었다. "넌 폴리를 만나서…."

"폴리가 살아있어요? 당신이 폴리를 떠날 때 폴리가 살아있었어요?"

어니스트는 고개를 끄덕였다.

"오, 하느님 감사합니다." 콜린이 속삭였다.

정말로 콜린이 맞았다. "넌 폴리를 만나서…."

"폴리를 찾아 여기서 구출할게요." 콜린이 말했다. "하지만 우선 당신부터 이곳에서 구해야 해요."

"아니. 폴리가 여기에 있어." 어니스트는 말을 하려 했지만, 기침이 너무 심하게 났다.

"어디를 다쳤는지 말해줄 수 있어요?"

"발." 어니스트는 말했다. "나는 엉킨 프로펠러를 풀고 있었어." 하지만 콜린은 듣고 있지 않았다. 콜린은 잔해에서 누군가를 파내고 있었다.

'제퍼스 씨일 거야.' 어니스트는 생각했다. "제퍼스 씨는 괜찮아?" 어니스트가 물었고, 사이렌 소리가 들렸다.

"방공호로 가야 해." 어니스트가 말했다.

"저건 구급차예요. 구급차가 도착하기 전에 당신을 여기서 데리고 나가야 해요." 콜린이 말했고, 그를 들어 올리기 위해 몸을 굽혔다. "저 사람들에게 들키면 안 돼요."

"잠깐, 기다려. 폴리를 만나서 가지 말라고 말해야 해." 어니스트는 말하려 했지만 발작하듯 기침이 터져 나와 말을 할 수가 없었다. 콜린이 제퍼스 씨를 파내느라 횟가루가 마구 날렸기 때문이다. 그래서 어니스트는 숨이 막혔고, 간신히 '폴리'라고 말하는 게 전부였다.

"폴리를 데려올게요. 약속해요. 당신을 옥스퍼드로 데려다준 다음에 곧바로요."

'옥스퍼드.' 어니스트는 생각했고, 크라이스트 처치와 세인트마리 처치의 첨탑들, 모들린 칼리지의 탑, 4월 햇살 아래 베일리얼 칼리지의 녹색 정원이 눈에 선했다.

"이거, 아플 거예요." 콜린이 말하며 두 팔로 그를 감쌌다. "미안해요." 그리고 V-2가 떨어지며 세상이 산산조각이 났다.

아니, 그렇지 않았다. V-2는 이미 떨어졌고, 그는 잔해 속에 있지 않았으며, 그는 침상에 누워 있었고, 보조 의료 요원이 그를 담요로 덮어주고 있었다. "제가 병원에 있나요?" 어니스트는 물었다.

"아직 아니에요." 보조 의료 요원이 말했다. "지금 병원으로 가는 중이에요."

"그러면 안 돼요." 어니스트가 말하며 일어나려 버둥거렸다. 그는 이미 병원으로 가는 길에 정신을 잃은 적이 있었다. 한 달 넘게 의식이 없었으며, 정신이 들었을 때, 그가 누군지 아는 이가 아무도 없었다. "오핑턴 병원으로 가면 안 돼요. 구조팀은 제가 어디에 있는지 알지 못할 거라고요."

"내가 구조팀이에요." 보조 의료 요원이 말했다. "콜린이에요. 콜린 템플러. 당신은 크로이던에 있어요. 구급차예요. 당신을 옥스퍼드로 데려가고 있어요."

어니스트가 콜린의 팔을 잡았다. "하지만 나는 폴리에 관해 너에게 할 말이 있어." 그리고 그의 절박한 심정이 전해졌는지 콜린이 고개를 끄덕였다.

"알았어요. 폴리를 마지막으로 본 게 언제죠, 마이클?"

그게 몇 분 전인가 아니면 더 오래되었나? "모르겠어. 폴리는…." 어니스트는 폴리가 어느 쪽으로 떠났는지 콜린에게 알려주기 위해 손을 들으려 했다. "떠났어."

"당신은 언제 떠났나요?" 콜린이 물었다. "1월 11일인가요? 〈타임스〉에는 당신이 그날 죽은 거로 나와 있어요."

'1월이 아니야.' 어니스트는 생각했다. '아까 헤어졌고, 지금은 10월이야.' 하지만 콜린이 묻는 건 그가 런던에서 언제 폴리를 떠났냐는 거였다. "맞아. 11일이야."

"당신이 떠날 때 폴리는 어디에서 일하고 있었나요? 여전히 옥스퍼드 스트리트에서 일했나요?"

어니스트는 고개를 끄덕였다. "타운젠드 브라더스 백화점에서. 4층. 하지만 폴리와 에일린은…."

"에일린? 메로피도 그곳에 있었어요?" 콜린이 열심히 물었다.

"에일린과 폴리가 함께 있어요? 둘이 어디에 사는지 알아요?"

"14번지." 어니스트가 침을 삼키며 말했다. 입에서 이상한 금속 맛이 났다. 어니스트는 그 맛을 없애려 침을 꿀꺽 삼켰다. "카들 스트리트." 어니스트는 말하려 애썼지만 기침 때문에 말을 할 수가 없었고, 너무나 심하게 기침을 해 토한 모양이었다. 콜린이 담요 가장자리로 그의 입을 닦아주고 있었기 때문이다. "리케…."

"말하려 애쓰지 말아요." 콜린이 그의 턱을 닦아주며 말했다. "둘은 리케트 부인 집에서 살아요. 카들 스트리트. 14번지."

어니스트는 고개를 끄덕였다. "켄싱턴." 그는 말하려 애썼지만, 기침이 더 나오며 말을 할 수가 없었다.

하지만 괜찮았다. 콜린은 이해했다. "켄싱턴요. 맞죠? 우리는 당신이 보낸 메시지들을 해독했어요. 그리고 둘이 사용하는 방공호는 노팅힐게이트 역이고요."

어니스트는 고개를 끄덕였고, 이 모든 것을 말하려 애쓸 필요가 없어서 다행이라고 생각했다. 그것 말고도 콜린에게 말해야 할 게 더 있었기 때문이다. 중요한 이야기가 더 있었다. "폴리는 6월에 도착하지 않았어. 폴리는 1943년 12월에 도착했어. 넌 29일 이전에 폴리를 구해야 해."

"그럴게요. 하지만 우선 당신부터 구하고 난 다음에요." 콜린이 어니스트를 굽어보았다. "내 목에 팔을 두를 수 있겠어요?"

"그러지 마." 어니스트가 말했다. 콜린이 자신을 들어 올릴 때 다시 V-2가 떨어질까 두려웠다. "폴리에게 가서 도와달라고 해. 들것을 가져오라고 해."

"폴리는 여기에 없어요." 콜린이 부드럽게 말했다. "폴리는 1941년에 있어요. 기억나요? 당신은 내가 어디로 가면 폴리를 찾을 수 있는지 알려줬어요."

"아니, 여기. 사고 현장에." 하지만 콜린은 그게 무슨 뜻인지 알지 못할 것이다. 콜린은 역사학자가 아니라 그냥 소년이었다. "나를 잔해에서 찾은 건 폴리야." 어니스트가 말하려 애썼다. "폴리가 나를 구했어. 폴리는 덜위치에서 구급차를 운전해."

하지만 어니스트는 그렇게 말하지 않은 게 분명했다. 콜린이 물었기 때문이다. "당신이 떠났을 때 폴리가 타운젠드 브라더스 백화점에서 일한 게 아니에요? 구급차 운전사였어요?"

"아니. 여기에서. 잔해에서." 어니스트는 침을 삼켰다. "V-1이 떨어지고 난 뒤…."

"폴리가 지금 여기에 있었어요?" 콜린이 말을 잘랐다.

"응. 메리라는 이름으로. 아직 대공습에 가지 않았어. 하지만 그건 괜찮아. 폴리는 나를 알아보지 못했어. 나는 망치지 않았어." 어니스트는 기침하는 사이사이에 말을 했다. "네가 경고를 해야 해. 가지 말라고 말해야 해."

"만약 내가 그걸 좀 더 일찍 알았더라면…." 콜린은 말하며 눈빛이 멍해졌고, 어니스트는 그들이 사건 현장에 있지 않다는 사실을, 콜린이 그를 어딘가로 데려왔다는 사실을 알았다.

"우리가 구급차를 타고 있어?" 어니스트는 물었다.

"아니요. 우리는 강하 지점에 있어요. 만약 내가 폴리가 그곳에 있는 걸 알았더라면…." 콜린이 말했고, 그 목소리는 실망과 간절함으로 가득했다.

'내가 런던을 떠나던 그 날 밤 같아.' 어니스트는 생각했다. '폴리나 에일린을 다시는 볼 수 없을 거라는 걸 알았던 그때.'

하지만 어니스트는 폴리를 다시 보아야만 했다. "넌 폴리를 막아야 해. 돌아가서….”

“당신부터 먼저 데려가고 난 다음에요. 강하가 곧 열릴 거예요. 실험실에서 응급 처치 팀이 우리를 기다리고 있어요. 다친 곳을 순식간에 말짱하게 만들어줄게요.”

“그럴 시간이 없어. 폴리는 가고 없을 거야.” 어니스트는 말을 하기 위해 입을 열었다. “넌 가서 폴리를 찾아야 해.” 하지만 아무런 징후도 없이 그는 다시 토하기 시작했고, 토사물이 콜린의 작업복에 쏟아졌다. 그리고 그건 토사물이 아니라 피였다.

“내가 둘을 찾을게요. 약속해요.” 콜린이 말했고, 두 팔로 그를 감쌌다.

‘좋아.’ 어니스트는 생각했다. ‘혼자 외롭게 죽진 않겠구나.’

“대체 강하는 왜 안 열리는 거야?” 콜린이 화를 내며 말했다.

“그건 고장 났어. 우리는 모두 여기 대공습 시대에 갇혔어.”

“정신 잃지 말아요, 데이비스. 우리는 금방 돌아갈 거예요. 당신은 병원에 갈 거고, 의사들이 당신을 말짱하게 만들어줄 거예요. 다리도 새로 생길 거고, 그동안 나는 에일린과 폴리를 데려올 거예요. 당신이 수술실에서 나오기도 전에 둘은 옥스퍼드에 와 있을 거예요. 당신을 보고 아주 기뻐할 거예요. 알겠지만, 당신은 영웅이에요.”

“알아.” 어니스트가 말했다. “나는 세스를 구했어.” ‘그리고 채서블도, 그리고 조나단과 중령도. 그리고 그 개도.’ 어니스트는 그 개가 어떻게 됐을지, 그리고 그 개가 전쟁에서 이기는 데 도움이 되었을지 궁금해졌다.

“포기하지 말아요, 데이비스.” 콜린이 말했다. “당신은 할 수 있어요.”

어니스트는 고개를 저었다. "키스해줘, 하디." 그가 중얼거렸다.

"뭐라고요?"

콜린은 더 가까이 몸을 숙였고, 어니스트는 그가 '하디'인 것을 보았다. "당신 목숨을 구해 다행이야." 어니스트가 말했다. "그 결과 무슨 일이 벌어졌든 말이야."

"마침내!" 하디가 말했다. "하느님, 고맙습니다!" 그리고 그는 어니스트를 두 팔로 안고 일으켰다.

'세인트폴 대성당에서랑 똑같아.' 어니스트가 생각했다. '아너의 팔에 안겨 죽어가는 폴크너 함장 그대로야.' 하지만 그 그림은 모래주머니들에 가려져 있었기에 그는 그것을 볼 수 없었다. 그리고 폴크너 함장도 그 그림을 보지 못했다. 그는 배 두 척을 묶은 뒤 곧바로 죽었다. 폴크너 함장은 자신들이 승리했는지 아닌지를 결코 알지 못했다.

"우리가 해냈어?" 어니스트는 콜린에게 물었다.

그리고 콜린은 결국 소년에 불과한 모양이었다. 콜린이 외쳤기 때문이다. "이러지 말아요, 데이비스." 콜린이 간청했다. "지금 이러면 안 돼요. 마이클!"

아니, 마이클이 아니었다. 마이크 데이비스도 아니었다. 어니스트 워딩도 아니었다. 그리고 새클턴도 아니었다. "그건 내 이름이 아니야." 그가 말했고, 자기 이름이 무엇인지 말하려 했지만, 사방이 피였다. 그의 입에, 그의 두 귀에, 그의 두 눈에 피가 가득했다. 그래서 그는 콜린이 하는 말을 들을 수 없었으며, 강하가 열리는 것도 볼 수 없었다. "내 이름은 폴크너야."

60

당신의 용기
당신의 쾌활함
당신의 결심이
우리에게 승리를 가져다줍니다.
— *정부 포스터, 1939년*

런던, 1941년 봄

간호사가 폴리에게 주사한 진정제는 모르핀인 게 분명했다. 꿈
이 흐릿하고 미로 같았다. 폴리는 강하 지점에 가려 애를 쓰고 있
었고, 그곳은 칠이 벗겨지고 있는 검은 문 바로 반대편에 있었지
만, 그곳은 이미 닫혔고 지하철은 이미 출발했으며, 지금 서 있는
곳은 엉뚱한 플랫폼이었다. 폴리는 백베리로 가는 11시 19분 기
차를 타기 위해 패딩턴 역에 늦지 않게 가야 했지만, 극단 사람
들이 폴리의 길을 막았다. 그녀는 그들을 밟고 지나가야 했다. 마
저리와 직업 배정소의 여자와 도착 첫날 밤 폴리를 잡아 세인트
조지 교회로 데려간 공습 대비대 감시원을 밟고 지나가야 했다.
그리고 페어차일드와 홀본 역의 사서와 브라이트포드 부인도 밟
고 지나가야 했다. 브라이트포드 부인은 벽에 기대어 앉아 트로

트에게 책을 읽어주고 있었다. "그리고 나쁜 요정은 잠자는 숲속의 미녀에게 말했어요. '넌 물레에 손가락을 찔려 죽게 될 거야.'"

"아니, 죽지 않을 거예요." 트로트가 말했다. "착한 요정이 고쳐줄 거예요."

"고칠 수 없어." 알프가 경멸하는 목소리로 말했다. "여기에 너무 늦게 도착했거든."

"할 수 있어." 트로트가 얼굴이 시뻘게지며 응수했다. "이야기에 그렇게 되어 있어, 그렇죠, 폴리 언니?"

"모르겠어." 폴리는 말했다. "사태를 더 악화시키지는 않을까 걱정이야."

"쉿." 브라이트포드 부인이 말했다. "그러자 착한 요정이 말했어요. '마법의 주문은 이미 걸렸고 저는 그걸 풀 수 없어요. 하지만 제가 할 수 있는 최선을 다하겠어요.'" 그리고 폴리는 그곳에 남아 이야기의 결말을 듣고 싶었지만, 이미 시간이 늦었고 폴리는 29일 이전에 덜위치에 가야만 했다. 그녀는 터널과 복도들을 달려 계단을 올랐다. 계단은 어떤 때는 홀본 역의 것이었고, 어떤 때는 파젯스 백화점의 것이었고, 아주 빠르게 달릴 수가 없었다. 자신이 궁금해하던 수수께끼의 답을 가지고 있었기 때문이다. 그녀는 그 해답을 마치 지하철 토큰처럼 주먹에 꽉 쥐었다.

폴리는 감히 주먹을 펼 수가 없었다. 그녀는 끈으로 그걸 제대로 묶을 때까지, 모든 가장자리를 매끈하게 포장할 때까지 그것을 배에 꼭 대고 있어야만 했다. 폴리는 덜위치에 늦어 첫 번째 V-1 소리를 듣지 못했다. 그래서 그 소리가 어떤지 알지 못했으며, 그래서 탤봇을 배수구에 쓰러뜨려 무릎을 다치게 했고, 랭 대위를 차에 태워야 했고, 만약 폴리가 그러지 않았다면 랭 대위와 탤봇은 토트넘 코트 로드에서 죽었을 것이고, 그는 V-1의 날개를 치겠다는 생각을 할 수 없었을 것이고….

하지만 그것은 V-1이 아니라 사이렌이었고, 폴리는 무대에 올라가 허리를 굽히고 치마를 들어올려야 했지만, 그녀의 블루머에는 '공습 중'이라는 글 대신 '잘못된 방향'이라고 적혀 있었고, 고개를 돌려 어깨너머로 메시지를 읽으려 할 때 V-1 한 대가 오토바이처럼 요란한 소리를 내며 날아왔다. 그래서 폴리는 계단을 달려 내려가 파젯스 백화점의 지하 방공호로 숨어야 했고, 그러는 동안에도 해답을 손에 꽉 쥐고 있었다. 에일린의 운전 교습이며 랭 대위와 해군 여성 부대원과 알프와 비니의 앵무새와 홀본 역의 도서 대여실 등 모든 것을 논리적으로 연결해주는 해답을.

하지만 폴리는 홀본 역에 있지 않았다. 그녀는 세인트폴 대성당에서 지붕으로 올라가는 길을 찾고 있었다. 하지만 찾을 수가 없었다. 너무 어두웠다. 회중전등이 필요했다.

마이크가 회중전등을 가지고 있었다. 그는 그걸 앞뒤로 흔들며 프로펠러가 왜 안 움직이는지 이유를 찾고 있었다. "여기를 비춰줘." 폴리가 말했지만, 마이크는 답했다. "그럴 수 없어. 시간이 없어. U-보트가 곧 여기에 올 거야." 그리고 폴리가 고개를 들어 그들 위로 어렴풋이 보이는 보트를 쳐다보았을 때, 그녀는 그게 '제인여왕호'가 아니라 '시티 오브 베나레스호'라는 사실을 깨달았다.

"등을 가져와." 마이크가 외쳤다.

"무슨 등?"

"그림에 있는 거." 마이크가 말했고, 폴리는 두 손을 모아 해답을 보호하며, 구부러진 계단을 내려가 희극과 비극의 가면들을 지나 북쪽 수랑을 지나고 돔 아래를 지나 남쪽 복도로….

그리고 알프와 비니와 정면으로 충돌하면서 쓰러지지 않기 위해 본능적으로 두 손을 뻗었고, 그러면서 해답이 모두 쏟아졌다. 편차와 애거서 크리스티와 '제인여왕호'와 공습 감시원과 그녀의 블루머가 1페니짜리 주화들처럼, '진홍빛 애무' 립스틱처럼 인도와 차도에 쏟아졌다. "아, 안 돼." 폴리가 말하며 해답을 주우려 몸을 숙였다. "아, 안 돼."

"쉿, 괜찮아요." 누군가가 말했고, 폴리는 눈을 떴다. 머리쓰개를 하고 풀 먹인 하얀 앞치마를 한 간호사가 폴리 위로 몸을 굽히고 맥박을 재고 있었다. "여긴 병원이에요."

"저는 잃어버린…." 폴리가 중얼거렸다.

"그게 뭐가 됐든, 나중에 찾을 수 있을 거예요." 간호사가 말했다. "우선은 주무셔야 해요."

"아니요." 폴리가 말하며 생각했다. '추리 소설들과 관련이 있어. 그리고 《잠자는 숲속의 미녀》와도. 그리고 말과도. '"말 한 마리, 말 한 마리, 말 한 마리를 주면 내 왕국을 주리라….'"[48]

"저는 고드프리 경을 만나야 해요." 폴리가 말했다.

"고드프리 경요?" 간호사가 멍하니 말했고, 그래서 폴리는 생각했다. '다른 병원에 간 거야. 내가 크로이던에서 지혈대를 해주었던 그 남자처럼. 아니면 시체 보관소로 갔거나.'

'고드프리 경은 병원으로 이송되는 도중에 죽었어.' 폴리는 생각했다. '결국 나는 그분의 목숨을 구하지 못했어.'

하지만 간호사는 말하고 있었다. "당신이 그분을 제때 발견해서 참으로 운이 좋았어요. 당신이 응급처치법까지 알아서 더 운이 좋았고요."

---

48 셰익스피어, 《리처드 3세》

'하지만 우린 운이 좋지 않았어.' 폴리는 생각했다. '나는 덜위치에 가는 게 늦었어. 마이크는 도버로 가는 버스를 놓쳤어. 마이크는 살트램-온-시에서 다프네를 만나지 못했어. 그래서 맨체스터까지 가야만 했고, 에일린은 내가 하루 동안 자리를 비운 바로 그 날에 타운젠드 브라더스 백화점에 왔어.' 그리고 29일 밤을 비롯해 모든 것이 그들이 원하는 것과는 정반대로 진행되었다. 그들이 세인트폴 대성당으로 가려는 바로 그 순간에 그들을 발견한 공습 감시원, 에일린을 불러 세운 의사, 화재와 무너지는 벽과 막힌 도로들. 그리고 알프와 비니.

"왜 내가 가는 곳마다 못된 아이들이 있는 거람?" 에일린은 말했지만, 만약 호드빈 남매가 없었다면, 에일린은 마이크가 죽은 뒤에 살아남지 못했을 것이다. 그리고 만약 에일린이 호드빈 남매를 데리고 있자고 고집을 부리지 않았더라면, 그리고 그 아이들이 앵무새를 데리고 있겠노라고 고집을 부리지 않았더라면, 알프와 비니 때문에 하숙집에서 쫓겨나는 일이 없었을 것이다. 그리고 리케트 부인과 함께 모두가 죽었을 것이다.

"우리가 쫓겨나서 정말 운이 좋았어요. 그렇죠?" 알프는 그렇게 말했었고, 험프리스 씨는 말했었다. "오늘 세인트폴 대성당에 오시다니, 운이 좋으십니다. 소개해드리고 싶은 분이 여기에 계십니다." 그리고 마이크는 말했었다. "운이 좋게도 그곳이 블레츨리에서 유일하게 빈방이었어. 안 그러면 나는 제럴드 핍스에게 무슨 일이 일어났는지 결코 알아내지 못했을 거야."

"운이 좋게도 감시원이 잔해에 갇힌 내 소리를 들었어." 마저리는 말했었고, 파젯스 백화점에서 그날 밤 에일린은 말했었다. "운이 좋게도 네가 외치는 소리를 들었어."

그리고 어느 순간엔가 폴리는 잠이 들어 에일린의 이름을 중얼거린 모양이었다. 왜냐하면 에일린이 "나 여기 있어."라고 말했고, 폴리가 눈을 뜨자 그녀가 그곳에 있었기 때문이다. 그리고, 아침이었다. 간호사가 높다란 창문에서 등화관제용 커튼을 젖혔고, 햇빛이 병실로 들어왔다.

폴리는 환한 빛에 두 손을 들어 살펴보았다. 펼친 두 손에는 아무것도 없었지만, 상관없었다. 폴리는 조심스레 두 손에 담고 있던 답을 잃지 않았다. 그 답은 계속해 그곳에 있었다. 폴리는 단지 잘못된 방향을 보고 있었을 뿐이었다.

"괜찮아?" 에일린이 물었다.

"응." 폴리가 경탄하며 말했다. "괜찮아." '만약 내 생각이 맞는다면. 만약 알프와 비니가….'

"오, 다행이다." 에일린이 말했고, 폴리는 에일린이 울었다는 것을 알았다. "던워디 교수님이랑 나는 무척이나 걱정했어…. 어젯밤에 네가 집에 돌아오지 않았을 때…. 감시원이 웨스트 엔드 전역이 폭격을 당했다고 말해줬고, 그래서 극장에 전화했더니 폭격이 있는데도 네가 공연 중간에 밖으로 뛰쳐나가 돌아오지 않았다고 무대 매니저가 말했고, 그래서 나는…."

에일린은 말을 멈추고, 코를 푼 뒤 웃으려 애썼다. "수간호사 말로는, 널 피닉스 극장에서 찾았대. 거기에는 왜 간 거야?"

"고드프리 경의 목숨을 구하러." 폴리가 말했다. "에일린, 비니는 얼마나 아팠어?"

"얼마나 아프다니? 무슨…?"

"홍역을 앓았을 때. 만약 네가 거기 없었으면 그 애가 죽었을까?"

956

"모르겠어. 비니는 무서울 만큼 열이 났었어. 하지만 넌 죽지 않을 거야, 폴리. 간호사가 너는 괜찮을 거라고…."

"화재 감시원에게는 무슨 일이 있었어?"

"화재…."

"부상을 당해 바솔로뮤 씨가 세인트바트 병원으로 데려간 사람. 바솔로뮤 씨가 그 사람 목숨을 구했어?"

"폴리, 넌 지금 횡설수설하고 있어. 의사 선생님 말씀이 넌 가스를 많이 들이마셨대. 내 생각에 넌 아직도…."

"네 임무 마지막 날에, 왜 넌 옥스퍼드로 돌아가지 않았어?"

"말했잖아. 격리 상태였다니까."

"아니, 나는 정확히 무슨 일이 있었는지 알아야 해." 폴리가 에일린의 손을 꼭 잡고 말했다. "제발. 중요해."

에일린은 간호사를 불러야 할지 말아야 할지 고민하는 듯한 표정으로 폴리를 보더니 이윽고 말했다. "강하 지점으로 가려는데 새로 피난 온 아이들이 도착했어. 시어도어가 그 가운데 한 명이었고."

시어도어. 그들이 세인트폴 대성당으로 곧장 가서 존 바솔로뮤를 찾으려는 걸 막았던 아이였다. 그들은 시어도어를 스테프니에 있는 집까지 데려다줘야 했고, 그들이 세인트폴 대성당에 도착했을 때 사이렌이 울렸고, 공습 대비대 감시원이….

"나는 새로 피난하는 아이들이 정착하게 도와야 했어." 에일린이 말하고 있었다. "그러고 나서 다시 떠나려는데, 캐롤라인 여사의 부엌 하녀인 우나에게 운전 교습을 해주던 신부님이 날 보더니 제발 자기를 도와달라고, 더 이상 운전 교습을 안 해줘도 되게 해달라고 부탁을 했어. 그래서 내가 운전을 해 모퉁이를 돌았는데 알프와 비니가 도로 한가운데에 서 있었어."

길을 막았다. 에일린을 지연시켰다. 29일에 그랬던 것처럼, 병영 열차가 폴리가 백베리에 가는 걸 지연시켜서 체이스 대위가 런던으로 떠난 뒤에야 그녀가 장원에 도착하게 했던 것처럼, 편차가 증가하여 도버로 가는 버스가 떠난 뒤에야 마이크가 도착하게 됐던 것처럼, 폴리는 호드빈 남매가 에일린을 지연시킨 것도….

"알프와 비니가 여기 병원에 있어?" 폴리는 물었다.

"응. 아래층 대기실에 있어. 아이들은 병실 출입이 안 돼."

"던워디 교수님은 여기에 계셔?"

"아니. 어떻게 된 건지 확실하게 알 때까지는 말씀 안 드리는 게 낫겠다고 생각해서…."

'내가 지금 그렇게 하려 애쓰고 있어.' 폴리는 생각했다. '확실하게 알려는 거야.'

"가서 알프와 비니에게 질문을 좀…." 폴리가 말을 하다가 멈췄다. 그 아이들은 에일린에게 진실을 말하지 않을 것이다. 설사 그 사고를 기억한다 할지라도 말이다. 폴리가 세인트폴 대성당에서 던워디 교수를 집으로 데려왔을 때, 알프와 비니는 자기들이 던워디 교수를 어디에선가 만난 적이 있다고 확신했지만(둘은 던워디 교수가 무단결석 지도원인지 물었다) 정확히 어디인지는 기억하지 못했다. 그리고 만약 에일린이 둘에게 물으면, 아이들은 역무원 또는 관계 당국이 관련되었다고 생각할 것이다.

폴리가 애들에게 직접 물어봐야 했으며, 던워디 교수에게도 물어봐야 했다. 만약 던워디 교수가 기억을 한다면 말이다. 그리고 설사 기억을 한다 할지라도, 그건 아무것도 증명하지 못했다. 증거는 고드프리 경에게 있었다. 경은 폴리가 자기 목숨을 구했다고 말했지만, 그는 지금 출혈로 인한 쇼크에 빠져있으며, 가스로 인해 정신도….

"에일린." 폴리가 말했다. "난 고드프리 경을 만나봐야 해. 가서 경이 어느 병실에 있는지 알아봐줘. 그리고 내 옷을 가져다줘." 말을 마치자마자 폴리는 그 옷이라는 게 피에 젖은 수영복이며 신발 역시 금박 하이힐 한 짝뿐이라는 게 기억났다. "네 코트는 어디에 있어?"

"네 소식을 듣고는 곧바로 나오느라 코트를 챙기지 못했어…."

"저기 캐비닛에 가운이 있는지 봐줘."

에일린은 캐비닛과 침대 옆 작은 탁자의 서랍들을 열어보았다. "없어. 오늘 오후에 올 때 하나 가져올게."

"그건 너무 늦어." 폴리가 말했다. "나는 고드프리 경에게 물어볼 게 있어. 급한 거야. 가운을 하나 구해주고, 고드프리 경이 입원한 병실을 알아봐줘. 그리고 사람들 주의를 돌려야 해."

"주의를 돌려? 난 그런 건…."

"너 말고. 알프와 비니." 폴리가 말했다. "그리고 만약 내 생각이 맞는다면, 그 아이들이야말로 그 일에 딱 맞아."

"딱 맞는다고?"

"그래. 네가 알프와 비니 둘만으로도 히틀러를 물리칠 수 있다고 말한 거 기억나?"

에일린은 고개를 끄덕였다.

"아마 네 생각이 맞을 거야."

"하지만 아이들은 병실에 들어갈 수가 없는데 어떻게 사람들 주의를 돌려?" 에일린이 입을 열었지만, 곧바로 한숨을 쉬었다. "네 말이 맞아. 호드빈 남매라면 그 일에 딱 맞아. 그 아이들이 어떻게 하면 돼?"

"그건 그 아이들이 알아서 하라고 해." 폴리가 말했다. "그 아이들은 그쪽으로 전문가니까. 둘에게 계단에 아무도 없어야 하고, 고드프리 경의 병실 밖 복도에도 아무도 없어야 한다고 말해줘. 그리고 가운 가져오는 거 잊지 말고."

"안 잊을게. 내가 돌아올 때까지 안정을 취하겠노라고 약속해 준다면."

"약속할게." 폴리는 거짓말을 했다.

안정을 취할 시간이 없었다. 퍼즐에 끼워 맞춰야 하는 조각들이 너무나도 많았고, 해독해야 할 단서들이 너무나 많았다. 마이크는 하디를 구했고, 하디는 519명의 군인을 구했고, 폴리와 다른 FANY들이 도버에서 오핑턴 병원으로 옮겼던 괴저에 걸린 환자는, 됭케르크에서 누군가가 자신을 구해줬는데, 그 사람도 다른 누군가로부터 구조되었다고 말했다. "당신은 제 목숨을 구했어요." 그 군인은 폴리에게 말했다. "당신이 없었으면 저는 죽었을 거예요." 그리고 하디도 마이크에게 똑같은 말을 했다.

마이크는 편차가 자신이 됭케르크 구출 작전에 영향을 미치지 못하게 하려 했지만, 무슨 이유에서인가 실패했다고 생각했다. 하지만 만약 마이크가 살트램-온-시로 보내진 이유가 바로 '제인여왕호'가 그곳에 있었기 때문이라면? 마이크가 그 배에 탈 수밖에 없도록, 버스가 지나간 다음 그리고 포우니 씨가 떠난 다음에 그곳에 도착하도록 한 거라면?

비니가 진홍색 기모노를 들고 뛰어왔다. "여기요." 비니는 침대 위에 기모노를 아무렇게나 털썩 내려놓았다. "찾는 분은 한 층위에 있어요."

"어느 병실?"

"일반 병실이 아니라 개인실이에요. 오른쪽 마지막요." 비니가 말하고 다시 달려나갔다.

기모노는 등 부분에 커다란 금색 용이 수 놓여 있었다. '눈에 띄지 않는 가운으로 부탁한다고 확실하게 말해둘걸.' 폴리는 생각하며 서둘러 기모노를 입었다. 그녀는 이불을 목까지 끌어올려 덮고 가만히 누워 귀를 기울였다.

비명, 그리고 덜커덕거리는 소리, 이윽고 서둘러 가는 발소리가 들렸다. 폴리는 이불을 젖히고 문으로 살금살금 다가가 밖을 살펴보았다. 간호사 둘과 의료요원 한 명이 다른 병실 문으로 막 들어가고 있었다.

폴리는 재빨리 복도를 살금살금 걸어 계단으로 갔다. 또다시 비명이 들렸고, 여자의 목소리가 외쳤다. "저 녀석을 잡아!"

폴리는 곧 병실 문이 열리는 소리와 뛰어다니는 걸음 소리가 들릴 걸 예상하며 계단통으로 숨어 들어가 계단을 올랐다.

다시 비명들이 들렸다. "이 못된 꼬마…." 여자의 목소리가 말하다가 멈추었다.

'오, 맙소사. 아이들이 누군가를 죽인 게 아니어야 할 텐데.' 폴리는 생각하며 계단참에 도착했고 다음 계단을 오르기 시작했다. 그리고 아래에서 들려오는 소리에 움찔했다. 뭔가가 무시무시하게 부딪히는 소리, 그리고 이어서 어딘가 다른 계단을 요란히 내려가는 발소리와 뭔가가 (또는 누군가가) 떨어지는 소리였다. 폴리는 자신이 막 풀어놓은 혼란이 어떤 결과를 불러왔는지 생각하지 않으려 애썼다.

"아이들이 저쪽으로 간 거 같아!" 누군가가 외쳤다. 다시 비명들이 들렸다.

폴리는 계단 꼭대기에 도착했다. 그 층은 텅 비어 있었다. 수간호사의 책상 앞 리놀륨 바닥에는 서류들이 흩어져 있었고, 복도 중간쯤에는 등나무 등받이를 한 휠체어가 쓰러져 있었다. 다행히 휠체어에는 아무도 없었다.

폴리는 고드프리 경의 병실로 달려갔다. 문은 닫혀 있었다. '오, 안 돼.' 폴리는 생각했다. '돌아가신 거면 안 돼.' 폴리는 거친 숨을 깊이 들이마시고 문을 열었다.

고드프리 경은 베개들에 기대 누워 있었고, 여미지 않은 회색 환자복 상의 안으로 붕대를 감은 가슴이 보였다. 그는 두 눈을 감고 있었고, 얼굴과 두 손은 거의 붕대만큼이나 창백했다. 튜브가 팔에서 침대 옆에 달린 진홍색 혈액병으로 연결되었다. 폴리는 침대로 다가가 그가 희미하게 숨 쉬는 모습을 지켜보았다.

"'내 이 붉은 피가 마를 만큼 아직 시간이 흐르지 않았구나.'"[49] 고드프리 경이 중얼거리더니 두 눈을 떴다.

"맞아요." 폴리가 감사해하며 말했다.

"그렇습니다. 비록 여기에 갇혀 있고, 저를 일으켜주지 않으려는 못된 친구들에 둘러싸여 있지만요. 당신은 어떻게 그 사람들의 강철 손아귀를 벗어날 수 있었습니까?"

"도움을 받았지요." 폴리가 말하며 문을 닫았다. "고드프리 경, 어젯밤에 저에게 말씀하셨…."

"아, 이런. 뭔가 하지 말아야 할 말을 한 건 아니었으면 좋겠군요. 저보다 50살이나 젊은 어떤 아가씨에게 영원한 사랑을 고백한 건 아니겠죠? 아니면 《피터팬》을 인용했다거나."

49 셰익스피어, 《헛소동》

"아니, 당연히 아니죠. 경께서는 어제 제가 경의 목숨을 구했다고 말씀하셨어요…."

"바로 그렇습니다. 보시다시피요." 고드프리 경은 두 팔을 활짝 펴 보였다. "저는 새로 만들어졌고, 다시 생명을 얻었습니다. 크라우디오의 영웅처럼요. '저는 확실히 살았습니다. 저는 확실하게….'"[50]

"아니, 어젯밤에 일어난 일을 말하는 게 아니에요. 그 전 일을 말하는 거예요. 우리가 극장에 있었을 때, 저는 경의 목숨을 구할 수 없어서 죄송하다고 말했고, 그러자 경은 이미 제가 경의 목숨을 구했다고 말씀하셨어요."

"바로 그렇습니다, 세 번이나요. 제가 후크 선장 역을 하지 못하게 구해주셨고…."

"고드프리 경, 저는 진지하게…."

"저 역시 그렇습니다. 만약 당신이 그 끔찍한 연극을 그만두도록 극단을 설득하지 않았더라면, 저는 디스트릭트 선의 지하철에 몸을 던져야 했을 겁니다."

"고드프리 경, 제발 농담은 그만하시고요. 저는 꼭 알아야 해요."

"좋습니다, 그러면 말씀드리지요. 하지만 먼저 보상을 요구합니다."

"보상이라고요?"

"미녀가 야수의 정원에 들어간 것에 대해 보상을 해야만 했던 것처럼, 당신도 그래야만 합니다. 결국 제 현재의 곤경은 당신의 잘못이니까요. 만약 제가 그날 밤에 죽었더라면, 저는 동화극을 하지 않아도 되었을 겁니다. 이제 저는 한 달 내내 위번 부인을

50 셰익스피어, 《헛소동》

감당해야만 합니다. 저는 당신이 그 모든 책임을 져주시길 바랍니다."

'정말로 제 잘못이 맞을 거예요.' 폴리는 생각했다. '아마도 그럴 거예요.'

"당신이 저를…." 고드프리 경이 계속 말했다. "문자 그대로, 죽음보다 더 나쁜 운명에 처하게 했으니, 적어도 제가 그 시련을 견디는 동안 당신이 저와 함께 있어주는 정도는 하실 수 있을 거라 생각합니다."

"네, 좋아요. 약속해요. 동화극을 할게요. 저에게 알려만 주시면…."

"좋습니다. 제가 다른 극장을 알아보는 즉시 '우리 둘은 새장 속 새처럼 함께 노래할 것'입니다. 윈드밀 극장이 한 달 동안 무대를 빌려주려 할지 궁금하군요. 당신이 가서 그 설득력 있는 블루머를…."

"제가 보상을 하면 말씀해주시겠노라고 약속하셨어요." 폴리는 말했다. "제가 경의 목숨을 구했다니, 어떻게 구한 건가요?"

"당신은 그랬습니다. 상냥한 비올라, 당신이 제 삶에 들어온 첫날 이후 날마다, 밤마다 저를 구했습니다. 그리고 정말 멋진 등장이었죠! 여신 세라[51] 저리 가라고 할 정도였습니다. 문을 두드리고, 다음 순간 당신은 아름다우면서도 길을 잃고 겁먹은 표정으로 문가에 서 있었지요. 세인트조지의 해안에 밀려온 이국의 피조물이었습니다. 그리고 전쟁이 파괴했다고 생각했던 모든 것의 화신이었습니다."

---

[51] 세라 베르나르. 1870년에 활동한 프랑스의 연극배우로, 뛰어난 연기로 인해 '여신 세라'로 불렸다.

고드프리 경은 폴리를 보며 미소 지었다. "대공습이 시작되고 처음 며칠 밤 동안, 제게는 극장들뿐 아니라 극문학 자체와 셰익스피어 역시 전쟁으로 인해 죽은 것처럼 느껴졌습니다. 셰익스피어가 그토록 아름답게 읊어대던 명예와 용기와 덕목이 히틀러와 그자의 공군에 의해 모두 죽었다고 생각했지요. 그리고 저 역시 그것들과 함께 살해된 느낌이었습니다."

"그리고 당신이 나타났습니다." 그가 말했다. "셰익스피어의 사랑스러운 여주인공들과 상냥한 딸들 전부를 하나로 합친 듯한 모습으로요. 미란다와 로잘린드와 코델리아와 비올라가 하나로 합쳐져 나타났고, 제 신념은 다시 살아났습니다."

폴리의 생각은 틀렸다. 고드프리 경이 폴리가 자기 목숨을 구했다고 말했을 때, 그건 문자 그대로의 의미가 아니라 비유적인 것이었고, 폴리의 이론은 결국 맞지 않는 것이었다.

"왜 그러십니까?" 고드프리 경이 얼굴을 찡그리고 걱정스러운 표정으로 말했다. "왜 그리 실망한 표정입니까? 이 늙은이를 낙담에서 구원한 걸 후회하십니까?"

"아니요." 폴리가 말했다. "물론 아니에요. 저는 경이 한 말을, 제가 정말로 경의 목숨을 구했다는 거로 알아들었어요."

"하지만 그러셨습니다. 인간이 피 흘리며 죽는 방식은 수백 가지가 있습니다. 그리고 피닉스 극장의 잔해에서 끄집어내진 것과 마찬가지로, 인간은 괴로움과 실망의 잔해로부터도 끄집어내질 수 있습니다. 그리고 둘 중 어느 것이 더 진정한 구원입니까? 아쟁쿠르에서 대궁과 헨리 5세의 성 크리스핀의 날 연설, 그 둘 가운데 어느 것이 더 중요합니까? 이 전쟁에서 기갑사단과 용기, 그리고 고성능 폭탄과 사랑 중에 어느 것이 더 중요합니까? 제가 다시 희망을 품게 된 데는 당신의 역할이 가장 컸습니다."

폴리는 실망한 속에서도 웃음 지으려 애썼다.

"하지만 당신은 제 육체 역시 구원했습니다. 제가 당신을 처음 보았던 그 날 밤…."

"여기 있었군요." 간호사가 문을 활짝 열며 폴리에게 말했다. "사방을 찾아다녔어요. 침대에서 나오시면 안 돼요."

"이 젊은 숙녀분이 제 생명을 구하셨습니다." 고드프리 경이 말했다. "저는 감사를 표하고 있었습…."

또 다른 간호사가 격노한 표정으로 나타났다. "고드프리 경은 면회가 안 됩니다." 그녀가 폴리의 간호사에게 말했다.

"제발요. 잠깐만 더 있으면 돼요." 폴리가 말했다.

"이분은 누구죠?" 고드프리 경의 간호사가 폴리의 간호사에게 따졌다. "환자인가요? 이분이 왜 침대에서 나와 있는 거죠? 왜 당신 환자를 돌보지 않는 거예요?"

폴리의 간호사가 방어적인 표정을 지었다. "이분은 제 허락 없이 침대에서 나왔고, 그래서…."

"조용히!" 고드프리 경이 외쳤다. "나가거라, 종자들이여. 나는 이 숙녀분과 이야기하고 싶구나." 하지만 고드프리 경의 간호사는 꿈쩍도 하지 않았다.

"이 환자를 병실로 당장 데려가세요." 고드프리 경의 간호사가 폴리의 간호사에게 말했다.

"제발요." 폴리가 말했다. "당신은 이해하지…."

"도와주세요!" 다인실인 병실의 끝쪽에서 누군가 외쳤다. "오, 도와주세요."

'비니!' 폴리가 생각했다. '고마워.'

"어서요!" 비니가 흐느꼈다. "엄마가 피를 흘려요. 어서요!"

간호사 둘이 달려나갔다.

"빨리요." 폴리가 두 손으로 침대 발치의 난간을 움켜잡고 말했다. "제가 어떻게 경의 목숨을 구했는지 말해주세요."

고드프리 경은 고개를 끄덕였다. "당신이 우연히 세인트조지 교회에 들어왔던 날 밤, 저는 제 오랜 친구로부터 편지를 한 통 받았습니다. 레퍼토리 공연[52]에 출연해달라는 제안이었습니다. 솔즈베리, 브리스틀, 플리머스를 순회하는 공연이었습니다. 끔찍한 프로그램이었습니다. 셰익스피어는 전혀 없었죠. 배리, 골즈워디, 게다가《찰리의 아주머니》[53]라니." 그는 인상을 썼다. "그리고 레퍼토리는 심지어 동화극보다도 더 엉망이었습니다. 하지만 웨스트 엔드의 모든 극장은 문을 닫았고, 런던과 폭탄을 피해 빠져나갈 기회였습니다. 그리고 무슨 연극을 할지, 어디서 할지는 제게 거의 문제가 되지 않았습니다. 모든 게 허망하고 '떠들썩하고 분노 또한 대단하지만, 아무 의미도 없었으니까요.'"

'지금《맥베스》를 인용할 시간이 없어요.' 폴리가 다급해하며 생각했다. '간호사들이 금방이라도 돌아올 거라고요.'

"그리고 당신이 나타났고, 그때 저는 그게 거짓임을 알았습니다. 아름다움과 용기, 진의는 여전히 살아있었습니다."

"대체 이게 무슨 일이지?" 고드프리 경의 담당 간호사가 복도 끝에서 외치는 소리가 들렸다. "아이들은 여기에 오면 안 돼."

"그리고…." 고드프리 경이 말했다. "당신이 당신 대사를 이미 외우고 있다는 걸 보고, 저는 떠날 수 없다는 것을 깨달았습니다."

---

52 한 극단이 몇 개의 연극을 교대로 상연하는 형식의 공연
53 브랜든 토마스의 희곡

"이리 돌아와, 이 못된 녀석!" 간호사가 외쳤지만, 폴리는 그 말이 거의 들리지 않았다.

"이튿날…" 고드프리 경이 말했다. "저는 친구에게 제안을 거절하는 편지를 썼습니다."

폴리는 감히 입을 떼지 못하고 숨조차 쉬지 못하며 그다음 말을 기다렸다.

"브리스틀의 극장은《감상적인 토미》2막 공연 도중에 폭격을 당했습니다. 직격탄이었죠. 극단원 전원이 죽었습니다."

61

미란다: 무슨 음모 때문에 거기를 떠났나요?
혹은 떠난 것이 잘한 건가요?
프로스페로: 둘 다야. 둘 다.

— 윌리엄 셰익스피어, 《폭풍우》

런던, 1941년 봄

병원 직원들이 알프와 비니를 잡기까지는 다시 15분이 걸렸고, 그사이 폴리는 만약 고드프리 경이 동화극을 공연할 다른 극장을 찾을 수 있다면 자신도 공연에 참여하겠노라고 다시 한 번 그를 안심시킨 뒤, 얼른 자기 병실로 내려와 기모노를 벗고 침대에 올라가 거의 알프와 비니 수준으로 순진무구한 표정으로 누워 있었고, 두 아이는 목덜미를 잡힌 채 병실로 끌려왔다.

"이 아이들을 아시나요?" 수간호사가 다그쳐 물었다.

"제가 맡아 키우는 아이들이에요." 에일린이 들어오며 말했다. "제가 폴리를 면회하는 동안 대기실에서 기다리라고 아이들에게 말했어요. 아이들은 이모를 무척이나 걱정했어요." 에일린이 설명했다.

알프가 고개를 끄덕였다. "우리는 이모가 죽었을까 봐 무서웠어요."

"우리는 얼마 전에 고아가 됐거든요." 비니가 코를 훌쩍이며 말했다.

알프가 자기 누나를 토닥였다. "에일린 이모랑 폴리 이모가 없으면 우리를 돌봐줄 사람이 아무도 없어요."

"아이들이 저를 보러 병실로 올라오려 했다면 죄송해요." 폴리는 말했다. "아이들은 나쁜 의도가 있어서 그런 건….'

"병실로 올라오려고 했다고요?" 수간호사가 말했다. "이 아이들은 병원 전체를 발칵 뒤집어놨어요. 복도를 뛰어다니고 환자들을 무서워 떨게 하고, 온갖 소동을 피우며…."

"우리는 그저 알프의 뱀을 잡으려 한 것뿐이에요." 비니가 말했다. "뱀이 사람들을 겁주기 전에요."

"뱀?" 수간호사가 말했다. "너희 둘이 병원에 뱀을 풀어놨어?"

"아니에요." 비니가 눈을 휘둥그레 뜨고 순진한 표정을 지었다. "저 혼자 도망친 거예요."

"하지만 걱정하지 마세요. 우리가 잡았어요." 알프가 말하며 주머니에서 뱀을 꺼내 수간호사 앞에 내밀었다.

수간호사의 얼굴이 창백해졌다. "저는 이 두 아이, 그리고 아이들의 파충류가 지금 당장 이 병원에서 나가길 원합니다."

"네, 수간호사님." 에일린이 말하고 아이들을 떠밀며 서둘러 병실을 나갔다.

"아마도 아이들은 돌아올 거예요." 폴리가 말했다. "저를 무척이나 따르거든요." 그리고 15분이 채 되지 않아 병원은 폴리가 완전히 회복되고 기운도 되찾았다고 선언했고, 폴리에게 (에일린이

970

아닌 다른) 누군가에게 전화해서 옷과 핸드백을 가져다달라고 해도 된다는 허락을 했다.

폴리는 해티에게 전화했고, 해티가 알함브라 극장에서 병원에 도착할 때까지, 그동안 있었던 모든 일을 떠올리며 그것들을 하나로 꿰어맞춰보려 애썼다.

폴리가 랭 대위를 차에 태웠었기 때문에 페이지 페어차일드는 폴리와 함께 크로이던으로 갔고, 폴리와 대화를 하기 위해 차를 멈췄다. 만약 페이지가 그러지 않았더라면, 그들은 V-1이 떨어졌을 때 그곳에 있지 않았을 것이고, 발이 잘린 남자를 찾지 못했을 것이다. 폴리는 그 남자의 목숨도 구한 걸까?

'그랬기 바라.' 폴리는 생각했고, 그 남자가 자기 손을 움켜쥐던 모습, 그가 그녀에게 미안하다고 말하던 모습이 떠올랐다.

'마치 나 때문에 죽게 해서 미안하다고 고드프리 경에게 말하던 나랑 아주 비슷했어.' 하지만 크로이던의 그 남자는 폴리나 페이지 누구도 죽게 하지 않았다. 오히려 반대였다. 만약 페이지가 구급함을 가져오지 않았더라면 V-2가 떨어졌을 때 구급차에 있었을 것이고, 그녀는 죽었을 것이다. 그렇다면 왜 그 남자는 미안하다고 말한 걸까?

"오, 다행이야. 다치지 않았구나!" 해티가 병실로 황급히 들어오며 말했다. "아주 많이 걱정했어. 피닉스 극장으로 달려가는 널 레지가 봤다고 사고 현장 담당 경관에게 계속 말했는데, 그 사람이 내 말을 도통 믿질 않는 거야. 널 찾아보게 하는 데 한참이 걸렸어." 해티는 폴리에게 옷을 건넸다. "태비트 씨가 오늘하고 내일 저녁에는 오지 않아도 된다고 전해달래."

'잘됐어.' 폴리는 생각했다. '그러면 세인트바트 병원에 갈 시간이 있겠네.' 하지만 폴리가 집에 도착하자 에일린은 그 생각에 강력히 반대했다. "너는 침대로 가야 해." 에일린이 말했다. "방금 퇴원했잖아. 내가 갈게. 가서 뭘 찾으면 되는데?"

"29일 밤에 네가 세인트바트 병원으로 이송했던 사람들 이름, 특히 너 때문에 과출혈로 죽지 않게 된 장교 이름. 그리고 그 사람들에 관한 정보는 뭐든지 알아보고, 그 사람들이 퇴원한 뒤에 어떻게 되었는지도 알아봐줘. 만약 퇴원했다면 말이야."

"내가 뭔가 전쟁에 질 만한 일을 벌였다고 생각하는 거는 아니지?" 에일린이 괴로운 표정으로 물었다.

"아니야." 폴리는 말했다. "오히려 그 반대의 행동을 했다고 생각해. 하지만 증거가 필요해. 알프와 비니는 어디에 있어?"

"학교."

"던워디 교수님은 어때?"

"마침내 잠이 드셨어. 그리고 깨우면 안 돼. 걱정을 아주 많이 하셨어."

"하지만 여쭤볼 게 있어."

"그건 내가 돌아온 뒤에 해도 돼." 에일린이 단호히 말했고, 폴리를 침대에 들게 했다.

"잠깐, 가기 전에 물어볼 게 있어. 그날 밤 알프가 길 안내를 했다고 했잖아? 알프가 어떻게 그곳을 알았지?"

"비행기 감식을 하며 알게 됐어." 에일린이 말했다. "잉글랜드와 런던 지역 지도를 엄청나게 들여다봤거든."

"그 지도는 어디서 났어? 네가 준 거야?"

"아니, 구드 신부님이 주셨어. 격리 기간 때. 알프가 나를 너무 힘들게 했고, 나는 구드 신부님에게 그 아이 주의를 돌릴 수 있는 뭔가를 꼭 가져다달라고 부탁했어."

만약 에일린이 그곳에 없었더라면, 이 어떤 일도 일어나지 못했을 것이다. 알프는 거리를 알지 못했을 것이고, 비니는 운전하는 법을 몰랐을 것이고, 심지어 둘은 살아있지조차 않았을 것이다. 마치 계획한 것처럼 이 모든 것이 완벽히 들어맞았다. 마치 '공습 중 폭탄 피해자를 구하기 위한 절차' 같았다.

"내가 돌아올 때까지 쉬고 있어." 에일린이 말했다.

폴리는 그렇게 하겠노라고 약속했고, 에일린은 떠났다. 폴리는 혹시라도 에일린이 확인차 돌아올 경우를 대비해 5분 정도 기다렸다가 옷을 입고 알프와 비니가 있는 학교로 가서 교장에게 아이들을 집으로 데려가야 한다고 말했다. "응급 상황이에요." 폴리는 말했고, 그건 사실이었다.

교장은 학생을 보내 아이들을 데려오게 했다.

"에일린 언니는 어디에 있나요?" 폴리를 본 비니가 물었다.

"세인트바트 병원에 있어." 폴리가 말했고, 비니의 얼굴에 핏기가 가셨다.

"죽은 거죠?" 알프가 쉰 목소리로 말했다.

"아니야." 폴리가 말했다. "에일린은 멀쩡해. 뭣 좀 알아보라고 내가 보낸 거야."

"맹세해요?"

"맹세해." 폴리가 말했고, 비니의 안색이 돌아왔다.

"그러면 여기에 왜 온 건가요?" 알프가 물었다.

"병원에서 나를 도와준 감사의 표시로 단 걸 사주러 왔어."

"어떤 단 거요?" 알프가 의심이 담긴 목소리로 물었다.

폴리는 거기까지는 생각해보지 않았지만, 호드빈 남매는 어

973

디로 가야 할지 정확히 알았다. 폴리는 둘에게 아이스크림을 사준 뒤 물었다. "지난가을에 너희들 세인트폴 대성당 지하철역에 간 적 있니?"

비니는 아이스크림을 한입 가득 넣은 채 '아니요'라고 말하려 했지만, 알프가 이미 진실을 털어놓고 있었다. "그 역무원이 거짓말을 하는 거예요. 우리는 아무 짓도 하지 않았어요. 그 돈은 그 사람이 준 거라고요. 그 역 이름이 뭔지 알려준 대가로요. 그런데 역무원이 오더니 우리가 소매치기라고 했어요. 하지만 우리는 절대 그러지 않았어요. 그 역무원이 우리를 감옥에 넣으려는 건 아니죠?"

"모르겠어." 폴리는 고민한다는 듯이 말했다. "그 역무원은 너희가 소매치기했다고 말하고 있으니…. 너희에게 그 실링을 준 신사분이 어떻게 생겼는지 기억나니? 만약 너희가 그분을 찾을 수 있다면 그분은 기꺼이 경찰에 진실을…."

"신사라고 하기에는 무리가 있어요." 알프가 말했다. "소년이었어요."

"몇 살 정도였는데?"

알프가 어깨를 으쓱해 보였다. "몰라요."

"우리보다 나이가 많았어요." 비니가 말했다. "열일곱 살 정도요."

"그리고 그 사람이 너희에게 돈을 줬을 때 너희는 어디에 있었니?"

"지도 옆에요." 비니가 말했다. "그 사람이 그곳에 서 있었고, 우리는 지도를 보러 갔어요. 지도를 보면 안 된다는 법은 없잖아요. 그렇죠? 안 그러면 우리가 어떤 노선 지하철을 타야 하는지 어떻게 알겠어요?"

"그리고 무슨 일이 있었니?"

"역무원이 왔어요." 비니가 격분한 목소리로 말했다. "그리고 그 사람에게 돈과 신분증이 있는지 확인해보는 게 좋을 거라고 말했어요."

"우리는 아무 짓도 하지 않았어요." 알프가 말했다.

터널에서 아주 중요한 몇 분을 허비하게 한 것을 제외한다면. 만약 지금 그 사람이 폴리가 생각하는 그 사람이 맞다면.

비니는 인상을 쓴 채, 생각에 잠긴 듯한 표정으로 폴리를 바라보고 있었다.

'비니가 상황을 파악하기 전에 주제를 바꿔야 해.' 폴리는 생각했다. "병원에서 뱀을 생각해낸 건 아주 현명했어, 비니." 폴리가 말했다.

"그건 내 생각이었어요." 알프가 발끈했다.

"그렇지 않아, 이 바보야."

"흥, 내 뱀이잖아. 뱀 볼래요?" 알프가 주머니로 손을 가져갔다.

"아니." 폴리가 말했고, 아이들에게 막대사탕을 사준 뒤 다시 교장에게 인계하고, 서둘러 집으로 돌아왔다. 에일린은 아직 돌아오지 않았고, 던워디 교수의 방문은 여전히 닫혀 있었다. 폴리는 문을 가볍게 두드리고 안으로 들어갔다.

던워디 교수는 침대에 있지 않았다. 그는 창가에 앉아 밖을 보고 있었고, 폴리는 그가 얼마나 허약하고 지쳐 보이는지를 보고 다시 한 번 충격을 받았다. "던워디 교수님." 폴리가 나지막이 말했다.

"폴리!" 던워디가 외치고 폴리를 향해 두 손을 내밀었다. "지난밤에 네가 집에 돌아오지 않아서 나는 혹시라도 네가…."

그는 말을 멈추더니 탐색하는 시선으로 폴리를 바라보았다.

"왜 그러니? 에일린에게 무슨 일이라도 일어난 거야?"

"아니요." 폴리가 말했다. 폴리는 그의 의자 앞으로 걸상을 끌고 와 앉아 그를 마주 보았다. "여쭤볼 게 있어요. 마이크 말로는, 29일 저녁에 바솔로뮤 씨가 부상당한 화재 감시원 목숨을 구했다던데, 맞나요?"

"바솔로뮤도 이 일과 관련이 있다고 생각하는 거니?"

"네, 하지만 교수님이 생각하는 방식으로는 아니에요. 맞나요? 화재 감시원의 목숨을 구했나요?"

"모르겠어. 바솔로뮤는 랭비가 소이탄 위에 떨어져 심하게 화상을 입었다고 했어. 아마도 목숨을 구한 게 맞을 거야."

"저도 그렇게 생각해요." 폴리가 말했다. "이제, 교수님께서 대공습 시기에 처음 도착해서 해군 여성 부대원과 충돌했을 때 무슨 일이 있었는지 정확하게 저에게 말씀해 주세요. 비상계단으로 도착했고, 계단을 나가 역으로 들어갔고…."

"맞아. 내 시공간 위치를 확인하기 위해서였어. 그리고 내가 세인트폴 대성당 근처에 있다는 사실을 알고는 그곳을 보고 싶은 마음에 밖으로 뛰어나가서…."

"아니, 그 전에요. 역 안에서요."

"나는 지하철 노선 지도를 보기 위해서 갔고, 지도에는 내가 어디에 있는지 아무런 표시도 없었어. 그래서 내 쪽으로 다가온 아이들 두 명에게 물어봤어. 남자아이랑 여자아이였는데, 남자아이는 내가 돈을 줘야만 알려주겠다고 말했어."

'당연히 그랬겠죠.' 폴리는 생각했다.

"그래서 난 아이들에게 1실링을 줬어." 던워디 교수가 계속 말했다. "그리고 아이들은 내가 세인트폴 대성당 역에 있다고 말했어. 그리고 역무원이 왔고, 혹시 아이들이 귀찮게 하느냐고 내게 물으면서 아이들이 소매치기하지 않았는지 확인해보라고 했어. 그리고 역무원은 아이들을 끌고 갔던가 아이들이 도망쳤던가 했는데 확실히 기억이 안 나. 아주 오래전이거든."

"아이들이 어떻게 생겼는지 기억하세요?"

"아니, 아주 꾀죄죄했다는 것만 기억나." 던워디 교수는 눈을 가늘게 뜨고 아이들 모습을 떠올리려 시도했다. "남자아이는 일곱 살 정도였고, 여자아이는…."

던워디 교수는 말을 멈추고 폴리를 바라보았다. "그 아이들이 알프와 비니라고 생각하는구나. 그렇지?"

"아니요, 그냥 생각하는 게 아니라 그 아이들이었다는 걸 확실히 알아요. 아이들이 제게 말해줬어요." 폴리가 말했고, 던워디 교수가 미심쩍은 표정을 짓자 덧붙여 말했다. "교수님은 잊으셨겠지만, 그 아이들에게는 50년 전이 아니라 겨우 7개월 전에 일어난 일이에요. 하지만 아이들은 자기가 만난 사람이 교수님인 줄 몰라요. 거기에서 얼마나 오랫동안 있으면서 아이들, 그리고 역무원이랑 이야기하셨어요?"

"5분 정도. 길지 않았어."

"하지만 아이들이 돈을 달라고 요구하는 대신 곧바로 그곳이 어디인지 알려줬다면 교수님이 해군 여성 부대원과 부딪치지 않았을 정도의 시간은 되고요." 폴리가 몸을 앞으로 숙였다. "저희가 존 바솔로뮤를 찾던 날 밤, 에일린은 바솔로뮤 씨를 보고 뒤를 따라갔어요. 하지만 알프와 비니가 갑자기 나타나는 바람에 바솔로뮤 씨를 따라잡을 수 없었어요. 그리고 에일린이 임무 마지막 날에 옥스퍼드로 돌아가지 못하게 한 것도 그 아이들이에요."

"무슨 말인지 이해가 안 가. 넌 알프와 비니가 그 일에 어떤 식으로든 책임이 있다고 생각하고, 또한 내가 한 일에도 그렇다고 생각하는 거야? 내 잘못이 아니라 그 아이들 잘못이라고? 하지만 내가 강하를 하지 않았더라면, 내가 세인트폴 대성당을 보기로 마음먹지 않았더라면, 그 일은 일어나지 않았을 거야."

"맞아요." 폴리가 말했다. "잘 들어보세요. 그 아이들이 에일린이 옥스퍼드로 돌아가는 것을 막았기 때문에, 에일린은 그 아이들의 목숨을 적어도 한 번, 아마도 한 번 이상 구했어요." 폴리는 던워디 교수에게 홍역과 '시티 오브 베나레스호' 이야기를 해줬다.

"그리고 그 아이들은 에일린이 존 바솔로뮤를 따라잡는 걸 막은 거로 보답했고?"

"네." 폴리가 열심히 설명했다. "그리고 그 아이들이 에일린을 지연시켰기 때문에, 에일린은 바솔로뮤 씨를 따라가다가 소방서 대장에게 징발되어 폭탄 부상자를 태운 구급차를 운전해 세인트 바트 병원에 갈 수밖에 없었어요. 에일린은 폭탄 부상자의 목숨을 구했고, 마이크는 하디의 목숨을 구했고, 어젯밤에 저는 고드프리 경의 목숨을 구했어요."

"그리고 넌, 그 사람들이 전쟁에서 뭔가 중요한 일을 했다고 생각하는 거야?" 던워디 교수가 물었다. "어떤 일?"

"모르겠어요. 어쩌면 누군가가 고드프리 경이 공연할 동화극을 보러 극장에 있는 동안 그 사람들 집이 폭격을 당했을 수도 있어요. 또는 교수님이 부딪힌 해군 여성 부대원의 전투기 항로 기록이 공군 조종사의 목숨을 구했고, 그 조종사는 베를린 폭격에 갔을 수도 있어요. 아니면 교수님이 부딪힌 해군 여성 부대원을 돕기 위해 가던 길을 멈췄던 해군 장교가 U-보트에 어뢰를 쐈

거나 에니그마 암호책을 획득했거나 '비스마르크호'를 격침시켰을 수도 있어요. 아니면 그 사람들 가운데 누군가가 뭔가를 한 누군가에게 영향을 끼쳤을 수도 있어요. 우리는 하디가 됭케르크에서 519명의 군인을 구한 걸 알아요. 그리고 그 군인들은 각자가 또….”

“그리고 넌 이 모든 것이 그랜드 디자인의 일부라고 생각하는 거야?”

“네. 아니, 그건 아니고요, 하지만…. 중요한 건, 제가 알함브라 극장에서 공연하던 건 우연이 아니라는 거예요. 그리고 고드프리 경이 피닉스 극장에 있던 것도 우연이 아니고요.” 폴리는 자기 구두와 ENSA와 직업 배정소의 센트리 부인이 《크리스마스 캐럴》 공연에서 자신을 본 일, 그리고 고드프리 경이 자기 때문에 순회 극단에 합류해 브리스틀로 가지 않은 일에 대해 던워디 교수에게 설명했다.

“제가 그분 목숨을 구할 수 있던 건, 제가 여기 있었기 때문에, 우리의 강하 그 어느 것도 열리지 않았기 때문이에요. 저는 강하가 열리지 않는 이유나 편차가 있는 이유에 대해 우리가 오해한 거라 생각해요. 만약 그런 일들이 일어난 게 우리가 역사의 진행 방향을 바꾸는 걸 막으려는 게 아니라면요? 오히려, 우리가 그렇게 할 수 있는 곳에 둔 것이라면요? 우리가 그렇게 할 때까지 우리를 여기에 두는 거라면요?”

폴리는 손을 뻗어 던워디의 두 손을 잡았다. “만약 해군 여성 부대원과 충돌한 게 그 여자를 죽인 게 아니라 살린 거라면요? 그 여자가 죽을 운명인 다른 해군 여성 부대원을 만나러 가는 도중이었고, 교수님이 그 여자를 지체시킨 덕분에 폭탄이 터졌을 때 그 여자가 그곳에 없었다면요? 또는 교수님이 그 해군 장교 목숨을 구한 거라면요? 아니면 검은 양복을 입은 남자를 구했다면요? 그 남자가 세인트폴 대성당 쪽으로 가고 있었나요, 아니면 그쪽에서 오고 있었나요?"

"세인트폴 대성당 쪽으로 가고 있었어."

"그렇다면 그 사람은 근무하러 가던 화재 감시원이고, 29일에 소이탄을 발견하고 그것을 껐을 수도 있어요. 만약 교수님이 그 사람과 부딪히지 않았더라면, 세인트폴 대성당은 불에 탔을 수도 있어요. 그래서 알프와 비니가 교수님이 그 사람과 부딪히게 한 거예요."

"하지만…."

"마이크가 하디 일병의 목숨을 구할 수 있었던 건, 편차 때문에 마이크가 살트램-온-시에 너무 늦게 도착해 버스를 탈 수 없었기 때문이에요. 그리고 제가 고드프리 경을 만난 건 네트가 저를 아침이 아니라 저녁에 도착하게 했기 때문이고요." 폴리는 던워디에게 감시원에게 잡혀 세인트조지 교회로 가게 된 일을 설명했다. "그리고 교수님이 처음으로 강하했을 때의 편차 때문에, 교수님은 세인트폴 대성당 지하철역에 오게 된 거고요. 그 해군 여성 부대원과 부딪혀야 하는 장소로요."

"그러면 너는 편차의 역할은 변화를 막는 게 아니라 변화를 일으키는 거라는 말이야? 그 때문에 우리를 일부러 여기에 가둬놓았다고?"

"교수님이 뭐라고 말씀하실지 알아요. 혼돈계는 의식이 있는 존재가 아니라…."

"바로 그렇게 말하려 했어."

"하지만 의식이 있어야 할 필요는 없어요. 교수님은 우리 강하가 폐쇄된 게 방어 메커니즘이라고 생각하셨어요. 어쩌면 그럴지도 몰라요. 하지만 미래로부터의 영향력을 차단하는 것만이 아니라, 연속체가 위협을 받을 때면 미래로부터 영향력을 끌어오기도 하는 거죠. 만약 히틀러가 전쟁에서 이겼다면, 그자는 원자폭탄을 개발할 시간이 있었을 거고, 미국과 기타 아리아 종족이 아닌 사람들에게 서슴없이 원자폭탄을 썼을 거예요. 그자는 이미 아프리카의 '진흙 인간'들을 쓸어버릴 계획을 세웠고, 단지 그 정도에서 멈추지 않았을 거예요. 그자는 결국…."

"모든 것을 쓸어버렸겠지." 던워디 교수가 말했다. "'괴터대머룽(Götterdämmerung)', 신들의 황혼. 하지만 만약 그런 경우라면, 그리고 연속체가 자신을 보호하고 싶었다면, 왜 그냥 우리가 강하해 히틀러를 쏴 죽이는 걸 허용하지 않은 거지?"

"모르겠어요. 어쩌면 연속체는 작은 변화만 허용하는 것일 수도 있어요. 아니면 본의 아니게 일으키는 일들만 허용하거나요. 아니면 그런 분기점들에서 뭔가 다른 일들이 일어나고 있어서 그것들을 변형하는 것이 불가능할 수도 있고요. 또는 우리가 너무 늦게 뛰어들었을 수도 있어요. 《잠자는 숲속의 미녀》에서 착한 요정처럼요…."

"착한 요정?"

"네." 폴리가 진지하게 말했다. "착한 요정은 나쁜 주문을 취소할 수가 없었어요. 단지 덜 나쁜 상태로 만들 수만 있었죠. 시간 여행은 연속체가 시작하고 오랜 시간이 지난 뒤에야 발명되었어요. 어쩌면 우리는 연속체를 완전히 고치기에는 너무 늦었지만 그래도 아직은 어느 정도…."

"하지만 설사 그게 사실이라 할지라도, 그리고 설사 네가 고드 프리 경의 목숨을 구했고, 마이크가 하디의 목숨을 구했고, 내가 그 해군 여성 부대원의 목숨을 구했다 해도, 우리는 여전히 사건들을 변형했고, 역사는 좋은 의도로 좋은 행동을 해도 반대의 결과를 가져올 수 있는 혼돈계야. 설사 연속체의 의도가 우리더러 수리하게 하려는 것이었다 할지라도, 우리가 그렇게 했다는 걸 어떻게 확신할 수 있지? 우리가 더 악화시켰을 수도 있잖아."

"왜냐하면, 우리는 이미 악화시켰거든요."

"악화시켜? 무슨 말이지?"

"제 말은, 만약 우리가 전쟁을 잘못된 방향에서 지켜봤다면요? 만약 재난이 이미 일어났고, 그 결과 우리가 나쁜 결과가 일어나도록 변형을 했었다면요?"

"나쁜 결과?" 던워디가 어리둥절해 하며 말했다.

"네. 만약 연합군이 전쟁에서 패배했다면요? 교수님은 균형이 아슬아슬했던 적이 수십 번은 있었다고 말씀하셨어요. 옛말에 있잖아요. '못 하나가 부족해 말굽을 쓸 수 없었네, 말굽 하나가 부족해…'"

"…말을 쓸 수 없었네."

"네, 그리고 그 때문에 기병 한 명이 모자라고, 전투에 지고, 전쟁에서 졌어요. 제2차 세계대전에서는 그런 경우가 수십 번은 있었고, 만약 상황이 조금만 다르게 전개가 되었더라면, 우리는 졌을 거예요. 만약 우리가 졌다면요?" 폴리가 물었다. "만약 교수님이 부딪힌 해군 여성 부대원이 아베 마리아 레인에서 죽고, 고드프리 경이 브리스틀에서 죽고 에일린의 폭탄 부상자가 구급차를 운전할 사람을 구하지 못해 구급차 안에서 죽고, 하디가 결국 독일 전쟁 포로수용소에 갇히고, 연합군이 전쟁에서 졌다면요?”

"하지만 그러면 시간 여행은 절대로 발명되지 못했겠지. 이라 펠드맨….”

"아니요, 연속체는 혼돈계이고, 그건 시간 여행이 이미 그 일부라는 뜻이고, 따라서 연합군은 전쟁에서 지지 않았거든요. 그리고 교수님이 이곳에 와서 그 해군 여성 부대원과 부딪히면서 사건들이 계속해 바뀌었거든요. 그리고 마이크는 그 연속되는 사건의 일부였고, 우리가 여기에 갇힌 것도 마찬가지예요.”

"달리 말해, 우리는 말굽이로군.”

"네….”

"그리고 네 말은, 우리가 이리저리 뛰어다니며 너트와 볼트 몇 개를 조였고, 그래서 전쟁에서 이겼다?" 던워디 교수가 말했다. "역사학자들이 꼬마 요정 수리공 역할을 한다고? 맙소사, 역사는 혼돈계야. 역사는 생각하는 것보다 훨씬 더 복잡….”

"복잡하다는 건 저도 알아요. 우리가 이겼다고 말하는 게 아니에요. 그리고 교수님의 해군 여성 부대원이나 하디 또는 고드프리 경 또는 알프와 비니 또는 12월 29일에 걔들과 에일린이 구급차에 태운 누군가의 덕분에 전쟁에서 이겼다고 말하는 것도 아니에요. 심지어, 그 사람들을 구했기 때문에 균형을 무너뜨릴 수 있었다고 주장하는 것조차 아니에요. 어쩌면 완전히 다른 일 때문일 수도 있어요. 마저리가 간호사가 되기로 한 결심, 또는 저와 함께 일했던 FANY 중 누군가가 제 무도회 원피스를 빌려 간 일, 또는 마이크가 앨런 튜링과 거의 부딪힐 뻔했던 사건 따위요. 또는 우리가 했는지조차 모르는 일일 수도 있어요. 우리가 누군가보다 한발 앞서 에스컬레이터에 탄 일이라든가, 택시를 부른 일,

방향을 물어본 일 같은 거요. 마이크가 병원에서 뭔가를 했을 수도 있고, 에일린이 자기가 돌보던 아이들 가운데 한 명에게 뭔가를 했을 수도 있어요. 또는 제가 손님의 물건을 포장하는 데 너무 시간을 써서 그 손님을 5분 지연시켰고, 그래서 그 여자는 버스를 놓치게 되고 공습경보 사이렌이 울렸을 때 지하철을 타고 있었을 수도 있어요."

"하지만 넌 그 행동이 뭐든 간에 우리 가운데 한 명이 그걸 했다고 생각하는구나." 던워디 교수가 말했다. "그리고 전쟁에서 이긴 건 우리 가운데 한 명 덕분이고."

"아니요." 폴리가 살짝 답답해하며 말했다. "저는 그런 뜻으로 말한 것도 아니에요. 전쟁에 이긴 건 단 한 사람 또는 한 가지 일 때문이 아니에요. 사람들은 전쟁에서 이긴 게 울트라 때문인지 아니면 됭케르크 후퇴 작전 덕분인지 아니면 처칠의 지도력 때문인지 아니면 상륙작전이 칼레를 통해서 이루어질 거라고 히틀러를 속였기 때문인지 의견이 분분해요. 하지만 전쟁의 승리는 그중 어느 하나만의 덕분이 아니에요. 전쟁에서 이길 수 있었던 건 그 모든 것 그리고 수천, 수백 만의 다른 일들 그리고 사람들 덕분이에요. 그리고 단지 군인과 조종사와 해군 여성 부대원뿐 아니라 공습 대비대 감시원과 비행기 식별가와 상류 사교계 아가씨와 수학자와 주말 요트족들과 주임 사제들 덕분이에요."

"각자의 몫을 함으로써." 던워디 교수가 중얼거렸다.

"맞아요. 간이 식당 직원과 구급차 운전사와 ENSA 코러스 걸. 그리고 역사학자도요. 교수님은 혼돈계에서는 누구도 그럴 수 없으며, 사건들에 원하는 방식으로 영향을 끼칠 수 없다고 하셨어요. 하지만 만약 교수님 그리고 우리가 과거에 온 것이 전쟁에 다

른 무기를 더한 거라면요? 프랑스 레지스탕스나 남 포티튜드 같
은 비밀 무기 역할을 했다면요?"

"아니면 울트라나."

"네." 폴리가 말했다. "울트라 같은 거요. 무대 뒤에서 작동하는
뭔가요. 그리고 다른 모든 것들과 합쳐지면 균형을 깨뜨려 재난
을 막기에 충분한 거죠."

"그리고 전쟁에서 이기고." 던워디 교수가 나지막이 말했다.

긴 침묵이 흘렀고, 이윽고 던워디 교수는 거의 간절히 바라는
듯한 목소리로 말했다. "하지만 아무런 증거가 없어…."

'맞아요.' 폴리는 생각했다. '그토록 많은 사람의 목숨을 구하고,
아주 많은 이들이 희생했다는 것을 제외하면요. 그처럼 큰 용기
와 친절함과 인내와 사랑이라면 제아무리 혼돈계라 할지라도 뭔
가 효과가 있어야 해요.'

"네." 폴리가 말했다. "증거는 없어요."

문을 두드리는 소리가 났고, 에일린이 문 안을 들여다보았다.
그녀의 붉은 머리는 바람에 날려 엉망이 되어 있었고, 뺨은 빨갰
다. "이렇게 어두운 곳에 앉아서들 뭐해요?" 에일린이 말하며 불
을 켰다. "두 사람 모두 차를 마셔야 할 거 같네요. 주전자를 올
려놓을게요."

"아니, 잠깐." 폴리가 말했다. "네가 구한 사람이 누군지 알아
냈어?"

"응." 에일린이 모자를 벗었다. "입원 수속 간호사는 내게 아무
것도 알려주지 않으려 했고, 수간호사도 마찬가지였어. 그래서 남
자들이 입원한 병실로 가서 거기 간호사에게 말로완 부인이 나에
게 알아오게 시켰다고 말했지."

"말로완 부인?" 던워디 교수가 말했다.

"애거서 크리스티가 결혼한 뒤에 쓰는 성이에요." 에일린이 녹색 코트 단추를 풀며 말했다. "간호사와 나는《칼레 기차 살인 사건》에 관해 잡담을 좀 했고, 나는 애거서 크리스티의 새 책에 관해 말했는데, 알고 보니 아직 출간이 안 됐더라고. 괜찮아, 폴리. 그 간호사에게는, 내게 편집자 친구가 있어서 먼저 읽어볼 수 있었다고 말했어. 그 결과, 그 간호사는 내게 구급차 일지를 보여줬어."

"그리고 네가 구한 남자는…?"

"사실 한 명이 아니고 세 명이야. 어쨌든 그 간호사 말로는, 만약 그 사람들이 즉시 병원에 이송되지 않았으면 아마도 죽었을 거래. 그 사람들 이름을 적어왔어." 에일린이 말하고 핸드백에서 종이 한 장을 꺼내 읽었다. "토마스 브랜틀리 상사, 구급차 운전사인 진 커틀 부인, 그리고 데이비드 웨스트브룩 대위."

던워디 교수는 자신도 모르게 신음을 내뱉었다.

"웨스트브룩 대위가 누군지 아세요?" 폴리가 던워디 교수에게 물었다.

던워디 교수가 고개를 끄덕였다. "그 사람은 D-데이에 죽었어. 증원군이 올 때까지 혼자서 아주 중요한 교차로들을 방어한 뒤에."

62

만약 찾으려 애쓴다면,
찾지 못하고 잃어버릴 것이 없으니까.

— 에드먼드 스펜서, 《요정 여왕》

런던, 1941년 봄

"그러니까 너는 지금 알프와 비니가 '전쟁 영웅'이라고 말하는
거야?" 폴리와 던워디 교수에게서 설명을 들은 에일린이 말했다.

"맞아." 폴리가 말했다. "그 아이들이 비밀 병기라던 네 말이 맞
았어. 하지만 우리 편 비밀 병기야. 네가 바솔로뮤 씨를 쫓아갈
때 그 아이들이 네 앞에 뛰어들어 너를 지연시켰고, 그래서 그날
밤 너는 본의 아니게 구급차 운전사로 징발되었지. 그래서 너는
웨스트브룩 대위의 목숨을 구할 수 있었어…."

"그리고 그 아이들은 기차도 지연시켰어."

"기차?" 폴리가 말했다.

"우리가 런던에 왔을 때야. 호드빈 남매는 우리 객실에서 여자
교장을 쫓아냈고, 그래서 그 교장은 우리를 기차에서 내쫓으려고

했어. 그 때문에 기차가 역에서 늦게 떠났어. 그리고 나중에 우리는 우리 앞쪽의 철교가 폭격당한 것을 알았지. 알프는 '우리가 늦어서 다행이에요.'라고 말했어." 에일린은 놀라워하는 얼굴로 폴리를 바라보았다. "그 아이들은 내 목숨을 구했어. 그리고 그 교장 선생의 목숨도."

"그리고 넌 웨스트브룩 대위의 목숨을 구했고."

"그리고 던워디 교수님과 너와 마이크와 내가 전쟁을 승리로 이끈 거고?" 에일린이 말했다.

"전쟁에서 이기게 도운 거지." 던워디 교수가 말했다. "균형을 살짝 무너뜨려서."

"하지만 이해가 안 가. 만약 우리가 오기 전에 연합군이 전쟁에 졌다면, 너는 어떻게 전승 기념일에 갈 수가 있었어? 전승 기념일이 있을 수가 '없잖아'?"

"있어." 폴리가 말했다. "왜냐하면, 1945년에는 네가 이미 웨스트브룩 대위의 목숨을 구했고, 나는 이미 고드프리 경의 목숨을 구했고⋯."

"하지만 네가 전승 기념일에 있을 때는 그 일을 하기 전이잖아." 에일린이 완전히 헛갈려 하며 말했다. "너는 그때는 아직 대공습 때에 가지조차 않았어."

"아니, 갔어." 폴리가 끈기있게 설명했다. "나는 1940년에 대공습에 갔고, 5년 뒤인 1945년 전승 기념일에 트래펄가 광장에 갔어."

"하지만 우리 중 아무도 이곳에 오지 않았던 시간들은? 시간 여행이 발명되기도 전의 시간은? 그때는 전쟁에서 진 거 아니야?"

"아니야." 폴리가 말했다. "전쟁은 늘 이겼어. 왜냐하면 우리가 늘 왔거든. 우리는 늘 여기에 있었어. 우리는 늘 전쟁의 일부였어."

"과거와 미래는 모두가 단일 연속체의 일부야." 던워디 교수가 말했고, 혼돈 이론에 관한 길고도 복잡한 설명을 하기 시작했다.

"하지만 난 아직도 이해가 안 가…."

"뭘 이해가 안 가요?" 비니가 들어오며 물었고, 이제부터 자기를 플로렌스로 불러달라고 선언했다. "플로렌스 나이팅게일에서 따왔어요." 그리고 자기는 간호사가 될 것이라고 했고, 덕분에 대화는 끝이 났다.

하지만 이튿날 알프와 비니가 학교에 간 뒤, 에일린은 다시 그 화제를 꺼냈다. "그러니까 던워디 교수님이 해군 여성 부대원과 부딪히고, 마이크가 엉킨 프로펠러를 풀고, 네가 고드프리 경을 구했기 때문에 상황이 아슬아슬하게 바뀌어 우리가 전쟁에서 이겼다는 거구나, 맞아?"

"응." 폴리가 말했다.

"그러면 우리를 계속 여기에 잡아둘 이유가 없어." 에일린이 말했다. "우리는 집에 갈 수 있어."

"에일린…."

"던워디 교수님, 교수님은 여기에 왔던 모든 역사학자가 사건들을 변경했고, 모두 옥스퍼드로 돌아갔다고 하셨어요. 그리고 교수님도 해군 여성 부대원과 부딪힌 뒤 옥스퍼드로 돌아갔고요. 그러니 이제 우리가 여기서 하기로 되어 있던 일들을 모두 했으니, 구조팀은 여기 와서 우리를 데려갈 수 있을 거예요. 그렇지 않나요? 또는 우리 강하가 다시 작동하기 시작했을 거예요." 에일린은 기대에 찬 표정으로 폴리와 던워디 교수를 번갈아 보았다. "우리는 가서 강하가 열리는지 확인해야 해요."

"오늘 오전 중에 세인트폴 대성당에 가서 강하가 열리는지 확인해볼게." 던워디 교수가 약속했다.

에일린은 폴리에게서도 극장에 가는 길에 강하가 열리는지 확인해보겠노라는 약속을 받아냈지만, 에일린이 플린 장군을 차에 태우기 위해 떠났을 때, 던워디 교수가 폴리에게 말했다. "물론, 강하가 열릴 거라는 에일린의 말이 맞을 수도 있겠지만⋯."

"만약 에일린의 말이 맞는다면, 콜린이 벌써 여기에 왔을 거예요."

"그래." 던워디 교수가 말했다. "그리고 콜린이 이곳에 있지 않다는 건 아직 여기에서의 우리 역할이 끝나지 않았다는 뜻일 가능성이 아주 크지."

"알아요." 폴리가 말하며 데네웰 소령이 그녀와 다른 FANY들에게 마지막 해에조차도 전쟁에 질 수 있다고 말하던 걸 떠올렸다.

"끝이 나기 전에 우리에게서 더 많은 것을 요구할 거야." 던워디 교수가 폴리에게 말했다.

'우리 목숨을 포함해서요.' 폴리가 생각했다.

폴리는 고드프리 경의 목숨을 구하느라 하마터면 죽을 뻔했다. 다음번에는 살아남지 못할 수도 있었다. 잔해에서 사람을 구하고, 방공호로 사람들을 안내하고, 폭탄을 해체하다가 구조대원들과 공습 대비대 감시원들과 소방관들이 수없이 그랬던 것처럼. 또는 마이크나 대공습 중의 사망자들, 병원, 포로수용소, 신문사에서 죽은 많은 사람처럼 그냥 고성능 폭탄에 즉사할 수도 있었다. 전쟁의 사상자 중 하나로 마지막을 맞는 것이다.

하지만 설사 죽는다 해도, 자기 몫을 해야 했다. 마이크가 그랬듯이. 폴리가 직업 배정소로 가서 구급차 운전사로 자원하고,

ENSA에 배정되고 고드프리 경의 목숨을 구하게 된 건 마이크의 죽음 때문이었다.

"우리가 돌아가지 못할 가능성이 크다는 걸 알아요." 폴리가 던워디 교수에게 말했고, 말을 하다가 그게 전선으로 떠나는 군인들이 하는 것이란 사실을 깨닫고 충격을 받았다.

"하지만 그건 중요하지 않아요." 폴리가 말했고, 진심이었다. "중요한 건, 고드프리 경이 죽지 않았고, 저 때문에 전쟁에 지지 않으며, 라버넘 양과 도린과 트로트가 죽지 않는다는 거죠. 그리고 설사 제가 죽는다 해도, 제2차 세계대전에서 죽는 게 저만은 아닐 거예요. 이런 상황에 교수님을 끌어들여 죄송해요."

"우리 모두 서로를 끌어들였어. 그리고 이곳을 빠져나갈 가능성이 아직 있어."

"그리고 그렇지 않다고 해도, 우리는 여전히 히틀러를 막았잖아요." 폴리가 던워디 교수에게 웃어 보였다.

"진짜로 그랬지." 던워디 교수가 말했고, 갑자기 그는 확 젊어진 듯 보였다. "그리고, 세인트폴 대성당과 마찬가지로, 우리 역시 건재하잖아. 최소한 지금 당장은 말이야. 말이 나와서 말인데, 강하 지점을 확인하러 가는 김에 그곳에서 자원봉사를 할 수 있는지 물어볼 생각이야. 나는 늘 화재 감시원으로 일하면서 세인트폴 대성당을 구하는 데 일조…."

던워디 교수는 말을 멈추고 묘한 표정을 지었다.

"왜 그러세요?" 폴리가 물었다. "아프세요?"

"아니." 던워디 교수가 말했다. "막 떠올랐는데…, 아마 나는 이미 그곳을 구한 거 같아서. 내가 도착했던 밤, 휴대용 손 펌프와 부딪혔는데, 그 소리를 들은 화재 감시원 두 명이 무슨 일인가 하고 내려왔고, 지붕을 뚫고 불타던 소이탄을 그 사람들이 발견했어. 만약 내가 그곳에 없었다면….”

“그걸 발견했을 때는 너무 늦은 상태였을 거고, 화재가….” 폴리가 말하다가 역시 말을 멈추고는, 자신이 존 바솔로뮤를 찾으려던 밤에 책상에 붙은 불을 껐던 일을 떠올렸다.

“그리고 만약 내가 그곳에 있었기 때문에 대성당을 구한 거라면, 어쩌면 또 그렇게 할 수 있을지도 몰라.” 던워디 교수가 말하고 있었다. “설사 내가 세인트폴 대성당에 단지 2주만 있을 수 있다 할지라도. 하지만 내가 그 사람들을 설득하도록 네가 도와줘야 해. 그리고 에일린을 설득하는 일도.”

에일린을 설득하는 게 성당 사람들보다 더 힘들었다. “하지만 위험해요.” 에일린이 말했다. “북쪽 수랑은….”

“그곳은 4월 16일에야 폭격을 당해.” 던워디 교수가 말했다. “그날 밤에는 난 전화해서 아프다고 할 거야.”

“5월 10일하고 11일의 큰 폭격들은 어쩌고요? 교수님이 말씀하시기로는 도시 전체가….”

“두 날 밤 모두 세인트폴 대성당은 폭격당하지 않았어.” 던워디 교수가 에일린을 안심시켰다.

‘그리고 그건 상관없어.’ 폴리는 에일린에게 소리치고 싶었다. ‘교수님은 여기 안 계실 거야. 그때면 교수님 데드라인이 이미 지나갔을 거야. 그리고 그 뒤로 나도 2주 정도밖에 시간이 없을 거고.’ 만약 폴리에게 다른 과제가 남았다면, 그건 분명히 지금과 대공습이 끝나는 사이에 있을 것이다. 그 뒤로도 공습이 가끔 있기는 했지만, 사상자는 훨씬 더 적었다. 그건 폴리의 데드라인이 1943년 말이 아니라는 뜻이었다. 데드라인은 5월 11일이었다.

하지만 폴리는 에일린에게 그 말을 할 수 없었다. 우선, 에일린은 그 말을 믿지 않을 것이다.

두 번째로, 가장 급한 과제는 던워디 교수가 화재 감시원에 합류하는 일에 에일린이 동의하게 하는 일이었다. 폴리는 말했다. "세인트폴 대성당은 1944년에 V-1과 V-2 공격을 받기 전에는 아무 피해를 입지 않아."

"하지만 더 피해가 없다면 왜 화재 감시원으로 있어야 하는데요, 교수님?" 에일린이 끈질기게 물었다.

"더 피해를 입지 않은 게 나 때문일 수도 있으니까." 던워디 교수가 말했지만, 도움이 되지 않았다.

"아니에요." 에일린이 단호히 말했다. "그건 너무 위험해요. 소이탄과 지붕이랑…. 추락할 수도 있어요."

"1941년에 다치거나 죽은 화재 감시원은 한 명도 없어." 던워디 교수가 에일린에게 말했고, 폴리는 혹시 그게 거짓말은 아닌지, 던워디 교수가 세인트폴 대성당에서 일하다가 죽고 싶어 하는 건 아닌지 궁금해졌다.

"그리고 대성당에 있으면 아무도 없을 때 강하가 열리는지 확인할 기회가 더 많아." 던워디 교수가 말했고, 에일린은 결국 마음이 약해졌지만, 교수가 근무하는 밤이면 그를 대성당에 데려다주고 데려오겠노라고 고집을 부렸다.

"세인트폴 대성당은 안전할 수도 있어요." 에일린이 말했다. "하지만 여전히 그곳에 가고 오는 과정이 있잖아요. 구조팀이 오기 5분 전에 둘 중 누가 죽는 걸 그냥 보고 있을 수만은 없어요."

"알았어." 던워디 교수가 동의했고, 밤마다 에일린이 자신과 동행하는 걸 허락했다. 하지만 17일에는 에일린을 심부름 보내고 폴리와 동행했다. 전날 밤에 공습으로 입은 피해를 에일린이 보지 못하게 하기 위해서였다.

"폭격으로 바닥 중앙에 커다란 구멍이 뚫렸어." 던워디 교수가 폴리에게 말했다. "만약 에일린이 그걸 보면 내가 화재 감시원으로 일하는 걸 절대로 허락하지 않을 거야."

"그리고 교수님이 강하 지점에 갈 수 없다는 걸 알아차리겠죠." 폴리가 진짜 이유를 짐작하며 말했다.

"맞아. 갈 수 없어."

둘이 세인트폴 대성당에 도착하자 험프리스 씨가 반갑게 폴리를 맞이했다. "세바스찬 양, 당신은 아주 훌륭한 간호사로군요. 홉 선생님 건강이 많이 좋아지신 듯합니다."

험프리스 씨는 그들에게 북쪽 수랑, 아니 그쪽으로 가는 길을 막은 회벽 더미와 부러진 목재, 그리고 깨진 대리석들을 보여주었다. "하지만 피해가 더 클 수도 있었습니다." 험프리스 씨가 말했다.

'훨씬, 훨씬 더 나쁠 수도 있었죠.' 폴리는 생각했고, 그날 저녁에 알함브라 극장으로 가면서 전쟁에서 이기고 아무도 막을 수 없게 된 히틀러가 노략질과 살육을 일삼으며 잉글랜드로, 그리고 전 세계로 전진하는 모습을 상상했다. 그 경우의 미래가 어떨지를 상상했다.

'하지만 우리는 그자를 막았어.' 폴리가 생각했다. '우리는 전쟁에서 이겼어.'

"꼭 카나리아를 삼킨 고양이처럼 보이는군요?" 태비트 씨가 말했다. "병원에서 멋진 의사라도 만났어요?"

"죽을 뻔한 사람치고는 기분이 너무 좋은데." 해티가 말했다.

극단 사람들도 폴리의 즐거운 기분을 알아차렸다. "지나치게 들떠 있네." 폴리가 첫 번째 동화극 연습을 위해 극장에 왔을 때 비브가 말했다.

"그냥 단원 전부를 다시 볼 수 있어서 그래." 폴리가 말했다. 고 드프리 경과 위번 부인은 동화극을 공연할 다른 극장을 구했을 뿐 아니라(리젠트 극장이었다), 태비트 씨와 이야기를 해 폴리의 일정 을 낮 시간으로 바꿨고, 또한 극단원 전체를 협박하다시피 해서 동화극에 참여케 했다.

라버넘 양은 내레이터 역을 맡았고, 브라이트포드 부인은 잠자 는 숲속의 미녀의 어머니와 왕비 역을, 주임 사제는 왕 역, 그리 고 왕자의 말 반 마리 역을 맡았다. 비브가 나머지 반 마리를 맡았 고, 넬슨은 왕자의 개, 히바드 양은 의상 준비를 도왔다. "우리도 당신을 봐서 기뻐요." 히바드 양이 말했다.

"그리고 힘든 시련을 이겨내고 이제는 괜찮아 보이니 참으로 좋습니다." 주임 사제가 덧붙였다.

"봄이라 그래요." 라버넘 양이 말했다. "봄이 오면 늘 기운이 좋 아지더라고요."

"내 생각에는 남자가 생겨서 그런 거 같은데."

"이유가 어찌 되었든, 좋아 보이네요." 브라이트포드 부인이 말 했다. "환히 빛나 보여요."

하지만 폴리가 고드프리 경과 무대 뒤편으로 갔을 때, 그가 말 했다. "지금 보이는 이 이상 흥분상태는 어찌 된 일입니까? 그런 분위기는 위험합니다. 저 때문에 겪은 고초에서 완전히 회복한 게 확실합니까? 아무래도 공연을 미루는 게 나을 것 같습니다."

"아니, 그러지 않는 게 나아요." 폴리가 말했고, 고드프리 경이 경계하는 표정을 짓자 이어 말했다. "극장을 일주일 더 쓰는 게 가능하지 않을 거라는 뜻이었을 뿐이에요. 그리고 5월이 되면 아마도 ENSA가 저를 순회공연에 보낼 거예요. 브리스틀 말고요." 폴리가 서둘러 덧붙였다. "연기하실 필요 없어요. 저는 괜찮아요."

그건 진실이었다. 폴리는 콜린을 다시 보지 못하는 게 유감일 뿐이었고, 그녀와 던워디 교수의 구조에 실패한 콜린이 자책할 생각에 마음이 아팠다.

'네 잘못이 아니야.' 폴리는 콜린에게 이야기해줄 수 있으면 좋겠다고 생각했다. '할 수만 있었으면 네가 결국 날 구했을 거란 거 알아.'

고드프리 경은 걱정스러운 눈으로 폴리를 바라보고 있었다. "사신을 한 번 피했다고 해서 사신이 다시 시도하지 않는다는 뜻은 아닙니다. 당신을 잃는 사태를 저는 견딜 수 없습니다."

"남자 주연을 다시 구해야 하실 테니까요." 폴리가 싱긋 웃으며 말했다.

그리고 폴리의 말에 고드프리 경의 걱정이 가신 모양이었다. 그는 다시 원래대로 독재적인 연출가의 모습으로 돌아와 모두에게 으르렁댔고, 세트를 칠하러 불려온 도밍 씨에게 거친 목소리로 명령을 내렸다. 브라이트포드 부인의 어린 세 딸 역시 소집되었고, 연습이 시작되었을 즈음에는 폴리의 반대에도 불구하고, 알프와 비니까지 불려왔다.

"아, 그건 좋은 생각이 아니라고 봐요." 위번 부인이 둘을 데려오자고 했을 때 폴리가 말했다.

"아니, 훌륭한 생각이에요." 위번 부인이 말했다. "이번 동화극은 이스트 엔드의 고아들을 위한 공연이에요. 그러니 그 동화극에 이스트 엔드의 아이들이 출연하는 것보다 더 좋은 게 뭐가 있겠어요? 둘은 세례식 장면에 출연하면 돼요."

"우리는 요정이에요." 비니가 던워디 교수에게 자랑스레 말했다.

"난 아니야." 알프가 말했다. "여자아이들만 요정이야. 난 고블린이야. 그리고 가시덤불이야. 1번 가시덤불이지."

"거짓말쟁이." 비니가 말했다. "가시덤불은 다 똑같아. 나는 아름답고 반짝이는 원피스를 입고 날개를 달 거야."

'고드프리 경이 너희들을 먼저 목 졸라 죽이지 않는다면.' 폴리는 생각했다. 그리고 그럴 가능성이 아주 커 보였다. 둘은 넬슨을 괴롭혔고, 페인트칠한 곳을 마르기 전에 밟고 다니고, 잠자는 숲속의 미녀의 침대 위에 올라가 방방 뛰고, 요정의 지팡이와 공연용 칼로 서로를 때려댔다.

"그 칼들은 로열 셰익스피어 극단에서 빌려 온 거야!" 고드프리 경이 둘에게 으르렁댔다. "다음에 그 칼로 장난치다 잡히는 놈은 내 손에 거꾸로 매달릴 줄 알아."

하지만 소용없었다. 폴리는 에일린에게 아이들이 극장을 망가뜨리지 못하도록 연습 시간에 같이 와달라고 말해야만 했고, 위번 부인은 에일린을 보자마자 곧바로 프롬프터[54] 일을 맡겼다.

"적어도, 구조팀이 왔을 때 우리 모두 한곳에 있을 거잖아." 에일린이 쾌활하게 말했다.

이제는 아무도 올 수 없을 게 분명했지만, 에일린은 희망을 버리지 않았다. "세인트폴 대성당 폭격은 분기점이 분명해." 에일린이 말했다. "그리고 구조팀은 그 시기가 지나기 전에는 올 수 없을 거야."

54 배우에게 대사를 알려주는 사람

16일이 되고 17일이 되었지만 아무도 오지 않았다. 18일에 에일린은 말했다. "우리가 더는 옥스퍼드 스트리트에 없고, 리케트 부인 집은 파괴되었고 구드 신부님은 백베리에 없어서 구조팀은 우리를 찾을 방법이 없어. 우리는 타운젠드 브라더스 백화점으로 가서 우리 새 주소를 알려줘야 해. 장원에 있는 소총 사격 훈련소의 헤퍼난 중위에게도 편지를 보내야 한다고 생각해."

'소용없어.' 폴리는 생각했다. '만약 구조팀이 올 수 있었다면, 훨씬 전에 왔을 거야. 구조팀은 던워디 교수님의 데드라인이 5월 1일인 것을 알아.' 그리고 이후 사흘 동안 날씨가 맑을 예정이었다. 폭격하기 딱 알맞은 날씨였다.

"오늘 밤에 집에 돌아가면 장원에 편지를 써야겠어." 에일린이 말했다. "어쩌면 사격 연습장을 옮겼을지도 몰라. 그러면 우리는 백베리의 내 강하 지점을 쓸 수 있어."

'그곳 역시 열리지 않을 거야.' 폴리는 생각했고, 에일린에게 말을 해줄 수 있으면 좋겠다고 생각했다. '우리가 제때 이곳을 빠져나가지 못한 거로 자책하지 마. 네 잘못이 아니야.'

하지만 그렇게 말해줘도 에일린은 단지 이렇게 대꾸할 것이다. "구조팀은 우리를 데리러 올 거야. 두고 봐. 그리고 지금 바로 이 순간에도 그곳에서는 우리를 구하기 위해 온갖 사람들이 온갖 일을 하고 있어." 폴리는 에일린이 진실을 감당할 수 있으리라는 생각이 들지 않았다. 그래서 에일린이 던워디 교수를 데리고 세인트폴 대성당으로 떠난 뒤, 폴리는 자신이 하고 싶었던 말을 메모로 남겼고, 또한 임플란트에 있는 모든 V-1과 V-2의 날짜, 시각, 장소 목록도 적었다.

폴리는 자신이 죽었을 때 원본이 파손되는 경우를 대비해 메모를 복사했고, 복사본은 에일린의 《칼레 기차 살인 사건》에 숨겼다. 원본은 봉투에 넣어 봉하고 수신인을 에일린으로 했고, 그 봉투와 반쯤 불에 탄 '세상의 빛' 석판화를 다시 다른 봉투에 담아 코트 주머니에 넣었다.

18일에도 아무 일이 일어나지 않았다. 19일이 되자 에일린은 말했다. "내일 나를 햄스테드 히스에 있는 강하 지점으로 데려다 줘. 만일 16일이 분기점이었다면, 런던에서 멀리 떨어진 곳은 영향을 받지 않았을 거야." 에일린은 코트를 입었다. "극장에서 만나. 나는 던위디 교수님을 세인트폴 대성당에 모셔다드려야 해. 오늘 밤에 근무하셔. 위번 부인에게 아이들이 만지지 못하도록 내가 마법 지팡이랑 가시덤불 가지들을 의상용 벽장 맨 위에 숨겨두었다고 알려드려."

"알프와 비니도 같이 가?"

"아니." 에일린은 말했지만, 아이들은 같이 가겠노라고 난리를 피웠고, 결국 에일린은 포기하고 둘을 데리고 갔다.

비록 아이들이 연습에 지각할 거고 고드프리 경은 에일린에게 화를 내겠지만, 그래도 폴리는 안심되었다. 에일린과 함께 있는 한, 아이들은 안전할 것이다. 어쨌든 폴리와 있는 것보다는 안전했다. 그리고 던위디 교수는 세인트폴 대성당에서 안전할 것이다. 대성당은 16일 이후론 다시 폭격당하지 않았다.

그건, 던위디 교수는 대성당으로 가는 길 또는 집으로 돌아오는 길에 죽으리라는 뜻이었다. 폴리 역시 같은 순간에 죽을 가능성이 있어 보였지만, 폴리는 그렇게 되지 않기를 바랐다. 폴리는 고드프리 경을 위해 동화극을 끝까지 마치고 싶었다.

비록 고드프리 경은 동화극을 끔찍이 싫어했지만, 그래도 폴리

는 동화극을 하는 게 좋았다. 아마도 남은 생에 할 수 있는 마지
막 일이기 때문인 듯했다. 극장 안에서는 남은 하루하루가 무자
비하게 지나가는 것을 잊을 수 있었고, 또한 전쟁과 작별과 죽음
을 잊을 수 있었다. 그리고 오로지 대사와 의상, 그리고 만지는 것
마다 망가뜨리는 알프와 비니를 막는 일에만 집중할 수 있었다.

호드빈 남매는 연극에 참여하게 된 이후 밤마다 무대 뒤를 혼
란의 도가니로 만들었을 뿐 아니라 동화극에 참여하는 다른 아이
들 전부에게도 나쁜 영향을 주었다. 특히 트로트에게 나쁜 영향
을 주었다. 호드빈 남매와 일주일을 지낸 뒤, 트로트의 리본은 엉
클어졌고, 장밋빛 두 뺨은 얼룩이 지고 더러워졌으며, 폴리가 리
젠트 극장에 도착했을 때 트로트는 "나는 바보가 아니야!"라고 외
치며 넬슨이 요란히 짖는 와중에 마법 지팡이로 자기 언니들을
때려대고 있었다.

"내가 마법 지팡이를 트로트에게 줬어요." 라버넘 양이 당혹해
하며 자백했다. "좀 익숙해지라고요. 하지만 좋은 생각이 아니었
던 듯하네요."

라버넘 양은 또한 같은 생각으로 브라이트포드 부인(왕비)에게
왕실 가운을 주었고, 고드프리 경(나쁜 요정)에게는 '혹시라도 떨
어질 경우를 대비해' 히틀러 스타일 콧수염을 달도록 강요했다.

"저는 50년 넘게 고무풀로 가짜 콧수염을 달아온 경험이 있습
니다! 그리고 단 한 번도 떨어진 적이 없어요!" 고드프리 경은 외
치고 있었고, 심지어 알프와 비니가 없다는 사실조차 알아차리
지 못했다.

30분 뒤, 폴리는 호드빈 남매가 극장의 뒷문을 통해 들어오는
모습을 보았다. 둘뿐이었다. "에일린은 어디에 있니?" 폴리가 아

이들에게 외치며 눈을 가늘게 뜨고 각광 너머를 바라보았다. "같이 돌아오지 않았어?"

"네." 알프가 중앙 복도에 주저앉으며 말했다.

"왜 같이 안 왔는데?"

"에일린 언니는 뭔가를 해야 한댔어요." 비니가 말했다. "그리고 우리가 늦지 않도록 우리만 먼저 보냈어요."

"그리고 자기를 따라오지 말랬어요." 알프가 덧붙였다.

"그리고 따라갔니?"

"아니요." 알프는 자신의 정직함이 상처받았다는 듯이 분노를 가득 담아 말했다.

"따라가보려 했어요." 비니가 말했다. "하지만 언니는 너무 빨랐고, 그래서 우리는 이곳에 왔어요."

'내 강하 지점에 다시 간 거야.' 폴리는 생각하면서도 에일린이 그러지 않았기를 바랐다. 폴리가 이곳에 오는 동안 사이렌이 울렸고, 비행기들의 윙윙거리는 소리, 그리고 멀리서 폭탄이 터지는 소리가 들렸다. 논리적으로 생각하자면 에일린에게는 아무 일도 생기지 않으며 전승 기념일까지 살아남을 테지만, 윙윙거리는 비행기 소리에 신경을 쓰지 않을 수가 없었고, 비행기들이 켄싱턴 지역 상공에 있는 건 아닐까 자꾸만 마음속으로 가늠해보게 되었다.

지금까지는 이스트 엔드 위에 있는 듯했다. 폴리는 무대 뒤쪽으로 갔고, 라버넘 양이 그녀에게 남자 주인공 의상과 벨트, 칼집을 주었다. "이러면 칼을 차는 데 익숙해질 수 있을 거예요."

그리고 폴리가 지금 무대에 서야 한다고 항의하자, 라버넘 양이 말했다. "시간은 충분하고도 남아요. 방화 커튼이 끼어서 움직이지를 않아요. 사람들이 30분째 커튼을 올리려 애쓰는 중이에요. 고드프리 경은 아주 격노한 상태고요."

라버넘 양 말대로 고드프리 경은 격노했다. 폴리가 더블릿과 스타킹 차림으로 무대에 올랐을 때, 그는 주임 사제에게 고함을 치고 있었다. 라버넘 양이 고드프리 경에게 무대 의상을 하고 오르라고 고집을 한 탓에 그 장면은 더욱 험악해 보였다. 그는 총통 군복에 히틀러 콧수염을 했고, 아주 무시무시해 보였다.

"오늘 밤 10시에 비비안 리가 자기 출연 장면 연습을 하러 올 텐데, 배우들이 준비가 안 되어 있을 뿐 아니라 비비안 리가 무대에 올라갈 수조차 없습니다!" 고드프리 경이 외쳤다. "알프와 비니가 이 일의 배후가 아닌 게 좋을 겁니다."

"그 아이들은 방금 여기에 도착했는걸요." 폴리가 말했지만, 그게 아이들이 무죄라는 변명으로는 빈약했다. 그 아이들이라면 지난밤에 미리 방화 커튼에 장난질을 쳐놓고도 남았다.

'그 아이들은 선을 위한 힘이야.' 폴리는 생각했다. '그 아이들은 웨스트브룩 대위의 목숨을 구했어. 그리고 에일린의 목숨도. 그 아이들 덕에 전쟁에서 우리가 이겼어.' 하지만 아무리 그렇게 머릿속으로 되뇌어도 스스로를 세뇌하는 데는 한계가 있었다. 아이들이 폴리의 칼과 도밍 씨의 아직 축축한 페인트 솔을 가지고 무대 뒤에서 칼싸움을 할 때는 특히 그랬다.

주임 사제와 도밍 씨는 마침내 방화 커튼을 올렸지만, 변화 장면에서 숲과 성이 그려진 망사 막을 올리려 하자 이번엔 그 망사 막이 끼어서 움직이지 않았다. "목수를 불러오는 게 나을 듯해요." 라버넘 양이 소심하게 말했다.

"이런 밤 시간에, 더구나 공습이 한창일 때 대체 어디서 목수를 찾는단 말입니까?" 고드프리 경이 승마용 회초리로 천장을 가리키며 말했다. "기왕이면 바다코끼리도 불러오는 게 나을 겁니다." 그의 콧수염이 떨렸다. "아니면 3월의 토끼나요. 이런 정신 나간 상황에 딱 맞을 테니까요."

"뭘 기다리시는 겁니까?" 고드프리 경이 움츠러든 라버넘 양에게 말했다. "'가서 떨어지는 별을 잡으세요! 맨드레이크 뿌리를 임신시키세요!'"[55]

라버넘 양은 목수를 찾아 서둘러 떠났고, 고드프리 경은 폴리를 돌아보았다. "애초부터 동화극을 하겠노라고 동의하면 안 된다는 걸 전 알고 있었습니다, 비올라."

《라푼젤》을 해야 했다고 난 생각해요." 트로트가 목소리 높여 말했다. "거기에는 탑이 나와요."

고드프리 경은 히틀러 콧수염을 떨며 위협적으로 승마용 채찍을 쳐들었다.

"그리고 마녀도요." 트로트가 말했다.

"트로트, 가서 다른 아이들을 데려오련, 착하지?" 폴리가 말하고 아이를 고드프리 경이 보이지 않는 곳으로 보냈다. 그리고 그에게 말했다. "우리는 배경 그림 앞에서 프롤로그랑 제1막 대부분을 할 수 있고, 변화 장면은 목수가 온 뒤에 하면 돼요."

"아주 좋습니다, 프롤로그!" 고드프리 경이 외쳤다. "모두 제자리에…."

무대 옆쪽에서 금속 부딪히는 소리가 요란히 났다. "알프!" 고드프리 경이 으르렁댔다.

알프가 무대용 칼 중 하나를 들고 나타났다. 칼은 살짝 휘어져

---

55 존 돈의 시 '가서 떨어지는 별을 잡으세요'에서. 불가능한 일을 해보라는 뜻이다.

있었다. "난 아무것도 안 만졌어요. 그냥 칼들이 혼자 쓰러진 거예요. 맹세해요."

'이 아이들 덕분에 전쟁에서 이겼어.' 폴리가 다시 속으로 되뇌었다. '이 아이들 덕분에.'

"만약 너희 못된 개구쟁이 놈들이 앞으로 뭔가를 만지면, 뭐든지 간에…." 고드프리 경이 극도로 분노하며 말했다. "다른 아이들에게 경고하는 의미로 너희 머리를 잘라 극장 문앞에 걸어 놓으마!" 알프마저도 그 말에는 겁을 먹은 듯했다. "그 칼을 내게 주고 저 앞에 앉아라. 막을 닫아요. 모두 제자리에!"

폴리는 막 앞으로 나와 자기 프롤로그를 관객들에게 말했다. 관객은 맨 앞줄에 앉은 알프, 비니, 그리고 호전적인 태도로 작은 가슴을 가로질러 팔짱을 낀 트로트, 그리고 넬슨이 전부였다. 폴리는 그들에게 동화극을 보러 온 것을 환영한다고 말했고, 이제 아주 멋진 것들을 보게 될 것이며, 겉보기와는 달리 해피엔딩이니 걱정하지 말라고 안심시켰다. "결국, 악은 승리하지 못해요." 폴리가 말했다. "실성하고 마는 건 총통이에요."

《라푼젤》공연을 하지 않는 것에 여전히 화가 난 듯한 트로트를 뺀 다른 관객들은 손뼉을 치며 환호성을 질렀다.

"그리고, 이제, 우리 이야기에서…." 폴리가 커튼 쪽으로 팔을 펼치며 말했다. "처음 장면은 왕궁에서 펼쳐진답니다. 왕과 왕비와 갓 난 딸과 함께요."

다행히도 막이 열리며 왕관을 쓰고 인형을 안은 브라이트포드 부인이 나타났다.

"왕은 어디에 있나요?" 고드프리 경이 무대를 향해 다그쳐 물었다.

"주임 사제님요?" 비니가 말했다. "목수를 데리러 라버넘 양과 함께 갔어요."

"말 한 마리를 주면 내 왕국을 주리라." 고드프리 경이 중얼거렸다. "도밍 씨!"

도밍 씨가 무대 옆에서 페인트 솔과 통을 들고 나타났다.

"당신이 왕 역을 하십시오."

"저는 대사를 모릅니다." 도밍 씨가 말했다.

"프롬프터!" 고드프리 경이 으르렁거렸다.

"에일린은 아직 안 왔어요." 폴리가 말했다.

"내가 왕을 할게요." 비니가 무대로 쏜살같이 달려가며 말했다. "난 대사를 전부 알아요."

비니는 브라이트포드 부인에게 갔다. "'나의 왕비여, 우리는 성대한 세례식을 열고 이 나라의 모든 요정을 초대해야 합니다.'" 비니가 고드프리 경을 돌아보며 말했다. "보셨죠?"

고드프리 경은 눈알을 굴리더니 비니에게 손을 흔들어 계속하라는 신호를 보냈고, 그들은 그 장면 그리고 다음 장면(무슨 이유에서인가, 곰 세 마리가 노래하고 춤추는 내용으로 이어졌다)을 안전하게 마쳤지만, 세례식 장면을 하는 데 필요한 라버넘 양과 주임 사제가 아직도 돌아오지 않았다.

에일린 역시 도착하지 않았고, 폴리는 폭탄 소리에 초조히 귀를 기울였다. 비행기들은 첼시 쪽에 있으며 북서쪽으로 이동하는 듯했다. 켄싱턴, 그리고 폴리의 강하 지점이 있는 쪽으로.

"다시 말하건대, 우리는 왕자의 장면을 연습할 겁니다." 고드프리 경이 말하고 있었다. "만약 가시덤불들 역시 우리를 버리지 않았다면 말입니다."

"죄송해요." 폴리가 말하고 아이들을 찾으러 갔다.

아이들은 무대 뒤편, 잠자는 숲속의 미녀의 침대 위에 서 있었다. 알프와 비니는 트로트와 다른 가시덤불들에게 가지로 찌르고 공격을 받아넘기는 법을 가르쳐주고 있었다.

"무대로. 지금." 폴리가 명령했고, 아이들은 침대에서 뛰어내리고 막 아래로 허둥지둥 통과해 무대로 나와 그럭저럭 한 줄을 이루었고, 가슴 앞에서 가지들을 엇갈리게 뻗었다.

"넬슨은 어디에 있죠?" 알프가 말하며 넬슨을 찾으러 떠나려 했다.

"정지!" 고드프리 경이 으르렁거렸다. "넬슨 없이 해."

"하지만…."

"'당장!'" 그가 명령했다.

폴리가 서둘러 말했다. "'나는 이야기로만 들은 아름다운 공주를 오랫동안 찾아다녔도다.'" 그리고 콜린을 떠올렸다. "'멀고도 먼 길을 말을 타고 힘들게 왔도다….'"

"용감한 왕자님…." 고드프리 경이 가로막았다. "이건 희극이지 비극이 아닙니다."

"죄송해요." 폴리가 말하며 나름 희망차고 용감한 표정을 지으려 애썼다. "'나는 이야기로만 들은 아름다운 공주를 오랫동안….'"

"잠깐만요." 알프가 말했다. "그거 잠자는 숲속의 미녀를 말하는 거겠죠? 그리고 우리는 공주를 보호해야 하는 거고요."

"맞아." 고드프리 경이 쏘아보며 말했다.

"그럼, 잠자는 숲속의 미녀는 어디에 있나요?"

"10시에 이곳에 올 거야." 고드프리 경이 말했다. "내가 그때까지 살아있다면 말이다."

"내가 잠자는 숲속의 미녀 역을 할 수 있어요." 비니가 말했다.
"난 대사를 다 알아요."

"잠자는 숲속의 미녀는 대사가 없어." 알프가 말했다. "그냥 잠
만 자."

하지만 비니는 이미 막 아래를 통해 연극용 침대를 끌어오고
있었다. 비니는 침대에 뛰어올라 눕고는 가슴팍에 단정하게 팔을
포개고 두 눈을 감았다.

폴리는 고드프리 경이 폭발할까 걱정이었지만, 그는 폴리에게
시작하라는 신호로 힘없이 고개를 끄덕일 뿐이었다.

"'멀고도 먼 길을 말을 타고 힘들게 왔도다.'" 폴리가 말했고, 칼
집에 손을 가져갔다. "'이 어두운 숲은 어떤 사악함이더냐? 그리
고 이 나무들은 무엇이더냐?'"

"'가시덤불이야!'" 알프가 말했다. "'우리는 아무도 통과시키지
않아!'"

트로트가 앞으로 나섰다. "'우리의 가시는 네 몸을 갈가리 찢
을 거야!'"

"'가시덤불 몇 개쯤은 두렵지 않도다.'" 폴리가 말했다.

"'우리는 평범한 가시덤불이 아니야!'" 베스가 외쳤다.

"'우리는 '나치' 가시덤불들이야!'" 알프가 선언했다. "'나는 괴벨
스야!'" 그리고 가지 팔을 벌리고는 가슴에 있는 나치 선전 장관
의 사진을 드러냈다.

"'나는 괴링이야!'" 베스가 말했다.

"'나는⋯.'" 트로트가 무게 중심을 다른 발로 옮기고 얼굴을 찡
그리더니 이윽고 폴리를 바라보았다. "'나는⋯.'"

"힘러." 폴리가 속삭였지만 소용없었다.

"나는 누구예요?" 트로트가 애처롭게 물었다.

"너는 힘러야, 이 바보야." 비니가 말하며 침대에서 일어나 앉았다.

"나는 바보가 아니야!" 트로트가 외치며 비니보다 더 가까이 있는 알프를 가지로 쳤다.

"왜 프롬프터는 아직 이곳에 없는 겁니까!" 고드프리 경이 말하고는 무대 위로 쿵쿵거리며 올라갔다.

"모르겠어요." 폴리가 말했다. "무슨 사고라도 난 게 아닐까 걱정이…."

"내가 가서 찾아볼까요?" 알프가 자원했다.

"아니." 고드프리 경이 말했다. "도밍 씨! 프롬프터용 대본을 맡아주세요."

도밍 씨가 끄덕였고, 페인트 솔을 통에 넣고 바닥에 내려놓고는(나중에 알프가 차서 쓰러뜨릴 게 분명한 장소였다) 프롬프터용 대본을 찾으러 갔다.

"그만해." 고드프리 경이 여전히 알프를 때리고 있는 트로트에게 말했다. "맙소사, 너희 여섯 명이 5분짜리 장면을 연기하게 하는 것보다 버넘 숲이 던시네인 언덕으로 가는 게 더 쉽겠구나.[56]

"줄을 서거라." 고드프리 경이 아이들에게 명령했고, 비니 쪽을 보았다. "눕거라. 그리고 '우리는 나치 가시덤불들이야!'부터 다시!"

트로트는 고드프리 경으로부터 엄청난 두려움을 느낀 게 분명

---

56 셰익스피어의 《맥베스》에서 마녀는 버넘 숲이 던시네인 언덕으로 움직이는 경우에만 맥베스가 패할 거라고 예언한다.

했다. 트로트는 대사를 제대로 말했으며 이어지는 '가시덤불들의 노래'를 토씨 하나 틀리지 않고 완벽하게 불렀기 때문이다. 그리고 이 노래에 포함된, 유럽 요새[57]에 관한 대사, 그리고 모두가 앞으로 돌진해 폴리에게 가지들을 찌르는 마지막 군무까지 정확하게 해냈다.

"'너희는 나를 막지 못해!'" 폴리가 말하며 칼을 뽑았다. "'내 듬직한 칼인 처칠로 너희를 자를 거야. 자, 칼을 받아라!'"

"오, 안 돼!" 아이들이 비명을 지르며 한꺼번에 주저앉았다.

"아니, 아니, 아니야!" 고드프리 경이 무대 위로 성큼성큼 걸어오며 말했다. "모두 동시에 그러면 안 돼."

아이들이 허둥지둥 일어났다.

"너희들은 한 명씩 차례로 쓰러져야 해. 도미노처럼." 고드프리 경이 베스의 머리에 손을 얹었다. "네가 제일 먼저, 다음은 너, 그리고 너, 한 줄로 쓰러져야 해."

"그리고 저 아이들은 가지들을 제대로 찌르지도 못했어요." 비니가 침대에서 일어나 앉으며 말했다.

"난 제대로⋯." 알프가 입을 열었다.

고드프리 경이 매서운 눈빛으로 알프를 조용히 시켰다.

"그리고 너희들은 가지를 쳐들고." 고드프리 경은 비니를 돌아보며 으르렁거렸다. "넌 다시 자. 키스를 받을 때까지 움직이지 마." 폴리에게는 지나가며 중얼거렸다. "셰익스피어가 극에 아이들을 넣지 않는 건 다 이유가 있어서입니다."

"소공녀를 잊으셨어요."

"하지만 2막에 살해당하게 할 정도로 정신이 제대로 박혀 있

57 제2차 세계대전 당시 나치에 점령당한 유럽을 가리킨다.

었지요. 다시!"

폴리는 고개를 끄덕였고, 칼을 뽑아 들고 앞으로 나섰다. "'그리고 나의 믿음직한 방패….'"

무대 뒤쪽에서 뭔가가 요란하게 떨어지는 소리가 났다. 폴리는 즉시 알프를 바라보았지만, 알프는 천진난만한 표정을 짓고 있었다.

"단 한 순간만이라도 연극 연습을 제대로 할 수가 없는 겁니까?" 고드프리 경이 말하고 쿵쿵거리며 무대 뒤로 가서 외쳤다. "따라서 오지들 마! 내가 돌아올 때까지 이 장면하고 다음 장면까지 다 마쳐두도록! 그리고 목수가 도착하면 곧바로 내게 알려줘."

아이들은 흥미로운 표정으로 고드프리 경의 뒷모습을 바라보았다.

"다시 자기 자리로." 폴리가 말했다. "가지들을 뻗어." 폴리가 칼을 들어 올렸다. "'그리고 내 믿음직한….'"

극장 뒤편에서 소리가 들렸고, 뒷문에서 남자가 나타났다. '다행이야.' 폴리는 여전히 칼을 든 채 무대 가장자리로 걸어가며 생각했다. '목수가 왔어.'

하지만 아니었다. 들어온 이는 던워디 교수였다. 그의 코트는 여며져 있지 않았고, 목도리는 한쪽에서 대롱거렸으며 모자도 쓰지 않은 상태였다.

"던워…홉 선생님." 폴리가 아무것도 들지 않은 손으로 눈에 그늘을 만들어 어두운 극장 안을 살피려 애쓰며 외쳤다. "여기서 뭐 하세요? 무슨 일이에요?"

그는 대답하지 않았다. 교수는 비틀거리며 복도를 걸어왔다.

'오, 맙소사. 다치신 거야.' 폴리는 생각했다.

알프가 폴리 옆에 나타났다. "에일린 누나에게 뭔가 일어난 건가요?" 알프가 물었다.

던워디 교수는 말을 하려 애썼지만, 아무 소리도 내지 못했다. 그는 다시 한 걸음 앞으로 나왔고, 폴리는 이제 그의 얼굴을 볼 수 있었다. 그는 놀라 넋이 나간 표정이었고, 얼굴은 잿빛이었다.

'안 돼.' 폴리는 생각했다. '에일린은 안 돼. 그럴 리 없어. 데드라인이 있는 건 던워디 교수님과 나야. 에일린은 전쟁에서 살아남아. 에일린은….'

비니가 이불을 질질 끌며 폴리를 밀치고 지나갔다. "에일린 언니는 어디에 있어요?" 비니가 목소리를 높여 다그쳐 물었다. "언니에게 무슨 일이 일어난 거예요?"

던워디 교수는 고개를 저었다.

'하느님, 감사합니다.'

"괜찮으세요?" 폴리가 던워디 교수에게 외쳤다.

"나는 세인트폴 대성당에 있었는데…" 던워디 교수가 말하고 폴리를 올려다보더니 다시 자신이 들어온 문가를 돌아보았다.

그곳에는 젊은 남자가 서 있었다. 그 남자가 복도를 걸어오기 시작했고, 폴리는 그가 공습 대비대 감시원 완장을 두르고 헬멧을 양손에 들고 있는 것을 보았다. '오, 맙소사.' 폴리는 생각했다. '스티븐 랭 대위야.'

하지만 그럴 리 없었다. 아직 랭 대위는 폴리를 만난 적조차 없었다. 랭 대위를 만나는 건 1944년이었다. 그리고 그 감시원의 머리 색깔은 갈색이 아니라 붉은 기가 도는 금발이었다. "폴리." 그 남자가 말했다.

"고드프리 경!" 트로트가 무대 옆쪽을 향해 외쳤다. "목수가 왔어요!"

"목수 아니야, 이 바보야!" 알프가 트로트에게 외쳤다. "공습 대비대 감시원이야!"

'아니, 그렇지 않아.' 폴리는 생각했다.

그리고 랭 대위도 아니었다. 폴리가 내내 들고 있던 칼, 아직 들고 있는 것조차 잊었던 칼이 힘없는 손아귀에서 떨어졌다.

그건 콜린이었다.

63

과거와 미래를 끄르고 풀고 헤치고
하나로 꿰려 애쓰며

— *T. S.* 엘리엇, 〈*4개의 사중주*〉

전쟁 박물관, 런던, 1995년 5월 7일

콜린은 모조 방공호 안에 비니와 함께 앉아 있었지만, 사이렌 소리를 듣지도, 빨간 점멸등을 보지도 않았고, 오로지 비니가 방금 한 이야기를 이해하려 애쓰고 있었다. 에일린은 죽었다. 8년 전에. 그렇다면 폴리는 1943년 12월에 이미 죽었다는 의미였다.

비니의 뒤쪽 벽에는 가정주부, 간호사, 공습 대비대 감시원의 그림이 담긴 포스터가 붙어 있었다. 포스터에는 '당신은 전투에서 이길 수 있습니다'라고 적혀 있었다.

'나는 이기지 못했어.' 콜린이 생각했다. 온몸이 마비된 느낌이었다. '나는 너무 늦었어. 에일린은 거의 10년 전에 죽었어. 나는 에일린을 구하지 못했어. 폴리도.'

"정말 미안해요." 비니가 말했다. "그것부터 먼저 말했어야 하는데. 암이었어요."

암. 만약 에일린이 원래 속한 옥스퍼드에 있었다면 쉽게 치료할 수 있는 병이었다. 그리고 만약 콜린이 과거로 가서 제때 에일린을 구할 수 있다면, 여전히 치료할 수 있을 것이다. 만약 에일린이 죽었을 때 혼자였다면, 콜린은 여전히 에일린을….

"에일린이 병원에서 죽었나요?" 콜린이 다급히 물었다. "누군가가 같이 있었어요?"

비니는 얼굴을 찡그리고 콜린을 바라보았다. "물론이지요. 우리 모두 그곳에 있었어요."

그건 마지막 순간에 에일린을 구할 방법이 없다는 뜻이었다. 훔친 구급차에 몰래 에일린을 숨겨 옥스퍼드로 보낼 방법이 없다는 뜻이었다. 콜린은 비니 옆에 털썩 주저앉아 두 손으로 머리를 감쌌다.

"우리 모두 작별 인사를 해야 했으니까요." 비니가 말했다. "아주 평화로운 임종이었어요."

'평화로운.' 콜린은 씁쓸하게 생각했다. '폴리가 먼저 그러했듯, 과거에 표류해 헛되어 구조대를 기다리다 죽어서 문제이지. 다만 에일린은 오래전에 기다림과 희망을 완전히 포기한 게 폴리와 다를 뿐이야.'

"안타까운 일이죠." 비니가 고개를 끄덕이며 말했다. "엄마는 당신을 보면 좋아했을 거예요. 하지만 적어도 우리는 당신을 찾았죠." 비니가 콜린을 보며 활짝 웃었다. "당신이 엄마를 찾지 못했을 때, 우리는 뭔가 잘못된 게 아닐까 걱정했어요. 아니, 적어도 나는 그랬어요. 하지만 알프는 우리가 당신을 찾아야만 한다고 말했어요. 왜냐하면, 만약 우리가 그러지 않았다면, 당신은 폴리 이모를 데리러 오지 못했을 거고….”

“데리러 와요?” 콜린은 비니의 두 어깨를 움켜쥐었다. “지금 무슨 말을 하는 건가요?”

“그 사람들을 구하려고 당신이 강하해서 온 거요.”

“하지만 방금 당신은 제가 에일린을 찾을 수 없었다고 했잖아요.”

“그렇게 말하지 않았어요.” 비니가 놀라 대답했다. “나는 당신이 에일린을 지금 찾을 수 없다고 말했어요. 당시에는 아니에요.”

“제가 에일린과 폴리를 찾았나요?”

비니가 고개를 끄덕였다. “그리고 던워디 교수님도요.”

“던워디 교수님요? 그분이 살아 계세요?”

비니가 고개를 끄덕였다. “폴리 이모가 교수님을 세인트폴 대성당에서 찾아냈어요.”

“교수님이 살아계시는구나.” 콜린은 그 모든 사실을 받아들이기 버거워하며 중얼거렸다. “저는 교수님이 돌아가신 줄 알았어요. 신문에 그분 사망 공지가 실렸거든요.”

“아니요. 그냥 부상만 당하셨어요.”

“그리고 저는 그 사람들을 구하러 갈 수 있었고요?” 콜린이 물었다.

비니가 고개를 끄덕였다.

하지만 만약 콜린이 성공했다면, 에일린이 아직 여기에 있었을 리 없었다. 콜린을 찾으려 애쓰다 죽었을 리 없었다. “무슨 일이 있었던 건가요?” 콜린이 물었지만, 그는 이미 답을 알았다. “제가 그 사람들을 찾아갔을 때는 너무 늦은 거죠? 그렇죠?”

64

사랑하는 이를 만나면 여행은 끝나리.

— 윌리엄 셰익스피어, 《십이야》

런던, 1941년 4월 19일

폴리의 칼이 무대에 떨어지며 철그렁 소리를 냈다. "빨리 칼을 잡아요!" 알프가 말했지만, 폴리에게는 그 말이 귀에 들어오지 않았다.

"콜린." 폴리는 말을 하려 했지만, 아무 소리도 나오지 않았다. 그녀는 던워디 교수 쪽을 흘끗 보았고, 교수는 몸을 지탱하기 위해 극장 의자 등받이를 움켜쥐고 서 있었다. 폴리는 다시 콜린에게로 시선을 돌렸다.

하지만 폴리가 전에 알던 콜린이 아니었다. 공습 대비대 헬멧을 손에 들고 그녀 앞 복도에 선 남자에게서는, 옥스퍼드에서 폴리를 강아지처럼 졸졸 따라다니던, 열정과 활기 넘치던, 자기가 크면 결혼하자고 졸라대던 소년의 모습을 찾아볼 수 없었다.

하지만 그건 상관없었다. 폴리는 복도에 선 그 남자를 보는 순간 콜린임을 알았다. 그리고 콜린이 약속대로 자신을 구하러 왔음을 알았다. 하지만 그러기 위해 얼마나 큰 대가를 치렀단 말인가? 콜린은 나이가 들었을 뿐 아니라 더 슬프고 더 결의에 차 보였으며, 얼굴에는 고생과 피곤으로 인한 주름이 생겨있었다.

'오, 콜린.' 폴리가 생각했다. '마지막으로 헤어지고 7개월 동안 너에게 무슨 일이 있었던 거니?'

하지만 폴리는 그 답 역시 알았다. 콜린은 몇 주, 몇 달, 아니 몇 년 동안 그들을 구하기 위해 미친 듯이 노력한 것이다. 강하란 강하는 다 열려 해봤을 것이다. 그리고 그 시도가 실패했을 때 무슨 일이 일어났는지 알아내려 애를 쓰고, 이제는 잃어버린 그들의 자취를 찾으려 애를 썼을 것이다.

'멀고도 먼 길을 말을 타고 힘들게 왔도다.' 폴리는 생각했다. '오랫동안 가망 없이 찾아다녔도다.' 그리고 전투를 하고 마법의 주문과 가시덤불과 시간과 싸웠다. 그리고 폴리를 찾아냈다.

그리고 마침내 그들 모두를 발견했다. 폴리는, 여전히 무슨 일이 일어났는지 믿지 못하겠다는 듯이 극장 의자 등받이를 잡고 몸을 지탱하고 선 던워디 교수를 바라보았다. 그는 마침내 배가 도착했을 때 훌륭한 크라이턴과 메리 아가씨가 지었을 게 분명한 표정을 짓고 있었다.

"그 사람들은 남은 생을 그 섬에서 살고 죽을 거라고 체념을 했습니다." 고드프리 경은 구조 장면을 연습할 때 단원들에게 그렇게 말했다. "그리고 이제 곧 구조가 됩니다. 아니, 아니, 아닙니다! 웃지 마십시오! 자신들이 구조됐다는 사실이 믿기지 않아 비틀거리고 놀라는 모습을 보여줘야 합니다. 즐겁고 슬프고 두려운 모습이 한꺼번에 보여야 합니다."

'그리고 침묵도.' 폴리는 생각했다. '마치 주문에 걸린 것처럼.'

콜린 역시 주문에 걸려 있었다. 그는 움직이지도, 말을 하지도 않았다. 콜린은 공습 대비대 헬멧을 두 손에 들고 꼼짝도 하지 않고 서서 폴리를 바라보며 기다렸다.

'내가 주문을 깨길 기다리는 거야.' 폴리는 생각했다.

"오, 콜린." 폴리가 말하고 계단을 내려와 콜린이 선 복도로 걸어갔다. "만약 문제가 생기면 넌 나를 구하러 올 거라고 했지. 그리고 정말로 왔구나!"

"왔어." 콜린이 말했고, 그의 목소리 역시 변해 있었다. 소년의 목소리가 아닌, 더 굵고 부드러운, 어른의 목소리였다. "좀 늦었고 옷도 엉망이기는 하지만." 콜린이 폴리를 보고 싱긋 웃었고, 폴리는 자기 생각이 틀렸다는 걸 깨달았다. 지금 자기 앞에 선 남자는 그날 보들린 도서관에서 그녀를 따라다니던 바로 그 콜린과 정확히 똑같았다. 전혀 변하지 않았다.

폴리의 심장이 쿵쾅거렸다. "늦지 않았어. 정확한 시간에 왔어."

콜린은 폴리에게 다가가기 시작했고, 그녀는 갑자기 달리기를 한 것처럼 숨이 가빴다. "콜린…."

"폴리 누나!" 알프가 무대에서 외쳤다. "그 감시원이 우리를 대피시키러 온 건가요?" 알프는 폴리에게서 겨우 한 걸음 떨어진 곳에 있는 콜린을 가리켰다.

"당연히 아니지, 이 바보야." 비니가 무대 가장자리로 나와 알프 옆으로 가며 말했다. "공습 대비대 감시원은 사람들을 피신시키지 않아."

"불발탄이 있으면 그렇게 해." 알프가 받아쳤다. "그 형이 폭탄 제거반과 같이 왔나요, 폴리 누나?"

"난 저 오빠가 누군지 알아." 트로트가 알프와 비니의 대화에 끼어들었다. "저 오빠는 왕자님이야. 잠자는 숲속의 미녀를 구하러 온 거야."

"정신 차려." 알프가 몸을 굽히고 요란하게 웃어댈 때 비니가 말했다. "용감한 왕자님 따위는 없어."

'아니, 있고말고.' 폴리는 생각했다. '여기 있잖아. 아주 알맞은 때에 나타났잖아.'

"완전히 왕자님 같은걸." 트로트가 말했고, 무대 옆 계단을 내려가기 시작했다. "내가 보여줄게."

"아니, 그러지 마." 폴리가 말했다. 지금 상황에서 아이들이 아래로 내려와 질문을 해대는 것은 전혀 도움이 되지 않았다. "가서 지금 당장 세례식 장면 의상으로 갈아입으렴."

트로트가 즉시 무대 옆쪽으로 향했고 그 뒤를 넬슨이 따랐지만, 알프와 비니가 폴리의 말을 그렇게 순순히 따를 리 없었다. "고드프리 경은 우리에게 우리가 멈췄던 곳부터 계속하라고 했어요." 비니가 말했다.

"고드프리 경이 뭐라고 하셨는지는 상관없어, 비니. 가서 네 요정 의상으로 갈아입어."

비니 옆에서 콜린이 중얼거렸다. "저 애가 비니야?"

'심지어 콜린마저도 그 악명 높은 호드빈 남매에 관해 들어봤구나.' 폴리가 생각했다.

"응." 폴리가 말했다. "자, 가서 세례식 장면 의상으로 갈아입어."

"그럴 수 없어요." 비니가 말했다. "에일린 언니가 아직 돌아오지 않았단 말이에요."

'에일린. 이제 집에 돌아간다는 걸 알면 에일린이 얼마나 기뻐할까.'

"에일린이 여기 없니?" 던워디 교수가 물었다.

"네. 제 강하 지점을 먼저 확인하러 간 듯해요." 폴리가 말했다.

던워디 교수와 콜린이 시선을 교환했다.

"왜요?" 폴리가 걱정스레 물었다. "오늘 밤에 켄싱턴에 공습이 있는 건 아니죠?"

"아니야. 오늘 밤 공습은 대부분 부두 쪽이야." 콜린이 말했다.

"제가 의상을 제대로 입지 않고 세례식 장면을 할 수는 없어요." 비니가 말했다. "그리고 에일린 언니는 날개를 고치기 전까지는 그걸 입지 말라고 했어요. 부러졌거든요. 알프가 부러뜨렸어요." 비니가 쓸데없는 말을 덧붙였다.

"날개 없이 의상을 입어." 폴리가 명령했다.

'에일린은 집에 간다는 생각보다 이제 호드빈 남매를 상대하지 않아도 된다는 사실에 더 기뻐할 거야.' 폴리는 생각했고, 죄책감이 들었다. 알프와 비니는 이미 어머니를 잃었으며 이제 에일린을 잃을 것이다. 가엾고 어린….

"에일린 언니가 그러지 말라고 했어요." 비니가 도전하듯 말했다. "그리고 고드프리 경은 우리가 마지막 장면까지 멈추지 말고 쭉 해야 한댔어요."

"그리고 나는 너에게 가서 의상을 입으라고 했고." 폴리가 명령했다. "그리고 에일린이 여기에 도착하면, 내가 이야기를 하자고 한다고 전해."

"알았어요. 하지만 언니는 곤란한 상황에 빠질 거예요." 비니가 위협하듯 중얼거렸다.

'틀렸어.' 폴리는 생각했다. '우리는 이미 곤란한 상황에 있었지만, 이제는 콜린이 여기에 있는걸.'

"지금 당장 내 말대로 해." 폴리가 말했고, 알프와 비니는 터벅터벅 무대를 떠나 무대 옆으로 들어갔다.

폴리가 던워디 교수와 콜린에게로 다시 돌아섰다. "네가 여기에 있다는 게 아직도 믿기지 않아, 콜린."

"나도 그래. 널 찾으려고 끔찍할 정도로 애를 썼거든. 건초 더미에서 바늘 하나 찾는 것보다도 훨씬 더 어려웠어."

폴리는 짐작할 수 있었다. 타운젠드 브라더스 백화점의 그 누구도 폴리 일행이 어디에 있는지 알지 못했고, 설사 그들이 리케트 부인 집에 살았다는 사실을 콜린이 어찌어찌 알아냈다 했을지라도….

'신문에 난 동화극 광고를 본 게 분명해.' 폴리는 생각했다. 마이크는 역사학자들이 그들의 행방에 관한 단서를 찾기 위해 신문을 읽을 거라고….

'오, 맙소사, 마이크.' "던워디 교수님." 폴리가 말했다. "콜린에게 마이크에 관해 말씀해주셨어요?"

"콜린은 이미 알아."

'당연히 그렇겠지.' 폴리는 생각했다. '신문에서 그 소식 역시 읽었을 거야. 마이크 데이비스, 〈오마하 옵저버〉의 미국 종군 기자. 급사.'

"찰스 보우덴은 어떻게 됐어?" 폴리는 콜린에게 물었다. "그 친구는 싱가포르에 있어. 일본군이 상륙하기 전에 그 친구를…."

"찰스의 강하는 여전히 작동하고 있었어." 콜린이 말했다. "우리는 뭔가 잘못되었다는 사실을 깨닫자마자 찰스를 다시 데려왔어."

'오, 하느님, 감사합니다.' "데니스 애서튼은?"

"아예 강하지 않았어. 제럴드 핍스도. 잭 소르킨도. 전부 열리지 않았어." 콜린이 말했다. "단 하나, 교수님의 강하만 빼고요, 던워디 교수님. 그리고 교수님이 강하하자마자 그것도 작동을 멈추었어요. 3년 전까지, 우리는 제2차 세계대전의 전 기간이 우리에게 완전히 닫혔다고 생각했어."

'3년 전까지.' 폴리는 생각했다. 그리고 그에 앞서 또 얼마나 오랜 세월을 콜린은 폴리 일행을 영원히 잃었을 거라 생각하면서도 포기하지 않고 계속 찾아다녔을까?

"메로피가 옳았어, 폴리." 던워디 교수가 말하고 있었다. "메로피는 네가 고드프리 경을 구했기 때문이 이제 우리 강하가 열릴 거라고 했잖아. 내 강하 지점을 확인하러 가봤더니 그곳에 콜린이 있었어. 난 처음에는 수랑 지붕에 소이탄이 떨어진 걸 보고 그걸 확인하러 온 공습 대비대 감시원인 줄 알았어. 그런데 '여기서 구해드리러 왔어요, 던워디 교수님.'이라고 말하는 걸 듣고 콜린이라는 걸 깨달았지."

"둘 다 구하러 왔어요." 콜린이 말했다. "우리는 세인트폴 대성당으로 돌아가야 해요."

폴리는 고개를 끄덕이며, 왜 콜린이 던워디 교수를 먼저 옥스퍼드로 보내지 않았을까 잠시 생각했다. 콜린은 극장이 어디인지 알지 못했고, 그래서 길을 알기 위해 던워디 교수가 필요했던 모양이었다.

"콜린, 넌 던워디 교수님을 당장 옥스퍼드로 모셔다드려." 폴리가 말했다. "교수님의 데드라인은 열흘밖에 안 남았고, 그러니 교수님이 나보다 훨씬 위험해. 나는 여기 남아 에일린을 기다릴

게. 그리고 어쨌든 나는 내가 떠난다고 모두에게 알려야 해. 극단 사람들에게 아무 말도 없이 떠날 수는 없어. 그래야 내 역을 대신할 사람을 구하지. 동화극은 2주밖에 남지 않았어. 나는 그 사람들에게 빚이 있어…."

폴리는 머뭇머뭇 말하다가 말을 멈추었다. '극단 사람들 모두에게 작별 인사를 해야 해.' 가슴이 아팠다. '라버넘 양과 트로트와, 오, 맙소사, 고드프리 경에게도. 그분을 다시 못 보면 나는….'

"폴리?" 콜린이 말했다. "괜찮아?"

"응." 폴리가 말했다. "괜찮아." 폴리는 간신히 웃음을 지었다. "나는 여기 남아 사람들에게 작별 인사를 하고, 에일린이 도착하면 같이 세인트폴 대성당으로 가서 너를 만날게."

하지만 던워디 교수가 고개를 젓고 있었다. "에일린이 올 때까지 나도 기다리고 싶구나." 교수가 말하며 콜린을 바라보았다.

콜린은 고개를 끄덕였다. "시간이 있어요."

폴리가 이해하지 못하는 뭔가가, 둘이 폴리에게 말하지 않은 뭔가가 있었다. "왜 에일린이 늦는 거람?" 처음 들어왔을 때 던워디 교수의 창백한 안색과 콜린 얼굴에 서린 슬픈 표정을 떠올리며 폴리가 말했다. "말해주세요. 에일린에게 무슨 일이 일어났나요?"

던워디 교수와 콜린이 시선을 교환했다.

"말해주세요." 폴리가 다그쳐 물었다.

"폴리?" 에일린의 목소리가 극장 앞쪽에서 들렸다. "어디 있니?"

'오, 하느님 감사합니다.' 폴리는 몸을 돌려 무대 쪽을 바라보며 생각했다.

에일린이 모자를 쓰고 코트를 입은 차림으로 무대 옆에서 나왔다. 무대용 문으로 들어온 게 분명했다. 에일린은 두 손으로 눈에 차양을 하고 눈을 가늘게 뜨고 각광 너머를 바라보았다.

"나 여기 있어." 폴리가 외쳤고, 미처 더 말을 하기도 전에 에일린은 옆 계단을 내려와 복도 쪽으로 오며 물었다. "넌 왜 연습을 안 해? 그리고 다른 단원들은 어디에 있어? 나를 기다리느라 연습을 안 하는 게 아니었길⋯, 던워디 교수님." 에일린이 그를 발견하고 말했다. "여기서 뭐 하세요? 세인트폴 대성당에 무슨 일이 일어났나요?"

"아니." 폴리가 말했다. "맞아, 오, 에일린, 콜린이 왔어. 우리를 집으로 데려가려고 콜린이 여기에 왔어."

"콜린?" 에일린은 기쁜 목소리로 말하며 몸을 돌려 콜린을 보았지만, 그러는 에일린의 표정은 뭐랄까, 충격 또는 실망스러움이 담겨 있었다.

폴리는 질문이 담긴 눈빛으로 콜린을 보았지만, 콜린은 에일린을 응시하고 있었고, 그의 얼굴에는 또다시 피곤함이 가득했다.

'왜 그러지?' 폴리는 생각했지만, 다음 순간 폴리는 에일린의 놀라는 표정을 실망하는 표정으로 자신이 오해한 것이라고 결론지었다. 에일린이 앞으로 달려가 콜린을 껴안았기 때문이다.

"네가 올 줄 알았어!" 에일린이 행복하게 외쳤다. "난 폴리에게 우리가 알지 못하더라도 계속 우리를 구조하기 위한 시도가 계속되고 있을 거라고 말했어." 에일린은 한 걸음 물러나 잠시 콜린을 살펴보더니 미소 지었다. "그리고 여기 네가 왔네! 난 절대로 희망을 잃으면 안 된다고 했어, 네가 절대로 포기하지⋯." 에일린의 목소리가 갈라졌다. "늦지 않게 폴리랑 교수님을 구하러 올 줄 난 알았어."

"그리고 너도 구하러 온 거야, 이 바보야." 폴리가 말했다. "생각해봐. 넌 다시는 승리 스튜를 먹을 필요가 없어."

하지만 에일린은 웃지 않았다. 에일린은 눈물이 가득한 눈으로 던워디 교수를 보고 있었다. "울지 마." 폴리가 말했다. "행복한 일이잖아. 강하가 다시 작동하고, 찰스는 괜찮아. 일본군이 도착했을 때 찰스는 싱가포르에 있지 않았대. 구조팀이 찰스를 구했어."

"하지만 마이크는 아니고." 에일린이 콜린을 바라보며 말했다.

"응."

에일린은 천천히 고개를 끄덕였다. "너를 보았을 때, 나는 어쩌면 마이크가 괜찮을 거라고, 마이크가 어떤 식으로든 너에게 우리가 어디에 있는지를…, 우리가 어디에 있는지 넌 어떻게 알았어? 백베리나 타운젠드 브라더스 백화점에는 우리가 어디에 있는지 아는 사람이 아무도 없고, 리케트 부인의 집은…."

에일린은 마치 그 대답이 아주 중요하다는 듯이 콜린을 뚫어져라 바라보았다. "어떻게 우리를 찾았어?"

"그건 옥스퍼드에 돌아가서 이야기해도 돼." 폴리가 말했다. "공습이 더 심해지기 전에 우리는 돌아가야 해."

"네 말이 맞아." 에일린이 말했다. "물론이야."

하지만 콜린도 던워디 교수도 움직이지 않았다. 셋 모두 마치 뭔가를 기다리는 것처럼 그곳에 서서 서로를 바라만 보았다.

"왜들…." 폴리가 어리둥절해 물었다.

"사람들에게 네가 떠난다고 말해야 한댔잖아." 콜린이 폴리에게 말했다.

"응. 그리고 옷도 갈아입어야 해. 셋이 먼저 갈래? 그리고 세인트폴 대성당에서 만날까?"

"아니." 콜린은 에일린을 보고 있었다. "기다릴게."

"금방 돌아올게." 폴리가 말하고 복도를 달려가 무대에 올라가 옆쪽으로 들어갔다.

그곳에는 브라이트포드 부인이 알프와 비니가 망가뜨린 가시 덤불 가지를 수선하는 중이었다. "고드프리 경 보셨어요?" 폴리가 물었다.

브라이트포드 부인은 고개를 저었다. "목수를 찾으러 가셨을 거예요."

'오, 안 돼.' 폴리는 고드프리 경에게 작별 인사 없이 떠날 수는 없었다. "어디에 계시는지 모르시죠?"

브라이트포드 부인은 다시 고개를 저었다.

"만약 돌아오시면, 제가 뵙고 싶어 한다고 전해주세요." 폴리가 말하고 분장실로 달려갔다. 옷을 갈아입은 다음까지 돌아오지 않으면 경이 어디에 있는지 아는 사람이 있는지 알아보고 찾으러 나갈 생각이었다.

하지만 만약 경을 찾는다면, 그때는 뭐라고 해야 한단 말인가? '저는 시간 여행자예요…. 저는 여기에 갇혔었지만, 이제 구조팀이 왔고, 그래서 집에 가야 해요…. 다른 방법이 없어요. 여기 머물면 저는 죽어요….'

어쩌면 폴리가 고드프리 경을 찾을 수 없는 게 나을지도 몰랐다. 그녀는 레깅스를 벗고 스타킹을 신었지만, 급한 마음에 세게 잡아당기다가 한쪽 올이 나갔다.

'상관없어.' 폴리는 더블릿을 서둘러 벗고 프록을 입으며 생각했다. '올이 나가는 걸 다시는 걱정할 필요가 없어. 배급 수첩도, 폭탄도.'

폴리는 프록 단추를 채웠다. "다시는 물건 포장을 할 필요도 없을 거야." 폴리는 말했고, 갑자기 알 수 없게도 눈에서 눈물이 흐르는 걸 깨달았다.

'이건 말도 안 돼.' 폴리는 생각했다. '난 물건 포장하는 거 싫어하잖아. 그리고 이건 해피엔딩이야. 딱 트로트의 동화책 결말처럼.'

폴리는 신을 신고 코트와 모자를 들고 나왔고, 걸으면서 코트를 입고 모자를 쓰다가 망설였다. 6개월 뒤면, 브라이트포드 부인이나 비브는 비록 올이 나간 스타킹일지라도 간절히 원할 것이다. 폴리는 분장실로 돌아가 신을 벗고, 스타킹을 벗어 분장용 거울에 걸쳐 놓았다. 그리고 핸드백을 들고 문을 열었다.

고드프리 경이 히틀러 복장을 하고 콧수염을 한 채 문 앞에 서 있었다. 그는 폴리의 옷차림과 코트를 보았다. "그럴 필요 없습니다. 목수가 오고 있습니다." 고드프리 경은 폴리에게 말했고, 이윽고 말을 멈추었다.

"우리를 떠나시는 거군요." 고드프리 경이 말했고, 그건 질문이 아니었다. "당신의 젊은이. 그 사람이 왔군요."

"네. 올 수 없을 거라 생각했지요. 전 그 사람이…."

"죽었다고 생각했군요." 고드프리 경이 말했다. "하지만 도착했군요. '그 모든 장애에도 불구하고, 진정한 사랑이 승리하노니.'"

"네." 폴리가 말했다. "하지만 전…."

고드프리 경은 고개를 저어 폴리를 조용히 시켰다. "시간이 맞지 않았습니다." 그가 말했다. "어울리지 않았을 겁니다, 메리 아가씨."

"네." 폴리는 말하며 왜 어울리지 않았을 것인지, 자신이 사실은 누구인지 경에게 말해줄 수 있으면 좋겠다고 바랐다.

'비올라처럼.' 폴리는 생각했다. 고드프리 경은 그녀에게 별명을 딱 맞게 지어준 것이다. 그녀는 경에게 왜 자신이 여기에 있을 수 없는지, 왜 떠나야만 하는지, 자신이 경의 목숨을 구한 것처럼 어떻게 그 역시도 자신의 목숨을 구했는지, 그가 자신에게 얼마나 큰 의미인지를 말할 수 없었다.

폴리는 자신이 전시의 성급한 사랑에 빠져 그를 버린다고 생각하게 둘 수밖에 없었다. "만약 할 수만 있었다면 저는 동화극이 끝난 뒤에까지 남았을⋯." 폴리가 말을 시작했다.

"그리고 결말을 망치라고요? 바보 같은 생각하지 마십시오. 언제 퇴장할지 아는 것이 연기의 절반입니다. 그리고 눈물을 흘리지 마십시오." 그가 단호히 말했다. "이건 희극이지 비극이 아닙니다."

폴리는 뺨을 훔치며 고개를 끄덕였다.

"좋습니다." 고드프리 경이 폴리에게 웃어 보이며 말했다. "아름다운 비올라여⋯."

"폴리 언니!" 비니가 계단 꼭대기에서 외쳤다. "에일린 언니가 서두르래요!"

"지금 가!" 폴리가 말했다. "고드프리 경, 저는⋯."

"폴리 언니!" 비니가 고함쳤다.

폴리는 앞으로 달려가 고드프리 경의 뺨에 키스하고 계단을 향해 달려갔고, 계단 난간에 기대 아래를 내려다보고 있는 비니에게 외쳤다. "에일린에게 지금 가고 있다고 전해줘!"

비니가 서둘러 사라졌고, 폴리는 계단을 뛰어 올라갔다. "비올라!" 계단 꼭대기에 도착했을 때 고드프리 경이 외쳤다. "헤어지기 전에 세 가지 질문만 더 하겠습니다."

폴리는 난간 너머로 고드프리 경을 내려다보았다. "'말씀만 하소서.'"[58]

"우리가 전쟁에서 이겼습니까?"

폴리는 콜린을 본 뒤로 더 이상 놀랄 일은 없을 거라 여겼지만, 틀린 생각이었다.

'경이 알아.' 폴리는 놀라 생각했다. '경은 세인트조지 교회의 첫날 밤 이후로 내내 알고 있었어.' "네." 폴리가 말했다. "우리가 이겼어요."

"그리고 제가 그 승리에 일조했습니까?"

"네." 폴리는 단호하고 확실하게 말했다.

"제가 배리의 극을 할 필요는 없었죠, 그렇죠? 아니, 말하지 마십시오. 그랬다간 용기가 꺾여 제 맡은 바를 다하지 못할 겁니다."

폴리는 웃음이 터져 나왔다. "그게 세 번째 질문이었나요?" 그녀는 간신히 물었다.

"아닙니다, 폴리." 고드프리 경이 말했다. "더 중요한 겁니다." 그리고 폴리는 그게 진실임을 알았다. 고드프리 경은 《훌륭한 크라이턴》의 그 한 장면을 제외하고는 그녀를 진짜 이름으로 부른 적이 없었다.[59]

"무엇인가요?" 폴리가 물었다. '제가 경을 다시 볼 수 있냐고요?' '볼 수 없어요.'

'제가 경을 사랑하냐고요?'

'그럼요, 영원히요.'

고드프리 경은 앞으로 걸어 나와 계단 난간을 움켜쥐고 진지한

---

58 셰익스피어, 《오셀로》
59 폴리는 《훌륭한 크라이턴》의 등장인물 중 한 명이다.

표정으로 폴리를 올려다보았다. "희극입니까, 비극입니까?"

'경은 전쟁을 뜻하는 게 아니야.' 폴리는 생각했다. '경은 이 모든 것을 말하는 거야, 우리 삶과 역사와 셰익스피어를. 그리고 연속체를.'

폴리가 고드프리 경을 내려다보며 웃음 지었다. "희극이랍니다, 고드프리 경."

무대에서 엄청난 소음이 들렸다. "알프! 내가 아무것도 만지지 말라고 말했잖아!" 비니가 외쳤다.

"아무것도 안 만졌어! 망사 막이 혼자서 떨어졌어."

"망사 막!" 고드프리 경이 고함쳤다. "알프 호드빈, 그 밧줄로 장난치지 말라고 내가 말했지!"

"손대지 마." 비니의 목소리가 경고했다. "그러다 찢어져!"

"아무것도 손대지 말거라!" 고드프리 경이 고함치며 계단을 달려 올라가 폴리를 지나 무대로 나갔고, 폴리는 알프와 비니가 "아무것도 안 했어요! 맹세해요!"라고 주장하는 소리를 들을 수 있었다.

"'그 사람들 모두가 해변으로 달려갔어요.'"[60] 폴리가 중얼거리며 고드프리 경의 뒷모습을 바라보았고, 이윽고 몸을 돌려 극장으로 달려 들어가 복도를 지나 에일린과 던워디 교수와 콜린이 선 곳으로 갔다.

셋은 딱 붙어 서서 머리를 맞대고 이야기를 하고 있었으며, 그 모습을 본 폴리는 자신과 마이크와 에일린이 비상계단에 앉아 서로에게 일어난 일들을 이야기하고 계획을 짜던 첫날 밤이 떠올랐다. "난 너희를 이곳에서 구해낼 거야, 약속해." 마이크는 그렇게 말했고, 그 약속을 지켰다.

60 제임스 M. 배리, 《훌륭한 크라이턴》

마이크는 죽었고, 그로 인해 폴리는 자기 삶이 조금이라도 쓸모 있으려면 뭐든 해야 한다는 생각을 했고, 그래서 험프리스 씨에게 구급차 운전사 일을 얻게 도와달라고 부탁할 생각으로 세인트폴 대성당으로 갔다. 그리고 폴리가 그렇게 했기 때문에 던워디 교수를 발견하고 절망했다. 만약 폴리가 절망하지 않았더라면, 그녀는 피닉스 극장이 폭격을 당했을 때 알함브라 극장에 있지 않았을 것이고, 고드프리 경을 구하지 못했을 것이고, 강하는 절대로 열리지 않았을 것이다.

'네가 우리를 구했어, 마이크.' 폴리는 생각했다. '네가 약속했듯이.'

폴리는 사람들에게 다가갔다. 에일린은 울고 있었고, 폴리가 다가오자 어색하게 뺨을 훔치더니 웃어 보였다. "준비됐어?" 에일린이 물었다.

'아니.' 폴리는 생각했다. "응."

"확실해?" 콜린이 말했다. "이게 네게 얼마나 힘든 일일지 나도 알아. 우리에게 시간이 많이 있는 건 아니지만, 작별 인사를 할 정도의 시간은 충분히 있어. 만약 또 작별 인사를 해야 할 사람이 있다면…."

'사랑해.' 폴리는 생각했다.

"아니, 준비됐어." 폴리는 무대를 돌아보았다. 아이들과 고드프리 경과 도밍 씨와 넬슨이 무너진 망사 막을 가지고 끙끙대고 있었다.

"우리가 도와야 하는 거야?" 콜린이 폴리에게 물었다.

"아니. 만약 그랬다가는 절대로 빠져나오지 못할 거야. 가자." 폴리가 말하고 몸을 돌려 복도를 걷기 시작했고, 오, 이런, 라버넘 양이 오고 있었다.

"괜찮아요. 목수를 부르러 갈 필요 없어요, 폴리." 라버넘 양이 말했다. "마침내 목수를 찾았고, 곧 여기에 올 거예요. 망사 막이 아직도 끼어 있나요?"

"아니요." 폴리가 무미건조하게 말했다.

"아니, 아니, 아니야!" 고드프리 경이 고함쳤고, 라버넘 양이 무대를 바라보았다.

"오, 맙소사! 무슨 일이 일어난 거죠?" 그녀는 복도를 걸어 무대로 향하기 시작했다.

"우리는 가야 해." 콜린이 조용히 폴리에게 말했다. "시간이 많지 않아."

폴리는 고개를 끄덕였다. "난 준비됐어." 폴리가 말했다.

"가요?" 좀 전까지만 해도 무대에 있었던 비니가 폴리 바로 옆에서 말했다. "어디로 가는데요?" 그리고 라버넘 양은 즉시 몸을 돌려 폴리 일행이 있는 곳으로 급히 다가왔다.

알프는 무대에서 뛰어내려 라버넘 양을 따라 달려왔고, 트로트, 그리고 넬슨이 요란하게 짖으며 그 뒤를 따라왔다. "어딜 가는 거예요?" 알프가 외쳤다.

'이제 우리는 여기를 어떻게 빠져나가야 한담?' 폴리는 생각했다.

"무슨 일이 일어났나요?" 라버넘 양이 콜린의 공습 대비대 복장을 그제야 본 듯이 물었다.

"네." 폴리가 말했다. "실망하게 해드려 죄송하지만…."

"이분은 폴리의 약혼자예요." 에일린이 끼어들었다.

"폴리 언니랑 결혼할 거예요?" 트로트가 콜린에게 물었다.

"응." 콜린이 말했다. "그사이에 다른 사람과 사랑에 빠지지 않왔다면."

"이분은 갑자기 휴가를 받게 되었어요, 라버넘 양." 에일린이 설명하고 있었다.

'그리고 공습 대비대 감시원 일을 하러 갔고?' 폴리가 생각했지만 라버넘 양은 그게 이상하다는 생각을 하지 못한 듯했고, 또한 폴리가 이전까지 한 번도 언급하지 않은 약혼자가 갑자기 나타난 것도 이상하다고 생각하지 않는 듯했다.

"오, 세상에. 만나서 반갑습니다⋯. 성함이⋯?" 라버넘 양은 대답을 바라는 눈으로 폴리를 바라보았다.

"템플러 중위예요." 에일린이 자진해 알려주었다.

"마침내 만나 뵙게 되어 반갑습니다, 라버넘 양." 콜린이 말했다. "아주 친절하신 분이라고 폴리에게 얘기 많이 들었습니다."

"우리는 소개 안 해줄 거예요?" 알프가 다그쳤다.

"이쪽은 알프, 트로트, 비니야." 폴리가 각자 차례로 소개했다.

"비비안이에요." 비니가 정정했다. "비비안 리의 그 비비안요."

"알프, 트로트, 비비안." 폴리가 단념하고 말했고, 콜린은 알프 그리고 트로트와 차례로 악수했다.

"폴리 언니를 백 년 동안 찾아다녔나요?" 트로트가 물었다.

"거의." 콜린이 대답했고, 비니에게 시선을 돌렸다. "만나서 영광입니다, 비비안." 콜린이 엄숙하게 말했고, 비니는 의기양양한 표정으로 폴리를 힐끗 보았다.

"왜 폴리 누나는 동화극에 나올 수 없는데요?" 알프가 폴리에게 물었다.

"동화극에 나올 수 없어요?" 라버넘 양이 놀라 물었다. "오, 하지만 세바스찬 양, 지금 우리를 버리고 떠날 수는 없어요. 남자 주연을 할 사람을 어떻게 찾겠어요?"

"내가 할게요." 비니가 말했다. "내가 대사를 다 알아요."

"바보같이 굴지 마." 알프가 말했다. "누나는 그 역을 하기에는
어려."

"난 다 컸어."

"넌 이미 요정을 맡았잖아." 에일린이 말했다. "그리고 가시덤
불이랑. 이미 중요한 역을 많이 맡아서 다른 역을 더 맡으면 버
거울 거야." 그리고 알프가 쓸데없는 소리를 하기 전에 덧붙였다.
"알프, 가서 고드프리 경에게 목수가 곧 올 거라고 알려드려. 그
리고 그동안에 망사 막을 다시 올리는 것도 도와드리고. 트로트
를 데려가. 넬슨도."

가엾은 고드프리 경에게는 잔인한 일이 되겠지만, 적어도 한
동안은 알프를 떼어놓을 수 있었다. 이제 라버넘 양만 떼어놓으
면 되었다. 라버넘 양이 말하고 있었다. "하지만 이렇게 시간이
촉박해서는 다른 남자 주연을 절대로 찾을 수 없을 거예요. 제발
부탁할게요, 세바스찬 양. 아이들이 얼마나 실망할지를 생각해
보세요."

"나는 어린아이가 아니에요." 비니가 말했다. "그리고 왕자 역
을 할 정도로 충분히 컸어요. 들어보세요." 비니는 가시덤불이 덮
인 두 팔을 극적으로 휘둘렀다. "'나는 이야기로만 들은 아름다운
공주를 오랫동안…'"

"쉿." 에일린이 말했다. "가서 폴리의 의상을 좀 가져와줄래."

비니가 무대를 향해 달려갔고, 에일린은 라버넘 양을 돌아보았
다. "제가 폴리를 대신할게요."

"네가 어떻게 해." 폴리가 무심코 말했다. "너도 우리와 갈 거

잖아." 하지만 말을 하자마자 폴리는 자기 입을 틀어막고 싶어졌다. 비니가 복도를 다시 달려오며 다그쳐 물었기 때문이다. "같이 간다는 폴리 언니 말이 무슨 뜻이에요, 에일린 언니? 안 갈 거죠? 그렇죠?"

"응. 폴리는 내가 자기 결혼식에 갈 거 아니냐는 말이었어." 에일린이 당황하지 않고 답했다. "폴리와 템플러 중위님은 결혼할 거고, 나도 꼭 가고 싶기는 하지만, 누군가 동화극을 할 사람이 있어야 하잖아." 에일린은 폴리와 콜린을 돌아보았다. "결혼식이 어땠는지 꼭 편지로 모두 다 써서 보낸다고 약속해줘."

"결혼요?" 라버넘 양이 폴리에게 말했다. "결혼하세요? 오, 그럼 당연히 가셔야죠! 하지만 공연이 끝날 때까지 미룰 수는 없을까요? 고드프리 경은 이 공연에 엄청 공을…."

에일린은 고개를 저었다. "폴리는 시간이 없어요. 결혼 허가서도 받아야 하고, 식 준비랑…."

콜린이 고개를 끄덕였다. "우리는 지금 매튜스 주임 사제님을 보러 갑니다."

"그리고 템플러 중위는 휴가가 24시간밖에 안 돼요." 에일린이 술술 말했다. "하지만 그건 괜찮아요. 제가 왕자 역을 할 수 있어요. 비니가 제 대사를 알려줄 거예요. 그렇지, 비니?"

'뭐 하는 거야? 비니에게 거짓말하지 마.' 폴리가 생각했다. '제아무리 우리가 여기서 빠져나가야 한다고 해도 그건 너무해. 비니는 이미 너무나 많은 상처를 받았고, 너무나도 많이 버림받았단 말이야.'

"에일린…." 폴리가 경고하는 목소리로 말했다.

"비니." 에일린이 폴리를 무시하고 말했다. "가서 폴리의 의상을 가져다주렴. 당신도 같이 가시는 게 좋겠어요, 라버넘 양. 더블 릿은 좀 줄여야 해요. 저는 폴리보다 키가 작거든요."

라버넘 양은 고개를 끄덕이고 복도로 향했다. "가자, 비니."

하지만 비니는 그 자리에 가만히 있었다. "내가 홍역에 걸렸을 때, 언니는 떠나지 않겠다고 말했어요." 비니가 말했다. "언니는 약속했어요."

"알아." 에일린이 말했다.

"구드 신부님은 약속을 깨는 건 죄라고 했어요."

'비니에게 약속을 지키는 게 불가능할 때도 있다고 말해줘.' 폴리가 마음으로 에일린에게 명령했다. '비니에게⋯.'

"구드 신부님 말씀이 맞아." 에일린이 말했다. "그건 죄야. 난 떠나지 않아, 비니."

"머물겠다고 맹세해요?" 비니가 말했다.

"맹세해." 에일린이 말하고 비니에게 웃음 지었다. "내가 떠나면 너와 알프를 누가 보살펴주겠니? 자, 이제 라버넘 양과 가렴." 그리고 비니는 라버넘 양 뒤를 쫓아 달려갔다.

이번에는 비니와 라버넘 양이 대화를 엿듣지 못할 거리까지 가기를 기다렸다가 폴리가 말했다. "비니에게 거짓말을 하면 어떡해. 그건 공정하지 않아. 네가 떠날 거란 말 정도는 비니에게 해줘야 예의지."

"그렇게는 말할 수 없어." 에일린이 말했다.

"무슨 뜻이야?"

"나는 너랑 돌아가지 않을 거거든."

65

이별은 아주 달콤한 슬픔.

— 윌리엄 셰익스피어, 《로미오와 줄리엣》

런던, 1941년 4월 19일

"가지 않겠다니 무슨 말이야?" 극장 복도에 차분히 선 에일린을 응시하며 폴리가 말했다. 폴리는 콜린을 보았다가 다시 던워디 교수를 바라보았다. "에일린이 무슨 말을 하는 건가요?"

"나는 남기로 했어." 에일린이 말했다.

"동화극에 남자 주연이 필요해서?" 폴리가 흥분하여 빠르게 말을 쏟아냈다. "남자 주연은 브라이트포드 부인이 해도 돼. 아니면 비니나. 비니는 대사를 전부 다 알아. 그리고 동화극이 끝났을 때 강하가 다시 열릴지 아닐지 어떻게 알아? 괜한 위험을…."

"동화극이 끝날 때까지만 머무르려는 게 아니야, 폴리. 나는 계속 머물 거야." 에일린은 콜린과 던워디 교수를 바라보았다. "이미 정해졌어."

"정해져? 지금 무슨 말을 하는 거야?"

"전승 기념일에 트래펄가 광장에서 나를 봤던 거 기억해? 우리가 구조되지 않아서 내가 거기에 있었던 게 아니야. 나는 돌아가지 않고 남았기 때문에 그곳에 있었던 거야."

"아니, 그렇지 않아. 그날 네가 그곳에 있었던 이유는 열 가지도 넘게 있을 수 있어. 네가 다른 임무를 맡았기 때문에 그곳에 있었을 수도 있고…."

에일린은 소리 내 웃었다. 맑고 행복한 웃음이었다. "오, 폴리. 던워디 교수님이 이 일 이후로 나를 어떤 임무에도 보내지 않으실 걸 너도 알잖아. 만약 내가 전승 기념일에 가고 싶다면, 여기에서 기다리다가 가야만 해. 그렇지 않나요, 던워디 교수님?" 에일린이 웃음 지으며 던워디 교수에게 물었다.

던워디 교수는 침통한 표정으로 에일린을 바라보았다.

'던워디 교수님은 에일린을 여기 남게 하려는 거야.' 폴리는 놀라며 생각했다. '하지만 그럴 수는 없어.'

"이건 말도 안 돼, 에일린." 폴리가 말했다. "나는 그때 본 사람이 너였는지조차 확신할 수 없어. 나는 트래펄가 광장에서도 광장 길이의 절반 이상 떨어진 곳에 있었어. 어쩌면 완전히 다른 사람을 잘못 본 것일…."

"나는 녹색 코트를 입고 있었어." 에일린이 말했다.

"사과 수레 뒤집기에서 누군가가 그걸 샀을 수도 있어." 폴리가 말했다. "빨간 머리가 입으면 딱 어울릴 거라고 너도 말했잖아."

에일린이 고개를 저었다. "그건 나였어. 다른 모든 일이 일어나도록 나는 그곳에 있어야 해."

"하지만 분명히 다른 방법이 있을 거야." 폴리가 말을 하더니 콜린에게 간청했다. "에일린을 여기에 머무르게 하면 안 돼…."

"내가 남으려는 게 단지 그 이유만은 아니야." 에일린이 말했다. "알프와 비니도 있어. 나는 구드 신부님께 호드빈 남매를 돌보겠노라고 약속했어. 신부님을 실망시킬 수는 없어."

"하지만 너 말고 다른 사람이 그 아이들을 돌볼 수 있을 거야. 주임 사제님이나 위번 부인이나 누군가가." 폴리는 말을 했지만, 말을 하면서도 그건 불가능하다는 걸 알았다. 에일린이 아이들을 거두기로 했을 때 폴리는 이미 이 토론에서 졌기 때문이다.

"그렇지 않아." 에일린이 말했다. "비니는 지금 너무나도 빨리 자라고 있고, 내년이 되면 잉글랜드는 미군으로 넘쳐날 거야. 난 비니를 버릴 수 없어. 알프도. 전쟁이 한창인 상황이잖아."

'네 말대로, 전쟁 중이기 때문에 설사 네가 남는다 할지라도 그 아이들은 살아남지 못할 거란 말이야.' 폴리는 생각했다. 알프와 비니 둘 중 누구도 전승 기념일에 트래펄가 광장에서 에일린 옆에 있지 않았다. 하지만 폴리가 그렇게 말한다 해도, 에일린은 오히려 더욱더 남아서 둘을 보호하려 들 것이다.

"그리고 만약 알프가 혼자 남게 되면…." 에일린이 말하고 있었다. "그 아이는 결국 시공간 연속체 전부를 파괴할 가능성이 커." 에일린이 웃음 지었다. "모르겠어? 난 그 아이들만 남겨둘 수가 없어. 아직 전쟁이 계속되고 있어. 그리고 그 아이들은 내 목숨을 구했어."

'그리고 내 목숨도.' 폴리는 생각했다. '그리고 잉글랜드도.' 그리고 폴리는 에일린을 단념시킬 방법이 없음을 알았다.

"하지만 넌 여기에 있는 걸 싫어하잖아." 폴리는 눈물을 글썽거리며 말했다. "공습과 배급과 끔찍한 음식. 언젠가 집에 돌아갈 수 있다는 희망 덕분에 그 모든 걸 버티는 거라고 말했었잖아."

"알아. 하지만 전쟁에는 희생이 필요해. 그리고 역사의 이 시점은 그리 나쁘지 않아. 어쨌든 지금은, 영국의 가장 위대한 기간이 잖아. 그리고 나는 전승 기념일을 볼 수 있을 거야. 내가 늘 가보고 싶어 했던 그때를 말이야."

"하지만⋯."

"제발 이해해줬으면 해." 에일린이 폴리의 두 손을 잡으며 말했다. "넌 고드프리 경을 구함으로써 네 임무를 다했어. 하지만 내 임무는 끝나지 않았고, 내가 여기 머물지 않으면 그 일을 할 수가 없어."

"그건 진실이 아니야. 콜린, 에일린에게 집으로 돌아가야만 한다고 말⋯."

"콜린은 그렇게 말할 수 없어." 에일린은 말했다. "콜린은 내가 머무른 걸 알아." 그녀는 다시 콜린을 보았다. "그렇지?"

콜린은 대답하지 않았다.

"던워디 교수님도 그걸 아셔." 에일린이 던워디 교수 쪽을 바라보며 말했다. "그래서 교수님은 세인트폴 대성당에서 바로 옥스퍼드로 돌아가는 대신에, 생명의 위험을 무릅쓰고 여기 극장으로 다시 오신 거예요. 그렇지 않아요? 저에게 작별 인사를 하려고요."

"맞아."

"하지만⋯, 난 이해가 안 돼." 폴리가 당혹한 표정으로 사람들을 차례로 돌아보며 말했다. "에일린이 무슨 말을 하는 건가요?"

"우리가 어디에 있었는지 콜린에게 알려준 사람은 나였어." 에일린이 말했다. "그렇지 않아?"

그리고 콜린이 대답하지 않자 이어 말했다. "콜린은 전쟁이 끝난 뒤 나를 찾아냈고, 나는 콜린에게 우리가 어디에 있었는지 말해줬어. 그렇지 않으면 콜린은 절대로 우리를 찾지 못했을 거야. 그러니, 이제 너도 알겠지? 나는 여기에 머물러야만 해. 콜린이 찾아올 때 내가 여기 있어야만 콜린과 내가 만날 수 있어."

"그게 정말이야, 콜린?" 폴리가 말했다. "우리가 어디에 있었는지 네게 알려준 게 에일린이었어?"

콜린은 여전히 대답하지 않았다.

"에일린이었어?" 폴리가 다그쳐 물었다. "말해. 우리가 어디에 있었는지 네게 말해주기 위해 에일린이 여기 과거에 머문 거야?"

"응." 콜린이 말했다. "그랬어."

폴리는 에일린을 돌아보았다. "넌 던워디 교수님과 나를 구하기 위해 너를 희생한 거야?" 폴리는 화를 내며 말했다. "어떻게 그럴 수 있어? 어떻게 네가…."

"그건 희생이 아니었어, 폴리. 너랑 던워디 교수님이 죽는다는 걸 알면서도 내가 그걸 막을 수 없다는 게 얼마나 절망스럽고 고통스러운 일인지 너는 모를 거야. 너는 파젯스 백화점에서 그날 밤에 내 목숨을 구했고, 그 뒤에도 수십 번은 그랬어. 마이크가 죽고 난 뒤에는 특히나. 하지만 나는 너의 목숨을 구하기 위해 아무것도 할 수 없었어."

에일린은 폴리의 두 손을 꼭 쥐었다. "하지만 내가 할 수 있었던, 할 수 있는 일이 있었어. 나는 여기에 머물 수 있어. 콜린을 찾아 우리가 어디에 있는지 알려줄 수 있어." 에일린이 환한 얼굴로 말했다. "그리고 그럴 수 있어서 나는 너무나 기뻐!"

'내가 없던 동안 에일린에게 그 말을 하고 있었던 거구나.' 폴리는 자신이 복도를 걸어올 때 에일린이 눈물을 훔치던 모습이 떠올랐다.

"에일린에게 그 말을 하면 안 되는 거였어요." 폴리가 콜린과 던워디 교수에게 씁쓸한 목소리로 말했다. "그런 짐을 에일린에게 지우는 건 공평하지…."

"아무도 내게 말하지 않았어." 에일린이 말했다. "난 콜린을 보는 순간 알았어."

'내가 콜린을 보자마자 나를 구하러 왔다는 사실을 알았던 것처럼.' 폴리는 생각했다.

그리고 콜린이 그토록 슬프고 초췌해 보였던 것도 그 때문이었다. 에일린이 함께 돌아가지 않는다는 사실을 알기 때문이었다. 이미 지금으로부터 오랜 뒤에 에일린을 만났기 때문이었다. 에일린은 이미 콜린에게 그들이 어디에 있었는지 말한 것이다.

'그 일은 이미 일어났어.' 폴리가 생각했다. '그 모든 것이. 에일린이 여기 그리고 전승 기념일에 머물고, 우리가 어디에 있는지를 콜린이 에일린에게 물어보는 모든 일이 이미 일어났어. 그리고 그걸 바꾸기 위해 내가 할 수 있는 건 아무것도 없어.'

하지만 시도는 해봐야 했다. "너 없이는 나도 가지 않을 거야, 에일린." 폴리가 말했다.

"네가 맞아. 너는 나 없이 가는 게 아니야. 나는 언제나 너와 함께 그곳에 있을 거야." 에일린은 마치 알프와 비니를 등교시키는 것처럼 아무렇지 않은 목소리로 간결하게 말했다. "이제 가. 나머지는 내가 알아서 할게."

"오, 맙소사, ENSA는 어쩌지? 태비트 씨가…."

"그 사람에게는 네가 순회 극단으로 이동되었다거나 그런 식으로 말할게. 가."

날카로운 소리와 함께 무너지는 소리가 들렸고, 극장이 약간 흔들렸다.

에일린이 천장을 쳐다보았다. "공습이 심해지는 것 같네. 난 너희 모두가 여기서 폭탄에 죽는 꼴은 절대 못 봐. 모두를 여기서 빼내려 그 모든 일을 해놓고, 아니, 할 거니까, 여기서 죽으면 안 되지. 그리고 만약 내가 알프와 비니를 제대로 안다면, 그 둘은 지금 당장에라도 무대에서 쫓겨날 거고, 여기로 쳐들어와서 온갖 질문을 해댈 거야. 그러면 결코 제시간 안에 돌아가지 못할 거야."

에일린은 던워디 교수를 껴안았다. "안녕히 가세요. 몸조리 잘하시고요."

"그러마, 에일린. 사랑하는 내 제자."

"폴리, 나 대신 달걀과 베이컨을 많이 먹어. 설탕도 잔뜩 먹고." 에일린이 폴리를 꼭 껴안았다. "그리고 행복해야 해."

"'이건 희극이지 비극이 아니야.'" 폴리가 중얼거렸다.

"맞아." 에일린이 명랑하게 말했다. "생각해봐. 넌 집에 가는 거야!"

"하지만 널 여기 혼자 두고 간다는 생각에…."

"난 혼자가 아니야. 아이들이 있어. 그리고 고드프리 경과 라버넘 양과 윈스턴 처칠도. 애거서 크리스티도. 그리고 무슨 일이 일어날지 누가 알겠어? 다음번에는 애거서 크리스티와 개인적으로 만나서 내가 그 작가에게 얼마나 큰 빚을 졌는지 말할 기회가 있을지도 몰라. 난 수수께끼 푸는 법을 그 사람에게서 배웠으니까." 에일린이 말했고, 콜린에게 시선을 돌리고 웃어 보였다.

"착한 우리 아가." 에일린은 말하고 콜린을 껴안더니 콜린을 잡은 채 팔을 쭉 뻗고 다시금 그를 바라보았다. "나 대신 폴리를 잘 보살펴줘."

"그럴게." 콜린이 엄숙하게 말했다.

"자, 이제 가." 에일린이 명령하며 사람들을 출구 쪽으로 밀었다.

"잠깐." 폴리가 말하더니 주머니에서 편지를 꺼냈다. "이거 받아. 런던과 런던의 남동쪽 교외에 떨어진 V-1과 V-2 목록이야. 하지만 켄트나 서섹스 쪽 목록은 없으니 가능하면 그쪽은 피해."

"나는 아무 일 없을 거야." 에일린이 말했다. "넌 날 전승 기념일에 봤잖아. 기억나?"

'너는 봤지만 비니와 알프는 아니었어.' 폴리는 생각했고, 마치 그 이름들을 큰 소리로 외치기라도 한 것처럼 알프가 코트를 입고 모자를 쓰며 그들을 향해 복도를 달려왔다.

"왜 고드프리 경을 돕지 않고?" 에일린이 엄격한 목소리로 말했다.

"저보고 목수를 찾아오라고 했어요." 알프가 그들을 지나가며 말했다.

"지금 밖에 나가면 안 돼." 에일린이 알프의 앞을 막으며 말했다. "지금은 공습 중이야."

"난 안 죽을 거예요." 알프가 에일린을 지나려 하며 말했다. "나는 공습 때 많이 나가봤어요."

"이번에는 아니야." 에일린이 말하며 알프의 어깨를 잡더니 단호하게 돌려세웠다. "가서 고드프리 경에게 목수가 도착하는 즉시 내가 알려드리겠다고 말씀드려."

에일린은 무대로 돌아가라고 알프를 밀었지만, 대신 알프는 콜린에게 가서 말했다. "정말 목수가 아닌 거 확실해요?"

"확실해." 에일린이 말했다. "말했잖아. 그분은 폴리의 약혼자야.

휴가를 받아 온 거야."

"어디에서 온 건데요?" 알프가 의심스러운 목소리로 말했다.

"조종사야." 폴리가 서둘러 말했다. 콜린에게 군대 이동과 공습 둘 다를 연구할 시간이 없었을 게 분명했기 때문이다. "영국 공군."

"어떤 비행기를 조종하는데요?" 알프가 물었다.

'갈수록 태산이네.' 폴리가 생각했지만, 그녀는 콜린을 과소평가한 것이었다.

"지금은 스핏파이어." 콜린이 말했다. "격추당하기 전에는 블렌하임을 조종했어."

"격추를 당했어요?" 알프가 경외하는 목소리로 말했다.

"두 번. 두 번째에는 영국 해협에 떨어졌어."

"그러면 형은 영웅이네요?"

'맞아.' 폴리는 생각했다.

"당연히 이 오빠는 영웅이지, 이 바보야." 비니가 날개와 반짝이 요정 드레스를 입고 복도를 걸어오며 말했다. 날개 하나는 부러져 등 뒤에서 대롱거렸다. 비니는 폴리의 의상을 들고 있었다. 녹색 타이츠는 뒤쪽으로 길게 늘어졌고, 칼집 역시 복도 카펫 바닥에 질질 끌렸다. "모든 영국 공군 조종사들은 영웅이야. 처칠 씨가 그렇게 말했어."

"바보는 너야." 알프가 외치더니 마치 황소처럼 고개를 숙이고 비니의 몸통을 향해 돌진했다. 비니는 칼집으로 알프를 도리깨질하기 시작했다.

"정말로 마음을 바꿔 우리랑 같이 가고 싶지 않은 거야?" 폴리가 속삭였다.

에일린이 싱긋 웃었다. "구미가 당기는 제안이네." 에일린이 속삭이더니 알프의 목덜미를 움켜쥐었다. "알프, 비니. 그만." 그녀는 비니에게서 칼집을 빼앗았다.

"누나가 먼저 시작했어요." 알프가 말했다.

"누가 먼저 시작했는지는 상관없어. 네가 비니의 날개를 어떻게 했는지 봐. 비니, 날개를 더 망가뜨리기 전에 분장실로 가서 그걸 떼어놔. 알프, 접착제를 가져와."

비니는 격렬하게 고개를 저었다. "라버넘 양이 더블릿을 줄이려면 먼저 입혀봐야 한다면서 언니를 데려오라고 했어요."

"폴리와 작별 인사를 마치자마자 가겠다고 전해드려. 이제 가봐." 에일린이 말하고는 둘을 밀었지만, 비니는 저항했다.

"나도 작별 인사를 하고 싶어요." 비니가 말했다.

'우리가 에일린을 데려가지 못하게 확실히 하려는 거겠지.' 폴리는 생각하며 비니를 바라보았다. 비니는 부러져 대롱거리는 날개를 단 채, 호전적인 자세로 팔장을 끼고 단호한 천사처럼 그곳에 서 있었고, 필요하다면 완력이라도 써서 막겠다는 듯이 보였다.

"맞아요." 알프가 말하고 자기 누나 옆에서 꿈쩍도 하지 않았다. "우리도 에일린 누나처럼 작별 인사를 할 권리가 있어요."

알프 말이 맞았다. 둘에게는 그런 권리가 있었다. 둘은 구급차를 몰았고, 지도를 제공했고, 비밀리에 만날 장소를 제공했고, 에일린이 강하 지점에 가는 것을 막았고, 존 바솔로뮤를 만나는 것을 막았고, 절망하는 것을 막았다. 던워디 교수를 지연시켜 해군 여성부대원과 충돌하게 했고, 간호사들을 막아 폴리가 고드프리 경과 이야기를 할 수 있게 했고, 온갖 것들을 방해하고 간섭하고 막았다. 지금 에일린이 가지 못하게 막는 것과 마찬가지로.

폴리는 혹시 자신과 던워디 교수의 구조가 연속체의 계획의 일부인지, 그리고 에일린이 여기에 머물러야 하는 데에 뭔가 다른 이유가 있는 건지, 그녀가 이 전쟁 또는 역사 기록에 있는 더 큰 전쟁의 승리에 기여해야 하는 다른 부분이 있는 건 아닌지 궁금했다. 또는 이 아이들이 그런 존재는 아닌지 궁금했다.

비록 작별이 연속체에 불가결하다 할지라도, 그게 작별을 더 쉽게 해주지는 않았고, 고드프리 경이 사랑해 마지않는 시인은 자신이 무슨 말을 하는지 알지 못했다. 작별에 달콤함 따위는 없었다.

"오, 에일린." 폴리가 에일린을 껴안으며 말했다. "나는 떠나고 싶지 않아."

"그리고 나는 네가 그런 생각을 하지 않았으면 해." 에일린이 말했다.

"그날 기차역이랑 똑같네." 알프가 경멸조로 말했다. "우리가 시어도어를 기차에 태우던 때요. 시어도어도 가고 싶지 않아 했어요. 지금도 그때랑 똑같지 않아, 비니 누나?"

"시어도어가 에일린 언니를 발로 찬 것만 빼고." 비니가 말했다. "그리고 구드 신부님이 여기에 없는 거랑."

'맞아.' 폴리는 에일린의 얼굴에 어른거리는 고통을 보며 생각했다. '이제 구드 신부님도 여기에 없고, 마이크는 죽었지.'

그리고 아직도 4년이나 더 전쟁과 결핍과 상실을 견뎌야 했다. "너희 둘이 에일린을 잘 보살펴줘야 해." 폴리가 단호하게 말했다.

"그럴게요." 비니가 말했다.

"에일린 누나에게 아무 일도 안 일어나게 할게요." 알프가 약속했다.

"그리고 너희 둘 다 착하게 지내야 해."

"쟤가 착하게 지내요?" 비니가 비웃으며 알프를 바라보았고, 알프는 그 즉시 비니의 정강이를 발로 차 그 말을 증명했다. 비니가 알프를 마구 때리기 시작했다.

"알프, 비니." 에일린이 말하며 끼어들기 위해 움직였지만, 에일린이 그러기도 전에 무대에서 격노한 외침이 들렸다.

"알프 호드빈!" 고드프리 경이 고함쳤다. "비니!"

"우리는 아무 짓도 안 했어요!" 알프가 말했다. "우리는⋯."

"가시덤불들, 무대로!" 고드프리 경이 외쳤고, 알프와 비니가 말했다. "잘 가요!" 그리고 둘은 복도를 달려갔다.

'다행이야.' 폴리가 생각했다. '이제 우리는⋯.'

귀청을 찢을 듯한 요란한 폭발음과 함께 극장이 흔들렸다. 샹들리에들이 달그락거렸다. "우리는 정말로 가야 해, 폴리." 콜린이 천장을 쳐다보며 말했다.

"알아." 폴리가 말하며 공습 목록을 에일린의 손에 쥐여주었다.

"말했잖아." 에일린이 말했다. "우리는 괜찮을 거야⋯."

"네가 괜찮은 게 그 목록을 암기했기 때문인지 아닌지 네가 어떻게 알아?" 폴리가 에일린의 손가락들을 접어 목록을 쥐게 했다. "9일과 10일 밤에는 꼭 지하철역 제일 아래층에 있어야 해. 천오백 명이 죽었고, 천팔백 명이 부상당했어. 이때만 조심하면 V-1 이전까지는 더 이상 대공습은 없어. 하지만 그래도 공습경보에는 주의를 기울여야⋯."

"용감한 왕자!" 고드프리 경이 무대에서 외쳤고, 폴리는 자신도 모르게 그쪽을 돌아보았지만, 그는 폴리를 부른 게 아니었다. 그는 에일린을 부르고 있었다. "오릴리 양! 무대로! 당장!"

"가요!" 에일린이 말했다.

"크로이던에 가까이 가지 마." 폴리는 말했지만, 여전히 에일린의 손을 놓아주지 않았다. "그리고 베스널 그린이랑…."

"나 가야 해." 에일린이 부드럽게 말했다.

"알아." 폴리가 떨리는 목소리로 말했다. "정말 보고 싶을 거야."

"나도 네가 보고 싶을 거야." 에일린은 몸을 앞으로 기울여 폴리의 뺨에 키스했다. "울지 마. 우리는 다시 볼 거잖아. 트래펄가 광장에서. 기억나?" 에일린이 말했다.

"용감한 왕자!" 고드프리 경이 으르렁댔다.

"지금 가요!" 에일린이 외치고 재빨리 복도를 달려갔다. "안녕히 가세요, 던워디 교수님!" 에일린이 어깨너머로 외쳤다. "콜린, 폴리를 잘 부탁해! 전쟁이 끝나고 보자." 에일린은 서둘러 계단을 올라 무대에 오르더니 방화 커튼 뒤로 사라졌다.

"드디어 왔군요." 폴리는 고드프리 경이 방화 커튼 뒤에서 외치는 소리를 들을 수 있었다. "오릴리 양, 아무래도 당신은 우리가 크리스마스 동화극을 한다고 생각을 하시는 것 같습니다. 틀렸습니다. 개막 공연까지는 2주밖에 남지 않았습니다. 시간이 중요한 상황입니다!"

'그리고 저게 내 신호야.' 폴리는 생각했다. '언제 퇴장할지 아는 게 연기의 절반이지.'

하지만 폴리는 여전히 그곳에 서서 커튼이 드리워진 무대를 바라보고 있었다.

폴리 뒤에서 콜린이 말했다. "폴리, 우리는 이제 가야만…."

"알아." 폴리가 말했다.

"미안해." 콜린이 말했다. "시간이 그리 많지 않거든. 던워디 교수님?"

던워디 교수는 고개를 끄덕이고 복도를 걸어 출구 쪽으로 향했다.

"폴리?" 콜린이 부드럽게 말했다. "준비됐어?"

"응." 폴리가 말했다. "집으로 가자." 그리고 콜린과 함께 복도를 걷기 시작했다.

"잠깐!" 고드프리 경이 외쳤다. "당신들이 떠나기 전에 할 말이 있습니다."

폴리와 콜린은 문가에서 고개를 돌려 무대를 바라보았다. 고드프리 경이 히틀러 복장과 우스꽝스러운 콧수염 분장 차림으로 커튼 앞에 서 있었다.

"부르셨어요, 고드프리 경?" 폴리가 말했지만, 고드프리 경은 폴리를 보고 있지 않았다. 그는 콜린을 보고 있었으며, 그는 오시노 공작이 아니었고, 심지어 크라이턴조차 아니었다. 그는 그들이 세인트조지 교회의 지하실에서 같이 공연했던 첫날밤의 바로 그 프로스페로였다.

"'지금 여기서 내 삶의 3분의 1, 내 삶의 목적 자체를 당신에게 주었네.'" 고드프리 경이 말했다.

콜린이 고개를 끄덕였다.

"'이제 평온한 바다를 약속하겠노라.'" 고드프리 경이 외치며 축복을 내리기 위해 두 손을 들어 올렸다. "'그리고 상서로운 바람과 멀리 앞선 전하의 선단을 따라잡을 신속한 항해를 약속하겠노라.'"[61]

---

61 셰익스피어,《폭풍우》

66

그 아이가 살아 있구나.
만약 그렇다면, 이건 내가 그동안 느꼈던
그 모든 슬픔을 보상받을 기회이지.

— 윌리엄 셰익스피어, 《리어왕》

전쟁 박물관, 런던, 1995년 5월 7일

'나는 결국 강하를 해서 폴리와 메로피를 찾았구나.' 콜린이 생각했다. '하지만 너무 늦게 도착해서 둘을 구할 수 없었던 거야.' "제가 너무 늦은 거죠, 그렇죠?" 콜린은 비니에게 물었고, 마치 그게 신호라도 되듯이 폭탄 효과음이 다시 들리기 시작했다.

"아니에요." 비니는 폭탄 소리가 잦아들어 자기 목소리가 들릴 수 있게 되자 말했다.

"네? 제가 폴리와 던워디 교수님을 데드라인 전에 구했어요?"

"모르겠어요. 당신이 둘과 함께 강하 지점으로 떠난 건 알아요. 그리고 엄마는…, 그러니까 에일린은 당신이 잘 돌아간 게 분명하다고 말했어요, 왜냐면…."

"하지만 만약 제가 둘을 데리고 강하 지점으로 갔다면, 왜 메로피는, 그러니까 에일린은 우리와 함께 가지 않은 건데요?"

"우리 때문에요." 비니가 말했다. "알프와 나 때문에요. 엄마는 우리를 떠나지 않겠노라고 약속했어요. 그리고 엄마는 폴리 이모와 던워디 교수님이 어디에 있었는지 당신에게 말해주기 위해 이곳에 있어야 했어요."

그래서 에일린은 자신을 희생하고 이곳에 남은 것이었다. 하지만 분명 다른 방법이 있을 것이다. 콜린에게 말을 해준 이가 에일린이 아니니 특히 더 그랬다. 말을 해준 이는 비니였다. 하지만 그건 나중에 생각해도 되었다. 우선은 폴리 일행이 어디에 있는지 알아야 했다.

"비니." 콜린이 간절하게 말했다. "우리는 모두가 함께 있던 시간을 알아내야 해요. 당신은 에일린이 머물기로 결정했다고 말했죠. 그건 에일린 역시 그곳에 있었다는 뜻이고요. 그러니 셋 모두가 함께 있던 시간이어야만 해요. 5월 1일 이전으로요. 던워디 교수님의 데드라인이 그날이거든요. 모두가 함께 있을 가능성이 가장 큰 때는 공습 때라고 생각해요. 공습 때 모두가 지하철 방공호에 갔나요?"

"네. 하지만….'

"그리고 폴리 일행이 살던 곳 그리고 모두가 집에 있을 만한 시간도 알려줘야 해요. 저는 리케트 부인에 관해서는 알아요. 모두 아직 켄싱턴에 사나요? 만약 그렇다면, 그건 폴리가 쓰던 강하가 열릴 수도 있다는 뜻….'

비니는 콜린을 보며 인상을 찡그렸다.

"이게 아주 오래전이라는 걸 알아요." 콜린이 말했다. "그리고 특정 시간에 모두가 어디에 있었는지 정확히 기억하기 어렵다는 것도요. 하지만 이건 중요해요. 만약 정확한 날짜를 기억할 수 없다면, 어느 지하철 방공호였는지만 말해줘도 제가 공습이 있던 날짜들을 찾아….”

비니는 여전히 인상을 찡그린 채 고개를 저었다.

“왜 그렇게 하면 안 되는데요?” 콜린이 말했다. “공습이 있을 때 늘 지하철역으로 가지 않았나요?”

“그곳에 가고 안 가고의 문제가 아니에요.” 비니가 말했다. “그곳에 있지 않았다는 게 문제지요.”

“그곳에 있지 않았다니 그게 무슨….”

“당신이 왔을 때요.” 비니는 어리둥절해 하는 콜린의 표정을 보며 싱긋 웃었다. “당신은 까먹고 있는데, 이 모든 일은 이미 일어났어요. 50년도 더 전에요. 엄마는 가지 않고 남았어요. 여기에 있으면서 자신들이 어디에 있는지 당신에게 말해주기 위해서요.” 비니는 애처로운 웃음을 지었다. “그리고 당신을 만날 수 없는 상황이 되자….”

“당신을 보냈고요.”

“맞아요.”

“에일린은 자신의 정체를 당신에게 밝혔나요?” 콜린은 이 모든 상황을 이해하려 애쓰며 말했다.

“네. 하지만 우리는 엄마가 말해주기 한참 전에 먼저 스스로 알아냈어요. 우리가 장원에 있었을 때, 우리는 강하 지점에 가는 엄마 뒤를 밟았지요.”

“에일린이 강하하는 걸 봤어요?” 만약 근처에 누군가 있으면 강하는 열리지 않게 되어 있었다.

“못 봤어요. 하지만 우리는 엄마가 돌아온 직후의 모습을 목격했고, 다른 단서들도 많았어요. 실수들도 있었고 기타 등등요. 그리고 당신이 와서 폴리 이모와 던워디 교수님을 데려갔을 때, 우리는 확실히 알았죠. 물론 아직 우리가 모르는 게 많이 있지만요. 왜 당신이 이곳에 오는 데 그렇게 오래 걸렸나 하는 것 따위요."

"1940년 잉글랜드의 강하는 하나도 열리지 않아요." 콜린이 말했다. "던워디 교수님이 돌아오지 않았을 때 우리는 가능한 모든 시간, 공간 위치를 시도해보았지만, 그 어느 것도 열리지 않았죠. 처음에 우리는 모든 강하가 그렇다고 생각했지만, 다른 장소와 시간은 영향을 받지 않았고, 오로지 잉글랜드와 스코틀랜드 그리고 1941년의 첫 석 달만 그랬어요. 우리는 3월 중순 이후로 몇 개의 강하를 열 수 있었지만, 그때 우리는 폴리 일행이 어디에 있는지 전혀 단서가 없었어요. 폴리는 타운젠드 브라더스 백화점을 떠났고, 노팅힐게이트 역에도 없었어요."

"그래서 당신이 폴리 이모를 알 만한 사람을 찾아 이곳에 온 거군요. 폴리 이모가 어디에 있는지 말해줄 수 있는 사람을요." 비니가 말했다.

"맞아요." 콜린은 폴리와 에일린이 자원할 계획이었다고 마이크에게 들은 뒤로 몇 달에 걸쳐 국민 동원과 민방위 기록을 뒤졌다는 말은 하지 않았다. 또한 그 전에는 몇 년에 걸쳐 도서관과 신문 보관소에 앉아서 그들이 아직도 살아있는지 자료를 뒤지고, 강하를 열려다 실패하고 다시 다른 강하 지점을 위해 계산을 하고, 바드리와 리나에게 구조가 가능하다고 확신을 주려 애쓰고, 이시와카 박사를 비롯해 만날 수 있는 시간 여행 이론가라면 누구라도 어떻게든 만나서 대체 뭐가 잘못되었는지 알아내려 애쓰며 보냈다는 말도 하지 않았다.

"알프는 당신이 분명 연례 종전 기념행사들 가운데 하나에서 엄마를 만나 얘기했을 거라고 했지요." 비니가 말하고 있었다.

"잠깐만요." 콜린이 말했다. "제가 오늘 여기에 올 거라고 에일린이 당신에게 말하지 않았어요?"

"네."

"이해가 안 되네요." 콜린이 말했다. "왜 말하지 않았죠?"

"왜냐하면 엄마는 당신이 어디에 있을지 몰랐으니까요. 엄마가 아는 건, 어느 순간에 자신들이 어디에 있는지 엄마가 당신에게 말했고, 그래서 어디로 찾아와야 하는지 당신이 알게 되었다는 것뿐이었어요."

"하지만…."

"엄마는 알 필요가 없다고 했어요. 당신을 찾을 수 있을 거라고 했죠. 엄마가 이미 당신을 찾았기 때문이라고 말하면서요." 비니가 말하고 싱긋 웃었다. "엄마는 늘 상당한 낙관주의자였어요. 심지어 암에 걸린 걸 알게 된 다음에도 우리에게 '걱정하지 말렴. 결국은 다 잘될 거야.'라고 했지요. 엄마가 죽었을 때, 나는 뭔가 잘못되었을까 걱정했지만, 알프는 그럴 리 없다고 했지요. 당신이 올 수 없다면 우리가 그 일이 일어나게 해야 한다면서요." 비니는 콜린을 보고 환하게 웃었다. "그리고 우리는 해냈죠."

"하지만 아직도 이해가 안 가요. 어떻게 당신과 당신 동생은 제가 바로 오늘 이곳에 있을지 알았나요?"

"몰랐어요. 우리는 엄마가 죽은 뒤로 줄곧 당신을 찾아다녔어요."

"에일린이 죽은 뒤로…."

비니가 고개를 끄덕였다. "처음에 우리는 노팅힐게이트 지하철역과 옥스퍼드 스트리트, 그리고 당연하겠지만, 데네웰 장원에 집중했어요. 장원은 이제 학교가 됐어요. 하지만 찾아다녀야 할 지역이 너무 넓었고, 마이클과 메리가 함께 했어도…."

"누구요?"

"마이클은 내 아들이에요. 메리는 내 여동생, 정확히는 법적인 동생이고요. 비록 나는 걜 한 번도 친동생이 아니라고 생각해본 적이 없지만요."

"메리가 에일린의 딸이에요?"

"미안해요. 난 자꾸만 당신이 이 모든 걸 알고 있다고 착각하네요. 엄마, 그러니까 에일린은 결혼…."

'쉬익' 하는 크고 날카로운 소리가 들리더니 이윽고 폭발음이 들렸다. 방공호 벽이 흔들렸고, 폭탄에서 나오는 빛을 흉내 낸 밝고 하얀 빛이 번쩍였다. 그 빛은 노란색이 되었다가 다시 빨간색이 되어 방공호를 물들였고, 비니의 얼굴 역시 기괴한 빛으로 물들였다.

"에일린이 결혼했어요…?" 콜린이 소음 너머로 외치며 답을 재촉했다.

비니는 대답하지 않았다. 그녀는 마치 뭔가 깨달았다는 듯이 이상한 표정을 짓고 콜린을 바라보았다.

"왜 그래요? 뭐가 잘못되었는데요?" 콜린은 혹시 폭음에 뭔가 끔찍한 기억이 떠오른 건 아닐까 걱정하며 말했다. "괜찮으세요?"

"정말 이상하네요." 비니가 중얼거렸다. "혹시 엄마가…? 그러면 설명이 되겠네요…."

"누가 뭐요? 누구요? 에일린요? 왜 그러세요?"

비니는 마치 머리를 맑게 하려는 듯이 고개를 저었다. "아무것도 아니에요. 당신이 그때 일어난 일에 관해 아무것도 모른다는 사실을 자꾸만 깜박하네요. 에일린은 전쟁이 끝나고 얼마 안 되어 결혼했고, 아이 둘을 가졌어요. 내 말은, 알프와 나 말고요. 아들인 고드프리도 우리를 도왔지만, 우리 모두 나섰어도 당신을 찾을 수가 없었죠. 그때 알프가 '우리는 콜린의 관점에서 생각해봐야 해. 콜린이라면 어디를 찾아볼까?'라고 했지요. 그리고 당신이라면 대공습을 겪은 사람들이 갈 만한 곳을 갈 거라는 생각이 떠올랐어요. 그리고 다행히 그때가 전쟁 발발 50주년 기념일이 되기 직전이었고…."

"이걸 1990년부터 했단 말인가요?"

"아니요. 1989년부터요. 제2차 세계대전은 사실 1939년에 시작됐거든요. 비록 근 1년 동안은 진짜 전투가 없었지만요. 하지만 피난 아동 친목회가 몇 개 있었고, 봄에는 영국 본토 항공전 전시회들이 열렸고, 당연히 해마다 전승 기념일 퍼레이드들이 있었죠. 그것들이 가장 힘들었어요. 너무나도 많은 도시에서 같은 날에 퍼레이드를 했으니까요…."

"6년 동안 퍼레이드며 연례 축하 행사며 박물관 전시회들을 다녔다는 건가요?" 그건 수십 개 아니 수백 개는 될 것이다. "몇 개나 다녔나요?"

"전부 다요." 비니가 간단하게 답했다.

'전부 다.'

"생각보단 할 만했어요." 비니가 말했다. "다 5월이니까요. 종전 50주년 이후로, 해마다 축하 행사가 있었어요. 12월 29일 세인트폴 대성당에서 열린, 화재 감시원들을 위한 특별 추모 미사를 포함해서요." 비니는 장난기 어린 웃음을 지어 보였다. "적어도 당

1057

신은 그곳에 오지 않았어요."

'안 갔죠. 하지만 갈 계획이었어요.' 콜린은 생각했다. '그리고 도버에서 열린 됭케르크 기념식과 비긴힐의 이글 데이 에어쇼와 런던 교통 박물관의 '지하철역 방공호에서의 삶' 전시회도 갈 생각이었고요.' 그리고 만약 그가 갔다면 비니 또는 알프 또는 에일린의 다른 자식 가운데 한 명이 그곳에 있었을 것이다. 콜린이 폴리를 찾기 위해 들인 것만큼이나 많은 시간과 노력을 그들 역시 콜린을 찾기 위해 들였다.

"세상에, 이것 좀 봐." 몇 걸음 떨어진 곳에서 어떤 여자가 말했다. "방독면이야! 이걸 어디든 가지고 다녀야 했던 거 기억하니? 그리고 그 끔찍한 화생방 훈련도?"

"아, 이런. 사람들이 점심 식사를 마치고 돌아오네요." 비니가 속삭였다. 그녀는 일어났다.

"잠깐만요." 콜린이 말했다. "당신은 아직 폴리 일행이 어디에 있는지 말해주지 않았어요."

비니가 다시 앉았다. "내가 당신에게 그걸 말했는지 확신이 안 가요. 내 생각에는 던워디 교수님이…."

"던워디 교수님요? 모두 함께 있었다고 했잖아요?"

"함께 있었어요. 하지만 당신을 찾은 건 던워디 교수님이에요. 아니면 당신이 그분을 찾았거나요. 그리고 그곳에 당신이 온 거예요. 그 부분에 대해서 나는 전혀 몰라요."

"그러면 제가 그분을 어디서 찾았죠?"

"세인트폴 대성당에서요."

세인트폴 대성당? 그렇다면 콜린은 던워디 교수의 강하 지점을 썼다는 뜻이었다. 하지만 던워디 교수가 대공습 때로 간 뒤, 그곳을 열기 위해 수천 번을 시도해보았지만, 번번이 열리지 않았다. "제가 세인트폴 대성당의 강하를 썼나요?"

"그것도 몰라요. 왜요?"

"왜냐하면, 그곳은 작동하지 않거든요."

"아, 그러면 당신은 교수님을, 또는 교수님이 당신을 어딘가 다른 곳에서 찾으셨을 거예요. 내가 아는 건, 그날 밤 우리가 세인트폴 대성당에 교수님을 두고 떠났다는 것뿐이에요…."

"어느 날 밤요? 당신은 아직 날짜를 안 알려줬어요."

"안타깝지만, 그것도 몰라요. 너무나도 오래전이고, 우리는 어린애였으니까요. 아마도…."

"방공호 아직 안 봤어?" 어떤 여자가 말했고, 문이 열리더니 탤봇, 캠벌리, 퍼지가 보였다. "여기 있었구나, 범생아." 탤봇이 벌떡 일어난 비니를 보며 말했고, 다시 콜린을 바라보았다. "둘이 여기서 뭐 해?"

"나는 이분에게 방공호를 보여주고 있었어." 비니가 말했다.

"알아." 퍼지가 무미건조하게 말했다. 그녀는 방공호 주위를 둘러보았다. "와, 여기 아늑하네."

"그리고 내가 기억하는 방공호보다 훨씬 더 좋아." 탤봇이 말했다. "우리는 널 찾고 있었어, 범생아. 너 구급차 전시를 꼭 봐야 해. 넌 구급차를 운전했잖아."

"곧 갈게." 비니가 말했다. "나이트 씨와 나는 아직 볼일이…."

"그래 보이네." 탤봇이 말했다.

"한두 가지 질문만 더 하면 됩니다." 콜린이 말하며 뒤늦게 노트를 꺼냈다. "램버트 부인과 조금만 더 같이 있어도 될까요?

"물론이죠." 탤봇이 말했다. "우리는 진정한 사랑을 방해하고 싶지 않아요."

"바보 같은 소리 하지 마, 탤봇." 비니가 말했다. "나이트 씨는 기자야. 그리고 내 손자뻘이라고."

"말도 안 됩니다." 콜린이 정중하게 말했다. "그리고 사실, 저는 늘 연상의 여자에게 꽂힌답니다."

"그렇다면…." 탤봇이 콜린의 팔을 잡으며 말했다. "우리랑 같이 가서 구급차 전시를 꼭 봐야만 해요."

"맞아요." 캠벌리가 말했다. "우리가 몰던 것과 똑같아요."

"범생이에게 할 질문은 거기에 가면서 해도 돼요." 탤봇이 말하며 콜린과 단단히 팔짱을 끼고 구급차 전시장으로 갔고, 콜린은 비니에게 질문을 할 기회가 전혀 없었다. 전시장에 도착하기 전에, 여섯 명 정도 되는 여자들이 비니에게 달라붙어 질문들을 해 댔고, 구급차에 도착했을 때는 다시 여섯 명 정도 되는 사람들이 비니를 기다리고 있었다. 그 사람들은 비니에게 뒷문으로 들어가 보라고 했고, 운전석에 앉아 보라고도 했다.

콜린은 사람들을 헤치고 비니에게 가서 창문 안으로 몸을 기울였다. "몇 가지만 좀 더 자세히 알려주세요, 램버트 부인." 콜린이 말했다. "웨스트민스터 수도원 폭격에 관해 말씀하셨죠. 그게 언제였습니까?"

"5월 10일이에요." 비니가 대답하기 전에 캠벌리가 말했다.

'나름 좋은 방법이라고 생각했는데.' 콜린이 생각했다.

"난 똑똑히 기억해요." 캠벌리가 말했다. "그날 저녁에 아주 멋진 공군 조종사와 저녁 식사를 하고 쇼를 보기로 약속을 했는데, 그 대신 밤새 사상자들을 실어 날라야 했거든요. 내 저녁을 망친 히틀러를 절대로 용서하지 않을 거예요."

"무슨 쇼를 보러 가려고 했는데?" 비니가 물었다.

'지금은 '대공습 시기의 극장'에 관해 토론할 시간이 없는데.' 콜린은 짜증스러워하며 생각했다.

"윈드밀 극장의 야한 뮤지컬 코미디 아니었어?" 탤봇이 짐작해 말했다.

"'우리는 절대로 닫지 않습니다.'" 퍼지가 인용했다.

"'옷도 입지 않습니다.'" 탤봇이 말했다.

"아니야." 캠벌리가 말했다. "그 사람은 나를 연극에 데려갔어! 그리고 내가 입은 옷은….'"

"어떤 종류의 연극이었어?" 비니가 물었다. "동화극?"

"동화극?" 캠벌리가 물었다. "그건 아이들 용이잖아."

"난 대공습 때 동화극을 본 적이 있어." 캠벌리의 말을 못 들었다는 듯이 비니가 계속 말했다. "《잠자는 숲속의 미녀》였어. 리젠트 극장에서. 고드프리 킹스맨 경이 나쁜 요정이었어."

"아, 잠자는 이야기가 나와서 말인데…." 이름표를 나눠주던 여자가 말했다. "너희 모두 '대공습 시기의 수면' 전시를 꼭 봐야 해. 홀릭스[62] 기억나? 그리고 방공복도? 이쪽이야." 그녀가 말했고, 모두 비니를 데리고 문을 통과해 복도를 걸어갔다.

콜린이 따라갔지만, 그가 문에 도착하기 전에 이름표에 영국기 표시가 있는 새로운 여자 그룹이 들이닥쳤다. 콜린은 비니가 없어졌을 거라 생각하며 복도로 나갔지만, 비니는 복도를 반 정도 간 곳에 서서 탑이 불길에 싸인 교회의 흑백 사진 앞에 서 있었다.

"저거 세인트브라이즈야?" 비니가 사진을 가리키며 물었다. "저게 불에 타던 날이 기억나. 그날 밤은 공습이 무척이나 끔찍했어. 아마도 4월 말 언제….”

“아니, 그렇지 않아.” 브라운이 말했다. “세인트브라이즈는 12월에 불탔어.”

“아, 그렇지.” 비니가 말했다. “세인트폴 대성당이 거의 불에 탈 뻔했던 때와 같은 날 밤이지.” 비니는 콜린 쪽을 바라보았다. “내가 헛갈렸어. 4월 말에 무슨 일이 좀 있었거든.”

‘그때 내가 폴리와 에일린과 던워디 교수님을 찾아낸 거야.’ 콜린이 생각했다. ‘고마워요.’ 콜린은 입술만 움직여 비니에게 말했지만, 그녀는 이미 몸을 돌려 사진을 보고 있었다. 캠벌리가 비니에게 뭔가를 말했고, 다른 여자들이 비니 주위에 가까이 몰려들어 콜린은 그녀를 볼 수 없었다. 영국기 여자들이 흥분한 목소리로 떠들며 복도로 몰려나왔다.

“해리스!” 밝은 녹색 모자를 쓴 누군가가 외쳤다. “여기 있었구나. 널 절대로 찾지 못할 거라 생각했어. 이제 갈 시간이야.”

‘갈 시간이야.’ 콜린은 사람들을 비집고 복도를 빠져나와 전시장을 통과해 출구로 향했다. ‘그리고 이제 나는 던워디 교수님의 강하가 열리게 해야 해. 만약 그게 내가 사용한 강하 지점이라면. 그리고 화재 감시원에게 잡히지 말아야 하고. 또는 만약 그 강하가 열리지 않는다면 다른 강하 지점을 찾아야 해. 그리고 던워디 교수님을 찾아야 해. 그리고 극장도.’ 하지만 이제 콜린은 그 극장 이름을 알았다. 또한 자신이 너무 늦지 않았으며, 폴리가 아직 살아있다는 사실도 알았다.

그는 출구에 도착했다. 그곳은 전승 기념일에 환호하는 군중에게 버킹엄 궁 발코니에서 손을 흔드는 왕과 왕비의 사진이 붙어 있었다. 그리고 실물 크기의 윈스턴 처칠이 승리의 V자를 그리는 사진도 있었다. 그가 문을 통과해 걸어갈 때, 공습경보 해제의 의기양양한 소리가 울려 퍼졌다.

콜린은 재빨리 로비를 통과해 표 판매대로 갔다. "앤 페리에게 메시지를 전달해주시겠어요?" 그가 매표원에게 부탁했다. "고맙다고, 그리고 전시회가 아주 도움이 되었다고 전해주세요. 그리고 내가 앤이 생각하는 사람이 아니어서 정말로 미안하다는 말도요."

"네, 알겠습니다." 매표원이 그 말을 받아적었고, 콜린은 이제 어떻게 해야 할지를 생각하며 밖으로 나갔다. 리젠트 극장의 주소를 알아내고, 세인트폴 대성당에서 그곳에 가는 방법, 그리고 '4월 말'의 의미를 파악해야 했다. 그게 20일을 뜻하는 걸까? 아니면 30일일까? 콜린은 30일이 아니길 바랐다. 던워디 교수의 데드라인은 5월 1일이었다. 30일은 너무 빠듯했다.

비니는, 콜린이 왔던 날 밤에 공습이 심했다고 말했다. 4월에 날마다 공습이 있던 게 아니라면, 그걸로 어느 정도 날짜를 좁힐 수 있을 것이다. 콜린은 계단을 내려갔다. 만약 《잠자는 숲속의 미녀》의 공연 날짜를 알아낼 수 있다면….

비니가 '릴리 메이드' 옆에 서 있었다. "어떻게 빠져나왔어요?" 콜린이 물었다.

"알프에게서 배운 기술을 썼죠." 비니가 말했다.

콜린은 등 뒤의 건물을 돌아보았다. "전쟁 박물관에 불을 지른 거예요?"

"아니요, 당연히 아니죠. 친구들에게 콘택트렌즈를 떨어뜨렸다고 말했어요." 그리고 콜린이 멍하니 자신을 바라보자 말했다. "콘택트렌즈는 눈에 바로 대는 렌즈예요. 깨지기 쉬운 렌즈죠. 친구들은 지금 콘택트렌즈를 찾느라 모두 바닥을 기어 다니고 있어요. 하지만 시간이 많지는 않아요. 당신이 모든 것을 다 제대로 이해했는지 확인하고 싶었어요."

"네. 리젠트 극장.《잠자는 숲속의 미녀》동화극 공연 때."

"아니요, 연습 때예요." 비니가 말했다.

"그리고 날짜는 모르고요?"

"네. 알프와 나는 그 날짜를 알아내려 애썼어요. 그날은 세인트 폴 대성당의 북쪽 수랑이 폭격을 당한 다음이…."

그건 4월 16일이었다. "그리고 그날 밤 공습이 있었고요?"

"네. 어쨌든, 나는 그렇다고 생각해요. 기억하기 어려워요. 공습이 너무나 많았거든요. 더 도움이 되지 못해 미안해요." 비니는 콜린의 팔을 잡았다. "정확한 날을 곧장 알아낼 수 없다고 해서 용기를 잃으면 안 돼요."

"무슨 일이 있었는지 에일린이 당신에게 말을 했나요?"

"아니요. 그리고 과연 그랬는지 확신이 안 가요. 그리고 그곳에 왔던 날의 당신은 오늘의 당신보다 더 어려 보였어요."

"그래서 아까 방공호에서 저를 보며 그렇게 이상한 표정을 지은 건가요?"

"방공호요?" 비니가 갑자기 궁지에 몰렸다가 잡힌 듯한 표정을 지으며 말했다.

"네." 콜린이 말했다. "우리는 에일린에 관해 이야기하고 있었고, 이어서 폭탄 효과음이 들리며 방공호가 번쩍였고, 당신은 이상한 표정으로 나를 보며 '어쩌면 혹시 엄마가… 그러면 설명이 되겠네요….'라고 했잖아요. 그게 무슨 의미죠? 제가 나이 들어 보여서 그런 건가요?"

"그랬을 거예요. 그게 늙어갈 때의 가장 나쁜 점이죠. 5분 전에 한 이야기도 기억을 못 하거든요." 비니가 소리 내 웃었다. "달리 마땅한 이유는 생각나지 않네요. 아, 기억났어요. 당신 때문이 아니었어요. 네터튼 부인은 방공호에 붉은 조명이 있는지 기억이 나지 않는다고 말했고, 나는 네터튼 부인이 무슨 말을 하고 있는지 몰랐어요. 그분은 정신이 좀 산만하거든요. 그러고 나서 폭탄 효과음이 났을 때 붉은 조명이 있었고, 그때 나는 부인 말이 이런 뜻이었구나 하고 깨달은 거예요."

그럴듯하게 들렸다. 만약 피난민 위원회 책임자에게서 '호드빈 남매는 눈앞에 서서 눈을 동그랗게 뜨고 천진난만한 표정으로 세상에 다시 없을 새빨간 거짓말을 하곤 했어요.'라는 말을 들은 적이 없었더라면 콜린은 그 말을 믿었을 것이다.

하지만 비니가 왜 콜린에게 거짓말을 한단 말인가? 비니는 콜린에게 진실을 말해주기 위해 이제까지 6년 동안 그를 찾아 이곳저곳을 돌아다녔다. 진실을 숨기려 그를 찾아다닌 게 아니었다.

뭔가 끔찍한 일이 아니라면 숨길 일이 없었다. 하지만 비니는 고통스러운 표정이 아니라 흥미로운 표정이었다. 아마도 비니가 오늘날까지도 제대로 이해할 수 없었던 어떤 일이 그날 밤 극장에서 일어났던 모양이었다.

그게 무엇이었든 간에, 비니는 그 일에 대해 콜린에게 말해줄 의향이 없는 게 분명했다. "나를 찾기 전에 가봐야 해요." 비니가 박물관을 올려다보며 말하고 있었다. "안 그러면 우리가 함께 도망쳤다고 생각할 거예요."

"우리가 그럴 수 있으면 좋겠습니다." 콜린이 말했다. "고맙습니다. 전부 다요." 콜린은 몸을 숙였고, 비니의 평판을 망칠 수 있음에도 불구하고 그녀의 뺨에 키스했다. "의무감 이상의 일을 해주셨어요."

비니는 고개를 저었다. "엄마가 우리에게 해주신 일을 생각하면 적어도 이 정도는 해야 해요. 엄마는 우리를 입양해 먹이고, 입히고, 학교에 보내주셨어요. 내 동생이 입버릇처럼 말했듯이 엄마는 '우리에게 잘해주는 유일한 존재'였어요." 비니가 콜린에게 웃어 보였다. "엄마가 없었으면 우리는 전쟁에서 살아남지 못했을 거예요. 그리고 설사 살아남았다 할지라도, 나는 결국 거리로 나가야 했을 거고, 알프는…, 알프가 어떻게 되었을지는 생각만 해도 끔찍해요."

"하지만…, 아까 알프가 올드 베일리에 갇혔다고 말하지 않았나요?"

"맞아요. 아, 알프가 갇혔다고 해서 피고인이라고 생각했군요." 비니는 소리 내 웃었다. "아, 이런. 알프에게 그 이야기를 꼭 해줘야겠네요. 아니에요. 알프는 이번 주에 중요한 사건이 있고, 배심원들이 생각보다 더 오래 시간을 끌었어요."

"알프가 변호사예요?" 콜린이 놀라 물었다.

"아니요." 비니가 말하고 다시 소리 내 웃었다. "알프는 판사예요."

67

잘될 것이다. 모든 것이 다 잘될 것이다.

— *T. S. 엘리엇, 〈4개의 사중주〉*

런던, 1945년 5월 7일

3시에 에일린은 사보이 호텔 앞에서 관용차에 에이브럼스 대령을 태웠다. "국방성으로, 중위." 대령이 말했다.

"네, 대령님." 에일린이 말했다. 그녀는 사보이 호텔 앞 진입로를 빠져나와 스트랜드로 들어섰지만, 갑자기 누가 차 바로 앞으로 뛰어든 뒤 길을 건너가는 바람에 브레이크를 밟고 외쳤다. "조심해요!"

"V-2가 떨어진 건 아니겠지?" 미국에서 방금 도착한 에이브럼스 대령이 초조하게 창밖을 살피며 말했다.

"아닙니다." 에일린이 말했다. '전쟁이 끝난 거예요.'

에일린은 대령을 데리고 국방성에 갔고, 대령이 안으로 들어가자마자 알프와 비니의 학교로 곧장 차를 몰고 갔다.

"알프와 비니를 데리러 왔어요." 에일린이 교장에게 말했다. "지금 당장 애들을 데리고 가야 해요."

"무슨 소식이라도 들으신 건가요?" 교장이 물었다.

이 질문에 뭐라고 대답을 해야 하나? 독일은 오늘 새벽 3시에 항복 문서에 서명했지만, 그 소식은 내일에야 공식 발표가 날 예정이었다. 그리고 오는 길에 본 신문 판매대의 뉴스판에는 '곧 항복?'이라고만 되어 있었다.

"공식적인 소식은 아무것도 듣지 못했어요." 에일린이 말했다. "하지만 곧 성명이 있을 거라고 모두 말하더군요."

교장이 활짝 웃었다. "아이들을 데려올게요." 교장이 말하고 서둘러 복도를 걸어갔다.

에일린이 느끼기에 교장은 영원히 돌아오지 않는 것만 같았다. '하필 내가 오는 날 무단결석을 하지는 않는 게 좋을 거야.' 에일린이 초조하게 생각했다.

에일린은 문밖으로 몸을 내밀고 복도를 살폈고, 복도 끝의 벽장에서 코트를 꺼내는 십대 소녀를 흘끗 보았다. 그 소녀는 반짝이는 금발이었고, 키가 컸고 우아했다. '정말 예쁜 아이네.' 에일린이 생각했다.

소녀는 벽장 문을 닫고 돌아섰으며, 에일린은 그게 비니인 걸 깨닫고 충격을 받았다. '맙소사, 비니가 언제 벌써 저렇게 아가씨가 됐지.' 에일린은 생각했고, 비니가 놀란 표정을 짓는 것을 보았다.

에일린은 그 표정을 전에도 본 적이 있었다. 폴리가 이곳에 이미 온 적이 있다고 에일린이 마이크에게 말했을 때 마이크의 표정이 그랬다. 그리고 마이크가 죽었다고 감시원이 그들에게 말했을 때 폴리의 표정이 그랬다.

'비니는 뭔가 끔찍한 일이 일어난 거라 생각하는 거야.' 에일린은 생각하고 비니를 안심시키기 위해 서둘러 복도를 걸어갔다. "나쁜 소식이 아니야. 전쟁이 끝났어. 흥분되지 않니?"

"흥분돼요." 비니는 말했지만, 흥분한 목소리가 아니었다.

요즘 비니는 아주 시무룩했다. '오늘은 까다롭게 굴지 말렴.' 에일린이 생각했다. '이럴 시간이 없어.' "네 동생은 어디 있니?" 에일린이 물었다.

알프가 복도를 질주해 왔다. 알프의 셔츠 자락은 빠져나와 있었고, 양말은 흘러내렸으며, 넥타이는 삐뚤어졌고, 교장이 뒤를 쫓아왔다.

"전쟁이 끝난 거죠, 그렇죠?" 알프가 복도를 미끄러져 에일린 코앞에서 멈추며 말했다. "오늘 끝날 줄 알았어요. 언제 들었어요? 우리는 오늘 교실에서 온종일 라디오를 들었어요…." 알프는 죄지은 듯한 표정으로 교장을 힐긋 보았지만, 그녀는 여전히 활짝 웃고 있었다. "하지만 라디오에서는 아직 아무 소식도 없었어요!"

"가자." 에일린이 말했다. "가야 해. 알프, 네 코트는 어디 있니?"

"아, 이런. 깜빡했어요! 교실에 있어요. 가져올게요." 알프가 부리나케 복도를 달려갔다.

"다른 사람들에게는 아무 말…." 에일린이 말했지만, 너무 늦은 뒤였다. 복도 끝쪽에서 요란한 함성이 들렸고, 이어 환호성과 함께 문들이 요란히 열리는 소리가 들렸다. 교장은 사태를 진정시키기 위해 서둘러 복도를 걸어갔다.

알프는 가슴에 코트를 움켜쥐고 다시 복도를 달려왔다. "알프."
에일린이 나무라듯 말했다.

"방금 라디오에서 나왔어요!" 알프가 외쳤다. "전쟁이 끝났어
요! 가요, 어서요. 피커딜리 서커스에서 조명을 켠대요."

알프는 비니의 얼굴을 보더니 얼굴에서 웃음이 사라졌다. "우
리 가도 되죠, 그렇죠, 엄마?" 알프가 에일린에게 말했다. "모두가
그곳에 있을 거예요. 왕과 왕비와 처칠도요."

'그리고 폴리도.' 에일린은 생각했다.

"런던 사람들 전부가 갈 거야. 전쟁은 끝났어!" 알프가 비니에
게 호소했다. "엄마에게 우리도 가야 한다고 말해!"

"우리도 가나요?" 비니가 물었다.

"그럼, 물론이지." 에일린이 말했고, 혹시 비니가 자신의 초조
함을 어찌어찌 알아차린 건 아닐까 생각했다. "우리는 그곳에 갈
거야. 가자, 알프, 비니."

알프는 문으로 달려갔지만, 비니는 여전히 그곳에 서서 분개
한 표정을 지었다.

"비니?" 에일린이 말하며 비니의 팔을 잡았지만, 비니는 여전
히 움직이지 않았다. "미안, 록시라고 불렀어야 했는데." 비니는
진저 로저스가 〈록시 하트〉에서 회개하지 않는 살인자 역을 하
는 걸 본 이후 줄곧 그 이름을 고집해왔다. 그건 놀라운 일이 아
니었다.

비니는 에일린의 손에서 팔을 빼냈다. "엄마가 날 뭐라고 부르
든 전혀 상관없어요." 비니는 말하고, 학교 밖으로 뛰쳐나갔다.

알프는 계단 발치에서 그들을 기다리고 있었지만, 비니는 알프
를 지나더니 거리를 따라 지하철역으로 향하기 시작했다. "우리

는 지하철을 타지 않을 거야." 에일린이 말했다. "에이브럼스 대령의 차를 가지고 왔어."

"내가 운전해도 돼요?" 알프가 앞자리에 기어오르며 말했다.

비니는 차를 바라보며 그냥 서 있었다. "본부에 돌려줘야 하지 않나요?"

"알아차리지 못할 거야." 에일린이 말했다. "타렴."

비니는 차에 타더니 거칠게 문을 닫았다.

"그리고 거기까지 갈 수 있을지 자신이 없어. 내가 지나가며 보니까 사람들이 이미 왕궁 앞에 모이기 시작했거든." 에일린이 거짓말을 했다.

"우리가 가는 곳이 거기예요, 엄마?" 알프가 물었다. "버킹엄 궁전요?"

"아니. 나는 군복을 갈아입어야 하니까 집에 먼저 가야 해." 에일린이 말했다.

"잘됐네요. 난 국기를 가져가야 하거든요."

"차를 돌려줘야만 할 거 같은데요." 뒷좌석에서 비니가 말했다. "만약 문제가 생기면, 직장을 잃을 거예요."

"엄마는 직장을 잃을 수가 없어. 더 이상 직장을 다니지 않을 거거든." 알프가 들떠 말했다. "그리고 너도 이젠 구급차 운전사를 할 수 없어. 전쟁은 끝났어. 우리는 피커딜리 서커스에 먼저 갔다가 그다음에 버킹엄 궁전에 가면 될 거야." 알프는 창밖으로 몸을 내밀고 손을 흔들었다. "전쟁이 끝났다! 만세!"

에일린은 거짓말로 사람들이 많을 거라고 했지만 도착해보니 그건 이미 진실이었다. 사람들이 거리를 막고 고함을 치고 국기들을 흔들었다. 때문에 블룸스베리까지 가는 데는 엄청나게 오랜 시간이 걸렸다.

'이런 인파를 뚫고 차로 트래펄가 광장까지 가는 건 불가능해.' 에일린이 집 밖에 주차하며 생각했다.

"난 아직도 엄마가 본부에 차를 돌려줘야 한다고 생각해요." 비니가 말했다.

"시간이 없어." 에일린이 말했고, 군복을 갈아입기 위해 위층으로 뛰어 올라갔다. 에일린은 여름용 원피스와 녹색 코트를 입었고, 오웬스 부인에게 전화해 기쁜 소식을 알렸다.

"방금 들었어요." 오웬스 부인이 말했다. "시어도어의 어머니가 막 전화했어요." 그리고 에일린은 시어도어가 뒤에서 말하는 걸 들을 수 있었다. "난 전쟁이 끝나는 게 싫어!"

'어련하겠니.' 에일린은 생각했다.

비니는 하얀 원피스를 입고 나왔다. 알프는 새장에 든 앵무새를 들고 있었다. "배스컴 아줌마도 같이 가도 돼요?" 알프가 물었다.

"당연히 안 되지, 이 바보야." 비니가 말했다.

"배스컴 아줌마는 우리가 승리해서 정말 기뻐해. 얘는 전쟁을 싫어했어."

"안 돼. 배스컴 아줌마는 우리와 함께 갈 수 없어." 에일린이 말했고, 알프를 자기 방으로 돌려보냈다.

알프는 국기와 성냥 한 상자, 길쭉한 원통형 폭죽 3개, 기다란 불꽃놀이 줄 하나를 가지고 방에서 나왔다. "그거 다 어디서 구한 거니?" 에일린이 캐물었다.

"승리하면 축하할 때 쓰려고 모아두었던 거예요." 알프가 말했다. 그건 질문의 답이 아니었지만, 이미 6시 30분이 지나 있었고,

그들은 여전히 트래펄가 광장에 가야만 했다.

"불꽃놀이 줄과 폭죽 하나는 가지고 가도 돼." 실망하는 비니의 표정을 무시하고 에일린이 말했다. "그리고 근처에 사람들이 있을 때는 쓰면 안 돼. 가자."

에일린은 아이들을 데리고 서둘러 문을 나서 러셀 광장으로 향했다. 그곳 역시 가는 게 만만치 않았다. 거리와 역은 사람들로 꽉 찼고, 지하철 몇 대를 보내고 나서야 겨우 껴 탈 수 있었다.

그들이 레스터 광장에 도착했을 때는 이미 8시가 되었다. "내리자." 에일린이 알프와 비니에게 명령했다.

"왜 여기서 내려요?" 알프가 물었다. "아직 피커딜리 서커스 역에 도착 안 했어요."

"피커딜리 서커스에 가지 않을 거야." 에일린이 말하고 아이들을 데리고 인파를 뚫고 노선 라인 플랫폼으로 향했다. "트래펄가 광장에 갈 거야." 에일린은 아이들을 데리고 지하철에 탔고, 다행히도 실내가 너무 붐벼 더는 대화를 할 수가 없었다.

트래펄가 광장 역은 심지어 더욱더 붐벼서, 발 디딜 틈 없이 들어찬 사람들이 외치는 소리에 호루라기며 딱딱이, 색테이프로 정신이 없었다. "여기 훔칠 거 많은데요." 알프가 말했다.

"아무도, 아무것도 훔치지 않아." 에일린이 말하고 알프와 비니의 팔을 잡고 에스컬레이터로 밀었고, 그다음에는 계단을 올라 거리로 나섰다.

사방이 사람들이었다. 사람들은 환호성을 지르고 노래를 하고 국기를 흔들었다. 교회 종들이 요란하게 울렸다. 영군 해외 파병군 한 명이 눈에 띄는 모든 여자에게 키스하며 지나갔고, (꽃 모자를 쓰고 하얀 장갑을 낀 나이 지긋한 여자 둘을 포함해) 그 어떤 여자들도 그걸 싫어하는 것 같지 않았다.

손으로 '히틀러는 버스를 놓쳤습니다!'[63]라고 쓴 현수막을 건 2층버스가 쉬임없이 경적을 울리며 앞의 사람들을 비키게 했고, 에일린과 아이들은 사람들이 다시 길을 막기 전에 길을 건널 수 있었다.

하지만 길 건너편에 도착한 순간, 그들은 인파에 휩싸였다. "여기 말고 피커딜리 서커스에 갔어야 해요." 알프가 말했다.

"우리는 트래펄가 광장에 갈 거야." 에일린이 단호히 말했다. "괜찮을 거야. 서로 떨어지지 않고 붙어 있기만 하면 돼."

"붙어 있어." 비니가 냉랭하게 되풀이해 말했다. 비니는 다시 부루퉁해져 있었다.

'얘가 왜 이런담?' 에일린이 생각하며 비니의 팔과 알프의 소매를 잡았고, 둘을 밀고 인파를 헤치며 트래펄가 광장으로 향했다.

광장은 수병들과 군인들, 해군 여군 부대원들과 아직도 앞치마를 한 여급들로 터져나갈 것 같았고, 모두가 국기를 흔들고 있었다. 그들은 기념탑 기부와 모래주머니들을 쌓은 초소들 위에 올라갔고, 미국 해병 한 명은 기념탑 자체를 올라가려 애썼으며, 경찰 한 명은 그 해병에게 어서 내려오라고 소리를 치고 있었다.

에일린은 알프와 비니를 끌고 광장에 들어가려 애를 썼다. 폴리는 에일린이 사자상 가운데 하나 옆에 서 있는 모습을 봤다고 했지만, 그곳에 가는 건 말처럼 쉽지 않았고, 아이들을 붙잡고 있는 건 더욱더 힘들었다. 에일린은 몇 미터도 가기 전에 알프를 놓쳤고, 그래서 알프의 옷깃을 잡고 다시 끌고 와야만 했다.

에일린은 손목시계를 보기 위해 손목을 비틀었다. 아, 이런, 이

---

63 'miss a bus'에는 문자 그대로 버스를 놓치다라는 뜻과 실패했다는 뜻이 있다.

미 9시가 넘었는데 사자상은커녕 아직 근처에도 가지 못한 상태였다. 심지어 인파에 가려 사자상들이 보이지조차 않았다. 에일린은 발끝으로 서서 머리들과 모자들과 깃발들 위로 목을 빼고는 코가 깨진 사자상을 찾아보려 애썼다.

마침내 사자상을 찾았지만, 그곳까지 갈 수가 없었다. 인파가 사자상 반대편인 분수 쪽으로 몰려가고 있었다. 그녀는 길을 트기 위해서는 손을 써야 했지만, 알프와 비니를 잃어버릴까 봐 두려워 아이들을 놓을 수가 없었고, 그녀와 기념탑 사이의 인파는 금세 인간들로 이루어진 단단한 벽이 되었다.

'우리가 저기에 가지 못하면 어쩌지?' 에일린이 생각했고, 공황 상태에 빠져 속이 울렁거렸다.

'물론 갈 수 있어.' 에일린이 생각했다. '이미 갔잖아. 그리고 나 혼자 할 필요 없어. 나를 도와줄 지원군이 있으니까.'

에일린은 알프를 옆으로 잡아당겼다. "우리가 저 사자상으로 갈 수 있게 도와줘." 에일린이 가리키며 말했다. "할 수 있겠니?"

"당연하죠." 알프가 말했고, 주머니에서 GI 라이터를 하나 꺼냈다. 에일린은 그게 어디서 났느냐고 다그치고 싶은 마음을 꾹 참고, 대신 알프가 다른 주머니에서 커다란 폭죽을 꺼내 높이 치켜드는 모습을 지켜보았다.

"하나 발사합니다!" 알프가 외치며 라이터 불을 켜 폭죽에 가까이 들고는 사람들 사이로 거침없이 걸어갔고, 사람들은 비명을 지르며 양옆으로 갈라섰다. 그렇게 했음에도 그들은 사자상 받침대에 도착할 때까지 거의 두 번이나 헤어질 뻔했고, 또한 알프가 라이터를 끄자마자 비켜섰던 사람들이 다시 원래 자리로 돌아갔다.

에일린은 몸을 돌려 국립 미술관 계단의 폴리를 찾아보았고, 알프와 비니는 밀려드는 인파에 쓸려가는 바람에 에일린에게 돌아오려 용을 써야 했다.

"만약 우리가 헤어지면…." 에일린은 인파 사이로 간신히 어깨에서 핸드백을 내려 열면서 말했다. "기념탑 기부로 가서 나를 기다려." 에일린은 반 크라운 주화 두 개를 꺼냈다. "그리고 만약 나를 찾지 못하면 여기 이 돈으로 지하철을 타고 집으로 가."

에일린은 알프에게 반 크라운 주화를 건네고 비니에게도 반 크라운 주화를 내밀었다.

비니는 돈을 받으려 하지 않았다. 비니는 그곳에 서서 에일린을 빤히 바라보았고, 얼굴이 아주 창백했다.

"내가 받을게요." 알프가 말하면서 돈에 손을 뻗었다.

에일린은 반사적으로 주화를 든 손을 주먹 쥐었고, 눈으로는 창백한 비니의 얼굴을 계속 바라보았다. "왜 그러니, 비니? 아프니?"

"아니요." 비니가 분개한 목소리로 말했다. "난 엄마가 오늘 왜 우리를 여기로 데려왔는지 알아요. 폴리 이모가 여기 있지요? 그렇죠?"

"폴리 이모요?" 알프가 말했다. "폴리 이모는 그 공습 대비대 감시원이랑 결혼해서 캐나다로 갔다고 했잖아요. 폴리 이모가 어디에 있는데요?" 알프는 사자상 기부 옆면을 기어오르기 시작했다.

"그래서 그 코트도 입은 거고요." 비니가 알프 말을 무시하고 말했다. 비니의 시선은 에일린의 얼굴에서 떨어지지 않았다. "그래야 인파 속에서 폴리 이모가 엄마를 찾을 수 있으니까요. 폴리 이모가 여기 있죠? 그렇죠?"

"그래." 에일린이 말했다.

"어디에요?" 알프가 위에서 그들에게 외쳤다. 알프는 받침대를 기어 올라가 사자의 콧등에 매달려 있었다. "아무 데도 안 보여요."

"엄마는 떠나려는 거죠? 그렇죠?" 비니가 물었다. "그래서 알프에게 폭죽을 가져오게 했고, 구태여 차를 돌려주는 수고를 하지 않은 거고요. 떠나니까요. 엄마는 폴리 이모를 찾아서 같이 돌아가려고 여기에 온 거예요."

"돌아가?"

비니가 고개를 끄덕였다. "엄마가 온 곳으로요. 극장에서 엄마가 하는 말 들었어요. 그리고 엄마를 보기도 했어요. 장원의 숲에서요." 비니는 예전의 코크니 억양으로 돌아가 말했다. "알프는 엄마가 숲에서 누군가를 만나고 있다고 했어요. 알프는 엄마가 간첩이라고 생각했어요. 그래서 나는 엄마를 따라가봤죠. 그리고 나랑 알프는 엄마가 비상계단에서 말하는 것도 들었어요."

이 아이들은 에일린이 생각했던 것보다 늘 두 걸음 앞서 있었다. "비니⋯."

"엄마는 이 인파 속에서 우리를 일부러 잃어버릴 거예요. 그렇죠?" 비니가 비난하는 목소리로 말했다. "《헨젤과 그레텔》에서처럼요⋯."

"아니야, 비니. 나는 아무 데도 안 가." 에일린은 비니에게 손을 뻗었다.

비니는 에일린의 손을 피해 몸을 획 틀었다. "그러면 왜 우리를 이곳에 데려왔는데요?" 비니는 분노해 거의 울음을 터뜨리며 말했다. "왜 그 코트를 입었는데요?"

"왜냐하면 폴리는 우리가 이곳에 서 있는 걸 봐야 하거든."

"그래서 폴리 이모가 우리에게 와서 엄마를 데려갈 수 있게요."

"아니야."

에일린은 주위 인파를 힐끗 둘러보았다. 지금 여기서 이런 대화를 해서는 안 되었지만, 그들에게 신경 쓰는 사람은 아무도 없었다. 사람들은 모두 환호성을 지르고, 큰 소리로 웃고, 국기들을 흔들었다. "이제까지 일어난 모든 일이 일어날 수 있게 하려면 폴리가 우리를 봐야만 해. 왜냐하면, 내가 온 곳에서는 오늘 밤은 이미 일어났고, 그 일이 일어났을 때 폴리는 인파 속에서 녹색 코트를 입은 나를 봤거든. 그리고 폴리는 너도 봤어."

"그러고 나면요?"

'그러고 나면, 폴리는 옥스퍼드로 돌아가.' 에일린은 생각했다. '그리고 우리는 베일리얼 칼리지 안뜰에 서서 마이크에게 이야기를 하고, 마이크는 됭케르크로 가서 발을 다치고, 너희는 홍역에 걸리고, 우리는 런던으로 가고, 너희 어머니는 폭탄에 죽고, 마이크도 죽고, 폴리와 나는 너희를 입양하고, 우리는 던워디 교수님을 발견하고, 너희는 우리의 생명을 구하지.'

"그러고 나면요?" 비니가 화를 내며 다시 말했다.

"그다음은 없어. 폴리는 나와 이야기를 하지도 않았어. 폴리는 나를 데리고 가지 않았어. 심지어 자신이 본 게 나였는지조차 확신하지 못했어. 그리고 그건 이미 일어난 일이야. 그러니 설사 내가 원한다 할지라도 나는 돌아갈 수 없어. 그리고 나는 돌아가는 걸 원하지 않아. 왜냐하면, 나는 여기에서 너와 알프와 함께 있고 싶으니까."

'그리고 만약 내가 돌아가면, 던워디 교수님은 내 임무를 취소하고, 우리 모두의 강하를 취소할 거고, 이 어떤 일도 일어나지 않을 거거든. 지금 전승 기념일도 포함해서.'

환호하는 인파도, 교회 종들도, 승리도 없을 것이다. 비니는 폐렴에 걸려 죽고, 알프는 '시티 오브 베나레스호'에서 죽고, 웨스트브룩 대위는 구급차를 기다리다 죽고, 연합군은 제2차 세계대전에서 질 것이었다.

"폴리 이모가 언제 우리를 봤는데요?" 비니가 캐물었다.

"확실하지 않아." 에일린이 말했다. "폴리는 트래펄가 광장에 9시 30분 정도에 도착했고, 광장에 1시간 정도만 있었다고 말했어."

"그러면 왜 우리를 데리러 학교로 온 거죠? 왜 우리를 서두르게 한 거예요?"

만약 에일린이 지금 비니에게 거짓말을 하면, 비니는 다시는 에일린을 믿지 않을 것이다. "왜냐하면 나는 콜린…, 그러니까 그날 밤에 폴리랑 던워디 교수님을 데리러 왔던 남자가 여기에 있기를 바랐거든."

"그리고 그 사람이 엄마를 데리고 가고요."

"아니. 나는 콜린에게 말했어. 아니, 말할 거야. 우리를 어디에서 찾을 수 있는지 말이야. 그리고 내가 콜린에게 그 말을 해주는 게 아마도 오늘일 거 같았어. 하지만 확실히는 모르겠어. 나는 내가 언제 콜린에게 말했는지 몰라. 오늘 밤일 수도 있고, 지금부터 오랜 세월이 흐른 뒤일 수도 있어."

"그리고 엄마가 그 오빠에게 말하면, 그 오빠는 돌아가 극장에서 모두를 찾는 거고요." 비니가 말했다.

"맞아."

비니는 에일린에게 얼굴을 찡그려 보였다. "그 오빠에게 언제 말을 했는지 그 오빠에게 물어봤었어야죠." 비니가 나무라듯 말했다. "그리고 어디에서였는지도요. 그랬으면 그 오빠를 찾아 사방으로 다니지 않아도 되었잖아요."

"맞는 말이야." 에일린이 말했다. "하지만 그건 문제가 되지 않아. 우리는 때가 되면 서로를 찾을 거고, 그러면 나는 콜린에게 말해줄 거야."

"왜냐하면, 콜린 오빠가 엄마를 찾아내지 못했다면 엄마가 어디에 있는지 모를 거고, 그러면 극장으로 올 수 없으니까요." 비니가 말했다.

'난 왜 비니가 시간 여행을 이해할 수 없을 거라고 혼자 지레짐작했던 걸까?' 에일린이 생각했다. "바로 그거야."

"그래서 엄마가 여기에 있어야만 했던 거고요. 콜린 오빠에게 말을 하려고요."

"아니. 나는 너와 알프를 두고 떠날 수 없었기 때문에 여기에 남은 거야." 에일린은 비니를 보며 웃었다. "만약 내가 떠나면 누가 너희를 돌봐주겠…?"

하지만 에일린은 말을 끝까지 마칠 수가 없었다. 비니가 에일린에게 달려들어 목을 껴안았고, 너무나도 딱 달라붙는 바람에 에일린은 거의 숨을 못 쉴 지경이었다.

"비니…." 에일린이 부드럽게 말하며 비니의 팔을 풀었다.

"폴리 이모가 어디에도 안 보여요." 알프가 말하며 사자상에서 뛰어내렸다. "폴리 이모가 여기 있는 게 확실해요?"

"응." 에일린이 말했다.

"광장 어느 쪽에 있었어요?" 비니가 물었다.

"몰라. 폴리는 멀리서 나를 봤다고만 했어."

"음, 난 아무것도 안 보여요. 폴리 이모는 넬슨 동상이나 뭔가에 올라가 있었을 거예요." 알프가 사람들을 밀치고 가로등 쪽으로 다가가며 말했다.

"폴리는 가로등에 올라가지 않았을 거야." 에일린이 말했다.

"알아요." 알프가 말했다. "잘 보려고 올라가는 것뿐이에요." 알프는 들고 있던 국기봉을 마치 해적의 단검인 듯이 입에 물더니 가로등을 올라갔다.

"폴리가 보이니?" 에일린이 알프에게 외쳤다.

"아니요." 알프가 입에서 국기를 빼며 말했다. "정말로 폴리 이모가 여기 있는 게 확실…, 저기 있어요!" 알프가 국기로 국립 미술관 쪽을 가리켰다. "군복을 입고 있어요."

에일린은 발끝으로 서서 균형을 유지하기 위해 가로등을 잡고 목을 쭉 뻗었다. '군복, 군복….'

"폴리 이모가 보여요!" 비니가 흥분해 말했다.

"어디? 어디 서 있는지 알려줘."

"저기요." 비니가 가리키며 말했다. 에일린은 비니의 쭉 뻗은 팔이 가리키는 곳을 바라보았다. "포치에요."

"아니, 폴리 이모가 아니야." 알프가 가로등 중간쯤에서 외쳤다. "폴리 이모는 계단을 내려오고 있어."

"어디?" 에일린은 여전히 폴리를 볼 수 없었고, 만약 폴리가 이미 계단을 내려왔다면…. "어디?"

"저기요. 계단 발치에요."

만약 폴리가 이미 계단을 내려갔다면, 그녀는 이미 사자상 옆에 선 에일린을 보았고, 이미 햄스테드 히스의 강하 지점으로 떠나고 있는 것이다.

"봤어요?" 비니가 물었다.

"아니." 에일린이 말했다. "하지만 상관없어. 내가 봐야 할 필요는 없어."

하지만 에일린은 폴리를 잠깐이라도 볼 수 있기를 무척이나 바랐었다. 지난 4년 내내, 에일린은 멀리서라도 폴리를 다시 볼 수 있기를 바라왔다.

"유감이에요, 엄마." 비니가 말했다.

"괜찮아." 에일린이 비니를 안아주었다. "저녁 먹으러 가자." 에일린은 알프를 찾았지만, 알프는 더 이상 가로등에 있지 않았다. "알프는 어딨니?" 에일린이 물었다. "보여?"

"아니요." 비니가 사람들을 훑으며 말했다.

비니는 갑자기 광장 한가운데로 쏜살같이 달려갔다. "비니, 기다려! 안 돼!" 에일린이 비니를 잡으려 손을 뻗으며 말했지만, 비니는 이미 멀찌감치 가버렸다.

그리고 보이지도 않았다. 사람들은 마치 물처럼 비니가 지나간 자리를 채우며 아무 흔적도 남기지 않았다. "비니! 돌아와!" 에일린은 외치며 인파를 헤치고 비니를 쫓아가기 시작했다.

그리고 폴리를 보았다. 폴리는 겨우 몇 미터 떨어진 곳에서 인파의 흐름을 거슬러 채링크로스를 향해 가고 있었다. 그녀는 에일린의 기억보다 어려 보였다. 거의 비니만큼이나 어려 보였으며, 얼굴에는 있어야 할 걱정과 슬픔의 기색이 없었다. 그리고 콜린이 왔던 날 밤의 무지막지한 기쁨도 보이지 않았다.

'왜냐하면 그 모든 일은 아직 일어나지 않았으니까.' 에일린이 생각했다.

에일린은 마지막으로 한 번만 더 폴리를 보고 싶었었지만, 이게 끝이 아니었다. 이것은 시작이었다. 파젯스 백화점에서의 탈출, 29일 밤 세인트폴 대성당으로 달려가던 일, 라버넘 양과 히바드 양과 도밍 씨와 함께 한 크리스마스 저녁 식사를 포함해, 그 모든 것의 시작이었다. 지하철역 간이 식당 앞에서 길게 줄을 서고, 공습경보 해제 사이렌이 울린 뒤 안개 낀 여명 속에서 노팅힐게이트 역에서 집으로 걸어가고, 모두가 잠든 뒤에도 플랫폼에 앉아 있고, 리케트 부인의 끔찍한 식사와 상품 포장과 스타킹 수선의 시련에 관해 이야기하던 기억들.

"오, 폴리." 에일린이 중얼거렸다. "우리는 아주 좋은 친구가 될 거야!"

그리고 에일린의 말을 들을 수 없었을 텐데도 불구하고, 폴리는 마치 그 말을 들었다는 듯이 고개를 돌리고 에일린을 똑바로 바라보았다. 하지만 단지 한순간이었고, 미군 병사 무리가 호루라기를 불며 에일린 앞으로 밀려들면서 폴리의 모습을 가렸다.

에일린은 폴리의 모습을 놓쳤다고 생각했지만, 그렇지 않았다. 폴리는 여전히 그곳에 있었고 지하철역을 향해, 강하 지점을 향해, 옥스퍼드를 향해 꾸준히 나아갔다. '옥스퍼드에서 폴리는 오리얼 칼리지로 가는 나를 만날 거고, 나에게 운전 허가를 먼저 받아야 한다고 말해줄 거고, 나는 콜린이 폴리에게 빠졌다는 말을 해줄 거고, 우리는 베일리얼 칼리지에 가서 햇빛 비치는 뜰에 서서 마이클 데이비스와 이야기를 할 거야.'

"잘 가!" 에일린은 '집으로 가는 길을 알려 주세요' 연주를 시작한 취주 악대 소리 속에서 폴리 뒤에 대고 외쳤다. "결국은 모든 일이 잘 풀릴 테니 겁먹지 마." 에일린은 그곳에 서서, 음악도, 소음도, 자신을 밀치고 부딪치는 사람들도 아랑곳하지 않고, 폴리가 시야에서 사라질 때까지 그 뒷모습을 지켜보았다.

이윽고 에일린은 알프와 비니를 찾기 위해 주위를 둘러보았지만, 이렇게 많은 사람 속에서 어떻게 그 둘을 찾아야 할지 알 수가 없었다.

국립 미술관 뒤에서 '쉬익' 하는 소리와 '펑' 하는 소리가 들리더니 비명들이 뒤따랐다. 알프의 폭죽 소리였다. 에일린은 분수 가장자리로 올라가면 더 잘 볼 수 있으리라는 희망에 그쪽으로 향했다. 그녀는 인파를 헤치며, 술 취해 비틀거리는 군인 몇 명 그리고 처칠 사진이 들어간 배지를 열성적으로 파는 남자를 지나쳤고, 앞쪽에 자신과 같은 방향으로 가려 애쓰는 검은 양복 차림의 나이 지긋한 사람이 있는 것을 보았다. 만약 에일린이 그 사람이 터놓은 길을 따라갈 수 있다면 알프에게….

"험프리스 씨!" 에일린은 그 남자를 알아보고 외쳤다. 에일린은 그의 옷소매를 잡았고, 그는 누가 자신을 잡았는지 보기 위해 고개를 돌렸다.

"안녕하세요!" 에일린이 소음 너머로 외쳤다.

"오릴리 양!" 험프리스 씨도 외치더니 마치 세인트폴 대성당의 문에서 인사를 한다는 듯이 말했다. "만나서 반갑습니다!"

험프리스 씨는 마구 밀어제치는 인파를 둘러보았다. "저는 세인트폴 대성당에 가는 중입니다. 매튜스 주임 사제님이 전화해서 이미 대성당에 수백 명이 모였다고 하셨어요. 그래서 가서 도와드리는 게 좋겠다고 생각했습니다."

험프리스 씨는 에일린을 보며 활짝 웃었다. "멋진 밤이지 않습니까?"

"네." 에일린은 인파를 둘러보며 말했다. 에일린은 1학년 학생일 때부터 줄곧 이 광경을 보러 이곳에 오는 게 소원이었다. 그리고 던워디 교수가 자신이 아닌 다른 누군가를 이곳에 보냈다는 사실을 알고 격분했었다.

하지만 만약 던워디 교수가 보내서 에일린이 이곳에 왔다면 이 상황을 결코 제대로 즐기지 못했을 것이다. 에일린은 행복해하는 사람들과 영국 국기들과 모닥불들을 보았겠지만, 어둠 속에서 몇 년을 보낸 뒤에 빛을 보는 것이 어떤 의미인지, 다가오는 비행기들을 두려움 없이 올려다보는 것이 어떤 의미인지, 몇 년 동안 공습 사이렌을 듣다가 듣는 교회 종소리가 어떤 의미인지 절대로 알 수 없었을 것이다.

저 웃음과 환호 뒤에 몇 년에 걸친 배급과 허름한 옷과 공포가 있다는 것을, 이날이 오게 하려고 어떤 대가를 치러야 했는지를 절대로 알 수 없었을 것이다. 그 모든 군인들과 수병들과 공군들과 시민들의 생명이 희생되었다. 마이크와 심스 씨와 리케트 부인과 고드프리 경의 생명도. 고드프리 경은 2년 전 군인 위문공연을 마치고 집으로 돌아오던 길에 사망했다. 또한 에일린은 남편과 외아들을 잃은 데네웰 여사에게, 혹은 세인트폴 대성당을 구하기 위해 그토록 열심히 노력해온 험프리스 씨와 그 모든 화재 감시원들에게 이날이 갖는 의미를 절대로 알 수 없었을 것이다. 다행히도 화재 감시원들은 훗날 세인트폴 대성당이 결국 어떤 일을 당하는지 알지 못할 것이다.

"저는 이날이 절대로 오지 않을까 두려웠습니다." 험프리스 씨가 말하고 있었다.

"알아요." 에일린은 말하며 마이크가 죽은 뒤의 그 모든 암울했던 날들을, 자신들을 구하러 아무도 오지 않을 거라 생각했던 때를, 폴리가 죽을 거라 생각했던 때를, 심지어 자신과 알프와 비니 때문에 전쟁에서 질 거라 생각했던 더 암울했던 날들을 떠올렸다.

"하지만 결국에는 모든 것이 괜찮아졌습니다." 험프리스 씨가 말했고, 모닥불 근처에서 '쉬익' 하는 소리와 '펑' 하는 소리가 들렸다. 비둘기들이 광장 위로 요란하게 날아올랐다.

"저는 가서 알프와 비니를 찾아보는 게 좋겠어요." 에일린이 말했다. '아이들이 누군가를 죽이기 전에요.'

"그리고 저는 세인트폴 대성당으로 어서 가보는 게 좋겠습니다." 험프리스 씨가 말하고 성당지기로서 최대한 공손하게 덧붙였다. "내일 감사 예배가 있습니다. 아이들과 함께 오셨으면 합니다."

"그럴게요." 에일린이 약속했다. '만약 알프가 올드 베일리에 있지 않으면요.'

험프리스 씨는 인파를 밀치며 스트랜드 쪽으로 향했고, 에일린은 계속해서 들리는 '펑' 소리와 "이 못된 자식!"이라는 외침과 불꽃을 따라 국립 미술관으로 가기 시작했다. 피곤해 보이는 어머니와 작은 여자아이 셋이 모두 아이스크림을 먹으며 지나갔다. 콩가 춤 줄이 구불거리며 에일린을 치고 지나갔다.

에일린은 춤 줄이 완전히 지나가기를 기다리며 목을 쭉 뻗어 폭죽 불꽃과 비니의 금발을 찾아보았다. "알프!" 에일린이 외쳤다. "비니!" 하지만 이런 인파 속에서는 도저히 찾을 수 없을 듯했다.

"이 아이들을 찾으셨습니까, 부인?" 에일린 뒤에서 어떤 남자가 말했고, 그녀가 돌아보니 군목 복장의 남자가 한 손으로는 비니의 어깨를 잡고, 다른 한 손으로는 알프의 옷깃을 단단히 잡고 있었다.

"우리가 누굴 찾았는지 봐요!" 알프가 행복해하며 말했다. "구드 신부님이에요!"

구드 신부는 이틀 정도 면도를 못 했고, 피곤해 보였다. 군목 복장은 진흙으로 덮여있었고, 엄청나게 야윈 상태였다.

"구드 신부님." 에일린은 말했다. 그녀는 구드 신부가 이곳에 있다는 사실이, 그리고 다친 곳 없이 성하게 돌아왔다는 사실이 너무 좋아 믿기지 않을 정도였다. "여긴 어떻게 오셨어요?"

"전쟁이 끝났잖아요." 알프가 말했다.

"오늘 오후 비행기로 돌아왔습니다." 구드 신부가 말했다. "편지들을 보내주셔서 고맙습니다. 그 편지들이 없었으면 저는 버텨낼 수 없었을 겁니다."

'그리고 신부님의 편지들이 없었으면 저도 버텨낼 수 없었을 거예요.' 에일린이 생각했다.

"잘 돌아오셨다고 말 안 할 거예요?" 비니가 재촉했다.

"잘 돌아오셨어요." 에일린이 부드럽게 말했다.

"무슨 환영 인사가 그래요?" 비니가 야유를 보냈고, 알프가 말했다. "신부님에게 키스 안 해줄 거예요? 전쟁이 끝났다고요!"

"알프!" 에일린이 나무라는 목소리로 말했다. "구드 신부님은…."

"아닙니다. 알프 말이 맞습니다. 이제 키스를 할 차례가 맞습니다." 신부가 말했고, 에일린을 안더니 키스를 했다.

"내 말이 맞지?" 비니가 알프에게 말했다.

"이런 소란통에서 당신을 만나리라고는 생각도 못 했습니다." 에일린을 놔준 뒤 구드 신부가 말했다. "그런데 갑자기 저 기 포크스[64]가 보이더군요." 신부는 알프의 어깨를 흔들었다. "하지만

---

64 1605년 영국 의사당을 폭파하고 제임스 1세를 살해하려던 화약 사건의 주동자

이 아이들을 알아본 건 기적에 가까웠습니다. 아주 많이 달라졌더군요. 알프는 30센티미터는 더 컸고, 비니는 거의 아가씨가 다되었더군요."

"우리랑 같이 가실래요?" 알프가 신부에게 물었다. "우리는 피커딜리 서커스에 갈 거예요."

"아니야." 비니가 말했다. "엄마가 우리는 저녁을 먹으러 갈 거랬어."

"실은 아이들이 썩 달라지지 않았다는 걸 곧 알게 되실 거예요." 에일린이 비꼬아 말했다.

"다행이네요. 저는 이 아이들이 브라운 씨의 소들에 등화관제용이라고 줄무늬를 그려 넣은 일을 생각하며 어려운 때를 이겨 냈거든요."

"구드 신부님이 기차역에 와서 엄마가 시어도어를 기차에 태우는 걸 도와줬던 때를 기억하세요?" 비니가 물었다.

"기억해." 에일린이 말했다. 그녀는 신부를 바라보았다. "딱 알맞은 때에 저를 구해주러 오셨죠."

"만약 지금 피커딜리 서커스에 가지 않으면….." 알프가 애처로운 소리로 말했다. "조명이 다 꺼진 다음에 도착한다고요!"

"피커딜리 서커스에서 저녁 식사는 어떻습니까?" 구드 신부가 물었다.

"진짜로 우리와 같이 가고 싶으세요?" 에일린이 구드 신부에게 물었다. 그는 금방이라도 주저앉을 것처럼 보였다. "아마도 구드 신부님은 집에 가서 좀 쉬고 싶으실 거야."

"그리고 전승 기념일을 못 보고요?" 구드 신부가 에일린을 보며 웃었다. "절대 안 되죠."

"오늘은 진짜 전승 기념일이 아니에요." 알프가 말했다. "진짜
는 내일이에요."

"그러면 내일도 봐야겠구나." 구드 신부가 말하고 에일린의 팔
을 잡았다. "내일은 무슨 일이 있나요, 아십니까?"

'배급이 계속돼요.' 에일린은 생각했다. '그리고 음식 부족이 너
무나도 심각해서 미국은 우리에게 구호품을 보내고, 히로시마와
냉전과 석유 파동과 덴버와 핀포인트 폭탄과 전 세계적 전염병이
있지요. 그리고 비틀스와 시간 여행과 달의 식민지도요. 그리고
애거서 크리스티의 소설이 거의 50권 정도 더 나와요.'

알프가 에일린의 소매를 끌었다. "신부님이 내일은 무슨 일이
있냐고 묻잖아요." 알프가 군중의 환호성 너머로 외쳤다.

"모르겠어요." 에일린이 말하고 구드 신부를 보며 웃었다.

68

자, 가봅시다.
아직도 전쟁이 계속되는지 한번 봅시다.

— 조지 S. 패튼 장군, 1944년 7월 6일

런던, 1941년 4월 19일

콜린은 지하철을 타고 세인트폴 대성당까지 가고 싶어 했지만,
공습 중에 역무원에게 저지당해 밖으로 나가지 못한 경험이 떠오
른 폴리가 말했다. "역에 갇히는 위험을 무릅쓸 수는 없어. 우리는
그곳까지 걸어가야 해."

"택시를 잡을 가능성은 없어?" 콜린이 물었다.

"지금 여기서? 안 될 거라고 봐. 오늘 밤 공습이 어디라고 했
지?"

"부두 쪽이야." 콜린이 말하고는 어느 방향으로 가야 하는지 알
아내려 거리를 살폈다.

폴리는 콜린이 불과 탐조등을 등지고 서서 세인트폴 대성당으
로 가는 길을 찾는 모습을 지켜보았다. 그 모습은 V-1을 떨어뜨

릴 방법을 찾으려 애쓰던 스티븐 랭 대위와 비슷했다. 콜린은 랭 대위와 무척이나 비슷해 보였다. 그건 둘의 임무가 똑같이 결단력과 임기응변 능력이 필요하기 때문일까? 아니면 랭 대위와 페이지 페어차일드가 콜린의, 음…, 증조부모 정도 되기 때문일까?

"폭격 대부분은 템스강 근처에 있을 테니…" 콜린이 말했다. "스트랜드로 가서 플리트 스트리트로 가는 게 제일 좋을 거 같아."

던워디 교수가 고개를 저었다. "시티의 미로 같은 거리에서는 길을 잃기에 십상이야."

"교수님 말씀이 옳아." 폴리는 그들이 바솔로뮤를 찾으려 애쓰던 밤을 떠올리며 말했다.

"임뱅크먼트가 가장 빠른 길이야." 던워디 교수가 말했다.

"하지만 그곳에는 폭격이 있어요." 폴리가 반대했다.

"아니, 교수님 말씀이 맞아." 콜린이 말했다. "폭탄 대부분은 타워 브리지 동쪽에 떨어졌고, 공습 대부분은 자정이 지난 뒤에 있었어. 그러니 우리는 서둘러야 해."

"그리고 가능한 한 조용히 움직여야 해." 폴리가 말했다. "감시원에게 들켜서 방공호로 끌려갈 수는 없어."

"잊은 모양인데, 내가 감시원이야." 콜린이 헬멧을 툭툭 치며 말했다. "만약 감시원이 우리를 막으면 내가 너와 교수님을 안전한 곳으로 데려가는 중이라고 말하면 돼. 사실, 그건 맞는 말이고."

콜린은 앞장서서 던워디 교수를 부축하며 건물들에 가까이 붙어 걸었다. 비가 내린 뒤였다. 인도는 물기 때문에 반짝거렸고, 여전히 구름이 끼어 있었지만, 머리 위 하늘은 맑았다. 탐조등 불빛 속에서, 폴리는 별들을 볼 수 있었다.

트래펄가 광장에 가까이 갔을 때 콜린이 말했다. "지난번에 왔을 때보단 덜 붐볐으면 좋겠네."

"전승 기념일에 나를 찾으러 왔어?"

콜린은 고개를 끄덕였다. "너를 찾지 못할 거라는 건 알았어. 왜냐하면 이미 난 너를 찾지 못했으니까. 하지만 그 시점에서 나는 뭐든 해볼 작정이었어. 그리고 너무 보고 싶었고."

"그래서 봤어?" 폴리는 축하하는 사람들 틈 어딘가에서 자기를 찾는 콜린을 생각하며 물었다.

"아니, 어떤 말썽꾸러기 아이가 폭죽을 내게 던져서 난 하마터면 발이 잘릴 뻔했어. 하지만 완전히 실망스럽지만은 않았어. 예쁜 여자들이 잔뜩 내게 키스를 해줬거든." 콜린은 한쪽 입가를 올리며 씩 웃어 보였다.

"아, 전처럼 붐비지 않네." 황량한 광장에 도착했을 때 콜린이 말했다. 분수들은 잠겼고, 사자상들은 회색과 은색 정적 속에 잠들어 있었다. 심지어 비둘기들마저도 잠들었다.

'잠자는 숲속의 미녀가 있는 궁전 같아.' 폴리는 생각했다. 정말로 광장의 모두가 그 마법의 주문에 걸린 듯했다. 그들은 조용히 광장을 통과해 스트랜드로 갔고, 유령처럼 움직여 어둡고 황량한 거리를 통과했다.

몇 곳에 바리케이드가 쳐져 길을 우회할 수밖에 없었으며, 그 때문에 폴리는 길을 완전히 잃었지만, 콜린은 어느 방향으로 가야 하는지 정확히 아는 듯했다. 건널목 두 곳에서 콜린은 폴리가 연석에서 떨어지지 않게 그녀의 팔을 잡았고, 한 번은 고르지 않은 벽돌 포장길에서 손을 잡았다. 그 외에 콜린은 폴리를 만지지 않았다. 그런데도, 콜린이 전혀 보이지 않을 정도로 가장 어두운 길들에서조차도 폴리는 콜린의 존재를 선명하게 느낄 수 있었다.

템스강에 가까워질수록 주위는 점점 더 밝아졌다. 흐린 하늘에는 탐조등 불빛들이 기둥처럼 서 있었고, 부두에 난 화재의 불빛이 구름을 분홍색으로 물들였으며, 덕분에 길을 알아보기가 훨씬 더 쉬워졌다. 우회로를 따라가야 했기 때문에 그들은 원래 계획보다 서쪽으로 가야 했다. 웨스트민스터 사원의 쌍둥이 첨탑은 그들 정면에 있었고, 사원 뒤쪽으로 빅벤 타워가 보였다.

"11시 30분이에요." 임뱅크먼트로 가는 계단을 내려갈 때 콜린이 말했다. "서둘러야 해요." 그리고 그들은 강의 굴곡을 따라 벽이 세워진 보도를 빠르게 걸었다.

공기에서는 진흙과 물고기 냄새가 나야 마땅했지만, 실제론 그렇지 않았다. 공기는 차갑고 깨끗했고, 비 냄새가 났다. 그리고 한번은 라일락 향기도 났다. 그들은 재빨리, 그리고 조용히 걸어서 의사당 건물과 웨스트민스터 다리와 클레오파트라의 바늘을 지났다. '이걸 보는 것도 마지막이야.' 폴리는 생각했다.

던워디 교수는 잠시 멈춰 5월이 되면 파괴될 하원 건물을 바라보았고, 폴리는 교수도 자신과 같은 마음일까 궁금해했다. 또한 폴리는 긴 여행이 던워디 교수에게 너무 부담되지 않을까 걱정했었지만, 그는 비록 콜린의 팔에 아직 기대어 있기는 해도 피곤한 기색을 보이지 않았다. 그래서 콜린이 '여기서 잠시 쉬었다 가야 해요.'라고 말하며 던워디 교수를 임뱅크먼트 벽 쪽에 설치된 쇠 벤치로 데려갔을 때, 폴리는 걱정되었다.

"난 계속 갈 수 있어." 던워디 교수가 항의했다.

콜린이 고개를 저었다. "너도 앉아, 폴리. 옥스퍼드로 가기 전에 먼저 내가 해줄 말이 있어."

그리고 폴리는 그 표정을 알았다. 그녀는 그 표정을 전에도 본 적이 있었다. 마이크가 죽었던 날 밤 라버넘 양의 얼굴에서였다. 또한 자신이 미래를 파괴했다고 폴리에게 말하던 던워디 교수의 얼굴에서였다.

'넌 교수님과 나 둘 가운데 한 명만 데리고 갈 수 있는 거구나.' 폴리는 생각했다. '또는 너는 우리와 함께 갈 수 없거나.' 폴리는 벤치 뒤에 서서 마음의 준비를 했다.

"나 혼자 힘으로 널 구한 게 아니야." 콜린이 말했다. "도움을 받았어. 마이클 데이비스가 도와줬어."

"마이클이 신문에 낸 메시지 중 하나를 본 거구나." 폴리가 말했다.

"응. 마이클이 1944년에 쓴 메시지였어⋯."

"1944년?" 폴리가 말했다. 하지만⋯."

"마이클은 영국 정보부의 남 포티튜드에서 일하면서 그걸 썼어. 마이클은 하운즈디치에서 그날 밤에 죽은 게 아니야. 마이클은 데니스 애서튼을 찾고 메시지를 옥스퍼드로 보내기 위해 죽은 척한 거야."

'마이크는 죽지 않았어. 하지만 그건 좋은 소식이잖아.' 폴리는 생각하며 던워디 교수를 살폈지만, 그의 표정 역시 콜린과 같았다. 나쁜 소식이 뭐든지 간에, 콜린은 이미 그 내용을 던워디 교수에게 말한 상태였다. 그리고 폴리는 갑자기 자신이 옷을 갈아입고 왔을 때 그들이 극장 복도에 서 있고 에일린이 눈물을 훔치던 모습이 떠올랐다.

"말해줘." 폴리가 말했다.

"신문에 난 약혼 공지였어." 콜린이 짓궂게 웃었다. "폴리 타운젠드가 공군 조종사인 콜린 템플러와 약혼했다는 공지였지. 데이비스의 임무는 가짜 신문 기사와 개인 광고, 그리고 지역 신문들의 편집자들에게 보내는 편지를 작성하는 거였지만, 그 가운데 일부는 우리에게 보내는 암호문이었어."

'에일린 말이 맞았어.' 폴리는 생각했다. '우리가 전혀 알지 못하는 일들이 무대 뒤에서 벌어지고 있었어.'

"그래서 나는 다른 메시지들도 찾기 시작했어." 콜린이 말했다. 콜린은 일행에게 자신이 남 포티튜드에 관해 찾을 수 있는 모든 것을 찾아다닌 일, 데이비스가 사용한 가명, 그리고 어디에 주둔했는지를 알아낸 일에 관해 이야기했다.

"그리고 넌 마이클을 구하러 갔고." 폴리가 말했다. "하지만 제때에 도착하지 못한 거구나."

콜린이 고개를 끄덕였다. "우리는 노력했지만, 강하를 제때 열수 없었고…." 콜린은 하려던 말을 차마 맺지 못했다. "마이클을 구하기에는 너무 늦은 뒤였어." 콜린은 대신 그렇게 말했다.

하지만 던워디 교수와 술집에 있던 그날과 마찬가지로, 그게 전부가 아니었다. 아직도 나쁜 소식이 더 있었다.

그리고 폴리는 그게 무엇인지 알았다. 폴리는 잠재의식 속에서 늘 그 사실을 알고 있었다. "마이클은 V-1 때문에 죽었어." 폴리가 말했고, 그 사실을 확인하기 위해 콜린의 얼굴을 보지 않아도 되었다. "크로이던의 신문사 사무실에서."

"맞아."

"나는 마이클 옆에 남아있어야 했어." 폴리가 중얼거렸다. "페이지를 도우러 가면 안 되는 거였어. 만약 내가 마이클과 함께 있었다면, 나는 마이클을…."

콜린은 고개를 저었다. "우리조차 마이클을 구할 수 없었어. 마이클은 너무 부상이 심했어. 하지만 네가 묶어준 지혈대 덕분에 마이클은 죽기 전에 자신이 1941년 1월에 떠났을 때 네가 아직 살아있었고, 에일린이 너와 함께 있다는 말을 할 수 있었어."

그래서 콜린은 전쟁이 끝난 뒤에 에일린을 찾으러 갔고, 에일린은 그들이 어디에 있는지 콜린에게 말해준 것이다. 마이크는 자신이 한 약속대로 그들을 구한 것이다. 하지만 엄청난 대가를 치르고서!

"그 사람이 마이크란 걸 알았어야 했는데." 폴리가 말했다.

콜린은 고개를 저었다. "마이크는 네가 자신을 찾을 수 없게 최선을 다했어. 그 사람은 오직 너를 구하겠다는 생각뿐이었어. 그리고 만약 네가 떠나지 않았더라면, 나는 그곳에서 마이크를 구해 옥스퍼드로 데려갈 수 없었을 거야."

'브릭스턴에서 구급차를 타고 온 게 너였구나.' 폴리는 콜린을 보며 생각했다. 지금 폴리 앞에 서 있는 남자에게서는 전에 알던 성급하고 구제불능이던 소년의 모습은 찾아볼 수 없었으며, 또한 부주의하면서도 매력적이던 스티븐 랭 대위의 모습도 전혀 없었다.

'콜린 역시 자기를 희생했어.' 폴리가 절망하며 생각했다. 콜린은 폴리를 집으로 데려가기 위해 젊음의 얼마나 큰 부분을, 얼마나 오랜 기간을 희생했을까? '정말 미안해, 정말 미안해.'

"마이클은 내가 자신을 옥스퍼드로 데려가기 전에 먼저 내게 모든 것을 말해줘야 한다고 고집을 부렸어." 콜린은 말했다. "일단 병원에 가면 기회가 없을지도 모른다고 생각했어. 자신이 너를 구한 걸 알면 무척이나 좋아했을 거야." 콜린은 폴리에게 웃어보였다. "그리고 이제 내가 너를 구하려면, 그만 가는 게 좋겠어."

폴리는 피곤한 표정으로 고개를 끄덕였다. 콜린은 던워디 교수를 부축해 천천히 일으켰고, 그들은 비행기들의 윙윙거리는 소리와 폭탄이 요란히 터지는 소리와 별처럼 반짝이는 치명적인 소이탄 불꽃의 인도를 받으며 다시 장밋빛 강을 따라 걸었고, 마침내 루드게이트힐에 도착했다. 이제 거리 끝에 어두운 하늘을 배경으로 은색으로 우뚝 선 세인트폴 대성당이 보였고, 그 주위의 잔해들은 어둠 속에 감춰지거나 마법에 걸린 정원으로 바뀌어 있었다.

"아름다워." 콜린이 속삭였다. "70년대에 이곳에 왔을 때는 콘크리트 건물들과 주차 빌딩들에 완전히 가려져 있었는데."

"70년대?"

"정확히는 1976년." 콜린이 말했다. "남 포티튜드 문서를 기밀 해제한 해야. 나는 여기에 더 예전에도 왔었어. 내 말은, 더 나중에. 80년대에 왔었으니 더 전이기도 하고 더 나중이기도 하네. 우리는 1960년 이전에는 아무것도 열람할 수 없었고, 온라인을 쓰게 된 1995년 이후로도 아무것도 찾을 수 없었어. 그래서 어려운 방식을 택해야만 했어. 나는 이곳에 와서 보관된 신문들과 전쟁 기록을 열람하며 무슨 일이 있었는지 단서를 찾았어."

십자군 시대에 가고 싶어 했던 콜린이 열람실과 도서관과 먼지 쌓인 신문 보관소에 처박혀 있었다니, 그것도 거기서 얼마나 오랜 시간을 보냈단 말인가?

"그리고 약혼 공지를 발견했고." 던워디 교수가 말했다.

"네. 그리고 교수님의 사망 공시도 발견했어요. 폴리 것도요."

"내 것?" 폴리가 말했다. "하지만 나는 〈타임스〉와 〈헤럴드〉를 확인했어. 거기에는…."

"〈데일리 익스프레스〉에 실렸어. 네가 켄싱턴의 세인트조지 교회에서 죽었다고 실려 있었어."

집에서 80년이나 떨어져 혼자 있던 콜린이 그 기사를 읽었을 때 어떤 느낌이었을까? 그리고 콜린은 얼마나 오랫동안 그 기록 보관소들에 웅크리고 앉아 노랗게 바래가는 신문들을 읽고 마이크로필름 판독기를 들여다보았을까?

"하지만 너는 포기하지 않고 계속 찾았구나." 폴리가 말했다.

"응. 나는 그 기사를 믿지 않았어."

'에일린처럼.' 폴리는 생각했다.

"마이클 데이비스가 너와 에일린이 리케트 부인 집에 있다고 했는데, 그 집이 폭격을 당한 것을 알고 나서 네가 살아있다는 믿음이 좀 흔들리기는 했어." 콜린이 폴리에게 웃어 보였다.

"하지만 너는 포기하지 않고 계속 찾았고."

"응. 그리고 너는 죽지 않았어. 그리고 던워디 교수님도. 적어도 지금은. 하지만 둘을 옥스퍼드에 더 빨리 데려갈수록 나도 더 안심될 거야. 가자." 콜린이 말했고, 둘을 데리고 서둘러 세인트 폴 대성당으로 향했다.

대성당을 향해 절반쯤 갔을 때, 던워디 교수가 고개를 숙이고 인도 위에서 걸음을 멈추었다.

'오, 안 돼.' 폴리가 생각했다. '지금은 안 돼, 이렇게 가까이 왔는데, 안 돼.' "괜찮으세요?" 폴리가 물었다.

"나는 그 여자와 여기에서 부딪혔어." 던워디 교수가 보도를 가리키며 말했다. "해군 여성 부대원."

"웬디 아미티지 중위였습니다." 콜린이 말했다. "현재 블레츨리 파크에서 일합니다. 딜리의 소녀 중 한 명이죠. 아미티지 중위는 울트라 작전에서 독일 해군 암호해독을 도왔습니다. 가요. 거의 자정이에요."

그들은 서둘러 언덕을 올랐다. "북쪽 문으로 들어가야 해요." 콜린이 말했고, 정원을 가로지르기 시작했다.

던워디 교수가 콜린을 잡아당겼다. "화재 감시원들이 우리를 볼 거야. 그 사람들은 아직 지붕에 있어. 이쪽으로." 던워디 교수가 속삭이더니 그들을 데리고 계속 어둑한 곳만 찾아 걸으며 정원 가장자리를 에둘러 포치까지 데리고 갔다.

"우리는 아직도 공터를 가로질러야 해요." 콜린이 그들과 계단 사이 10미터 정도 거리를 가리키며 속삭였다.

"다음 폭격기가 올 때까지 여기서 기다리자." 던워디 교수가 말했다. "화재 감시원들은 하늘을 쳐다볼 거고, 우리는 그때 얼른 계단까지 뛰어가면 돼. 저기 폭격기가 오는군." 그리고 던워디 교수말이 옳았다. 콜린과 폴리는 비행기 엔진이 윙윙거리는 소리에 본능적으로 하늘을 쳐다보았다.

"지금이야." 던워디 교수가 말했다. 그의 목소리는 도르니에의 으르렁거리는 소리에 가려 간신히 들을 수 있었다. 던워디 교수는 공터를 가로지르기 시작했다.

콜린은 폴리의 손을 잡았고, 둘은 던워디 교수를 따라 재빨리 공터를 가로질러 계단을 올라가, 소이탄이 떨어졌던 별 모양으로 탄 자국을 지났다. 그리고 폴리와 마이크와 에일린이 13일 아침에 앉아 있던 곳을 지나, 폭탄 제거반이 불발탄을 해체하던 첫날에 폴리가 재빨리 가로질렀던 포치로 올라가, 그 그늘 아래 숨어들어 북쪽 문으로 갔다. 콜린은 육중한 문 손잡이를 당겼다.

문은 열리지 않았다. "잠겼어요." 콜린이 말했다. "서대문은 어때요?"

"그 문은 중요한 행사가 있을 때만 열어." 던워디 교수가 마치 지금은 자신의 인생에서 가장 중요한 때가 아니라는 듯한 목소리로 말했다.

"지하실로 가는 옆문은 잠기지 않았을 거예요." 콜린이 말하더니 계단 쪽으로 돌아가기 시작했다.

"아니, 잠깐만." 폴리가 말했다. "그곳에는 화재 감시원이 몇 명 내려와 있을 거야. 남쪽 문을 먼저 시도해보자." 폴리는 포치를 따라 가볍게 달려가 손잡이를 잡아당겼다. 그 문 역시 열리지 않았다. 하지만 그 문은 29일 밤과 마찬가지로 단지 어딘가에 걸린 것뿐이었다. 콜린이 함께 손잡이를 잡고 당기자, 문은 쉽사리 열렸다. "던워디 교수님." 콜린이 속삭이며 손짓을 했고, 던워디 교수를 먼저, 그리고 다음으로 폴리를 어두운 현관으로 밀어넣었다.

봄이고 근처에 화재가 났음에도, 성당 안은 겨울처럼 춥고 아주 어두웠다.

"무슨 소리 들려?" 콜린이 등 뒤로 조용히 문을 잡아당기며 속삭였다.

"아니." 폴리가 속삭여 대답했다. 세인트폴 대성당에서 늘 들리던, 커다란 공간에 정적이 흐를 때 들리는 특유의 헛 소리뿐이었다. 공간과 시간의 소리. "내가 길을 알아." 폴리가 나지막이 말했고, 그들을 이끌고 남쪽 복도를 걸어갔다. 구름에 반사된 화재 불빛과, 폭격기들을 찾는 탐조등의 빛 덕에 주위가 어렴풋하게 보였다. 하지만 딱 그 정도가 전부였다.

오래 걸은 데다가 막판에 포치까지 달려 올라온 탓에 던워디 교수는 지칠 대로 지친 상태였다. 그는 아주 숨 가빠했고, 콜린의 팔에 심하게 의지했다. 폴리는 둘을 이끌고 그녀가 29일 밤에 도망쳐 올라갔던 나선형 계단을 지나, 마이크의 장례식이 열렸던 예배당을 지났다. 물론 마이크는 그때 아직 죽지 않았었지만.

아니, 그건 틀렸다. 마이크는 크로이던에서 그날 밤에, 폴리가 런던 대공습에 오기도 전에 죽었다.

그들은 복도를 따라 걸었고, 유리가 깨진 창들을 지나 폴리가 던워디 교수를 발견한 벽감으로 갔다. 폴리는 마치 그림 속의 황금 주황색 등이 어둠을 밝혀주기를 바란다는 듯이 '세상의 빛'이 걸린 벽감을 바라보았지만, 너무 어두운 탓에 등불도, 그림도 보이지 않았다.

아니, 그림은 그곳에 있었다. 폴리는 유령처럼 실체가 없어 보이는 하얀 가운과 등 안의 희미한 황금색 불꽃을 간신히 알아볼 수 있었다. 그리고 마치 불꽃이 점점 더 밝아지기라도 하듯이, 그 주위 공기가 밝아졌고, 그림의 문과 예수의 가시 면류관, 그리고 마침내 예수의 얼굴이 보이기 시작했다.

예수는 마치 저 굳게 닫힌 문(어디로 통하는 문일까? 집? 천국? 평화?)이 절대로 열리지 않으리라는 사실을 안다는 듯이 체념한 표정이었고, 동시에 비록 앞으로 무슨 희생이 요구될지 알 수는 없지만 그런데도 자신의 몫을 다하겠노라고 결심한 듯이 보였다. 예수 역시 이곳에, 자신이 속하지 않는 곳에 갇혀 자신이 가담하지 않은 전쟁에 봉사하며 참새들과 군인들과 백화점 여점원들과 셰익스피어를 구해야 하는 걸까? 균형을 살짝 바꿔야 하는 걸까?

"저 빛은 뭐지?" 복도가 점차 밝아지자 던워디 교수가 속삭이며 물었고, 잠시 긴장하며 기다리다 다시 말했다. "누군가 회중전등을 비추고 있어."

"아니, 아니에요." 콜린이 말했다. "저건 강하예요. 열리고 있어요." 콜린은 둘을 데리고 복도를 따라 서둘러 돔으로 갔다.

'생각보다 시간이 훨씬 더 많았잖아.' 폴리는 생각했다. 빛무리는 이제 막 밝아지기 시작했다.

하지만 폴리는 폭탄이 끼친 피해를 잊고 있었다. 수랑 중앙의 거대한 구멍은 여전히 그곳에 있었고, 그 주위로는 깨진 나무들과 부러진 기둥들과 으깨진 돌조각들이 쌓여 있었다. 강하 지점으로 가려면 그 무더기를 기어올라 넘어가야만 했다.

그곳을 치우려는 시도가 있었지만, 그 때문에 그곳은 오히려 더 엉망이 되어 있었다. 사람들은 조각상을 보호하던 모래주머니들을 가져와 접이식 나무 의자들과 함께 수랑 입구에 쌓아 올려 바리케이드를 만들었고, 구멍을 건너야 할 경우를 대비해 부러진 목재와 서까래를 구멍 옆쪽에 놓아두었다.

그리고 빛무리는 점점 밝아지고 커지며 수랑을 채우기 시작했다. 아직 지하실에는 화재 감시원이 아무도 없는 게 분명했다. 그렇지 않으면 누군가가 빛무리를 보았을 것이다. 폴리는 구멍 가장자리에 몸을 기울이고 내려다보았고, 지하실 바닥까지 곧장 내려다보였다.

콜린이 잔해를 오르더니 몸을 돌려 폴리에게 손을 뻗었다.

"아니, 던워디 교수님부터 먼저 가셔야 해." 폴리가 말했다. "교수님 데드라인이 나보다 먼저야."

콜린은 고개를 끄덕였다. "교수님?" 그가 말했지만, 던워디 교수는 듣고 있지 않았다. 그는 고개를 돌려 이제 빛무리의 이글거리는 빛을 받아 황금빛이 된 돔과 그 너머 어둠에 잠긴 세인트폴 대성당을 바라보고 있었다.

'교수님은 여기를 떠난다는 사실이 견딜 수 없이 마음이 아프신 거야.' 폴리는 생각했다. '이곳을 다시 볼 수 없다는 사실을 아시니까. 내가 에일린과 고드프리 경과 라버넘 양과 다른 모두를 두고 떠나는 게 견딜 수 없이 마음 아픈 것과 마찬가지로.'

하지만 콜린이 "던워디 교수님, 서둘러야 해요."라고 말하자 던워디 교수는 그들을 향해 고개를 돌렸고, 얼굴에는 상냥한 웃음이 피어 있었다. 폴리에게 대성당을 안내하며 안전을 위해 옮겨 둬야 했던 모든 보물을 보여주던 때의 험프리스 씨와 비슷했다.

'아마 나도 그 사람들을 그런 식으로 생각해야 하겠지.' 폴리는 생각했다. '극단 사람들과 스넬그로브 양과 트로트. 그리고 고드프리 경을.' 잃은 게 아니라, 안전을 위해 지금 이 순간으로 옮겨둔 것으로.

그건 그들에게는, 험프리스 씨와 해티와 넬슨에게는, 이곳에 속한 이들에게는 괜찮았다. 하지만 폴리를 구하기 위해 여기에 남은 에일린에게는 아니었다. '에일린이 나를 구하기 위해 자기 목숨을 희생했다는 생각을 하니 슬픔을 참을 수가 없어.'

"던워디 교수님?" 콜린이 말했다. "시간이 됐어요."

"알아." 던워디 교수가 말했고, 콜린의 부축을 받아 바리케이드를 넘고 잔해를 가로질렀다. 폴리는 던워디 교수가 미끄러질 경우를 대비해, 뭔가 잘못될 경우를 대비해 둘의 뒤를 따라갔다.

"조심해." 콜린이 던워디 교수를 부축해 잔해를 올라가며 등 뒤의 폴리에게 외쳤다. "여기 도착해서 이곳을 지날 때 난 하마터면 죽을 뻔했어. 아주 불안정해."

'역사처럼.' 폴리는 생각했다. '늘 칼날 위의 균형 상태이고, 살짝만 발을 잘못 디뎌도 무너져 우리를 심연으로 집어 던지겠노라

고 위협을 하는 역사처럼.'

이제 몇 미터만 더 가면 되지만, 그곳까지 가는 데는 영겁의 시간이 걸릴 듯했다. 잔해는 구멍을 향해 기울어져 있었고, 그들은 지나가며 미끄러지지 않게 근처의 조각상들을 잡고 몸을 지탱해야만 했다. 폴리는 육군 장교의 조각상을, 그다음에는 험프리스 씨가 그토록 여러 번 이야기했던 폴크너 함장 기념비를 움켜쥐었다. 폴크너가 함께 묶은 배들은 그의 뒤에서 얕은 돋을새김이 되어 있었고, 쓰러진 폴크너는 아너의 두 팔에 안겨 죽어갔다. 자신이 전투에서 이겼다는 사실을 알지 못한 채.

마이크처럼.

콜린이 던워디 교수를 부축해서 잔해의 마지막 몇 걸음을 나아가는 동안, 빛무리는 빠르게 밝아져 수랑 끝부분 전체를 채우고 부서진 문들과 부러진 기둥들, 박살 난 유리들을 비추었다. 빛무리가 이글거리기 시작했다.

'우리는 결코 제시간에 저기까지 갈 수 없을 거야.' 폴리가 생각하며 재빨리 서까래 위로 발을 디뎠다. 그것은 부러졌고, 폴리는 두 손을 뻗으며 앞으로 비틀거렸고, 쪼개져 쌓인 나뭇조각 사이로 다른 발을 디뎠다. 그리고 발이 끼었다.

'안 돼. 지금은 안 돼.'

폴리는 죽어가는 폴크너에 기대 아너의 팔을 잡고 자기 발목을 비틀며 발을 빼려 애썼다. 신발이 단단히 낀 상태였다. '또 피닉스 극장에서와 같은 꼴이 되어버렸네.' 폴리는 생각했다.

콜린은 깨진 돌덩어리에서 이미 가볍게 뛰어내린 다음, 내려가는 것이 불가능해 보이는 던워디 교수가 잔해 더미에서 내려오게 돕고는 그를 이끌고 문 앞의 밝은 곳으로 가고 있었다. 콜린은 폴리를 힐끗 뒤돌아보았고, 그녀에게 돌아오기 시작했다.

"교수님과 가!" 폴리가 잔해 너머에서 나지막이 외쳤다. "나는 다음번에 갈게. 먼저 가!"

콜린은 고개를 젓더니 던워디 교수에게 뭔가를 말했고, 빛무리가 닿지 않는 곳으로 물러섰다.

"콜린, 너 먼저⋯."

"나는 너 없이는 어디에도 안 가." 콜린이 말했고, 빛무리는 백색의 뜨거운 화염으로 밝아졌다.

'소이탄이랑 똑같아 보여.' 폴리는 생각했다. 빛무리는 던워디 교수의 얼굴을 비쳤고, 이윽고 얼굴을 감추고, 지웠으며, 빛은 흐릿해지며 줄어들기 시작했다. 던워디 교수는 더 이상 그곳에 있지 않았다.

'교수님은 해내셨어.' 폴리가 생각했다. '교수님은 안전하게 집에 돌아가셨어.' 마음을 짓누르던 부담감이 사라진 듯했다. '하지만 마이크는 해내지 못했어. 에일린도. 그 둘은 나를 위해 자신들을 희생했어. 그리고 콜린도 그렇게 했어.'

콜린은 이미 잔해를 기어올라 폴리에게 다가오고 있었다. "거기 그대로 있어." 콜린이 속삭였다.

"내게는 다른 선택이 없어." 폴리가 말했다. "발이 끼었어."

"그런데 나보고 널 놔두고 먼저 가라고 한 거야?" 콜린이 화난 목소리로 말했다. "발을 다친 거야?"

"아니, 신발이 낀 것뿐이야. 조심해." 콜린이 서둘러 다가오자 폴리가 경고했다.

콜린은 폴리 옆에 무릎을 꿇고 앉아 목재들을 옆으로 옮기기 시작했다. "발이 끼지 않도록 조심해." 폴리가 말했다.

"남 말 하시네." 콜린은 널빤지 끝을 부러뜨려 그걸로 다른 서까래를 버티며 들어 올린 뒤 구멍에 손을 뻗어 폴리의 발목을 잡았다. "이 신발이 소중한 겁니까, 신데렐라 아가씨?"

"아니."

"다행이네." 콜린은 폴리의 발을 잡았고, 그런 뒤 폴리의 발을 짓누르던 그 무언가를 위로 당겨 올렸다. 폴리의 맨발이 갑작스레 자유로워졌다.

콜린이 몸을 일으켰다. "이제 됐어. 다른 일이 생기기 전에 가자." 콜린이 말했고, 그가 옆으로 밀어뒀던 서까래가 요란한 소리를 내며 잔해 더미에서 미끄러져 내리더니 구멍으로 떨어졌다.

"이런, 맙소사! 서둘러! 아니, 그쪽 말고." 콜린은 폴리를 수랑 입구 쪽의 잔해로 다시 밀었다. "만약 누가 오면, 수랑에는 숨을 곳이 없어."

그들은 재빨리 잔해 더미를 올라 나무들과 부러진 돌들을 가로질렀다. '제발 우리 둘 다 들키지 않기를.' 폴리는 생각했다.

빛무리는 빠르게 흐려지고 있었다. 그들이 바닥(다행히도 이쪽에는 유리 조각들이 흩어져 있지 않았다)에 안전하게 돌아와 바리케이드를 넘었을 때, 빛은 거의 사라지고 없었다.

"숨을 수 있는 가장 좋은 장소가 어디야?" 콜린이 속삭였다. "성가대석?"

"아니." 폴리가 말했다. "그곳에는 빠져나갈 방법이 없어." 폴리는 콜린의 손을 잡았고, 둘은 쏜살같이 본당을 가로질러 남쪽 복도를 따라갔다. 둘은 세인트마이클앤드세인트조지 기사단 예배당, 기도용 걸상들 뒤에 숨을 수….

콜린이 폴리의 허리를 감싸 안더니 그녀를 기둥 뒤로 밀었다.

"쉿." 콜린이 폴리의 귀에 대고 속삭였다. "발소리를 들었어."

폴리는 귀를 기울였다. "나는 아무 소리…." 그녀가 말을 시작했지만, 이윽고 걸음 소리가 들렸다. 본당 계단에서 나는 걸음 소리였다. 그리고 회중전등 빛이 보였다.

둘은 기둥에 딱 달라붙어 더 몸을 숙인 채 귀 기울였다. 걸음 소리가 바닥을 따라 북쪽 수랑으로 갔고, 이윽고 다른 회중전등 빛이 보였다.

'잔해를 살피는 거야.' 폴리는 생각했다.

걸음 소리가 더 들렸고, 그가 회중전등으로 수랑을 천천히 훑는 동안 빛이 한 번 쓱 지나갔다.

"강하가 다시 열리려면 얼마나 더 있어야 해?" 폴리가 콜린에게 속삭였다.

"12분에서 13분." 물론 화재 감시원이 이곳에 있으면 강하는 열리지 않을 테지만, 그들에게는 시간이 없었다. 공습경보 해제 사이렌이 울리면 사람들은 지붕에서 내려올 것이고, 그때부터는 사람들이 지하실에 있고, 비번인 사람들도 있을 것이다. 폴리는 30일 아침에 화재 감시원들이 본당을 걸어 다니고, 계단에 서서 이야기하던 모습을 기억했다. 그리고 던워디 교수 말에 따르면, 화재 감시원들은 아침에 순찰하면서 끄지 않은 소이탄은 없는지, 피해 상황은 어떤지를 확인했다.

이제 화재 감시원은 뭔가 떨어진 게 없는지 확인하기 위해 회중전등으로 천장을 비추고 있었다.

'여기서 떠나줘요.' 폴리가 마음속으로 말했지만, 마침내 회중전등이 꺼지고 걸음 소리가 위층으로 통하는 계단에서 나기까지는 영겁의 시간이 걸린 듯했다.

발소리가 멀어져 갔지만, 콜린은 여전히 움직이지 않았다. 그는 그곳에 서서 폴리를 기둥에 밀고 팔로는 여전히 그녀를 껴안은 채 기다렸다. 폴리는 뺨에 와 닿는 콜린의 숨결과 그의 심장 고동을 느낄 수 있었다.

"간 거 같아." 마침내 콜린이 그녀의 머리카락에 입을 대고 속삭였다. "아쉽네." 그리고 폴리는 가슴이 콩닥거렸다.

하지만 제아무리 사랑이라 할지라도 콜린이 희생한 그 긴 시간을, 젊음을 어떻게 보상할 수 있단 말인가?

"우리가 여기에 영원히 서 있을 수 있으면 좋겠어." 콜린이 폴리에게서 떨어지며 말했다. "하지만 여기서 나가는 것이…." 빛이 번쩍였다. "그 사람이 돌아오네." 콜린은 폴리를 기둥 뒤로 밀었다. 그리고 곧이어 그가 말했다. "회중전등이 아니야. 빛무리야. 강하가 이미 다시 열리고 있어."

"아니, 그렇지 않아." 폴리가 말했다. "이건 밖에서 들어오는 빛이야. 화염인 듯해." 하지만 그건 소이탄이 분명했다. 왜냐하면 노란 기운이 도는 주황빛이 복도를 채우기 시작했기 때문이다.

폴리는 그들이 '세상의 빛' 그림이 있는 벽감에 있다는 걸 그제야 깨달았다. 그림 속 등불처럼 황금색인 빛이 점점 더 밝아짐에 따라, 폴리는 그 어느 때보다도 더 뚜렷하게 그 그림을 볼 수 있었다. 그리고 험프리스 씨 말이 옳았다. 그 그림은 볼 때마다 새로운 뭔가를 보여주었다.

폴리는 이전까지 예수가 자신의 의지에 반해 전쟁에서 싸우기 위해 불려왔다고 오해했었다. 하지만 예수는 가시 면류관을 썼음에도 희생을 하는 이처럼 보이지 않았다. 심지어 '내 몫을 하리라'고 굳은 결심을 한 사람처럼 보이지조차 않았다. 그 대신, 예수는 간호 부대에 들어가겠다고 폴리에게 말하는 마저리처럼, 세인트 폴 대성당을 구하기 위해 양동이들에 물과 모래를 가득 채운 험프리스 씨처럼, 코트들을 가지고 타운젠드 브라더스 백화점으로 찾아오던 날의 라버넘 양처럼 보였다. 두 척의 배를 묶으며 폴크너 함장이 지었을 게 분명한 그런 표정을 짓고 있는 듯이 보였다. 작은 보트를 타고 얼음 바다를 가로지르던 어니스트 섀클턴처럼 보였다. 던워디 교수를 부축하고 잔해를 건너던 콜린처럼 보였다.

예수는…, 만족한 듯 보였다. 마치 자신이 원했던 곳에 있는 듯이, 원했던 일을 하는 듯이 보였다.

마치 자신은 머물기로 결정했다고 폴리에게 말했을 때의 에일린을 보는 듯했다. 켄트에서 결혼 공고들과 편집자에게 보내는 편지들을 작성할 때의 마이크가 저런 표정이었을 것이다. '고드프리 경과 잔해에 있으면서 그분의 가슴을 내 손으로 누르고 있었을 때 나도 저렇게 보였을 거야.' 고양된 표정으로. 행복한 표정으로.

그 대상이 잉글랜드이든 셰익스피어이든, 개 한 마리이든 또한 호드빈 남매이든 역사이든 간에 자신이 사랑하는 이나 사랑하는 대상을 위해 뭔가를 하는 것은 절대로 희생이 아니었다. 설사 그로 인해 자유를, 목숨을, 젊음을 잃는다 할지라도.

폴리는 콜린을 돌아보았다. 그는 왜 그러느냐는 표정으로 폴리를 보고 있었고, 숯검정이 된 얼굴은 폴리가 고드프리 경에게 그러했듯이 경계심이 없었다. "콜린, 나는…." 폴리는 입을 열었지만 놀라서 말을 멈추었다.

폴리는 이제까지 콜린 역시 제대로 보지 못하고 있었다. 폴리는 콜린의 얼굴에서 자신이 알던 17살 소년의 흔적을 찾기 위해 열심이었고, 그의 얼굴이 랭 대위와 닮았다는 사실에 정신이 팔려 콜린의 얼굴에 그토록 뚜렷하던 무언가를 못 보고 있었다. 하지만 에일린은 분명히 그것을 보았다.

에일린이 "내가 갈 수 없는 걸 너도 알잖아."라고 말한 것도 이상할 게 없었다. 그리고 에일린이 "콜린은 내가 머무른 걸 알아, 그렇지?"라고 말했을 때 콜린이 에일린을 한참 동안 바라본 뒤에 "응, 알아."라고 말한 것도 이상할 게 없었다.

어떻게 폴리는 이전까지 닮은 것을 알아차리지 못했단 말인가? 저렇게 명백하게 콜린의 얼굴에 나타나 있는데. 마지막에 에일린이 폴리를 끌어안은 뒤 "괜찮아. 나는 언제나 너와 함께 있을 거야."라고 말한 것도 이상할 게 없었다. 에일린이 콜린을 "착한 우리 아가."라고 부른 것도 이상할 게 없었다.

'오, 사랑하는 나의 친구야.' 폴리는 생각했고, 예수의 얼굴에 빛이 점점 진해지고, 더 밝아지는 듯했으며….

"빛무리가 나타나고 있어." 콜린이 부드럽게 말했다. "우리는 가야 해."

폴리는 고개를 끄덕였고, 고개를 돌려 '세상의 빛'을 마지막으로 한 번 더 보았다. 폴리는 자기 손가락들에 키스한 뒤 그 손가락들로 그림을 가볍게 눌렀고, 이윽고 폴리와 콜린은 손을 잡고 복도를 달려 본당을 가로질렀다.

콜린은 폴리가 바리케이드 넘는 것을 도와주었고, 그들은 잔해를 올라가 폴크너를, 아너를, 서로를 잡고 의지하며, 불안정한 목재 더미를 가로지르고 깨진 돌벽과 회벽을 조심스레 넘은 뒤 다시 잔해를 내려와 스테인드글라스가 흩어진 바닥으로 내려왔다.

"조심해." 콜린이 말했고, 폴리는 고개를 끄덕이고 콜린을 따라 빛무리 속으로 들어갔다.

"어디에 서야 해?" 폴리가 물었다.

"여기." 콜린이 폴리의 손을 잡기 위해 손을 뻗었고, 그때 갑자기 무슨 소리가 들리며 정적을 잘라냈다. 콜린이 경계하며 위를 쳐다보았다.

"괜찮아." 폴리가 말했다. "공습경보 해제 소리야."

콜린이 고개를 저었다. "'그건 종달새였어요.'" 콜린이 말했고, 폴리는 숨이 탁 멎었다.

"'아침의 전령이지요.'"[65] 폴리가 말했다.

빛무리가 밝아지기 시작하더니 이글거렸다. 폴리는 콜린의 손을 잡고 그와 함께 빛의 중심으로 들어갔다.

"거의 다 왔어." 콜린이 말했다.

폴리가 고개를 끄덕였다. "'볼지어다, 내가 문밖에 서서 두드리노니.'"[66] 폴리가 말했고, 강하가 열렸다.

〈끝〉

---

65 셰익스피어, 《로미오와 줄리엣》
66 요한 계시록 3장 20절

옮긴이 **최용준**

대전에서 태어나 서울대학교 천문학과를 졸업했으며, 미국 미시간 대학에서 이온 추진 엔진에 대한
연구로 항공우주공학 박사 학위를 받았다. 플라스마를 연구한다. 옮긴 책으로 제임스 S.A. 코리의 《익
스팬스: 깨어난 괴물》, 코니 윌리스의 《블랙아웃》, 《개는 말할 것도 없고》, 《둠즈데이북》, 《화재감시원》
(공역), 아이작 아시모프의 《아자젤》, 세라 워터스의 《핑거스미스》, 댄 시먼스의 《히페리온》, 마이크 레
스닉의 《키리냐가》, 루이스 캐럴의 《이상한 나라의 앨리스》, 어슐러 K. 르 귄 걸작선집 등이 있다. 헨리
페트로스키의 《이 세상을 다시 만들자》로 제17회 과학 기술 도서상 번역 부문을 수상했다. 시공사의
〈그리폰 북스〉, 열린책들의 〈경계 소설선〉, 샘터사의 〈외국 소설선〉을 기획했다.

올클리어 II

초판 1쇄 인쇄 2019년 1월 25일
초판 1쇄 발행 2019년 2월 1일

지은이   코니 윌리스
옮긴이   최용준
펴낸이   박은주
기획   김창규, 최세진
디자인   김선예, 장혜지
마케팅   박동준

발행처   아작
등록   2015년 9월 9일(제2018-000142호)
주소   03924 서울시 마포구 월드컵북로54길 25
        상암DMC푸르지오시티 504호
대표전화 02.324.3945   **팩스** 02.324.3947
이메일   decomma@gmail.com
홈페이지 www.arzak.co.kr

ISBN   979-11-89015-45-9 04840
        979-11-89015-43-5 04840 (세트)

책 값은 표지 뒤쪽에 있습니다.

아작은 디자인콤마의 문학 브랜드입니다.